大 地 三 部 曲

大地尽头

孙未 著

首都师范大学出版社
CAPITAL NORMAL UNIVERSITY PRESS

图书在版编目（CIP）数据

大地三部曲. 大地尽头 / 孙未著. —北京：首都师范大学出版社，2022.03

ISBN 978-7-5656-6667-4

Ⅰ. ①大… Ⅱ. ①孙… Ⅲ. ①长篇小说－中国－当代 Ⅳ. ① I247.5

中国版本图书馆CIP数据核字（2021）第179241号

DA DI SAN BU QU. DA DI JIN TOU

大地三部曲. 大地尽头

孙未 著

责任编辑 王翛冰

首都师范大学出版社出版发行

地 址 北京西三环北路105号

邮 编 100048

电 话 68418523（总编室） 68982468（发行部）

网 址 http://cnupn.cnu.edu.cn

印 刷 中煤(北京)印务有限公司

经 销 全国新华书店

版 次 2022年3月第1版

印 次 2022年3月第1次印刷

开 本 710mm×1000mm 1/16

印 张 45.25

字 数 512千

定 价 136.00元（全三册）

大地尽头

城市女孩安宁长途跋涉，抵达了一个史称“大地尽头”的村庄，目睹这片人类世界最后的桃花源毁于一场洪水。

从面临毁灭的当地居民中，她看到了人类世界的缩影，失意的老国王江龙、痴情的原住民司机阿满、穿着西装在地上找饭粒的何疯子、疯子的秘密豢养者金老板、被死神遗忘的六姑、忽然长大的美丽少女杜鹃、生来能看到世人念头的少年格列、活在幻想天国中的老人安东尼。

这部小说基于作者对人类学的兴趣，取材于一个位于中国边地真实的地方，也是中国众多边地村庄的一个缩影。思考生态与文明是一个古老而诗意的话题，不仅是人类与自然的和解，更是人类与自己的和解。

献给 L.M.

目 录

佛地

岁末的耳江依然是混沌的，在还未到来的春天，它会重新变得清澈碧蓝，每年如此。

不论忙碌的人们有没有注意到它，它始终在那里静静奔流，穿越逐渐扩大的城市，穿越愈发明亮的人类灯炬，穿越逐渐黯淡的旷野星辰和山间流光。就这样，它穿过整片辽阔的中土，翻越连绵的芒山，由芒山大峡谷一路奔腾而下，一直来到传说中大地的尽头。

到了这里，耳江不得不停下它的脚步了，因为它来到了中土之外，雪域的起点。前路是冰封雪冻的高原，于是它在有限的平缓地带画了一个优美的弧度，面对无法逾越的阻挡，分作几支，消失在次仁雪山与达瓦雪山的裙裾中。

耳江最终的这个弧度，在雪山之下形成了一个小小的平坝子，不知自哪一年开始，有了几户农家，种地、织布，过着与外界完全隔绝的日子，宛若桃花源。

这片坝子，如今被叫作“佛地”。

机舱像暂时的天国悬浮在云端，舱内寂静无声，窗外雾气飘摇。安宁的位置是经济舱22A座，正靠窗边，她打开遮阳板向下望去，曾经包围她的巨大城市像一只细小的甲虫般远去，云层下群山万壑有如大海起伏。

她想她看见耳江了，它在阳光下闪闪发光，像一条银色的绸穿过大地，优美而沉着地流向远方。此刻，自己乘坐的飞机正在沿着它的方向前进。

“这么刺眼的光，你能看见什么？”坐在安宁身边的陌生男乘客嘀咕着，他因为被突然的阳光弄醒了而有些不高兴。

安宁有些窘迫地回头对他笑笑，还没来得及说什么，那人打量了她一眼，就不言语了。

这是元旦下午的航班，机舱里的乘客有些稀疏。一部分乘客是陪家人过完元旦后，赶着仅剩的假期外出旅行，掩不住兴奋的神色。另一部分则是因为公差不得不这个时候坐飞机，脾气有些恶劣。

安宁望着耳江在云朵下一路蜿蜒，她眯起眼睛很努力地看，想试着望见耳江尽头雪山下的那片小小的平坝子。

这片平坝子，大地尽头的桃花源，某一年终于被中土的人们发现。

因为总有些人不相信大地的尽头无法逾越，所以就有了探险家、商旅，或者追溯神的足迹而来的人。他们总是牵着马疲累不堪地出现，马匹驮着已然褪色的行囊，在耳江大峡谷峥嵘的乱石、险流急滩的水边、猛兽出没的森林里，他们已经走得太久，久得甚至忘记了一堆柴火的光芒、一筒热茶的温度、一块烤肉的香甜、在一间屋子里睡觉的安逸。对于独自行走的人来说，他更是可能已经忘记了另一个人类的面貌。

忽然有一天他们发觉，身畔的耳江一改狰狞，变得温柔平缓，脚下的地势不再陡峭。当他们向前方望去，一瞬间，他们几乎以为那是虚脱前的幻觉，雪山下，云雾环绕间，江水宁静转弯之处，一片平坦的田野上金色油菜花兀自绽放，三两农舍炊烟袅袅升起，隐约有鸡鸣狗吠声传来。

与此同时，他们也看见了相伴的次仁雪山和达瓦雪山。翻越达瓦雪山是通往雪域的必经之路，这条进入高原的路，被称作“天路”。

面前真的是达瓦雪山吗？他们想确认罗盘和地图没有欺骗他们。他们曾听走过这条路的老人们说过，天路上会有来自东西方的神同时护佑人们。此刻眼睛再次给了他们惊喜的证据，雪山靠近坝子的山麓上有相邻的一座庙宇和一所教堂，并肩而立，这个显著的特征让他们确信这就是他们将要翻越的名叫月亮的神山，据说这座万仞大山背后就是神的居所，只是那条路更艰险，更不可知。

这一切仿佛都是神的恩惠。于是饥寒难耐的旅人走上坝子，叩门进入主人的堂屋，在火堆上烤干被山雾濡湿的衣裳，喝着新打的热茶，吃着粑粑和烤肉，同样饥渴的马儿在屋外有了水和草料。饱餐之后，这些旅人会跟主人家讲述同伴们不幸的遭遇，他们的尸骨无一例外被留在芒山峡谷的某个角落。

困顿不堪的旅人都在这个坝子上获得了他们渴念的——食物、热茶、火堆和干燥的床褥，但是每个旅人还是会在第二天清晨照常出发，走上攀登达瓦雪山的路途，这才是他们真正想要的。尽管很少有人能再次平安回到这里。

又过了些年，更多的商队由中土前往雪域，这片坝子就成了史料记载中天路的起点，曾经重要的一处驿站。农田前有了一条土路，搭起了几间木板房子供旅人住宿，有一些简单的茶水和食物，还养了几匹好马，给需要换马的官队替换。

很多年后，中土和高原之间有了更直接的公路、飞机航线，乃至载着长龙的铁轨，没有人需要辗转途经这里了，就算想要专程来到此地，下了飞机都得转车许多次。就像现代人通讯录上无用就被废弃的联系人一样，这片坝子再度被世人忘记了。这一切还都发生在它被叫作“佛地”前。

两个小时之后，安宁感到机身在缓缓下降。

空中小姐们穿过走道，动作连贯而轻巧地依次打开每一扇遮阳板，大地另一侧的阳光顿时充满了整个机舱，伴随着陶瓷般光滑的声音从播音器中传来：“亲爱的乘客，飞机马上将要降落在望江机场，现在地面温度是十二摄氏度……”

飞机落定之后，一个男乘务员抢步过来，替安宁把背包从行李架上取下来交给她。安宁接过了包跟着人流往前走，走下舷梯时，她还是被比城市强烈多倍的光线晃得有些晕眩。

望江市的海拔两千多米，在更接近天空的地方，安宁仿佛听到身周有无数光的精灵在飞舞，振动着的透明翅膀发出奇异的音乐，羽绒服在身上变得温暖而干燥，她伸出手触摸阳光，手指尖的热让她惊奇地笑了起来。

这里仍是城市，与万千城市并无太多不同，除了站在某条东西向的街道上忽然抬头，可以看见大山在天边的线条，有时走到城市地势的略高处，还能眺望到耳江一闪而逝的光泽，这让人即便穿行在逼仄的城市里，也会有一种错觉，仿佛能听到开阔的风一无障碍地浩荡路过，透过这些并不存在的楼房和车龙。

已近傍晚，安宁并不打算住宿，她从机场直接坐车去到城郊的长途汽车站。

售票员问："去哪里？"

"耳江县城。"

"最早一班晚上六点发车，还有七点、八点、九点的，卧铺车。"

"我要最早的那班。"

"六点那班只有最后排上铺的位置了。"

"没关系，多久能到？"

"十个小时，早上四点。"

卧铺大巴像个庞大而温和的动物，肚子里装着儿童房般几十个窄小的上下铺。安宁小心地侧身往车身深处走，还是不停地碰到各个铺位伸出的手脚和杂物，每个仰面躺下的人都用陌生的眼神看着她。她走到最后排，试图往上爬，头顶上的人帮她把背包先接上去，用当地话催促她把鞋子脱了。她脱了鞋子不知该怎么办，上面的人又指着金属栏杆上挂着的塑料袋，示意她把鞋子装在塑料袋里带上去。

安宁爬上末排上铺，发现那是一个并排躺着五个人的通铺。安宁在最边上。中间是一对情侣，旅游的打扮，男孩搂着女孩，貌似要在这样混乱的情形下守护她。另一侧是两个当地人，黄铜肤色，褡裢和装鞋子的口袋放在脚后，早已娴熟地枕着铺上的枕被，悠闲地等待发车，其中有一个就是刚才拉安宁上来的。

车里有点闷热，弥漫着各种氤氲的气味，间或有人抽烟。这庞大的动物沿着公路径直出城，在天黑时分开始盘山而上，一直往上。路况开始变得非常不好，车尾颠簸得厉害，每隔一会儿就把人抛上去，几乎碰到低矮的车顶。

安宁靠在冰凉的窗玻璃上，窗外不断移动的山影沉没在月光中，有如深海的礁石。山影汹涌不断，而月静止，始终高高地挂在天中，圆满得不尽真实，成为安宁视线中唯一有形的安慰。她发觉自己害怕行进中的夜晚，微弱的光线会让她的视力几乎为零。

平安夜那天下午，医生跟她谈了一次。

也许是因为晚上要过节，从来人满为患的眼科居然只有安宁一个人。医生是安宁之前就诊了多次的、一个戴着眼镜的年轻人，他的敏捷、快乐，白大褂下结实的胳膊无一不昭示着他的年轻。

他在做一个认真的总结陈词："每个检查都做过了，你的眼睛哪个部分都很好，晶状体清澈、视网膜正常、眼压也是好的，你就是角膜的问题。我给我们两个主任也看过你的病例了，他们一致认为这是一种罕见的基因病，目前还没有积极有效的方法可以治疗。"

"但是我以前很多年一直好好的。"

"它有它的规律，我们不能预见的，该来的时候它就来了。"

"接下来会发展成什么状况？"

"你现在什么状况？"

"我说过了，就是像隔着一块雾气越来越浓的玻璃看外面。"

“模糊会继续加重吧，不过你会有光感。”

“可能好转吗？”

“之前我给你开的眼药水觉得有用吗？如果还好就继续用，能延缓一些最好，其实都是寻求安慰。”

安宁觉得没什么可说的，再问下去也变成寻求安慰了。医生照例开了一样的药，照例在电脑上安宁的名字边点击“完毕”，可是并没有后面的病人再进诊室，于是医生又跟安宁多聊了一会儿。

“眼睛不好是有点麻烦的，你是做什么工作的？”

“钢琴师。”

“噢，难怪你的手长得这么好，一开始我就觉得了。你弹钢琴就没关系了，你用不到眼睛的！至于生活嘛，你会慢慢习惯，你也不是完全看不见，大致轮廓能有，在熟悉的环境里应该没问题，过马路的时候小心点就好了。”

安宁琢磨着，医生的逻辑有点简单，简单而实际，实际到可爱。她说：“是啊，要是我是眼科医生就惨了，连病人的眼睛在哪儿都看不到。”

医生呵呵一笑，看没有新的病人，就到房间的池子边去洗手准备收工，一边接着跟安宁瞎聊：“其实每个人的视力、听力，各种机能都是在一点点减退的，早点晚点，只要活着就免不了，最后丢完了也就结束了，哪个人不是这样的，你说是不是？”

安宁打量着医生，她不知道他是因为太年轻健壮，没有受过任何病痛，所以能这么乐观，还是因为身在这个职业看得太多就淡漠了，以至于说出这些话来的时候，语调几乎是明快的。或者，是他今天有什么特别开心的事情。

安宁问："你晚上有活动吧？"

医生矫捷地脱下白大褂，拿起手提包，满面欢喜地说："嘿，是呀，去看一个人。"

安宁笑了，说："噢，我也要去看一个人。"

安宁要看的人，就在大地尽头的那片平坝子上。

过了午夜，卧铺大巴从芒山的高处开始下行，车厢里此起彼伏响起了呼噜声，身边的那对情侣紧紧依偎着不再说话。安宁躺在晃动不已的铺位上也有些困了，迷迷糊糊将要入睡，于是她想，他也一定快要睡着了，在雪山下凛冽的夜半。

她总是在他熟睡的时候熟睡，他在她醒来的时候醒来，尽管他们之间多年来一直隔着大地间漫长的路途。

他们儿时的院子相连，院子里有一株古老的大槐树，院子外就是护城河。每逢寒暑假，他们就天天下午一起到河边玩。夏天，河边的榆树挂着一串串榆钱，风与阳光像琴键上的手指拨动它们，河水动听地汩汩流过。冬季，尤其是过年前的几天，河边积雪不化，河面静止，冰花在阳光下闪耀。

他带她在河边找各种好看的石头，她总是把找到的放回原地，不愿意带走，他总是偷偷为她藏起最喜欢的几颗，回去打磨好拿给她。他们曾经一起找到过一颗轻盈洁白的小圆石，微微有些透明，表面还有大小不一的圆点花纹，像水里的涟漪，她管它叫"雨点"。他捡回来打了孔，穿了根红丝线给她，他走了以后，她在脖子上一戴就是十年，后来有一天"雨点"忽然碎了，她才想到，原来他们已经分开这么多年了。

那时候他们一起在河边游戏，整个下午总是飞快地过去，到了傍晚时分，下班的人流和汽车开始喧哗地经过护城河畔。他们都畏惧人群，于是她跑回院子，躲进房间里，而他却往反方向跑过河上的桥，躲到河对岸公园的树林里去了。

就像成年之后，面对消失的院子、槐树、河流，妖异扩张的钢筋水泥和人的欲望，她躲进了城市深处的琴房，而他往反方向远离城市，终年背着摄像机，跋涉在江河与大山间仅剩的安静角落。

她一直在等他，等他回到她身边，或者等他召唤她去他那里。他们最终是要在一起的，他们都这么认为，只是哪一天呢？她等着，等来的都是他从各地寄来的包裹，三两颗有美丽花纹的石头、一包奇异可爱的贝壳、一枚光洁的兽牙、几种不知名的植物种子……她从这些小小的奇迹中揣想山川河流，也揣想他为她藏起这些小东西时的模样。在她的记忆中，他还是那个在河边摸石头的小男孩，鞋和裤腿又湿了。

他的每个关节都会咯咯作响，即使是在活动手指的时候，像个铁皮娃娃。他习惯皱着眉毛。他的体温比大多数人低一些。他每次遇到不喜欢的人和事情就会发烧。她记着他过去的一切。

天亮前夕，四点，卧铺大巴蹒跚着穿过了一座索桥，又惊险地在山岩边拐了一个弯，终于闷哼一声停了下来，停在一个四周漆黑的停车场，这就是芒山县城的车站了。

车厢的灯亮起来，乘客们揉着眼睛陆续爬下窄小的卧铺，穿上鞋袜，背起行李，推推搡搡开始下车。忽然间，安宁听到车顶上一点、三两点，像鼓声的前奏，随即哗啦一声，大雨倾盆而下，雨势刚起就挟着凶猛的煞气，走出车门的人们被雨水一浇，都激灵着敏捷了动作，飞奔到停车场一侧车站小楼的屋檐底下避雨。

小楼的二楼传来了微弱的灯光，安宁循着光亮的方向摸到了楼梯，她沿着老旧木梯往上走，雨声轰然震得木梯都在颤抖。在二楼背后的回廊上，她找到了悬挂灯泡的售票窗口。她站在那里有一种奇怪的感觉，好像自己身后吹来的雨雾来自黑沉沉的地狱。

如果她能看见，她会发现这座车站原来是悬空嵌在陡峭的山坡上，孤零零亮着灯的售票窗口仿佛天地间唯一的落脚之处，而她身后几十丈的空茫夜色中，雨幕正浩大垂落，远近的山坡上不断有泥石坍塌，雨水汇成无数条瀑布，裹挟着泥石翻滚而下。下方不远处刚才大巴经过的索桥已经断裂，一头可怜巴巴地挂在山岩上，而深黑的谷底，耳江正近乎狰狞地咆哮远去，那个方向正是安宁将去的佛地。

安宁之前打听过，芒山县城有途经丰村直达饶镇的车次，大约七八个小时，从饶镇再到佛地只需要三四个小时。她还盼着如果行车顺利的话，今天天黑前，她就可以见到他。

被叫醒的值班员望了望外面的雨，问："这样的天气你还往下走吗？"

"走。"

"现在就算你买了票，车也不一定开，司机也怕死。最怕车开出去困在半路里，有时候在路上等个十天半个月都可能。"

"我不会这么倒霉的。"安宁笑答，她不知道这样的情况在城市里是例外中的例外，在山里却是常态。

芒山地区雨云相连，佛地也下雨了，田野里割过的麦秸垂头倾听泥土中的水声，农舍屋顶上的页岩叮咚作响，更大片已然废弃的农田中，万千条细小的河流从荒芜的野草间穿过。田野的西侧，唯一那条迎客的水泥路上一片死寂，所有客栈商家窗门紧闭，萧岩就住在那条路上废弃的一座四层楼房的三楼北起第二间。

就在四点卧铺大巴停稳的那一刻，萧岩从房间的木床上忽然醒来，他知道她醒了。他总是在她醒来的时候醒来。

他掀开被子起身，在一阵关节的轻响中站了起来。他看到窗外下起了大雨，于是他走到窗前，端详着面前达瓦雪山渐渐下沉的雪线，皱起眉毛来。

达瓦雪山是高原与中土的屏障，雪线的下降意味着雨雪空气是从那一侧而来的，这样，雨就不是一时能够停得下，来佛地的路上将处处会有泥石流和塌方，也许还会大雪封山，一直到来年春天。

萧岩开始后悔同意让安宁到这儿来，其实他一早就反对她离开安全的城市往山里来。他不知道她为什么这次固执地要来，而且还是赶在这个季节里，他跟她说，就算要来，等到春暖花开以后，等山里最危险的雨雪季过去，也不必赶在春运的时节，以免订不到回去的票。她全都不听，为什么？

他自觉最了解她，至少以前是这样的。以前他们一起捡来的石头，她都说不要，可是他从她细微的神情就能知道她其实喜欢哪几颗，于是暗地里藏着拿回来给她。

对于她的到来，他有点紧张，这些年他自觉变了很多，他不知道她是会喜欢还是讨厌，或者他是害怕她变了很多。于是相见不如想念，他开始不敢见她，藏着回忆与想象当作慰藉，一躲就躲了许多年，他知道这是他的不好。

然而现在，他只有担忧，如果她在路上出了什么意外，他没法原谅自己。

雨更大了，冷雨似乎浇熄了黎明，天色艰难地泛出灰白，过了一会儿又暗了下去。唯有达瓦雪山的巅峰更加鲜明，宛如苍白的火焰点燃在暗黑的滂沱大雨中。萧岩看了一下手表，五点，该是他准备工作的时候了。他习惯赶在五点前后，点起蜡烛，从机箱里把摄像机取出，打开屋子的门窗，让山谷中刺骨的冷空气贯透进来，让屋里暖湿的人气散出去。他了解自己这台DVCAM190摄像机的脾性宛如了解自己的兄弟，他得先给它一段时间来适应室外的温度和湿度，免得它一出门，忽然就冻得系统错乱，连菜单提示都找不到。

他开机，检查菜单，等候摄像机的苏醒。

最近这几年，有时他会觉得这个程序是多余的，每当他清晨醒来看见窗外清晰的雪山，他就会这么想。房间的窗玻璃好像不存在，没有一点水汽，就像根本没有人住在这里一样，他觉得自己就是随便摆在墙角的一块石头、一根树枝。

随后他从长袋中取出三角架支起，把摄像机固定在上面，试着从镜头里眺望还黑沉一片的远山，他倒了一杯隔夜的冷茶喝了两口，冰凉苦涩的茶水激得他微微一震。他知道天色会在下一个钟头破晓，当六点一过，山影从晨晖中渐渐明晰，他就要装好设备，背上机箱和三脚架袋，走出这条水泥路，往达瓦雪山的山麓上去，除非机器故障，或者他又发烧了。

最后一种状况似乎正出现得越来越频繁，因为在这里，他不喜欢的人和事情已经越来越多。好在他只是住在这里，他并不打算拍摄这条街上的任何什么，也不拍摄日渐荒芜的田园。他住在这里是为了每天去山麓上的庙宇和教堂，这才是他工作的目标，他很想知道在这远离城市的尽头，神灵是否还没有走远。

安宁等在芒山县城车站的停车场里，离六点发车还有整整一个小时。天没有丝毫亮起来的迹象，屋檐外的雨铺天盖地。安宁看不见什么，只听见轰然不变的雨声震得耳膜有些疲劳，她开始觉得有点冷与饿了，甚至有一点困倦。

黑暗中，她忽然听到有很细小的声音在哼歌儿，歌声缥缈地传来，有如钢琴音符般单纯的声音，夹杂着一串串清脆的笑声，好像很多孩子打打闹闹正从她身边经过，在这样的大雨天，车站里孤单单的一座小楼，孤零零的一个她，这么多孩子从哪里来，这几乎不可能。

安宁一贯相信自己的眼睛多于耳朵，尽管她的听觉比一般人灵敏很多，可是为了躲避多年来城市的噪声，她已经习惯了想象音符来跟自己做游戏，这让她时常怀疑自己听到的声音是否出于想象，那么现在她的视觉呢？她觉得也许更不可相信了。因为她正看见光，淡淡的，从她身边亮起来，像一盏盏烛光从地面升起，却很平稳，在风中丝毫不晃动。随后，她真的看见一群孩子蹦蹦跳跳从她的身侧走过，他们高矮不一，穿着栗色或绿色的衣裳，头发蓬松地在脑后飘动。他们走进雨里，每个人就这么轻轻伸手一掀，就像掀开春天里垂落的柳树枝条一样，他们依次掀开雨帘，在雨里一路走去，头发和衣裳点滴都不湿。

安宁依稀听到他们在小声说笑。

“这场雨太大了，还会下很久呢。”

“我们得往上走一点，要不然都冻僵了。”

“不冻僵泡在水里也不好受。”

“你的裙子是什么颜色的，我还没看见过呢。”

“到了春天你就知道啦。”

“要下雪了。”

“土地要结冰了。”

“春天就快要到了。”

“我们都往上走一点，等到春天就好了，一起长大呀。”

安宁心想，那一定是种子们的精灵吧，树、草和花儿们。

往前走的孩子越来越多，安宁看到那是一个很长的队伍。孩子们顺手拨开的雨帘在面前变成了一条长长的干燥幽暗的路，安宁不由得跟着他们一起往前走，走出了停车场，走到了县城的大路上。

芒山县城依山而建，城里只有一条主干道以陡峭的角度通往高处，停车场在最低处的这一头，那一头高高扬起，消失在地平线上。此时，大雨正从路边的山坡上，从大路高处地平线的那一端冲刷下来，把路面变成了倾斜的河床，那长不见尾的神奇队伍一直沿着路向上走，安宁感到自己也走在河里，溯水而上。

就这样走出一段，安宁看到路边有一家食铺已经开门，狂风中晃动的灯泡下面，第一摞蒸笼已经升起热气腾腾的烟雾，雨棚撑起来了，矮桌和长凳摆在门外。安宁这才感到刚才的饥饿，她停下来要了稀饭和半笼馒头。

队伍依然在往大路的上方走，走到一个岔路口，前面的孩子们开始离开主干道往山坡的高处去，后面的队伍还在继续延伸。幽暗的光像长龙在大路和山坡上蜿蜒，长龙的前方在山坡上越走越高，几乎像要升到天上去了。大雨还在下个不停，经过大路的脚步终于渐渐稀疏，安宁看着最末尾的两三个孩子笑着连跑带跳地赶着队伍去，然后，雨帘在他们背后合上，奇异的光也熄灭了。

现在又只剩下安宁一个人上路了，她又问老板要了半笼馒头，尽管她已经饱了，还是使劲填进了肚子里，因为她预感到前路会需要很多力气。然后她沿着大路走回车站去，这一回没有了路过的精灵，她很快被大雨浇得透湿，好在肚子已经填饱了。

她想，奇迹这样东西不会一直出现，绝大部分时间，人们还得在自己的命运中泥泞地跋涉，就像她有好多个晚上非常真切地梦见了他，他就站在儿时的院子里，那棵大槐树下。他长高了，肩膀宽了，晒黑了，他的面貌如此真切，她伸出手去，几乎可以真实地触到他的脸庞。就在那个时刻，她一下子醒来了，一切消失无踪，她还在空荡荡的等待中。

发车整整晚了一个小时，司机犹豫着要不要走这趟。

这是一辆并不大的中巴车，发动机有些老旧了，呼噜噜地叹着气。行进中，轮子于千丈山崖的泥路上间或打滑，车顶水流轰然作响，感觉好像穿行在瀑布中。

天始终只泛出一点点深蓝，到了中午时分，好不容易亮起的日光又被一阵闪电劈灭，车灯再次亮起，半车人仿佛在幽冥中跋涉的一群魂灵。每一个转弯，车身都猛烈地倾斜，他反复点烟又多次在抽了几口后熄掉，把着方向盘骂骂咧咧。

猛然，前路又一个转弯，司机用力踩下刹车，车身向前滑动数米终于收住，全车人东倒西歪，一片巨大的惊惶。司机按住方向盘良久不语。

有人高声在问，他点燃一支烟，依然不说话，只是指向窗外。透过汹涌的雨幕望去，依稀可以看到，就在左前方三米开外的地方，山路的一角很突兀地塌落了，安宁听身边的当地乘客在议论着，原来这样的痕迹，意味着两小时前的一班车已然翻落山崖，估计没有人能在这样的车祸中生还。

安宁这时终于意识到了危险和死亡近在眼前，她乐观的心情与想象也许并不能帮她什么，她已经浑身湿透，而她乘坐的车子正行进在死亡边缘。这里不是她的琴房，她其实根本不知道如何前往与回去。接下来的路行进得更加缓慢，每一寸路都像正在融化，在不停的雨中一点点融化，要把一切活物吞下去。

七点，萧岩已经扛着摄像机的机箱和三脚架的袋子，艰难地走在山路上。雨敲打在他身上，沁入雨衣，湿了他的衣裤，这让他的身体越来越沉重。

他回头望着脚下混浊翻腾的耳江，这雨大得过于反常，不祥的预感在折磨他，他从来没有这么三心二意地走这段路，这让他几次都差点滑倒。如果失去她……他不敢再往下想。不敢想的时候，他就努力关上这扇门，把害怕关在黑洞洞的门里面。可是每当他努力关上门，害怕就变成发狂的猛兽，拼命地抓破门要冲出来。

萧岩抬头仰望雪山，庙宇和教堂都已经近在视线中了。他催促自己加紧脚步，又上了一程，他看见了那个熟悉的身影正冒着雨一路迎他而来——那个正在长高的沉默的孩子，紫红的僧袍已经在雨里湿透，贴在他瘦长的身体上。他不由得心里一阵温暖，挥着手高声叫那孩子的名字："格列——"

少年僧人

格列是个孤儿，喇嘛多吉把他抱回来。他就在山麓上的庙宇中长大，直到多吉去世，剩下了他一个人守着这座寺庙。

他的背后是群川连绵的达瓦雪山，脚下是耳江环绕的平坝子。下雨的日子，他望着云雾像大海一样从雪山之巅奔涌下来；起风的日子，他看着脚下坝子上的野草像江河一样波澜起伏。

他并不知道自己住在大地的尽头，或者神域的起点，或者现在所称的“佛地”。他一直就住在这里，就是这里。多吉在时他在这里，多吉不在了，他就一个人在这里。他一个人睡，一个人起床，一个人掸去经幔上的尘灰和佛像与墙壁上的蛛网，一个人做早课，一个人打茶、做饭、洗衣，一个人料理寺庙后面的林子和菜地，一个人在临睡前查看每一盏酥油灯。

他从不下山到那条街上去，人不是他的朋友。每天清晨，几十只雀儿停在他窗前叫他起床，如果他躲懒，其中的三两只就会踩着树枝的秋千荡进屋子来，用小嘴轻轻在他脸上手头一啄，又瞬间荡出去，“咯咯”地笑。如果他还是坚持不起来，当玫瑰色的第一缕晨曦落到寺庙的铜鹿上时，林子里最老的乌鸦就会飞到窗口的树上大叫一声：“懒虫懒虫！”

格列走在山路上，偶尔会有隼从雪山那边远途而来，告诉格列雨云即将的变化。格列在后院种菜洗衣，时常有调皮的花妖忽然蒙住了他的眼睛，让他一锄头弄断了菜根，或者把洗干净的衣裳又掉到了地上。

格列有一年非常喜欢一个坝子上的小女孩，她每月上山来还愿，山坡上的草叶子们知道了，就在清晨卷起叶子，把露珠满满地盛在里面，阳光一照就像铺了满山坡的钻石。可惜那女孩一次也没有注意到。女孩走了以后，叶子们失望地垂下来，满山的钻石熄灭了。格列忧伤地笑着摇摇头，对它们说：“没关系的。”

格列打茶和做饭，总有三条野狗在身边陪着他。一条很健壮，全身漆黑，只有尾巴尖是白色的，他叫它“尾巴尖”。一条瘦弱而淘气，脸对称地一半白一半灰，看上去总像是在扮鬼脸，他叫它“淘气”。还有一条年纪还小，胖乎乎的，眼睛边缘长着熊猫一样的黑眼圈，他叫它“眼圈”。它们原本都是坝子上的狗，不知道是主人死了，还是不要它们了。

等到格列夜晚睡觉的时候，林子里树杈上湿漉漉的蜘蛛网醒来了，它们就像织得最完美的巫师的灰斗篷，离开树枝开始在夜空中飞来飞去。格列睡不着就可以趴在窗沿上看它们飞行。

格列还有他的寺庙和佛祖。寺庙原本四壁和梁椽上都有精美绝伦的壁画，画着浩瀚世界、神佛和芸芸众生，那些格列从来没见过的前世今生的故事。佛像们面貌慈悲，眉目炯然，金身庄严。其实多吉刚到这里的时候，这一切就已经暗淡陈旧了，等到格列看到时，所有的壁画都损坏得辨认不清了。多吉说，那是三十几年前，一群戴着红袖章的孩子冲进来，喊着口号一阵乱砸弄成这样的。算起多吉说这句话与去世后的日子，那一天应该已经发生在四十几年前了。

格列还有数不清的石头，这是来还愿的族人供奉给寺庙的。耳江的江滩上有比任何地方都美丽的石头，原住民都有这个习俗，会定期去挑拣最特别的，当作自己的心愿放在佛像脚下。后来外来的人不会这么做，所以这些年来，新增添的石头寥寥无几。

不过已经足够了，这已经是数百颗不同形状和颜色的小石头，让从来没有去过江边的格列，能够从那些花纹和颜色中看见江水，和江水流过的每一处高山和田野的记忆。

可是今天早晨醒来，格列的生活有点不那么安详。他是被雨声惊醒的，雨来得太猛，毫无征兆，雀儿们都躲起来了，老乌鸦也没有等到玫瑰色的晨光。

虽然冬季是这里的雨雪季，但向来只是连绵的小雨，恼人地去了又来，所以今夜开始的这场雨让他觉得异样，他听到雷声轰隆隆由远及近，好像天被一声声凿开了，雨没有经过雨神的筛子就径直倾倒下来。

他走到佛堂里，发现摆在佛像脚下的小石头们都自己躲到佛像背后去了，好像吓坏了的孩子们。他关上被吹开的门，把小石头又放回原位，然后开始擦拭多吉留下的金刚杵，这让他觉得自己惊慌的心渐渐安定下来，他也还是个孩子呢。可是就在这时，他看见佛像前的酥油灯起了一个灯花，本来这是一个吉祥的预兆，可是灯花猛烈地晃了一晃，格列就觉得自己的额头仿佛被重重敲了一下，看见了血色的幻象漫过。

这个早上，少年僧人格列预见了灾难和死亡。

添满酥油，拜过佛祖，格列这天早上还是照例出门上山，冒着诡异的大雨。

他每天一早都要攀登到达瓦雪山侧峰的垭口，爬上最高的一棵杉树，往雪峰上眺望。因为他在等一个人，这个人与庙堂墙壁上恢宏的故事有关。

多吉活着的时候跟他说过，这个人某天会从雪域的那一侧翻山过来，他会出现在雪山主峰的垭口，这是多吉的师父告诉多吉的，多吉的师父又是听他的师父说的。八十多年来，这座庙宇一直在等这个人的到来。他将重画寺庙的壁画，为佛祖重绘金身。他会是第一个描绘佛堂壁垣椽梁的老画师的后裔，他们将每八十一年到来一次，在新年的第九天到达，这是一个承诺，或者用现在佛地居民的话来说，这是一个传说。

多吉活着的时候，总是念叨着这个事情，其实他就是为这事情去世的，他在传说第八十一年的正月初九前几天，只身爬上了达瓦雪山主峰的垭口，在那里等了整整一天，一直到夜晚，大雪封山，他没法下山找到投宿的地方，就这样冻死在山上了。村长江龙去到那里发现了老喇嘛的遗体，叹了一口气，就地妥善地掩埋，还拜了三拜才离开。

就这样，格列失去了唯一的亲人，从小教他一切的师父。不过他并不害怕，因为师父对他说，那个人会来的，他相信师父说的。他好像一个蹒跚学步的孩子，在没有人牵手的短暂空隙勇敢地向前走，因为相信前面有另一双手在等他。所以自从师父再也没有回来，他就每天早上去一趟侧峰向上眺望，尽管在这个角度他看不见什么。

于是坝子上的人都说，这个孩子是傻了，可怜啊可怜，天天等一个传说中的人出现，那个人都快一百年了还没有来，他是根本不存在的，就像剥落了面貌的佛像不会再微笑一样。

而且自从多吉离开之后，格列就不再与任何人说话，即使是人们去礼佛燃香，定期供奉香油和荞麦，他也只是静默地站在一边，任谁跟他说什么都一言不发。开始，人们对这个少年僧人的沉默有些惶恐，不敢声张心底被漠视的怒气。时间一长，于是大家又说，这个孩子一定是变成哑巴了，可怜啊可怜，他的喉咙不再能发出声音。

人们已经习惯了把他当成哑巴，他们私下里叫他“哑巴格列”。他们都是健忘的，只有坝子上爱记想过去的老人们才记得，格列还不会走路的时候，就已经能流利地说话。早年间，所有上山到寺庙还愿的人都要跟他说上一会儿话，祈望从他那里得到一些开解。有一年，他还忽然可以吟唱很冗长纷呈的故事，远古的英雄从母亲的腋下出生，三岁征服了猛虎，九岁打退恶龙，十五岁开疆拓土。虽然他自己都不知道这些故事如何来到他的嘴边。

侧峰太低了，饶是爬上最高的杉树也还是看不见什么，格列只能看见终年积雪的山坳。主峰太高了，从山麓出发，要整整两天才能走到，这还是在天气很好的情况下，而且近些年，几乎已经没有人愿意冒险再去走这条路了。

今天格列只在树顶上待了一会儿，就飞快地下树又往山麓下跑。他想到每天这个时候必定会从山下来的那个“外面来的人”，今天雨这么大，他背着一堆摄影器材应该走得比往日慢一些。于是格列沿着他的来路飞奔去迎他，在萧岩欢喜的洪亮喊声中，他三步两跃就来到萧岩的面前，抹一把脸上的雨水，嘿嘿地笑出声来。

格列打从心眼儿里喜欢萧岩这个大个子，虽然他是一个人类，而且是来自“外面的人”。格列第一次看见萧岩是半年多前，快要入夏的时候，萧岩站在寺庙门前的院子里，还把格列吓了一跳，他人高马大，凌乱的头发茂盛地垂到肩上，就像初夏正在抽枝的一棵大树。他还像树一样很少说话，站累了就坐在寺庙前的台阶上，端详着院子里清晨刚刚绽放的一朵花儿或者几只游戏的小鸟微笑，引得格列好奇地偷偷看他。

每个人在想什么格列都可以从他的五官看出来，即便他什么都不说，或者努力在说些别的，他想的事情会浮现在他脸上。

格列曾经好几次看见村长江龙的鼻尖上挂着一匹大灰马，他时常皱起鼻子想念那匹马，马的影子就在他想起的时候挂在那里。格列看见金老板飘着几缕发丝的光洁额头上总是堆着一堆堆的钱，每次她撩起发丝蜜蜜甜甜地微笑时，那些钱堆就会被不小心碰倒，然后每一个散落的小堆又会变成更大堆。最近想着钱的人好像越来越多，每个上山还愿的人额头上都堆着或多或少钱的幻影。

也有很多人会想念另一些人，他们想念的人就会浮现在脸上，在他们的脸上，那个人的五官和面貌像一个薄薄的面具飘着，这让他们的神态甚至整张脸看上去都有点像那个人了。就像坝子上的司机阿满总是满脑子想着金老板的脸，而六姑的满脸皱纹间总是浮着她孙儿的模样，她最钟爱的孙儿到“外面”的城里去念大学了，每年过年才回来一次。

奇怪的是，格列还在六姑脸上看到过另一个年轻的男人，他从来没有见过的。当一个人非常想另一个人的时候，那张被想念的脸就会调转过方向来，两个人面对面的，像是那个面具和人鼻子贴着鼻子，那个人就会兀自对着那张想象中的脸微笑，让旁人看来他就是在一个人发呆对着半空痴痴地笑。格列就曾在六姑的脸上看见，那张年轻男人的脸和她鼻子贴着鼻子，于是她那张红铜色皱纹纵横的脸就像女孩一样微笑起来，露出缺了一半的门牙。

而格列在萧岩脸上看到的东西总是让他惊奇。

有一次他看到萧岩微笑着的眼角住着一窝刚刚出生的小猪仔，一个个闭着眼睛胖乎乎地挤来挤去；有一次他还来不及放下的惊喜的额纹上停着一只蓝色的蜻蜓；还有一次他紧紧皱着的眉毛间粘着几片百灵鸟的羽毛，那是被坝子上的人打下来的百灵鸟挣扎掉下的。

就这样，他的脸上每天变幻着山里最美丽的碎片，让格列常常一看老半天。连野狗们都渐渐开始喜欢这个大个子，因为他时常嚼碎了随身的干粮喂它们，所以有一个早上，当格列第一回倒了一碗新打的茶出来给萧岩喝，他走近萧岩，“尾巴尖”“淘气”和“眼圈”竟然都没良心地试图拦住他，做出要保卫萧岩的样子。

萧岩接过茶碗喝了一大口，说：“这茶真好喝。”

这是萧岩跟格列说的第一句话，格列又很惊讶，因为别的人说什么的时候往往心里想着的是另一件事情，比如别人对他说茶好喝，可能是想说“你终于给我机会接近你了”，或者“我要趁这个时候恭维你，没准儿你会给我更多”，至少也是“再给我一杯吧”。可是这个大个子脑袋里说的话和嘴里说得完全一样，就像一句话在旷野里的回声。

格列认定萧岩不是有怪癖的游客，也不是执着的还愿者。格列喜欢他却不知道他要什么，这让格列有些不安，他希望萧岩向他要求什么，可是萧岩就是每天一早背着箱子和袋子准时来这里，一坐就坐大半天，到中午过后去隔壁的教堂，傍晚折返，经过他的门前下山去。他的箱子和袋子从没有在格列面前打开过，格列后来才知道，这是萧岩在等待他的允许。

在很长一段日子里，经过山麓的人常常看见这样的景象，一个少年和一个男人并排坐在寺庙前的台阶上，少年叉开两条长腿，手臂支着脑袋，男人相同的姿势，就是比他宽一倍，高两头，他们一个穿着紫红色的袍子，一个穿着深蓝的外套，一个青色脑瓜，一个蓄着长发，像两尊雕像，很久也一动不动。

有一天，萧岩对格列说：“让我拍你吧。”那时候秋天已经来临了。

哑巴格列忽然开口回答道：“只要是不冒犯佛祖的事情，在这里，你想做什么都可以。”

格列回答得流利甚至字正腔圆，这一瞬间让萧岩又惊又喜，他几个月来一直偶尔跟这孩子说话，但是格列始终一言不发，萧岩不见怪，因为坝子上的人早就告诉过他，格列是一个哑巴。

萧岩狂喜之后很快就醒悟过来，这不是奇迹，也不是他陪伴这孩子几个月的成就，格列言语的熟练说明了他其实一直在说话，也许是和小鸟、树木或精灵，唯独不跟人说罢了。

今天格列又说话了。

因为格列发现反常的事情一件接着一件，今天这个大个子不再像以往那样神行守一，他无论做什么都在想着一个女人，这张女人的脸挂在他左胸的心口，嵌在他额头皱起的眉心，他不仅是想念，更多是担忧和焦急，格列想，这一定与今天反常的雨有关，与死亡和灾难有关。

于是格列决定说话，他问："你在担心她？"

"是，我怕她已经被雨困在路上了。"

"你看上去不好。"

"是，我心慌意乱，我怕她从来没出过门却必须在路上住很久，我更怕她遇到塌方和翻车，我怕她死掉。"

"我待会儿为她念经祈福，她会平安的。"

"是，谢谢。"

格列知道，这样的话如今在旁人听来，都只是苍白的安慰，于是他握着多吉留下的金刚杵，有些虚弱无力地说："以前是可以的，以前神灵可以听见我们的祈求……"

久远前住在这里的喇嘛们曾经拥有祈福的力量，他们念经请神灵收回雨云，做法驱赶鬼怪带来的疾病。多吉曾逐一教给格列如何念诵那些特殊的经文，使用各种法器。可是多吉并没有治好六姑的小儿子李二。

六姑的大儿子李大病死的那一年，他的孪生兄弟李二忽然得了一种怪病，动不动就口吐白沫倒在地上，有时候几天不犯，有时候一天几回，好像他原本勉强还正常的魂灵被他哥哥一并带走了。多吉说这是邪鬼缠身，他做了整套法事，但是最终仪式上的火没有能自动燃起，也就是说明邪鬼并没有被顺利驱走。多吉为此自己也大病了一场。

第二年春暖花开的时候，多吉的病终于一点点康复，但是他瘦得脱了形，以往威严的神采没有了，仿佛一下变成了坝子上随便哪个被恶劣天气折磨了大半生，对着田头眉眼惫懒的农夫。

多吉对格列说："神灵已经从坝子上离开了。"

多吉说完这句话没多少年，平坝子那条土路的入口立起了"佛地"的标志牌，土路也浇上了水泥，然后，方块的水泥房子飞快地在路两边建起来，看上去仿佛这个坝子想要在有魔法的一个夜晚里赶着变成一个城市，天却提早亮了，于是它尴尬地停留在半像不像的模样中。

水泥路铺起的第二年新年，正月初六那天，格列看见枯瘦的多吉在整理行囊，他告诉格列，他要去迎那个人回来。他说："等庙宇重现光彩，神灵也许会回来的。"这也是多吉最后也是唯一一次恢复他大病前的奕奕容光，之后他就再也没有回来过。他是想在最后一次努力去挽救什么。

萧岩知道格列在等什么，他并不认为这是件傻事，就像他从不认为格列是个哑巴。如果路途顺利，每天早上他会拍摄格列怎样爬上侧峰的垭口，爬到最高的那棵杉树上，他每天等，他每天拍，日复一日，不厌其烦。

萧岩有时候非常羡慕格列的身手，这个少年是那么轻松地攀上山顶，像飞鸟一样轻盈，他又是那么轻松地爬上一棵树，眨眼工夫就到了树梢上，像一只蝴蝶停在那里飘动着。

他想只有少年人的身体才是这么轻快的，轻快得不可思议，他也许也有过那样的日子，可是他已经忘记了，他已经是个成年人。成年人的身体是沉重的，每年都有新的东西负载上去。直到老年，拄着拐杖也无法支撑自己的身躯。直到最后不得不把自己铅一样的身子平放在床铺上，每天起来一小会儿就气喘吁吁。直到有一天不得不抛弃这个千钧重的躯壳，再次没有重量地飞去。

格列的身体也在一天天变重，萧岩能感觉到。每天早上他爬上树梢的时候还是那么轻捷，可是当他泱泱地爬下来的时候，身体就重了那么一点，下山的时候更重一点。萧岩想，那是又一点失望被留在他的身体里了，随着失望一天天增多，他会变得和成年人一样沉重，是的，那时候他就成年了，不再相信自己曾经轻得几乎可以飞翔。

午后喝了茶，雨还在下个不停，能够望见远方耳江的水已经漫过了河滩。萧岩照例往教堂去，老牧师安东尼笑呵呵地说："有史以来，冬天没有过的大雨啊，今天是不会有人上山来祷告了，你恐怕什么都拍不到，不如让我为你唱一首歌慰藉你的心灵吧！"

萧岩本来也没有打算拍到什么，除了礼拜天和节日，教堂里总是空荡荡的，坝子上的人不再有守候庄稼的悠长时间了，他们越来越忙，忙得好像麦子如今每个月都成熟一次，其实田地却早就荒芜了。没有一种庄稼的脚步可以赶得上人的欲望，所以人们都在忙着离开他们的农田。当然他们还记得分配合理的时间给神，就像他们把回家探望父母的时间也列入了密密缝缝的时间表，是啊，他们太忙了。

所以教堂也衰落了，只有年迈的安东尼在苦撑局面。萧岩知道，安东尼不像格列，格列一个人也能够生活得很圆满，安东尼却不行，他会寂寞，他需要人们。在这个方面，格列是个大人，安东尼才是个孩子。于是萧岩还是会每天过来一次，看望一下这个老人。

萧岩从教堂折返再次经过寺庙的时候，格列向他招手说："雨太大了，你今夜留在这儿睡，好不好？"

萧岩答："不行，她可能今晚就到了，我要回去等着。"

格列说："她今夜不会到的。"

萧岩笑笑，还是冒着大雨一步一滑下山去了。

萧岩回到街上却不想吃饭，累了他吃不下，烦了他吃不下，他甚至时常觉得吃饭是件多余的事情，在很长一段日子里他把吃饭省略为每天一顿，晚上工作完了吃，而且吃得不多，这样他也不见瘦。于是以前他和摄制组一起拍摄的时候，同事们戏夸他特别"环保"，消耗少，功率大。

今晚他更吃不下饭，他只是草草把茶壶里的旧茶叶倒了，烧了热水沏了浓茶。他喝着茶，看着窗外无休无止的漫漫大雨，仅一天之间，达瓦雪山的雪线又下降了很多。街上整天都没有一辆车来过，连司机阿满昨天开去饶镇的班车也没有回来。

房间里的灯泡闪了几下灭了，又停电了，他点起蜡烛，不知该睡该醒。安宁现在很可能被困在天寒地冻的车里，或者跋涉在风雨交加的泥泞山路上，那么他就一定不能睡，如果他睡着了她也会睡着，她就会丧失警醒地摔下山谷或者冻死在夜里。但是万一她幸运地找到了投宿的地方呢？他醒着她也醒着，路上难得一夜的休息就被他破坏了。怎么是好。

萧岩又想到安宁今天一定没怎么吃上饭，她在路上一定饿坏了。

他还记得她特别爱喝汤，各种各样的汤。他做得一手美味的罗宋汤，她每次都能把一大锅喝个见底，还要把锅端起来，把底下剩的一点点都倒出来喝掉。后来他才发现，他对于自己做罗宋汤"美味"的自负很可能只来源于安宁，他人生中仅有的几次做罗宋汤的经历，其实都是做给安宁喝的。他还炖过莲藕排骨汤给她喝，她也一样喝得干干净净。不过他后来才知道她其实最爱喝青菜汤，而且是干干净净的菜汤，不放油也不放盐。

以前和安宁在一起吃饭，不知怎的，他总是吃得非常多，好像从来没有那么饿过，桌上的其他菜几乎都是他一扫而光的，可是他总是嘲笑安宁贪吃，他叫她“猪”。他这么叫她，有时候她就势做出很懒的样子，好像真的变成了一只粉红小猪，甩着长长的马尾辫，鼓起腮帮子对他笑，他就趁机抓她的辫子，她乌黑的头发光滑冰凉。有时候她会假装生气，他就改口叫她“娃娃”哄她开心，他最喜欢叫她“娃娃”。

而她呢，她平时从来不叫他什么，甚至不叫他的名字，好像他就应该是他，可是她生气的时候就叫他“猪头”。

这还是在他很多年前离开那个院子的时候，他收拾好行李第二天就要出发了，他接受了一个机构的委托要去一个叫作舍村的地方拍摄，一去就要半年多，舍村离他们的城市千山万水，中途估计不会回来了。夜深，他整理好一切忽然有些怅惘，不知不觉一个人走出房间，来到院子的大槐树下。夏夜静如水，一阵微风过处，槐花忽然漫天落下，像一场花瓣的雪，他怔忡间就看见安宁早已站在院子里，就在他对面看着他，束着马尾，穿着白色连衣裙。

“你真的明天一早就走了？”安宁问他。

“是的。”

“真的半年多都不能回来吗？”

“是的。”

安宁停顿了一会儿，好像在等他说什么，又好像在想该怎么说一句话，停顿了一会儿她忽然换了轻松的口吻说：“那个地方，叫舍村的，我还从来没去过呢，你带我去好吗？”

萧岩犹豫了一下说："我是去工作的，我到了那儿就没时候照顾你了。"

安宁低声喊："你看我连背包都整理好了的。"

这么一说，萧岩果然看见月光下，安宁的鼓鼓囊囊的大背包已经在她房间门边的院墙上斜靠着了。这时，萧岩却正色对安宁说："不行，我真的不能带你去。"

听了这句话，安宁的泪忽然流了下来，她哭着叫他："猪头，你真是个猪头，你到底懂不懂……"然后她转身跑进了她的房间，关上门，剩下萧岩一个人站在院子里，落了遍地的槐花还在散发着夜色中渐渐消散的花香。

第二天早上，萧岩就出发去往遥远的舍村，自那以后，一件工作接着一件，竟然再也没有回去过。后来就听说院子已经拆迁了，老槐树应该也已经不在了吧。

萧岩就这么想着想着，稍不留神就斜靠在床沿上睡着了，一阵冷风从窗缝里吹来，蜡烛也灭了。

安宁乘坐的中巴在大雨的山路上开开停停，开了整整一天还没有到达丰村，饶镇就更远了。傍晚时分，车又陷在泥塘里熄了火，这一回，再也发动不起来了，车坏了。

司机和车里的几个人勉强把车弄出来，推到路边，然后大家各自考虑出路。有个当地人说："我家就在丰村上，你们要不都跟我去我们村上歇一宵吧，看明天早上能搭上什么车回去不。"

司机说："好，丰村离这儿也不远了，翻过这座小山头就到了，我们一起走吧。"

他们上路了，安宁留在原地犹犹豫豫没动。有人热心地招呼安宁跟上，安宁没法跟他们说，她的视力根本没法在这么暗的光线下爬山。于是那人讪讪地说："嘿，你们城里人是不习惯去我们村上的，要不你就在这里等等，兴许后面马上就有车来了。"

司机说："你就坐我车上去吧，不要这么淋着了，待会儿看见有车你再出来拦。"

现在安宁又独自在黑暗中了，她坐在车里冷得发抖，雨与夜，路上根本不像会来其他车的样子，连这辆车都恨不得生出双翼飞回停车场里去。安宁坐了一会儿感觉睡意袭来，尽管她必须醒着才能对抗寒冷，她想，一定是他睡了。还来不及想更多，她就睡着了。她闻见了槐花的香气，飘浮在儿时院子的夏夜中。梦中，她看见槐花如雪，在月色中漫天飘落。

一阵细小的歌声奇怪而清晰地传入安宁的耳中，这不是梦，雨敲打在车顶上，噪声麻木到变成听觉的一片宁静，但是她分明听到一个女孩的声音在唱：

野花的种子遍地流浪，
来不及盛放便已经死亡……

安宁蓦地醒来，声音是从车外传来的，车外山路一侧是深谷，一侧是高坡，安宁看见就在山坡的一侧，微光笼罩下，很清晰的，有个梳着辫子、穿着红袄的小女孩，孤零零打着蓝花伞在雨中走远。

安宁正琢磨眼前的这幅幻景究竟是什么，就看见女孩逐渐走远的身后，山体正渐渐塌下来，大块泥石朝自己所在的中巴滚落。安宁惊叫一声，手忙脚乱地找车门，连滚带爬地跑出车子，她不断往前跑，不断被绊倒在地上，背后塌方的轰鸣声不绝。等她再回头看时，不知是幻象还是真的，中巴已经消失在山坡中了。

安宁坐在泥地的雨里，又冷又怕，她不知道要怎么度过这个夜晚，她也不敢再往前走，就怕一步掉落到深谷里。她想，自己一定是要死了，那歌声是山上的花妖来预警她的命运了。

萧岩猛然惊醒，他从一个莫名的噩梦中醒来，周身被冷汗湿透了。他重新点燃蜡烛，烛光映在房间坑洼不平的四壁上，像垂死的蝴蝶在挣扎。他走到窗前打开窗，持续不断的雨让他更加不安。他周身的汗干了，可是总有一种错觉，好像周身还浸泡在冰冷的水中，这种感觉和他心里的恐惧久久不能消散。

他想，会不会是她有了危险？

不知在泥地里坐了多久，安宁幻想着一切干燥、温暖的东西，甚至火热的东西，现在她正努力让自己想象一个放满热水的浴缸和一件厚浴衣，一个电热暖手炉，或者一杯热牛奶也好，可是她的意识正在寒冷、饥饿和疲惫中一点点离开她。

恍惚中，安宁看见一艘战舰正劈波斩浪向她这边驶来，她想她刚才只是在努力让自己想象一个浴缸而已，怎么会有战舰。等她听到突突的油门声越来越近，大光灯打到她脸上时，她才意识到，竟然有车路过了。

那还是一辆小型卡车，司机夜里开车正好找到了说话的人。安宁披着车里干燥的毯子，喝着司机瓶子里的茶，听着司机用她并不能完全听懂的方言边说边笑，安宁觉得，她是又回到人间了。车在雨中行驶，在雨的震动和地面的颠簸中，安宁还觉得有两三个沉重的家伙在他们的车上走来走去，好像总共有十几只脚在走动，而她看看司机的脚正放在油门和刹车上，她自己的则好端端放在地上。

“……我的车上还拉着三头猪呢，自家养的，运到饶镇去卖，要过年了嘛。”司机正好乐呵呵地说到这里。

安宁笑了，她浑身泥乎乎的和三条同样泥乎乎的猪坐在同一辆车上赶路，她想起以前他叫她“猪”，他做的整锅罗宋汤她总是喝得一点不剩，她这么瘦弱的人平时是吃不多的，可是跟他在一起吃饭，不知怎地，她的胃口总是出奇地好，其实他吃得更多，结果他偏偏叫她“猪”。

而他呢，他是“猪头”。安宁还记得那一年，他接了工作要去很远的舍村拍摄，据说半年多不能回来。那一年，安宁刚刚从音乐学院毕业，还没到交响乐团工作。安宁偷偷整理好了背包，她是打算从此无论他去哪儿，她都要跟他在一起，可是他这个“猪头”竟然一点也不懂，就这么把她丢下了。

小型卡车的司机不但爱说爱笑，而且车技惊人，他在这样的雨里打着大光灯开得飞快，常常一个贴着悬崖的飞速拐弯，安宁就被抛向座位的另一侧，后面拉着的三头猪也哼哼着滚来滚去。饶是这样的速度，到了黎明时分，黑沉沉的山路和雨幕还是看不到尽头。安宁想，这样连日连夜地走下去，真的是要走到大地的尽头了。

当卡车终于抵达饶镇的时候，已经是上午八点了，在经过沿途摆满绿菜青瓜和红火番茄的集市时，阴沉的天竟然像被撕开一个口子，太阳出来了，金色的光芒照着渐小的雨，群山和大江显出鲜明的颜色，远远的，竟能看见雪山云雾缠绕的银色山峰了，脚下的土路也渐渐干了。

国 王

安宁到了饶镇之后，正好换乘上了佛地司机阿满的车。

从饶镇出发再几个小时之后，坝子终于近在眼前了，雪山下初晴少人的农舍与田地边，那条唯一的街就像一个惊叹号写在了佛地上。

车径直开上了那条街，一块巨大的石碑赫然刻着“佛地”两个红色大字，还有一个箭头指向街的入口，入口又堆上了很多新的方石，一个面无表情的石匠正在路边挥锤击打，好像正在给石头雕上什么花样，尖锐的击打声让安宁觉得心惊。安宁可以感觉到车轮驶上坚硬的水泥路面，这条水泥路却坑坑洼洼得厉害，比土路还要颠簸。路的两边是密得几乎没有缝隙的平房，仿佛一夜之间有很多人摸黑圈地抢着盖起来的，简陋的旅馆和商店都在不停地用大喇叭招徕客人，其实街上一个游客也没有。

在这充满噪声的空荡荡的街上，只静静站着一个人，看得出他已经站了很久了，皱着眉，望着街的东面，像一棵大树。

车停下来，安宁已经忘记自己怎么下车的了，他叫了她一声：“娃娃……”像是一声叹息。安宁站在他面前，想哭，却笑了起来。

街上的每间房子里都伸出脑袋来看他们。萧岩接过安宁的背包背在肩上，安宁听到了他熟悉的关节咯咯声，还和他小时候一样。他们安静地向街上最高的四层楼房走去，走出众人的视线，走上甬道，左拐，穿过屋后的院子，有一只大狗默默地向他们摇尾巴。他们上三楼，走过露天的回廊，进了北起第二间门。

萧岩说：“我给你烧了热水，你洗洗脸。”

安宁问：“我这样是不是很难看？”

萧岩说：“不难看，我是怕你感冒，待会儿把我的干衣服换上。”说着他又沏了一壶热茶，倒在自己的杯子里递给她。

窗外大朵大朵的雾气悬浮在阳光里，这房间仿佛从尘世暂时消失，藏身云中。两个人静静面对面坐着，很久没有说话，只是欣慰。

萧岩忽然叹了口气，说：“你在这儿玩两天就回去吧。”

安宁捧着茶杯，愣住了。

萧岩一边起身关窗，一边说：“你早点订票，早点回去，很快就过年了。”

这个初晴还寒的下午，有人已经来到街上这栋四层楼房的楼下，望着他们刚刚关上的窗户，犹豫着是否立刻上楼拜访。这个人就是此地的一村之长江龙。

每天下午这个时候，村长江龙都要出门在街上来回走一圈，巡视他的领地。他戴着卷檐的皮帽，穿着绣花的皮背心，马裤下一双亮亮的皮靴，背着两只手走在街上，像一个神气活现的国王。他的眼睛像孩子一样闪亮，正在衰老的身体还十分健壮灵活。

他知道今天街上新来了一个“外面的人”。这条街从东到西十几分钟就走完了，没有他不知道的事情。江龙犹豫着要不要马上去看看那个人，作为这一地的最高领导去“关心”一下她，不过他想起了金老板跟他说过的话，村长要有村长的架子，腿不能这么勤快。所以他决定晚一些再去。

他觉得这个“外面的人”来得正是时候，因为他一直想找机会和萧岩谈谈，萧岩能让他的领地变得富裕起来，他相信这点，只要萧岩愿意听他的。

江龙有些自得地想，现在能这么为老百姓着想的村长还有几个呀，况且佛地还不是他真正的家乡。

江龙的家乡究竟在哪里，是什么样子的，他自己都不知道。当年父亲带着全家迁徙到这里来的时候走了很远的路程，他们走了整整几个月才来到这里，等扎下帐篷回头望去，返程的路消失在连绵的大山中。

听母亲说，原本他们家住在一个天空最辽阔的地方，生活平静而安逸，牛马成群，牧草丰沛。他出生的时候，远近的族人都赶来饮酒庆祝，好几个还醉死在回去的路上。父亲本来是一个懒散不羁的人，每天纵马痛饮，从无烦恼，自从有了他这个儿子，他宁愿坐在家门口长久地看婴儿的每个神情和动作。母亲说，他是父亲最珍视的宝贝，他们一家离乡背井都是为了他。

就在江龙周岁那天夜里，族人们又过来喝酒庆祝，人们欢饮而归之后，父亲为了散去酒后的燥热，一个人到屋顶上睡觉。就在那个夜晚，酒醒后的父亲看见苍穹中有一片冰蓝色的星群像飞鸟一样迁徙，由北往南穿越整片夜空，最后消失在大地的尽头。

父亲第二天一早就收拾行装，带上牲畜，领着母亲和周岁的江龙往南而去，他相信这是一个对他的儿子具有重要意义的征兆，是神在告诉他，从这里一直向南，在星群落下的地方，有一个能让他儿子获得幸福的地方。他将会比他的父亲和祖父过得更好，更快乐，更强壮，更显赫，也许他会成为一个国王，就在蓝色星群指示的地方，神已经用异象昭示了这个祝福。

父亲拖家带口走了整整几个月，最优秀的马一匹匹在路途上死去，留下它们曾经雄壮的躯干，而矮小的人还在继续向前走，因为他们比马更有理由向前走。这些理由总是虚幻而强大，所以一路上父亲常常看见赶路人的幽灵依然匆匆走在路上，牵着他们已经变成骸骨的马，整夜整夜地不停息，他想，也许这些赶路人还没有意识到自己已经死了。天亮的时候，幽灵消失不见，留下马的骸骨倒在路边，天黑了，幽灵还会牵着马继续上路。

这让父亲在走到第三四个月的时候，也曾经怀疑自己是否已经是一个幽灵了。他怀疑母亲汗涔涔赶路的脸，孩子渐渐长大的个头，是否都只是幽灵的影子？那夜的异象究竟是神谕还是妖魔的蛊惑？自己强大的心愿究竟是否是一个错误？

父亲就在这样的怀疑中依然带着家人一路向南，有一天，他终于在穿过无数峥嵘山地之后，看见了雪山下这片安详的坝子。他欣喜若狂，指着那个地方向他的妻子和儿子宣布道："这就是我儿子的王国，我们现在走到了！"

父亲到了坝子上才发现并没有盛大的仪仗队和花环来迎接他的儿子，更糟糕的是，他只会放牧并不会耕作。他造起房子、砌好院墙，却对着门外一大片荒地束手无策，好在驿站所在的土路上需要养马人，于是他总算找到了一份养活妻儿的活计。

在开始的两年中，他悄无声息并且勤勤恳恳地在漏雨的马厩里喂马、饮马、刷马，为马卸下旧坏的蹄铁，换钉上新的，然后蹲在驿站的木板房子门口狼吞虎咽地吃饭，吃完继续干活。连母亲都惊讶这还是不是自己的丈夫，他藏起以往的懒散不羁，像变了一个人。

两年后的一天，他终于等到了他要的机会，一队客商的马夫们一夜之间得了痢疾，病了一星期非但没有起色，还死了三个，眼看这队人马再也没法上路，而要送往雪域的货物耽误不起时间。领头的商人说，最好是找一个勇敢善骑的人，骑着他们最好的马，带着文牒和货物的样品，翻过达瓦雪山到那边报个信，请他们派人和马来接运这批货。父亲从屋后的马厩走出来，说："我去！"

父亲只用了八天就把雪域的马队带到了坝子上，在这之前，谁也没有能在这么短的时间里来回，即使最有经验的马夫也不行，而且这还是他生平第一次走这条路。大家都说，他一定是神山尤为钟爱和庇佑的人，他是有福的。

父亲从此在坝子上，包括在这条驿道沿线都声名大噪，不久他带着本地农户的儿子们一起组成了马帮，常年往来于芒山的耳江流域和天路上，帮助两地的商旅传信、运货。从这时候起，他的儿子算是过上了小国王般的生活，他常常会有各种新奇的玩意儿，一把玩具手枪、一副塑料棋子，甚至还有疼爱他的父亲从雪山那边用皮水壶驮来的牦牛奶喝。

但是，自从那个让父亲做出迁徙决定的夜晚过后，儿子就再也没有看见父亲像以前那样坐在家门口，长久地端详他的一举一动，有足够的时间陪他欢笑与沮丧，尽管父亲的这个决定是为他而做的。

江龙至今还常常想念父亲的大灰马。

如果哪天早上，他听到薄薄的墙壁外面传来大灰马熟悉的鼻息声，他就知道走了多日的父亲又回来了。他偷偷绕到母亲的卧房去看，小心地不让被晨光拉得长长的影子钻到卧房里，他知道父亲每次回来都要睡很久，一次比一次久。

其实大多数人在白天醒着的时候还是有一半时间是睡着的，就像马站着睡觉，人也一样，人在种地时睡觉，吃饭时睡觉，在说谎话的时候睡觉，只是他们自己不觉得，而在夜晚躺着做着让他们真正心惊、狂喜、愤怒，让他们喊叫流泪的梦时，他们其实是醒着的。父亲不同，人们只知道父亲是天路上骠骑千里不死的奇迹，其实父亲的奇迹只是在他醒着的每一刻醒着，这使他逃过了路上无数危险，也让他的倦意一倍又一倍地累积在身体里，只有在母亲的目光下他才能释然入睡。江龙明白，母亲不会允许他叫醒父亲，所以他悄悄看了一眼之后，就溜到屋后的马厩里跟大灰马玩。

他高高地举起草料喂它，它总是很给面子地嚼着，每次他试着去拉它的鬃毛，它由他玩，偶尔弄痛的时候，它只是用脸颊轻轻撞他，很难想象远近闻名的一匹烈马会这样慈祥地对待一个孩子，它的眼神平和而悲哀。

马的眼睛，江龙记得，长长的睫毛下永远平和的眼睛，不论它们是受到鞭挞，还是被主人转手贩卖，甚至在快要老死时被恶劣的人宰杀，剥皮吃肉，所有的马用同一双眼睛看着人，大灰马的眼睛，它们看着人们内心的缺憾和疲惫，它们比人更知道命运的安排，它们在任何时候都可以挣脱缰绳跑开，把人远远地扔在后面，它们不跑是因为还不想跑。

父亲骑着大灰马走过了一趟又一趟险路，有一天傍晚，他带领马帮再次从雪山下来，走上通往坝子的路。那天苍穹中黑云低沉，天地昏暗，所有的人都以为又有一场雨要来了。父亲催促大家加紧赶路，并一马当先跑在最前面。这个时候，夕阳忽然穿透了黑云的一角，一道灿烂的光芒正好落到了骑着大灰马的父亲身上，父亲骑在马上显得高大雄壮，凌乱的头发和破旧的衣衫像天神的铠甲一样光彩奕奕，此刻扬蹄的大灰马在光芒下看上去周身雪白，威武尊贵，像传说中神的白马坐骑。

坝子上所有翘首眺望马帮归来的人都被那一幕惊呆了，父亲第一次像一个真正的英雄那样回到坝子，临时的仪仗队和花环等候着他，当时老村长刚刚去世，人们破格选了这个外乡人做他们的村长。

父亲的荣光来自于路，这也注定了他将死在路上。他的疲惫越积越多，没有一个人是可以做到一辈子醒着的时候都是醒着的，这样的人多半短寿，于是父亲终于在经过一条峡谷时睡着在滚落的泥石底下，他的大灰马飞奔回来报信，等到大家把父亲挖出来，他已经真正地睡着了，这下他可以不用再被颠沛的生活唤醒。

大灰马远远望了熟睡的父亲一眼，哀鸣一声，然后掉头飞奔消失在苍莽大山中。母亲对江龙说：“由它去吧，你父亲的路走完了，它的路还没走完，我们不能把它从此拴在桩子上。”

母亲这番话等于认定了江龙是不能驾驭那匹大灰马的，江龙鼻子里哼了一声，可是心里明白那是真的。从大灰马转身绝尘而去的那一刻，他就明白，它从没想过被第二个人驾驭，包括主人的儿子在内。它曾经对他的和善，不过是一个长者对孩子的宽容和怜惜。

然而恰恰是因为这样，江龙想驾驭它想得发狂，他想把它夹在双股之间奔腾在深谷高山，让猎猎的山风凶猛地把他包裹，有如奔跑在天空中。他之后驯服了无数的烈马，包括他后来带领马帮一直骑着的那匹栗色大马，可是大灰马已经走了，它不再回来。常有樵夫们说，又在山里望见了它，它像一朵白云飘在山间，它的脚步看上去比过去更加矫健有力了，它一掠而过时总是发出低沉的哀鸣。人们都说，它变成了马的神。

马的寿命从来比人短，人总是看着一匹匹马老死，而人依然活着，活过了无数匹马的一生。所以被同一匹马成年累月地看着是一件可怕的事情，尤其是它曾看着你的父辈死去，现在又在看着你长大成人。江龙知道那匹大灰马还一直在看着他，用平和而悲哀的眼神，像看一个孩子那样，继续俯身看他。

父亲故去之后，唯一能接掌马帮的江龙成了村长。父亲从那个离开故土的黎明起，就一直坚信自己的儿子有朝一日能成为国王，而在他埋身泥石的那个晌午，他终于成就了他。

江龙后来才意识到，他与父亲虽然同样在马背上成为了村长，其实人们的期待早已大相径庭。父亲的王冠来自于他在山麓上被光芒照亮的那一霎，他的王冠却并不来自于骑马的英姿和雪山光华造就的幻影，甚至并不来自于他是一个英雄的子嗣，他成为村长只是因为马帮的营生是坝子上最主要的经济来源。那一刻，他得出了和马克思几乎相同的结论：经济基础决定上层建筑。

江龙接管马帮没多少日子，马帮的生意就大不如前了，中土与高原之间更便捷的交通方式早已建起，商队早已不需要穿过天路的甬道，公路甚至在耳江流域的地方与地方之间贯穿，马帮这种古老的运输方式正在渐渐被废弃。

江龙转了一个圈又回到了原地，他带着马帮的小伙子们回来面对土地，就像父亲当年刚到坝子上一样，对着陌生的一大片荒地束手无策。坝子上潮湿多雨，酷夏严寒交替，土地和人一样散漫。麦穗熟了，麦子一定已经偷偷跑掉了一半，捏上去空空的。什么蔬菜瓜果的种子都会在长到一半时倒下，烂死在地里，除了本地一种苦涩粗老的大叶菜。土地早在亘古的时候就已经决定了一切将呈现的样貌，就像坝子上永远低矮稀疏的树和庞杂丛生的杂草，唯独人的欲望每年都不愿安然，就像这野草蔓延成灾。

血气方刚的男人们一年年的种植勉强能够让全村糊口，但是人们对江龙这个村长的苛责也一年年增加。鸟雀的嘴是用来歌唱的，人的嘴却是用来抱怨的，江龙明白，安守本分不是人的天性，他必须做些什么来让他的属民重新平静下来。

镇上曾经鼓励大家发展农业，江龙一度热心请回来的技术人员在土路上造起了唯一一栋四层楼房，楼门口用油漆写上了“农业技术推广站”一串大字。直等到这串大字在雨水中泡烂了、剥落了，麦子的收成还是没增加多少，在土地的讪笑声中，技术人员回去了，只留下这栋里外空空如也的楼。

不久，路造到了坝子上，简陋的土路，也算是能通车了。江龙去镇上开会，带回了让全村人兴奋不已的好消息，耳江流域已经筹划统一开发旅游资源，他们这个地方也会成为“外面的人”纷至沓来的重要景点，游客的钱包将使他们这里富裕到不可想象，甚至有一天也会和“外面”一样高楼林立、群车如龙，人们打扮得周身光鲜，每天除了买卖东西什么都不用干。

江龙其实并不知道“旅游”是什么，他也是听人说了半天才只明白了个大概，总之这是一个吸引“外面的人”来花钱的营生，也许就像开一家商店。江龙也不知道自己心里是否期待这个奇怪的玩意儿会给坝子带来奇迹，不过他现在已经成了坝子上的英雄，就像他父亲当年只身匹马从雪山那头带回了雪域的商队一样，江龙现在将从“外面的世界”带来比马帮赚钱更快的营生，这让所有的人对江龙恢复了国王一样的尊重。

很快，土路上简陋的旅店和饭馆造起来了，间或真的开始有游客来到这里，虽然一年下来寥寥无几，但也给坝子上的人带来无限的兴奋和希望。

那一年，有匹拴着的马踢伤了一个逗它的游客，自此之后，为了不影响“旅游事业”，坝子上的马都被清除了，卖的卖，杀的杀，包括江龙那匹已然衰老的栗色大马。这些眼睛闭上了——马的眼睛，这倒成了一件好事，没有这些眼睛的注视，人们不再会惊觉自己的行为已经越来越古怪。

这个安宁到来佛地的下午，大雨初霁，村长江龙走在这条坑坑洼洼的水泥路上巡视他的王国，他起初只是想不要显得太急切地去拜访这两个“外面的人”，他在街上闲逛打发时间，等待着一个适当的时机上楼。

结果他回想着旧事，不知不觉已经走到了街的东头，他想，他怎么走着走着就睡着了呢？他曾拥有父亲留下的禀赋，在醒着的每一刻都保持醒着，因此他曾经在艰险的山路上毫发无伤。可是这水泥路好像有一种奇怪的蛊惑力，每次当他踏上这条路，他的灵魂就不在走路的每个步点上了，它飘飘忽忽地去了远方。他有时观察这水泥路上的其他人，他们似乎也都在梦境中，一个怪诞的欲望纷呈的梦。

江龙走出了路的入口，他一脚踏上土路，忽然觉得心里踏实起来，脚底是柔软的山间泥土，他仿佛看见了久违的大灰马的眼睛，它依然在看着他，他一回头，却看见“佛地”两个鲜红的大字正在石头的指示牌上讪消地高挂着。

入口的另一边，他请来的石匠看见花钱的东家来了，就更卖力地击打着石材，表示他正在分秒赶工，要把佛地巍峨的雕花牌坊在正月到来之前竖起来。铁杵和石头撞击的刺耳响声让江龙不由得打了一个冷战。

在很长一段日子里，坝子上的游客还是屈指可数，人们又开始抱怨，他们问江龙：“什么时候才会有更多的游客来？”他们问了一遍又一遍，听上去像是质问。

那时候这个地方还不叫“佛地”，这条始终铺不平整的水泥路也还没有铺起来。

有一天镇上又传来了好消息，“外面”的电视台要来坝子上拍摄一部大型专题片，这部片子一旦拍成了，“外面”所有的人都能从电视上看见这里，没有人会不知道这里，游客将从此络绎不绝，多到踩坏这条土路。

镇上还说：“这桩好事落到你们村上，真是难得的运气。”因为这是耳江旅游局花钱请来的电视台，导演翻看着旅游局提供的一叠叠的资料，忽然拍着他光秃秃的大脑袋说："传说中大地的尽头、天路的起点，这是一个很吸引人的由头啊，我们就拍这里了。"

导演带着他的摄制组大队人马来了，到了这里，他们才开始摇头叹息，在他们看来，这里几乎什么都没有，一条小土路，两三间旅店饭馆，周围农舍稀少、田地荒芜、树木稀疏，除了雪山和山麓上并肩的寺庙和教堂还有一点看头。可是到都到了，导演大手一挥："就地拍吧，不行就现场调整布置。"

"现场调整布置"的意思就是，让坝子上的人锄干净了草他们拍麦田，然后砍了树拍山，一切服从镜头美感的需要。

一个月之后，专题片在遥远城市的某栋电视台大楼里剪辑，导演又拍着他光秃秃的脑袋苦思冥想解说词，编排和美化着似是而非的故事。他的助理在为他记录打字："在传说中大地的尽头、神秘的雪山下，有一个人神共居的地方，人们世世代代在那里过着与世隔绝的生活，小小十几户人家的村子，有多个民族共生，多种宗教并存，和谐、自由而天然……"导演忽然大手一挥说："有了，你赶紧记下来，这部专题片的标题就叫作——佛地！"

片子播出以后，果然有越来越多的游客慕名而来，差点踩坏了唯一的这条土路。他们口口声声要来游览"佛地"，坝子上的人也忙不迭地招徕道："是是，我们这儿就是佛地了！"

坝子如今有名字了，这无疑是件可笑而危险的事情。几百年了，坝子只叫作坝子，无论它是一个桃花源，还是一个驿站的时候，它只被叫作坝子。就像这里的父母都用最简单的方式命名他们的孩子，阿满的名字只是一个语气助词，相当于"喂"，而六姑的名字只是她出生的排行。人们曾经相信，有了名字的人会被邪鬼记住，神佛则会照看一切有名字或没有名字的人。

名字是一种咒语，在每一个刻意的名字背后都有太多的期待，就像父亲命名新生的爱子为“江龙”，就注定了他们从此离开安乐的家园，去完成这个名字的宿命。这种期待太重，卑微的人类背负不起，可是他们如今不但拼命地给子孙们命名，还给时间万物命名，甚至给他们居住的大地起了各种显赫的名字，就像“佛地”，那名字称颂和炫耀的不是这片坝子，是他们自己。

鉴于来佛地的游客越来越多，江龙找来了石匠特意打了一块“佛地”的标志牌立在路口，还花钱把土路铺成了水泥路。

奇怪的是，这条水泥路无论返工多少次也铺不平。就算是天黑前刚刚铺好，已经检查过是完全平整的，第二天清早起来一看就又是坑坑洼洼的了，上面布满了人的脚印、狗的脚爪印，来回的车辙印，甚至无数马蹄的印痕，那些早已在坝子上不复存在的马。

江龙把惊恐统统变成了对石匠的愤怒和辱骂，当年的那个石匠是个干瘦的中年人，他垂头，默然地听着，像一段被砍下来的木头，然而第三天早上，重新铺平的水泥地上再次出现了阡陌纵横的盛况。

江龙想，不管水泥路究竟平不平，好歹游客终于多起来了，其他都是小事。江龙刚刚释然没多久，也就是“佛地”石碑立起来没多久之后，听说“外面”发生了瘟疫，游客一下子锐减到无。等到“外面”的这场灾难过去，冬去春来，电视专题片的印象早已在“外面”的人们的心中淡去了，佛地再次被遗忘了，每年稀稀落落的游客昭示了江龙又一次的失败。

五年后的岁末，也就是安宁来到佛地的前些天，江龙再次请来了石匠，当然这次的石匠不再是上次那个。这个石匠肌肉鼓凸、表情漠然，偶尔显露的强悍阴冷的眼神总让人倏然一惊，江龙觉得这样的人才能镇得住佛地诡异的邪气。江龙打算赶在正月之前为佛地重修门楣，因为有一件大事将要使佛地再次兴旺起来，至少江龙是这么认为的。

佛地的景点审批通过了，明年春天就将开始对游客收取门票，耳江旅游局表示会把佛地列入重点旅游线路之列，大力扶助这里吸引游客。江龙算了算，一张票六十元，不用花一点粮食、一张床单，就平白有了这六十元，这说明佛地是个怎样值得一游的景点啊。

如果换了金老板是这里的村长，她肯定会乐呵呵地坐等这笔横财上门，什么也不做。可是江龙毕竟曾经是一个出一分力气得一分钱财的驭马人。每次游客来到佛地，江龙不是没有看见他们眼中的失望。佛地，那部拍得神奇无比的电视专题片的片名，所谓人神共居的自由国度、大地的尽头、天路的起点，游客千山万水颠簸来到此地，看到的只是一个写着“佛地”两字的石碑，一条凹凸不平的水泥路，一条客栈饭馆林立的拥挤街道，此外就是不可及的雪山远景和四周荒芜的农田。有时候江龙甚至怀疑是游客的怨气堆积在这条街上，让这条十几分钟就可以走到尽头的街道厄运缠绕。

于是江龙想了几个晚上，翻看了无数从“外面”带来的各种旅游景点的图册，决定斥资在街的入口石碑边上建起一个雕花的大石头牌坊，好歹也算是一个“景观”，然后趁此把水泥路再铺一遍，这回一定要铺得平平整整，没有一点瑕疵。

江龙看着石匠一锤锤地打，他恨不得这世上的事情也像这坚硬的石头，自己每一锤下去至少能有一个看得见的坑。他走近了去看这些石头上的花纹，本来想再嘱咐石匠些什么。就在这个时候，阳光的影子忽然像一匹丝绸一样从石头上滑落下去，巨大的雨点瞬间打湿了石头，江龙嘱咐的话也被浇灭在半路上。短短半天光景，大雨去而复返，达瓦雪山的雪线刚刚升了一点现在又在飞快地下降。

从昨晚起，江龙就觉得这雨下得古怪，他赶马种地这么多年，从来没在坝子上见过这样的冬雨，漫天的黑云挟着不祥的煞气低低压了下来，雨像是天空的洪水决堤。就在躲雨匆匆离去的时候，江龙瞟了一眼“佛地”的那块红字石碑，他看见两个红色大字上的油漆被雨浇了以后流下来了，他就指着那块石碑顺口对雨中继续打石头的石匠说：“待会儿雨停了，你去找点红油漆补一补，质量好一点的油漆！”

这个石匠倒是一个十分顶真的人，他嘟哝着：“怎么会呢，油漆碰到雨会化？没见过这样的……”他冒雨走过去摸了摸那不停流淌下来的红色液体，用两根手指捻了捻，忽然有些惊惶地回头对江龙喊：“这好像不是油漆！”

江龙啐了一口说：“不是油漆是啥？”反正淋湿了，他也走过去摸了一把，用手指捻了捻，红色的液体在雨中化成淡红色很快散开，依稀能闻到并不浓烈但令人心惊的血腥味。

江龙和石匠站在滂沱的雨中，各自僵硬着两只手面面相觑，殷红的血继续不停地从石碑上流下来，汇入地面湍急的雨水中。

狗

安宁来到佛地的这一天下午，村长江龙没有上楼来，于是阿满成了第一个登门拜访安宁的人。他冒着大雨上了三楼，推门径直进来，乐呵呵地坐在萧岩和安宁的面前，瞪着一双圆眼睛看着他们。

住农舍的人习惯了用狗把门，所以当坝子忽然有了一条貌似城市的街道时，这里的人们还是保留了不敲门的习惯。

萧岩冷淡地问他："你喝点啥，今天我这儿没有酒了，只有茶水。"

阿满嘿嘿笑着答道："就茶水吧，热茶啊。"

萧岩到外屋拿了一个杯子，从壶里只倒了半杯热茶递给阿满。阿满接过茶杯却没有马上喝的意思。他捧着杯子好像捧住了一个借口，两条短腿在椅子上荡来荡去，跟安宁搭讪说："你这要找的人也找着了，这天也快黑了，我带你先去住下怎么样？”

安宁猜到阿满会来，就像今天早上在饶镇车站，他听到安宁问“佛地”两个字就过来了，在一旁嚷嚷着：“你买不到票的，你坐我的车去吧，我的车这就走了。”

窗口里的售票员不知道在忙什么，问了他两遍都没听见，阿满的手已经拉住了安宁的胳膊。这时候售票员终于扭头回答说：“今天没有去佛地的票，你可以预订，我们要凑满了乘客才有一班车的。”

“今天不走吗？那明天走吗？”

“去那边的人少，可能三四天一班吧。”

阿满这下得意地大笑起来，放开安宁的胳膊说：“我说吧，你买不到票的，我的车马上就开的，三十块钱，走不走随你！”

安宁说：“好吧，你的车在哪里？”

这是一辆半成新的中巴，副驾上坐了一个女人，小个子，挽着浓密光亮的发髻，露出光洁的额头，一声不吭低头在织毛衣。安宁还以为那是另一个本地的乘客，就听女人低声利落地吩咐阿满：“走吧，不要等了，今天不会有更多人了。”阿满立刻收起了东张西望的眼睛，打开门坐上驾驶座，将车子发动起来。

阿满和大多数坝子上的本地男人一样长相，矮胖的身材、粗短的腿和黝黑的皮肤。他圆眼睛，圆胖脸，下巴上搞怪地留着三绺胡须，这是他学驾驶课回来后的变化，一件花里胡哨的羽绒服敞开了扣子，露出了他圆鼓鼓的肚子和腰间一把漂亮的佩刀。车里开着震天响的流行歌曲，他一边开着车一边扭摆着身体，就好像在跳舞，一会儿两只手都不在方向盘上了，一会儿两只脚又全部离开了该放的地方。副驾上的女人却只顾织着毛衣，连瞟都不向他瞟一眼。

到了半路上，阿满终于憋不住寂寞，他跟安宁搭话说：“你是去佛地旅游的？”

“我是去找人的。我的朋友住在佛地。”

阿满愣了一下，忽然哈哈大笑说：“我知道你去找谁了，你的朋友我认识，他跟我是好兄弟！我就是从佛地来的，我是佛地的司机，叫阿满。”

他又指着副驾上的女人说：“她就是我们佛地最大的老板，金老板，何家旅馆的老板，不是老板娘，是老板！”

金老板扭过头来，她有一张姣好而洁净的脸，有本地女人没有的白皮肤，宽阔的额头，尖小的下颌，一双叶子形状的眼睛垂下时很娇俏，抬起时却冷得没有温度，一张小嘴有玲珑的轮廓，嘴角微妙的角度不断变化着蔑视和谄媚的表情。

如果安宁能看清，她会发现中巴车的内外都贴满了同一家旅馆的广告，“何家旅馆”四个大字像视觉轰炸一样首尾相接，让人眼花。

现在阿满显然是刚把车停好，就马上赶过来打算接另一笔生意了，他捧着茶杯笑呵呵地对安宁说：“怎么样，走吧，我帮你拿行李。”

萧岩皱起了眉头，他没理阿满，自顾自地跟安宁说：“天色确实也不早了，要不我送你去吧，这里要说条件能住人的也就是何家旅馆了。”

阿满在边上连忙帮腔道：“我来帮她拿行李好了。”

安宁说：“阿满谢谢你了，我不想去。”

阿满有点失望，他滴溜溜在椅子上换了个姿势，讨好地笑着问萧岩：

“萧哥，你的朋友打算在这儿住多久啊？”

萧岩答：“几天就回去的，过年前吧。”

阿满又问：“萧哥，你的朋友要不要在附近旅游一下？我可以开车带她去玩两天，车费好商量，怎么样？”

萧岩跟安宁说：“你难得出来一次，我安排阿满带你去玩两天好不好？附近的空气很好，玩两天，好好休息一下，然后我给你订票回家。”

安宁摇摇头，想说什么眼圈先红了，于是又使劲摇了摇头。

“安宁，你叫安宁是吧，”阿满自得其乐地又开始跟安宁聊天，“你要不要买一些这儿的特产回去啊？本地的大叶菜很滋补的，一吃牙就不疼了，晒成菜干带回去吃很方便的，你要买多少斤你发个话，我给你送来！你说你买多少斤？”

安宁说：“我牙不疼，恐怕用不上。”

阿满说；“一年到头你总会牙疼的嘛！我知道了，你是没尝过不知道好，我明天就给你拿点样品来你尝尝，你不用付钱，吃得好再问我买。还有一种特产……”

萧岩被气得笑起来了，他打断阿满说：“阿满，我也在这里住了大半年了，你说咱们这个地方能有什么特产吧？就那些又苦又老的大叶菜？”

阿满骨碌着眼珠说：“还有蝴蝶标本啊、矿石啊……”

萧岩说：“那些蛾子倒是很漂亮，只是它们既不是蝴蝶，也不想被做成标本。江里的石头也很美，不过也不是什么矿石。”

阿满委屈地说：“这些东西总比街上的那些好，街上商店里才没有一样东西是真的，都是假的，全部都是假的。”

萧岩看了看窗外，从阿满手里拿过茶杯放在地上说：“她累了，雨也小一点了，我看你早点走吧，待会儿要是她去旅馆我会送她的。”

阿满走了，萧岩说：“对不起，让这儿的人吵到你了。”

安宁摇了摇头，萧岩又说：“你记住，以后我不在的时候，你不要随便和这里的人搭话，街上的人除了疯子以外，其他都会伤人。”

这是安宁到这里后第一次听到萧岩说“以后”，她很喜欢这个词，她想他们在这里当然是会有“以后”的，他应该明白这不是一次顺便探访友人的旅游，他不会坚持让她回去的。

两个人忽然有些尴尬，不知再说什么。

安宁裹着萧岩的厚外套，坐在床上望着他，萧岩沉吟了一会儿说：“你不想去旅馆，那就只有在我这儿先将就一晚上了，你睡我的床，我搭一个小床睡在你不远处，行吗？”

安宁是真的太累了，她点点头，萧岩替她打开被子，她忽然觉得睡意已经像漫天的雨声包裹了她。浩荡的雨声正落在广阔的田野上，漫山遍野同时发出奇妙的应和声，是雨从冬季坚硬的松针上滑落，是雨跳动在农舍屋顶上的每一块页岩上，是雨流动在泥土上轻轻渗入大地，是精灵们在雨中往来的脚步，是老家院子里的槐花次第飘落下来。

她轻声地说：“你不在的时候，我常常做同一个梦，梦见你回来了，就站在院子里的老槐树下……”

萧岩一怔，他想起他也常做一个同样的梦，梦见他回到了院子里，站在老槐树下，安宁就站在她对面。梦中的安宁头发长了，每次她的手指刚刚碰到他的脸，他就一下子醒来了，脸上好像还留着她指间的触觉。

“……我是在梦里看着你一点点长大的，你长高了，肩膀宽了，晒黑了……”

萧岩也觉得困了，就听见安宁在睡去前最后说了一句：

“……路好远，不要赶我走。”

他心里一阵疼痛，想解释什么，却不由自主地也睡去了。

在佛地，每一个来到这条街上的人都走了很远的路，包括阿满在内，尽管看起来他只是从坝子上走到了街上，他却明白地知道他再也走不回去了。

此刻他正坐在六姑的饭馆里自斟自饮，街的对面就是他方才离开的四层楼房，萧岩房间的烛光已经灭了。透过房子与房子的间隙，他可以望见坝子，田地沉寂在雨里，三两农舍远远的还有微光，像是海平面上的远船，他们的狗在黑暗中彼此交谈，一应一答说着人类不懂的语言。

阿满觉得，人听不懂狗在说什么，狗却能完全听懂人的，它们有时候只是假装不懂，这样它们就可以任性地做一点自己想做的事情，比如在主人明明叫住它们的时候，还冲上去吓唬一个讨厌的人，或者若无其事地从“来，吃骨头”的招呼声中离开，矜持地回到狗舍的饭盆前。但是一旦听到人们在讨论怎样杀掉它剥皮吃肉，它就会摆脱锁链偷偷离开，少顷等人拿着刀子、棍子来，发现它早已消失得无影无踪。

每户农家都有一条狗看门守户，看得久了人们会分不清究竟是他们分配给了狗一个看守的地方，还是狗划定了每家农户应该定居的位置。

狗是注定离不开人的，这是狗唯一的弱点，所以狗尽管跟人一起共享领地，却注定要被人折辱。人却能够离开狗，这是阿满来到街上以后的发现。这里的人不用狗看门护院，也不差遣狗做这做那，狗太有主见了，它们一旦假装听不懂主人的话，就可以枉自胡来，但是人不会，所以这里的人不再费劲试图驯养一条狗，他们像差遣狗一样雇用人。

自从人愿意为了钱像狗一样听人差遣，从坝子搬到街上做生意的人们就遣散了他们的狗，街的四周出现了许多流离失所的野狗，而更多的人来到街上担任狗的工作，就像他，一个叫作阿满的本地人，现在人们把他叫作“金老板的狗”。

阿满是金老板送去城里学的驾驶课，他开的中巴也是金老板买的，往来饶镇与佛地之间拉乘客赚钱，也把大多数的游客拉到金老板的何家旅馆。阿满领金老板的钱，吃金老板的饭，待会儿喝完酒就会回到何家旅馆的房间去睡，像是狗回到自己的狗舍。尽管他知道今天一定看不见金老板对他的笑容了，因为他们这趟车只拉到了一个乘客，而且他还没能把安宁带回何家旅馆，所以阿满磨磨蹭蹭地不愿意回去，但是他晚些时候还是得回去那里睡，他不能像一条野狗那样露宿街头。

阿满喝着闷酒，听着远近的狗在夜晚自由地高谈阔论，他忽然很想念坝子上的生活。他可以伸展着四肢睡在自己的小屋子里，炭火的余温和香气渗在每块木头里，门外有自己的狗把守。

白天晚上，他一直躺着也没关系，他听着雨，看着雨，数着雨，或者在太阳高照的时候躺在麦田里晒太阳。麦田总会被雨淹没，也总会被日头晒干，麦子总是一年成熟一次，空的麦穗总有一半，也还会有一半满的。雀儿像树叶一样飘落到麦田里，他也不用费劲去赶，反正麦子就这么一点，雀儿也就这么一点。大叶菜总是苦涩的，不过加点辣子炒一炒也挺好吃。猪崽和母鸡放养在屋后，到了夜晚它们会自己归圈。无论他慢慢踱着、跑着，还是绕道而行，他总会在那个时候到达那个地方。

坝子上的原住民以前都这样生活，就算年轻的时候曾经一度想要从土地上得到更多的出产，无数场奋力劳作之后，他们还是回到了原地，终于躺在田头惫懒地宽容了万物，也宽容了自己，这被视为一种天赋和时间赐予的美德，老人们都这么说。

不过这种美德到了街上和“外面”就成了劣习，金老板成天责备阿满：“拉客人要眼明手快！要去争取要去抢，你抢来的就是你的，你没有抢到的就是别人的！发车要准时，这是信用！开得快一点，再快一点，时间就是钱，你慢一点就会少赚很多钱，成千上万的人会超过你，把你远远地扔在后面！”阿满把油门一脚踩到底，他看了看前后荒凉的山路，心想，哪里来的人啊？

阿满想念坝子上的食物，就算麦子让他们半饥半饱，土地里也从来长不出瓜果，可是他经常从那些矮小瘦弱的树下捡到鲜甜的栗子，坐在树下就能吃个半饱。从地里刨出的土豆放在炭火里煨熟，烫手烫嘴的香。如果运气好能打下一些榛子用衣裳包了带回来，扔在炭火里毕毕剥剥地一阵脆响，再用火钳夹出来，那些油脂四溢的干果又是一顿美餐。就算随便走在路上看见一朵花，摘下来衔一衔，都会有蜜一样的甜。

阿满习惯了这种慷慨，于是到了街上，他总是拉着谁就称兄道弟地去吃饭，吃完饭巴巴等着别人付账，结果因此恶名远扬。阿满这才知道，在人与人的世界里，每一口食物都不是白得的，别人如果请你吃饭，那一定有事要你帮忙，如果谁给你钱，那你一定要付出让他觉得不亏本的货物或劳力。

人为什么宁愿被那个世界遗弃，而拥挤在自己建造的如此局促的世界里，阿满不明白，这里的规则不能给人快乐，每个人彼此警惕地算计和敌视，肌肉绷得紧紧的，像一笼野兽被关在一起。

不过从此以后，阿满开起车来倒是毫无顾忌了，他在路上踩足油门开得飞快，连方向盘都不把着。于是在佛地常常可以看到这样的奇景，阿满闭着眼睛开车，人走在路上慌乱地避让车子，但是狗和鸡从来不让。野狗舒服地躺在路中间晒太阳，小母鸡一步一顿骄矜地过马路，阿满的车压着整条窄窄的路飞驰而过，车过去之后，狗还在原地躺着打盹，母鸡一步不乱地继续走在路中央。

阿满确信自己不可能轧到它们，尽管他以前曾经多么慌乱地躲避这些小动物，害怕撞伤或撞死了什么，他曾经觉得自己驾驶的这个怪兽鼓起油门的时候是如此强大，会在不经意之间把一切碾个血肉模糊。现在他不怕了，他明白了他和它们已经不在同一个世界里了，所以就算他的车对着一条狗笔直地冲过去，他也不可能碰到它们一丝一毫。

今夜阿满特别想在外面过夜，像一条自由自在的野狗那样，在天空底下等待清晨。他一杯一杯喝个没完，六姑去睡了，把他一个人留在雨前的店堂里。

他想，清晨是怎样的，很久没有看见清晨了，客房的窗帘和中巴车的挡风玻璃遮住了这个一天之中最静谧的时间。

如果他是从坝上醒来，一个农家的年轻人常有的，精力充沛的早早醒来的清晨，露珠停在新开的花瓣上，蜘蛛在晶莹的丝线上穿行，细小的蚜虫一个叠着另一个，一起从青翠的叶子上滚落。如果实在无事，他可以卷一支烟，劣质的烟丝点燃后毕剥的轻响，就像水雾落在炭火上扬起一阵轻烟，烟雾顺着他的喉咙在胸口打一个转，然后带着他的叹息升到半空中，没入晨雾。

也许他会娶一个本地红脸膛的姑娘，圆滚滚的腰身，和坝子上世世代代的老人们一样生儿育女。也许新娘的厨艺还勉强过得去，他就能每天清晨吃上自家烘烤的荞麦粑粑，如果光景不太坏，也许还能加上一两片腌肉，如果新娘的性子好，也许他还能吆喝一声："啐，今天的粑粑怎么这么硬？"

可是，有一天清晨醒来，他坐在屋前的矮凳上，看见了另一个女人。

他远远地看着她走来走去，小小的个子一脚深一脚浅地走在田地里。她显然不是本地人，走得很不习惯却分外不管不顾，她的鞋似乎陷在泥里了，她把脚拔出来，又伸手把鞋挖起来重新穿上，狠狠地继续往前走去。阿满觉得自己挺想上去帮她一把，她狼狈而又凶猛的步态像一根链子拴住了他。

一大早的，大部分人还没有起床，她挨家挨户地去敲门，每一家都离得很远，她要走很多路。她敲开一家就问："有一份很好的工作你们愿不愿意要？"

没有人知道"工作"是什么东西，所以没有人理睬她。

她一个劲地向他们解释，"工作"就是每个月可以从一个固定的地方领到钱。

"可是我们没有多余的猪和鸡了，也没有多余的粮食要卖。"人们这么回答她。

"我不要猪和鸡。"

"狗我们不卖！"

"我也不是要买你们的狗。"

"那为什么可以领到钱？"

"因为那个得到工作的人必须每天早上准时去一个地方干活。"

“原来不是买狗是买人啊，你一定是疯了，滚开！”

阿满坐在门口抽着烟，看着那个小个子女人被一次次赶出来，最后一瘸一拐地向他走来。阿满觉得就算有人要把他买去也很好，买走他的鸡他会吃不到鸡蛋，买走他的狗他会很伤心，买走他的话，他还是他，他并没有损失什么。他这么想当然是因为那个女人，她说她是“金老板”，他设想自己被买去之后就能天天和她在一起。

“你要我去干什么活？”阿满问。

“司机。”

“司机是什么？”

金老板想到坝子上的人只是远远望见过汽车，于是说：“司机就是赶大铁马的人，就像你们村长江龙以前赶马运货一样，现在都用铁马了，得有人会赶。你不会没关系，只要你签了合同，我会送你去学的。”

阿满想象着自己将成为一个赶铁马的威武男人，也许还会成为这个地方新一任的国王，当然他不稀罕做什么国王，他是想着如果自己变成了那样，金老板也许就会在清晨给他做荞麦粑粑吃，这个外乡女人看上去不像会做饭的样子，不过没关系，他不介意。

就是这个突如其来的强大愿望把阿满从一个静谧的乡间清晨带走了，让他懒洋洋的臀部离开了屋前舒服的矮凳，他以为这个起身的决定是自己做的，却不知道自己已经变成了坝子上一颗不协调的石头，被命运捡起抛离了平稳的河道。

当天上午，阿满就跟着金老板来到了街上，他们刚踏上坑洼不平的水泥路，就遇到了村长江龙。

江龙热情地迎上来，拍拍阿满的肩头说："金老板是我们街上最大的老板，你要好好跟着她干，为我们坝子多带一点游客来！"

这还是阿满第一次被村长拍了肩膀，这个无声无息的平庸的年轻人，再次确认自己遭遇了天大的好运气，他忽然觉得自己也许不仅能得到身边这个女人，还能得到更多他想象不到的东西，无数杂念让他兴奋起来，这一刻，他把坝子的清晨完全忘在了脑后。

金老板把阿满带到何家旅馆的客堂，拿出合同来对他说："我花钱送你去学驾驶课，回来以后你就为我工作，但是如果你哪天不愿意在我这儿工作了，你就得把学驾驶课的钱还给我，包括赔给我全部损失。"阿满在那张纸上摁了一个拇指印，金老板很小心地收了起来，后来阿满知道了，那就是金老板自以为拴住他的链子。

学完驾驶课回来，阿满驾驭着雄伟的大铁马，留起了三绺胡子，佩着城里买回来的刀，佩刀是这里成人的标志，可是他一直没有钱买。他这样神气百倍地回到街上，连村长江龙都有些嫉妒了，阿满看上去比他年轻的时候骑在马上更威武，汽车一踩油门就跑得比马还快，虽然它只能在人间的路上往来。

阿满开着车，金老板坐在副驾上，两人开出街上以后，天高地阔，雾霭飘扬，阿满就对着金老板唱：

我不是在看高山，是看温柔的云霞飘荡

我不是在看村庄，是看那位美丽动人的姑娘

我不是在看她的衣裳，是在看她的心儿到底怎样想

……

坝子上的人都有副好嗓子，歌声高高地拔入云霄，满山的花儿都转过

脸来，百灵鸟围着车飞翔。金老板只说了一句：“你有这嗓门唱歌，还不如待会儿多吆喝几个客人呢。”

第二天晚上，阿满载着一车乘客开回何家旅馆，月亮高悬在夜空，达瓦雪山下村庄已经沉睡，金老板安排客人们住下后，一个人坐在堂屋里梳头。阿满又开始唱：

我不是在看月亮，是在闻青草的芳香

我不是在看村庄，是看那位美丽动人的姑娘

我不是在看她的闺房，是在看她的心儿到底怎样想

……

金老板瞪了他一眼说：“大半夜的唱什么？你让客人还怎么睡觉？”

再次发车去饶镇时，金老板拿了两盒磁带上车，放进车的仪表盘下面，一按按钮，震天响的流行歌曲响起来了。金老板觉得，这样可以让她的雇员省下唱歌的力气来干活儿。

阿满这下闭上了嘴，他再也不唱歌了。

过了两天，阿满捉住了一只漂亮的蛾子，它张开翅膀的时候，绚丽的花纹恰似一朵火红的山花。阿满喜滋滋地拿来送给金老板，金老板惊叫一声跳出好远。过了一会儿，金老板端详着蛾子高兴地说：“这蝴蝶好看，做成标本卖给游客能卖不少钱呢。”

又过了些天，阿满特地跑去江滩上，摸了很多美丽的石子拿来给金老板。金老板这次更高兴了，她把石子一块块搁在堂屋的架子上，每块下面放一个小标签，标上了价格。她还在旅馆外面特意竖了另一块牌子，上面写着：“耳江奇石收藏，矿石标本，工艺摆设，价廉物美”。于是阿满就眼睁睁看着这些石头被一块块买走了。

阿满很小的时候就知道，人是不可以拥有一块石头的。

人需要食物填饱肚子，需要衣裳遮蔽身体，需要木炭来生火取暖，需要树木和泥砖盖起房子。但是江边这些美丽的石头，人只能聚敛起来摆在屋子的角落里，看得再喜欢也没有用，收藏到箱子里也没有用，它们只能在人从生走到死的路途中增加无谓的重量。阿满很诧异，居然还有人愿意千里迢迢地来，买下这些石头运回去。人们并不明白，他们其实并不需要这些石头，这些石头也是不属于人的。

从坝子走到江滩上要走很长的路，这里的老人们过去习惯定期去江滩上捡石头，对于此地惫懒的人们来说，这项任务显得奢侈而郑重。父亲和母亲以前也常带阿满去捡石头，江滩像素纸一样地洁白，江水在春天重新变得清澈碧莹，各种颜色、花纹的石头像一匹开满山花的锦缎，从水底一路铺展到江滩上。

在这片几乎与世隔绝的坝子上，每个孩子都不需要走出这里，就可以从这些石头中看见整个世界，甚至这个世界上并不存在的东西。这些石头上有金色的梅花鹿、橙色的狮子、蓝色的海岸线、银色的星辰、长着绿色翅膀的仙女、拇指小的人留下的奇妙脚印，还有各种形状的叶子和花朵，甚至有环绕着无数行星轨迹的整个宇宙，而那个宇宙很可能就在一块比鸽子蛋还小的普通顽石中。

父亲常对阿满说："永远不要去试图追赶一块石头，它跑得比一匹好马还快。"

阿满就曾经是这样一个傻孩子，他看着远远有一块最灿烂的石头，就兴冲冲地径直跑过去，等跑到近前一看，那块石头已经偷偷溜走了，前后左右怎么也找不着。有时候他明明看见一块好看的石头就在清澈的江水下，伸手就能够到，他的手指已经碰到了那块石头，一瞬间，他手指一凉，石头忽然像一只蝴蝶那样振翅飞走了，只剩三两点水花溅在他脸上。

阿满有一回在江滩上找到了三块堆在一起的石头，柔和的黄色花纹看上去就像石头上各有一个浅黄衣衫的慈祥老者的身影，而堆在一起的形状看上去恰似三个老爷爷围坐在一起喝茶或者下棋。那天他正好是一个人，每块石头却都有饭碗大，不能揣在兜里带回去，他也没带篓子，于是他特意摘下两根树枝做了标记，想是第二天带了篓子来背。等他第二天来到江滩上，树枝的标记原封未动，三块石头却无影无踪了。

后来樵夫告诉他，他昨晚路过那里，就看见月光下一片叶子飘落在江面上，三个黄衣衫的老爷爷从江滩上站起来，一边聊天一边踏上这片叶子，就这样向月亮驶去了。

今晚天上没有月亮，雨下个不停，所以阿满在清晨到来之前就睡着了，他醉了，就这么和衣伏在六姑的饭馆里睡着了。天快亮的时候，他的酒还没有醒，起来开早市的六姑推醒了他，他摇摇晃晃站起来，感觉怀里有什么硬的东西硌着了他，他以为是一块石头，伸手一摸，那东西咣当一声掉在地上，却是他学完驾驶课的那天从城里买回来的佩刀。

天快亮的时候，萧岩醒来了，他觉得这一觉睡得很沉很暖。他起身轻手轻脚地想要为安宁掖好被子，就看见安宁的眼睛像星星一样在黑暗中看着他，她说："早安。"她的声音在黑暗中像个梦境。他说："早安……你再多睡一会儿吧。"他觉得自己的声音很陌生。

他照例点起蜡烛，从机箱中取出摄像机，开机。他走到窗前，习惯地想要打开窗子，手刚碰到窗框就停住了。他回头看着安宁，她正躲在被子里穿衣裳，看见他转过头来就捂住被子只露一个头在外面。

他说："你睡不着也再躺一会儿吧。"

她问："你今天要工作吗？"

"是的。"

"那我和你一起去。"

"今天雨太大了，明天。"

窗外是清晰的雨，顺着玻璃的外缘流淌着。雨幕中，雾气和云汹涌，吞没了雪山的身影，让这屋子看起来就像是大海中央浮沉的一叶孤舟。萧岩正架起摄像机调试，像一个孤独的船长。

这天清晨，村长江龙早早起床，整夜不停的大雨和奇怪的征兆让他不安。他觉得当务之急已经不是找安宁和萧岩商讨什么大计，他的王国正面临着一个巨大的威胁，他清晰地感觉到了，但是他不知道那是什么。

天渐渐亮起来，他在街上找到了宿醉未归的阿满，急匆匆拉着他往停车场走。阿满嚷嚷着："村长你干什么呢，我得赶紧回旅馆去，金老板看不见我要骂的。"

江龙说："你现在就开车载我去镇上，你们金老板那里车费我照付。"

车开走的时候，金老板被油门声惊醒了，她在窗口大喊："你们要去哪里？这是我的车，你们给我回来！"阿满犹豫了一下，江龙催着他，车还是飞快地开出了水泥路，没入雨水咆哮的大山中。

疯 子

萧岩一早出门之后，安宁就忙碌起来。

这是一座空荡荡的房子，里外两间，里屋有半个篮球场大，水泥地，石灰墙，房间里只有一张桌子、一张床、一把木椅和三个矮凳，桌上端端正正地摆着剪辑用的电脑，用塑料布盖着，一边的插座上还有稳压器，这显然是屋里利用率最高的地方。巨大空白的地面眼睁睁地看着这个寥落的空间，占半个墙面的钢窗显示出了这是一处废弃的办公场地，蓝花被单草草挂成半幅窗帘，打了一个结收在一侧，窗外是雨中的达瓦雪山。

外屋是里屋的一半大，一个破旧的条桌上挂着半片腌肉，左侧是两个热水瓶，右侧角落里堆着电锅、饭碗、茶杯、半袋盐、一些凌乱的调料和吃剩的食物。靠门的方向还有一扇窗户朝向外面走廊，窗户上挂着一个储水袋，地上摆着两个脸盆。窗户的铁栏杆和墙上挂钩间拉着一条晾衣服的绳子，胡乱挂了些穿过和洗过的衣裳。

安宁铺好床，从外屋的条桌底下找到扫把扫了地。天亮了，一切依稀能看见轮廓。她打开门，外面是露天的回廊，楼梯口堆着一些垃圾，回廊的西侧尽头是水龙头和厕所。她把发霉的面条和调料捡出来扔在垃圾堆里，用脸盆盛上所有的锅碗，掩上门，去到水龙头那边。锅里积了厚厚的油，泡在洗洁精里一点点化开来，茶杯刷掉了茶渍以后，内壁从褐色变回瓷白。

回廊这一面背对街道，站在这里可以望见雨中的田野，割剩的麦秸被雨水冲刷得清亮无比，稀落的农舍上页岩闪闪发光，屋顶上升起的炊烟一道道汇入山间的云雾中，田野的背后是轮廓柔和的次仁雪山，若隐若现的洁白山峰描画在深蓝的天穹上。

安宁把干净的餐具端回房间，又从屋里翻出脏衣服用脸盆装了，端到水龙头下洗。水龙头才半人高，水泥底座在地上，水管的水经夜之后像冰一样冷。安宁洗完衣裳回到房间，忽然发现手指冻得肿起来了，她对着光看自己的手，这完全像一双陌生的手，手指像胡萝卜一样胖胖的。

她想要烧一些热水，却四下没找到水壶。她在桌上摸到了一根铁棒，U形的，还连着一根带插头的电线。她把铁棒试着放进热水瓶里，正好，插上电，瓶胆里的水很快开了。

她看着热水忽然很想洗个澡，在了解了这个房子的结构以后，她意识到这是不可能的事情。她打算先洗一下头发，不过空气潮湿得像要滴下水来，可以想象冰冷的湿头发贴在脖颈上久久不干，所以她决定干完活儿以后再洗头，至少可以待在室内。

安宁套上还没晾干的鞋，披上门后挂的雨衣下楼。楼下的大狗对着她叫了几声，忽然认出了她，就摇着尾巴让出了路。她在楼房前依稀看到有字迹，用手摸了摸，好像是已经剥落了的“农业技术推广站”。

她右拐出了院子走上水泥路，石匠又在冒雨开工，一走上街，就听见他击打石材的声音尖厉地回荡在街上。

她由东向西走，对门是六姑的饭馆，六姑正在敞开的店堂里忙着，她仅剩的儿子李二像幽灵一样晃出来，从酒缸里舀酒喝，被六姑一巴掌把酒打落在地上。再往前是两家更简陋的饭馆，有人在街沿的水龙头下洗菜摘菜。饭馆过了就是著名的何家旅馆，金老板怒气冲冲地在训斥她店里的两个女孩，似乎有一肚子气要撒，阿满却不知去向。

旅馆往下走有三间杂货铺，杂货铺对面还有一个小型的菜市。

安宁欢喜地奔着菜市而去，其实只有四五个妇人在那里摆摊，两个孩子穿梭玩耍，像小动物一样在泥地上打滚。没有鱼也没有肉，本地的大叶菜正新鲜，土豆堆在地上，还有女人们自家做的豆腐，整整齐齐地切开摆在案上。安宁买了一把大叶菜，又买了一些豆腐和土豆，可是这些怎么够呢？

她记着萧岩爱吃黄瓜和番茄，就问卖菜的大姐，大姐腼腆地笑着把麻袋打开，安宁摸了摸，黄瓜似乎搁了好些天了，表皮不再刺刺扎人，番茄却非常硬，是引进的品种，和小时候酸甜清香的番茄不同了。大姐在一旁说：“这些都是从镇上运来的，可贵，这两天一直下雨没去镇上，也没更新鲜的了。”

安宁抱着一大堆菜又去了杂货铺，这些杂货铺都打扮成了超市的样子，杂乱的架子上堆满了花花绿绿的各种商品，摸上去满是灰尘。好在招徕顾客的大喇叭今天都没打开，可能是连日大雨，店里估计没什么游客上门，也想省一些电费。安宁走过每一排架子都听到有不同的笑声传来，像是有很多人同时在轻笑，声音是从成堆的货物中发出的，那些彩色的瓶子、盒子和包装袋上都是各种明星的脸，他们挤作一堆，挂着一成不变的职业笑容。

安宁找到了一瓶萧岩爱喝的酒，又买了一罐洗发水，付了钱出来。她出门后忽然想起那些诡异的笑声，就打开了酒瓶的盖子闻了闻，酒是假的。她又打开洗发水，罐子里流出了一些有香味的绿色液体，被雨一冲就散了，不起一点泡。她只能把它们就近扔在路边的垃圾堆里了。

安宁往回走的时候，雨小了一些，于是她遇见了佛地街上的第一个疯子。

那是一个很瘦的老头，皮肤泥黑，戴着一顶蓝色的绒线帽，光脚趿着鞋，穿着一件宽大肮脏的长袍晃晃荡荡地走在路中央，右手提着半瓶啤酒，喝一口走几步，左手拿了一根很长的竹竿，轻巧地挥赶着街上对他乱吠的狗。他一边走一边微笑着喃喃自语，像是与空气中的什么在温柔地对话，左边的杂货铺有人拿来一瓶啤酒给他，他接过来夹在胳膊下，继续喝着自己的酒往前走。

他看上去走得很慢，却从安宁的背后飘然越过，到了她的前面。安宁奇怪自己怎么追不上他慢吞吞的脚步，他看上去如此轻盈，就像一个气泡。他破烂的鞋子时常踏在从地面弹起的雨点上，几乎是踏着这些雨点在往前走，他走在离地面一两寸距离的半空中，街上的人却只顾讪笑他，没有人发觉。

人们并不知道这个疯子是哪一天来到这条街上的，也不知道他从哪里来，叫什么名字，于是大家叫他“去”。“去”就是呵斥他走开的意思。

一转眼“去”不见了，安宁四下找他，他却正斜躺在街边桃树下的石台阶上，舒服地伸展着身体，由着淅沥的小雨抚摸他的长袍。他漫不经心地望着街上，望着这满街的人每天愿心强大地忙碌与期盼着。

安宁走到何家旅馆门前的时候，遇见了第二个疯子。

他是一个中年男人，面目甚至很英俊，他衣冠楚楚地穿着全套格子呢西装，里面还衬着西装背心，虽然袖口和裤腿污秽不堪。他戴着金丝边眼镜，镜片已经摔出了裂痕，他甚至还在腋下夹着一个颜色已不分明的方形皮包。

他正在街边喘着粗气，弯腰弓背在地上摸索，拣起别人倒在门前的剩饭和肉片。他从缝里抠出每一颗饭粒攒在手掌里，双手捧着又舔又嚼，吃得丁点不剩，那一刻的神色极为贪婪。随后他立即恢复严肃的表情，在地上找了树叶和废纸，反反复复用力地擦嘴和脸，擦得整张脸发红扭曲，却好像仍不满意的样子，摸着脸，检查有没有剩余的污迹，过一会儿又开始使劲地擦拭。

过去有游客看他可怜，买了饭端给他吃，他不要，后来人们才发现他并不是饿，他只吃地上的饭，吃最脏的东西，但是一定要把脸擦到最干净。还有人恶作剧，曾经把一张砂纸递给他，他拿过来就擦，擦到满脸都是血，还在擦。

关于他，街上的人们倒是都知道来历，他姓何，大名叫何家禄，是何家旅馆过去的老板，现在大家都叫他何疯子。

何疯子看见安宁经过，登时放下擦脸的一团树叶，直起身子，把衬衣最上一颗纽扣扣好，取下绕在脖子上的领带，熟练地系起，边整理领带下摆，边夹起皮包，行色匆匆地离开。金老板一直坐在何家旅馆的堂屋里冷冷看着，这个时候她哼了一声，起身把旅馆的大门重重关上了。安宁忽然想起萧岩对她说的："记住，这条街上，只有疯子是不伤人的。"

金老板常常坐在屋里的暗处，长时间地看着何疯子在街上的一举一动。

她猜测他疯了以后是否快乐。世人对疯子都会有同样的好奇，其实疯子唯一的快乐之处，是他们比任何人都坦然。他们是神或撒旦的羔羊，他们的欲望像水流进了固着的河床呈现出各种形状，他们是徘徊在人世间的雕塑，他们是世人的镜子，所有羞辱、憎恶或怜悯这些羔羊的人都从他们身上看见了自己，虽然更多的人视而不见，因为疯子在人的世界里是毫无价值的。

不论疯子曾被认为是先知圣贤，还是魔鬼的代言人，他们如今赚不到一口饭吃。乞丐是靠执着的乞讨来养活自己的，疯子甚至连这点也做不到，人们偶发善心的主动施舍没法让一个疯子平安地经过春夏秋冬，所以其实世界上每一个长期活着的疯子都有一个秘密的保护人。

何疯子每天在地上吃的饭菜是金老板倒的，没人的时候她就偷偷地倒，有人看着时她支使旅馆的女服务员倒。后来她又觉得，让服务员像喂猪、喂鸡一样喂何疯子，这就更让她下不来台了，可是何疯子除了地上的饭以外什么都不吃。何疯子现在是她的羔羊，她必须喂饲他，这是他们两个的命。

没有何疯子，她不会来到这条街上，何疯子如果没有疯，她也不至于像现在这样，似乎将永无期限地在这儿住下去。

所以当金老板第一次在阿满的车上看见安宁的时候，她的心里就咯噔了一下，一个城里女孩，千里迢迢来到陌生的山村，带着一大背包的行李来投奔谁，这就和她当年一个样。她想起当年自己的境遇还好些，不是住在废弃的农技站空楼里，好歹她来了以后就是何家旅馆的老板娘了。

何疯子是她的丈夫。

金老板还记得，她离开望江市的家辗转坐车来到这条街，也遇上下雨，途中延搁了好几天。她刚到这里的第一天，和安宁一样在杂货铺里买了洗发水，用的时候才发现是假的，于是她也开始和街上的女人一样用肥皂洗头。

这里的女人只在晴天洗头，赶上哪天难得的阳光灿烂，走上土路就看见所有的女人都在门口的水龙头下蹲着，湿漉漉的藤蔓一样的长发在水中晶莹闪耀。这样的日子少而又少，有时候一两周也没有一天。

何家旅馆装了街上唯一一个太阳能热水器，是可以洗热水澡的，但是只有等到罕有的晴天，太阳要足够猛烈，还必须在日头偏西前洗。

“家禄，我们什么时候能回去？”金老板总是这么问自己的新婚丈夫。

何疯子总是这么回答：“等我在这里赚够了钱，我们就一起回去，我会让你在城里过得像一个皇后。”

那时候，电视台还没到这里来拍摄那部著名的专题片《佛地》，所以这儿也还不叫佛地，石头的界碑还没有立起来，坑洼不平的水泥路也还没有铺上，喇嘛多吉还没有在达瓦雪山的垭口去世，老牧师安东尼的管风琴也还没有失去声音。那该是多少年后了。

所有的人都走了很远的路才来到这条街上，包括金老板。在这场跋涉开始的起点，金老板只是一个普通的城市女孩，只在图片和电影里看见过乡村，她在望江市长大，并曾经以为自己一生都将留在那里生活。

望江市与所有的城市一般无异，虽然站在那座城里的某一条街道上抬头望去，凑巧的话能望见山的轮廓和江水的粼粼光亮，那里毕竟还是一个地道的城市，百货商店里琳琅整齐的商品并不是人们真正需要的，即便是正品的洗发水。空气有些令人窒息，并不是仅仅因为拥挤的车辆和高楼。人叠着人就像高楼的一层叠着另一层，上面的人害怕掉下来，下面的人却成天期盼着爬上去。

金老板是一个不算快乐也不算忧伤的女孩，她平平常常地念完中学然后考进大学，有一天忽然就恋爱了。如果说在过往的二十年里，在这个琳琅满目的城市里，她从来没有特别想要过什么，那么这一次，她感觉到了她真正想要拥有什么的愿望了。她每次看着他的眼睛的时候，就感到心里有花在慢慢盛开。她眺望他的肩膀，像站在街道上眺望远山的轮廓。

那个她爱上的人，名叫何家禄，她大学的同学，来自一个遥远而不知名的山村。周围的人表面夸赞他自强不息，能够从那么偏远的乡村一路考学到城里，暗地里，人们笑话他是一个出身贫寒的外乡人。

毕业后，金老板和何家禄简单地结了婚，租了一间小屋，各自在公司做事。有一天，何家禄回来说，他从靠近家乡的耳江县旅游局听说，有个被称作“大地尽头”的坝子将列入新开发的旅游景点名单，那个地方比他的家更偏僻，但是他相信那里有发财的机会。他说：“我不愿意总是像一个在地上捡剩饭的人，在这里被人看不起，等我赚了大钱回来，一切就会不一样了。”

这一夜，金老板看着她的新婚丈夫侃侃而谈，她发现他已经离开了。

去到坝子上，这对何家禄来说意义非凡，在城里他始终是一个“外面来的人”，他被视作最下等的。到了坝子上，他还是一个“外面来的人”，他却将是一个上等人。这个糟糕的逻辑是城市给他的启发，而并非他成长的田野，所以，当他决定离开这个他向往而却总是不能给他快乐的城市时，他带着这唯一的启发，不是回到他的家乡，而是选择去到更荒僻的坝子。他把荣归故里留到了计划中的下一站，也许是荣归城市后的再下一站。

金老板如今回想这一夜，她发现了人世间的道路有着奇怪的规律，所有的人一旦踏上路途，就无法回到他们原来的地方，就像何疯子没法再回到他的家乡，她没法再回到望江市，而人们走了很远的路到达的所在，也并不是他们想到的地方。

后来金老板坐在阿满的副驾座位上开过了无数的路，土路、水泥路、盘旋的山路、城里笔直的路，她开始明白所有的路并不通往任何地方，它们是人自己铺的，只存在于人类的世界里，所以不论人是走着、跑着、坐着车，是踩足了油门全力向前，还是昼夜不息地赶路，路只能让人奔忙，却并不能把人带往哪里。

金老板当时并不这么想，所以当她的新婚丈夫说要去到大地的尽头，她相信跟随那段漫长的路，是她获得幸福必经的路途，他们是可以一起回来的，像秋天的果实那样。

于是在坝子还没有名字之前，就先有了名叫“何家旅馆”的地方，这是坝子上第一个有名字的商家。可是在电视台到来之前，坝子边的土路一年并不能迎来多少游客，何家旅馆的客房大多数时候是空着的。

城里来的妻子给何老板增添了无限荣光，她学会了和当地人一样用大灶做饭，为了省钱，她亲手缝了客房所有的窗帘，她甚至一个人在门口的水龙头底下洗客房的床单，因为旅馆还请不起服务员。当地人像看一桩稀罕表演那样，看着一个“外面的女人”做本地女人的家务事，但是这并不能减轻何老板等不到发财的焦灼。

所以当导演带着摄制组到来的时候，在城里念过书的何老板比村长江龙更懂得这件事情将带来的巨大影响，他也比江龙更焦急地期待这件事将带来的影响。

导演指挥着摄像机一路前行，村长江龙指挥着他的属民按导演的要求布置，该换衣裳的换衣裳，该唱歌跳舞的立刻各就各位，该拔的草就拔，该砍的树就砍。然后人马到了田野上，镜头摆在正对山麓的地方，导演想要一个山麓上寺庙和教堂的远景，他指着田野上最大的一棵树说：“那棵树挡了镜头，砍了。”

原本闹哄哄的场面一下子静止了，除了摄制组成员诧异的提问之外，没有人再说话，也没有人敢动手，包括江龙。

这是一棵神树，坝子上的人世世代代这么认为。田野和土路上的树无论长多少年都是矮小细瘦，高不过一人半，粗不过两条粗壮的手臂相加。唯独这棵树有三四个人高，两个人都合抱不过来，即便在山麓上也见不到这样的大树。没有人认得出这是什么树，也没有人知道它长在那里有多少年了，也许是哪只途经这里的鸟儿把它留在了这里，它神秘而磅礴的生长来自那颗种子的秘意，没有人知道那是什么，也许连土地都有些惊奇。

春天的时候，整片金黄的油菜在它面前，灿烂得像是献祭，它却一片叶子也不发。它只长出了一个小小的花蕾，没有人注意过是哪一年有的，那个花蕾一直没有开放过。

所有的人都不作声，也不动手，导演急了，他环顾四周，看见了何老板，他虽然穿着西装，却撸起了袖子，看上去比任何人都着急。于是导演指着他说："你看上去还挺有文化的，应该懂得什么是科学吧，你去带头砍！"

何老板拿起斧头，少年时代常用的工具他拿着觉得陌生而亲切，他走到大树下，阳光下如伞的树枝让他觉得有些眩惑，他抬头看见树枝上挂着一个细小的花蕾，包裹在墨绿的花萼中还没有开放。他高高地挥起斧头，一斧砍下去，斧刃陷入了粗壮的树干中，他感到一阵战栗，好像是树感觉到了疼痛，或者是他自己，他不知道。他抬头看去，花蕾扬起的头垂了下来，却还没有落下。他拔出斧头，忽然间闻到了甜蜜的芬芳，好像他小时候奔跑在家乡开满鲜花的田野里，被浓郁的花香迷醉，一头栽在地里，两天后才醒来。

他摇了摇有些昏沉的头，又一次高举斧子，更用力地照着前一次的缺口砍下去。震动中，有什么滴在他的脸上，打湿了他的眼镜，滴落到他的两颊和唇边，温热而咸涩，好像是小时候母亲把他搂在怀里时流下的眼泪。他惊惧地抬头，阳光很好。他忽然非常想家。

就在他怔忡的片刻，雨云无声无息地从山麓那边飘来，细雨很快覆盖了整个坝子。摄制组大队人马立刻紧急撤离，第二天，导演已经忘了那个镜头。

街上的人都说，何老板发疯的原因是他砍伤了坝子上的神树。其实何老板并不是在砍了神树之后马上就疯的，那是几年以后的事情了。

叫作《佛地》的电视专题片播出之后，土路上开始游客盈门。那是何老板最开心的一段日子，他觉得老天爷终于眷顾他了，他前半生所有的努力就要开始得到回报。他们还上了所有的债务，还招募了两个服务员来洗床单。何老板想，他的妻子终于不用每天在凉水里把手泡得又红又肿了，他要让她在这里过得像皇后一样，然后，他要让她在任何地方都过得像皇后一样。

春节长假是一个旅游旺季，春节过了以后阳光日渐旭暖，不久又是坝子上的桃花节，一个真正旅游的好时节，更多的游客正在涌向这里。

金老板洗了头发走在街上，阳光把她散开的秀发一点点晒干，从正月到初夏，她看着山里的花一种种地盛开，先是深红的高山杜鹃、细小的梅花、铃铛般的六月雪，然后是金色和浅紫的鸡蛋花、如雪的桃花、浅红的低地杜鹃。她央求丈夫陪她上山去走一走，何老板总是说："现在正是赚钱的时候，等过一阵儿，我们赚够了钱。"

夏末的时候，梅子熟了，像满山沉沉坠着艳丽的宝石，金老板央求丈夫陪她去山上采梅子，她的丈夫还是说："等过一阵儿，我们赚够了钱。"

何老板越来越财大气粗，他觉得他离自己的梦想越来越近，却总是还差那么一点儿。

不久，村长江龙请来石匠修建石碑、铺水泥路，当时何老板还主动捐了一部分钱，他希望这里的生意能因此再好些。当然更重要的是，他是"外面来的人"，他是这里的上等人，是所有人模仿和期待的人物，他的行为处事得像一个贵族。

然而，那条永远铺不平的水泥路就像一个凶兆。

果然“佛地”的石碑立起来没多久，外面暴发了疫情，游客一夜之间绝迹，只剩下空空如也的水泥路上纵横凹凸的图案，像是一副嘲弄的表情。

疫情过后，那部曾经轰动一时的电视专题片早被人们淡忘了，连同这片坝子，人们甚至忘记了“佛地”这个名字，唯独这条街还认真地以“佛地”自称，并指望写着这两个字的石碑能继续吸引外面的客人到此一游。

一个季节跟随一个季节过去，寥寥无几的游客让何老板开始气馁，服务员被辞退了，妻子再次亲手清洗床单，她的手指总是肿得找不见关节。旅馆又开始入不敷出，这次甚至更糟，让人彻夜难眠的不仅是饥饿，更是看不见希望的漫长深冬和日益累积的负债。终于有一年开春，金老板在旅馆背后一大片霜冻方消的土地上踏了一圈，开始变得松软的泥土亲昵地抚摸着她的脚，她笑了一笑，对她的丈夫说：“我有办法了。”

翌日，金老板搭车去了镇上，等她下午回来的时候，买回了种子、锄头，还有两头猪仔，她想这样他们至少不用再发愁今年的口粮，她每天去到集市的时候总是在吃饱和负债之间犹豫不决。

何老板西装革履地坐在何家旅馆门前发呆，他怔怔地看着妻子归来，这个他在城市中娶回来的公主。他跟在她的身后，看着她像农妇一样包上头巾，趿着鞋来到还未开垦的土地上，圈起猪仔，用她很陌生而他却太熟悉的姿势拿起锄头。就在她举起锄头的一刹那，他用一种很绝望的声音大笑了起来，她吃惊地丢下锄头向他跑去，他却极为敏捷地逃开了，只有疯子才会有这样动物般的敏捷。他逃开土地，好像那是多么可怕的地方，他甚至不敢再回头看第二眼。

他惊慌失措地回到水泥路上，躁动不安地在凹凸不平的地面上来回摸索，他很快找到了一颗饭粒，也许是中午吃饭时他自己掉在那里的。他摸到那颗饭粒之后就忽然平静下来，飞快地把它塞进自己的嘴里，然后他以更坚定与细致的态度在地上找寻第二颗。

看得出何老板非常眷恋水泥地面，如今这成了他每天盘桓的餐桌，他从不在能够种植出庄稼的土地上吃饭。他以最卑贱的方式从地面上捡取食物，却用上等人的姿态在餐后擦干净他的脸。

金老板还记得，她的丈夫曾经在多年前的那个晚上说过，他不愿意像一个在地上捡剩饭的人一样在城里被人看不起，所以他带着她来到这个偏僻的地方，可是如今，他却天天在这里的地上捡剩饭。金老板因此总是思忖着，疯子也许比命运更有幽默感。

何老板就这样疯了，他变成了何疯子，在又一个春天到来的时候，猪仔刚刚圈起来，种子还没有播下，他还没来得及陪着妻子去山上看繁花盛开。

现在他永远停在了中途，就像一块坏了的钟表停在整点还差五分的位置，时间周而复始离开了他，载着另一些正常人继续奔向他们要去的地方，尽管那些地方也是永远不可到达的。从这个角度来讲，疯子和正常人并没有差别。

街上少了一个何老板，多了一个何疯子，与此同时也少了一个老板娘，多了一个金老板。见识过金老板的人都说，她一定会比何老板做得更好，事实上她也完全做到了，她不会疯的，她确信，她一定会把钱赚够。有时候她甚至是在愤怒地赚钱，为了羞辱一个她信赖过的疯子，他为了某个虚妄的将来把她带到这里，他说会带她回去，让她过得像一个皇后。结果他却中途离开了，她不知道他去了哪里。

她时常看着他专注地在地上捡饭粒，他早已不在这里了，他现在停留的地方如今她没有办法乘车去投奔，那是一个神秘的所在，混沌，单纯，也许很快乐，她不知道，她只知道她没法再跟去。

何疯子每次在门口的地上吃完饭，就会整理好西装，从后院回到何家旅馆他的房间里，就像出席罢了一次盛宴，施施然在屋里小憩。

安宁刚刚从旅馆门口经过，金老板重重地关上堂屋的门，满心不快地穿过客房的走道往后院走去。她走进何疯子的房间，她的丈夫正坐在凌乱的桌子前，又拿了一张什么纸在使劲擦脸。她粗暴地叫了一声："喂！"他抬起头来，他英俊的脸有点脏，他的眼睛像受惊的孩子一样茫然地看着她，他有点口吃地张嘴，她听到他叫了一声她的小名："和和……"

她忽然鼻子一酸，在他面前蹲下来。看着他的眼睛的时候，她怎么还是感到心里有花在绽放。她看着他的眼睛问："家禄，我们什么时候能回去？"

他的脸轻微地抽搐起来，她以为他要说什么，他却古怪地笑了起来："呵呵……呵呵……"

在他们新婚的夜晚，何疯子曾经跟他的妻子说起，他长大的山村静谧美丽，在村子后面有辽阔的田野，春天的时候花开遍地。儿时，他曾经赤足狂奔在无名鲜花盛放的田野中，身边绚烂的颜色飞快地掠过，浓郁的花香随着花粉轻轻漾开，他跑着跑着忽然醉倒了，沉睡了两天才醒来。

他还没来得及告诉她，他的家乡究竟在哪里。

预 言

雨声让一天的等待变得漫长。安宁站在三楼的窗前，从这里探头下去，足以望见整条街由东往西的全貌。她洗过的头发一直没有干，飘来的雨又打湿了她的脸颊，空气很冷，像冰雪凝固着山野的馨香。

将近傍晚的时候，从街的东边由远及近传来了车声，安宁站在窗口，听到阿满的车开回了街上。在车经过入口的时候，打石头的声音短暂地停顿了一下，然后又机械地继续，车速听上去很快，水泥路上水声清脆地溅开。

村长江龙面色阴沉，他让阿满把车直接停在何家旅馆门口，自己径直进去找金老板。

金老板说：“哟，我还以为你把我的车劫走了呢，现在表现倒不错，回来跟我结车钱了？”

江龙说：“天要塌下来了，你还想着你的车钱。”

村长江龙今天中午赶到了镇上，试图证实他心中不祥的预感。

车一路开，就看见山路一片片在雨水中融化，江龙更确定了他心中的预感。他五岁来到此地，这么多年还从来没见过这样猛烈的冬雨，记得雨最大的一年，芒山的泥石流封住了所有的出路，坝子上冰雪成灾冻死了不少牲口，那年的雨还只有今年的一半多。所以他觉得必定有事要发生，这是经验。石碑流血，这是神谕。他知道还有一样东西叫作科学，在镇上，有一种叫天气预报的东西，虽然这东西常常说风却是雨，偶尔也有很准的时候。

镇里的干部看见江龙出现，就像白天看见了鬼一样，他问：“你是怎么来的？我们今天上午就派车去你们坝子了，想通知你们一个重要的情况，结果山路太危险，车开到一半就不得不退回来了，这不，司机和车都还在院子里呢。”

江龙问：“什么事啊，要这么急着通知我们？”

说话的人显然刚刚着急了一场，现在对江龙不紧不慢的态度很不满意，他说：“你们村上的电话线断了你知不知道？泥石流给压断的，断了好些天了，我们要不是早上急着打电话通知你，还不知道这回事呢。你们怎么电话线断了也不来报修？”

江龙琢磨着，还以为什么大事，不就是村办的那部电话不通了。可是坝上的人哪能知道电话断了呢？他们能打电话给谁呀。

江龙说：“电话线断了我一定注意报修，镇上这么忙，以后不用特意派车来通知了。”

那人瞪了他一眼说：“谁说是为了电话来通知你们？是你们电话线断了，我们才不得不派车去通知，你这个村长当得也太不上心了，你知不知道，气象预警已经三天了，耳江流域最近降水不正常，很可能近些天就有山洪暴发，佛地的地势这么低，很可能整片坝子都会被淹掉！”

江龙听得呆了，他想起了近日种种奇怪的征兆，不禁喃喃地说：“我就知道……”

“你知道个啥呀，你跟我来。”

江龙跟着干部到了另一个房间，是一间颇大的会议室，整面墙挂着一幅大地图，图上贴着、画着很多线条和标志，许多人坐在里面抽烟和说话。干部把江龙领到一个像是专家的人面前，那个人就向江龙解释了一通科学知识，说今年冬季达瓦雪山那边过来的冷空气比较强，但是耳江流域的气候却出奇地暖，是什么温室效应形成的暖冬，这样就有反常的大量降水和雷暴雨天气，一旦山洪暴发，耳江尽头的这片平坝子就会变成一片汪洋，甚至将从此不复存在。

干部拍了拍江龙的肩头说：“我们打算明后天就派车进去，把坝子上的群众全部疏散出来，你不要慌，你今天回去以后就让大家赶紧收拾准备一下，如果发生紧急情况，你们可以先去高处的山麓上。当然，我们希望灾情不要发生。”

江龙几乎是失魂落魄地上了阿满的车，阿满从来没见过村长这个模样。江龙在副驾上呆坐了整整十分钟，他觉得他开始衰老的心脏第一次跳动得有点气力不济，他虚弱的样子让阿满不敢问他什么。

过了一会儿，江龙总算开口了，他强作镇静地对阿满说：“镇上说，山洪要来坝子上了，回去以后，你赶紧到坝子上去通知大家，让他们收拾东西、带上牲口去山麓上，我去金老板那里，让她和服务员帮着通知街上的人。”

阿满好像听到了一件有趣的新鲜事，他开开心心地答：“好啊。”然后使劲踩下油门，车又鼓足劲飞快地往佛地开去。

雨继续在下，江龙想着佛地很快将不存在了，那么他自己是谁，该去哪里。他想着就觉得寒意从背后一阵阵来，似乎要洞穿他依然健壮的身躯。车在泥泞无比的归途中挣扎，他望着万仞山谷上耳江奔腾不止，四五个小时以后，顺着江水的方向，坝子远远地出现在视野中。

就在看见熟悉的坝子时，他忽然不太害怕了，好像熟悉的玉米酒香周而复始地再次麻痹了他的神经，他恍惚觉得那些关于灾难的预言都不是真的，他每天巡视的王国不就在那里吗，还好端端的。他想，每个人还在屋顶底下取暖的时候，都不会相信屋子有朝一日会倒塌，就像每个人活在自己皮囊中的时候，都不相信自己有一天会和其他人一样化为尘土。

金老板听了江龙的话，竟然大笑起来：“你说洪水会淹没这里，整个坝子，包括这条街？你不会是听老牧师的故事听多了吧？”

江龙说：“这是镇上的专家说的，你要笑就笑他们去。”

“这不可能，江滩离我们这里少说也有一里地呢。”

“你自己去望望，这些天江水涨了多少？”

“可是，没多少天就要过年了，旅游的旺季马上就到了，你不是说从正月开始佛地就能收景点门票了吗？你说还有成批的旅行团要来，这都是已经定下来的事情。我正打算把旅馆重新布置一下，房价也要稍微涨一点，如果生意真的很好，我还打算加盖几间屋子，给阿满换一辆大一点的车子，我最近真的忙得不得了……你刚才说，啥时候会发大水？”

金老板问这话的时候，好像在询问一场不凑巧但无伤大雅的小雨，她的注意力全都放在自己的全盘计划和祈望中，这让万千倍大的世界变得视而不见，就像越来越多的人早已不再仰望苍穹中的星河与云朵。

如果空气和水依然宽宥我们的任性，一成不变地让时间像钟表一样机械而安全地走动，每个人都还有太多的愿望和打算。

金老板忙着筹划生意，向往着来年能赚更多的钱。

阿满想要做更多能让金老板高兴的事情，也许金老板有一天就能为他烤粑粑。

石匠指望着加紧进度，提早建好牌坊、铺好路，领到工钱还赶得及回家过年。

江龙从来没有停止过思考坝子的发展前途，昨晚之前他还盼着牌坊的景观在正月前完工，盼着正月一日佛地正式成为收费的景点，盼着有一天他能像父亲一样赢得属民的尊敬。

六姑盼着她最钟爱的孙儿从“外面”回来过年。

寺庙里的格列等着一个传说中的人到来。

老牧师安东尼也许正等着天国的大门为他敞开。

萧岩早上出门前对安宁说：“今天雨太大了，明天。”

安宁站在三楼的窗前，傍晚急匆匆归来的车声并没有让她觉得有什么反常，她只是一心望着街西边的方向。她相信她能望见萧岩归来的身影，即便看不清轮廓，她也能望见他，因为他总是用一种与常人不同的速度走路。他从不像人们会因为心情焦急而赶着脚步，或者因为周围路人的稠密而改变步伐，他总是用自己的节奏行走，一种不变的节奏，仿佛刻在他心里的音乐和呼吸，完全不受外界的干扰。

果然，她看见他远远出现在街的尽头，一步一步渐渐沿着街走近了，她数着他的脚步打开门，很快，他满身雨水地走进门来。

她欢欣地跳起来亲了亲他的脸，他的脸满是冰凉的雨水，胡碴扎到了她，这短暂的分离似乎比那么多年还漫长。他摸摸她的脑袋，有些惊讶地发现她的头发是湿的，他想了一下就明白了，轻轻叹了一口气说：“你呀，这儿的人只在出太阳的天气才洗头，你是不会习惯这里的。”

安宁有些不乐意地摇摇头，帮他把雨衣脱了，指指外屋的条桌。条桌上摆着洗干净的电锅，边上是一个脸盆，里边整整齐齐分类摆着各种菜，豆腐切成了小块，土豆切成了片，大叶菜摘出了小棵嫩芽，头顺向一边，不够新鲜的黄瓜去了皮切成青绿色的小长条，番茄洗净摆在一边。两副洗干净的碗筷整齐地放在两侧。

萧岩再次惊讶地看着安宁，他有些惶恐而欢喜地问：“今晚吃火锅？”

“嗯。”

安宁披上雨衣去走廊的水龙头那里打了一桶干净的水回来，她用桶里的碗舀了水给萧岩洗手，水从他的手上流下来，流进地上盛废水的另一个脸盆里。

屋里只有一把椅子，萧岩拿了两只矮凳过来，条桌太高了，安宁把电锅和脸盆都放到了地上，碗筷也摆在地上，电锅里的水很快沸腾了，土豆和豆腐在锅里煮得软软的。萧岩侧身在原先堆杂物的角落里找什么，这才发现角落里的东西都被洗过，摆得整整齐齐的了。

他有些不好意思地问："我的腐乳呢？"

安宁端出了一个装腐乳的碟子给他："知道你喜欢用腐乳蘸，我今天买的，你吃剩的那些长毛了，已经被我扔掉了。"

锅里升起的雾气很快充满了整个房间，雨的寒气被驱散出去，食物的香味里充满了温暖，素菜蘸上腐乳也很鲜美。在远离中土这片荒僻的坝子上，废弃楼房的一隅，风正穿过旷野发出悠长的叹息，把雨一次次吹进并不密闭的窗户和门，两个久别重逢的人在水泥地上吃着这顿清水煮的全素大餐，说说笑笑，浑然不觉危险已然迫近。

吃完饭后，萧岩坚持不让安宁冒着雨到走廊洗碗，安宁在外屋勉强用桶里的水冲洗了锅和碗，当她走进里屋的时候，发现萧岩不知从哪里找出了一个老旧的取暖器，插了电，橙红色的电热丝黯淡地亮着，萧岩正捧着安宁一只湿透的鞋子在烘烤，登山鞋冒着一丝丝热气。

安宁问："这样举着烤多累啊，多久能烤干。"

萧岩并不抬头，鞋带都已经解开了，鞋帮对着电热器，他继续慢慢地来回转动，一边答道："大概还要五十分钟吧。"

安宁喜欢萧岩做事的样子，无论是他扛着摄像机拍摄一个镜头、坐在电脑前剪辑，还是沏一壶茶、研磨一块石头，还是烤干一双鞋子，他总是做得专心而虔宁，仿佛神灵就在他身侧。安宁看着萧岩魁伟的轮廓静默地坐在温热的亮光前，这一刻如此安详，安宁想，这一刻如果永远停留下来就好了。

人们各自的愿望和期待，是浸透了欲念的毒药，也是生命洪荒之路上的拐杖。金老板一心指望赚更多的钱，这个指望至少能让她觉得每天早上还有必要醒来，所以当江龙对她宣布了洪水的消息后，她感觉到心里升起强大的敌意，是谁要把她的拐杖夺走。

她审视着神色郑重的江龙，她一定要证明这是个彻头彻尾的谎言。她问：“你不会是想要骗我离开这里吧？你是不是想要对我们的合约反悔，所以才想出这么一个花招？”

金老板的这句话让江龙的胃里忽然起了一阵熟悉的抽搐，他和金老板的合约确实是他的一块心病，每当想起来，他都会觉得胃痛。

前些日子通知正式下来，佛地从正月开始收景点门票，江龙筹划要建一个石头牌坊的景观，重新铺平水泥路。徒有其名的这条街是他的一块心病，他颇有些内疚地认为，如果这么做了，至少游客到来以后不至太失望。

当时，金老板听了江龙的建议之后，捋着她落在额前的几缕碎发咯咯笑起来，她说：“你觉得有了这么个牌坊，游客就会觉得这六十块门票花得值了吗？”

金老板笑得江龙感到愤怒，他实在不明白自己为什么事事都要来找金老板商量，所有关于钱的问题，他总觉得不跟她商量一下就心里没底。凭什么他会觉得一个奸商更懂得该做什么、不该做什么。毕竟他才是这里的国王，他不知道自己的无助从何而来，他仿佛又看到了大灰马的眼睛，它的眼睛里充满了悲哀。

但是这一次江龙除了商量之外，他还有事情找金老板帮忙，建造牌坊和重修水泥路，村上那点公共的钱只够一半的费用，他想问金老板挪一点。

金老板的眼珠骨碌碌一转换了一副面孔，她把讥讽的笑改成了鼓励的微笑："问我挪钱呀，有我倒是有，可是你就这么挪了啥时候能还上呢？"

"等收了门票就还，不会很久的。"

"嗬，就每年这么点客人，你一年才能收多少？"

"牌坊建起来了，客人怎么还会少呢，再说旅行社也把咱们这个地方安排到新的线路里了，门票他们也有份。"

"就算你半年一年的还上了，就这么白白挪了？我也要用这些钱去赚钱的呢。"

"钱怎么能赚钱呢？"

"嘿，你这人！客人多了，我拿这钱再多盖几间旅馆，不就能赚更多钱吗？这叫投资！"

"你还盖旅馆？你的何家旅馆哪一年房间住满过？"

金老板不说话了，她沉下脸，胸有成竹地等着江龙把自己的话收回去。江龙意识到这是来求人家办事的，不得不改口说："好吧，这是我第一次问人挪钱，我这辈子还没干过这样的事情呢，丢人，唉，我也是为了坝子好。我问你挪钱，耽误你用钱赚钱了，我给你道谢成了吧？"

"光道谢就成了？"

"那你说怎么办吧。"

"我把这些钱拿出来，盖旅馆赚钱是投资，建牌坊也可以算投资，你说好吗？"

"投资？"江龙咀嚼着这个新名词。

"对，投资，你现在盖牌坊收门票，你只有一半的钱，我来出另一半，算是我们共同的投资，收了门票我们一家一半。"

"投资……"

“对，这样你也不用还我钱了。”

“不用还了？”

“对啊，算我们两家的投资，也不算你问我挪的，是我们合作。”

“不算我问你挪钱，你还答应给我那些钱？真的吗？”江龙听到这里觉得挺高兴，他本来为了挪钱这件事还翻来覆去好几夜睡不着，这种低声下气的事情他都不知道怎么开口，尤其还是一个大男人问一个女人家挪钱。这下好了，这钱金老板答应给了，还不算是他问她挪的。

所以这次江龙和金老板的谈话几乎是宾主尽欢的，江龙还破天荒地在金老板旅馆的客堂里喝了几盅酒才出来，这种不是本地酿的酒在他的胃里翻腾了好几天，等到有一天冷风一吹，呼地吐了出来，江龙这才忽然意识到有什么地方不对了。如果按金老板说的，建牌坊、修路村里出一半钱，她出一半钱，以后收了门票两家对半，那岂不是等于佛地的一半就归了她了。

江龙这些天正为这个心病闷闷不乐，可是钱也挪来花了，答应她的话也说出口了，再反悔是不可能的了。所以江龙每天听见石匠敲石头的声音就心中懊丧，现在他想，如果这场山洪能毁掉这个尴尬的合约，那么山洪也未尝不是一件好事情，就让这一切毁灭吧，这个堆积着贪婪、罪孽和焦虑的地方，反正大灰马已经走远，所有的马都已经走远，野草覆盖了曾经青翠的麦地，欲望丛生在这条水泥路上，通往神域的天路再也无人踏足，父亲的荣光和童年的祥和早已不在。

江龙的脸上渐渐现出了微笑，他对金老板说：“随你怎么想吧，我要去通知坝子上的人了，你爱走不走，你们爱走不走！”

这样的神气倒把金老板镇住了，她知道，即便把江龙想象成一个狡诈

的骗子，也并不能掩盖她内心真正的恐惧。她强撑着，依然故作轻描淡写地问江龙："……你刚才说，啥时候会发大水？"

"就最近几天。"

"啥时候水会退？"

"没一定了，镇上说很有可能这片坝子就全淹了，没有了。"

金老板用一种难以置信的目光瞪着江龙，问："那我的旅馆呢？"

"坝子都没了，哪儿还有旅馆呀？"

这时候，金老板的思绪忽然间就被扔到了洪荒中，她站在一片空白中迷惑地想，这条街没了，何家旅馆没了，那么我是谁呢。在短暂的无助中，她下意识地望向门外的何疯子，何疯子在雨中的水泥地上继续他古怪的仪式。我是谁，她陷入了深深的恐惧，她好像听见了何疯子以前唤她的声音："和和……"

江龙并不愿意跟金老板讨论洪水的话题，如果可以选择，他愿意先去坝子上的农户家里通知这个消息，他们会像受惊的羔羊一样需要他的安慰，他在抚慰这些属民的时候，会感觉自己由虚弱变得强大。然后，他将由坝子径直去往山麓上的教堂，在那里，老牧师安东尼会听他诉说恐惧，天主也会在那里，他们会让他感觉平静和安全。

江龙十岁的时候受了洗礼，这是因为他十岁那年高烧不退几乎死掉，多亏教堂里当时的主事神甫给他吃了几颗抗生素，救回了他的性命。后来他也知道这是药品而并非神迹，可是每当饭前祷告和礼拜的时候，他还是满怀了虔诚和感恩，他感恩每当跪在天主面前，他依然能感觉自己是那个不满十岁差点高烧而死的孩子。

家里被熏黑的木板墙上贴着的圣母像已经模糊，圣母温和的笑容上漾着淡淡的光芒，灶里的炭火在幽暗的屋子里散发着热量。在一家围坐吃饭，碗筷未动之前，江龙俯身闭目合拢双手向他的天主祷告。他的母亲将第一碗酒和第一片肉祭拜灶神，这是他故去父亲的习惯。而他的妻子阿仁，当年娶自坝子上的姑娘，则不忘每日三餐前在佛祖的神龛前敬香。这一切无数遍协调地发生着，如同雨落入泥土时风也一样吹动云朵，如同每个孩子都有各自的父母，如同坝子上的人都有他们笃信的法则。

妻子阿仁每月固定的时候去山麓寺庙还愿，就像她每周依然两次自己做了豆腐去街上卖，十几年了一直如此。每次她把香火钱供奉给寺庙之后，就会很快乐地回来，有时候她会兴高采烈地对江龙说："今天格列小师父摸了我的头顶了，我得了祝福。"有时候她欢喜地告诉每一个人："今天我看见酥油灯起了一个吉祥的灯花。"有时候她却惆怅地说："格列小师父还是不说话哪。"有时她又会很担忧地说："多吉师父去了以后，格列小师父一个人在山上还真让人不放心呢。"

还有他钟爱的女儿杜鹃，每当她礼拜日盛装出现在教堂的时候，美丽得好像天使的化身，当她用婉转而虔诚的声音颂念经文时，江水都停止了潺潺的歌声。她是老牧师安东尼最宠爱的信徒，他给她起了一个教名叫"海伦"。大家都说，杜鹃有一天会成为教堂的修女。

江龙了解这里所有的信仰，唯独不了解街上的人信什么，尤其是像金老板这些从"外面"来的商户，他们以一种江龙完全不理解的逻辑看待一切，他们从不向什么俯下身子去，他们不相信自己看见或听见的，当然更不会相信他们看不见的，他们对所有的微笑和话语都执拗地表示质疑。

江龙知道，谁来告诉金老板灾难将近，都免不了遭受讪笑和敌意，可是江龙还是不得不亲自前来，因为他需要她的帮忙。他没好气地对金老板说："如果你现在相信了，就赶紧和我一起去通知街上的其他人，让他们收拾东西准备动身。"

金老板问："为啥要我去？"

江龙说："我要能我早自己去了，这街上现在有几个人真心叫我村长的，那些做生意的人都更愿意相信你的话，你要是惜他们的命就赶紧去吧。"

起风了，洪水的消息比风更凛冽地吹动着人心。黑云在飞快地移动，偏西的太阳穿行在浩荡的阴霾中，阿满走在坝子上，走成一个很小的影子。雨随风来，很快打湿了他的衣裳。他壮实的身体并不怕这点雨，只是很久没有走这么长的路，他在辽阔的大地间走得有些疲累了。他喘着粗气，第一次觉得坝子比他离开时大多了。

这世界要毁灭了吗？从刚开始知道这个消息时，他就有一种莫名的快意，他甚至怀疑是他的心愿起了作用，他祈望改变的发生，疯狂地祈望着，他感到他的生活正在一种强大的身不由己的漩涡中窒息，好像走在没有缝隙的风中，让他喘不过气来。他想大喊却没有声音传出来，他想找人打一架，他腰间的佩刀叮当作响，让他害怕它会随时跳出来洞穿谁的胸膛，他需要最震耳欲聋的音乐，他把车上的录音机开到最大音量，可是中巴上的每一个人都听不见任何声音。

他对金老板说："你为啥不把旅馆的名字改了？"

金老板冷笑一声："嗬，改成啥？改成阿满旅馆好不好？"

他看见何疯子在门口捡剩饭吃，金老板躲在堂屋的阴影中注视着。等金老板一走开，他就偷偷地在背后踢何疯子一脚，让他扑面摔一跤。

金老板叫他发车他就发车，叫他停车他就停。他习惯了死皮赖脸地拉生意，赶着时间开快车，他连自己为什么不开心都没有时间想。

现在他走在坝子上，虽然风雨交加把他弄得很狼狈，他却忽然感到很久没有的自由自在，像一只鸟儿张开翅膀。他走过一家家农舍，在听到了洪水的消息后，每个人都向雪山的方向匍匐下身体，好像辽阔的风吹过坝子，割剩的麦秸都顺从地向一边俯下身来。

风在街上咆哮而过，雨点动荡地盘旋着。街上的人们早已数倍于坝子上的人口，此时，他们正三两成群地在门前讨论洪水的可能性，好像因此能决定洪水的到来与否。很快，不可能的呼声占了主导。

“不可能，店里这么多存货怎么办，我们把它都随身带走吗？都背上山麓吗？”

“岂止是存货，听说房子都会给淹没了。”

“房子淹了，游客还能来吗？正月这儿还开始收门票了呢，游客一定多得要命，听说很多旅行社都预收了游客的钱了。”

“钱都预收了，景点能有事吗？”

人们这么推理着，于是觉得洪水是不可能的。

“再下几天雨，水顶多漫上水泥路，浸湿一点地上的货罢了。”

“明天把地上的货都搬到架子上，发大水也浸不湿，那就没问题了。”

“要是真的发大水，我们还不如多进一些雨靴来卖呢。”

这样一来，金老板似乎也不大相信洪水的警报了。大家的交谈很快从山洪转移到对生计的抱怨、对游客的期待上。江龙看着满街的人，他想他们也许早就疯了。

风正透过四层楼房的空隙，发出低沉的啸声。一只鞋子已经烤干，萧岩举着另一只鞋子在取暖器前移动，安宁搬过一把椅子，把萧岩的长裤挂在上面，用取暖器剩下的一侧烘干，浑然不觉街上的躁动。

天花板上的灯泡闪了两下，灭了，取暖器也灭了。

萧岩熟练地起身取了蜡烛点上，他说："停电是正常的，今天风雨这么大还有电，已经很给面子了。"

安宁忽然问："为什么菜场里没有卖肉和鱼的？"

萧岩答："这里每周二有集市，那时候才有肉卖。鱼是没有，这儿的风俗是不吃鱼的，而且现在江里也不再有鱼了。"

"那今天是周几了？"

萧岩忽然笑起来："你是不是又饿了？我们可是刚吃完了一大盆呢！"

安宁不说话，鼓着腮帮子笑着看他。

萧岩摸了摸她依然湿漉漉的头发说："你这只猪，你饿了早说嘛，六姑的饭馆里有肉吃的，还有炭火正好给你烤干头发。"

两个人穿上雨衣下楼，手拉手穿过雨中的街，来到对门六姑的饭馆。萧岩熟稔地跟六姑说了几句，就带着安宁直接走进了饭馆的里屋，那是一个四壁熏黑的大屋子，没有灯，炭火在屋子中间燃着，散发着暗淡的光与灼热的温度，还有让人微微晕眩的炭火的香气。

外屋有一桌人正在结账，安宁听见他们和六姑争吵的声音，声浪凶狠地掀起来，很快熄灭下去，本地话，听不懂说的是什么。萧岩说："六姑就这么一个脾气，喜欢算账的时候偷偷多算几块钱，其实就一两块钱，可是她会因此很开心，挺可爱的一个人。”

过了一会儿，六姑麻利地拿了两个空杯子进来，没多久，她打了半桶酒来，很快，烤热的肉干也送进来了，散发着甘甜的肉香。

她一个人在这饭馆忙来忙后，从来如此。她衰老的身躯在一天天变小，脚步因此变得比以前更快。她是街上起得最早和睡得最晚的人，她几十年从不缓慢下来的忙碌身影，让人几乎怀疑时间特别纵容她，在给予她漫长寿命的同时，还给予了她每天比别人漫长的精力，除了她红铜色的皱纹纵横的脸证明了时间的存在，这张脸是前来这所谓荒蛮之地采风的摄影师们最中意的形象，这也使得她当年被导演选中，成了《佛地》这部电视专题片拍摄的主要人物。后来但凡有游客慕“佛地”的名而来，就一定要拜访到她，拍到她的照片才算尽兴，好在她并不介意变成一个被观赏的动物，她只要她的饭馆多些生意就行了。

等六姑再一次把两盆炒面条端来的时候，萧岩说：“六姑，辛苦了。”

六姑灿烂地笑起来，露出她缺了一片的门牙，用爽朗的大嗓门说：“不辛苦，你们多吃一点，好好吃啊！”

“你们家李二好点了吗？”

“他呀，早喝醉睡下了，最近没怎么犯病，生这样的儿子是我的罪孽啊！”

“您孙儿有出息的嘛，过年就该回来了，是吧？”

“是呀是呀！这不盼着呢！”六姑又高兴地大笑起来，这时候听见外面有人叫她，就笑着快步走了出去。

肉干一片片切下来正好下酒，萧岩只在一个杯子里倒了酒，把另一个空杯子放到一边去了。安宁贪玩地抢萧岩杯子里的酒喝，新酿的玉米酒干烈如刀，火热的感觉从喉间直冲头顶。萧岩拿过酒杯，切了一片肉干给她，几天没吃到荤的，肉的甘肥让口腹有一种真正的幸福感。

炒面条放了辣子，热腾腾地吃起来有一种焦香。安宁一口气吃了大半盆，就听萧岩貌似关心地说："这一大盆面条你吃得完吗？"

"当然啦！"安宁说着就瞥见萧岩的盆子已经空了，她明白了，笑着把剩下的半盆拨到了萧岩的盆子里说，"还说我是猪呢，你简直就是一只老虎啊。"

食物和酒让身体暖了起来，炭火在这种天气给人带来难以言喻的喜悦的干燥。安宁伸展四肢，她移动脚的时候踢到了什么，萧岩捡起来看，是一块松明，他忽然贪玩地撕下一条扔进炭火里，火堆里蹿起了一阵耀眼的光华，像烟花盛开，黑暗的屋子有一霎那四壁通明，转瞬那个小木条就融化在火里，四周又恢复昏暗。

"他在这里呢。"安宁轻呼起来，在松明燃亮的那一刻，她看见屋里还有另一个人的轮廓。那个人一直就在离他们不远的对面，侧身躺在黑乎乎的墙角，眯着眼睛看着他们，从他轻盈调整姿势的声音中，她认出他就是白天在街上与她擦身而过的老者，被人们叫作"去"的疯子。

萧岩当然也看见了他，他自嘲地笑了一声，今夜的欢乐已经让他完全丧失了以往的警觉，竟然没有注意到屋里另一个人的存在。他对着黑暗的对面说："嘿，老伙计，跟我们一起喝杯酒吧。"

他拿起边上空的酒杯，倒满了递过去，对面的手接了过去。过了一会儿，一支烟递了过来，萧岩接过，用一支松明点了，对面的烟也点起来了，一呼一吸中有个光点亮着，与他们一同烤火的朋友愉快而安详。

萧岩说："我叫他神仙。"

"为什么叫他神仙？"

"慢慢地你就知道了。"

辽阔的地方天总是黑得很晚，饶是阴雨，这个时候天色也才渐渐暗下来，萧岩望了望屋外渐沉的暮色和冷雨，忽然醒觉似的对安宁说："等天晴了我陪你玩两天，然后你就要订票回家去过年，乖。"

安宁想要反驳什么，就听见六姑和村长江龙一边说话一边走进外屋。

六姑的大嗓门在说话："外面大家都说洪水不会来，你凭什么说一定会来？"

江龙低沉的声音："镇上的干部和专家都这么说，石碑还流了血，这整个地方就都要没了，你的饭馆也留不下来，还是保命要紧，什么都不要带了，就多准备些吃的带上山去。"

"饭馆没了，我孙儿过年回来住在哪里？我就待在这儿哪里都不去，我不怕，我活了这么久早就活够了，我要等我孙儿回来！"

江龙的声音有些急躁："你又不是那些外面来的人，你是坝子上的人，怎么现在也变得什么都不信了哪！"

外面的声浪渐小了，好像他们又出去到门口讨论什么。"去"翻了一个身，背对着外面，不久有了轻微的鼾声，燃尽的木炭细碎落下，新加的炭在潮湿的空气中"吱吱"作响，但是屋里没再恢复方才的祥和了。在接下来两人出奇的沉默中，安宁想，我们要死了，他再也不会赶我走了，我们会一起留在这里，洪水也好，逃生也好，我们注定是要在一起的。

萧岩跟六姑结了账，拉着安宁的手走出来，这一回，他的手握得有点紧，他坚硬的大手把安宁的手完全握在手心中，甚至让安宁觉得疼。他们这才注意到街上的嘈杂，每个屋檐下都站着议论纷纷的人群，预言和妄语同时在逐渐幽暗的雨声中盘旋，低垂的黑云不断被疾风吹来，有如死亡的黑翼飞快地逼近，正在西沉的太阳几乎淹没在云海之中。

就在天边的光亮将要完全寂灭的时刻，不知是风的力量还是云的开合，夕阳忽然穿破移动的云层露出炫目的光亮，这一道弧光像奇异的潮水从地平线而来。

达瓦雪山圣洁的雪峰依然被阴雨笼罩着，风运云移，天地的黑暗间，似乎只有这道光由远而近，像神的手抚摸过这片坝子，从站满人群的街上当头而过。所有人都一时间噤声不语，看着这道宏伟的光，这道光是一种难以言喻的凄厉的红色，当这道光远去后，所有的人轻轻吐出了一口气，然后，天瞬间完全黑了。

死与生

天黑了，就像死亡到来，萧岩熟悉这种感觉。

有一年冬天他步行翻过垭口，去往神湖拍摄。他完全可以在一天内往返，傍晚就返回落脚的村庄，可是他有一点贪心，他想拍摄神湖的落日，于是当他下山时，天已经完全黑了。山路就像女人手里调皮的绒线团，有时候它们有头有尾、服服帖帖，有时候趁人不注意，它们偷偷绕几个圈，有时候干脆卷成一团滚得无影无踪。这一夜没有月亮，所以山路又溜进林子里和花妖、野马做游戏去了，黑暗中四野传来蜿蜒的风声和动物的嘶鸣，也许它们正在丛林的某处围着篝火舞蹈。

为了背摄影器材，萧岩并没有带更多的必需品。他的松明快用完了，四周茫茫地下起雪来，树枝都是湿的，他只能驻足在黑暗中，甚至没有一堆火，雪渐渐沁进他的肌肤，呼吸与脉搏的热正在一点点散去，关节一寸寸失去知觉。他想，原来他并不能活得比一夜更长。

有一刹那，他几乎以为自己已经死了，因为他眼前的黑暗忽然变成了耀眼的白色，遍野的光亮刺得眼睛一阵疼痛，这痛感让他意识到自己还活着。原来是雪停了，月亮出来了，漫山的雪像节日的夜晚灯火通明，下山的路就在面前。

还有一回，他被压在了石堆下，在经过一处常有飞石滚落的山路时。也许是野兔在山坡上跑过，五百米长的狭路上顿时碎石纷飞。他不记得自己在乱石下躺了多久，他埋身黑暗中，没有光也没有声音。一开始他还觉得左腿剧痛，后来就不觉得了，他的整个身体随着时间的流逝渐渐麻木，他觉得身体已经没有了，只剩下还没有死去的灵魂，被闭锁在无知无觉的死寂中。

他死过很多次了，他甚至不记得那些遇险的地方都是在大地的哪个角落。行走在山野里，死亡就像雨雪阴晴、日夜交替一样，是一件不能再自然的事情。死亡时时在发生，正如新的生命也每刻在生长，每种生物都坦然接受这样的更替，除了人类。

当人们背离山野建起城市，死亡却并没有因为医学、科技、经济和合成食品而放下它的镰刀。人们也许不需要再担心走在路上被山石砸死，但是车祸天天发生。人们也许不会再遭遇饥荒，但有害食品同样会慢慢要了人的命。人们也许不再会被疾病飞快地夺取生命，代价是在死之前承受数倍的痛苦。人们也许有空调可以在封闭的空间逃避酷暑严寒，他们精心建筑的永生之城却依然逃不过大自然的灾难。

所以萧岩不喜欢城市，人类欲望纷呈的面貌让他想要飞快地逃开，他以为人类是自然的逆子，他以为城市是被诅咒的，结果受诅咒的却是他自己。因为没有一种生物努力地想要远离自己的族类，除了他。

他想起小时候和安宁一起在河边捡石头，傍晚时分，下班的人流和汽车开始喧哗地经过护城河畔，她跑回院子，躲进房间里，而他却往反方向跑，跑过河上的桥，躲到河对岸公园的树林里。就像成年之后，面对他们共同畏惧的人群，她躲进了城市深处的琴房，而他往反方向离开城市。他接了大量拍摄山川风景与民俗的工作，可以终年待在大山里，远离人类密集的所在。

他极端敬业并享受他的工作，他爱山野中每一寸美丽的细节，他影片的静与美总是让那些从不眺望天空的人惊叹不已，曾经有许多机构争相聘请他，但是渐渐地，他发现自己不能再为他们工作。他不是能把一片坝子拍成“佛地”的导演，就像他远离他们一样，他不理解他们的逻辑。于是他决定为自己拍摄一些什么，当他做出这个决定之后，他知道自己的世界已经越来越小了，他已经来到了大地的尽头，可他还想走得再远一些。

他每天清晨带着低烧走出这条街，走上山麓，当街上的人群离他越来越远，他的烧就渐渐退了。他喜欢格列这个孩子，格列的心干净而宁静，老牧师安东尼则单纯得像个孩子，他们是族类中少有的他愿意接近的人。

他知道格列能看见人们心中的念头，这让他一直深深地替这个孩子担忧，格列是否能承受这么多，他担心格列有一天变得和他一样。

山和树、晨雾、露珠和新花、格列欢畅的笑容、镜头里又一只美丽的蜻蜓，这些总能抚慰他的忧伤，而当他下午背着摄像器材走回街上时，他又开始昏沉的低烧。

他就像一只飞鸟，高飞是他唯一的渴望，当翅膀将他带入高渺的空中，接近雪山之巅雾的波涛与光的瀑布中时，脚下的世界微小得有如尘埃，这个时候他感到如此的平静与快乐，也如此地接近死亡，因为下一刻他必须降落，一只鸟不能永远停在半空，鸟的宿命是回到枝头，就像一个人的宿命是回到他的族群中去，如果他不能，他会坠落到遥远的地面上，或者在下坠的中途就融化得无影无踪。

现在，萧岩更后悔同意安宁来到这里了，他应该不再见她的，她属于那个世界，他不再能返回的地方。他虽然走了很远的路，他的世界却越来越小，她不一样，她总是待在琴房里，却还有很大的世界在等着她。这场洪水的灾难不是为她准备的。

萧岩紧紧握着安宁的手从雨里走回来，他不能让她死去。他拉着她的手上楼，夜从未有过的黑沉，楼梯上没有一点光亮，坝子上远远近近的狗都在大声地吠叫。

他问："娃娃，你害怕吗？"

"不怕。"

"有我在，你不会有事的。"

"我知道。"

他开门进屋点亮蜡烛，开始收拾行李，一些御寒的衣物、干粮、摄影器材也是要带走的。他收拾的时候，就看见她很恬静地坐在那里，好像真的并不害怕。

她说："六姑炒的面条真好吃，不知怎么的，每次跟你在一起，我就吃得特别多。"

他说："我也是。"

"我们要搬家吗？"

"是的，明天一早我们去山上的寺庙借宿几天，那里地势高，安全一些。寺庙里有个小师父叫格列，你会喜欢他的。"

"能和你在一起，去哪里都好。"

萧岩不说话了，他看了一眼窗外，依然是雨和夜，还没有什么异动，雪山映着深蓝的夜色，在窗玻璃上折射出一片美丽的弧光。他有些惊讶地细看，原来是窗玻璃内壁有了一片非常细密的小水珠，正晶莹地在夜光中闪亮着。他想，是这房间的四壁已经暖起来了，他来了半年也没有一点水汽，她来了，房间就有了温度。

这一夜，坝子上没有人入眠。人们在农舍中收拾他们要带走的东西，这其实不难，能带走的并没有什么。他们更多的是操心牲口，希望明天清早它们都可以乖乖上山。

墙壁早些年就开始渗水，水渍的形状曾让他们在烤火时无数次呆望遐想，漆黑的屋顶停留着炭火的影子，睡旧的床已经有了身体大小的凹陷，都要扔下了，回来的时候不知是否还是原来的样子。他们忽然觉得原来最想带走的是原来的生活，或者说，他们对死亡的恐惧，远远不如害怕以后的日子将会变得怎样。

狗吠声静止了，远远传来低沉的法螺声，像风贴着草叶一阵阵漫过坝子。前两个夜晚他们也都听见了同样的声音，但是没人注意过。这时候他们都打开窗向传来法螺声的山麓望去，寺庙里的灯火比平时明亮，是格列在为坝子上的人祈福。

过去他们都暗自议论过，哑巴格列是否已经傻了，不过今夜此刻，每个人都不禁向寺庙的方向再度跪拜，并默默颂念请求佛祖和格列的保佑。

教堂里的老牧师安东尼醒来了，并不是法螺声吵醒了他，他衰老的耳朵早已感觉不到这样的声音。他只是直觉一定有什么要发生了，他披着外衣来到门外，奇异的天象让他哆嗦了一下，今夜天上所有的星星都落到了地上，坝子上稀稀落落的几点，街上星河般密密的一片。他画了一个十字匆匆忙忙回到屋里，跪在地上开始向天上的父祈祷。

对有些人来说，死亡总是到得太早，对有些人来说，死亡却总是姗姗来迟。六姑听着这法螺声，这谶语般悠长低沉的声音如此熟悉，她曾在无数次葬礼中谛听它，揣想它如何在焚烧的烟尘中注入祥和的清凉，超度那些年轻或年老的魂灵去往不可知的彼岸。

事实上每当夜晚来临，街上所有的灯火都灭去的时候，她总是忍不住揣想死亡的怀抱，没有等待，没有想念，没有期盼，没有失望，她想象那该是一个最宁静、黑甜的梦境。

她已经太老了，她看着墙垣仿佛一瞬间就朽坏了，炉灶飞快地生了锈，水龙头长起了水垢的过程比注满一桶水更迅速，熙攘或空旷的饭馆门前，朝晖夕照和街上的灯火此起彼伏，时间如江水奔流，一年复一年远走得无影无踪。

她太老了，她已经很久没有睡眠，更没有梦境。她只是醒着，从早到晚和面、烤粑粑、打酒、烤肉、炒菜、招呼客人、清洗碗碟，周而复始，就像她大半生中每天所做的那样。

她椅子旁的地上总是摆着一个水盆，盆底下沉着许多银币。但凡气候干燥的地方习惯用纸币，而像佛地这样潮湿的地方则多用硬币，这是六姑所不知道的，因为她从来没离开过这里。她只知道每天会收到很多硬币，她总是来不及洗干净油腻的手就接过它们，于是她让它们暂时留在水底，油星就一点一点漂浮上来。小憩的时候，她喜欢坐在椅子上看着它们，它们仿佛一些活着的小东西正在水底下悄悄吐着泡泡。

她还记得有一回，镇上派干部下来做户籍登记，他们问她的年龄和出生日期。她告诉他们，她只记得母亲说过，她出生的那一年，耳江的水清澈得特别早，在正月前几天就变得碧莹如玉，这是几十年来都没有的事情，而她就出生在那一年开春六月雪盛放的日子。她告诉他们，就是那一年了。干部们都笑着摇了摇头。

是的，她已经太老了，老得没有人能记住她的年龄。曾经记得她的大多数都已经死去了，死神一次次从她的身边带走那些熟悉而温存的面孔，却偏偏绕开她，把她留在原地。这让她几乎怀疑，死神已经忘记了她，就像所有曾爱她、陪伴她的人都已经路过了她，并且忘记了她一样。

今夜，她照例坐在饭馆门前，在饭馆每天关张之后，她喜欢独自在门前坐一会儿，在从不爽约的夜色中等候遗忘她的死神。无论星光璀璨还是阴云雨雪，夜总会如期到来，死亡却显然没那么容易期待。

她想起了她的两个姐姐，在久远前的法螺声中，她们小小的身体像婴儿一样蜷缩着躺在架起的木堆上，火点起来了，在多吉喃喃的颂念中，母亲哭着深深地向神灵俯下头去，父亲揽着母亲因悲伤而战抖不已的身体。这是一个特别冷的冬天，她的两个姐姐死于感冒。

母亲总共生了七个孩子，六姑排行第六，二哥生下来没几天就死了，六姑亲见的是三姐和四姐的葬礼。后来一些年，她的小弟在上山砍柴的时候被野猪咬死了，父亲死在马帮赶路的途中。因为母亲的坚持，她的大哥和五哥在坝子上耕作一生，他们都平安地死在了农舍的床上，先是母亲，后来是五哥。

大哥多年前还拄着拐杖来街上探望她，那时候他的须发已经花白了，因为坝子上人的胖身材，他粗短的腿有点支撑不住浑圆的腰身，不过看上去挺精神。那一回，她的孙儿还爬上他大爷爷的膝盖，一个劲儿地想要摸他的白胡子。谁知大爷爷回去没几个月就走了。

在一次又一次葬礼的法螺声中，六姑问多吉师父："什么时候才可以轮到我？"

多吉回答："在你该走的时候。"

"为什么有人这么年轻就走了，有的人皮囊老朽不堪还被留在这人世中？"

多吉说："每朵花都有各自开放和凋谢的时节，由不得你感叹短暂，也由不得你厌倦，你静静等着就好，它会来的。"

多吉说这话也是好些年前的事情了，后来多吉也走了，可她还留在这里。

她太老了，她的房间里已经没有了镜子。还记得很多年前，她果核一样古老的脸曾经红润如春天的花瓣，月亮般的额头下是黑亮灵动的双眸，她的背脊像白杨一样笔直，而她矮小的身体就像初生的小鹿一般敏捷有力。她笑声明朗，说话嘹亮。和坝子上所有的女孩一样，她称不上美丽，却像树林的精灵一样茁壮。

就在她最美的一年里，她生下了一对双胞胎兄弟。孩子没有父亲，六姑从来没有嫁过，坝子上也没有她的情人，她管这对双胞胎叫作李大和李二，大家只当她随便给了孩子一个姓氏，这总比姓娘家的姓氏要体面。尽管这件事让六姑很快乐，却给窘迫的家境带来更大的压力。于是当时身为村长的江龙在街上给了六姑一间屋子，让她自己做一些营生。

两个孩子生下来时一模一样，宛如一枚贝壳的两片。可是到了五岁左右的时候，完全相同的五官呈现出了迥然不同的两张脸，这是让六姑本人都觉得惊讶的事情。

李大保留着孩子时一张出奇平和的脸，就像一片树叶那样透明而干净，没有任何思虑和欲望留下的痕迹，时间只给他的目光增加了一丝不可名状的忧伤，一个忧伤而安静的五岁孩子。他常在街上数着花朵徜徉而过，长日坐在树影斑驳的饭馆门前，或者用山上带回来的一节竹管吹出优美的调子，但是直到他十六岁离开这里，很多街上的人都回忆说，其实他们几乎从未看见过他。

李二到了五岁就显露出一张特别世故的脸，他端正的五官和着意绽放的笑脸总是让所有人围观赞叹，他很快地学会如何用“外面的人”喜爱的方式说话，他以一种不再是孩子的老练神情与途经这里的客商攀谈。一个提早步入成年的孩子是“外面的人”衡量可爱的标准，他很快成了六姑饭馆的一块活招牌，人们都愿意为了这个善于讨好人的孩子在这里多花一点钱。

李二为六姑带来了更多的营收，六姑却不由自主爱李大更多一点，他的眉眼依然像“那个人”，甚至更像，李二的面目却像忽然间偏离了轨道，正飞速奔向另一个她不知道的陌生地方。

当两个孩子都长到十几岁的时候，六姑的脊背依然像白杨树一般挺直，她的脸庞依然像花朵一般年轻，年轻得像是一个奇迹。她的眼睛依然明亮如水，时时望向达瓦雪山银白覆盖的垭口，仿佛在等待什么。少年时代散漫成性的她早已变得勤快麻利，两个孩子足以让母亲变得无所不能。直到有一天，李二对他的母亲说："我想要去外面念书。"

李二想要去"外面"，他五岁开始就从途经的客商嘴里依稀知道了外面的世界，听说那里有数不胜数的幸福。每当六姑不在的时候，他就偷偷请求客人把他带走，带到外面的世界去，饭馆的客人只是一笑了之，而渴望在他的脸上燃烧，从无休止。

六姑当然想要给自己的孩子幸福，她开始希望水盆里的硬币变得更多，她开始时常在结账时算错数字，当然只会算多，不会算少。偶尔会有客人发现并大吵大闹，但是大多数时候人们并不会注意到这么细小的差错。她第一次发现钱的重要，正像街上越来越多的人那样。她计划把自己攒下的钱均匀分成两份，一份留给李大，一份留给李二。她的打算却是把李大送去"外面"念书，而用剩下的钱将来给李二娶一个媳妇。她希望她更爱的孩子获得更多的幸福，而陌生的那一个，她不希望他离开她更远。

于是李大十六岁那年被送去城里念书，这在当时的坝子上是一件财力雄厚的事情。没有人能想到硬币也能堆积成高山，六姑那年的行动就像当年她未婚诞下双生子一样令人瞩目。也是这一天，人们才记起，原来六姑除了李二之外是还有一个儿子的，那个面目平和的忧伤的孩子，在街上，他每天安静地走动，可是几乎没有人看见过他。

人人都以为，李大再回来的时候，就是一个显赫的大人物了，人们揣想他童年的举动，认定那是一个大人物的特质，人们甚至回忆起了他用竹管吹出的音乐。而这个忧伤的乡村少年却从来没有在城里找到他的座位。

城市的孩子们一开始试图用一种怜悯的心情来接纳他，这个坐在教室最后排，年龄明显大了许多，皮肤黝黑，终日沉默的少年。他们像宽容家里暂时领养了一条流浪犬那样宽容了他。可是很快他们发现，他们没法站在怜悯的高台上俯视他。他有一种难以名状的气定神闲，他从来不用羡慕的眼光看他们，他甚至并不找机会接近他们，他就像一条高傲的野狗那样让他们感到害怕。就像所有的野生动物都是城市的禁忌一样，它们其实从未想过伤害人，而人总是要用杀戮来消除自己的恐惧。

老师们并不知道，顽劣的城市孩子们有了一种新的游戏，他们每天下课后追着他跑，用石头打他，李大从不还手，只是奔逃与避让，他还不懂如何与同类搏杀，他吓坏了，他被城市里的同类无端的仇恨吓坏了，他不明白他们为什么要这样做。

两年后，李大被送回街上时已经是奄奄一息，头上裹着干净的纱布。伤口并不能要了他的命，可是他整日整夜高烧不止，他的忧伤刻满了原本平和的脸庞，就像一棵树的叶子终于完全变黄了。看过他表情的人都说，他已经撑不下去了。李大死在他十八岁那年，六姑早早地为她的一双儿子准备了两把成年的佩刀，可是他们谁都没有用上。

就在李大病死的同一天，他的孪生兄弟李二忽然口吐白沫倒在地上，这种怪病从此缠上了他，双生子之间总有难以言明的神秘联系。多吉大张旗鼓地为他做了法事，这并没有多少用处。李二从此口鼻歪斜，好像他纯善的哥哥死去之后，恶魔就彻底占领了他的身体，并且显露在他原本美好的面目上，这对以社交讨好为骄傲的他来说，无疑是最大的打击。他酗酒、闲逛、无所事事，没有了讨好客人的资本之后，他暴戾的脾性开始显露出来，他不敢找人寻衅，捻死一只小虫子或者踢一条无力反抗的小狗成了他日常的乐趣。

李大的葬礼完毕后，众人走在下山的路上，他们惊异地发现六姑白杨树般挺直的脊背一夜之间佝偻了，就像风吹折了树干，她一夜之间老了。她忽然间沟壑纵横的脸，就像酷日下一寸寸裂开的土路。

那一天，六姑看着长子的脸，那似曾相识的五官在他咽气的那一刻变回了平和的模样，然后完全消失在火焰中，一刹那她错觉亲眼看见了“那个人”死去。六姑再次强烈地感觉到死亡并非一种诅咒，活着才是，她多么希望死神先带走的是她，在所有人之前，但是正如多吉所说的，这一切由不得她厌倦。况且她还有一个儿子。

过了些年，她用另一半钱给李二娶了媳妇，媳妇生下一个男孩后就跟别人走了，她不怨她，连她自己都认不出她的儿子了。好在她有了一个孙儿，她为他起名叫“李渔生”，六姑并不识字，所以当她写出这个名字的时候，街上的人都非常意外。大家只说，她用自己唯一会写的字给孙儿起了名字，可是为什么是这几个字呢，坝子上的人是不可能叫作“渔生”的，在这里，吃鱼是一个禁忌。

在孙儿的脸上，六姑又能隐约看见那张熟悉的脸，它从李二歪斜的面目中脱胎而出，虽然已经离记忆中的印象越来越远，好在记忆也是在渐渐模糊的。她又开始积攒水盆里的硬币，因为更多的人说，“外面”有数不胜数的幸福，她要给她的孙儿幸福。

硬币，她能做的只有这些，传说中的幸福却不知究竟是什么。她一生所能感受的幸福，是她青春岁月短短的一个月，在漫长的期盼和等待开始之前，随后的生命仿佛一个诅咒，她在浩瀚的年华里独自捕捉那张日益模糊的面目，过往幸福的流光。

她已经等了太久了，她颈项僵直，视力模糊，她没有睡眠，更无梦可言，她渴念回家。她太老了，她总是怀疑这越来越长的生命，只是让她与幸福越行越远。

或者，曾经有一段日子，在她的两个儿子五岁之前，两个头发蓬乱、满地乱跑的小天使，他们熟悉的面目上还没有任何深思与企盼的痕迹，她终日陪伴他们，她觉得幸福忽然再次走近，正如他重新走近她。她为她的一双儿子离开坝子来到街上，可是似乎有一种更强大的力量让幸福再次偏离了轨道。硬币、顾客、生意，她像一个囚徒日夜不停，传说中外面的幸福究竟是什么，她不知道，她只是自责，即便用尽一个母亲的心思也不能让他们生活得更好，她是真的老了。

夜深了，这个夜晚六姑并没有闲着，她在烤粑粑。这本来是她早上的工作，但是她想，还是明早带着李二上山去躲一躲，如果要躲好些天，他们需要一些干粮。她将粑粑多翻了几次，烤得比平时干一些，她想这样即便多放些时日也不容易坏。

很多年了，她已经太久没有专心为自己家做饭了，总是在为客人炒菜、炒面的时候多做一点，打发自己和家人的三餐。所以即便现在家里只剩下她和李二，当她专心地烤着自家的粑粑时，年老的心还是不由得柔软起来。

她已经超过了平时上床的时间了，平时四周早就一片漆黑，而今夜的街上，每个窗户都亮着灯火。四野回荡的法螺声仿佛死亡的音乐，而这满街灯火通明宛如一个节日，迎接死亡到来的盛大节日，死神因此都不会走错方向了吧。

六姑有些好笑地猜想大家的心情，尽管他们已经以财产为理由替洪水决定了它的破坏幅度，将死的恐惧还是在夜深人静时爬了出来，让他们辗转反侧却又无处求证。这些什么都不相信，又对任何预兆都神经过敏的商人们，如果他们此刻不是在屋里失眠，而是站在街上看到这诡异的一幕，不知又是怎样的惊恐不安了。

六姑总觉得这条街是个不可理喻的地方，其实过去并没有那么多商队经过这里，正如现在也并没有那么多游客来到这里。前些年，土路却一下子变成了水泥路，沿街无数简易房屋像雨后的蘑菇一样长出来，越来越多“外面”的商人来到这里开店售卖。

这么多商品没有外人买，这么多空旅馆没有外人住，这么多饭馆终日没有途经的人上门。当然大家并不会因此没有生意，开旅馆和饭馆的人在商店买东西，正如开商店的人在饭馆吃饭，街上喝醉的人时常也到旅馆开房间睡。

旅馆对外写着一百八十八、二百八十八的标价，其实本地人都知道，只要交三十元就足可以住一晚上，不过得提防各种额外的收费，如果要用水，加十元，要用热水洗澡是三十元，但是未必就能等得到水变热。如果喝醉吐脏了地和被单，价钱更是由着金老板说了。商店的货物没有什么是真的，而且从镇上运到这里价格就翻了番。人们也可以选择去镇上买，但是据说大家都忙着做生意太忙了，时间就是金钱，但是就近买的话就得学会讨价还价。至于饭馆，结账多算几元钱实在算不了什么，可以减少每盆菜的容量，可以用廉价的不新鲜的菜，可以少放肉丝多放盐，可以在酒里掺水。

六姑每当回想她离开的坝子，就不免对她到来的地方感到困惑，这条街据说已经越来越像传说中充满幸福的“外面”。她曾经听很多人说起过城市，据说那里到处都是商店、市场，每个人都打扮得周身光鲜，每天除了买卖东西什么都不用干。

她想，这是多么不可理喻的事情，这么多人在买来卖去，没有人种地也没有人养猪，他们为什么还那么富裕，他们口袋里的钱掏来掏去究竟来自哪里又去往哪里，他们吃什么呢？人和人挤作一堆，在相互算计和彼此谋害中积攒硬币，就像在这街上，而她自己也正变得和他们一样不可理喻。

六姑叹了口气，她感到有些疲累，打算去躺一会儿，明早还要收拾行李上山。她熄了灶火、灭了蜡烛，佝偻着身体合上了饭馆的门。过了一会儿，街上的灯火也次第灭去了。

金老板忽然从睡梦中惊醒过来，她床边的蜡烛已经熄灭了，四周的黑暗让她再一次冷汗涔涔。她好像梦见了死亡，死亡像乌云一样张开黑翼渐渐逼近，闪亮的江水变得黑暗，洁白的江滩被阴影吞没，死神的脚步越过田野覆盖了这条街，当黑影遮住了何疯子的脸时，他傻笑起来：“呵呵……呵呵……”死亡也许早就到来了，很多年之前，她就已经开始一部分一部分地死去。

她从一种莫名的窒息中坐起来，大口喘气，手指颤抖地重新点燃蜡烛。她披起外套，端着蜡烛推门走进冷夜中。院子里何疯子房间的门虚掩着，她推门进去，看见他呈一个“大”字躺在床上，睡得像个无忧无虑的孩子。

她轻手轻脚地退出来，转身来到走廊里阿满的房间门口。阿满在酣梦中被使劲地推醒，就听见金老板熟悉的吩咐声："你帮我把东西搬上车，搬得差不多了我去叫醒何疯子，我们现在就走，去镇上。"

阿满看了看漆黑的天色，迷迷糊糊地问："不是说明早先去山麓上躲一躲吗？"

"我们有车，我们和他们不一样，我们可以现在出发，天亮的时候就已经远离这里，快到镇上了。"

"天这么黑，路冲垮了，现在开车去镇上，我们没准死得比谁都快。"

"可是车不能开去山麓上，这么多东西怎么办，这车子怎么办，何疯子又怎么办？"

阿满听见何疯子，有些不乐意了，他抱紧被子说："你有我，我是个有力气的男人，东西我明天帮你多扛一点成不？其他我就扛不走了，你自己看着办吧。"

金老板愤愤地说："我在这儿真是受够了！"

阿满嘟哝着说："洪水来了就不用受了。"说着头朝里往床上一扎，又往梦里去了。

江龙也惊醒了。在方才短暂浅睡的片刻，他忽然意识到自己睡去了，他想，完了，这一觉也许已经睡过了时间，没准洪水已经来了，要逃也来不及了，整条街已经消失在洪水中，大错已经铸成，所有他不能说服的人都成了浮尸。他想着就腾地一下从床上坐了起来，窗外昏黑的一片，他惶惶地思忖着，难道他们一家已经被埋在洪水下面了，难道自己已经死了？

他在慌乱中寻找身边的妻子，他的妻子阿仁伸出粗糙的手，握住了他的手。她虽然躺着，却一直没睡着，她的眼睛像晴夜的月亮般让人安心，她轻声说："天还没亮呢，妈在隔壁刚睡着不久，你也再睡一会儿，天亮我就叫你。"

江龙却一时睡不着了。他忽然有些羡慕妻子，二十年了，阿仁从坝子上嫁到街上，从一个农家的女孩变成了眼角皱纹细密的妇人，她还保持着坝子上农家的生活习惯，种菜养猪，每周做豆腐。尽管家境早已不再需要，可是全年家里的餐桌上都有她的劳作成果，每月寺庙里都有她的供奉。有时候他非常怀疑究竟是她维持了昨天和今天，还是他。

这么些年，他在忙些什么呢？他始终在为如何让他的属民们满意而烦恼，在他管辖这个王国的时间里，人们越来越强烈地想得到超越土地给予的富庶。他觉得他一生都在气喘吁吁地追逐，却从未到达他想去的地方，而阿仁始终在原地。也一直在他的身边，并没有被飞驶的什么留在一个望不见的过去，很多时候他甚至觉得是她搀扶住了他，这让他的追逐像是一个孩子无稽的游戏。

现在，他正像一个孩子般恐惧着，如果他的王国消失在洪水中，他将是谁。失去一切似乎比死亡更可怕，而在这死亡到来的前夕，他呼吸着人世间的空洞，同时也像另一个无干的人那样看清了内心簌簌发抖的自己，每个人的恐惧都是自己的执着啊，他笑自己。

他对身边的阿仁说："如果这次我们都活下来，不管坝子还有没有，我们都离开这里，去山的那一边，找一块地，重新造一间房子，按你喜欢的样子安静地生活，你说好吗？"

阿仁问："你真的不当这个村长了？"

"当村长有什么好的，这么多年了，瞎忙活，早跟你一起种地就好了，你不是一直喜欢那样过日子吗？”

阿仁无声地笑了，她眼角的皱纹像花朵般在暗处绽放，江龙看着妻子的笑也酸楚地高兴起来，可是阿仁忽然叹了口气说：“那样也不成，那样就把我们的闺女耽误了，她明年夏天就从镇上毕业了，我们该在发达一点的地方做点买卖，我们还得扶她一段。”

江龙想，原来阿仁也有她的执着。

整个夜晚，街上的灯次第灭了又亮，雨在悄然地下。快天亮的时候，风把萧岩房间里屋和外屋中间的门吹开了，安宁被惊醒了一次，她看见有个孩子从门外跑过，过了一会儿又跑回来在门前张望了一下，他一头乱蓬蓬的发，兴高采烈地迈动不稳的步伐，脸上还没有人间的尘埃，笑得像个明媚的天使。安宁喜悦地轻轻惊呼了一声。

萧岩问：“怎么了？”

安宁说：“我可能看见了我将来的孩子。”

萧岩低声说：“你一定会有孩子的，你会是个美丽的妈妈。”

天亮之前的两个小时是所有人最想睡的时候，尤其是在大半夜的辗转之后，整条街终于陷入了黑夜的寂静中，甚至比以往每个夜晚更静。在一个不可知的清晨到来之前，每个人都暂时地睡去了，连同山麓上传来的法螺声一并隐在黑暗里。

人世间短暂的真空中，大地、云朵与江水依然在潮汐中呼吸生长。

晴 日

安宁感觉自己睡了很久，当她再次醒来的时候，她觉得应该是日上三竿的时候了，可是房间依然被黑暗笼罩，黑得像死去一样，窗外没有点滴亮光。这让她有些害怕起来，她靠光亮来给自己还有视力的暗示，可是现在这种感觉就好像已经完全瞎了。难道太阳已经被洪水吞没了吗？安宁在一片窒息般的黑暗中想。

这时候，她听见了一声鸟儿稚嫩的轻呼，像是捉迷藏的孩子不小心发出了声音，紧接着，三两声鸟儿的应和伴着翅膀的窸窣声，一丝光亮从窗外透进来，有如一道笔直而纤弱的金线沁入墨中。此刻，近在窗前的地方，忽然有无数只鸟儿次第歌唱起来，像是一场盛大无比的分声部的合唱，它们一边歌唱一边从窗玻璃上陆续飞起，很快有千万道光芒透入房间里，好像耀眼的阳光正透过森林浓密的树叶照进来。

刚才的黑暗原来是无数只好奇的雀儿早晨造访，它们停在窗玻璃上顽皮地向里张望，数不清的翅膀重叠着，遮住了外面的阳光。

安宁惊喜地聆听着窗前神奇的音乐，鸟儿们此起彼伏的歌声比高山下的这片坝子更深邃广阔。等它们悉数盘旋在空中的时候，窗户的玻璃上再无遮拦，可以看见雨不知何时完全停了，窗外大山嶙峋的山石和浩瀚的阳光近在眼前，甚至连云雾都散去了。这竟然是出奇晴朗的一天。

萧岩望着窗外的晴日，光的无垠笼盖四野，山的脊背明暗分明，满山松树与杉树的绿色已经渐渐鲜明起来，空气中飘浮着飞翔的树种和草籽明亮的光点。这是如何写满生机的一个晴天啊，窗框周围还有上百只雀儿走走落落，伸着小脑袋好奇地张望着，仿佛生命这幅画卷别致的画框。这会是大洪水之前的一天吗？萧岩不禁喃喃自语道："不可思议。"

街上的水泥路已经干了，白花花地睥睨着天空。人们以一种空前的活跃在讪笑着所谓洪水的预言，尽管几个小时前他们还都害怕得睡不着觉。商店里的人把打包的商品重新打开，放回到架子上，甚至把昨天清空的地面也摆满了。

六姑拿出她昨晚给家人烤的粑粑，烤热了照常当早点在店里卖。李二苍白着一张可怖的脸又出来打酒喝，六姑今天只当作没看见，由他捧着一大茶缸的玉米酒回屋里去了。

金老板想起了昨夜阿满对她的忤逆，那个糟糕透了的半夜里，她是因为特别无助，所以竟然容忍了他躺在床上拒不出工还对她冷言冷语，想到这里，她恨恨地把他叫来，让他站在她的面前。阿满讨好地问："现在路也干了，我要不要帮你搬行李，我们趁着天好开车去镇上？”

金老板冷笑一声说：“我叫你去的时候你不去，现在你愿意去了？你这狗眼也不看看，现在我们还用得着躲去镇上吗？洪水没来你很失望是不是？”

阿满讪讪地说：“洪水没来当然是好事……”

金老板说：“哼，我看你是最希望洪水来的一个。”

何疯子在何家旅馆的门口捡饭粒，和每天上午一样。他没有昨夜的惊恐和今天的窃喜，阳光照耀的地面让饭粒比前些天容易捡起，可是他神情中的欢喜和苦恼没有丝毫变化。对于一个疯子来说，已经没有什么能伤害他，无论是湿的饭粒还是干的饭粒，无论洪水还是晴天。

江龙也照例在街上巡视他的王国，就像每一个天气晴好的日子那样。可是从这个晴朗的早晨开始，他已不再是街上人们认可的国王了，从路边门前的每个人对他怠慢的态度就可以看出来，没有人主动跟他打招呼，大家只是用有趣的目光看着他，好像他是街上的第三个疯子。这个曾经少年得志的国王，他生不逢时，他的王冠是随着旧日的光华一起黯淡失色的，他先是和佛地不景气的生意一起衰老下去，然后又因为一个可笑的预言，终于彻底成了众人眼中的小丑。

石匠在日头下继续加紧打石头，晴天让进度快了许多，他依然脸色阴沉、一言不发，锤子狠狠地落在石材上，溅起刺耳的噪声，眼看石牌坊的形状已经渐渐显露出来。

他本来打算天一亮就翻山返回自己的家乡去，扔下这里的工钱不要了，离开这个诡异和据说灾难临近的地方，留着自己的性命回家过年。不过今早出奇的好天气让他又对工钱眷恋起来，毕竟那是一笔不小的数字。

唯一不同的是，在他身边指手画脚的人换成了金老板，而江龙只是瞟了一眼就灰溜溜地走开了，就好像佛地的拥有者也已经换了人一样。

同样的好天气也许给了坝子上的人更多的快乐。他们一早起来就欣喜地感谢神的恩惠，在打开行李之前，他们就踏着晨雾上山还过愿了。等礼佛或祷告归来，回到熟悉的农舍里，他们更确信生活将会平安地继续下去，按先前几十年的模样，这让每个农家人都舒心地坐在田头烤起太阳来。

尽管人们在阳光下显露的姿态各不相同，这晴天却似乎给了所有人一个共识，洪水不会来了。不知从哪天起，人们都开始习惯于让肉眼告诉他们真理，他们相信落在视网膜上的幻象才是真理，而不再像以前的人那样，相信那些纯粹的、永恒的、存在于灵魂空间的准则，那些亘古就存在的不可见的力量。

今天萧岩起得晚了，他照例取出摄像机调试，不慌不忙的。

安宁飞快地披上外套跑出门去用贮水桶打了水回来。她把脸盆摆在外屋的条桌上，刷牙杯放在右手边，在脸盆和刷牙杯里都盛了水，又在脸盆里兑了热水瓶里的开水。隔夜的水冻得像冰一样，她想了想，在刷牙杯里也兑了开水，然后拿起萧岩的牙刷挤了牙膏，横摆在刷牙杯上，又把他的毛巾放在脸盆边上。这才拿了另一个脸盆，装起洁面乳、牙刷牙膏之类的一堆东西，到门外走廊尽头的水龙头下洗漱去了。

萧岩洗完脸再走进里屋的时候，就看见安宁已经铺好了床，正翻检出行李中的瓶瓶罐罐忙着往脸上擦面霜，然后又急匆匆地梳头，房间里漾开淡淡的香气。萧岩不禁笑了起来，心想，女孩子就是不一样。安宁问：“怎么啦，我脸上哪里没擦匀吗？你帮我看看。”

萧岩说："你的头发长了，很好看。"

"那么，我们今天出门吗？"安宁晃着她刚梳好的马尾。

"当然出门，这么难得的好天气，我们把行李带上山去存在格列那里，设备就不带了，今天正好陪你玩一天。"

"洪水会来吗？"

"不知道。"

"今天真的不工作吗？刚才还看你调试设备的。"

"习惯而已，否则总觉得早上缺了什么。"

阳光让这条街变得生动起来，人们已经确信洪水不可能来了，家家户户的女人都在门口的水龙头下洗头发，她们每次绞干头发时，长发美丽的螺旋在阳光下闪闪发光，脸盆里用过的水倒在地上，街上一滩滩清亮的水渍很快干了。当她们最后冲洗头发时，一个女人站在另一个背后把水倾倒下来，水花在发梢溅开，折射出彩色的虹。

洗了头发的女人们把湿发散在背后，温暖的阳光很快把头发晒干了，留下颈后一抹肥皂的香味。她们好心情地在门前说话嬉笑，捋起袖子露出的健壮手臂和灵活的腰肢像矫捷的小鹿一样。商家们都用矮凳垫起木板，把五色斑斓的商品陈列到街上，不知是为了招徕客人还是为了捎带晒干货物。野狗们也躺在路中间晒着太阳，摆出各种可爱的睡态。

"去"今天戴着一顶橙色的绒线帽，当萧岩和安宁远远经过时，他正站在路边的桃树下，抬头呆呆地望着叶蕾初现的树枝，阳光和树影落在他宽大的袍子上。

萧岩轻声对安宁说："看，神仙在那里呢。"

安宁问："他在做什么？"

"他在等桃树开花。"

"我喜欢他，我想给他打碗酒喝。"

萧岩说："今天先上山，下次有机会的。"

他们走出水泥路一路往西，穿过田间漫长的小路，天空是清澈的蓝色，阳光猛烈如瀑，风是暖的。今年的天气暖得特别早，还没过年，神树前的油菜花已经开放了，漫山遍野的金色，像是天空投下的最明亮的一片阳光。而神树依然没有新叶，这棵坝子上唯一高大的树令人不安地沉默着，只有那个孤零零的花蕾高挂在枝头，在阳光下微微仰起纤弱的花萼。

他们穿过油菜地，走过神树下，再往前去，就渐渐走上了山路。

上坡的路有点长，安宁坚持要跟萧岩背一样多的东西，这让萧岩故意走得更慢。他时不时从路上捡起各种花与树的种子，他把这些饱满幼小的生命放进安宁手里，它们有各自令人惊奇的形状，有的能挂在人和动物的身上，有的光滑得难以想象，有的鲜艳如花，有的怪异如鬼脸，有的坚硬如石，有的又柔嫩细小仿佛羽毛。

安宁接过它们，抚摸它们可爱的形状，再一路把它们放在山坡的阴面。因为萧岩说："它们总是到处乱跑，乖乖躺在山坡的阴面，春天才容易发芽长大。"

还未过去的冬季让山路上的颜色有些枯槁，好在春日将近了。路边蕨类植物已经铺开了一片怯怯的新绿，有些树木上也发出了花蕾般的嫩叶，在阳光下几乎是透明的，远远望去有如一树树新花盛开。

萧岩攀上山坡，翻开一片蕨类的叶子给安宁看，叶子完美而对称，这么小的方寸间是繁复精致的脉络，像是一件人工难以企及的艺术品。萧岩翻开叶子有如翻开一个秘密，叶子的背后整齐地排列着无数细小的种子，像是几十个孩子亲密地依偎在母亲的怀抱里，他等着看安宁脸上惊喜的反应。安宁伸手轻轻触摸那些种子，指腹上依稀能感觉到这些小生命的心跳，她惊奇地扬起眉毛笑了。

萧岩喜欢观察安宁脸上的神情，并且猜测她的下一个反应，他自恃是了解她的，她每一个意料之中的喜悦表情，都让他从心里微笑起来。

他忽然拉住安宁说：“嘘，轻点。”在他们面前的空中怔忡着几只蓝色的蜻蜓，仿佛忘了要飞去哪里一样，那是干净而忧伤的蓝，像雨前的天空、幽深的静潭。萧岩看着安宁的嘴角又泛起了惊奇的笑意，她说：“蓝的光。”她小心地伸出手指，就在快要触到那些蓝色时，蜻蜓呼地散开了，像水中的影子。

走过溪流和木桥之后，山的坡度更陡峭了，阳光让山中的雾气像帘子一样高卷了起来，现在两人终于走入了云雾中，每一缕风都有不同的气味，时而干燥，时而又充满水汽。路边的石头和青草是濡湿的，到处是植物馥郁的气息。

这个高度是六月雪生长的地方，那是一些小小的蓝紫色花朵，在它盛开的时候，如果捧起它钟形的花瓣，可以看见蓝红相间的六角边沿像女孩的群摆一样。没有人知道它为什么被叫作这个名字，它是在正月后的几周开放的。不过今年的天气暖得反常，萧岩看见路边的六月雪有一株已经奇迹般绽开了柔弱的花蕾，他来不及考虑反常就被它的美降服了。他想，这也许是为了能让安宁看一眼才提前盛开的呢。

如果安宁能够看见，她也许会想变成一个蜜蜂大小的小人儿，就可以躺在小小的钟形花瓣里睡午觉了，不过现在她触摸到了柔软的花瓣，她就把这朵花儿想象成稚嫩的小鸟翅膀，一只蓝紫色的手指大小的鸟儿，散发着风一般冷冽的花香。

在这样的高度还有梅花，与六月雪差不多时间开花。如果按今年的气候来看，它们开过之后，一两周之内，路边数不胜数的鸡蛋花也要开了，鸡蛋花是一些圆形的茸茸的小花儿，有浅黄色和浅紫色两种，它之所以被叫作鸡蛋花是因为黄色的那一种，孩子们办家家时常用它们来假装成鸡蛋。继续往上走就有一丛丛的高山杜鹃，几周之后它们也会绽放，给山麓添上一片片的火红。然后街上白色和粉红色的桃花也盛开了，再后来是田边的低地杜鹃……

萧岩一边走一边跟安宁说着各种花儿的美丽，在这冬末的山路上，第一株山花方才绽放，空气中弥漫着冰雪消融的气息，一切仿佛刚刚开始。安宁想，她等了这么多年，现在终于可以和他一起在山里行走，像她一直向往的那样，从一个季节慢慢走到下一个季节，看着大山里的花儿一种种绽放。

萧岩问："娃娃，累不累，把你背的东西给我。"

安宁说："不累，我再背一会儿。"

萧岩说："再走半程就到了，来，抓紧我的手。"

安宁握紧萧岩厚实的手掌，她忽然觉得，自己已经听不见和看不见快一百年了，琴房里的钢琴也沉默了一百年了，她在等待的黑盒子里睡了一百年，直到她又重新听到萧岩的声音，重新走在他的身边。

当他们又吃力地攀上一段山路后，远处传来了鼓声，不急不缓，一声又一声，回荡在广阔的山谷中。

安宁朝鼓声传来的方向望去，发现自己站在深谷之上，头顶天空高远，风吹着云朵缓缓移动，浩大的光与影行进在群山万壑中。鼓声渐渐悠扬低沉起来，仿佛有另一种听不见的旋律在应和，这时她望见隔着山谷的远方，山麓上的庙宇和教堂正从光与雾中浮现出来，宛如一个被神遴选的舞台，就在寺庙门前的小小空地上，有一群穿着紫红袍子戴着面具的僧人随着鼓声绕圈起舞，舞姿祥和而古老。

又绕过了半座山的路，他们终于来到了山麓上，寺庙前却空无一人，只有格列在晾晒一些鲜艳的木质面具，一边击鼓诵经。

萧岩知道，这是用来跳金刚舞的面具，以前过年的时候，这座寺庙的僧人们会戴上这些面具，在鼓声和诵经声中起舞，镇魔招祥。不过后来寺庙衰败了，僧人越来越少，最后只剩下了多吉和格列，他们能做的，恐怕也就只是把面具拿出来晾晒一下了。

格列看见了萧岩和安宁，他眼睛明亮地笑了起来，他并不惊讶安宁的到来，他看见过她，在萧岩前些天思念担忧的念头中。

“尾巴尖”“淘气”和“眼圈”正在格列的身边玩耍，看见萧岩和安宁就飞奔过来。“尾巴尖”先跑到了萧岩的面前，朝着他们两个摇着周身唯一雪白的尾巴。接下来是“淘气”，它跑得小步而踉跄，配上一半灰一半白对称的两边脸，看上去简直像一只刚装上新电池的卡通机器狗。它先跳起来拍了拍萧岩的膝盖，然后又用爪垫在安宁的膝盖上敲了两下表示欢迎。跑在最后的是年纪还小的“眼圈”，它最近越来越胖，简直像一只熊猫了，它呼噜着一下就跳到了安宁的怀中。

老乌鸦也从树梢上飞下来，低低地在院子里转了一个圈，哑哑地大叫着："懒虫懒虫！"格列这才站起来，慢慢地走向萧岩和安宁。萧岩发现，格列的身体已经沉重得难以再奔跑，他的步履开始像一个老人，他不知道这些重量是如何这么快地累积在格列的身体里，他还是个少年人，他还在长高，他瘦长的手臂和腿还像春天抽枝的树苗一样。可是他现在走得如此艰难，好像他的身体已经成了一块铸铅。

萧岩不禁担心地问："你今天早上去侧峰等了吗？"

格列答道："没有，我觉得有点累。"他是微笑着回答的，可是萧岩觉得他的笑像是对别人的安慰，他的眉间不知何时也有了淡淡的忧愁。

萧岩说："他总会来的，在这里一样可以等到。"

格列又笑了一下说："我打算休息几天，然后提前出发，到主峰的垭口去等他，他今年一定会来的。书上的字迹是模糊的，所以他会到来的年份其实有两个可能，一个是师父去等他的那一年，还有一个就是今年。"

这是当年多吉临走前告诉他的，他对格列说："他早早晚晚总会来的，就像墨迹落在纸上，不是这一年，就是另一年。"

多吉说得这样肯定，这让当时的格列觉得分外安心，却让今天的格列感到胆怯。他已经习惯了等待，他宁愿永远生活在等待的过程中，等待一个从未到达的奇迹，至少他可以生活在相信中。

老画师的后裔八十一年才来一次，听多吉说，寺庙里曾经有很多僧侣等待了一辈子。他们不需要等到，他们只需要相信。格列想，这是多么幸福的事情，为什么唯独轮到他来到了求证的尽头，如果今年还没有等到，他就不需要再等了，等待将从此停止，一切奇迹的传说消失在尘土中，他该怎么面对自己曾经依赖的希望和信念。

格列觉得自己踏着许多人期待与迷惑的脚印，独自来到了求证的尽头，有一些东西是神灵将要昭示给他看的，他想不看这个答案也不行。他想，他的命运恐怕也像墨迹早已落在了纸上，他无法转身离开。

就像他自小能看见别人心中的念头，这曾让他痛苦、恐惧，并在过了这么些年以后，依然让他觉得无法承受。他无法承受这么多的欲望与不甘活生生地写在每个人的脸上。他更无法面对人们口是心非的诉说与祈求，即便是在面对他这个僧人的时候。

很多年前，当他还是一个孩子，六姑曾经带着李二一起来到寺庙许愿。那时李大刚刚去到城里念书，李二还有一张端正的面容。李二手持香束拜过佛祖之后，笑盈盈地对站在一边的小格列说："我很高兴哥哥去了城里念书，因为外面的世界有数不尽的幸福，我希望我的哥哥幸福，我向佛祖许愿说，不久之后我也能去外面念书，佛祖会保佑我的吧？"

这个时候，格列看见李二的笑容后面却是一副怨毒的表情，他的心里在说："到外面的世界去念书的只应该有一个人，那就是我，从来就应该是我！这个机会却被你得去了，我诅咒你早些死去，那样就能轮到我了。"

优美的谎言和狰狞的渴望，格列被这张笑脸背后的恶魔面容吓坏了，回想起来他当初看到的好像就是李二如今已然扭曲的脸，多吉连忙把他抱走，他高烧了一周才渐渐恢复过来，有很长一段时间他不再敢见许愿的人们。

后来他渐渐长大，也渐渐习惯了人类的言行，他知道他们的谎言不仅为了欺骗他人与神灵，也为了欺骗自己，因为很多时候他们自己都无法面对自己的念头。他们在格列面前诉说被装饰过的烦恼与愿望，而格列只能假装看不见其他，一遍又一遍无奈地应道："噢，就是这样的吗。"于是在多吉离开之后，他决定从此缄口不言，面对谎言他本来就是一个哑巴。

但是他依然躲不开看到人们纷繁混乱的念头，他们依然会来到庙宇许愿和还愿，或者经过他的面前，去到教堂忏悔和祷告，他们纠结的念头和灼热的欲望像铅块填进了他的身体里。这些天，他觉得自己的身体已经越来越重，甚至连走路都感觉困难。

他知道自己无法除掉这些重量，因为这些重量中也有他自己的。他羡慕大山和原野中数不胜数的生灵，它们在此刻生长，此刻衰老，每一刻都安然而喜乐，唯独人却总需要追逐一些什么、祈望一些什么。他们总是从一个地方忙碌地去往另一个地方，即便到了大地的尽头，那依然不是他们想到达的终点，一部分人把终点设定在比时间与死亡更远的所在，另一部分人的终点虽然很近，他们却已经因为追逐而迷失在去往死亡的道路中。

格列终于明白当年多吉憔悴的原因，了解他想要最后拯救些什么，这么多的欲望正在破坏大地宁静的呼吸，他害怕这样下去，神灵会最终丢弃对人类的守望。在看到灾难的预兆之后，他彻夜祈祷，却没有得到任何神灵的回应。

所以他想要去到达瓦雪山主峰的垭口，像多吉那样在正月初九守在垭口的皑皑白雪前，他相信攀登和等待一样都是一种祈祷。他想，这是他最后的机会了。

萧岩对格列说："如果没有意外，我想陪你上垭口。"

格列说："这个季节太危险了，你要是有什么事，安宁会伤心的。"

说着话，格列蹒跚着准备去打茶招待客人，萧岩抢在他的前面说：

“今天我来打茶，你和安宁玩一会儿吧。”萧岩说完这话就有点后悔，因为格列竟然拉起了安宁的手，带着她走进寺庙里去了。

格列的手与萧岩的手掌不同，温暖而柔软，他仿佛知道安宁看不清一样，小心地引着她由左侧往里走。这是一间很大的佛堂，经幔低垂，四周昏暗，唯有从高高的窗户中照进来的阳光正好落在佛像的脸上，还有的光亮就是佛像脚前的一盏盏酥油灯，像不灭的恒星一样静静守护着庙堂。静谧的空间里，尘埃描画出光的线条，燃烧的香烛散发着暗沉的香气。

格列说：“这里有很美丽的壁画，你看见了吗？”他握着安宁的手，他能感觉到这个女孩透明得像一滴雨点，所以他可以试着把自己的念头变成她能看见的东西，就像他能看见别人的念头那样。

安宁觉得奇怪，在这样昏暗的光线中，她居然清晰地看见了四壁精致绝伦的壁画，那是恢宏世界数不尽的悲欢离合、因果轮回，依然鲜艳的颜色，极其细致而飘逸的线条，连每一处眉眼和耳垂，每一双手都勾画得那么生动，很难想象当初的画师花了多少时间一笔笔地描画、一处处地填色。

其实这些壁画早就被毁坏得不成样子了，剩下的墙面也在剥落，颜色随风散去，只是从每一处残留的碎片中，还能看见画师精湛的线条和奇妙的颜色。格列用记忆和想象一点点把壁画拼贴在脑海里，他甚至想过，等老画师的这一代后裔来了，他要看一看他画的是不是如同他的揣测。

安宁被精美的壁画惊呆了，她朝壁画的近处走去，不经意地松开了格列的手，眼前的景象一瞬间消失了。格列连忙拉住安宁的手，带她转过身来走向佛像。安宁向天窗的光亮仰起头去，她又看见了佛像的脸，她说：“佛祖的脸是微笑的。”

在格列眼中，佛祖的脸一直是微笑着的，虽然人们都说，佛像剥落的脸不会再微笑，可是每当格列在佛堂念诵早课完毕，深深地对着佛像俯下身体，每当他在雨天静静坐在佛堂里听着雨声，思想着各种让他迷惑的问题，然后在困顿中停下来，仰望佛祖雄伟的身躯，他在那模糊的脸上看到的始终是微笑，似乎佛祖总是纵容着他大胆地思考和反复地陷入迷惑，又像是在温和地责备他，怎么还是有这么多的妄念。

格列开心地笑了，因为安宁看见了他的念头。他拉着安宁在佛像前盘腿坐下，拿起佛像脚下的一块块小石头给安宁摸。安宁笑着触摸它们不同的形状和冷暖不一的质地。

当安宁摸到其中的一块小圆石头时，她惊叫起来："这是萧岩十年前和我一起在河边捡到的石头，它怎么会在这里？"她认出了那块石头，那正是在她脖子上挂了十年，有一天终于碎掉的"雨点"。

格列也有些诧异，他说："这都是坝子上的人从江边捡来供奉给佛祖的。"

安宁说："你看这白色半透明的圆石头，它的表面还有圆点的小花纹，很像水里的涟漪，所以我们叫它'雨点'，你看这上面还有萧岩送给我之前打的孔呢，为了能穿上红丝线，给我挂在脖子上。"格列奇怪安宁怎么能看清这块小小的石头，它果然是那样的，连上面穿丝线的小孔都如她所言。他想，也许眼睛不好的人都有他们看见的方式，别人不能知道的。

"它已经碎了，怎么又会来到这里呢？"安宁问。

格列答道："圆满的石头最后总会来到佛祖的脚下，就像我们最后都会来到这里一样。"

安宁和格列走出佛堂的时候，萧岩已经打好了茶，给他们一人倒了一杯。

安宁问格列："你是要去这座雪山的垭口吗？"她指了指头顶上，在这里仰头只能看见天空和大山投下的阴影。

格列说："是的，我打算正月初一出发。"

安宁用忧虑的神情望着那高不可见的地方。格列回忆起，在很多年前，他还是一个孩子的时候，他曾经和多吉一起这样千百次仰头望向垭口，当时他还为这执着的等待生出过一种模糊的愿望，他很想亲身翻过达瓦雪山，去看看山的那边是什么。

直到如今，当每夜走过那一盏盏长明不熄的酥油灯时，他依然隐约感受得到这种愿望，仿佛他与时间有个约会，就像这庙堂与画师的约会，他还不知道自己的是什么，也许就在他曾经想去到的山的那一边。所以他犹豫了一下，问安宁："你去过雪山的那边吗？你知道山那边的世界是怎样的？"

安宁答道："我没去过那里，不过我从电视上看见过，那里也有城市和高山、寺庙和佛像，人们一样地生活与祈祷，看上去和大地上所有的地方没有太大差别。"

格列问："总会有什么地方不一样吧？"

安宁说："就像这里叫作大地的尽头，那里被称作离天空最近的地方，也许要亲身去到那里，才知道是什么样的吧。"

萧岩去过那里，他却并不想把自己的印象告诉格列，他想，如果有一天格列到了那里，所看到和听到的会跟他完全不同，就像每个人都没法复制彼此一样。所以他只是对格列说："你们都快聊了两个时辰了，现在该把安宁还给我了吧。"

格列笑了，说："你终于等到了你要等的人。"

萧岩说："可是现在我正发愁怎么把她送回去。"

萧岩和安宁来到教堂的时候，老牧师安东尼正坐在门口晒太阳，他乐呵呵地对萧岩说："今天你没有带你的机器来，却带来了一位美丽的天使。"

两个人的到访让老牧师分外开心。教堂是一间空旷的大房子，高高的屋顶上有彩色的玻璃和圣母与天使的雕像，也许是太高了，所以四十几年前没有被毁坏。讲台上摆着一张桌子和一个麦克风，边上是一架老旧的风琴，前面还摆着琴凳。讲台下是一排排座椅。冗长的大厅另一头是敞开的大门，刺眼的阳光照进来，门前垂着一根绳子，连着教堂屋顶上的一口大钟，每星期做礼拜的早上，老牧师就会拉着那根绳子敲响礼拜的钟声。

孩子般的老牧师坚持要为安宁唱一首圣歌，却又沮丧地说："如果有风琴的伴奏，我的歌声会更加动人，可惜这架风琴已经失去了它曾经优美的声音。"

安宁坐在琴凳上，踩着踏板，按下琴键，风琴没有一点声音。她检查了一下，原来是风箱破了一个大洞，她打算明天带一点工具上来，把这架风琴修理好，让安东尼惊喜一下。

阳光在下午褪去了浅金，变得澄澈，到了傍晚开始呈现玫瑰色，越来越浓郁的晚霞弥漫在空气中，眼前的景致就像被时间染上了颜色，一秒秒坠落进温暖的回忆中。

下山的时候安宁的腿都抬不起来了，更糟糕的是她饿得想要吞掉一头大象，中午的干粮没有抵多少时间，还没走到街上，她就一心想着六姑的炒面条。等终于走进了六姑的饭馆坐下来，萧岩说：“两盆炒面条。”

安宁在一边抢着说：“三盆！”

萧岩大笑说：“猪，你都饿成这样了？”

安宁说：“我这不是怕你又要分走我的半盆面条嘛。”

这一夜睡得香甜无梦，第二天醒来竟然又是一个晴天。

在坝子上不下雨的日子，清晨五点到六点的时光是最奇妙的，走在夜霜未消的街上，身周茫然不见万物，只有冰雪般洁白的浓雾梦境般充满了每个角落。随着晨光一寸寸从云层中透出，白色的梦境被缓慢点亮，随后雾气一丝丝褪去，房屋渐渐呈现，无人，无声，世界分外干净，宛如初生。

萧岩背着装摄像机的箱子早早出发，安宁坚持要背那个装三角架的袋子。楼下的大狗醒得早，它跟着他们在街上走了一段，到了水泥路的西头，然后在安宁的脚边撒着欢绕了一圈之后就返回去了。

两人很快又走上了山路，清晨的空气里透着隐约的蓝色，各种不同的鸟儿在四野看不见的远处歌唱。走到寺庙前的山坡上时，萧岩看见整个山坡都在晨曦中闪闪发光，仔细一看，原来这里青草都卷起了叶子，每片叶子卷成的小碗里都盛着一滴晶莹的露珠，看上去就像一片耀眼的钻石嵌在寺庙的门前。萧岩微笑起来，他告诉安宁：“格列这孩子喜欢你。”

这一天萧岩忙着拍摄，安宁正好去老牧师安东尼那里修风琴。她折腾了大半天，老旧的风箱弄得她一头一脸的灰尘，用手一摸成了花脸。好不容易补上了那个大洞，她兴冲冲地坐到琴凳上，可是当她踏下踏板，手指落到琴键上时，她沮丧极了，琴键还是没有发出任何声音，就像她的手指落到任何一块木块上一样。这个时候，她突然听见身后的老牧师欣喜地欢呼起来：“我听见了，风琴的声音还是和原来一样优美。”

安宁有些不能置信地又试着按动了几个琴键，一片静寂中只有老牧师欣喜地嚷嚷着：“啊，这是《平安夜》，你弹得真好，请继续弹下去吧。”安宁刚才不经意中试弹的音符，确实是《平安夜》开头的几个小节。

老牧师央求说：“你弹吧，让我伴着这架老风琴为你歌唱。”

这是安宁第一次在无声的琴键上演奏，老牧师洪亮的歌声充满了教堂高敞的空间：“平安夜，圣善夜，牧羊人，在旷野，忽然看见了天上光华……”雀儿们停在彩色玻璃上悄然张望，山里的雾气正在散去，上山砍柴的樵夫们停下了脚步。

唱完了这一曲，老牧师又问安宁：“你还会弹些什么，我们再唱一曲好吗？”安宁弹了开头的几个小节，老牧师侧耳倾听了一下说：“可以了，开始吧。”一丝不差地和着沉默的旋律，他又高唱起来：“在天上有一个地方，那里是我的家乡，虽然我的眼从未曾见，却是我的心所思所望……”

这天经过山麓的樵夫都说，他们听见老牧师嘹亮如云雀的歌声了，他唱了整整一个上午。樵夫们还不约而同地说，他们听见了那架哑巴了很多年的老风琴的伴奏声，它的声音和老牧师的歌声一样美，大家就追问那是怎样的声音，他们说，这也形容不好，有点像百灵鸟的歌声，又有点像雪山上穿岩而过的溪流。

这样美好的晴日竟然持续了整整七天，佛地的冬季很少有这么漫长的晴朗，连坝子上的农夫都啧啧称奇。

天气在飞快地变暖，街上的桃花有一天忽然一起盛开了，仿佛季节已经越过了寒冬和即将到来的新年，直接迈入了仲春。有的人惊讶桃花的提早开放，于是开始想起“去”前些天站在桃树下等待的模样，那看来似乎并不是一件疯狂的举动，而“去”现在正终日躺在桃花如雪如簇的树下，悠闲地舒展身体，在旭暖的风中时睡时醒。

安宁每天早上用温水盛满萧岩的脸盆和牙缸，给他的牙刷端端正正地挤上一条牙膏。他们总是在天亮时分出发，穿过晨雾未消的街道与田野，走过孤单矗立的神树，走上熟悉的山路，安宁总是坚持要为萧岩背些什么。

他们依然沿途捡起掉在路中间的种子，一路把它们放在山坡的阴面。每天都有新的花儿从漫长的睡梦中醒来，有各种颜色的蜻蜓游弋在阳光中，有数不清的生命和精灵与他们擦身而过。下山的路上，萧岩偶尔在给自己点烟的时候，也会给安宁点上一支，他补充说：“这不是给你抽的啊，你拿着它，路上的小飞虫就会给你让路。”穿过山中的暮色时确实这样，无数小飞虫快乐地舞蹈在半空中，它们每一个都这么渺小，却又这么热烈地飞舞着，对于这些朝生夕死的生命而言，至少这一秒是庆祝，而下一秒，天就黑了。

他们在六姑的饭馆里吃掉了数不清的炒面条，似乎一天的胃口比一天更好。萧岩逗安宁说：“猪，你就这么爱吃炒面条，天天吃也不腻吗？”

安宁说：“要能吃一辈子才好呢。”

安宁渐渐习惯了走山路，上下坡都没有以前那么累了。她跟着萧岩的步履，渐渐知道萧岩为什么总是用一种与常人不同的速度走路，一种从不受干扰的节奏。当他这样走在人来人往的街上时，他的不紧不慢显得与周围的一切格格不入，然而当他一走上山路，他就融入了大山中，他脚步的起落间是大山的呼吸，像马蹄的音律，像风吹过一片片树梢次第的舞动。倾听着大地的一呼一吸，安宁的脚步也日渐轻盈地攀援在山林中。

有两天萧岩要去更远的山坡上拍摄，他让安宁留在房间里休息，安宁就正好打理家务。

她用铁棒煮开水，到集市买菜，用电热锅做饭做菜。她在走廊尽头的水龙头下洗衣裳，冰凉的水沁着肥皂的香味。走廊正对的次仁雪山下，农田里的麦秸在阳光下像金子一样闪亮，农舍上的页岩像银子一样发光，忠诚的狗在各自的家门口把守，母亲在为孩子洗头。淡淡的云雾环绕中，各家屋后矮小的树木都泛出了绿意。

安宁一次次在楼梯上往返，把刚洗的和外屋半干的衣裳都拿到楼后面的院子去晾，阳光照得院子里尘灰飞扬，她刚洗的头发也渐渐在脖颈后干了。她扫了地又拖了地，然后去街上的杂货店里买来了一个简易置物架，把外屋的锅碗瓶罐都归整到了架子上。

她在周二的集市上看见了卖春联的，是邻村哪家有文化的用墨在红纸上写了，被别人拿来铺在地上卖。安宁买了一副回来，打算贴在房间门口准备过年。杂货店的胶水是假货，一点不管用，她就用饭粒黏在四个角上，也贴得严严实实。门口有了春联以后，看上去俨然是个家了。萧岩过了好些天才发现这个变化，有一天他和安宁一起上山拍摄回来，两人在六姑那里吃了炒面条，然后在黑夜中借着星光走上楼梯，萧岩走进房门前犹豫了一下，他看着暗夜中温暖的门楣说：“娃娃，这是你什么时候贴上去的，我都差点以为走错门了。”

和春联一起，安宁还悄悄买了鞭炮和烟花回来，藏在萧岩的床底下，等着过年的时候和街上的孩子一起放。

萧岩每天都从山上带一点同样的树枝回来，那是一种枝干很像竹子，但是叶子却细密有致的绿色植物，他把它们密密地成排插在外屋的窗户内侧。他每天回来，这道绿色的帷幕就会多出几厘米，等它遮住了小半片窗户时，走廊外的光透过这帷幕照进来，整齐的枝干和错落掩映的叶子看上去就像一幅半透明的画。安宁说：“这树枝放在这儿真好看。”

萧岩说：“我在做一个窗帘。走廊里总会有人来往，我一个人在的时候没事，你在这里有个窗帘会比较好。”

有一回萧岩带了一面镜子回来，红色塑料的边框，可以直立摆在桌上的那种。萧岩说：“我从来没买过这种东西，不知道合不合用，我看你早上梳妆打扮都没有镜子。”安宁摸着那面镜子，塑料软软的，镜面凉而光滑，对着光的时候，她能看见它反射出耀眼的光亮来，她想它也许真能照见什么。她于是每天早上对着它梳头，它好像一个小小的太阳照耀在她面前。

萧岩有时候只拍半天就下山，下午就在房间的桌子上打开电脑看素材，做一些简单的挑选和剪辑。他戴着耳机一坐就是整个下午，纹丝不动，一直到天黑才想起收工。安宁给他沏了茶倒在杯子里，茶杯放在桌边的矮凳上，他从不允许任何食物和水放在工作台上。茶凉了换成热的，安宁在外屋做着杂事，等她再次进来看他，热的茶又凉了。

有一回破天荒的，天还没黑下来，萧岩就从里屋出来站在安宁身后，把安宁吓了一跳。那天阳光从走廊外面斜斜地照进来，透过半窗韧枝细叶，在外屋的水泥地投下安详的影子，安宁闲来无事，正把刚才去市场买菜时一并买回来的红丝线拿出来，一道道绕在树枝的枝头，这让“窗帘”的下摆有了一束束红色的装饰。萧岩走出来站在正凝神绕线的安宁背后，安宁捏着线头转身问：“你怎么出来了？今天的工作结束了？”

萧岩微笑着看着她的杰作说：“没有，我才做了一半。我就是出来看看，我的娃娃在一个人玩什么。”

萧岩在屋里工作的时候，安宁偶尔也会出去闲逛。萧岩自己也说：“外面太阳多好，出去走走，别陪我闷在这儿。”当然没多久，他就会担心地上街来找她。

安宁路过六姑的饭馆门前，打了一大茶缸酒。六姑咧开嘴，露出豁了的门牙哈哈笑道：“他管着你不让你喝酒，你这是偷偷买了自己喝吧？”

安宁说：“哎呀，六姑，我这是给别人打的。”

安宁尝了一小口，然后捧着茶缸，闻着酒香，满街找寻“去”的身影。她在桃花盛开的树下找到了“去”。“去”对她笑着，拍拍自己身边的石台，请她到他边上坐下。她坐在他的身边把茶缸递给他，他接过来就喝，喝了两口，他把杯子递还给她，似乎是要请她也一起喝几口，可是她刚要接过，他把举着的杯子又很严肃地收回去了。安宁心里说，这倒是跟萧岩一个脾气，女人就不能喝酒吗？

“去”一俯一仰地大口喝酒，他泥灰满布的脸上漾着光亮，花的影子落在他身上，风吹着他的长袍飘在空中，即便是喝下了一大缸子的酒也并没有增加他身体的重量，他看上去像一个初生的孩子那么轻盈，他半闭起眼睛舒服地摇晃着身体，风是他的摇篮，身体是他的幻象。

晴了多天的集市上，开始有了隔天从镇上运来的各种新鲜蔬菜，安宁摸着那些黄瓜，尖尖的细刺扎着她的手心，她欣喜地笑了，今天买回去的黄瓜一定脆甜，洗干净了刨去尖刺切成条，萧岩会吃得很开心的。

安宁在杂货店里发现了一种花生，用泡椒浸的，她非常爱吃这种花生，萧岩也很喜欢。这成了他们除了炒面条之外的一款新美食。某个下午安宁在街上买了三袋回来，等她回来的时候发现萧岩出门找她去了，萧岩回来时手上也拿着两袋花生，他说："找不到你，顺路给你买的。"他在外屋的置物架上放下这两袋花生的时候，才发现架子上已经有了三袋新买的花生，安宁咯咯笑了，他也笑起来说："难怪刚才杂货店的女孩一直在偷偷笑呢，原来我们俩买重了。"

有一回她在街上遇见了阿满，他光着一双红通通的脚穿着拖鞋，摇晃着胖脑袋上还在滴水的头发，正乐呵呵地在何家旅馆门口跟人聊天，他看见她就叫："嘿，安宁，怎么好多天没看见你啊？还以为你回去了。"

安宁说："这儿多好，我才不回去呢。"

阿满摇摇晃晃地走过来说："放心吧，我不拉你的生意了，看见你还在这儿就挺开心的，过两天我带你去江滩上捡石头……当然要你们家萧哥先批准。"

安宁闻见了他的身上散发着肥皂的香味，她好奇地问："你刚洗澡了吗？"

阿满说："现在水热的，你也来洗吧，金老板现在不在，你赶紧洗，反正水也用不完。"阿满说着就把脚上的拖鞋脱下来交给安宁："拿着，快进去吧。"

这是安宁到达佛地后洗的第一个澡，她飞快地洗完后穿上衣裳出来，把拖鞋还给了阿满，然后就像害怕在午夜前变回原样的童话公主一样，跑着回到了四层楼房的房间里，她怕时间太长萧岩会出门来找她，满街找不到她他就会很着急。她气喘吁吁地跑上楼，推门冲进房间，萧岩惊讶地抬头看她，她快乐地在他身边打转。萧岩摘下耳机端详着她，忍不住也被她感染得笑了起来，他问："是什么事情这么开心啊？"

安宁不说话，就是笑着在他身边转来转去。萧岩看着她还在冒着热气的头发和红扑扑的脸，房间里飘着她带进来的肥皂香味，他忽然明白了，于是叹了口气说："唉，娃娃，你是不会习惯这里的。"

日子过得像闪电一样飞快，又像静湖上阳光的倒影，永恒而静止。有一天清晨萧岩醒来，发现自己胖了，皮带移出了两个扣。他习惯地望向窗外，却没有看见一贯清晰的景致，宽大的窗玻璃上已经布满了水汽，就像巨幅的水晶珠帘折射着晨曦的光彩。萧岩忽然害怕起来，他害怕自己习惯了这样的温暖，事实上他已经被这种温暖改变。

他一边取出摄像机，一边对安宁说："你该回去了吧，我想这两天上路是安全的，没准过些天又下雨了。"

安宁央求道："我不可以留下来吗？"

萧岩说："你不属于这里，就像我不属于城市一样。"

安宁说："我会习惯的，你看我已经很能走山路了，我已经很习惯在这儿洗衣裳做饭，我也可以不洗澡的。"

萧岩答："可是我确实需要一个人才能静下来好好工作，这必须是个孤单而寒冷的过程。这部片子对我很重要，完成这部片子的时候，我会去找你的，你等着我，乖。"

安宁沉默了，她跑出去，在脸盆和茶缸里兑好温水，给牙刷挤上牙膏，她深呼吸着早上冰冷清冽的空气，好使自己不要哭出来，然后走回里屋，假装轻松地说：“让我和你一起过完年再走吧，没几天就过年了。”

萧岩说：“不行，趁着天气好，你明天就跟着阿满的车出去，今天下午我早点拍完，下午陪你去江边捡石头玩，好不好？”

“可是……”安宁想说什么却哽住了，她想说，外屋窗户上树枝做的窗帘才做了一半，门口的春联才刚刚贴上，床底下藏着的鞭炮和烟花还没来得及告诉他，她却什么都说不出来，她拿起自己的毛巾飞跑到走廊尽头的水龙头下，水冻得脸和手生疼，眼泪却是热的，怎么洗也洗不完。萧岩站在门口远远地望着她。

等回到屋里，她对萧岩说：“好吧，我明天就走。”

杜鹃

等萧岩中午回到房间的时候，安宁已经做好了饭，正在整理她的行李，一件件放进背包。萧岩看着也觉得凄凉，却不知该说些什么。他看见安宁把那面镜子也比画着准备装进背包里，可是镜子有点大，横放、侧放都放不下，他就对安宁说："镜子别带了，我就是买了给你在这儿用的，你走了就丢掉吧。"

安宁不说话，从背包里把叠好的衣裳重新拿出来，用一件毛衣把镜子包上了，稳妥地放在背包最底下，然后再重新把别的东西放进去。

吃过午饭，萧岩带着安宁出门，说是要带她去江边捡石头，可是安宁的脸上再也没有了前些天的笑容，这让萧岩也没法假装出快乐的样子。

他拉着她的手，她柔软的手有些冰凉，他习惯地皱着眉毛，他心里有两个声音在交战，一个释然地说："幸好，你还没有拖累她。"另一个说："把她留在身边，这不是你一直的愿望吗？"这一个反驳说："你不能为她改变自己，不能给她琴房里安定的生活，你现在能给她的，只有一个圆满的回忆，关于佛地和你，最后的时间，尽可能多的快乐。"

两人经过六姑的饭馆，萧岩忽然对安宁说："要不今晚我问六姑借用一下她的灶台，亲手给你做顿晚饭好吗？你以前不是最爱吃我做的饭吗？"

他没有等到她的回答，他低头看她，眼泪正从她的眼角滑落到面颊上。

街上，阳光充盈的日子在继续着，石匠依然在村口打石头，因为这许多天晴朗的恩赐，牌坊似乎可以提前竣工了，也许在明天就能立起来。天气这么好，很多人都想走出来晒晒太阳，连李二也令人意外地搬了一条凳子在门口坐了一会儿，他的脸把经过的人都吓了一跳。

人们已经很多天没有看见江龙上街了，好在大家并不觉得缺少了什么，因为生意的事情着实忙，为了新年即将到来的大批游客，他们盘算着修葺门面、去镇上采购进货、调整价格。当然眼下自己人的生意也不能放松，就要过年了，每个人的口袋里都有钱想要花出去，每个人也盼望着更多的钱能落进自己的钱箱里。

萧岩和安宁走在熟悉的水泥路上，就在快要走到路的西头时，忽然听到有人大叫萧岩的名字，一个女孩从街南侧的黄色房子里跑出来，像一道红色的闪电一样拦在他们的面前。

那个女孩穿着宽大的裙子和红色的外套，有着健壮的胳膊和腰肢，藤蔓般茂盛的长发垂在腰间，新鲜明艳的脸孔宛如五月的石榴花一样夺目，她有微翘的下巴和生动的黑眼睛。她好像刚刚在洗脸，看见萧岩走过，还来不及擦干就跑了出来，水珠停留在她健康极了的面容和脖颈上，她用袖子在脸上抹了一把，看着萧岩灿烂地笑了起来，露出贝壳一样美丽的牙齿。当她笑的一刹那，仿佛阳光都暗淡了下去。

她嚷嚷着："萧岩，我放假回来了！你还在这里啊，还以为你拍完回去了呢。"

萧岩被她感染得也笑了起来，他说："我还要拍一段日子的。"

女孩拍着手说："太好啦，我们可以一起过年啦，过年我们家会做很多好吃的，你过来吃饭啊！"女孩忽然注意到萧岩身边的安宁，她瞪大了眼睛"噢"了一声说："萧岩，这就是你总说起的那个朋友吗？你说她是弹钢琴的，是吧？"

萧岩说："是的，她叫安宁。"

女孩热情地走近安宁说："安宁，叫你安宁可以吗？我叫杜鹃！"萧岩补充说："她是这儿村长的女儿。"

杜鹃听到这话忽然想起什么似的，抢着说："爸爸让我请你们今晚一起来家里吃饭，一定要来啊。"不等萧岩和安宁表态，她又端详着两个人问："你们两个现在打算去哪里啊？萧岩你也没带着机器，不是去工作的吧？"

萧岩说："我带她去江边捡石头。"

杜鹃欢呼起来："我跟你们一起去！我今天早上刚刚坐车从镇上回来，我简直在学校里憋坏了，就等着放假去江边捡石头玩呢。你们等我一下啊，我去拿点东西，很快的。"

萧岩和安宁对看了一眼，他们并不希望这个下午多一个人，可是杜鹃的烂漫让他们没法拒绝。萧岩想，这样也好，多了杜鹃至少热闹一点，就不至于那么伤感了，他对着杜鹃的背影喊："跑慢点，你要带什么啊？"

杜鹃已经跑进了屋子，一边找东西一边透过窗户大声回答："我带个结实一点的背篓去，背石头！"

杜鹃挎着背篓又跑过来的时候，她的母亲阿仁在背后喊："杜鹃，早点返回来，记得带上客人来家里吃饭。"

阿仁又对着萧岩和安宁远远地招呼了一声："来吃饭啊，都做上了。"

萧岩应了一声，然后杜鹃一个人走在前头，引着萧岩和安宁向江边走去。

依然是走出水泥路一路往西，沿着小路穿过油菜花盛放的田野，走过神树沉默的影子，然后披着阳光的浅金缓缓上坡。

如果是要去山麓，就像以往一样径直向上，如果要去江边，坝子上的人都知道，在这条通往山麓的路上有一个分叉。就在鸡蛋花丛的山溪边，沿着水的声音一直往下走，就是通往江滩的路。这条秘密而漫长的路径曾经布满老人们祈祷的脚印，如今人们却正商议着怎么把这条路拓出来，作为带领佛地游客去江滩观光的一个旅游项目。

杜鹃挎着背篓正往山坡上去，她走上山路就仿佛走上了回家的路，就像所有坝子上的人们，他们在水泥路上步履蹒跚，却在田间山中健步如飞。她不一会儿就把安宁和萧岩远远地抛在了后面，她的红衣裳让人误以为是山上一朵新盛放的花儿。

阳光明丽，安宁模糊地眺望山坡上红色的身影，不知怎的觉得好生眼熟。那个梳着辫子、穿红袄的背影，曾经孤零零地打着蓝花伞出现在大雨的黑夜里，在她来佛地的路上，在泥石流覆盖她栖身的中巴车之前，她曾见过她，一朵山花的精灵。她还记得那歌声，在辽远寂静的大雨中回响：

野花的种子遍地流浪，

来不及盛放便已经死亡……

杜鹃出生的时候，江龙正带领马帮宿营在达瓦雪山上，冬季绵延的大雪方才融去，旧年熟悉的路刚刚显露在晨光下。江龙照例第一个醒来，他听到他的栗色大马在帐外轻轻跺脚，风掀动路边的风马旗猎猎作响。他还记得昨夜是在一片荒凉的灌木边睡去的，可是当他醒来，发现自己躺在一片火红的花海中，高山杜鹃在一夜之间盛放了。

江龙记起了妻子阿仁的话，她在送别他的时候说："如果你在路上看见有雄鹰盘旋在前方，那就是我为你添了一个英武的儿子，如果你看见杜鹃盛开，那就是你有了一个美丽的女儿。"

以一个驭马者的预感和一个国王的自信，江龙在那个早晨向马帮的兄弟们宣布，他的妻子已经临盆生产了，并且为他顺利生下了一个像杜鹃花般美丽的公主。

谁都没有预料到，这是江龙最后一次带领马帮出行，之后再也没有什么货物需要通过坝子来运送。世人忘记了这"天路"的起点，就像勇士不再需要他们的坐骑，而国王遗失了他的华盖。

所以杜鹃并不知道自己是一个公主，她曾经以为威武的父亲是一个农人，她则是他栽下的一株麦子。她惊奇地看着田野和山中的植物长大，麦子、大叶菜、野草和数不胜数的山花，它们长大的速度总是让她沮丧。她以为自己是一株懒惰的麦子，麦子飞快地长高成熟，长出了神奇的金色麦芒，她的头发却依然是黑色的。等它们被收割时，她独自留在空荡荡的田野中，确信了自己并不是一株麦子。

稍大些，她常常独自上山去，她喜欢待在春天温暖的山谷里，和山花一起度过寂静的白昼。阳光的步履用一整天从草叶上滑过，云的影子用一整天从山脊的这头走到那头，她坐在花丛中间，风吹来的时候，她感觉自己和枝条一起垂低了头，细雨落下的时候，她让雨点停留在发梢上，就像雨点停留在叶子尖上。

现在她确信自己是一株山花了，就连坝子上的人都这么认为，因为她一直到五岁还没有说过一个字，甚至从没有叫过“爸爸”和“妈妈”，可是她两岁的时候就能一个人上山，躲在山谷里一天都不出来，好像那些露水和阳光就能喂饱她。

母亲阿仁曾经小心地把她锁在房间里，可是一转眼的工夫，锁纹丝未动，她却又无影无踪了，连正在门口喂鸡的祖母也没有看见她是如何走出那间屋子的，只有窗户洞开着，窗台上还散落着几片没有枯萎的花瓣。于是人们猜想，是花妖载着这孩子飞去山中玩了，又有人说，也许这孩子是花妖托生的也说不定。

在杜鹃快满五岁的时候，她失踪了整整三天，江龙和阿仁心急如焚，坝子上所有的人都出动去寻找国王的女儿，可是他们找遍了山谷的每一个角落、江滩的每一寸转弯，杜鹃还是无影无踪，连掉下的一片衣裳下摆、落下的一只鞋子也没找到。哭肿了眼睛的阿仁上山到寺庙去求佛占卜。多吉说：“她只是离开了一小会儿，像是去亲戚家玩耍一样，她很快会回来的。”

果然，第四天一早，人们在洁白的江滩上发现了杜鹃，她坐在一片巨大的叶子上，好像那叶子是船，刚刚载着她从江面上归来。她一脸若无其事，甚至还笑盈盈的。

大家猜想她一定又是被花妖掳走了，并且更加坚信她是山花变的。他们都说，哪个人类的孩子离开自己的父母不会大哭和害怕呢，可是这孩子跟父母分开了整整三天，还是一脸轻快与懵懂。

这么一来，连江龙和阿仁也怀疑起来，杜鹃究竟是不是他们的女儿呢，或者她只是哪天阿仁上山还愿时沾在衣襟上带回来的一颗种子，不知不觉就长成了一个孩子。她和其他种子一样，在离开枝头之后醒来，自由自在地满山乱跑，在它们自己也不确知的时间发芽。这些来自神域的种子，它们怀着父母从不了解的深意，没有人知道它们将长成怎样的模样，开出怎样颜色的花朵。谁能说它们是从哪棵树上落下，而不是从遥远的星星上，谁又能说无名的种子一定来自确定的父母，而不是神把这些天使分配给世人呢。

其实坝子上的人都明白，人类的孩子和植物的种子一样，他们只是某天叩门来到农舍，很偶然地来到这个家里。可是他们非常努力地告诉这些孩子，你是我们的儿女，你属于我们。

杜鹃的懵懂是她的骄傲，她在五岁之前不会说话，所以整整五年，她不属于任何“爸爸”和“妈妈”，她像最自在的花朵一样盛开在坝子上，一朵会奔跑的花朵。

杜鹃曾经是坝子上最美丽的女孩子，现在依然是，不过她五岁之前的美丽只有山林记得。当她赤脚跑进山谷的时候，小鸟在她身边跟随盘旋，树木分开它们的枝条以免划伤她，整个坝子上的鸟儿都在传说她的美貌，它们的议论很快传遍了整座山林，连达瓦雪山侧峰上最高的杉树也知道了这件事。

奇怪的是，如果问坝子上的人，却没有一个能记得她当时的面貌，尽管他们曾全体出动满山找寻过她的踪迹，却不知道她长得是什么样子，好像她的面目曾经是一片虚空。她长得是什么样子的，这个问题有如在问一个樵夫，今年春天的山花比去年美吗？

隐身的孩子总是活不长远，他们很难与人们印象深刻的孩子一起成年，他们活在另一个世界里，像一些人世以外的精灵，明明走在店铺林立的土路上，或者坐在自家屋子的大门前，忽然间就隐没在这个世界之外了，像一些明灭不定的幻影。

直到五岁，杜鹃依然无声无息地在山谷里徜徉，与小鸟和山花做伴，并且一心以为自己也是一朵没有来处的野花。她受到山林格外的宠爱，却依然不觉察自己的美。没有一朵山花意识过自己的美，就像坝子上的很多姑娘从来没有镜子，也许有一天她们忽然感觉有了忧愁，这是盛放时无名的哀伤。总是在她们还没有意识到什么时，盛开的过程眨眼间就过去了，有时候她们只来得及叹息了一下，一生就这样轻轻飘过去了。

有一天，杜鹃在山谷中睡醒，发现身边的一丛山花正在盛开，她好奇地看着花儿慢慢绽开花瓣，这场盛开似乎花去了它十二万分的力气，它几乎艰难地震颤着，忽然间，整个山谷变得幽暗，不是云遮挡了头顶的光，而是这花朵盛放时的灿烂让整个山谷的颜色都黯然了。

“好美。”杜鹃喃喃地说，这是她说的第一个词。她忍不住伸手抓住了花儿柔嫩的枝干，在她还没有阻止自己之前，她的手已经摘下了这朵刚刚绽放的花儿，濡湿的汁液像眼泪一样从枝干折断的口子里流出来，流在她手心里凉凉的，她心里一阵内疚。可是这美丽的花儿如今握在她的小手中了，就像这花儿是从她的手臂上长出来的一样，另一种强大的欣喜让她说出了第二句话："我的。"她欢笑着告诉自己，"这是我的。"她思忖着应该怎么把这句话说完，她想起了一个熟悉的词，"杜鹃"，她给手中的花儿起了个名字，"我的杜鹃。"她这么说着，忽然笑了起来。

她环视着周围的事物，开始用人类的方式称呼它们，"树""草""山"……她稚嫩的声音回荡在山谷中，小鸟吃惊地四散飞去。当她开始说话以后，她觉得自己像一个神高高在上，在命名着身边的一切，她现在确信自己不再是一朵山花了，她是比这里的一切都了不起的人类。

她摘了满把的山花回到坝子上，她走上土路，走到南侧自己家的黄房子前。天色已渐暗了，卸下窗板的窗户里，她威武的父亲、温和的母亲、年老的祖母，陌生的一家人正在准备吃晚饭。她透明的影子落在了窗台上，没有人注意到她的出现，她忽然开口叫道："爸爸、妈妈。"坐在火塘边的人们身体震动了一下，他们没有抬头，似乎并不相信听见了这个声音。

杜鹃又在窗外叫："爸爸！妈妈！"这一回，全家人都迟疑地开始寻找声音的来源，于是他们看见她了，仿佛是在她出生之后第一次看见她一样。江龙和阿仁张开手臂迎接他们陌生的女儿，他们流着眼泪，低声感谢各自的神把女儿送还到他们怀中。

他们抱起她，掸掉她满怀的野花，擦干净她黑乎乎的小手，为她重新温热肉汤和米肠。他们听着这个女孩一遍遍叫他们"爸爸"和"妈妈"，满心欢喜，他们对自己说："这是我的女儿，我的。"而这女孩正在用相反的逻辑理解这个所有权："这是我的爸爸、我的妈妈，我的。"

当杜鹃意识到自己的美，她就懂得了，被喜欢是一种权力。父亲和母亲喜欢她，所以他们是"我的"，她就可以要求他们为她做事。山林里的小鸟和树木喜欢她，所以它们是"我的"，她想着它们能为她做些什么，可是她刚刚开始这么想的时候，小鸟都四散飞去，连山路上的树枝也仿佛不认识她了一样，不再为她分开枝条。她现在才回想起，原来格列曾经喜欢她，她想起每当她来到寺庙前的山坡上，叶子们就卷盛起晶莹的露珠，装点起满坡钻石般的光华，这是"我的"，可是她竟然错失了时机。

没关系，她想，这个世界上还有数不清的人，他们都会爱上我的美丽，他们都将是"我的"，他们会尽其所有地给予我各种呵护，我将得到的会比这里的任何人都好，我将生活得像一个公主。

就这样，格列从少年老成的先贤渐渐长成了一个远离世事的哑巴格列，而杜鹃则从一个不会人类语言的哑巴飞快长成了人世间最老练的成人，这两个年龄相仿的孩子沿着彼此相反的轨迹长大，这不仅让人惊叹成长之路的错综神秘。

也就是从这一天开始，每个人都发现了杜鹃无与伦比的美貌，他们终于看见了她，她不再是一个隐身的孩子了。她如今的美丽与其说是五官天然的杰作，不如说是一种强烈的愿望在脸上刻下的痕迹，就像一个盛装的城市女孩的脸上表现的那样，或者像一处悉心营造的旅游景观，总是在游客经过的时候无声地强调着："看看我，看看我。"她如今是甜美而明亮的，甚至是让人惊艳的，她脸上的痕迹勾勒出了她在人世间的形象，尽管这破坏了她平和的美丽，却是人类公认并瞩目的美貌。

杜鹃从五岁一年年长大，土路两边的旅馆和商店一天天多了起来。在她去镇上念书前，土路铺成了坑洼不平的水泥路，佛地的石碑出现在路口，越来越多“外面的人”——投机的商人和不明状况的游客来到这里。而不论是坝子上的小伙子、街上的商人，还是途经的游客，他们的目光都离不开一天天更光彩照人的杜鹃。

可惜杜鹃的运气并不像她的美貌那么出类拔萃。江龙是一个疲惫的国王，大半生都在烦恼着怎样给他的属民引来财源。他古老的威仪已然过时，他甚至没有能力像每天数着硬币的六姑一样把孩子送到城里去念书，他只有能力把他的公主送到镇上，那不是真正的“外面”，只是一个和这里相差无几的地方，多了两间学校而已。而他并不觉得这样有什么不好，这样女儿每周可以回家来，他去镇上汇报工作时，偶尔还能顺道去看看她。

阿仁则是一个安天知命的农妇，她笃信田里的微薄产出，笃信到从不期许虚妄的丰收，虽然她每天祈祷女儿会有一个更好的人生，她能有的全部美好设想，也只不过是女儿能在这条全坝子最繁华的街上安身立命。

他们并不知道，杜鹃心中的目标早已远远超出了他们的想象，她像一朵得了适宜的气候忽然疯狂蔓延的野花，一夜醒来，枝蔓已经席卷了整片山坡。

杜鹃时常去老牧师安东尼那里，那些爬满她的心，让她昼夜不安的念头，她总想找个人诉说，她知道安东尼一定会纵容她，因为他爱她如女儿，所以他也是属于她的。

她对着他低声忏悔：“坝子上的男孩们就像春天的杉树般一转眼长

高了，他们在我身边转来转去，对我唱那些迷人的情歌，我知道他们喜欢我，有时候还为了我的一句话向别人拔出成年的佩刀。可是不知道为什么，我只对那些并不正眼看我的男孩感兴趣，在他们还没为我发狂之前，我为他们发狂，每夜睡不着，一天天吃不下饭，不过等他们一旦说出喜欢我，我就会忽然讨厌了他们，就像对待那些天天讨好我的男孩一样。我的心怎么会是这样的？”

老牧师慈爱地说：“我的孩子，神会宽恕你的罪。”

杜鹃继续她的忏悔：“坝子上的男孩们，他们就像匍匐在我脚下的树枝，除了会绊倒我以外，还有什么用处？他们的追逐让我觉得风光和开心，可是他们不能带我去外面的世界，他们甚至比我还见识短少呢，结果还给了我一大堆感情的烦恼。我宁愿用他们的全部换一个两个外面的人，把我带到外面去！”

老牧师依然平静地说：“孩子，对于我们的罪，唯有希望和祷告。”

有一年，杜鹃向安东尼忏悔道：“我又险些被一个广东人骗了，他第一次说是游客，第二次说来做生意，第三次又说要投资让我开店，他从一开始就在追求我。他说要带我走，可是我不是傻子，他已经来了十几次了，什么生意都没开始做，也没有一分钱拿给我开店。现在我确定他是一个骗子了，为什么我遇到的外面的人都是这样的呢？不过即使他们都是骗子，也比跟坝子上的男孩恋爱，一辈子做一个农妇强。”

杜鹃的历险和继续冒险的决定并没有把老牧师吓到，他的面容甚至没有掠过一丝异样的神情，他照例说：“孩子，我们都是神的罪人，神会宽恕你的一切。”

《佛地》的专题片在全国播出以后，六姑红铜色皱纹堆砌的面容变成了这个地点著名的标志。在以后宣传这个景点的海报和宣传册上，一律印刷着六姑的头像，以雪山和农舍作为背景的一张古老的脸。杜鹃无数次拿着一张破旧的海报，用镜子盖住六姑的头像，镜子里是她自己的脸，现在呈现在海报中间。

她对老牧师说："我嫉妒她，她这么老丑，可是外面世界的人都知道她，争着见她，给她拍照。这专题片拍的应该是我，海报和宣传册上应该印着我，我这么美丽，我应该像佛地的公主那样被外面知道。"

老牧师慈祥地端详着她，安慰她道："我的孩子，神会宽恕你的一切罪。"

好在老牧师的耳朵早就不管用了，面前这个人类女孩的面容看上去是这么天真与纯洁，她的嘴唇无声地翕动，像是最虔诚的诵念，他毫不怀疑她就是落入人间的天使，这个念头让他快乐。他总是频频微笑点头，不论被说出来的念头有多可怕，他都能安然地抚慰每一个前来忏悔和祷告的人。没有人知道，他因为他的耳朵而生活在天国。

杜鹃最近忏悔的内容都是关于萧岩，她在安东尼白须茂密的耳边一遍遍抱怨道："那个外面来的摄像师，他常用静水般的眼睛望着我，当我欢笑，当我跳舞，我能感觉到他的眼中有了波澜，他有一张坚硬的脸，可是他的微笑如此柔软。他到底喜欢我还是不喜欢，为什么这么长时间了，他还是沉默不语？

"在家的日子里，我几乎每天都去他房间喝茶聊天，他待我很和气，那种若无其事的和气让我发狂！

"他该喜欢我，他该是我的，我看得出他的眼睛在赞赏我的美丽，为什么他的镜头却从来不对准我？他是外面来的人，他跟我说起过很多外面的故事，我知道如果他愿意，他有能力让我变成一个明星，全世界的人都会喜欢上我的美丽，我将像一个佛地的公主那样，在外面世界的热烈欢迎中离开这里。

“我想要离开这里，做梦都想，这里的每个人都知道，外面是比这儿好千万倍的天堂。可是他是多么奇怪的一个人啊，他已经来了大半年了却依然打算住下去，他似乎恨不得与外面的世界从此两不相干。

“为什么我最近的念头总是离不开他，是因为他是如今整条街上唯一不说喜欢我的人，还是因为我真的有点为他动心了？”

杜鹃领着萧岩和安宁在通往江边的小路上走，她人世间的杂念远没有她攀援的脚步那般轻盈，她从山溪边循路而下，分开杂花丛生的小径，大约比去往山麓还要多走半个多时辰，最后攀下一片陡直的石林，就到了耳江的水畔。

水的声音，安宁能够听到那柔和的拍打声，一声声，时徐时疾，风从辽阔的远方而来。在这样安详的水边，一定生活着无数自由自在的小石头，安宁这么想着。

萧岩看着这江滩，洁白而柔软的江滩，像是为神灵偶尔散步而在人世铺就的华美地毯，还有梦境一般柔和的水声。这似乎就是虚构的一个梦，他又和安宁一起站在水边，就像以前在河边的午后，他们一起捡石头玩，他为她悄悄藏起她喜欢的小石头，他的裤腿又湿了，他从她身边逃开，远远地躲进河对岸的林子里，他的手里还攥着她喜欢的石头，他一直记着要回去交给她。可是如今他爽约了。

杜鹃看着萧岩和安宁的样子，他们俩就好像一根刺，明明会扎到她，她却忍不住伸手去摸，然后审视着自己刺破的手指好奇地发呆。

阳光明艳，江水的波澜像姑娘裙摆上的舞饰闪闪发亮。在宽阔的江水彼岸，是一片鲜有人去的坡地，野草因为早暖的气候已然泛出了鲜明的绿意，好像明亮的绿色花朵遍开在缓坡上，零星的矮树站在自己的影子上。时间随着阳光流走，树的影子从这里走到那里，永不停止的江水不知流过了多少金色的涟漪，而萧岩和安宁站在水边做着他们久远前的游戏，看起来已经在这里停留了一生。于是杜鹃对着他们喊道："我捡的石头已经装满背篓了，我们回去吧，妈妈还在等我们吃饭呢！"

杜鹃笑嘻嘻地将一背篓的石头放在萧岩面前，萧岩拿了第一下，没有拿起来，他第二下把篓子掀上自己的背，然后迈开步子往回走。走在半路上，安宁担心地问："重不重？我替你背一段好吗？"

萧岩扭头笑着说："放心吧，我可以的。杜鹃挺可爱的，好像世界上所有的东西她都要搬回家里去，她以前也叫我来给她背过两回石头，一旦背回去之后，她就连着背篓一起扔在屋后，甚至都没心思把石头拿出来，可是她还要来背更多的。"

萧岩又问："娃娃，你的那些石头呢？"

安宁说："我都放在江滩的大石头底下了，它们应该留在那里的。"

萧岩裤兜里藏起的石头轻轻碰撞着他的腿，他微笑着，不作声。

路静默地在脚下流过，当又一个转弯可以望见山下的江水时，萧岩忽然想起方才心中的忧虑，虽然江水要到正月才会变得清澈，但是他站在江边时发现，今天的江水非常混浊，还有泥沙和树枝漂下来，这似乎是泥石流和山洪的典型前兆。在这晴好的天气背后，难道依然埋藏着将临的灾祸。

萧岩本来想跟村长江龙提一下这件事，没想到晚上这餐蓄谋已久的饭注定沿着别人既定的话题进行。在安宁到达佛地的那天下午，江龙就曾经久久地徘徊在四层楼下，犹豫着要不要立刻上楼去，借着安宁到来的时机进行一场谈话。结果忽然的大雨和石碑上的凶兆让他暂时放下了这件事情，匆匆离开。

而如今，他国王的地位已经被没有到来的洪水冲垮了，他太需要一个机会可以让他重新获得属民的信赖和敬意，如果他可以为他们带来滚滚的财源。江龙知道萧岩能为他做到，只要萧岩愿意听他的。

驼红色的夕阳透过窗框照进屋子里，在烟灰布满的墙上投下温热狭长的影子，随着夕阳渐渐暗淡，屋里的火塘明亮起来。玉米酒已经端上来。刚炸出来的米肠散发着诱人的香味，这是在大肠里填进拌料的糯米和猪血下油炸做成的，切成一段段，外脆内糯，是以前坝子上的人因为难以餐餐吃肉而发明的半荤食。肉汤也端上来了，还有在火塘的铁板上烤着的肥肉正滋滋作响。杜鹃、阿仁和奶奶围坐在火塘边，看着对面两个客人呵呵地笑，还有家里国王般的父亲威武地坐在客人身边，邀酒谈笑。

江龙对安宁说："你来到这里好些天了，我一直没空去看你，这餐饭就是为了欢迎你的。很快过年了，你干脆到我家来过年吧，你们那天一起来吃饭喝酒，人多热闹一点。"

坐在这样幸福的火塘边，安宁忍不住答道："好呢。"

萧岩却在一边说："谢谢你的好意，她明天就走了，她要回家去过年。"

杜鹃叫起来："安宁，你不要走，留下来和我们一起过年吧！"虽然她并不这么想，可是她的声音听上去是欢喜和轻松的。

安宁不说话了，只对杜鹃笑笑，以为她已经默认了萧岩的话。

酒喝了好几个来回，阿仁起身说要照顾奶奶到里屋睡下，杜鹃也跟着去了，腾出一片黑暗的空地，似乎准备让谈话进入真正的主题。

江龙终于开口问萧岩："你在这里拍了大半年了，到底在拍一个怎样的东西？"

萧岩愣了一下，然后答："拍美的东西。"

江龙并不明白萧岩在讲什么，他只是关心自己的计划，他问："你觉得佛地怎样？"

萧岩觉得这是一个大而无当的问题，礼貌地回答道："很好。"

于是江龙说："那么你可不可以考虑拍一下这条街和这片坝子？你知道以前有一部很有名的电视片叫《佛地》的吗？听说还得了什么大奖的，如果你愿意再拍一部这样的，我可以调动这里所有的人配合你，你要砍哪棵树就砍哪棵，你要布置成什么样子都可以，你开口，我执行。"

萧岩皱起了眉毛，低头看着火塘里蹿动的光亮，沉默着。

江龙不明他的心意，继续说下去："如果你愿意再拍一部这样的电视片，这里所有的人都会感激你。当年的那部片子让这里出了名，如果不是时机不对，游客早就把这条水泥路踩塌了，你能让佛地再次有名起来的。只要你愿意帮忙，你可以提报酬，游客多了以后我们会有钱的。"

萧岩面无表情地问："有钱以后会怎样？"

江龙激动地说："这里就会变得和外面一样。"

"这就是你真心想要的吗？"

江龙觉得这个问题让他心里一阵空荡荡的，于是他用更大的热情谈原来的话题。他问萧岩：“你觉得我闺女美吗？”

萧岩点头。

江龙又问：“你有没有想过拍一下她？上一部电视片拍的是六姑，这一回你拍她吧，你不是说要拍美的东西吗？整个坝子上的人都知道，她是这里最美的女孩。我听镇上的干部说，外面时常会选旅游小姐什么的，杜鹃应该够格做佛地小姐的，是吧？”

萧岩抬起头答道：“对不起，我并不打算拍这街上的任何什么，杜鹃是很美，她去做礼拜的时候，我曾经拍过她，这样可以了吗？”

江龙放下酒杯，酒杯的底清脆地落在地上，他的气息变得粗重，尽管他努力克制，他说：“我是希望你拍一部和《佛地》一样的电视片。”

萧岩说：“可是我并不想这么做。”

江龙的语气生硬起来，说话的内容却不再跟先前有关：“镇上前几个月跟我私下传达过，这里是多民族、多宗教的地带，所以不允许没有证件和介绍信的人随便摄影和摄像，你最好明天就把材料送来，没办好手续之前不要再把摄像机拿出来，我在这里算是正式通知你了。”

这顿饭就此不欢而散。萧岩带着安宁离开，江龙显然不想局面过于难堪，大声叫杜鹃出来送一下。杜鹃浑然不知地笑着，开开心心走在他们身边，还问：“你们和我爸爸聊了些什么呀？喝了很多酒吗？”

萧岩答：“还好，不多。”也不说别的。

安宁急着对杜鹃说：“你能请你父亲通融一下吗？他说不让萧岩在这儿拍摄了。”

杜鹃毫不迟疑地接口答道："噢，这是镇上的新规定，因为这里是多民族、多宗教的地方嘛，这也不是我爸的主意……"

安宁有些惊讶，杜鹃的反应太快了，好像她早就知道这件事，而她知道的似乎也太详细了一点。她听杜鹃还在热心而熟练地说着："……不过如果萧岩拍的是一部宣传这里旅游风光的电视片就不一样了，全体坝子上的人，包括我爸和镇上，都会支持他的！"

安宁挽着萧岩，她感觉到他的胳膊突然变得僵硬。安宁知道他也已经明白了，这一切都是他们一起事先商议好的，杜鹃也是主角之一。

送到半路，杜鹃还和白天一样热烈地笑着跟他们道别，返身跑着消失在夜色中。她还只是个与格列年龄相仿的孩子呢，她那花朵般灿烂美丽的容貌，带着貌似毫无心计的活泼热情。想到这里，安宁心中一阵寒冷，她连忙拉住萧岩说："不是她，不是的。"

萧岩点头说："我也宁愿不相信。"他这么说着，却觉得心里有熟悉的悲伤汹涌而来，他从来不敢正视的人类啊。

他想着这是安宁在这里的最后一个夜晚了，他想让她留一个圆满的回忆带回去，可是这段日子没有能结束在愉快中，想到这里，他觉得更加伤感。

鱼形石

端砚一般的满月高悬在达瓦雪山的上空，银色的雪山在黑暗中有如神灵崔巍的宫殿，月光如水漂浮在沉睡的坝子上，映着远方海浪般的山峦起伏。在这样完美的月夜之下，没有人会想到，这将是最后一个晴朗的夜晚。

安宁望着房间水泥地上的月影一点点移动，想着明天一早就要离开这里，想着萧岩的介绍信该到哪里去开。她知道萧岩也没有睡着，不知道是谁的失眠拖累了谁。

夜半的时候，安宁听见窗外传来了“去”的说话声，远远的，却听得很清晰，她好奇地翻身下床来到窗边。楼下，月光照耀在不平整的水泥路上，这让路面看上去像一条泛着波澜的幽暗的河流，“去”穿着宽大的袍子独自站在这无人的河流上，他挥舞着双手，滔滔不绝地说着什么，他的表情出奇的严肃，甚至有些激愤，面对空无的黑夜，隐身在睡梦中的众生，他似乎要警告他们什么。

在这样暗的光线中，安宁能做的只有侧耳倾听，她静静听了好一会儿却一句话也没听懂，不过这俨然是一种语言，抑扬顿挫，冷静的语调，完全不重复的音节，绝不是一些凌乱的发声。安宁好奇地问萧岩：“你知道神仙在说什么吗？”

房间暗处传来萧岩的回答：“我为了弄明白还特地录了几次，拿去给研究语言的专家听，结果这并不是坝子上的语言，也不是方圆这一带任何民族的语言。”

“他今晚好像有什么重要的事情要告诉我们。”

“听他的语气是这样的，不知道又会发生什么……”

安宁忽然觉得萧岩说话的声音有点奇怪，比平时嘶哑，还在轻轻喘息，她循着声音来到他的床边，俯下身去，她感觉到了他火烫的气息，她摸到他的额头，不禁轻呼了一声，他的额头跟烧红的炭一样。他推开她的手，低低地说：“没关系，很快会好的。”他艰难地挣扎想要起身，浑身的骨骼发生比平时更响的咯咯声，于是他不得不对安宁说：“帮我倒一杯水吧。”

萧岩发起了高烧，这场猛烈的烧居然数天不退。安宁忙着为他煮病号饭，她一次次在他的额头放上冷毛巾，他躺在床上时而清醒，时而陷入混沌和呓语。他吃了一些药却并不管用，佛地根本没有医院，安宁想把他送去望江市的医院，萧岩却说他绝不离开这里，因为很快就是春节了，山麓上有很多庆祝仪式需要拍摄，而且城里的医院对他这种发烧一律是没有办法的。

他对安宁说："娃娃，我会自己好起来的，别担心。"

安宁点头道："是的，会的。"

她问："还想吃些什么，我给你做。"

萧岩说："也许，新鲜的黄瓜……"

安宁总是出门匆匆买了菜就回来，她担心萧岩一个人躺着觉得寂寞，或者想要喝水了，或者担心自己耽误了做饭的时间。有一回她去借用村办的电话。自从洪水的天气预报之后，洪水没有来，电话线却修好了，安宁打给同学，让帮忙开一份拍摄电视片的介绍信寄过来。她想，等萧岩好起来，他会需要这个的。

更多的时间，安宁坐在萧岩的床前陪着他，久久地握着他的手，仿佛一松手，他就会漂流到不可知的所在。他的脸不再坚硬而严厉，躺在这里，他看上去有一种孩子般的温存，清醒时睁开的眼睛里甚至有缠绵的依赖。他的神志就像遇上了海上的风暴，在浪头中浮浮沉沉，在做了一切能做的以后，安宁就只剩抱着他昏沉发热的身躯流泪。

从萧岩开始发烧的那个夜晚起，每个午夜，"去"都会出现在寒冷的街上，用听不懂的语言讲着什么，语调一天比一天凝重和凌厉。有时候他也会边说边叹息起来，忽然间声音就变得柔和了，好像在警告之外也有怜悯的劝诫。

于是安宁就告诉萧岩："神仙又在说话了。"

"去"的这个举动事实上让安宁觉得有些害怕，她担心这是"去"在预警萧岩的病情，也许是在告诉她，死神的镰刀已经逼近了萧岩。

安宁握着萧岩的手坐在他的床边，现在即使是整个黑夜，她都是这样陪着他，这样她能感觉到他的每一次呼吸、每一点难受。当他睡去的时候，她也伏在他身上睡着了。她深信，如果他死去，她也一定会随他而去，就像他们两个人从来有着同睡同醒的默契一样，她也愿意随他而去，无论是来到这荒凉的大地尽头，还是去到生命熄灭的彼岸。她就这么做了决定，同生同死，然后她就不再害怕了，从容地等待着他们两个共同的命运。

萧岩发烧的翌日清晨，外面下雪了，可惜这场短短的雪并没有把坝子堆砌成一个庄严华美的世界，雪很快变成了淅沥的碎雨，无休无止地下起来。

一早有人来敲萧岩房间的门，杜鹃和金老板一起站在门外，因为萧岩躺在床上，所以安宁就没把她们让进屋里，只在门口聊了一会儿。金老板捋着额头上飘落的头发，漾着笑脸说："正月以后佛地就不一样了，是一个收门票的景点了，我打算给旅馆改个名字，叫'佛地旅馆'，沾沾这个地名的光。我想请萧岩帮我重新写个招牌，美术字什么的，我们街上就他最有文化了。"

安宁答："可是萧岩病了，这几天恐怕都得休息。"

金老板说："啊呀，能不能抽时间今天下午就帮我写一下，晚上你们俩就都留在我那里吃饭。这两天就有游客要来了，我想把门脸早点弄好了。"

杜鹃则热心地问："萧岩病了呀？昨晚还好好的呢，是不是着凉了？"

安宁只回答说："也就是吹了点冷风，得休息着。"

后来安宁细想觉得诧异，这里的习惯是不敲门的，那么她们敲门其实是为了她。杜鹃跟着来是想确定一下她是否跟萧岩住在一起。

杜鹃问："你今天不走了吗？"

安宁说："我等他好点了再走。"

安宁没有离开佛地，高烧中的萧岩并没有坚持什么，他甚至有些怀疑，自己这一回发烧究竟是否因为遇见了不喜欢的人和事情，因为杜鹃家的晚餐，还是因为另一种不同的愿望，内心里想把安宁留下来。

萧岩发烧的日子里，街上发生了很多新鲜事。街口的石牌坊有一天忽然立了起来，"佛地"两个大字高高地砌在半空中，颇有威仪的样子，雕花和着色看上去也很体面。街上的每个人都过来看热闹，金老板就像牌坊的主人一样在边上挑三拣四，江龙只是远远看了一眼就灰溜溜地走开了。牌坊完工之后，水泥路面也终于铺平了，石匠领了工资喜滋滋地离开了佛地。

很快，"何家旅馆"的招牌也换成了"佛地旅馆"，金老板不知从哪里拓来了四个字，庄严灿烂地用金色镶在了招牌上。这个变化让阿满兴奋了好些天，何疯子却依然每天在新招牌底下捡饭粒，浑然不觉头顶的大字变了模样。

萧岩听了这件事后，叹着气说："现在的人真是什么名字都敢用了，居然还有人用'佛地'当作旅馆的名字，那等于是在说，旅馆的老板就是'佛'了。"

安宁说："还好你病着，要不然还不知道怎么推掉这个差事呢。"

金老板赶着时间打点好门面，果然是为了迎接游客的。零星的游客在这个并不适宜的季节到达这里，下午或傍晚，安宁时常听到阿满的车回到街上，然后就是他招呼客人下车的吆喝声："是金老板让我特意去接你们的，正月一号起这里开始收六十元门票，现在一分钱也不要，你们说划算不划算？"

于是安宁出门的时候，常有游客拉住她问这问那，她白皙的肤色、矜持的神情和干净的穿着，总让他们以为她也是一个游客。他们都试图在这里找到另一批游客问个究竟，因为游客是这样的一种人类，他们从不相信旅游景点的当地人，认为那都是些贪得无厌的骗子，可是他们又热衷于跟着当地人去往更多的景点，因为他们总是认为多游览一个地方是划算的。

遇到游客的纠缠，安宁每次都急着脱身，萧岩还在家里等她，她一律直接地回答他们："我不是游客，我住在这里。"

游客这下更茫然了，他们想，原来连同一阵营的游客也不能相信了。

还有一件新鲜事，就是六姑天天盼着的孙儿终于回家来了，在离过年还有好些天的时候，他就提前回来了。整条街上都听见六姑的大嗓门，她一家家地在门口招呼："今天晚上我请客吃饭，都一起来啊！我孙儿从城里回来了！"

六姑的脚步啪啪作响，矮小的身子从街的这头走到那头，每个人都看见她红铜般的脸高兴得闪闪发亮，她咧着嘴笑，露出豁了一半的门牙，皱纹都以一种平日没有的方向美丽地展开，好像蝴蝶翅膀上的花纹一样。她也在萧岩的楼下叫："安宁，萧岩好点没有？今晚来我家喝酒吃饭！我给你们炒面条！"

安宁打开窗应道："六姑，谢谢啦，恭喜你啊！"

六姑整个下午都在忙着洗菜切肉，准备各种吃的，她几乎是用一种刻意的忙碌掩饰自己的快乐。她听见孙儿的旧友来串门，大声叫着孙儿的大名："李渔生，李渔生——"是那个人的名字，她留在心里几十年都没有机会喊一声，有一年她觉得自己太老了，她怕这个名字会随着她的死去而丢失，于是她用在了新生的孙儿身上。

她心中的那张脸，现在已经很难描摹出他的眉眼、他的鬓发、他的下巴，太多的岁月隔在她与他之间，就像她日渐衰弱的视力已经看不清雪山上的流云一样。每当她为一个荒芜的细节而恐惧万分时，就会从孙儿的脸上求证，孙儿日渐长大的脸庞出落得跟他越来越像了。这就好像一个奇迹般的幻觉，他的一部分又回来了。

很多年前，她失去了那个人，十几年后她又失去了最爱的大儿子。她已经知道生活是什么了，幸福是一种禁忌，岁月总是把最好的东西一点点从人的身边拿走，直到她两手空空，直到她失望到麻木却还要活下去。活着是一种惩罚，尤其是像她那样无止境地活下去，她像一个跋涉千里的乞丐，她的背囊里只有回忆，久远前的回忆。她偷偷打开记忆的盒子，偷享那些已然不属于她的欢喜。

所以盼着孙儿整整一年，现在她居然不敢细细地端详他了。她太老了，她觉得自己衰老的心脏已然经不起幸福的冲击，她只能躲在灶台前忙这忙那，用后背默默捕捉细小的快乐。

她何时对幸福这样胆怯过呢，也许她已经不再相信生活会为她备下好的礼物。她忽然忆起第一次遇到他，坝子上正下着春天的最后一场雪，远道而来的马队在铺着雪毯的土路上留下了一串串的马蹄印记，她们几个伙伴兴冲冲地踏雪跑去街上看热闹，她一头就撞进了他的怀里，撞得他闷哼了一声。

她曾经那么勇猛，她就像这田野上的风一样来去自由，像环绕坝子的山那样棱角分明，像在山石上跳跃而下的溪水那样从不回头。而他呢，当她第一次看到他，她就看见了另一种生命力，从容、坚定、宽广，也许就像他故乡的大海。

她总是缠着问他："大海是什么样子的？"她带着他去江边，厚厚的积雪和江滩一样洁白无染。她指着结冰的耳江问他："大海是不是就和这一个样？"

他说："不，大海是永远不会结冰的。"

"那么冰化了以后呢，一样了吗？"

"也不一样，其实都是水，可是有很大的不同。"

她疑惑地瞪着他，于是他宽慰她说："世间的水都是相连的，经过你门前的江水里，说不定也流着来自大海的水。"

她终究还是不知道大海的样子，她想象着从他的眼睛里看见大海，他的目光总是那么温和，似乎能容纳她的一切，他安定而宽阔的肩头像风暴中的地平线。他只是一个最普通的马夫，可是他的面貌总是气定神闲，这让他看起来与众不同。

他说他们海边的人没有一个到达过雪域，因为大海和雪山远远分在中土的两端，必须从四季恒暖的南方海边一路穿过漫长的陆地，直到大地的尽头，然后翻越雪山的屏障，才能到达传说中的雪域。所以他报名参加这支前往雪域运货的商队，做一名临时的马夫。他的理想就是要去那里看一看。

就这样，这个来自海边的男人在春雪纷飞时来到了坝子上，那年的雪延延宕宕下得特别久，远远超过了古老的历法中预期雪山通路的时间，商队不得已在街上住了下来。

雪像漫天的蜂群飞舞不息，坝子上隐约回荡着寂静的音乐，那似乎是雪花的翅膀振动发出的和声，天是灰暗的，大地却是明亮耀眼的，整个坝子淹没在无尽的白色中，人和马刚刚踏出的脚印转眼间就消失了。

这样的天气里，人们唯有待在屋子里喝酒、烤火。于是她和伙伴们得了玩耍的机会，他们跟商队的人围着火塘一起吃饭，听他们讲外面各种神奇的故事。

她吵着要跟他喝酒，“如果不能喝下足够的酒，半夜里冰雪就会吞掉你的脚趾头”。她端着酒碗这么吓唬他。她一心灌醉他，结果不记得在撺掇他喝下第几碗酒的时候，自己先一头栽倒在火塘边上，醉了，手里还紧紧攥着他的一片衣角。

商队被大雪困了整整一个月，他们的爱不知不觉已经像这坝子上的大山生根在田野上，这一生铲不掉也搬不走。她对他说：“你留下来，我们就在这坝子上盖一间屋子，生儿育女过一辈子。”

她指着月光下群山环绕的田野，农舍星罗棋布，温暖的灯火像星辰般闪亮，连月的大雪已然融去，土地间无名的生命正在黑夜中蓬勃生长。

他却说：“你知道的，我的理想就是要去雪域看一看，只要完成了踏足雪域的愿望，我就带你一起回到大海边，驾船打鱼终老，我将从此不再觊觎世界的广阔。”

六姑一直不能理解，为什么人们总是想要去一个没有到达的地方，为什么明明幸福的坐标就在脚下，人们却要迂回地去往另一个遥远的地方，即使是打算再返回来。这个问题她想了几十年却依然没有结论。

她还清晰地记得那个夜晚有一轮满月，正如他们相遇的第一个夜晚。第二天清早，他就随着商队出发了。她望着他走出街口，穿过春天的田野，走过那棵巨大的神树，一路走上山麓，消失在达瓦雪山的小径中，她幸福的愿望就这样从脚下走远，随着他的身影去到了不可知的明天。

“海和江究竟有什么不一样？”她记得自己总是这么问他。

有一次他这么回答：“海和江相比，更像母亲和妻子。”

她不懂这是什么意思，只是隐约觉得自己的变化，当他一天天走入她的心，她的任性和锐利渐渐变成了另一种东西，她开始想要为他做饭，她喜欢每天问他：“还想吃些什么？我给你做。”

“我想吃鱼。”这是他离开前唯一一次提出关于食物的愿望，他想念家乡的食物。她手中的木碗落到了地上，清脆地碎成了几片。

他的名字叫作“李渔生”，他生活的大海边，人人打鱼为生，海里的鱼永远捕捞不完，有如坝子上土地的出产般喂饱了一代代人。可是这片坝子上的人自古以来的禁忌就是吃鱼，虽然他们的脚下就是耳江，而且耳江这一带的鱼特别肥大，从来没有谁想去捉它们。这个禁忌比一百多年前寺庙的建起还要早，比后来建起的教堂还要早。

六姑独自来到江边，当雪开始融化时，可以看到渐薄的冰层下有大鱼在翻腾，甚至能听见鱼在水中噗哧哧的声响。只要选一个冰最薄的地方，打破冰层，就可以有肥美的大鱼摆在今晚心上人的餐桌上。可是六姑没有任何动作。

后来的很多年里，六姑每天给无数过路人做饭，等待她的心上人回来，她曾太多次后悔没有为他做一次鱼吃。

在她大儿子李大死去的那一年，李二终日在家里发作着魔鬼般的怪病，她再次一个人来到江边打算捉一条鱼，她要煮一条鱼吃，不为了谁，只是为了完成这件事。这简直是太容易的事情，因为当地人从不捉鱼，所以江里肥大的鱼完全不避人，甚至会直愣愣冲上江滩来，她一下捉到了三条扔进背篓里。

当她走到江岸的另一边，站在大岩石上打算冲干净脚上的沙子，好穿上鞋回去时，她忽然看见江面上远远地漂来了什么。她以为自己眼花了，那竟然是一条人的手臂，在波浪的簇拥中，那条手臂很快消失在下游的江水中。六姑忽然明白了，耳江上游的某些地方一定是实行水葬的，所以下游的鱼才这么肥大，那是吃人肉长大的。六姑忍着胃里的痉挛把鱼放回了江水里，这一天，她顿悟了所有的禁忌都有它们的深意，遵守的人们可能很无知，不遵守的人们可能更无知。

又过了一些年，就是镇上的人来登记她年龄的那一回，她跟他们说起了鱼的禁忌。镇上的人大笑说：“现在哪还有水葬的？都文明了，你们可以放心吃鱼了！”于是六姑又带着背篓来到了江边，可是江里的鱼已经无影无踪，连一条小鱼苗也看不见。

原来是当年政府分发化肥给耳江流域的一些村镇，村民们不知道怎么用，以为有用的是袋子，就把化肥倒进了耳江里，为了把袋子洗干净留下来装东西，或者铺屋顶。

满面皱纹的六姑站在江边对着自己笑，她终于还是没有为他做一条鱼吃，她笑着自己，然后眼泪就这样落下来。她想起她还是小女孩的时候，有一回，她在江边捡到了一块特别可爱的石头，那是一条小鱼儿形状的石头，两个小白点像是鱼的眼睛，这条鱼有大大的脑袋，身体有个转弯，还有条扬起的鱼尾巴，就好像它刚从水里跳起来，就这么凝固成了一块小石头。她知道，人是不可以拥有一块石头的，但她还是决意悄悄藏起来。

她的母亲看见了石头小鱼后，对她说："这块石头太圆满了，你是没法留住它的。"她不听，每天把这条石头小鱼放在自己的枕头底下。可是有一天，小鱼真的不见了，她哭了很久，却再也找不见它。

后来她去寺庙时，在佛像的脚下看见了这块石头，她不知道这是父母瞒着她把石头供奉给了佛祖，还是这块圆满的石头自己离开她，来到了佛祖脚下。

她曾经在李渔生离开之后又一个月圆的日子里得知他的死讯，不，她没有，她依然还在等他回来，他总有一天会回来的不是吗？她总感觉还有什么联系着他和她，仿佛是一条极其虚弱但依然没有消失的风筝线，也许是她孙儿的名字，也许是孙儿越来越像他的面容，也许是她并不知晓的什么。

孙儿李渔生在春节前回到了六姑的饭馆，他提前回来并不是想给六姑一个惊喜，他带回来了三个游客，那是他在旅行社实习的第一单生意。

他的脸看上去比实际年龄要孩子气，神情却相反地老练。他时时挂着微笑，对坝子上的人，他笑得像一个大人物，对他带来的三个游客，他则笑得像一个能解决所有问题的万用仆从。

淅沥的冷雨让刚下车的游客颇为沮丧，李渔生笑着对他们说："你们运气真不错，这就是佛地冬天风景最美的天气了，下小雨可以看坝子上的云雾、山顶上的流云，也不怕晒黑，这里的人都喜欢下雨呢。"这么一说，游客又兴奋起来了。

刚才在路上，他还阻止了一场狠架，那是因为一个游客说阿满根本不会开车，一路上神气活现地，一会儿说他方向盘打得不好，一会儿说他的离合器踩得不对，结果阿满拔出了佩刀，当时差点扎进游客的肚子。还好他脑子快，好话说得更快，总算让大家都重新高兴了起来。

这个世界上唯一能让他尴尬的事情，就是他和游客刚在六姑的店堂里坐下，他的父亲李二就面孔扭曲地出来打酒，他匆匆跟游客扔下一句：“我给你们去安排住宿啊。”随即逃一样地出去了。

他把三个游客安排在金老板的旅馆里，一间二百八十八的双人房，一间一百八十八的单人房，金老板笑眯眯地私下对李渔生说：“每间每天我给你留五十元，回头给你。”李渔生这回没显出太多笑容，他只故作若无其事地点点头，这份老成让金老板都不由得对他刮目相看起来。

三个游客都穿着蛾子一样斑斓的冲锋衣，在这街上像黄蜂一样扎眼。他们中间一个是又胖又高的男人，他就是路上差点被阿满一刀捅死的家伙，他总是说：“这个世界上没有什么地方我没看过，没有什么路我没有走过，你们跟着我，就知道见识是什么了！”一个是瘦弱的小个子男人，他看到什么的时候都说：“啊，这真是太美了，太神奇了，太让人感动了！”其实他只是看到了一只横穿过街的小母鸡，这对他来说已经是罕见的动物了。还有一个是戴着眼镜的女孩，她一刻不停地举着相机在拍照，好像她生命的每一分钟不是用来看和听的，就是用来拍下更多的数码文件。

趁着李渔生去安排住宿的时间，他们就自己从街的这头走到了那一头。等他们的导游回来，胖游客问他：“佛地究竟在哪里啊？”

李渔生显出一个完美的笑容，指着这条水泥路说：“就是这里了，这条街就叫作佛地，你们看街口还有一个牌坊。”

“那我们现在已经看完了吗？”

“你们还可以站在这里望一下这片坝子。”

三个游客的态度顿时不快起来。胖游客说：“我们又是坐飞机又是坐车的，路上这么多天赶到这里，就是为了看这么一条铺都没铺平的水泥路吗？你以为我们什么都没见过吗，告诉你，我走过的地方你听都没听说过！”

瘦游客说：“这里很美，很多鸡啊、猪啊的，可是你不能说，我们到佛地以后的观光半个小时就结束了吧？”

举着照相机的女孩说：“说什么过年以后还要收六十元门票，就这么一条街啊，我相机的内存卡连一成都没有灌满呢！”

李渔生连忙转动他的大脑，一边编一边回答道：“当然不是就这么点地方！你们放心，这里的行程我每天都会给你们安排得满满的。明天我们先去河滩上捡石头，这些都是耳江的‘特色奇石’，外面卖好贵的，你们就随便捡，捡了带回去，能捡多少捡多少。然后我带你们去山麓上参观一下这里的宗教建筑，就是那座山麓上的寺庙和教堂，你们在这里可以望见的，俗话说，旅游就是‘上车睡觉，下车看庙’，就是因为宗教文化是旅游的精髓啊。还有……”

李渔生想不出更多的了，他正在暗暗挠头的时候，就看见胖游客指着雨中的达瓦雪山说：“我们为什么不翻过那座雪山看看？这里的卖点不是什么‘大地的尽头’和‘天路的起点’吗？我们大可以走一走古人的路，从这里出发到高原去。”

他们的导游这下支支吾吾说不出话了，他被这个设想吓坏了，事实上他从没去过比山麓的寺庙更高的地方。

胖游客说："我们预定在这里是三天的行程，明天一早我们就去爬雪山，来得及。如果我们想多玩几天，顶多你让旅行社加我们费用嘛，我们也会给你小费的。"

李渔生一心想让游客忘掉这个念头，可是晚饭的时候，这个话题又被说起了。

六姑请客的晚餐分外盛大，几乎街上所有的人都来到了她的饭馆，店堂里坐得满满的，六姑兴高采烈地招待着每一个人，好酒好菜一轮轮地上桌。这是六姑为了庆祝孙儿回家的晚餐，可是三个游客一心以为那是为了欢迎他们的宴请。他们像真正的主人那样坐在主桌上吃每一道菜的第一口，并且得意地回答着大家关于外面的各种问题，他们的导游，这场宴请的真正主角，却不得不忙着照顾他们的各种要求，为他们倒酒添饭。

瘦游客忽然想到，这场晚餐的开支最后是否会由他们来买单，于是他撺掇胖游客先问问清楚。胖游客问他们的导游："我们三个人的饭钱怎么算？"

李渔生想了想，这笔账还真不好单独分开算，于是他说："没关系，算我请你们了。"

三个游客听了这句话都放了心，于是胖游客用筷子翻检着桌上的菜，抱怨道："为什么连鱼也没有，这里是江边，鱼应该不贵的，太节约了吧？"

挑剔过了饭菜，他们就开始询问附近有哪些地方可以"旅游"，他们显然并不信任他们的导游，认为他会为了偷懒，故意不带他们去更值得一游的景点。很快，他们的怀疑得到了印证，人们争先恐后地告诉他们各种旅游景点，这里的每个人都觊觎着游客兜里的钱，他们恨不得都能收一笔额外的导游费，外加卖掉一点纪念品，即便这些景点只是他们当时拍脑袋想出来的。

“我们想翻过这座雪山，有谁可以做我们的向导吗？”胖游客问出这句话的时候，整个饭馆顿时鸦雀无声，坝子上矮小惫懒的农夫、街上狡诈却怯懦的商人，谁也没有古老的志向和勇力了，他们甚至很久没有抬头仰望神山肃穆的容颜了，更何谈登上它。

这个时候，方才抢着拉生意的众人才想起了李渔生，带着他们的游客财神来这里的导游，也是他们吃到六姑这顿宴请的理由。他们为了推卸这个难题，半是假做好人，半是幸灾乐祸地指着李渔生说：“导游在这里呢！”

胖游客于是扭头对李渔生说：“我明白，我加你钱还不行吗？你带我们上山。”

李渔生连连摇手，指着自己的鞋子。

三个游客为了证明自己有经验踏足千山万水，所以都穿着专业的登山鞋，可是李渔生为了证明自己是城里人了，特意穿了一双皮鞋。

当然鞋子并不是理由，这里长大的孩子就算赤着脚也能在山里走，关键是他确实爬不上那座山，他从来没有试过，没有这个勇气，也毫无这样的愿望。他唯一愿意花费艰辛去到的地方是“外面”而不是雪山之巅。

六姑被激怒了，她站起来挡在孙儿的前面，拉开大嗓门就说：“我的孙儿不会去爬什么雪山，你们这些人赚钱的事情不放过，危险的事情就推着我孙儿去，也不看看你们现在嘴里嚼着谁的肉，这种当面害人的事情也做得出来？”

这个时候，金老板不紧不慢地走了上来，笑着解围道：“我来推荐一个人带他们上山吧，游客的愿望，我们佛地旅馆是一定会帮着实现的。”

金老板的心里早就有了主意，村长江龙是昔日马帮的首领，更是至今还有身手可能翻越雪山的唯一人选。凭他先前国王的架子，他恐怕并不愿意做游客的向导，可是如今他明显地寂寞了，所以她确信自己能说服他。

她甚至由此产生灵感，想出了一个庞大的经营计划，她要让江龙重新组起马帮，养一些马，训练一些年轻人，开发出当年去往雪域的路线作为一个专门的旅游项目。她早就觉得佛地的景点乏善可陈，如果有了这个新项目，这里的旅游一定会真正地繁荣起来。她连广告语都想好了，就叫作“来佛地，走天路”。到时候向导费、租马费、出租帐篷和野餐器具，再加上这些游客往返的住宿，该是多庞大的收入啊。

她当年买了车，找来阿满帮她做司机，往来接送客人，可是这个营生能为她赚的钱不过如此了。她需要更多的人为她赚钱，她将投资买一批马，说服江龙为她干。她将成为佛地最大的东家，因为她足够聪明。想到这里，她低下头伸手捋起额前飘落的碎发，用这个动作遮掩她暗自得意的笑容。

马 群

第二天冷雨依旧，天色刚刚破晓，江龙就带着三个游客去往达瓦雪山。他的背上的褡裢里装着米、茶砖和松明，还有锅子和一小块腊肉。他只答应了带他们去山上走一走，登顶即便是以他年轻时候的体力，也至少需要两天的时间，他不愿背着帐篷带他们在山上过夜，那样太危险，况且现在还远远未到雪山通路的季节。

细如青丝的雨绵延在山脉和田野，山间云雾相连，空气馥郁而冷寂，早开的春花环绕在身周。江龙走在山路上，走过山麓的教堂之后就是攀越雪山的道路了，这是他久违的山间小径，旁人可能根本看不出那里有路，可是对于他来说，这小径熟悉得就像自己的每一寸掌纹，他年轻时无数遍走过的路，依然如此熟悉。

忽然间有一种温暖和辛酸的感觉洞穿了他，他走在山路上，他不再年轻，没有马，也没有了马帮的兄弟们，可是有些什么从未改变。古老的幽灵仍一年年跋涉在这条路上，他们牵着旧日的马，冒着经年的风雪攀登着，怀着亘古以来的梦想，依然走在去往神域的路途上。他们在停止呼吸之后永远醒来，他们不会再死去，他们和这大山一起成了昭示浩瀚的一部分。

江龙常常试图从背影中认出这些幽灵，他的父亲、他过去的马帮兄弟、他曾打过照面的马夫们，还有六姑当年的心上人，可是他永远不能看见幽灵们的脸，他们总是不远不近地走在他的前方，他却怎么也追不上他们。

江龙走着走着，却听见背后混乱的脚步和喘息声。三个游客走得很急，他们拼命加快脚步，似乎也想要追上什么，他知道他们想追上的一定不是他，因为他虽然走在前面，却是听着他们的速度在走。胖游客在后面喘着粗气问他："村长，你看我们走得这么快，今天可不可能就登上山顶了？"

江龙答："不可能，没有人能在一天之内登顶，我说过只是带你们来山上走一走，中午就跟我回去。"

胖游客悻悻地说："这座山有什么了不起的，我看根本不算什么，你知道我征服过多少座山吗？我看我们这样走，再有两三个小时就差不多到山顶了。"

江龙想，原来他们看不见那些幽灵，他们追赶的只是他们自己。

在山路上跟自己赛跑是件折磨人的事情，他们听不见大山温厚的呼吸，他们甚至找不到自己心中的步率，很快他们就需要休息一次，又一次。漫山的新花他们看不见，美丽的树木他们看不见，他们一味在与石头和泥土的较劲中发怒，随即把这怒气发泄到带路的江龙身上。

胖游客说：“你一定是带错路了，这哪里是人走的路嘛！如果不是走这条路，没准我们早就到山顶了！”

瘦游客说：“我们和你不一样，我们平时在洗手间的瓷砖上都要放防滑垫的，你看这下雨滑的，我都摔了好几下了。这么好的旅游资源，为什么不修条台阶路，或者干脆装个缆车把人运上山顶？”

女孩不停地在问：“我们到景点了吗？怎么还没到可以拍照的地方？”

午饭之后，江龙开始带他们下山，可是每个人都非常不情愿。

“我们什么都没有看见，就这么下山了？”瘦游客问。

“我还没拍到照片呢！”女孩抱怨着。

胖游客则坚持说：“我们可以到山顶的，为什么不带我们继续上去？”

他们跌跌撞撞地走在下山的路上，雨开始大起来了，路显得越发泥泞陡峭，当他们回到一个来路的转弯时，江龙发现在一侧峭壁、一侧深谷的山路上，多了很多碎石断枝，他一路把石块踢开，给三个游客留下踏步的空隙。

走到又一个拐弯处，江龙忽然驻足，游客走近前去顺着他的视线往前看，只见前路已经没有了，应该是持续不绝的雨水松动了哪块山坡上的大石，在刚才他们经过后崩塌滚落，山坡上有几棵树被压倒了，他们上山走过的路已成为大小岩石堆起的斜坡，还间或有石块在纷纷滑落。顺路边沟渠而下的溪涧，曾经是他们一路甘甜的水源，此刻那水也失去了路途，沿着石坡汹涌流淌，变成致命的阻挡。

江龙示意他们看山谷下，两头黑色的野牛在半坡徘徊，有一头奋力要冲下谷底，跑了几步脚下打滑，不得不哀叫着退回来。就在雨水汇聚的谷底，大石横卧，乱石附近依稀有一个小黑点，多半是方才野牛的一家三口经过此地，小野牛不慎被跌落的岩石打中，翻落山谷，野牛父亲和母亲想下去抢救，可是没法近前。

下山只有这么一条通途，江龙尝试踏上乱石坡，一只脚踏稳，再伸出一只脚找下一个不松动的落脚地，他摇晃着走了几步，湍急的溪流齐了他的脚踝，他把手伸给胖游客，胖游客跨出一步，一滑，险些跌落，没有抓住江龙的手，脚下几块小石子滚下深谷，很久才听到底下传来铿锵声，胖游客的面色顿时吓得青白了。跟在后面的两个游客也都吓呆了，谁也不敢再往前走一步。

雨兀自下着，山与树都沉默着，江龙忽然想要发笑，自己为什么会在这里，像一只猴子一样陪着一群狂妄而愚蠢的游客。他曾经是一个国王，他父亲留给他的荣光，祖先的幽灵还行走在这雪山中，而如今他陷入了如此可笑的困境，仅仅是因为城市人上山旅游的奇思异想。风从他的胸口穿身而过，他亲眼看见古老而伟大的时间一去不返，只留下一声讪笑的口哨。他站在山风冷雨中，忽然间失去了方向。

低沉的哀鸣，他听见了，那是大灰马熟悉的嘶鸣，从远处渐渐近了，随后他看见了它的身影，像白云一样从山间掠过。它向他跑来，鬃毛披散，周身在雨水中健壮闪亮，像一场梦境般的，它走近他，向他俯下身来，仿佛他依然是那个等待父亲回家的孩子，它看着他，它的眼睛平和而悲哀。

它轻轻迈动四蹄跑上了滚石的险坡，绕了一圈又跑回来，站在他的面前，看着他。他明白了大灰马到来的意思，它是要载他们过去。

胖游客在身后喊道：“我要骑马，让我骑马过去！”

江龙忽然回头，凌厉地瞪了他一眼，胖游客顿时不作声了。没有人配骑上他的大灰马，即使是他自己。江龙三步两步折返，拉过胖游客，竟一下把他扛在背上，随着脚步的震动，山顶上又有碎石落下，沙石零星如雨，江龙用比他们行走时快几倍的脚步把胖游客扛过了险路，然后又是另两个游客。

当他们悉数脱险后，大灰马又低低地嘶鸣了一声，回身向山中奔去，随着它的鸣叫，无数匹马从山中奔跑出来，像彩色的云朵一样跟随在大灰马身后，越聚越多，大地在轻微地震动，然后这些马群就一起重新消失在大山后面了。

那天下午，江龙忽然想起了萧岩日前说的话：“这就是你真心想要的吗？”更多的游客将到达这里，这里将变得与外面一样，这是他想要的吗？

他想起有一年去镇上办事，听说干部们正好都去城里旅游了。那时候他就觉得“旅游”是一件古怪的营生，城市里的人来乡村旅行，乡村的人则去城市里旅行，大家都想尽方法把自己变成景点，每个地方都有数不胜数的旅店和饭馆，大地上这头和那头的人们来回奔忙，都想着法子把钱从对方口袋里掏出来，再把自己口袋里的钱花到对方的景点上。

这让江龙想起他以前赶马偶尔经过繁华地带，对“外面”的印象，到处都是商店，每个人除了买卖东西什么都不干。现在佛地也渐渐变成那样，遍地是欺诈和暴利、狂妄和无知，谁还如呼吸般耕作在田野里，谁还如祈祷般走在道路上，这个世界会在人们的疯狂中毁灭吗？

望着大灰马远去的背影，江龙想，也许自己应该去向萧岩道个歉。为了什么道歉呢？他觉得说不清。

游客按原定计划第三天返程，李渔生也就在佛地待了短短的三天，就要带队一起离开了。他订好了阿满的车子，收拾好了自己的随身背包。

六姑还没意识到这究竟是怎么回事，她对孙儿说：“你是主人，是该去送送他们的，你送多远才回来？”

她的孙儿回答：“当然是要送到他们出发的地方。”

六姑问：“还有几天就过年了，你哪天回来？”

孙儿迟疑了一下，似乎在考虑怎么说比较妥当：“奶奶，我就不再回来一次了，这不已经回来过了吗……我念书很忙，你看我这不是还在旅行社实习，而且城里又离这里特别远，路上一趟要花好多天。”

李渔生穿着他的皮鞋上了车，他跟游客聊得正欢，甚至没有跟父亲李二打个招呼。六姑坐在饭馆门前，看着地上脸盆里的硬币发呆，水底的硬币似乎正吐出细小的泡泡，叹息着看她。

这么多年了，她每天在这里攒着硬币，攒着她的愿望，要让她的孩子去到传说中最幸福的“外面”，在那里安身立命，她的大儿子因此死了，二儿子因此发作了怪病，如今她的愿望显然已经实现了，因为她能感觉到她的孙儿已经去得这么远。是她把他送得这么远，所以她没法抱怨什么。

李渔生走了以后，六姑就把饭馆关闭了，她只是说："我劳碌的年月都快有别人两辈子那么长了，现在我打算休息了。"她合上门板后就回到后屋，躺在自己的床上，她决定不再起来。

她听见李二在门外歪歪倒倒的脚步声，她听见他的咒骂声，碗和茶缸摔在地上的声音，她躺着一动不动。日头从墙上爬过去，雨声一阵紧一阵慢，街上有人来来往往继而归于沉寂，星光渐渐又化作拂晓，她躺着一动不动。

远远地，鞭炮声响起来了，随即传来孩子们的欢笑声，被宰杀的年猪发出尖利的嘶叫，鸡被拿刀的主人撵得满地乱跑，为过年蒸煮的各种食物的香气弥漫得到处都是，她躺着一动不动。

她只是想好好地睡一觉而已，她实在累了，但是她始终醒着。她太老了，老到已经失去了睡眠，更没有梦境。她总是醒着，她凝视岁月并专心等候，等候已经成为她的习惯，固着的姿态，她却并不确定她究竟在等什么。

她已经忘记了自己曾看过多少次新花盛放，又数过多少回寂雪降临，她太老了，老得已经记不清自己究竟活了多久。无数游客曾来到她的饭馆，拜访她，参观她，为她拍照，并试图问她什么。他们总是这么问她："请你说说这世界吧。"

这是个太伤感的话题，她无言以对。

于是他们又请求她讲一讲她历经和听闻的故事，每当她讲完一个故事，来人必定问："这些人与事，都是真的吗？"她又不知如何作答了，为什么众人总是如此关心某件事的真假，却从来不想去知晓自己生命的真相。

来人继续问："故事的结局是怎样的？"

她答："所有的结局，都是死亡，那个时候，我们就回家了。"

她等了太久了，她的颈项僵直，视力模糊，她没有睡眠，更无梦可言，她渴念回家，可是她总觉得，还有什么让她必须等待，虽然她似乎已经失去了一切等待的理由。

新年到来之前，有一天，街上早开的桃花忽然谢了，那天正好起了风，万千粉色的花瓣飞舞在这条街上，是一种寂灭前奇异的绚烂。

很多人都为这反常的状况嘀咕了一阵儿，桃花在过年前提早盛开了不说，现在又提早落了，这本来应该是来年三四月间的事情呢。也许是天气太暖了吧，这么一想他们就安下心来了，过年前都没有下过几场大雪，花期怎么会不提前呢。

人们总是这样，只要找到某个理由，他们就觉得一切理所当然了，他们甚至没有再想一想，比往年暖了许多的气候意味着什么。

数不清的花瓣飘舞在滴雨的屋檐前，掠过鳞次栉比的商店、旅馆，飘舞在草籽飞扬的田野中，飘舞在孩子们兴奋跳跃的身周，飘舞在离地面几寸的地方，忽然间，又被风吹起来旋转着，像一叶小舟那样优雅而缓慢地游弋在半空中。

"去"迈动着轻盈的步伐，悠闲地漫步在飘落的花瓣中，慢慢地向前走，转一个身，又慢慢地向后退，这像是一个舞蹈的游戏。当花瓣贴着他的面颊飘过去的时候，他轻轻闭上眼睛，仿佛嗅着即将散去的香气，又仿佛正在倾听花瓣对他的耳语。

安宁伏在窗前，她能看见空气中无数飘浮的光点，像无数气泡浮起来、沉下去，她不明白，这是雪吗？是雨吗？是精灵的舞会吗？她现在并不关心这些，萧岩已经高烧了一个星期了，他吃得越来越少，昏沉的时间越来越多。她并没有对外人表示出过多的紧张和担忧，她只说：“他休息几天应该就好了。”

可是她心里的焦急和绝望正在堆积。

就在离过年只剩几天的时候，一天早上，安宁去街上买菜回来，等她上楼推门走进里屋，发现萧岩已经起来了，坐在桌子前的椅子上，桌上剪辑用的电脑打开着，他又和往常一样在看素材了。

安宁看着他，惊喜得忘了挪步，随后她扔下买菜的袋子，冲过去摸他的额头：“好了吗，你真的好了吗？”

萧岩捉住了安宁冰凉的手说：“娃娃，让你担心了。”

这是最明媚的一天了，虽然窗外还是阴雨不断，安宁觉得阳光已经重新照进了她的心。仿佛奇迹随着祈祷变成了现实，每一寸空气中都有神灵微笑的注视。

萧岩问：“你想看看我拍摄的镜头吗？”

安宁坐在床沿上，萧岩把电脑的屏幕转向了她一点，然后按下播放键。安宁看不清画面中的世界，但是她可以想见，那不是佛地，不是他们不得不身陷其中的尘世，没有氤氲升腾的欲望与相互猜忌、彼此谋害的人群。他镜头里的世界总是清澈而静谧的，清晨的露珠从叶子上滑落，高傲的隼掠过山巅，晨祷的人们正陆续走上山麓，老牧师拿着念珠笑眯眯地坐在教堂门口，格列在侧峰最高的杉树上仰望天空，等待一个传说中将守诺而来的画师。

他在堆砌一个不存在的世界，安宁想，这究竟是他的勇敢，还是胆怯。他以何疯子捡取饭粒的执着，把每一刻美好而罕有的片断都装进他影像的盒子里，他比任何时候都需要这些来证明生之乐趣。他像一个衰老的国王，即便王国不再，他心中构筑的城池依然能昭示古老的荣耀。他像夜半独自在街上讲演的“去”，用他的影片说着自言自语的谶语。他又像格列，为了不看与不听，宁愿断了与人世间言语的联系。

就像每个疯子都有自己的方式，那同时是用来面对这个世界和躲避这个世界，这已经不可能是一种和解，但至少是他们依然活着的可能。

安宁从抽屉里拿出一个信封说：“这个是为你准备的。”

萧岩打开来看，里面是一封盖着红印的介绍信。安宁解释说：“我知道你不理会村长说的话，可是我不想看见你们发生冲突，我希望你平平安安地拍摄。”

是拍摄的缘故，让他离开她这么多年，也是拍摄的理由，他一次次不许她留在这里，可是安宁想，即便那是他为自己设定的一个虚无不可及的目标，她也不能从他手里夺走这唯一的拐杖。虽然每当他催她回去时，她心里也会愤愤地想，为什么幸福与圆满其实就在此地，人们却总要去往一个更遥远的地方，为什么她已经在他身边了，他却要说：“等着我，我会回去找你。”

萧岩想说一句感谢的话，不是感谢她给他弄来了介绍信，而是她的纵容。可是对于感情的表达，他一向不擅长。所以一开口，话就变成了其他的：“娃娃，你看，没几天就过年了，是我耽误你没能回家过年，你愿意和我一起在这儿过年吗？”

安宁的脸上绽放出幸福的笑容。

萧岩又说："可是过了年，我还是希望你愿意先回去。"

萧岩看见安宁的眼神一刹那变得黯然了，他急忙解释说："你知道的，今年的正月初九对格列很重要，他现在又几乎没法走路了，我说好要替他去达瓦雪山主峰的垭口等那个画师。这个季节，这段上山的路肯定不好走，我会去好些天，你一个人在这儿没人照顾，还不如先回去乖乖等我消息。"

安宁低呼道："你能不能不要去，太危险了，这就是以前让多少人丢了性命的'天路'啊，而且这条路已经多少年没人走过了，而且，而且又是这个季节，本地人都不敢进山的！"

萧岩没有说话，于是安宁知道，他主意已定。她刚刚从高烧的威胁中把他等回来，现在他又将去离死神更近的地方了。安宁有些愤怒了，她第一次在他面前这样说话。

"我不回去，"她说，"你高烧不退的日子里，我就做了一个决定，如果你有事，我不会一个人留在这世界上。所以，如果你坚持要去，我就在这里等你回来，如果你没有回来，我的路也就在这儿走完了。"说到这里，眼泪不争气地流了下来。

萧岩看到高高兴兴的场面变成了这样，心里自责，他连忙掉转话题，从口袋里掏出一块石头，逗安宁说："娃娃，你看，你还认得它吗？"

安宁接过石头，这是一块鱼儿形状的小石头，这条鱼有圆圆的大脑袋，鱼身是一个活跃的转弯，加上一条扬起的鱼尾巴，就好像它刚从水里跳起来，凝固成了一块石头。如果安宁能看见，她会惊喜地发现，石头顶部的两侧还各有一个小斑点，正在鱼眼睛的位置，这让石头小鱼更像活了一般。

安宁抚摸着这块石头，它比安宁在江滩上发现它时温润了，它带着萧岩的体温，并且长时间地保持着这样的温暖，它摸上去也更光滑、完美了。

萧岩说："这是我们去江滩捡石头的那天，我偷偷带回来的，后来发高烧，迷迷糊糊一直忘了给你，就在我口袋里捂了这么多日子。"

安宁埋怨道："它在江边多自由自在，就这么被你捉回来了，它会想家的。"

萧岩说："既然我都已经把它带回来了，那现在开始，我们一起好好照顾它就好了。"

安宁开心地点头，在接下来的几个小时里，她暂时忘记了将来的烦恼，忙着张罗怎么把石头小鱼安排在最妥当的地方。

她有试过把它养在玻璃水缸里，可是她想，石头小鱼毕竟不是真的鱼，它也许会觉得太冷。她把它摆在插满枝条的窗台上，空气好又晒不到太阳，可是她又怕它翻身的时候不小心掉下来摔到。萧岩微笑着看着她孩子气地忙来忙去。

萧岩甚至愿意让她把小鱼放在剪辑用的桌子上，这是他们房间里最尊贵的地方了，平时茶杯和食物都不可以摆上去的，可是安宁想了想，觉得现在还是冬天，最重要的是不让石头小鱼着凉。于是她最后决定把它放在枕头底下。

这块圆满的石头在安宁的枕头底下躺了好些天，但是有一天，它终于还是如注定般无影无踪了。

老牧师

新年越来越近了，这是坝子上的人们每年最忙碌的一段时间。老人们都说，播种可以延搁，收割可以延搁，打麦子可以延搁，唯独为各自的神灵准备祭品和庆典是不能懈怠半分的。

从萧岩和安宁房间的回廊向田野望去，次仁雪山笼罩在宏伟的雨云中，仿佛一只巨鹰盘踞在坝子上，家家户户的页岩在雨中清亮如焰，炊烟终日从屋顶上升起，冉冉不绝汇入云雾中，可以想见溪水一般汩汩的玉米酒不断被蒸酿出来，那些秋季里金色的粮食的精灵正化作犒劳人们灵魂的美妙琼浆。

水果般甜蜜的姑娘在灶台前来回忙碌，她们在石板上刷满菜油，然后把揉好的面小心地填糊上去，她们用整个上午和下午重复这样的动作，一排排面偶带着神秘的花纹和形状列队在厨房的雾气中。佝偻的老妇终日在织机上赶织新年的花毯，猫慵懒地在黑屋子里半睁细眼，狗在雨中尽职地瞭望，孩子们在忙碌的大人身周兀自玩耍。

尽管每年的这个时候，大地上还并无来年收成的半点预兆，但家家户户都会不吝杀鸡宰猪，用仅剩的粮食酿酒，孩子们穿上新衣，期待着吃上一年中仅有的几次鲜肉。

因为每个人都相信，每一年的正月到来，总是不会更改的，如历法所示，昭示着春天即将再次来临，神将把生命和食物重新赋予土地，所以即便万物肃杀看不见一点好起来的征兆，人们还是欢腾庆祝，吃最好的食物，饮最烈的酒，跳最欢乐的舞，由寺庙和教堂将礼物献祭给上天，并感谢神灵把祝福允诺给世人。

而无一例外的，正月过后，即便再有几场雨雪，漫长的晴日也将终会到来，冰封雪冻的大山显露出通往天空的道路，耳江的水重新清澈如玉，阳光的热力没入了泥土，令泥土散发出期待播种的馨香。

于是一年中分外安详的日子再度到来，人们将耕耘点种、营建新屋、结婚、生育，世事将重新呈现欢乐的希望。这是坝子上的老人们从不怀疑的。

旧年最后的日子里，街上的清闲和繁忙形成了奇妙的交错。

从外面来到街上的人们分外空闲，他们忙了一年，这算是一个难得的假期了，不用再期待有游客的到来，甚至不用期待能做到街上人的什么生意。而从坝子来到街上的人们依然保留着古老的习惯，今年的这个时候，除了六姑以外，每个人都在忙个不停。

六姑还是躺着没有起来，她听着街上的喧闹声，她知道即便按原先的习惯准备一切，这条街也不再会和原来相同。没有人会在信赖和庆祝中期待年的到来了，因为人们的心已经离开了古老的轨迹，循着各种方向渐行渐远。对于年的到来，贪心的人怀抱过大的期望，年轻的人期待迥然不同，失意的人谨行其事或变得麻木，所以不论新的一年是如何宽厚地一次次如约而来，他们感到的总是新的痛苦。

江龙还在为旧年的一切懊恼着，他机械地忙着这个家里男人的活计，心里却依然想着，这是他统治王国最失败的一年了，他在属民的心中由国王变成了小丑，这一切都是怎么发生的呢，去年的年节不也是这么虔敬忙碌的吗？

阿仁照旧生活在她自己的世界中，她按部就班地带着杜鹃为祭祀和庆典预备各种食物和装饰，这花了她们整整半个月的时间，尤其是最后几天，她们睡眠的时间也所剩无几。杜鹃炫耀似的当着众人嚷嚷道：“我真想多睡一会儿啊！”她的美丽和能干都是整条街公认的，不是吗？

有一天，杜鹃请安宁过去她家里，帮着看看她备下过年的新衣裳是否美丽。

她把安宁领回家里，让她坐在堂屋的火塘边，自己则一转眼消失在门帘后面。过了半晌，安宁听到一阵细碎的金属轻响，像是风吹动冰凌的声音，杜鹃换上了过年的盛装出现在幽暗的堂屋中间。她身穿镶着兽皮的红色长袍，裙摆上坠着金色的铃坠，脖颈、手腕和耳垂上佩着银色的舞饰，头上还戴着兽毛装饰的帽子。她就像一位丛林的公主忽然照亮了这间烟灰满墙的大屋，当她试着抬手和旋转的时候，安宁的耳边仿佛有无数水晶的雨点在空中彼此碰撞，发出美妙的音乐。

杜鹃对安宁说："真可惜，这可能是我最后一次穿这样的衣裳跳舞了，有人说过了年就带我走，去外面的世界。"

安宁问："你要跟谁去，你的父亲和母亲知道吗？"

杜鹃不回答，却问安宁："外面的世界究竟是怎样的？"

安宁不知从何说起，她回答道："外面的世界，路很平不用攀登，所有的泥土都被平整的水泥覆盖，没有花朵可以在路边安家，草木像牛羊一样被圈养。那里的天空比房屋狭小，山脉消失在晦暗的空气后面，灯光掩盖了星月的华美。"

"真是个神奇的地方啊！难以想象。"杜鹃赞叹道，她又问，"外面的世界真的像天国那么幸福吗？"

安宁说："在外面的世界时，我几乎天天听到幸福这个词，所有的电视广告和报纸杂志都会告诉人们幸福是什么，但是没有人问过自己幸福是什么。"

杜鹃追问道："那他们到底幸福吗？"

安宁说："他们时常没有时间或心情品尝一餐饭的滋味，也总是很少能在香甜的梦乡停留，他们焦虑地奔忙在人世间的道路上，但是即便走了再远的路，也永远到不了他们想要去的地方。"

杜鹃说："哎呀，他们听上去过得很奇怪呢。"

安宁讲了这些话后才想到，这条街也渐渐和外面的世界相差无几了，而杜鹃就算不去"外面"，"外面"也会自动来到她的身边。

这天晚上的雨并不大，细密如雾的雨像丝缎一样飘落在坝子上，柔软得几乎可以呼吸。吃过晚饭之后，萧岩和安宁一起到桃树底下的台阶上坐了一会儿，这是平时白天“去”最爱躺着睡觉的地方，坐在这里背对着街，可以远眺整片田野。

远处，山的线条晦暗不清，农舍稀疏的灯火正在灭去。也许是天气提早暖和起来的缘故，合奏般的虫鸣从四野飘卷而来，不知不觉把安宁包围起来。安宁看见，在这奇异的合奏中，夜更深地沉落下来，而大地意外地明亮起来，仿佛有无数灯盏正在草叶下点亮，在这光亮中，可爱的小昆虫清晰地出现在她的眼前。

安宁惊讶着那是怎样巨大的一个世界，数不胜数的小昆虫都在做着各自的事情，就像落在这世界每个角落的雨点，一眼望不到边际。它们在麦秸底下营造新屋，举着草叶当雨伞在田野里跑来跑去，它们在矮树下捉迷藏，在飘落的树叶底下恋爱，在新生的野草上眺望天空，一个给另一个讲故事。有的小昆虫在唱歌，它们用歌声向遥远的同伴致意。蛛网从树枝上飞起来，带着晶亮的雨点在空中飞翔，就像巫师的斗篷，每当它们其中一个翻了精彩的筋斗，大地上的小昆虫就一起高声欢呼起来。

与这么庞大的世界相比，这条街似乎只是一片草叶下的虫穴。

翌日早上，这样的景色似乎依然停留在安宁眼前，所以当她睁开眼睛，看见窗外有无数小昆虫正在向她挥手道别时，她也并不觉得突兀。小昆虫正坐在明亮的车厢里，安宁这才意识到，车厢显然正和他们房间的窗户擦肩而过，所以她才能看见车厢里的一切。车厢正在远去，很快她就看着这辆小小的火车掠过窗前，顶上的烟囱冒着白烟，就这么在空中打了一个旋，径直飞向比雪山更高的云雾中去了。

安宁想，它们昨天晚上还开开心心的，为什么一早就赶着离开这里呢？她这么想着，就听见窗外的雨已经变得猛烈。

旧年最后一天的清早，人们照例去山麓上搭起雨棚，在寺庙和教堂中间有一大片平整的草地，每年的庆典都是在这里进行的。

人们搭雨棚的时候才注意到，这些天的雨又一阵猛似一阵，这情形就像一个月前洪水的传闻到来前一样，以往冬季没有的雷声在四野滚动，像咆哮的巨兽隐藏在丛林里，猛雨一片片泼在雨棚顶上，仿佛天神忘记了用筛子，就直接把雨倾倒下来了。

当他们把雨棚顶上的积水倒出来，把雨布重新绑紧的时候，闪电忽然让世界空白了半秒钟。那道令人惊愕的亮光像一把利斧从天空劈到地平线上，所有山麓上的人都不由得望向那道雄伟的闪电，他们这才发现，就在闪电熄灭的地平线上，耳江奔腾而来的方向，黑沉的浓云正在不断升高，像是淹没世界的洪水正在逼近。

两个小时以后，欢庆的人们就齐聚在这片空地上了。

除了六姑和她的儿子李二，还有不肯离开满地饭粒的何疯子，佛地所有的人都来到了山麓上。村长江龙一家到得最早，萧岩照例扛着摄像器材上来拍摄，安宁自然是跟着的，连金老板也被阿满拉来凑热闹。

人们去寺庙和教堂完成各自的仪式，然后再次聚拢在雨棚底下。每一家的酒都打开了，清早的时候，他们都用油炒热了鸡肉兑入烈酒，打开盖子之后，香气顿时漾开在山麓上。碗在地上一排排铺开，浓烈的酒被一碗碗倒出来。油炸的糕饼也在中间的长桌子上堆积起来，像夏季屋顶上晾晒的玉米和南瓜一般金黄喜人。

美丽的姑娘穿着亮闪闪的盛装，健壮的小伙子扎着火红的头绳，人们唱起了一首首古老的山歌，扭动着肩膀，踏着欢乐的步子开始舞蹈。人们将喝下每一家奉上的美酒，因为坝子上的人相信，酒是最诚恳的祝福，它总能引人暂离现世，进入欢乐之境。越来越多的人加入了这场舞蹈，如果谁中途退出，那一定是因为醉倒在地上了。这样的欢饮和歌舞将延续一整天，从中午一直到天黑。

雷在天穹中呼号，闪电让大地的面孔一次次变得惨白，暴雨积聚在雨棚上，忽然间找到了出口，哗啦啦地倾泻下来，像一道瀑布。这仿佛只给人们增加了欢腾的理由。

“去”不知什么时候出现了，他浑身湿淋淋地来到雨棚下，试图分开舞蹈的人群，挤到中间去。他的脸上没有笑容，嘴里还在不断地说着人们不懂的语言。安宁听见了“去”急促的说话声，问萧岩：“神仙想要做什么？”

这时被“去”推开的人们都呵斥着：“去去，你又来讨酒喝了！”

萧岩说：“神仙也许是想来告诉大家什么，可惜我们听不懂。”

过了一会儿，“去”就没趣地独自走开了。

如果人们留意一下周围，他们会看到田野上的飞鸟都聚集到山林里去了，街上的野狗也都冒着大雨跑上山来。当他们夜晚下山的时候，如果醉得不太厉害，还记得把猪和鸡赶进圈里的话，他们会发现它们全都不见了。只有忠诚的家狗一个劲地吠叫，如果他们喝得太醉，恐怕就连这也听不见了。

那一天，安宁也喝了不少酒，天色太黑，路又泥泞。萧岩就对她说：“我们今天在格列这里借宿一晚吧，就当陪格列一起过年。”

寺庙的酥油灯在静静燃着，格列拖着沉重的身体一盏盏添加香油，他竟然连这样的走动也困难了。

萧岩打了茶，格列为他们安顿好了房间，三个人就坐在屋檐下喝着热茶，点起了炭火盆烤火。雨大得惊人，佛祖脚下的小石头今夜都躲到窗台上去了，“尾巴尖”“淘气”“眼圈”则躲在格列的僧袍下。夜如冷绸铺展，远处依稀传来一阵阵鞭炮声，想是街上的人正在继续欢庆，须臾，细小的烟花从远山的雨幕中次第升起，仿佛遍野开出了温馨的花朵。安宁把手放在萧岩的手上，萧岩无声地握紧。

“你愿意和我一起在这儿过年吗？”萧岩曾经这样问她。安宁也曾对他说：“我希望以后的每个春节，我们都在一起过年。”美酒、烟花和温言软语，无忧无虑相守的今天，但愿可以停留下来。两人都明白，今天之后，明天，最迟后天，萧岩就要出发，替格列去攀登冰雪中艰险的“天路”。

格列缓步走进大殿，酥油灯兀自燃着，潮湿的气候让壁画几乎已经剥落殆尽了。他最近不知怎么特别疲惫，总是想睡，不知道是越来越迫近的等待让他疲乏，还是人们心中越来越多混乱的念头堆积在他的身上。他拖着铅块一样滞重的脚步，他觉得自己的神志就像被溺在水底一样，昏昏沉沉的，无数糟糕的预感像大雨一样把他浸透。可是无论怎样，萧岩和安宁的到来让他觉得高兴。

当他走过佛祖的脚下时，习惯地抬头望去，他看见佛祖面目不清的脸庞上竟然有泪滴正汩汩流下来。

老牧师安东尼今天也在人群中喝了一些酒，不只是一些，他觉得自己有些喝多了，他甚至还晃动着臃肿而衰老的身子，像小伙子那样蹦蹦跳跳地舞蹈了一个时辰。也许是酒的缘故，他痛了好多年的膝盖今天竟然能够跳舞了，他昨天还以为，在开春之前，他都将一瘸一拐地度过。

他端着一碗酒，眯缝着日渐模糊的眼睛，望着雨中欢腾的人群，数不清的酒坛，谷堆般的食物，祈祷春天重归大地的歌与舞，这年复一年熟悉而盛大的庆典从未改变过，它比老牧师更老，比坝子上任何一个健在的老人都老，而且比寺庙和教堂更加古老，谁也不知道它从哪里开始，已经延续了多少年。

老牧师想起，自己年轻时曾经迷惑，这古老的仪式显然既不属于寺庙的习俗，也不是来自于教堂的授导，那么它来自哪里。后来他终于明白，神灵从来就存在于雪山下这片小小的平坝子上，早于第一名僧侣从雪山那端的神域来到这里之前，早于第一名画师描画佛祖的金身，也早于第一位传教士千里迢迢地找到这个偏远的村落。他想，当这里还只有最早的几户农家耕织为生，与外界毫无交通时，神灵应该就已经在这里了，也许更早。

老牧师当初得出这个结论时，正躺在山麓的草坪上仰望天空，那是又一个春天到来的时候，天空重新变得晴朗湛蓝，正如耳江重新变得清澈，无数山花正次第盛开，展露出想象不到的奇异颜色，年轻的飞鸟一次又一次试图翻越雪山之巅，云朵变幻着无穷无尽的幻象。这一刻，他觉得有什么火热而忧伤的东西从心里流出来，这些古老的神灵啊，他们就存在于周而复始的时光巨轮，死亡与生命的不息中，他们是一道光、一声高歌、一滴泪、一刻迷惑，他们是这广袤的山与天，是大地上相连的水，是人们孩提时安然的心。

老牧师还记得格列和杜鹃小时候的样子，还有他漫长的生命中曾见过的孩子们，人生确实有这么短短的时光是无限接近神灵的，此后，却没有人能安住此地，他们都会出发去往一个地方，就像一个重复万千遍的诅咒，他们从此上路，在途中受尽煎熬，没有人能例外。

雨更大了，人们依然在欢舞不息，老牧师觉得有点累了。他趁着酒意冒雨走回教堂，短短几十步路，他的衣裳和鞋就湿透了。

他关上大门来到大厅里，狭长的大厅一片黑暗，又是停电，他贴着墙站在大厅的后面，吁吁喘气，这种感觉让他想起自己五岁时，因为喜欢这里，他常常偷偷来到这里，却又羞怯地贴着大厅后面的墙壁站着，还因为刚刚站定和兴奋而呼吸急促。

老牧师已经不记得自己还是孩子的时候，曾经无限接近神灵的懵懂时光，因为当他有了第一个思虑时，他就已经离开了原地，正如他的记忆中迷恋的教堂，他在五岁的时候爱上了教堂这个地方，当他希望可以长久地留在这里不再离开时，他就已经踏上了路途。

现在他觉得很冷，湿透的衣衫贴在身上，头发也在滴水，他试图摸黑走到大厅前面去点起蜡烛，他觉得身体沉重，腿像灌了铅一样，不知是痛还是麻木，他什么都看不见，身周是大雨落在穹顶和土地上的震动。他摸索着一排排的座椅，犹豫着是继续走向前去，还是先坐下来歇一歇。他觉得自己仿佛站在一条黑色的甬道前，筋疲力尽。

他感觉自己在继续向前移动，奇怪的是，他似乎走了很久也没有走到大厅前面的讲台那里。雨的震动渐渐消失了，他就这么径直向前，忽然间看见了光亮，那不是蜡烛，而是春天明丽的天空，他发现自己已经沿着来路走回了童年的田野，金色的油菜花遍地盛开，蓝色的蜻蜓在他身边飞舞，阳光温暖地照在他身上，风夹杂着山花的芬芳像美酒一样醉人心脾。他身上的衣裳已经不知不觉晒干了，他蓬乱的头发也像草叶一样飘舞，他的双腿竟然重新能像小鹿那样奔跑。

他看见了儿时的农舍，父亲和母亲在田间忙碌，而他呢，一个人偷偷跑去山麓上的教堂，贴着墙站在大厅的最后面。

他抬头仰望教堂的天穹，折射着美丽光彩的彩色玻璃像一个梦境，天使和圣母的雕像始终微笑看他。他迷恋讲台上老麦克风的声音，神甫低沉柔和的声音像晴日的阳光铺满了整个大厅。他迷恋老风琴的歌声，那音乐比彩虹更美。他迷恋神甫黑色法衣上的洁白衬领，还有唱诗班的白色长袍。

和着老风琴的音乐，他高声唱起来："在我一生的岁月里，幸福与慈爱常随不离，我将住在上主的殿里，直到悠远的时日……"神甫和修女们都惊讶地看着他，他们听过坝子上最优美的云雀歌声，也听过雪山溪水最清澈的声音，这些都比不上这个小男孩宛如朝阳破云而出的绝美嗓音，他们把这看作了神迹。他们给男孩起了一个教名叫作"安东尼"，安东尼说，他想留在神的宫殿里，不再回家。

五岁的安东尼，他开始能看见人世间的忧愁，他看见壮年人为生恐惧，老年人为死恐惧，丰年让人欢喜，可是这总延续不了多久，很快灾害让人懊丧，永远存在的企望和总是有限的出产让人失望，无止境的周而复始最终让人疲惫不堪。

和杜鹃小时候一样，安东尼也曾是一个人们看不见的孩子，他曾隐身在自己安住的世界里，这样的孩子总会走着走着，渐渐就走出了人世间，沿着原路走回冥河去了。可是安东尼是这样害怕走上人世间的路，直到他有一次走进教堂，那是一个与他出生的坝子完全不同的世界，洁净、静止而没有叹息的世界。他想，如果留在这里，他就躲开了他不愿历经的一切。

父亲和母亲虽然很不乐意，可是家里粮食的拮据已经给了他们太多烦恼，六个子女他们并不缺这一个。安东尼于是离开了田野，他收拾了简单的行李往山麓上的教堂走去，当他迈开步子时，时间像江水一样自动从他脚下流过，一转眼他走过了十几年，他成了坝子上最受欢迎的青年牧师，穿着法衣站在教堂大门前，等待前来晨祷的人群。

他知道这是最展现人世间安详的地方，人们跪伏在主的面前，吻着他们的十字架，他们都是吓坏了的孩子，想要从这里获得慈悲的允诺。可是当他们开始祈愿或忏悔的时候，在一旁聆听的安东尼重新陷入了儿时的恐惧，他们把人世间所有的哀伤和罪恶都带来这里，试图交付给谁。可怜的安东尼，他曾经以为自己可以身在天国，结果依然躲不开观看地狱。

在后来的很多年里，他开始为自己建筑一个茧，他像蝴蝶的幼虫一样躲在幽暗的角落，吐出一层层丝来包裹自己，直到什么也听不见，什么也看不见。他又像努力在自己想象的甬道中越走越深，一步步远离现实的世界，直到走进自欺的梦境中。好在这个过程并不太难，四十几年前，一群喊着口号的孩子抓走了他，他在监狱中待了整整十年才回到这里，回来的时候他就已经几乎没有听力了，这下他可以只听见他愿意听见的一切了，如果曲解一下视觉，他就大可以生活在想象的天国中了。

他喜欢人们的微笑，他贪着他们到访时的快乐，尽管这些年来，祈祷的人日渐稀少。他喜欢杜鹃的美丽，她是他的“海伦”，他这个孤单的老人像一个老父亲那样深爱着她，她就像一道光照亮了他虚构的宫殿。他愿意相信她是一个单纯的天使，当他死去后，她会替他照看这座教堂。

她常常指着耳江流淌而来的方向，满脸憧憬地问他什么，他知道她是在问他：“外面的世界是怎样的？”他不吝用最美好的话语来回答她，尽管他所去到的外面仅仅是监狱而已。

他从不吝惜给人们最好的安慰和想象，除此之外，他还能给别人什么呢。他常自嘲地想，如果有面镜子可以照见自己，他会看见自己已经变成一个喜欢卖弄美丽的辞藻和歌喉的老家伙，贪图一时一刻与人们共处的热闹温暖，身体臃肿，腿脚不便，在自欺欺人的短暂快乐中捱过寒冷的冬天。

确实是老了，他能够感觉到自己的身体就像一部朽坏的机器，每个零件都可能在一觉醒来之后失灵，或者轮流用疼痛来提醒他它们的存在。什么都会朽坏的，无论是房屋还是身体，他甚至觉得快乐的感觉也比以前少了，迟钝了。所以今晚的快乐就像是偷来的一样，他感觉自己像个年轻人那么兴高采烈。

这鲜明的快乐却让他刻意回避的念想重新回到了心头，他想起，他已经走了很远的路，几乎走了一生，可是他要去的地方，他从未到达。

这么想着的时候，他发觉自己已经沿着一生的路走回今夜。他又置身在新年到来前的最后一个夜晚，黑暗的教堂大厅里，雨的震动依然回荡在身边。不过他并没有站在地上，他身体的重量似乎没有了，疼痛也没有回来。他发现自己飘浮在大厅的半空中，像一片被风吹着始终没有落地的叶子那样，借着幽暗的夜光，他看见一个老人坐在最后一排座位上，他臃肿的身体像布袋一样垂在椅子上，双手交叉摆在胸前，头微微向后仰着，开始风干的蓬乱的头发微微飘动。

他觉得这个老人很面熟，却一时想不起他的名字，他唯一能想起的是，这个老人就要死了，他还没有到达他要去的地方，就已经要死去了。他俯视着他，强大的悲哀捉住了他，他望着那张熟悉而苍老的脸，不由得流下泪来。

他不愿目睹着他，他想要离开这里，于是他觉得自己正随着心愿越升越高，他的身体穿过了教堂的穹顶，像一个江水中的气泡那样升起来，停留在山麓的上空。瀑布般奔流而下的雨帘反射着冰冷的光泽，从他的身边轰然落下，他并没有感觉自己淋湿，他只是在黑夜中流着泪，悲哀地俯视脚下，看着汹涌的雨汇入大地，看着雨中的坝子，方才狂欢的人群都已沉沉睡去。

他知道没有人能逃脱，每个人都是欲念与命运手中的石子，都注定会从神灵的脚下离开，走上一条无法到达的路途。

他曾看到无数人从世界的各个角落长途跋涉，来到大地的尽头。他看到江龙的父亲为了成就儿子的王国来到这里，穷尽一生在险路上攀登，却离与儿子欢乐嬉戏的清晨越来越远。他看到江龙追逐着国王的荣耀，而属民的欲望总是跑得更远。他看到何疯子为了衣锦还乡来到这里，如今他更热衷于在地上捡饭粒，他的故乡却在没人知道的远方。他看到金老板为了深爱的丈夫来到这里，如今她更热衷于赚更多的钱，这却并不能让她听见丈夫再叫一声她的小名。他看到萧岩来到这里，为了拍摄一块净土，而这里不是。他看到安宁来到这里，她想要从此留在萧岩身边，但萧岩终会遣她回去。

他知道人们即便来到真正大地的尽头，这也未必是他们想要到达的地方，他们注定要走很远的路，终其一生追逐不已，最后空手归于尘土，他们无法逃脱。

即便是侍奉神的人，他们也在跋涉，或者终会启程。就像他一生都在努力远离人世，可是他的天国始终还在不可及的远方。就像格列，当他开始等待那个画师的到来，他的企盼就已经带他上路。每个人都一样。

他还看到更多的人途经这里，为了去往更遥远的雪域。他看到无数人再也没有回返，尽管在漫长艰辛的路途中，这片坝子曾如沙漠中的绿洲般让他们饥渴的身体感觉何等欣慰，这里的安宁馨美曾让他们疲惫的心灵一度想要终老于此，他们还是会启程去往生死不知的前路。他不明白，这是他们真正想要的吗？

他看到坝子上的人们来到街上，他们一样走了很远的路，尽管是一眼能望到的距离。他看到六姑在她的儿孙身上找寻爱人的影子，他看到在岁月的长河中她无止境的等待、无止境的忙碌、无止境的失望。他看到阿满为了金老板来到街上，他出发之后就无法再回返。就像这条如今叫作“佛地”的街，它从进入尘世的那一天起就注定要继续走下去，直到有一天它变成一条与“外面”一般无异的街道，变成千篇一律的城市，就像美丽的杜鹃天天渴念去往的地方，就像这里的人传说中最幸福的地方，尽管那时候，他们对这里的抱怨未必比现在少。

这是捉弄吗？这是惩罚吗？被逐出伊甸园，注定流离失所的世人啊。老牧师不禁唏嘘起来。他以为自己早已是一个思绪迟钝的老家伙了，他的思想在岁月的碾压中逐渐惫懒而停滞，就像他早已懒得再抚摸自己疼痛的膝盖，奇怪的是，这时候他觉得自己又像年轻时那样灵魂交战、百感交集。

他自嘲地轻笑了一声，感觉泪滴还在脸颊上，这时候，他感觉天色渐渐亮了，亮光正从天边的浓云中透出来。如果是这样的大雨天气，天色亮起证明时间已经不早了，他忽然想起今天是新年的第一天，坝子上的人们会早早地来到教堂晨祷，他竟然忘记了这么重要的事情。他想一定是昨夜的酒让他昏昏然忘了天亮，他喝得太多了，这是主不允许的事情，这酒竟然让他重新像个年轻人那样胡思乱想、莫名悲伤，还让他做了一夜奇妙的梦，在自己的一生中重新走了一遭，直到现在灵魂还在天空中到处飘荡。不过一夜没有疼痛，这倒是件好事。

他这么一觉醒过来，就发现自己又站在地上了，雨水正从他的脚下流过。他蹒跚着走向教堂大门，拉动那根连着屋顶大钟的绳子，他仿佛听见钟声回荡在雨中，宛如每一个新年的早晨那般悠远而嘹亮。

他站在门口等待前来晨祷的人群，看着晨光在山麓上渐渐亮起来，年复一年的今天，日复一日的早晨，在他这样的年纪，他才能发觉到一个事实，人最大的胜利无非是又看到了一天的晨光而已。生，有如森林阳光炽热的午后偶然燃起的一点火星；死，有如春夏秋冬任何一个季节必然到来的一场雨；而活着，就有如春天的草籽随风飞扬。人们将永远不知道每一夜睡下时，究竟死亡和清晨哪个会更早到来，也永远不知道哪些企盼可以变成真实。

他叹息着，忽然感到头脑中有明亮的光束闪过。他想，也许与其说人们注定要坠入追逐的宿命，不如说他们需要这样。生是这样悲哀的过程，于是人们注定需要一些什么让自己有理由活下去，人们需要欲望，不因为它有多卑微，人们需要信念，不因为它有多高尚，它们如出一辙。所有的拜金主义者、挣扎的思想者、苦修的人、执着的人、追逐的人，他们都只是在用自己的方式取悦身体和灵魂，以消磨生命的苦痛无望，如此而已。

这些崭新到来他脑中的念头顿时让老牧师激动不已，他觉得自己周身通透，仿佛从自己织了几十年的厚厚的茧中破壳而出，没有希望也就没有恐惧，他终于不必再躲了。

他悲喜交集地走出教堂去，白白躲了几十年，怎么今天才明白，只要放下希望就好了，一切都好了。门外的雨小了一些，那些应该上山来的人们，他们怎么迟迟都不见踪影呢，难道是昨晚的酒让他们全体睡过了头。

然而当他走上山麓向坝子望去，他忽然被眼前的景象惊得一个趔趄，险些摔倒在地上。整个坝子已经不复存在了，面前是一片泛着泥浆的汪洋，无边无际的，仿佛与乌云低沉的天空连成了一体，水面上泛着氤氲的雾气，间或回荡着飞鸟惊恐的叫声。天地间杳无人迹，有如重返洪荒，只有浊浪中漂浮着的几个背篓、一条门板、一些孩子的玩具，证明着洪水之下曾经是人居之所。

怎么会变成这样的，昨夜还烟花盛开的坝子呢，昨天还欢歌畅饮的人们呢。老牧师颓然跪倒在地，他确信这一定是神来惩罚他了，他刚才的念头原来不是神谕，而是撒旦的诱惑。

他害怕得想哭，在这一片可怕的荒凉中，他发现自己如此怀念春天那片湛蓝的天空、奇妙的云朵、绚丽的山花和高翔的飞鸟，那些孩童的欢笑，那些每年必定到来的美丽季节，生命的生生不息，那些人们一直信赖的一切，值得热爱与敬畏的一切。

他急匆匆站起来，想要去找寻洪水中幸存的人，他们不会全部死去的，他要安慰他们，他要告诉他们，我们不是神的弃儿，不是的，我们注定出发，也许并不是远离神灵，只是注定要踏上追寻他的路途，我们还有机会的。

他一边走一边高喊着坝子上每个人的名字："杜鹃——江龙——六姑——"没有人回应，他绝望地喊遍了每个人的名字，直到他喊到了最后一个名字："安东尼——"他喊到这个名字的时候周身一震，他猛然间想起昨晚在教堂里看见的那个老人，他坐在最后一排的座位上，双手交叉摆在胸前，头向后微微仰着，他现在终于想起了他的名字。

他这才意识到原来自己早已死去了，这个念头刚刚掠过脑海，他就像被一阵风吹散了那样，消失在山麓上。

洪 水

新年的清晨到来之前，坝子上的狗嘶声力竭地叫了整夜，可是人们睡得太沉了，家家户户依偎着亲人和美酒的醺然，在他们香甜的梦乡中梦见了播种的季节。他们甚至没有在临睡前发现，本应归圈的猪和鸡全都不见了，它们早已结队越过大雨的田野，往山麓上去了。

只有六姑没有睡着，她的睡眠就像青丝不会回来，她依然躺着，听着此起彼伏异样的狗吠，还有雨声如沉闷的鼓槌敲击地面。忽然，她感到自己的背上一片冰凉，这凉意飞快地蔓延到全身，她想，是死亡爬上了她的身体吗？一转念之间，她发现自己已经躺在了冰冷的水中。

这一刻显然不是死神找到了她，而是她相伴多年的不死的诅咒，这让她第一个跳起来开始跑，她跑到饭馆的里屋拉起醉醺醺的李二就往街上去，她辨着雨中的方向和黯淡的光亮向街的西头跑去，一边跑一边扯开大嗓门高叫着："洪水来啦！快起来，快跑啊！"

如果她在惊惶中还有时间辨别，就会发现其实脚下的积水并没有床褥那么高，是她结实的屋子那天忽然漏了雨，浸湿了她的床褥，仿佛冥冥中这么多年让她长生不死的力量神秘地在运作，这给了她足够的时间跑上田野。可是这并没有什么用，她听到了大山裂开般的轰鸣，江水从巨石上翻腾跃过的轰鸣，是天空崩塌，大地从世界的另一端倾斜而下的怒吼，是千万头巨兽咆哮着在她身后追赶，越来越近。她感到脚下的水在一点点升高，土地在一寸寸融化，每一脚踏下去似乎都有可怕的手在地底下拽着她，让她难以再次抬起腿来。

她想她是太老了，躺了这么多天几乎没有吃任何东西，她不再有以前小鹿般的足力了，她走不动了。前路黑黢黢的，在雨帘的反光中甚至看不见山麓的轮廓，她到不了那里了。她的双腿仍在惯性中慢慢往前挪，这种逃生的速度几乎是可笑的，就像被捉住的小虫子在孩子合起的手掌中犹疑不定地想要再走两步。

她的手早已松开，李二已经跑去前面，她确信他比他早夭的哥哥更懂得照顾他自己，她很放心，下意识地再攥紧手时是满手冰凉的雨水。她想，何必再做这个多余的动作呢？

六姑跑过黄房子的时候，江龙听见了她的喊声，他从香甜的睡梦中激灵一下就醒了，马帮首领的血液依然流在他的血管里，他以一种兽类般的警觉意识到危险已经近在身后。他大叫着推醒全家冲出门去，"跑！跑！跑！"他对着阿仁和杜鹃喊道。雨幕已经覆盖了所有的视线，他只听见令人恐惧的咆哮声渐渐逼近，地面上的水正在飞快地升高，转眼间已经到了他的脚踝，他没有打算再去救任何人，这不可能了。他背起母亲就往山麓的方向跑。

田野像女人深黑的眸子，走进去以后就不辨东西，平日熟悉得好像掌纹般的田埂在雨中融化了吗？还是惶恐中走错了方向。江龙感觉自己就像跑进了一场真切的噩梦中，铺天盖地的雨水从他头顶上浇下来，脚下不断上涨的水推得他不断趔趄，他的眼睛里涩涩的满是雨水，迷蒙了视线，他没法伸手去抹，因为手还紧紧托着背后的老母亲。他只能驱赶着自己往前跑，就像以前在滑坡的险路上驱赶骡马一样。他好像看见阿仁和杜鹃已经跑到前面去了，可是怎么没有再看见她们，难道是她们走错了路，还是他自己。

他已无力多想，他只有跑，跑，跑。在童年追逐一只蜻蜓摔下山坡之后，他就再也没有这么全力地跑过，现在他觉得自己像一匹发足狂奔的惊马，它们总是跑得令它们自己都惊骇不已。他大口喘息，大地在眼前晃动，潮湿冷冽的风灌进他的肺里，仿佛他已经溺到水底吸进了满腔的冰水。他跑得看不见也听不见了，只有自己粗重的喘息一声声在脑壳里炸开，淹没了外面世界所有恐怖的轰鸣与哭喊。他跑得想不起他还有王国，想不起他的荣耀，想不起他所有的属民在哪里，想不起他贤惠的妻子和美丽的女儿，最后连自己的名字也想不起了，只剩下背上的负重和胸中的喘息。

可是他还是跑得太慢，他感觉有什么东西已经追上他了，他的膝盖也没入了水中，黑暗中有一条浑身湿透的狗擦着他的腿飞快地跑过去，消失在前方，而他的身体正越来越沉重，仿佛下一秒钟就会跪倒在追赶而来的滔滔洪水中。

杜鹃已经看不见她的父亲了，她甚至也看不清她的母亲，只有她的手一直被母亲紧紧攥着。她被拉着往前跑，她几乎是在下意识地跑着，她还来不及害怕就奔跑起来，刚才不还是明媚的梦境吗？她梦见自己走在平整的水泥路上，四周的高楼像山脉一样雄伟，灯光比正午的太阳还要明亮，她看到很多人把高楼后面的蓝天、大山和太阳像一幅画一样撕下来揉成团运走了。她梦见自己穿着黑色的裙子和皮鞋，就像镇里杂志的图片上那样。

她拼命地跑着，听着身后吞噬一切的轰鸣正在逼近，夹杂着倒塌和断裂的巨响。她不想死，她还有很多愿望没有实现。

她感觉到水从后面涌来，已经从脚踝漫过她的膝盖，越来越强大的冲击推得她几乎要摔倒，她只有跑得比这个速度快才不至于失去平衡。她已经跑得太久，她周身湿透、两腿酸麻，胸口像是有一只垂死的蝴蝶在竭力地扇动翅膀，她几乎就要绝望了，她依然跑不过死亡的追近，可是她的手始终被母亲紧握着，拽着她往前。

这时候又一阵浪从背后袭来，一根粗大的树枝随着水流狠狠地砸到了她的腿弯上，她扑面栽倒在水中，丢失了母亲的手，她惊惶失措地想爬起来，腿上剧痛，她再次摔倒。这时又一个浪头毫不留情地打来，水漫过了她，拖卷着她去往水的深处，她挣扎着沉了下去。

她沉入了水底，头发像野草一样漂荡在水中，腿上的疼痛也不像刚才那样强烈了。她发现天正渐渐亮起来，光透过头顶上的水面照射下来，就像透过空气照耀到她的身上，水中裹挟着无数刚刚发出新芽的断枝、被冲落的花朵和在土地上等待了一冬的各种果实，它们现在就在她的身边打转，这让水底看上去就像一个茂密的丛林。这就仿佛又回到了五岁之前，她像一朵野花终日徜徉在山谷里，身周丛林环绕。她叹了一口气，失去了挣扎的力气，就这样继续沉下去，夹杂着泥沙的水从她的鼻子和嘴里灌进来，好熟悉，那是小时候最爱的泥土气味。

水流卷着她打转，她正陷入更深的地方，她不知道水可以是这么凶猛任性的，她记起小时候有花妖用叶子载着她去江上玩，江水在她身体下面就像摇篮般安全和静谧，她常在江滩上枕着细软的沙子午睡，听着江水一声声由远而近，带她进入遍地花海的梦境。

她觉得自己就要睡去了，这时她的手被抓住，很紧，她甚至感到疼。她睁开眼睛，看见了母亲，母亲正游过来抓住她的手不肯放开，她们俩都无法抵抗地一起被抛入更深的漩涡中。杜鹃在水中含糊不清地叫了一声“妈妈”，她没有听见自己的声音，只看见一串气泡空荡荡地在水里升起来，在光亮中闪着无力的光泽，但是她知道这是她第一次真正地呼唤这两个字。

阿满也在由远而近的巨响中惊醒了，这响声竟然震动了房子，连客房的窗户都在哒哒作响。他还来不及想究竟发生了什么，就飞快地蹿出了房间，他第一个反应是不想死在这客房里。这些年来他从没习惯睡在旅馆的楼房里，客房封闭的墙和屋顶让他觉得莫名的恐惧。他更习惯睡在晚风吹拂的田野上，或者四周虫鸣环绕的农舍里，透过板壁能望见草叶上的星光，这客房总让他害怕有一天门会打不开，或者四壁倒下来把他闷死在里面。

他逃离了房间才发现大水已经在街上漫了起来，飞快上涨的速度预示着洪水巨兽已然近了，它的脚步声震颤着大地，街上的人正惊叫着往田野的方向狂奔而去。

阿满慌慌张张正要奔逃，这时候他想起了一个女人，他深吸了一口气再次钻进楼房，准确地在黑暗中找到了金老板的房间，一脚踢开了房门。金老板已经醒了，只是吓得缩在床的角落里，眼睁睁看着鞋子漂浮在房间里，一时不知道怎么是好，阿满拉起她就往门外跑。这一刹那阿满犯了诚实的错误，他的心里早已把金老板当成他的女人，尽管她只是他的雇主，并且从未正眼看过他。

金老板跟着阿满跑了两步，忽然使劲地挣脱了他的手。“家禄！”金老板喊着往反方向的后院跑去。何疯子正在房间里酣睡，浑然不觉金老板和阿满冲进他的房间，金老板把他从床上拉起来，他却闭着眼睛嘻嘻哈哈地挣脱。阿满顺手抄起窗台上的水罐泼了他一头一脸，他这下真的醒了，像一个受惊的孩子，浑身哆嗦可怜巴巴地望着面前的人。

三个人一个拖一个磕磕绊绊穿过走廊，何疯子一直乖乖地跟着往前走，直到他们走出门去，尽管头上大雨如注，脚下的积水已经汪洋恣肆，何疯子还是认出了他熟悉的地盘，旅馆门前他每天盘桓捡取饭粒的所在。仿佛野兽不肯离开他囤积猎物的所在，他迷惘失措的眼神忽然变得凶狠而固执，不知哪里来这么大的力气，甩开了金老板死死抓住他的手，另一只手挡开了阿满前来抓他的胳膊，他蹲下来，双手在水下的地面摸索。

“家禄！跟我走！”金老板湿透的长发披散在脸上，像疯了的母兽扑了上去，可是她没有抓到他，何疯子手脚着地，敏捷地逃开了。金老板尖叫着：“阿满，帮我抓住他！”可是没有用，他像一头涉水的豹子那样矫捷异常，勇猛地捍卫着他的领地，有一瞬间阿满几乎已经扑到了他的身上，可是他狠狠地在阿满的胳膊上咬了一口。

这么一折腾天边逐渐现出了光亮，可以看见水泥路和坝子已经在水中分不出界限，水汹涌而来，一浪推着一浪，越来越多的树枝和山上的松果漂流过来，阿满不再试图去捕获何疯子，他拉过金老板大喊：“我们走！”

金老板似乎完全没有听到，只是一味要从他手中挣脱跑向何疯子。阿满知道如果再拖延下去，等到水漫过膝盖，他们想跑也跑不了了。他顺手摘下腰间的佩刀，用刀柄飞快地朝着金老板的后颈砸下去，他不知道是否砸得准确，她的长发缠绕在那里，他只感觉她的身体慢慢柔软下来，像一袋麦子，他来不及检查她究竟怎样了，弯腰把她扛了起来就拼命向人们逃生的方向跑去。他想现在已经来不及了，可是还值得试一试。

金老板感觉后颈一震，她甚至没有觉得疼，她的全部注意力依然集中在下一次扑向何疯子的冲刺，可是忽然间周身就没有了力气，她的眼睛依然执拗地在黎明灰蒙蒙的光亮中追寻她丈夫的身影。在她失去神志的最后一秒，何疯子正在逃离她，他似乎也诧异她为什么放弃了进攻，于是停下来回头看她，那个位置离她并不远，所以她清楚地看见了他的脸。

昏暗的雨幕中第一束黎明的光亮照在他的脸上，他手足着地弓着背戒备地望着他，就像看一个从未谋面的陌生人，他的双眸像玻璃一样泛着冰冷的光亮。大滴的泪从金老板的眼中流下来，她意识到这就是结局了，下一秒她的神志就陷入了没有痛楚的昏沉中。

现在就剩下何疯子欢快地跳跃在这片荒寒的大水中，他发现今天的世界让他兴奋异常，一个人都没有，他不用穿西装、打领带了，他可以自由自在地奔跑和撒欢。这条水泥路什么时候变得这么柔软而宽广了呢，浪花无拘无束地徜徉在四面八方。

是谁家的木碗和筷子、一张半浮半沉的桌子、几个小板凳，漂浮在浩浩荡荡的水面上，好像它们正打算去赶赴一场盛宴。还有两个背篓像气球一样浮在水面上，随着浪头打着圈，一只鞋子被浪头冲过来，随后又是另一只，却不成对。

何疯子站在齐腰深的水中，像一个国王检阅着经过面前的仪仗队，他有些恍惚，他记得这条街上一定有他要找的什么，他每天在地上摸索，他在找，可是为什么从眼前漂过的这些都不是呢。

十几分钟之后，洪水怒吼着抵达了这里，他感觉自己被高高地抛了起来，像一片羽毛那样，随后卷入了深黑的水底。他想呼救可是水灌进了他的鼻子和嘴，他想挣扎却感觉自己就像一只被蛛网俘获的小虫子，在这浩大的水流中，手脚完全失去了作用。一切来得太快，他还来不及惊恐万状就已经陷入了就范的安详，他在漩涡中再次睁开眼睛，发现自己仍在这条街上，那是水底的街道，仿佛这条名叫“佛地”的街道没入了一个梦境的世界，所有的房子在折射中像水草一样摇摆，家具和杂物悬浮在半空中。

在他窒息前最后的一点视力里，他看见一个木盆在水底掠过他的眼前，他忽然间认出来了，那是他的妻子洗旅馆的窗帘和被单用的木盆，她的手总是冻得又红又肿。紧接着，一条彩色的围巾随着木盆沉了下来，像蝴蝶张开绚丽的翅膀，那是他的妻子最喜欢的围巾，那一年冬天也下着雨，她就是戴着这条围巾，穿着厚厚的棉衣，背着行李来这里追随他的。

他想起来了，他有一个妻子，他还没来得及陪她去山上看繁花盛开，他想起了妻子的名字，她叫金小和。他觉得自己醒来了，就像从一场不知所谓的荒诞梦境中，他喃喃地呼唤着妻子的小名：“和和……”水面上升起了几个无声的气泡。

然后，他看见那条围巾在漩涡中渐渐近了，熟悉的颜色轻柔地包裹住了他，他仿佛奔跑在儿时野花盛放的田野里，在花香中醉去的最后一刻，合上的双眸中盛满了绚烂。

格列从昏睡中醒来，风叹息着穿行在寺庙空旷的寂静中，带来了远处洪水的咆哮。他知道他的预感已经变成了现实——灾难和死亡，三周前大雨的清晨，那个灯花中的血色幻象。

他支撑着铸铅般沉重的身体，勉力爬起来，多吉留下的金刚杵从他怀中跌落下来，在地上嗡嗡地战栗着。昨夜他是抱着金刚杵睡的，他比任何时候都想念多吉。当多吉在的时候，他是多吉的孩子，不需要更多的注释，多吉去了之后，他却再也找不到自己在人类中的注释，他是谁。

他想再次感受到神灵温厚的怀抱，以前他是从多吉温暖而粗糙的大手中感受到的，多吉打的茶总是比他自己打的要热，多吉疼爱他时会摸他的头顶，当他陷入妄念时，多吉会轻轻弹他的额头。可是现在他一个人该怎么办，他连续做了九天的法事，都无济于事，洪水还是来了。他是一个无用的人，他现在已经不能确定佛祖是否还在微笑俯视他，他还能为人们做些什么呢？他甚至不敢面对九天后画师是否如约而来的事实。

他知道自己的身影正慢慢地从人类的世界中消失，就像所有隐身的孩子那样，他承受不了世间的重，也找不到自己的位置，他也许正在走出这人世间。

格列从墙角找到了一根木杖，拄着它，艰难地走到大殿。他看见萧岩和安宁也来到了大殿里，他们一定同样被远方的轰鸣声惊醒了。外面雨幕低垂，天色将明未明，从这里望去并没有什么异样，然而空气中弥漫着与平时不同的气味，这是江水中的植物和丛林折断的枝干散发出的森然的气息，随风而来，一阵比一阵浓烈。

每个人都直觉地意识到了，这是死亡的气息。

萧岩用大手同时环住安宁和格列的肩膀，沉声说：“你们不要离开这里，我出去看看，记住，不要出来。”

萧岩冲进了大雨中，他先是用帽子微微遮着头，可是当他走上山麓向下望去时，他甩开了帽子大踏步地奔跑起来。他看见了远方芒山的轮廓在浓云中模糊了，耳江像摆脱了缰绳的野马，那已经不是耳江，那是混杂着泥浆的洪水，像是一场可怕的爆破般渐渐近了，又像是玄色的烟花一路绽开巨大的绮彩。沿途山上不断有泥石流汇入洪水，这让水势更加凶猛，途经的一切都被巨兽般的足印掀翻，草木折断，田地被毁，房屋像积木一样轻巧地就散成了碎片。

洪水离坝子越来越近，可以望见坝子和街道已经成了一片汪洋，可是人呢。萧岩在山坡和田野上努力搜索人们的身影，在昏暗的天色和大雨中，他看不见任何活动的踪影，他的胸口发凉，脑袋嗡嗡作响，好像一个犯下大错的孩子，只小睡了半宵，醒来之后世上的人竟然全部死去了，只剩自己逃脱，这是多么可怕的罪孽。

他从山坡上飞奔而下，甚至没有走平日人们踏出的路，他一边跑一边四处搜寻。终于，他看到了一个筋疲力尽的幸存者，他背起他爬上山麓，然后他发现了第二个、第三个。可是更多的人，他们在哪里呢？

他像一个铲雪的人，想用全身的力气把满心的绝望铲出去一两分，可是冰峰雪冻的世界在窃笑这把小小的铲子。他唯有一次次向渐渐逼近的洪水冲去，继续在雨中奔跑和搜寻，在树林中嘶声呼喊，像遇溺的人握住得救的绳索般握住一双双幸存者湿漉漉的手，他的心才获得短暂的安慰。为什么不是自己？他宁愿自己是被溺死的一员，好过眼睁睁地看着全世界的人死去。

格列在佛祖面前低声祈祷，安宁走出了大殿。她站在寺庙门口的雨中，她已站了很久，周身都在滴水。她什么都看不见，只有站在这里，努力听着风中传来哪怕一丝萧岩的声音。

她被深深的恐惧捉住，在这一片轰鸣和雨声中，她听不见萧岩回来的脚步，听不见他说话，只听见世界正在她面前不远处一点点崩塌。她想起来佛地的路上，也是这样一个大雨滂沱的夜，她独自留在陷入泥塘的中巴里，正好遇到山坡上泥石崩塌，她逃出车门跋涉在悬崖边，周身透湿，她以为自己就要死去了，可是她现在才知道，将要死去的恐惧不算什么。她害怕他已经奔向了灾难，她害怕他蹈身赴死，她害怕从此失去他，她恐惧着他的安危远胜于自己，她害怕他们从此失散于黑暗中不再相遇。

她在雨中侧耳倾听，这种努力的听让她的脑袋生生地疼痛，她的眼前只有一片灰白，这样的光线不足以让她分辨出任何东西，她试着向前走去，她不知道自己是否走错了方向，忽然间脚下踏空，她跌倒下去。

雨点稀疏了，天色正在亮起来，可以清晰地望见洪水冲进了坝子，宛如天神的马群，成千上万匹奔腾的烈马踏过田野和街道，铺天盖地向山麓一路奔来。萧岩背着第六个人上了山麓，他正要再往下跑，就看见安宁不知什么时候已经走到了山麓边，一晃之间就滑倒在地上。他急忙冲过去抱起了她，她的手死死抓着他的衣袖，他拍着她说："再等我一下，我再去一次。"

就在这一刻，洪水冲到了山麓下的坡地，惊天动地一声巨响，大浪迎面撞上了阻碍，溅起了几丈高的水花，大山也仿佛震动了一下。

所有已经爬上山麓的人都站在高坡上无声地望着脚下，在他们的视野中，两个正在山坡上奔逃的人影像两片羽毛般被卷进了洪水里，瞬间消失了踪影，只剩下混浊的泡沫。萧岩大叫着要冲下去，几个人过来一起按住了他，他挣扎了一会儿，突然跪倒在泥泞中大哭起来，整片山麓上都回荡着他野兽哀号般的哭声，人们看着他宽阔的背影在悲伤中抽搐，默默无语。安宁抱紧了他。

在洪水冲到山坡之前，阿满终于攒着最后一口力气，扛着金老板登上了山麓。他放下他的女人，一下瘫倒在地上，他感觉天空在旋转、树林在旋转、雨点在旋转，他感觉心脏还在胸膛中拼命地跳跃，这至少证明他还活着，真是个奇迹。

他听到大浪拍打坡地的一声巨响，水花溅了起来，有几点落到了他的脸上，这和雨水不同，带着泥沙的气息。这一刻，他打心眼里感激神灵让他活了下来。

他休息了半晌才想起了扔在一边的金老板，她被自己在后脖颈上砸了一下，不知道会不会下手重了，她竟然一路上都没挣扎，难道这么久了还没醒，还是竟然被他失手打死了。他一个激灵翻身向金老板爬去，她平躺在那里一动不动，他爬到她的身边才发现，她睁着眼睛呢，原来她早就醒了，却不作声。

他试图从她的眼睛里读出什么来，可是什么都没有，她的眼神是空洞的，反射着大雨初歇的墨色天空，没有逃生的欣喜也没有悲哀，她好像已经死了。可是她还活着，阿满大笑着抱着她在地上打了个滚。

江龙登上山麓的时候感到一片茫然，他仿佛已经跑过了一个世纪，停下来的这一刻，才发现已经天亮了，雨小了，自己站在大水前的高坡上，他的一切都荡然无存，世界只剩无边无际的水，水上是无语的波纹。他看不见他的王国，看不见他的妻女，他丢失了他的姓名，他昨夜还是追逐着荣耀的国王，太阳再次升起来之时，他已变作一无所有的受惊的孩子。风吹到他湿透的骨骼里，让他牙齿清脆地发出细碎的敲击声。

这时他感觉到了背上的负重，感谢主，他还有母亲。“妈，别怕，我们没事了。”他气喘吁吁地说，然后找到一块合适的大石，蹲下来，想让母亲顺势从他肩上下来坐到石头上，但是他感觉母亲没有动弹，是他和母亲一起坐在这块石头上。他想，她在他背上待了这么久，没准腿已经麻了，待会儿得给她揉揉。

他把手从背后抽出来，干脆就这样背对着母亲坐了一会儿，他实在累坏了。母亲的手还搂着他的脖子，就像一路上那样。等他终于平复了喘息，他轻轻揉着母亲的前臂说：“妈，你冻坏了吧，一会儿我就去林子里给你找些柴来烤火。”他忽然觉得有些不对劲，母亲的手软软地垂了下来，他感到害怕，急切地握住那只手试图用自己的手暖她，他希望那只手像以往很多年那样用粗糙的手掌安定地回握住他，可是他再也找不到她的温度和脉搏，于是，他明白发生什么了。

他久久地坐在原地，保持着这种姿势，不舍得移动。他还记得小时候，当他坐在干草堆上发呆，望着夕阳从雪山背后渐渐沉落下去时，母亲时常悄声走来，从背后像这样搂住他，她健壮的胸膛和胳膊是那样暖，她的头发和衣襟散发着阳光和麦子的馨香，她总是这样唤他去吃晚饭。他总是保持着这种姿势不动，暗暗希望她多抱他一会儿。

洪水一次又一次轰然拍击在山坡上，不能得逞也不愿放弃，人们面色苍白地望着脚下的滔滔洪流。他们嘴唇冻得发紫，湿透的衣衫滴着水，无法遮掩心中的惊恐不安，他们就像一群被野猪追赶，爬上树逃命的孩子，攀在摇摇欲坠的树枝上，望着野猪在树下不肯放弃地一次次撞击树干。

六姑也在这群人中间，她并没有如愿以偿地在天亮前死去，她记得自己在大雨和黑暗中如何一点点挪动着可笑的步伐，她几乎已经走不动了，可是她还在往前走。当她终于登上高坡时，看着脚下呼啸而来的死神，她忽然明白，这么多年来惩罚自己的并非什么不死的诅咒，而是她自己求生的强烈意念而已，死神如何能带走一个根本不愿死去的人呢。

她此生唯一想要等待和爱的人在死神的疆域中，而她却在生命的路途上追寻他的身影，这是她犯下的最大错误，都是她的错，现在，你还在那里吗？我还来得及追上你吗？她惶惶然眺望这片无边无际的水，她想起以前她总是问他："海是什么样子的？"

不知坐了多久，江龙缓缓放下母亲环在他肩头的手，转过身来，有一刻他屏住呼吸不敢看母亲故去的面容。他轻轻拂开母亲脸上散落的乱发，他看见母亲的神情是安详而微笑着的，他长吁了一口气，泪从眼眶中滚滚而出。

他了解了母亲的最后一刻是快乐的，能靠在儿子宽阔的背上离开这人世间，她没有白活这一世。留在屋子里淹没于洪水，和在他的背上到这里，结果看起来是相同的，可是，她将回到不同的地方，江龙流着泪想，他没有白白奔跑这一场。

他将母亲的身体平稳地放在斜坡上，脱下自己的外套盖在她的身上，她的身体正在变得僵硬，她现在看起来已经去得很远了。

他还记得母亲抱着他从故乡一路走到大地的尽头，跟随着不肯回头的父亲，走过无数赶路人的幽灵。他记得母亲吃饭前总要把第一杯酒洒在灶火上，他记得母亲烤的粑粑和烤肉的味道，他记得母亲在父亲死后很多年里的沉默和一天天增加的白发。他记得母亲在父亲死去的那一天，望着悲鸣着远去的大灰马对他说："你父亲的路走完了，它的路还没走完，我们不能把它从此拴在桩子上。"

再抬起头时，他看见"去"在不远处静静望着他，他戴着蓝色的绒线帽，长袍在风中飘扬，神情肃穆，手中拿着一个酒壶。

他很想问他讨一口酒喝，张口却不知道该怎么叫他好，难道叫他"去"。他这么想着，"去"已经把酒壶递了过来，他仰起脖子深深地喝了一大口，烈酒钻进他的身体却没有任何作用，他还是冷。

又一个浪再次退下去时，人们在山坡和洪水的交界处发现了两个遇难者，那应该是刚刚被水浪抛上来的。是杜鹃和她的母亲阿仁，她们的脸已经变得青紫，两个人紧紧抱在一起。阿仁的一只手攥着杜鹃的手，看得出非常用力，连指关节都发白了，她的另一条臂膀环绕着杜鹃的肩膀，好像正在把她托出水面。杜鹃的身子蜷缩着，脑袋躲在母亲的胸前。

尽管已经知道很多人将在洪水中不再回来，第一眼真切地看见这样的情景，还是让人有些受不了，人们围在杜鹃和阿仁身边，默默地不作声。

江龙坐在原地，呆呆望着远处的脚步纷乱，他似乎已经意识到发生了什么，可是他不敢站起来走上前去。

有人想把杜鹃和阿仁拖上山麓来，毕竟在坡上，那样的浪头，很有可能把她们重新卷回洪水中。就在人们七手八脚搬动她们时，杜鹃忽然咳了起来，她从昏迷中醒来，看见了依然抱着她的双目紧闭的母亲，她歇斯底里地哭叫着，拉着阿仁的袖子不肯放开。萧岩立刻反应过来，他一把拉开杜鹃，将阿仁放平，使劲按压她的胸膛，几分钟之后，阿仁吐出了几大口水，微微睁开了眼睛。江龙怯怯地走过来，就像不敢踏进一个随时可能醒来的梦境一样，然后他和她们抱在了一起。

这是一个所有幸存的人都不敢忘记的清晨，有人后来回忆说听见了教堂新年的钟声，有人说没有，总之当时，并没有人还记得这是新年的第一天，他们从死亡中奔逃出来，甚至还不清楚自己身在时间的何处、生命的何处。他们不记得几小时前的梦和愿望，忘记了他们想要去的地方，他们就像被抛离了轨道的一群游魂，无助地聚集在山麓阴霾的天空下，等候着下一分钟的命运。

寺庙前的经幡在冷风和雨点中翻卷着，像一张须发张的脸，洪水的声音渐渐低沉下来，山林发出了悠远的呼啸，人们彼此依偎，像风中的纸片那样瑟瑟发抖。

格列端着刚刚打好的热茶走出来，人们惊讶地听到沉默多年的哑巴格列说话了，他走到人们面前，把热茶一碗碗递给他们，叫他们每个人的名字：“六姑、江龙、阿仁、杜鹃、阿满、金小和……”当听到自己的名字时，每个人都激灵了一下，忽然想起了自己是谁，像从一场噩梦中醒来，尽管他们的名字不过是另一场梦魇。

这时，水浪把另一个人抛上了山坡，他的手脚软软地张开着，头上裹着一条彩色的围巾，即使是被水中的泥沙久久地浸泡过，也依然能看见这条围巾原先美丽的颜色。格列蹒跚着走过去，轻轻揭开围巾，看见了围巾下的脸，他摇着头说："他往生了。"

金老板走上前去，语气平静地说："这是我丈夫，把他交给我就好。"

太阳从浓云中透出了点滴金色，洪水正渐渐平息，稀疏的雨点下，混浊的水面连接着阴雨密布的天空，山麓和背后的雪山仿佛水面上仅剩的方舟，除此之外，世界完全被汪洋覆盖，人世间的一切都不复存在了。整片坝子只有神树的树枝露在水面上，受惊的鸡停在上面，找不到地方栖息的飞鸟惊叫着盘旋在半空中，水面上偶尔会漂来一块门板、一个空空的背篓、一只鞋子，像是一声叹息，如果看到有衣摆漂过来，那很可能又是一个溺毙的人浮沉在水中。

当世界完全静止下来之后，广阔的水面倒映着整个世界的风景，无尽的天穹流云和水面上浩瀚的山林在水的倒影中清晰可见，仿佛复制出了另一个世界。

如果凝望这水面，人们会错觉，随着微微荡漾的水波，倒影中的云朵有另一种流动的方式，倒影中的山林似乎在奇妙地伸展蔓延，无数枝条在水下暗暗生长，天地间有如洞开了一扇神秘的大门，向世间的生灵展现另一方冥冥存在的浩大空间，那个空间比我们存在的世界更加幽冥动人、深不可测。

生之轨迹

洪水过去之后，人类的世界重新显露出来，远远望去令人们将信将疑。

那是第二天早上，有如噩梦一夜之间消散，初晴的阳光在清晨是金色的，山麓上弥漫着久雨过后林子馥郁的气息，失而复得的家园在山下仿如棋盘，树和房屋都拖着浅淡的长长的影子，像一个久远前的梦境。

可是每个人都知道，噩梦还没有过去，洪水后的那片家园现在有如噩梦的场景，谁都没有勇气先下山去，面对毁坏与逝去的一切。

直到日头过午，救援队伍从镇上赶来，他们先在街上扎营，然后把运来的一部分粮食、净水、帐篷、睡袋和防潮垫送到了山麓上。随后，萧岩让安宁和格列留在寺庙里，自己下山去帮着救援人员清理灾难现场。江龙犹豫了半晌跟去了，再接着是阿满。

坝子上一半的房屋被洪水冲垮了，倒塌的大多数是新建的房屋，而旧的却依然完好，这并不是遴选的结果，只是因为新的房子建得太匆忙了。

所有事物都以一种奇妙的顺序重新排列在大地上，一只木碗高高地挂在树上，鸡在屋顶的页岩上走来走去，阿满的车前轮架在墙头，车身几乎垂直向上，好像正要一路开到云端里去。一捆过年前没烧完的柴还在屋后，可是巨大的石头牌坊不见了，哪里也找不见，连带那块写着“佛地”字样的指示牌也无影无踪。从山上冲下来的泥土和树枝厚厚覆盖在坝子上，种植的人有福了，今年春天他们将有比往年丰沃的土壤播种。

水泥路上堆积着泥土和山上的果实，江龙发觉这条街现在看起来就像十几年前的土路，甚至像是这大山的一部分，已经分不出街和坝子的区别。他接上水管开始冲刷路面，当整条路再次显露出来的时候，江龙骇然看见，原本终于平整的水泥路上再次变得坑洼不平，坚硬的路面上布满了成片的马蹄印。

“去”不知从哪里冒了出来，他欢快地在马蹄形状的凹陷中跳来跳去，就像一个孩子在玩跳格子的游戏。他的身影轻盈得让人惊奇，他一转眼就从街的这头到了那头，很快又折回来，嘴里呼啸着，宛如模拟着成群的奔马。

救援人员的领队来找江龙说话，他对江龙说：“你是这里的村长，你来分派一下今后大家各自做些什么吧，我们也归你调度。”

江龙僵硬着一张脸，讷讷地答：“这个村长我早就不配当了，我父亲才是一个好村长，我不是。事实上，我今天早上就拿定了主意，我打算把母亲葬了以后，就带着我的妻子和女儿离开这里。”

江龙已经明白，这不是他的王国，从来不是，然而他啊，恐怕是所有人之中最不愿见王国变成废墟的那个人，父辈的荣耀变成今天的耻辱。他是决意要走了，他筹划着，也许他可以带着阿仁和杜鹃沿着“天路”翻越达瓦雪山，在大山背后的雪域找到一片适合耕猎与安家的缓坡或平原，就像这片坝子的祖先百多年前发现了这里一样，或者找到一处愿意接纳他们的村庄，就像他的父亲当年带着母亲与他来到这里一样。

领队是个慢条斯理的老人，他像是在听一件再正常不过的事情那样，和蔼地问江龙：“噢，你要走吗？为什么要在这个时候走呢，你急着去哪里？”

他要去哪里，他以为自己一直知道要去哪里，他几乎追逐了一生一世，结果就像树在傍晚投下的斜长的影子，他是父亲昔日的荣耀和期望的影子，他是属民永不停歇的愿望的影子，他奔走在虚幻的路途上，甚至不知道自己是谁，在辉煌的冠冕下面，那张早已模糊的脸。可是现在，他又要去哪里呢？

江龙言不及义地答道：“我的妻子每周做两次豆腐到集市上卖，快二十年了，我却从来没有看过她是怎么把豆腐做出来的……其实，我并不是要去哪里，我只是急着想离开这里，也许会有一个合适的地方，让我陪着我剩下的家人安静地过日子。”

此刻，江龙打心眼里羡慕父亲，父亲曾经是一个最没有章法的赶路人，循着记忆中某个夜晚星群落下的方向，他带着妻儿走了整整几个月，可是他似乎永远确切地知道要去哪里，他从不怀疑一切是对还是错，这究竟是愚笨还是幸福。

领队笑了起来，他对江龙说：“我给你讲个我自己的故事吧。

“我出生的村子在很远的地方，村里的习惯是用树皮做鞋子，我的父亲是村里唯一的鞋匠，这门手艺就教给了我。我长大以后很想离开村子出去看看，可是父亲老了，如果我走了，全村人的鞋子怎么办，所以我就一直待在那里做鞋匠，直到后来村里的最后一个老人也改穿了外面商店卖的鞋子，我这才出来念书和工作。其实现在我很怀念过去做鞋匠的日子，至少我不用去想，理由是什么。”

江龙问：“什么理由？”

“就是有一天，母亲临盆了，孩子出生，这难道不是个平常、偶尔而又了不起的事情吗？我相信每个人出生在这世上，活过这一辈子，都有一个重要的理由，你相信吗？”

“我相信。”

“所以我觉得，如果人出生的时候就知道了这个理由，比如说生来就是鞋匠的独子，注定是村里将来唯一的鞋匠，这未尝不是件幸福的事情。”

江龙黯然地在心里叹了一口气，他感觉到有一些仅剩的锐利的东西正从他的身体中流走，他已经开始衰老的腰背隐隐作痛，那一天他忽然明白，如果已经走在路上，就只能走下去，不必枉然操心将去往哪里，能不能到达，这对于人类来说始终是个太奢侈的问题，因为路自然会带着人走下去。

在接下来的两天里，有些人依然留在山麓上平复他们的惊恐，有些人陆续从山麓回到街上，埋葬他们的亲人，修葺他们的房屋。

金老板看见她的旅馆竟然还站立着，可以想见当年建筑它的人执着的心愿。在金老板嫁给何疯子之后，他们所有的记忆几乎都是共同的，除了金老板来到佛地之前，何家禄先在这里盖起了旅馆，她记忆中唯一缺少的一段。现在她已经全部知道了，从这座房子静默无声的站姿中知道了。

她悲哀地望着这座在废墟中屹立的砖石胚胎，人的皮囊是何等脆弱的东西，当它在一瞬间灰飞烟灭之后，人的执念居然还直挺挺地站在原地，像个等着谁来认领的傻孩子。

倒了房子的商人们嫉妒金老板的好运气，于是他们说，金老板总算如愿了，她摆脱了一个没用的疯子丈夫，留下了一栋有用的房子。他们又说，金老板这下可以名正言顺地找男人了，好在身边现成就有阿满。这些他们似乎都没有说错。

金老板是被阿满接下山来的，否则她没有勇气自己走下来，至少她没有力气把何疯子的皮囊背下山来。她不明白为什么之前这么些年，她从不觉得自己是个女人，现在却忽然觉出女人的软弱来了。当她再次坐在旅馆的堂屋里，习惯地望着门前那片熟悉的空地时，那里只是少了一个让她觉得耻辱和无所适从的疯子而已，可是她丢了她愤怒的对象，她赌气要赚更多钱的理由，一个浑浑噩噩只会傻笑的观众，就像船丢失了锚，帆丢失了让它猎猎飘扬的桅杆。她就这样惊讶地看着自己忽然变得无力，像是失去了某种魔法。

表面上看起来，金老板依然精明强干、令人羡慕，她依然拥有一座旅馆，一辆经过修理后还能奇迹般发动起来的车，她依然对阿满呼来喝去。她支使着阿满从早到晚整修旅馆，筹划着何时能够恢复营业，何时开始照常发车去镇上接游客，何时江龙能够派人开始收景点门票，她就能均分其中的一半。尽管她投资的石头牌坊已经被洪水冲走了，但这并不能抹杀她已经出了一半钱的事实，她想这一点江龙心里也明白。

金老板而今的忙碌和盘算仿佛一种惯性，即便不踩油门，她也会这么一路往前，否则她还能往哪里去呢？她发现踩刹车也是需要力气的，而且也许需要比踩油门大得多的力气。她现在什么力气都没有，她虚张声势地吆喝着阿满，像是拄着一根拐杖，把身体所有的重量都靠在上面。

“阿满，左边一排瓦怎么又歪了？”

“阿满，你刚挂上的窗帘又掉下来了。”

“阿满，你去找江龙过来一次，我要问他门票的事情。”

“阿满，你明天开车去镇上看看有没有客人，每天都在花钱不见赚的。”

她暗暗觉得自己不再像一个主人，她更像是一个无助的女人，刚好失去了自己的男人，刚好身边有另一个男人，在这时候她唯一可能依靠的，而她知道他也愿意被她依靠。

阿满也感到了金老板一贯的呼喝背后那一点微妙的不同，他比以前更真心实意地帮着她。虽然他还是雇员，他不再因为她的忽视而闹脾气，也不再吝惜频繁地抬起懒散惯了的身体，他几乎是宽宏大量地为她扮演着一个随叫随到的雇员。她是他的女人，他现在已经很确定这一点了，他哼着歌儿忙前忙后，俨然是旅馆的男主人，他的肩膀比任何时候都舒展，他的腿脚比任何时候都轻快，他恐怕是洪水之后最快乐的人了。

这种情形让金老板感到羞耻，当她不由自主依赖这个矮胖的本地男人时，她不得不如此，她越是靠着，越觉得站不起来，她越觉得站不起来，就越为旁人把他们看成当然的一对而感到耻辱。

她先是为一个疯子丈夫失尽颜面，随后又被当作自己雇员的女人看待，她似乎注定赢不回什么了，在命运的赌桌上，她已经倾家荡产，所以不得不赌下去，她没有选择。当她追随丈夫千里迢迢来到这里，就有什么力量在推着她往前去，这种力量如此强大，即使在她觉得自己孔武有力、无所不能的时候，这种力量也时刻在耳边对她低语：“你跑吧跑吧，你追不上什么的，你永远跑不过脚下的路，除了继续跑下去，你没法决定别的什么。”现在她知道了，连继续跑下去也不是她自己决定的。

旅馆在阿满的忙碌中很快整葺完毕，除了那块“佛地旅馆”的招牌怎么也找不见了。于是人们又说，一个小旅馆竟然敢用“佛地”这样的名字来命名，触怒了神灵，所以洪水才冲走了它。幸好那块“何家旅馆”的旧招牌还在后院里，金老板就让阿满先挂上用着，阿满二话不说就照办了，这块招牌现在已经没理由让他有任何的不高兴。

于是这座房子又变回了何家旅馆，一切似乎比以前更像以前。

六姑也带着李二一起回到了她的饭馆。有一天，她来找江龙说话，她说：“以前你的父亲很照顾我，今后也要请你多照顾我的儿子李二了。”

江龙听着这话觉得有点不对劲，他问六姑：“你打算离开这儿吗？”这话问出口，他觉得更加不对劲，六姑这么大年纪了，从来没出过坝子一步，她能去哪里呢？难道是她知道自己的时间已经快要到了。以前坝子上的老人都有能力预见死亡，现在的人已经不能了，可能是脑子里的念头塞得太满。

江龙在莫名其妙的惊惶和伤感中，就听见六姑麻利地答：“我哪儿也不去，不走。”于是江龙试探地问：“既然不走，你的饭馆打算什么时候重新开门？”

六姑扯着她的大嗓门说：“现在不是我不开门，是大水刚退下去，没菜没肉做饭，大家都在吃政府发的干粮，我开门做什么呀？你这做村长的是不是这两天忙糊涂了。”

江龙苦笑了两声，他确实是忙极了，忙得有一种绝望在心里像野草一样生长，他似乎永远没法照顾好所有的人，也没法决定一切是否能往好的地方去，他也许没法到达哪里了，他的时间正在一天天流走，万物有时，让他不由得不仓惶。他含糊地解释道：“我这不是想着，你已经歇了很久了，再不开门我都有点不放心了。”

六姑想了想又说：“这样吧，我明天就把门开了，每天烧了热水、沏了热茶，让盖房子的、修房子的，谁累了就进来坐坐，喝杯茶，成不？不过你也要答应我，以后照顾好我的李二。”

六姑说得痛痛快快，看不出任何异样。当她转身离去的时候，她的步伐也依然那么飞快，可是江龙总觉得她的背影有什么不对劲的地方。等她走远了，他才意识到，是她的影子变浅了，他们站在一样的阳光下，可是她的影子比他颜色淡了很多，像是一缕即将消散的浅灰色的烟雾。

接下来的日子里，六姑的饭馆果然重新开张了。六姑照常健步如飞地里外忙碌着，热茶从早到晚不断，她依然和以往一样是街上最早起床的一个，也依然最晚才去睡，她的嗓门还是那么响亮。随着街上的一切逐步恢复，她早上开始烤粑粑，中午和晚上忙着烤肉和炒面条，她就像钟表那样周而复始、运转如一，于是江龙心里那一点森冷的预感也随之淡去了。

如果不是洪水在地面上留下的奇异足印，如果不是山坡上陡然增多的坟冢，没有人会觉察出这里曾发生过什么，即便只是在短短几天前，一切恢复得太快了。被拣选活下来的人们埋头走在原先的轨迹中，按部就班，远古的洪水并没有改变什么。

江龙在晴朗的阳光下巡视他的领地，在祥和如常的街上，他总觉得有什么不一样了，他在虚无的空中摸了一把，有什么东西很重很黏稠，他有些愤懑地向虚空踢了一脚，仿佛踢到一块坚硬的铸铁般，他觉得脚背生疼。他觉得那陌生的巨兽和他一样逡巡在这条街上，名叫绝望的那个大家伙，它正静默地当街走过去，穿过他的身体，让他陡然打了一个冷战。

他知道它在这里，也许从此不再离开，也许它从来就在这里，只是以前没有人能看见它。现在街上每个人都表情僵硬，他知道他们都看见它了，只是谁也不说，他们可以表现得更忙碌、更急切、更无知无觉，或者更安然，但是没有用，他们已经看见它了。

除此之外，万事如常，有如任何的一天。

几天后，佛地来了第一个游客，准确地说，他不是来旅游，而是听说了洪水的消息，远道而来看望杜鹃的。街上的人都认得他，他就是不久前李渔生带来这里的胖游客。

胖游客和阿满曾经是死对头，前一回他在车上指手画脚，差点被阿满在半路上就捅上一刀，幸好有李渔生解围。这一回，很不幸的，他是一个人来这里的，没有跟旅游团，没有李渔生陪着，而且又是坐了阿满的车。

两个人在车上就恶言相向起来，因为道路过于凶险，他们倒是无暇当时动手。等车好不容易开到佛地，阿满想到了一个重要的事情，他说：“你得付门票，六十元，现在就交！”

胖游客说：“我哪里没去过，这么个破地方也要收六十元？路上你就看我不顺眼，我看你是故意跟我过不去！”

阿满这下终于找到了出恶气的机会，他拔出佩刀就冲了过去。胖游客看见情形不妙，转身就逃，可是阿满一把揪住了他的后领，眼看就要一刀捅进他的后背里。

车是停在何家旅馆门前的，金老板离得最近，她赶紧去拉住阿满，抢过他手里的佩刀。阿满不依不饶地挥舞拳头要去教训胖游客。胖游客看见有金老板劝阻，也不躲了，返过身来指着阿满又骂骂咧咧的，正好被阿满再次抓住前襟。于是三个人跌跌撞撞地扭打在一起。街上的人都围过来，有的看热闹，有的帮着把他们拉开，江龙听到喧哗也急忙从远处赶来。

忽然间，世界静止了，好像一个凝固的定格，所有的声响瞬间中断，所有人的动作停在了原地。阿满感到自己的胸口有一阵奇异的冰凉，好像冬季的冰雪不是落在肌肤上，而是直接沁入了他的心脏，好像他胸膛的血瞬间变成了冰凌，随着细小的铿锵声正在一点点碎裂开来，他惊讶地低头看自己的胸口，他看见了一个熟悉的刀柄，是自己的佩刀，是那一年他学驾驶回来前买的，那一年金老板第一次跟他说话，她说她需要一个驾驶铁马的男人。

现在这把刀的刀刃已经消失在他的胸膛里，刀柄上有一只惊呆的手，原本应该是一只美丽的手，即使冻得通红，肿得已经看不出关节，那依然是一只美丽的手，它曾经无数次撩起那光滑额头上飘落的碎发，她的手。

他茫然地搜寻她的脸，像个无辜受罚的孩子，不知所措地搜寻她的眼睛。她的脸是空白的，她的眼睛也是空白的，空荡荡几乎找不到瞳孔，她的瞳孔收缩到无限小，像是某种动物忽然受到了强光的劈面照射，惊吓得把灵魂完全收缩到小孔之后，恨不得连这个小孔也关闭，只给世界留下一个毫无知觉的外壳。

她真美，现在美得像一座没有脉搏的雕塑，是她杀了他，她竟然杀了他，怎会发生这样的意外，他委屈地呻吟了一声，身体软了下来，很多双手试图扶住他，他现在感觉到胸口锐利的疼痛了。他从所有人手中滑落，仰面倒在地上，胸口插着自己的佩刀，面向广袤的蓝天。

她的手从刀柄上松脱，依然保持了半握的姿势，人群推搡着她，向地上的阿满围去，她正被推着离阿满越来越远，她不愿看见的东西却一步步紧逼过来，她的瞳孔变得细如针孔。这静默的巨兽走近了，它面对面地直视她，向前走来，穿过了她的身体，她打了一个冷战，忽然间，她明白了自己在想什么。

现在这个坝子上健壮的男人胸膛里插着冰冷的刀刃，后背贴着冬季冰凉的地面。他觉得冷，热正从他的胸膛溢出，从他的四肢百骸中散去。他喃喃地说着什么，旁人凑上去听，然后确定地说，他在叫“和和”。

在他渐渐模糊的视野中，他看见金老板推开人群靠近过来，俯身在他的身边，用手托起了他的头颅。他感觉她手心的温度暖着他的后脑，她的呼吸拨动着他眼前的空气，有一种迷蒙的欢喜笼罩了他，他甚至想，如果这是交换，让他能躺在她的怀抱，这个意外也算是值得了，人都要死的，却不一定都能得到想要的一个拥抱。他勉力地抬起脖颈看她，试图给她一个微笑，他想对她说，这不是你的错，是当时的扭打太混乱了。

可是当他再次看见她的眼睛时，他发现她的瞳孔洞开了，从那一片绝望的深黑里，他吃惊地看见了她已经袒露的念头，这不是一个意外，他看见了，她恨他，也许她也是把刀刃插进他的胸膛后才明白的，这个下意识的动作正好发生在一场混乱中，她手上正好拿着出鞘的刀，他的胸膛正好近在眼前，她抵制不了这个诱惑。

是的，现在她看见自己的念头了，她看着怀抱中垂死的男人，她恨他。是他把她背出了洪水的死地，是他击昏了她，是他强迫她放弃了何疯子。她一直不能原谅他，当她被他背上肩头，她的头垂在他的后背，她看着何疯子消失在洪水中，在她最后的视线里，她丈夫的脸如此陌生地在晨曦中看着她。

不，是她一直不能原谅自己，到现在她才明白，自己以往的孔武有力是从何而来的，何家禄，无论他是疯子也好，傻子也好，就算奄奄一息也好，只要他还存在于这个世界上，她可以因此无所不能。他不是她愤怒的对象、赌气的理由，他不是一个浑浑噩噩、只会傻笑的观众，他是她始终深爱的男人，她的男人，她的一半，她的全部。现在她什么都没有了，她像一只被撕掉翅膀的小虫子在地上挣扎，她落得只能依靠这个身边仅剩的男人，她恨这个男人，她恨自己。

这是一个阴谋，是谁的阴谋，是命运还是这个被自己杀死的男人，她不知道，她只是把刀插进了他的胸膛，她这样就一并杀死了他们两个，连同命运。

她看着面前正在死去的男人，以前总是他坐在驾驶座上，她坐在副驾，这一回她替他踩下了刹车，这绝望的路程没有必要再走下去了，这是她仅剩的力气，她还是他的主人。她看着阿满的嘴在轻轻蠕动，她忽然有些不忍，她知道这个男人一直爱着她，她把耳朵附在他的嘴边，她听到他说："和和，这是个意外，你好好活下去……"

阿满说完这句话，就感到托着他的胳膊微微一震，他的身体却轻轻飘了起来。她真美啊，她的面色苍白，眼睛像溪水一样明亮动人，她的额头饱满而光滑，细叶般的碎发正飘落下来，她如此完美，他的女人。

他长长叹了一口气，他觉得自己已经飘到了她的面前，他第一次伸手想为她拂开额前的发，可是那些发丝却无动于衷地穿过了他的指间，听凭风的抚弄。他在她的额头留下轻而长的一吻，他觉得自己飘得更高了，所以他只能悲哀而微笑地望着她。他想起父亲说的：“永远不要去试图追赶一块石头，它跑得比一匹好马还快。”

这时候他看见她的眼神变得凌厉，她咬住嘴唇，再次伸手握住了刀柄。“不不！”他大叫着想阻止她，他想告诉她，她完全可以让大家把这当成一次意外，不要再碰那刀子。可是他的声音就像水融化在水中，甚至连一丝气流也没有掀起。

他看着她奋力拔出了刀子，他觉得自己飘得更高了，仿佛吁出了一口气，所有的热都散去了。一片红色漫过了那个男人的胸膛和地面，仿佛有一条绚丽的毯子半盖在男人的身上，他的眼睛一开始还像剥开的葡萄般在阳光下闪亮着，过了一会儿就变得混浊了，阿满从半空中俯视这个男人，惊奇地审视着他正一寸寸变回泥土的一部分，沉重、冰凉、陌生，仿佛与他从无任何干系。

金老板手握佩刀，站在那具皮囊边，一个挑战般的姿势，殷红的血正从刀尖滴落到地上，溅起红褐色的尘土。

警察把金老板带走了。之前她很安静地等候着他们，不吃不喝，也不说一句话，独自待在门前有人把守的客房里，就像虔诚地等待把她带离命运轨道的使者。

等警察架着她走出街口，走到山坡的土路上时，她突然开口问：“能不能让我去看看我丈夫的坟。”

这些年坝子上所有的坟冢都排列在沿途的山坡上，墓碑正对着进出这里的道路，因为这里的人们认为，面向道路无疑是最好的选择，人如果活着不能幸运地从这条路去到外面，那么去世后能每天看着这条路也是一种告慰。

金老板踉跄着来到丈夫的墓碑前，她抚摸着沉默的石头，泪一滴滴流了下来，她看着这块无知无觉的石头，轻声地问："家禄，我们什么时候能回去？"

金老板被带走后，血的气味还久久弥漫在街上，一种让每个人不安的铁锈般的气味，浓稠得化不开。

不久以后，何家禄的侄子从某个村子远道而来，现在这座旅馆属于他了，何家旅馆的招牌高挂在门口，就像洪水早已预知它会继续被用下去。江龙并没有告诉何家侄子关于门票的事情。他当初冒失地答应了金老板均分门票收入，这一直是他的一块心病，政府的收入怎能分给商人，他承担不起这么大的责任。现在知晓这件事情的人都已经不在了，他不由得心里暗暗松了一口气。

在这桩事情上，他觉得自己幸运且不堪，就如命运打翻了一桌盛宴，人人杯碟俱碎，偏偏他趁着别人的厄运捡得了一些美味的残屑，一些本来不属于他的东西。有时候他会因为这意外的好运而从睡梦中惊醒过来，细小的恐惧在啃噬着他，他总觉得在此地获得的，不知哪天会在彼处加倍偿还。

灯

洪水过后，格列病得更重了。他觉得那只静默的巨兽已经顽固地住进了他的身体里，以可怕的重量与他合二为一。有时候他躺在床铺上，就觉得自己沉重得要陷入泥土里，一路下沉，直抵暗黑的地底深处，甚至想坐起来望一望窗外都会让他气喘吁吁。

寺庙的酥油灯依然彻夜亮着，雪山那边奔涌而来的雾气依然轻盈如梦境，雀儿们依然欢快地在山林间跳跃，可是他只能在床上无能为力地眺望。

他想他是没法去到垭口了，还有几天就是正月初九了，画师的后代究竟会不会遵照承诺到来，如果他真的没有出现，那究竟是因为他违背了诺言，还是因为一切根本就是一个虚妄的故事，神灵从来没有对人世微笑过、与人类对话过，他们无视这些卑微的生命，正如人们无视遍地的蝼蚁，没有什么是启示，没有什么是慈悲，人们无所依凭，只是被随意地放逐到生命的路途中。

现在格列比任何时候都羡慕多吉，他宁愿能做些什么，比如因为心怀希望而攀上垭口去，或者因为丢失了最后的希望而让雪夜带走，好过束手无策地让可怕的怀疑折磨。

安宁一直留在寺庙里照看格列，在萧岩下山去之后，她每天打茶、做饭，分送给还没离开山麓的人们。她总记得还要给“去”留出一份，“去”会时不时出现在寺庙附近，仿佛一个亲切的守护者。到了晚上，“去”就睡在大殿里，抽着烟，看着安宁在临睡前替格列检查一盏盏酥油灯，安宁能从烟草的气味中感觉他的存在。

五天后的傍晚，正月初六，萧岩回到了寺庙，他显得疲惫而悲伤，手上有整葺房屋留下的许多小口子，背上是整理好的登山行囊。

他对安宁说：“娃娃，我把家里的镜子给你拿来了，这些天早上都没好好梳头吧？”

安宁摸着那面熟悉的镜子，塑料边软软的，镜面冰凉而光滑。她问萧岩：“你这些天累坏了吧？你睡哪里的，我们的房间淹了吗？街上一切还好吗？”

萧岩故意挑开心的跟她说。“你一定不会相信的，”他说，“咱们房间的床褥居然正好没有湿，所以我睡得很好。房间里还多了很多小客人，有三只新来的壁虎，爪子像花瓣一样柔软，眼睛像宝石一样闪着神奇的光，一定是洪水把它们吓坏了，所以从楼下搬到我们房间来了。还有一对蛾子在我们那里安了家，它们的翅膀美丽极了，天亮的时候，我躺在床上，就看见它们停在天花板上，我还以为那里开出了两朵野花呢。”

“那我们的树枝窗帘呢？”

“你放心，它们没有给洪水冲走，你扎的红绳子也在。不过它们好像开始长大了，洪水把很多泥土冲进了房间，它们就在泥土里发芽生长了，我都怀疑等我们回到那里，它们已经长成大树，把我们的房间住满了。”

“那么我们的小鱼石头回来了吗？”

“噢，它倒是没有回来，不过洪水给我们带来了很多礼物，有很好看的树干，还有另一些小石头，我在房间的地上挑了一下，给你带来了这个。”萧岩把一块小石头放进安宁手里，安宁接过来，它摸上去是椭圆的，表面很光滑。

萧岩说：“我叫它‘蛹’，我发现当我用手抚摸它，就有一些绿色的花纹从里面慢慢显露出来，像是一对蝴蝶的翅膀，它在我的手掌里待得越久，花纹就越明显，好像这只蝴蝶就要从里面羽化飞出一样，所以我觉得它是一枚蛹。我喜欢它是因为它很像格列，都是正在长大的孩子，你会替我照顾好这块石头的，是吗？就像照顾好格列。”

安宁已经明白他要说什么了，他要她照顾格列，不仅是为了格列，也是为了她，希望在他离开之后，她能因为某个事情而好好活下去。他一向了解她，他知道要维系她生存的意愿，没有什么比托付她照顾别人更合适的理由了。

所以安宁明白了，他一定是打算明天清晨就出发，依照他曾说过的，替格列去到达瓦雪山的垭口等待那个画师。他将在这样的季节里去攀登“天路”，他没有改变主意，而且，他并不肯定自己是否能活着回来。

晚餐因此显得有点沉默，尽管萧岩在努力说些轻松的事，格列还是从他的念头中看见了街上发生的一切，毁坏、恐惧、软弱、仇恨、流血和绝望。

这是他意料中的，那头巨兽也同时居住在他的身体里。可是这一切的沉重似乎还不够，还有明晨将发生的离别，格列也看见了。这个悲伤而无能为力的孩子接过安宁递过来的热茶，他触到了她毫无血色的手指，却不知能传递给她什么样的画面，好让她快乐一些。他想起多吉说："当庙宇光彩重现，也许神灵就会回来的。"怀抱希望，这是一个多么大的冒险，他们真的应该尝试吗？

当检查完最后一盏酥油灯，安宁回到寺庙后的房间里，萧岩还没有睡，坐在一隅黯淡的烛光里，像一个句号般在等着她。

他说："我相信他会来的，我愿意相信。"

安宁没有说话，萧岩看见泪珠从她的脸颊流下来，一颗接着一颗，在蜡烛的微光中像滑落天边的星群。

萧岩握住安宁的手，他摸到她的手心里攥着那块石头，她攥得那么紧，好像要把像树藤般蔓延的绝望全部攥进她的拳头深处，他叹息说："娃娃，对不起，我必须要去，我知道你觉得很伤心。"

"是的，我是很伤心，这么多人死去了，我们活下来，我们分开了这么多年，我们好不容易在一起，现在，在这里，我只想我们能在一起，"安宁哭出声来，她抱住了他的脖子，眼泪流在他的衣领上，她哭着说，"猪头，你到底懂不懂，我有多害怕你回不来，我有多想留住你，就算打晕了你，把你绑在这里——可是我不能。"

安宁说："可是我不能，因为我知道，一个人如果有什么觉得特别值得去做的事情，那有多不容易，不论能不能到达，这样的路途是有神灵看护的，不是每个人都能有这样的幸福。就像我决定出发来这里找你的时候，我曾经感到那么幸福，所以我不能阻拦你，我做不到……"

"娃娃。"萧岩又叹了一口气，像一声疼爱而自责的呻吟。他的脖颈里都是她的泪，还是暖热的，她说话的气息还留在他的面颊，她瘦弱的身体在躲在他宽阔的肩膀里面，这宛如一个梦境让他沉迷，他们如此靠近……

山麓上沉睡着两个即将分离的人，炭火在燃烧到尽头时嗞嗞作响，也许是因为潮湿的空气，他的汗水贴着她的身体，她的发丝缠绕在他的胸前，他听着她的呼吸，她也听着他的。两只叠着的蚜虫从树叶上滚落下来，遍野的新花在微风中呼吸彼此的气息，有一刹那他们分不清彼此的身体了，当她枕在他胸前的时候，她把他的胳膊当成她的，当她蜷缩起来沉沉睡去的时候，他从背后抱着她，把她的身体当成他的。

可是当他们忽然同时醒来时，凝视彼此的眼睛，瞳孔中彼此的影子，他们都知道，明晨之后，这一夜很可能就成为漂浮在大海中孤单的岛屿，从此不能再与绵延的时间相连，它在发生之时就像是一个诀别。

烛火已经灭了，窗外渐渐透出蓝色，房间里桌椅的轮廓显现出来，像现实从梦境中浮现出来。当雀儿细碎的呢喃从山林中传来时，玫瑰色的晨光照进来。也许还是不拖延更好，萧岩起身整好了背囊，他返回来在安宁额上轻轻吻了一下，低声说："娃娃，照顾好自己，为我。" 他觉得自己如此贪恋她温热的脸颊，但他必须走了，否则他会永远留下来。

安宁从被子里抬起身来，紧紧搂住他的脖子，他的外衣冰凉。

安宁说："答应我，要平安回来。"

萧岩答："我会尽量的，无论发生什么，你要照顾好自己。"

安宁揽紧他，在他耳边说："你一定要回来，没有你，我看不见也听不见，没有你，我没有快乐和悲伤。"

然后她松开手，从窗口看着他大踏步地消失在早晨的山坡上。

这个早晨的天空特别蓝，透彻得像江面上的薄冰，纯金色的阳光充溢着整个坝子。萧岩在往上走去时，回头向坝子望了一眼，这就是大地的尽头，他现在将由这尽头走向更远的所在，走向一个诘问。

坝子上巨大的神树正张开手臂站在辽阔的田野上，在这最后一眼里，萧岩惊讶地发现树枝上唯一的花蕾还在，它没有在前些天汹涌的洪水中被冲走，也没有在诸多动物爬上树枝避难的混乱中被踩落。

他不由得眯起眼睛微笑望着它，想象那合拢的花萼中将会有怎样的美丽绽放。就在他凝望它的这一刻，这枚花蕾竟然突然间轻轻从树枝上落下了，落在树影中，很快化成了泥土。

他开始沿着以前格列去往侧峰的路往上攀登，这一段并不困难，可是当他翻过侧峰的垭口继续向前时，发现后面的路已经很难辨认了，多年前人们的脚印埋没在山林中，像一个迷障。他用砍刀在经过的树干留下标记，以便返回时可以认得，山林越来越深，他已经不能确定自己走得是否正确，没有什么可以给他回应，无论是前人留下的任何印记，还是一束通往山崖的光亮。

大半天之后，他终于走上了一段山崖边的路，风拽着他的衣衫，脚下是难以踏稳的浮石，他耐心而谨慎地向上攀去，他感觉到风里夹杂着异样的凉意，忽然间天空发出清脆的碎裂声，无数雪花从高处飘落下来，脚下的山谷中白色的蝴蝶飞舞，天地很快融化成一片深远的迷蒙，山路镀上了银白。他知道遇上了最糟糕的事情，他几乎已经没法行走了，每一步都可能让他滑下万丈深渊，可是他已经没法退回去。

他也并没有想过退回去，他更加谨慎地向前挪动，尽管他知道，即便他没有冻死在半路或跌落山崖，即便他顺利到达垭口，并且等到了那个画师，他们也未必有胜算可以在大雪中走下山来。

这已经不重要了，他只是在朝拜自己的信念，他走在皑皑的白雪中，幽灵牵着变成骸骨的马从他身边经过，他们依然冒着经年的风雪，日夜不息地攀登。那些曾经试图翻越这座神山的人们，那些因为死去而恒久存在的人们，他和他们一起走在这片迷蒙的浩瀚中，渐渐远离了人世间的路途。

雪从窗棂上飘落下来，睡去的六姑并没有看见这场多年后的春雪，她睡得如此香甜以至于忘记了天亮，忘记了饭馆需要开门，也忘记了她一生等待的人。她甚至做了一个宁静而漫长的梦，她梦见江面上的薄冰融化了，混浊的耳江重新变得清澈碧蓝，千百尾细小的江鱼游戏欢跃。

她梦见自己赤足走在温暖的江滩上，青丝垂在背脊，裙裾上美丽的舞饰闪闪发光。

天的尽头，江水的来处，一叶小舟正向她漂来，她望见船头隐约站着一个人，穿着黑色的斗蓬，她想，他是死神吗？为什么感觉如此熟悉，仿佛久远前重复千遍的梦境。她迟疑着迎上去，小舟近了，船头的人对她伸出手来，这一刻，她看清了死神的脸，她认出了他，他的眉目与唇。在从林间与世隔绝的小小空地中，他们曾彼此端详，睫毛对着睫毛，瞳孔对着瞳孔，同时没入大海绚烂的泡沫中。

于是她从心底里欢笑起来，她的手指触到了他的手指，他牵着她登上小舟，就像江滩上许多从未被人记住的石头那样，有一天回到江水中。

大雪飘落在山麓上，飘落在寺庙闪闪发光的铜鹿上，堆积在砌着吉祥花纹的门楣上，经幔在大雪中静无声息地飘扬。格列躺在床上只能望见一方格白色的空间，金刚杵摆在他的枕边，“尾巴尖”“淘气”和“眼圈”时常从窗口跳进来，低声呜咽着围绕在他身边，这并不能阻止他正一点点死去。

他知道萧岩不能回来了，这么大的雪足以杀死跋涉在山中的任何一个人，也不会再有什么画师为他证明神灵的存在。可是安宁呢？她以后怎么办。

安宁似乎比以前更忙碌了，她尽责地照看他，尽责地打理寺庙的一切杂事，在入夜时检查每一盏酥油灯，她忙碌而沉默，即便是大雪也没有让她显示出任何悲伤和放弃的痕迹，她在等他。

她日夜不睡，她很少进食，仿佛守候成了使她活着的唯一燃料。她的虔宁让格列感到隐隐的恐惧，他害怕有一刻她忽然倒下，不再起来。

和往常的清晨一样，她早早地端着热茶和粑粑来到格列的床边，用微笑鼓励着他每一口努力的吞咽。等格列吃完早餐，她把那块叫作“蛹”的石头交给了格列，她说：“萧岩告诉我，他喜欢这块石头是因为它很像你，有一天会在沉重的外壳里长大，变成轻盈的蝴蝶破壳而出，在天空中展翅飞翔。”

椭圆的小石头上带着安宁的体温，看得出她一直把它带在身边，格列好奇地抚摸着这块石头。安宁说：“你喜欢它吗？你可愿意带着它，照顾它？”

格列问：“你想看看小石头的样子吗？”他握住她的手，于是她看见了他所看到的，这是一块黑色的石头，许多暗绿色的晶莹花纹正从石头的内里透出来，隐约是一对合拢的翅膀。安宁对着光线惊奇地看它，这些花纹正在手掌的温度中慢慢伸展，仿佛一只沉睡在蛹中的蝴蝶就要醒来，突破黑沉的外壳，振翅欲飞。

格列对安宁说：“你回家吧，忘了这里的一切，你不想回到你的地方去吗？”

安宁笑了，摇摇头：“很多人都在不停地走，想要到达某个地方，我却知道我已经走到了，当我再次见到他的时候，我就知道不需要再去哪里了。”

格列犹豫着问：“如果……他不能回来呢？”

“不会的，我们一定会在一起。”

安宁的眼中倒映着这个世界的雪景，风在那里面却有另一种流动的方式，飘荡的雪花似乎在奇妙地伸展蔓延，无数枝条在雪中暗暗生长，那是一方冥冥存在的浩大空间，另一扇门洞开着。格列害怕起来，他说：“你为什么不睡觉？为什么不吃饭？这样你会死的。”

安宁蹲下来，给格列掖好被子，从被子外面拥抱了他一会儿，然后笑着对他说：“我不睡觉是因为我害怕他在雪地里睡着了，而且我没有睡着，也说明他还醒着，这多好，如果他有事，我相信我是能够知道的。”

“那么……如果。”

“他会带走我，就像我们总是一起睡去。”

更多的时候，格列一动不动地躺在床上，睁着眼睛看着窗外。“去”总是有意无意地出现在他视线里唯一的方格中，像一幅奇妙的画。

如果大雪稍歇，“去”就会在山林中睡午觉，他像一只小鸟那样睡在大树上，橙色的绒线帽在白雪中像一枚小小的太阳，长袍垂在半空中飘飘荡荡。格列时常惊讶他的身体怎么会如此轻盈，好像没有一丝人世间的重量，他曾伤心过吗？他盼望过吗？他有爱和忧愁吗？

有时候，“去”会和一只顽皮的雀儿赛跑，他越过雪地的时候像一缕轻风，他穿过树干的间隙时从不会慢下来，可是他从没撞到什么。有时候，他像一朵花儿那样发呆，单脚站在一根伸出雪面的矮树枝上，很久一动也不动，风吹过的时候，他和树枝一起轻轻摇摆。格列看得入神，他想，怎么才能做到这样呢？花全然信赖着承托它的枝条，风信赖着空气为它张开的通路，那一定是一种他还不能做到的信赖，“去”做到了。

当雪花再次纷纷扬扬地落下，“去”跟随着它们一起舞蹈，在他的游戏中，他总能轻轻跳起来，和某片雪花一起随风延宕，然而同时落在地上。格列又看呆了，他想，“去”是怎样做到的呢？跟随总会有时间的错落，除非这个人的脑海里终于能停止一切思想，他才能如此与大地一起呼吸。

时间就这样一天又一天过去，雪没有停，世界只剩一片无际的白，人迹所在被彻底湮没于冰雪之下，仿佛旧的物种一朝寂灭，唯有新芽枯萎的树木绝望地伸出嶙峋的枝干，日光与雪光相映之下，世界焕发出神秘、幽暗的美。

格列觉得自己在渐渐离开身体，偶尔他会发觉自己浮在天花板上，看着一个面色苍白的孩子躺在床褥中，当安宁端着饭菜进来唤他的时候，他才陡然清醒过来。他看着安宁飞快地消瘦，眼睛深深地陷入眼窝里，有一天他甚至看见她的头发中有晶莹的白，像是黏着几片雪花。她还在等，他却感到冷，深深的绝望，人们有如羔羊束手待毙，等候时间一天天消磨他们的皮囊，生命不过如此而已。

有一天深夜，格列忽然觉得他的时间到了，他正像一缕蒲公英般飘离自己的房间，飘往大殿，他飘浮在黑暗中望着这熟悉的地方，一盏盏酥油灯排列在佛祖的脚下。

他看见安宁正走过一盏盏光亮，在检查它们是否能彻夜不熄灭。他看见她把手指伸进灯盏里，触摸酥油的高度，然后她把烫痛的手指含在嘴里一会儿，再试下一盏。他自责得想打自己的脑袋，安宁是看不见的，他竟然忽略了，让她只能用这个方法来检查酥油灯，每个夜晚她要挨烫多少次，她的手指每个白天又将怎样洗衣做饭。原来她就是这样为他看守灯火的。

他看着安宁平静地从第一盏走到最后一盏，在离开大殿前，轻轻道了一声："神仙，晚安。"在大殿的另一隅发出了一声莫名的言语，像是回答，然后安宁的身影就消失在侧门的帷幕背后。

格列看向那个发出声音的角落，烟头的火光在那里一明一灭，"去"正在暗处愉快望着大殿星群般的灯火。他无声地起身走向那片亮光，熟练地为一盏灯续上灯芯。格列这才发觉这盏灯其实快要灭去了，安宁能够触摸到酥油的分量，却难以把握灯芯的状况，她一定不知道每晚是"去"在为她看守灯火。

格列发出了一声叹息，不是悲伤，而是幸福，他忽然觉得自己如此留恋这世间、这些灯火。他想起多吉很久之前给他讲过的一个故事。

多吉说："我小时候住的村子里，有一个大家都讨厌的老疯子，他面目丑陋，浑身长着疥疮，还瘸着腿，我们这些孩子还时常用石头扔他。老疯子还有一个让大家侧目的习惯，他总是在自己后屋的窗口点一盏灯，从天色渐暗一直点到天明，每夜如此。人们就是因此判断他是疯了。

"可是有一天我上山砍柴，为了追逐一只雉鸡迷了路，等找到下山的路，天色已经渐渐黑了，当时我害怕极了，如果天完全黑了，我再次丢失方向，就会在夜里冻死在山上。随着天色越来越黑，我看见了远处的一点亮光，在我居住的村庄那里，它始终亮着，就是望着那点微弱的亮光，我在黑暗中鼓起勇气，循着这方向终于在后半夜一步一步回到了村里。我的父母那时候在号啕大哭，他们都以为我一定已经冻死或者被野兽吃掉了。

"那个夜晚，我明白了老疯子为什么要彻夜点燃这盏灯，他后屋的窗口正对着大山与村庄之间的路，全村只有他一个人的窗口是正对着那里的。"

格列还记得，多吉讲完这个故事后很开心地微笑着，像是在回味那点光亮，他对格列说："众生要寻求的，其实不在任何高山神域，就在人自己的心里。"

大殿外的大雪还在簌簌作响，雪地的冷光从大地上升起，大殿里一片黑芒，唯有眼前的灯火在微弱地跳跃，格列忽然明白自己犯下了多大的错误，他从不需要去检审世人心中的恶，不需要试图求证，不需要等待画师为他带来神灵存在的证据，他之所以绝望不是因为别的什么，只是因为自己心中的灯灭了。

第二天清晨，安宁端着早餐走进格列的房间，她发现床上是空的，格列不见了。她焦急地跑出门去，格列远远看见她就从山坡上一路跑下来，他脚步轻快，披着满身的雪花，手上提着一筐野果，“尾巴尖”“淘气”和“眼圈”飞跑着跟在他身后。安宁惊喜地紧紧拥抱他，格列抱起她在原地转了几个圈，这个正在长高的孩子抱起她像雪花一样旋转，他已经完全康复了，他身体中的重量已经还给了那些妄念。

格列却发现安宁已经轻得像一片秋天的枯叶，瘦弱得像一根随时会折断的枝条。

几天之后，大雪终于停了，阳光在雪地上反射出刺眼的明亮，屋檐上长长垂下的冰凌闪耀着晶莹的光芒，早上醒来的时候，可以感觉到屋顶上的雪正在融化，发出一阵阵轻微的震动。萧岩却还没有回来。

天气渐渐转暖，某个早晨，格列正在大殿里做早课，他感觉到有一个大树一般的影子从身后笼罩了他，他回过头去，是萧岩沉默地站在他的背后，他的胡子长了，头发乱乱地盖住肩头，他形神憔悴、衣衫褴褛，却目光明亮，正微笑望着他。

格列欢叫起来，扑过去，勾住他的脖子。萧岩有些虚弱，这一下差点把他扑翻在地，他心中温暖，搂住这个孩子，他很高兴格列已经痊愈了。他对格列说：“对不起，我没能等到那个画师，把他带来给你。”格列欢笑着再次扑上去拥抱他，这个传说现在对任何人来说都已经不重要了。

格列忽然轻喊一声：“天哪，她一直没有睡过。”

他拉着萧岩飞快地往屋后跑去，推开安宁的房门。安宁蜷缩在床上，已经没法支撑起自己的身体，但是她没有睡，她睁着眼睛望着萧岩走进来，她并没有显出惊讶的神情，好像她始终确定一定能再见到他。不是他活着回来，他们也能相见，他们终会在一起，不再分离。

萧岩搂住她，她轻轻地呼吸，他不敢用力，怕弄碎了她，他说："山顶上的冰雪是蓝色的，非常美，你要是看见了，一定会很开心的。"

她端详着他露出笑容，他这才吃惊地发现，她的头发已经白了大半，好像坝子上所有的白雪都落在了她的发际。她发现他异样的眼神，用微弱的声音问他："怎么了，我现在是不是看上去很丑？"

萧岩说："没有，你很美。"

"到底怎么了。"

萧岩不忍心说出来，只是拿起桌上的镜子递给她。她对着镜子茫然地看了看，抬头又问他："怎么了，是不是我今天的头发没梳好？"

萧岩忽然知道了，原来她一直是看不见的，可是她一直能看见他，他却从来没有能看见她。他抱紧她，把头深深埋入她丛林般的长发中，他听到她在睡去前问："你不会再赶我走了吧？"

他点头说："不会了，娃娃，我们已经到家了，哪里都不去了。"

当格列进来想问他们吃些什么时，他看见他们和衣抱在一起，已经安详地睡着了。

明天

机舱像暂时的天国悬浮在云端，舱内寂静无声，窗外雾气飘扬。杜鹃的位置是经济舱22A座，正靠着窗边，她好奇地打开遮阳板向下望去，飞机飞得是那么高，云朵绵延在脚下。她试图再看一眼耳江尽头那片小小的坝子、那条叫作佛地的街，她的家乡，可是它们早已不知消失在广阔大地的何方。

她只能看见耳江，它在阳光下闪闪发光，像一条银色的绸穿过大地，优美而沉着地流向远方。此刻，自己乘坐的飞机正驶向它流淌而来的中土。

坐在她身边的胖游客被突然的阳光弄醒了，他喃喃地对杜鹃说："宝贝儿，坐了这么多天的车，累死了，你不想睡一会儿吗？"

杜鹃答："这是我第一次坐飞机呢，我太高兴了，一点儿也不想睡！"

胖游客说："等我们到了，还会有数不清的让你高兴的事情呢。我们那个地方，绝对是大城市，楼有山那么高，街道有河那么宽，到处是商店和霓虹灯，夜晚和白天一样亮堂堂的……"胖游客一边说着一边又睡过去了。

这是春天最好的季节，阳光和煦，万物生长，鲜花盛开，可是前往大城市的航班上坐着的都是公事出差的人，神情不是焦灼就是疲惫，只有杜鹃欢快地东张西望，神奇的机舱让她觉得兴奋无比，更何况她马上就要到达真正的"外面"，传说中堆满了幸福的地方。

透过阳光眩目的窗户，她望着耳江在脚下一路蜿蜒，她眯起眼睛努力地看，试图望见耳江源头的那个大城市。

在耳江流经的广阔平原上，她望见人类的城市了，如果仔细看的话，还可以分辨出其中密密麻麻的高楼和纵横交错的街道，有如分辨一片细小叶子中更细不可察的脉络。从高处望去，这些城市在山脉之间就宛如几只渺小的甲虫，仿佛伸出一个手指就可以抹去。

杜鹃觉得心中诧异，不是说"大城市"吗？怎么看上去都这么小呢。她正这么想的时候，飞机渐渐升高，云层下群山万壑有如大海起伏，这些人类的痕迹就像溺水的虫蚁般瞬间被淹没得无影无踪，只有无尽的苍翠在大地上蔓延。

达瓦雪山与次仁雪山下，大地的尽头，坝子上各种颜色的野花正在一种种盛开，漫长的晴日到来了。

冰封雪冻的大山显露出通往天空的道路，耳江的水终于重新变得清澈碧蓝，千百条细小的江鱼在水中游戏，这是洪水之后远道而来的生命吧。它们与水中的光影游戏，争相追逐着阳光的触角，每当风吹起涟漪，它们就倏然散去。

佛地的收费站前，三三两两有途经的车在那里付款。再过几天就是坝子上的桃花节，据说会有更多的旅行团，所以整条街的商户都忙碌着。

安宁买了黄瓜、番茄和一些土豆，提着篮子在温暖的阳光下慢慢往家里走。有三两个游客与她擦身而过，没有人注意到她，也没有人像过去那样拉住她问长问短的，因为她现在看起来已经和一个本地女人没有任何差别了。

她的面颊上带着阳光的印记，手指粗大，脸上带着平和满足的笑容。

她的腹部微微隆起，在外衣下还不是很明显。到秋天的时候，她就要做母亲了，梦中那个淘气的天使，一头乱蓬蓬的头发，兴高采烈地迈动不稳的步伐，脸上没有人间的尘埃。她的孩子曾在门外张望过她，在一个据说洪水即将到来的夜晚。那时候她就看见他了，喜悦地轻轻惊呼了一声。

满树的桃花又开放了，“去”在旭暖的风中舒展着身体，喝着酒，半躺在街边的石阶上。花的影子落在他身上，风吹着他的长袍飘在空中，整缸的酒并没有增加他身体的重量，他看上去依然像一个初生的孩子那么轻盈，摇摇晃晃地睡在风的摇篮里。

安宁路过杂货店的时候，买了一包香烟和一个打火机。

她找到了“去”盘桓的石阶，“去”正笑眯眯地看着她，拍拍身边的石台，示意她坐下来。她笨手笨脚地试图拆开那包烟，“去”在一边用听不懂的语言咕哝了一句，她猜那多半是他在说：“女孩子是不能学抽烟的！”

她偷笑着假装拿出一支自己要点，“去”飞快地从她手上拿去了。她笑出声来，替他点着了烟，然后把打火机和剩下的烟一并放进“去”的口袋里。亲切的烟草味道环绕着他们。

等安宁提着菜篮子走回那栋农技站的四层楼房时，萧岩正下楼来找她。

安宁告诉他说："神仙喜欢抽我买的烟。"

萧岩说："是吗，你又在跟神仙玩了，难怪左等右等你不回来。"萧岩一边说着一边要帮她提篮子，她不让，抢过篮子就往楼上跑。

萧岩在后面喊："娃娃，别跑啊，这样跑多危险。"

门前的春联已经剥落了半截，这让门楣显得更加温暖。

他们推门走进去，外屋的树枝窗帘已经长成了爬满墙的树藤。储水桶是满的。桌边的架子上摆着电锅、碗筷、调料瓶子和一些零食。桌上堆着苹果和橘子，像一幅油画静物。插着铁丝的热水瓶正在烧水，不一会儿就突突地响起来，冒出一团团汹涌的热气。

里屋住着三只壁虎和一对蛾子，还有一些萧岩和她最近在江边捡回来的小石头。不过她最喜欢的小石头还是窗台上的这一颗，有绿色翅膀的"蛹"，她离开寺庙的时候格列放在她手心里的。巨大的移窗外，阳光正穿过雪山的云雾，越过崔巍的山石和苍翠的树木，铺洒在广阔的坝子上，也铺满了他们的屋子。

萧岩剪辑用的电脑在桌上打开着，他的拍摄已经结束了，所以现在他每天都在电脑前工作，他正一点点接近完成这部影片。

安宁给他沏了茶，然后坐在窗前闻着阳光的气息。忽然间，她看见田野上的阳光像雨水一样渗入土地深处，很多小蘑菇一个一个从大地的各个角落探出了脑袋，那是一些透明的蘑菇，她甚至能听见蘑菇破土而出的声音。等它们完全冒出来，咯咯欢笑着，赤着脚在大地上跑来跑去，她才发现，原来那是一群周身透明的孩子。

他们每个人都拿着一根树枝，树枝上有一团灿烂的光芒。他们飞快地跑向各个方向，在每一团光芒经过的地方，草叶开始生长，新绿逶迤在他们身后不断伸展，成片的花朵跟随他们的脚步绽放。当他们随着风飘起来，像无数个气泡那样升到空中，光芒掠过的地方，每一棵树都发出了新芽，一树树的新花正在盛开。当他们飘进山林的时候，那些还在寒冷中沉睡的林子都苏醒过来，一片片变得色彩绚烂。

安宁认出来了，它们是“春天”。

她握着名叫“蛹”的小石头，她不知道它是否也会在这个春天孵化，她抚摸着它的身后，就想起格列在把这块石头重新交给她的时候，曾经对她说：“你摸到它的时候，就像看见了我。”这句话让她觉得惶惑，像是一个离别。

她对萧岩说：“我们已经好些天没去看格列了，也不知道他最近怎样了。”

萧岩说：“放心吧，我们已经陪着他等到了画师，他现在应该很平静。”

关于格列和那座寺庙，街上有了一个新的传说。

据说大雪融化后的某一天，寺庙的门前来了一个陌生人，他显然已经走了很多天的路，他看上去筋疲力尽了。

他说他是从雪域来的，翻过了冰雪覆盖的达瓦雪山。他还说，他就是第一个描绘佛堂壁垣椽梁的老画师的后裔，老画师的孙子，他本应该在八十一年后的正月初九到达，可是雪下得太大了，他被阻挡在半途，所以耽误到今天才到。

他的头发上还挂着水珠，不知是山上的雪花，还是他赶路的汗水。他的衣裳被划破了，胳膊在流血。他的一只靴子裂开了口，一瘸一拐的。他的手上拿着一根棍子，却不是登山的手杖，而是一根探路棍。他是一个瞎子。

格列惊讶地看着他，他问："你是打算来重画大殿的壁画，为佛祖重绘金身的吗？"

瞎子苦笑着摇摇头说："我不能，因为我出生时就是一个瞎子。"

格列问："那你为什么冒着危险来这里？"

瞎子答："因为这是我的使命，我注定无法完成的使命。

"我的祖父很幸运，他描绘了这里所有的壁画，即使壁画总会被时间剥蚀，他曾经做到了。我的父亲是祖父的独子，他耗尽一生学习最美妙绝伦的壁画技巧，记忆祖父口述中曾画下的每个细节，只是为了把这一切完整无损地传授给我，人类有限的寿命注定了他不能亲自来这里，即便在这里只画上一笔。

"我是父亲唯一的儿子，但是我生下来就是一个瞎子，从没看见过一丝阳光和一点颜色，我甚至不能想象壁画是什么。我被托付了重绘壁画的使命，可是我是一个瞎子。

"一个人知道自己降生的理由，这是一件幸福而绝望的事情，我的生命因此有所依凭，却又无能为力使其圆满，就像每一个在生命中赶路的人，就像这生命的悲哀、艰难与伟大。

"所以我必须来，就像每个人必须走下去，即便可能死在冰封雪冻的路途中，即便就算能到达这里，也只能依然面对着自己的一片黑暗，对着等待了八十一年的墙垣无法落下一笔，我也不能放弃我的使命，我来到这人世唯一属于我的灯，我的幸福与绝望。只是，对不起，我真的没法完成这些壁画了。”

格列说：“不，你已经完成了。”

瞎子在寺庙中喝了热茶、吃了饭、换洗了衣裳，在床铺上放下他疲惫的身体，沉沉地睡了一天一夜。醒来之后，他背着行囊来向格列辞行。

格列说：“你就留在这里吧，不要走了，你看不见，怎么再翻越雪山回去？这太危险了。再说你的事情已经完成了，你已经到了这里，我们可以从此一起看守这座寺庙。”

瞎子说：“谢谢你，可是我必须走了。我不是要回去，我是打算从这里出发继续往前去。”

格列问：“你要去哪里？”

瞎子答：“我现在还不知道，我本来以为我会死在来这里的路上，结果我居然到了，很幸运或者很不幸的，我到了，还活着，我很想知道命运让我继续活下去的理由，所以我想四处走走，也许能找到什么……也许有一天我能真正到达哪里也说不定。再见了！孩子，也许有一天我们还会再见的。”

说完这些，瞎子大笑着转身离去，一路点着他的探路棍，沿着下山的路，穿过坝子，就这样消失在茫茫的山脉中。

人们并不相信这个传说，他们都说，怎么可能呢，一个瞎子翻越了达瓦雪山，从雪域一直来到山麓上，还是在大雪的天气。后来他们又说，怎么可能呢，明明是个傻子，却要来赴一个壁画的约定，这完全没有意义嘛。于是他们说，这个瞎子一定是个能说会道的乞丐，他只不过是在哪里听到了这个传说，然后到寺庙里骗吃骗喝。

最后人们总结说，其实从来没有什么瞎子来过寺庙，这本身就是一个传说。可是有的人说，在大雪融化后的某个早上，他们明明看见一个瞎子背着行囊，举着探路棍经过了这条街，然后沿着耳江流来的方向，往芒山的深处去了。

春天到了，寺庙的壁画和佛像依然残破不全。有一天，江龙去到寺庙跟格列商量说：“现在村里有钱了，不如我来找人把这里的壁画画上，把佛像修补好，漂漂亮亮的，这里毕竟是佛地景点的一部分，以后我们带游客来参观的时候，也不至于让他们失望，你说好吗？”

江龙没有得到任何回答，好或是不好。从这一天起，格列又变回了一个哑巴，他不再开口说话。

桃花节就要到了，为了迎接大批游客的到来，江龙简直是殚心竭虑，他每天忙于修葺和开发。他想让街道更繁华，让游客可以参观的项目更多，把他们的相机填满，把他们的抱怨变成赞叹。

他甚至依然惦念着萧岩即将完成的影片，他想，那即便不是按照他的想法拍摄的，没准将来会给这里带来什么意外的宣传效果呢。

他记得六姑去世前的托付，还特意派给李二一份重要的工作，让他把街上的狗悉数清除，按照他每天打死狗的数量付他钱。这是因为佛地最近发生过狗咬游客的事件，所以为了景点的建设，街上的狗也需要全部杀死。于是人们可以看见，每天有个面目扭曲的男人拿着木棍逡巡在街道中央，他挥舞着木棒好像在炫耀自己特殊的权力，许多可爱的家狗和野狗变成了一堆黏着血的凌乱皮毛。

夜深人静的时候，很偶然的，江龙还是会怀疑自己对王国的安排，就像萧岩曾经问他的：“这真的是你想要的吗？”

可是正如每个人出发之后就无法回返，这条如今叫作“佛地”的街，它从进入尘世的那一天起就注定要继续走下去，直到有一天它变成一条与“外面”一般无异的街道，变成千篇一律的城市，就像美丽的杜鹃已经去往的地方，就像这里的人传说中最幸福的地方。尽管当这里变成城市之后，他们的抱怨未必比现在少。

被逐出神的国度，注定流离失所的世人啊。

有一天夜晚，江龙又梦见了大灰马，它在窗外看着他，灿烂的星光照得它周身雪白，仿佛神的坐骑。它静静看着他，就像他依然是当年那个孤单的孩子，它俯身看他，它的眼神平和而悲哀。

他翻身下床向它走去，它却忽然间撒开四蹄向远方奔去。不仅是它，那是一片浩荡的马群，像星空下的流云，像雷声翻滚过的天空，他看见其中还有他带领马帮时的坐骑，那匹栗色大马。它们像一片银色的洪水轰鸣着经过这条街，它们跑得是这样快，以至于很多人都以为他们在梦中看见了窗外晴夜的一串闪电。

第二天，街道水泥地的修葺工作也完成了，地面平整而完美。江龙知道，这片平整将一直保持下去，因为它们不会再回来了。

桃花节到来的前一天晚上，安宁睡得很香。当玫瑰色的晨光照进房间的时候，窗户玻璃上的水汽像无数细小的溪流，折射出奇妙的光彩。雀儿在窗外歌唱，花朵正在盛开，天花板上的一对蛾子伸展着美丽的触角，就像花朵吐出花蕊。外屋窗帘长成的树藤正在蔓延，葱茏的绿色爬进里屋，一直绵延到床前。

桌上的“蛹”忽然滚落下来，落到安宁的床头。安宁从被子里伸出手来，拿起这块小石头，她惊讶地发现这块石头变得很轻了，它三分之二的重量不见了，好像绿翅膀的蝴蝶已经在这个清早羽化，从这个蛹的外壳里飞走了。

安宁握着这个壳，她知道，格列离开了，他终于出发走上了他的路途。

她微笑起来，轻轻翻了一个身，钻进了萧岩的怀中。萧岩用大树般的臂膀环住她和他们即将出生的孩子。

这是山麓上一个平常的清晨，寺庙的铜鹿上反射着柔和的晨光，格列被成群的雀儿唤醒，老乌鸦停在窗外的大树上，歪着脑袋看着他。

格列做完了早课之后，细心地检查了每一盏酥油灯，然后背起昨夜整理好的行囊走出大殿，合上了寺庙的门。他的行囊里有足够的干粮、简单的几件衣裳，他把多吉的金刚杵也随身带着。

他走出院子的时候，雀儿们惊讶地在他身后唧唧喳喳，“尾巴尖”飞跑着跟了出来，后面是摇摇晃晃的“淘气”和跑得最慢的“眼圈”。格列蹲下来摸着它们的脑袋说：“对不起，朋友们，这次你们不能跟着我了。”小狗们呜咽着，抱着他的膝盖，用温暖的舌头舔着他的手掌。格列有些伤感，他还从来没有离开过这座寺庙和他的朋友们。

在他的头顶，隼从山的那边飞来，穿过雪山之巅的云雾，它飞得那么高，以至于他总是望着它羡慕地想，哪一天他能看见它所见的。他抬头望着达瓦雪山宽广的背脊和不可见的雪峰，他是那么想看一看，这座神山的背后究竟是怎样的世界。

当他站起来继续向前，走进林子的时候，小狗们哀鸣着停下脚步，看着他远离了它们的视野，他始终没有回头。

他走在树林里，长着彩色翅膀的鸟儿在树枝间飞翔，松鼠好奇地在头顶张望他，小鹿穿行在林间，犄角和尾巴一闪而逝，雉鸡从草堆里惊飞出来，那是他不小心踩到了它们的领地。

他沿着萧岩留下的标记穿过丛林，顺着山脊和岩石向上攀登，他看见沿途的花朵正在逆着季节的顺序一种种盛开，先是浅红的低地杜鹃、如雪如簇的桃花、金色和浅紫的鸡蛋花，然后是铃铛形状的六月雪、细小的梅花、深红的高山杜鹃。空气在渐渐变冷，滴水的雾气在下沉，仿佛他正在从春季回到冬季，从新年返回旧年。

黑夜与白天在轮回，他正渐渐走出人世间的时间与空间，他让膝盖带着自己不断向上去，仿佛他的生命中只有这一种动作，只有这一个方向。

不知走了多少天，忽然间，土地的阻挡消失了，他红肿的膝盖支撑着身体登上了最后一步，辽阔的天空出现在他的眼前。他到了。

他呆立了一会儿，脑袋里空空如也。随后有个念头再次跑到了他的前面去，他急于收获攀登了这么久的答案，他想看一看雪山的那一边究竟是怎样的世界。他终于能沿着另一边的山脊向下望去。

有一瞬间他以为自己疯了，他望见了一片极其熟悉的坝子，江水环绕周围，三两农舍沉睡其中，野草像海浪一样波澜起伏。他望见了坝子上的水泥路，新建的房屋像粗劣的方块堆积在两侧，中巴像细小的蚂蚁开进街上，一个城市的女孩背着行囊远道而来，寻找她心爱的人。

他望见阿满从中巴车上下来，走进何家旅馆。何疯子正蹲在旅馆门前捡饭粒，金老板坐在堂屋里偷偷望着他。六姑在饭馆门前忙碌。江龙趾高气扬地在街上巡视。杜鹃和阿仁在菜地里忙碌。萧岩背着摄像机的箱子往山麓上去。

他甚至还能望见山麓上的一座寺庙和一所教堂，老牧师在教堂门口眺望，一个少年僧人在寺庙的空地上晒面具。

他仿佛走过很长的路，走过了一个轮回，又回到了故事的起点，灾难还没有发生，人们还没有回家。他不愿再往前走了，他真的无力再经历一次。“怎么会是这样的……怎么会是这样的！”他跌坐在地上，金刚杵从行囊里掉出来，铿锵着落在冰雪上，他把头深深埋入瘦长的手臂中大哭起来。

昏沉中他看见多吉盘腿坐在他的面前，笑着对他说：“就是这样的。”说着，多吉伸出手在他的额头上弹了一下，他一下子清醒过来。妄念消失了，山脊下坝子的幻象像云雾瞬间散去，冰封雪冻的山脉在眼前延伸。

站在雪山最高的垭口上，他看到山顶上的雪是蓝色的。他看到随着渐渐沉落的山脊，山下是一片高原牧场，雪白的羊群纯净地散布在一望无际的青草地上。

他知道再往前走，穿过这片牧场，他将再次走进人类的世界里，重复着所有的欢欣与悲伤、企盼与失望，正如太阳古老的轨迹，周而复始，从到达走向出发，直到他有一天真正到达那里。

于是他迈开大步向山下走去，他肩头的阳光像一只闪闪发光的小鸟。

后记

我曾经担心，写作这部小说的时候，我会否愿心太强了。当我第一刻有了想要表述的渴望，我就已经离开了原地。我又担心，我在小说中过多地纵容了自己的思辨，以至于让讲述成为陪衬。

我不能确定人类原本应该属于哪个世界，是远在我们之前就存在的世界，还是我们构建的世界。我也不能确定，人类那些总是大于自身的意愿究竟是一种远离神灵的证据，还是召唤我们重返神灵脚下的提示。在写作这部小说的过程中，悟与惑周而复始。

时隔两年，我依然不能想明白更多。

除此，还有一个微不足道的秘密。剥开这幅水彩画外层的颜料，就可以看见内里被覆盖的另一幅油画。众多身份迥异的人物互为叠影，会有某个细节的一致，来证明他们其实是同一个人，而他们各自的故事，是从同一个愿望出发的昨天、今天与明天，命运抵达的不同车站与岔道。

孙未

大 地 三 部 曲

寻花

孙未 著

首都师范大学出版社
CAPITAL NORMAL UNIVERSITY PRESS

图书在版编目（CIP）数据

大地三部曲. 寻花 / 孙未著. —北京：首都师范大学出版社，2022.03

ISBN 978-7-5656-6667-4

Ⅰ. ①大…　Ⅱ. ①孙…　Ⅲ. ①长篇小说－中国－当代　Ⅳ. ① I247.5

中国版本图书馆CIP数据核字（2021）第179239号

DA DI SAN BU QU. XUN HUA

大地三部曲. 寻花

孙未　著

责任编辑　王翛冰

首都师范大学出版社出版发行

地　址　北京西三环北路105号

邮　编　100048

电　话　68418523（总编室）　68982468（发行部）

网　址　http://cnupn.cnu.edu.cn

印　刷　中煤(北京)印务有限公司

经　销　全国新华书店

版　次　2022年3月第1版

印　次　2022年3月第1次印刷

开　本　710mm×1000mm　1/16

印　张　45.25

字　数　512千

定　价　136.00元（全三册）

寻花

就着车灯小小的光亮，我们如船行大海般，仿佛被一种奇异的力量牵引着，缓慢而艰难，却又从容地，在这广阔而不知的世界中，一路向前。

在那片浩瀚的黑暗中，我又想到了你，往事如鲜花开满原野。

小说讲述了一个悲观的乐观主义者和一个乐观的悲观主义者之间的友谊，他们对于理想的虔敬。为了一顿午餐的邀请，她曾经跋涉1643公里去赴约，那天过后，他像夏天的雨滴，消失得无影无踪，生死不明。他们习惯在远行时，有彼此的灵魂守望，好像绳索的两端，一边坠落，另一边也将永堕黑暗。于是她再次出发，向滇藏而行，盼望在苍莽天地间，重见他熟悉的面容。

可以想见，他们在雕花时，对未来家园的种种向往，即使土地依然贫瘠

目录

所有的告别，都不过是又一趟启程

没有人在仙境终老

所有的告别，

都不过是又一趟启程

回来

他说即将又要远行，日子就定在10月28日，孤身进入深山拍摄，又是无音无讯的几个月。于是，我吵着闹着要去为他送行。他说，好吧，27日中午等你午餐。

买了26日晚上的火车票，12个小时的行程，1643公里，去赴一顿送行的午餐。这是他的城市和我的城市之间的距离。

他居住的北京，我无数次去过，都是公事出差，从飞机到酒店，不及看见风景，倒是每次都酩酊而归。有一次酒精中毒，是参加一次电视节目学术研讨会，和北京电视台新闻评论部的几位同道喝的。东航的空姐们可能至今还记得，我翌日返程半死不活的样子。

我居住的上海，他也来过，也是工作，猫在晚会现场导演着，不分昼夜。记得他在衡山路的一家饭店，赞鲍汁花椰菜十分美味。临上飞机前，家人电话他带一瓶醉蟹回去，我却只能为他在机场超市找到一罐黄泥螺。

我们匆匆忙忙，工作似乎是往来彼此城市的唯一理由。一夜的车程并不遥远，我们却已经有半年未见。

晨曦中的北京站，干燥冰冷的空气扑面而来，灰蒙蒙的天空很高，风从远处吹来。穿过凌乱的人群，我直奔后海，因他说一早会在那里拍摄。

经过鼓楼和雍和宫，经过方正的高楼大厦和铺着燕瓦的老屋旧垣，出租车一路在北京清晨的空气中飞驰，还没到堵车的时候。

等在后海的银锭桥边，他扛着摄像机和三脚架，从古老的胡同里出现，一脸络腮胡子，有些消瘦，眼睛很明亮。他没有向我问候，而是呵呵笑着，问身边正和我搭话的人力车夫，今天生意怎样。

风来，桥下明净的水面泛起金色的晨光，耀眼地向远方伸展。水边，垂柳正轻舞。

他带着我走在窄而曲折的胡同里。他和许多路过的人打招呼，说笑几句，熟悉而自然，这部关于后海的纪录片已经拍了一年多了吧，这里的每一家人，他都认得。他跟孩子们打趣，逗着小狗玩。他在这里或那里拍摄。

拍摄时，他是静默的，一遍又一遍，不想停下来的样子。

秋，胡同转弯处，老树的树叶已大半黄了，秋日下迷人的金黄。只是风来时，叶落得让人心惊，扑簌簌，转眼之间，枯叶已铺了满地。

他爬上屋檐，凝神地拍摄一群鸽子。这些生于这里的生灵，羽毛黑白相间，充满了生命的活跃，忽而振翅飞起，在这后海的胡同上空盘旋不止，一阵阵清扬的鸽哨徘徊在愈高的天空中。天空，不知何时，透出了蓝色。

拍摄时，世界是他的。

屋檐下，被他称作“四哥”的一家人，正在张罗着换一扇新的门框，锯子下木屑飞扬，锤子敲击得叮当响，门槛前拴着的小狗有些惊惶。忽而，四哥说，啊呀，要做午饭了。

这就是他选择拍摄的世界，后海这片还有百姓们居住着的胡同。其他的地方，沿着什刹海，都已经被改建成了酒吧街，和反映城市面貌的展示景点。很快地，这些过往也会渐渐消失，伴随着这些亲切的居民，和日复一日平静琐碎的生活。

他的这部纪录片叫作《海那边》，是记录后海这片老北京们的生活卷轴。

记得他还有一部《墙那边》，记录的是原本生活在明城墙下的百姓们的生活，百多年的岁月，浓重的回忆。一夜之间，明城墙遗址改建了，他们离开了，小小的世界和无数熟悉的面孔，消失无踪，仿佛从来没有存在过。

城市现代化的脚步，正在吞噬他热爱的世界的宁静。城市要求人们按游戏规则去生活，这种规则就是效率和目的。

他曾说，他就像一颗野麦子的种子，却种在了月季园里。

他总有着深深的寂寞。

他拍摄的许多作品，都是他自己的愿望，不为了任何单位，任何金钱。就我知道的，他的《墙那边》入选了德国青年短片影展，《海那边》

入选了韩国全州国际电影节纪录片影展，还有不少。这些，他从不愿跟人提起。

饶是这样，还总是有很多人以为，他这样埋头于无功无利的拍摄，一定是在酝酿着什么大的目的。他当笑话说给我听的，却掩不住他的困扰。

北京，这样雍容而自由的城市，因着越来越盛的功利和浮躁，令他感到如此孤单和不容。

拍摄间隙，少歇，他说因为明天要走，准备了些钱，给广化寺门口的乞丐送去。他匆匆离开，留下我和一堆摄像设备在原地。

突然有一种不祥的预感，这次远行，他可能是不会再回来了。

四面都是窄而长的胡同，弯弯曲曲，看不到尽头，站在交叉路口，我忽而满心的迷惘。

近些年，他常常去到深山里拍摄，记录那边的山歌、民俗、人和故事。一开始，也许只为记录，渐渐地，离开城市，似乎让他有一种逃避和释放。

纯净的蓝天和高山，天堂般美丽的村庄，还有如水的时光无声无息地滑过，让人可以在不知不觉中老去。我真的理解。

他这次要远行的地方，叫作木里，在四川和云南交界地方的一个藏族自治县，没有公路交通，没有手机信号，没有详细的地图。据说是一个山明水秀的天堂，却是路途凶险。他一直念叨着要去，现今终于要去了。

记得6月间，他曾短信我说，木里是个好归宿，就在泸沽湖对面，但你不知，我们的命运就在知与不知之间。

真的不记得我们午餐吃了什么了——这顿走了1643公里，特地来吃的午餐。

他说，他有两个拍摄纪录片的亲密战友，在广西拍摄时，先后去了，都是他，去把他们的遗骸带回来。他说，马革裹尸，就是纪录片人的宿命。

我很气，说，你是不是也想不回来了。

他答，不能说没有这样的心理暗示给自己。

这个人真是诚实得可以。

下午和晚上，还是拍摄。他像一个热忱的孩子，走在后海的每个角落，寻找着每一个动人的细节。他又像一个从此远离的游子，依恋着这方世界，拍了又拍，似乎一天内，要拍尽所有的镜头。

气温骤降，天寒地冻，夜的黑落了下来，时间推移得让人心痛。

记得那天夜里的月亮很圆，他说，明天更圆，因为是十五。明天，就是他启程的日子。

他曾劝我别来北京送他，何苦相聚只为分离？我答，所有相聚之后，都有分离，只要相遇过，就有意义。但是，分离，真的很痛，说得最多的两个字是，回来。

后海沿岸的灯火点起来了，一片片的水上楼阁，在水中投下流光飞舞。他如此凝神地拍摄着这些水中的光影，屏息静气，忽而哪个调皮的孩子扔了一颗石子，那片流光倏然如烟花般碎了，散了。

他走了，北京这个城市空了。

独自留在我们曾经相遇的这个城市里，宽阔的大街上，车来车往，楼很高，天空明亮。站在大路中央，一时间，觉得很陌生，失了方向。

故宫的朱墙金瓦，玉色栏杆，翠色画栋；长安街的暮色夕阳，车成长龙；成贤街的柏浓书香，午后，胡同深处闲闲的阳光。

他曾站在雍和宫桥头，听见屋宇间第一声燕子的叫声，告诉我何谓呢喃。他曾跟我说起胡同里的老北京饭馆，吵吵嚷嚷，如置江湖。

夜了，不觉中又走回后海。

总觉得灯火间，应还有他时走时停、爬高蹲低地在不懈拍摄。

记得看着他拍摄的那一天，依稀中忆起了我的年轻时。

曾经有整整6年的时间，我也是这样狂热地每天拍摄、剪辑，为着自己理想的影像。我曾经那么渴望用影像描摹自己眼中的世界，讲述自己对于这个世界的感受。但是，很多作品最终变成了内参，存在某一间阴冷的档案室里，从来没有播出过。剩下的，被每一级领导都改过一遍，五六遍的修改后，我不再认识自己用身心分娩的这些孩子。

我曾经努力地去讲述百姓的甘苦，忙这忙那地为一些受伤害的人，做一些拍摄分外的事。天真，是身边所有人对我的评价，永远做不到的世故。

曾经挣扎在上海的实际精神的包围中，不愿走入所谓商业的主流中。

有一度，打算着去北京生活，因为向往着中央电视台评论节目的大胆淋漓，还有到北京电影学院学习的梦想。总觉得，北京的空气中充满了理想的气息。后来才明白，理想是在我们心里的。

那时候，我还没认识他，这个理想主义的北京人。

为什么想要拍摄？为什么想要讲述？我常常这样问自己。

在陪着他拍摄的那一天，我似乎感受到了答案。那是因为，爱。

我们爱着我们生活的世界，我们爱着我们身边的人。我们爱着，并且感动着，为着空气中颤动的四季的气息，为着清晨公交车的第一声鸣笛，为着公园里孩子的璀璨笑容，为着傍晚母亲唤着全家吃饭的熟悉声音。

这就是我们的城市，我们琐碎生活的点点滴滴，安然的美丽。

这就是我们理想的根源。

后海的那一岸，群楼如簇，花灯似龙，清风徐来，泡吧的人们笑语嫣然，酒意正欢。而他日间曾拍摄的这一岸，夜色已遮掩了古旧的胡同，无始无终的平静生活，正在酣梦中。

黑暗中，再次走在那些弯弯曲曲的胡同中，温习我们曾一起走过的脚印。

皓月当空，淡淡的光晕。路过的窗户里，有或明或暗的温暖，有着一张张他所熟识的亲切面孔。

想起他在《墙那边》中的一段话，如果把城墙比作大树，那么那些熟悉的面孔就是一片片树叶，而我，就是优游在树荫里的那个孩子。

我想，他是终于会回来的，不会就此遁世而走。

因为，他终究是北京这座城市的孩子。

游荡在他的城市里，感受着他和这个城市牵扯不断的传承和联系，感受着他的城市和我的城市的不同，我所在的上海，那个精致、实际、优雅而稍欠从容的城市。

微笑着回想我和他的相识相知，内心如此相像的两个人，也有着许多彼此的不解，想来正是因为城市的不同，就如复旦之于交大，北大之于清华，毕业生总有很多思维和观念的差异。想来，我们都是各自城市的孩子呢。

也许，城市对于每一个生活在其中的人，就像父亲之于儿子。儿子可能会因为父亲的强大而感到压力，可能会因为父亲的不闻不问而感到冷落，可能会因为父亲的管束而烦躁不安，可能，父亲身上确实有些儿子看在眼里，却不能改变的问题。但是，儿子最终是爱着他的父亲的，他正是因为爱而拍摄着，他的周身还流着父亲的血液，他怎会不回来？

得失荣辱，都会转瞬而逝，但还有永恒的存在，那是爱。

只要爱还存在，只要他还在拍摄，只要理想还在炽热地烧着，虽然伴随着现实痛着，却还没到熄灭的一天。

夜晚的北京火车站，雾霭中正红的站名，钟声在空中回荡。

一夜之间，又是上海站的清晨，这个忙碌的城市，一天的熙熙攘攘正在醒来。

城市永远在那里等候着，人们来来往往，寻找着相遇的美丽，承受着离别的思念。

此刻的他，也许已经放足山青花艳的山野。而我，回到1643公里之外我的城市里，在上海这个弥漫着布尔乔亚空气的城市一角，继续用文字讲述我的热爱，并且安静地等待。

等待这个北京的孩子，终于有一天，从容地带着他的理想，回来。

两岸

你以前总是说，你和我，是河两岸。

我们之间的故事，一直行进在分离的场景中。你在北京，我在上海。你从紫阳归来，我正启程梅里。我自云南返，你又往邛崃。你抵成都，我已在广州。等我赶赴天津，你到了盐原。我在安徽时，消息传来，你已平安到达俄亚。

2005年年初，你离开的两个月以后，我从守口如瓶的鱼那里终于知道了，你在去往俄亚的路上。他是唯一一个陪你去过那里的人，只有他能找到进那里的马帮，只有他知道你的方位。

你是这样离去的，从北京坐火车，穿越雾气苍莽的浓绿山川，抵达成都。在那里，你和当地的纪录片人碰面。然后，坐大巴到西昌，再到盐原。至此，没有公路。雇马帮驮着你那一大堆摄像设备，徒步，七十度向上的岩石，每天八到十个小时的攀登，整整四天的路程，入夜露宿。最后，你到达了木里的神秘村落——俄亚。

木里，是被你称作归宿的所在。俄亚，是你计划在那里拍摄的第一个地方。

“现在他还在那里吗？”我问鱼。

“不知道，他可能已经离开了，去拍摄木里别的地方，也许是白碉，也许是屋角。”鱼没心没肺地答。

“我们去找他吧，你说过，你还会回去接应他。”

“现在不行，三月前，大雪封山，谁都进不去，谁也出不来。”

“鱼，三月了，我们哪天出发？”

“抱歉，我最近要干活挣钱，这一阵没空，等到月底吧。”

“鱼，快到月底了，我们走吗？”

“别急嘛，去总要去的，但是恐怕要再过一阵，我总得养家糊口吧。”

“鱼，四月了，你知道的，他随时可能消失，我想再见他一面。”

“掂量你自己的身体吧，半道出了问题，我只能把你扔到山谷里。”

“扔吧，没关系。”

“他可能到其他地方拍摄了，也可能不在了，难说。”

“就算他不在了，我也要把他的骨头捡回来。”

两周后，我一个人出发。鱼还是没有空，似乎早已失了大费周章去找你的念头。

世界似乎遗忘了你，你曾说，你知道一定会这样，你也希望如此。那我又要如何寻你？

火车行走在苍莽的天地间，夜以继日，风景日渐宽广，草木日渐峥嵘，天空日渐湛蓝。我感觉正在一日日与你靠近，却不知你的所在，只有铁轨无尽地在天地交界处延伸，望不见最终通往何处。

想着你去年初冬，离开你的城市，从此去往梦想的所在。那条往蜀中的路，应是有冗长的隧道，时不时，你会随火车落入无尽的黑暗中，随后眼前瞬间豁然，是极高渺的天，极深邃的谷，你飞驰在空中，像一粒快乐的纤尘。

我们就这样一路长大，一路丢失。如果说还有一些剩下的，能让我们在原本无关的轨迹中相遇，也许是天真。

2003年年底，非常冷。

父亲电话告诉我，他种在阳台上的植物，一夜之间，冻死了大半。这种冷，让我想起童年的冬天，那时候的上海，还很安静。极冷的空气中，有一些东西死去，又有一些东西在活过来。

几个月前，我刚下决心辞去了那家文化传播公司总经理的职务，开始在家中写作。我爱写字，这些年间间断断，现在，终于决定一心做自己喜欢的事情。只是我的健康，由于几年内的透支，一直在跌跌撞撞中。

又一次从重症监护病房里被释放出来，收到了一封不合时宜的电子邮件。

起头是，“我终于又看见监视器外的蓝天了……”

是你的邮件，说是又想筹备拍摄另一部纪录片，关于中国的那位“音乐凡·高”——无锡的瞎子阿炳。缘起是，你得到了一盘他亲录的钢丝版CD《二泉映月》，这是他唯一留下的声音，令你感动。但因为是独立制片，与无锡文化部门联系拍摄，难免师出无名，希望我能替你联系，与阳光卫视合作。

我答复说，我尽力而为，请把创意大纲给我。

你很快回信，大纲却简约得吓人，让我终于回想起了你一贯的自负。

时值阳光卫视易主，我正好认识新上任的总经理。联络了，又来往一大堆各种文件。你潦草回答的只言片语，每每要我整理成文，真有一种上了贼船的感觉。我懒得教育你应该如何如何，反正你这个艺术家也不会愿意。

我已经很难回忆起我们是怎样认识的，依稀是在2001年，一个莫名的场合，说一些莫名的话，我们说着各自世界的语言，因此很客套，那时你我都只是一个符号。

我作为一个以电视制作为主业的公司总经理，到北京出差办事，一位圈内的朋友介绍说，有一位很有才华的电视导演，想介绍我认识，也许将来会有合作的机会。

那位朋友带着我，来到一个像食堂一样熙熙攘攘的、巨大的小吃广场。你到晚了，大家很饿。我们各自点了一大碗面条吃下去，场面既不商务，也不艺术。

你的话很少，只说你已经拍摄了不少纪录片，自己的作品，没人掏钱，也不能卖钱，只希望能有在公开频道播出的机会。

我说，给我一个样带，我可以去上海的纪实频道试试，如果他们中意，除了播出，可能还会有微薄的稿酬。

你显然很怀疑，因为我当时的身份是个商人，这样的事情对我无利可图。你后来没把这件事放在心上。倒是你的那位朋友，热心地给我寄来了你的样带。

第一次见面，我对你并没有印象，直到你送我到小吃广场的大楼外。北京的阳光如瀑，你与我握手道别。你的手掌大而有力，我这才发现，你有与艺术背道而驰的强壮，像一只遮天蔽日的狮子，孤独却不可一世。

2002年，我开始频繁到北京出差。像所有陷于热衷社交的商人那样，每次一有空，我就电话北京的各个朋友，约他们碰面。

有一回我电话了你。你当时极忙，只有两个小时可以出摄影棚，晚上。但是你坚持要请我吃晚饭，把地点定在全聚德，这次你比我早到。你跟我说了很多你最近拍摄的纪录片，记录各地的民间音乐，记录各地的手工艺，一些很美很真实，却很快要被时间湮没的财富。你很忙，因为既要拍摄这些，又要做大量商业片和晚会的导演，赚钱支持你的理想。

我懂得你的辛苦。我在电视台做编导很多年，一直梦想做出自己理想中的电视片。之后，跟着民间电视制作的脚步，转而从商，也是为着寻找一条通往梦想的道路，用广告的营生，来支持一种更自由的创作。每一个生而以讲述为使命的人，都在追求更纯粹的表达。梦想昂贵，与现实的角力更是无休无止。

你沉浸于你的角力中，更沉浸于你的追寻。我说，如果有满意的新作，记得给我样片欣赏。我没有跟你提起，我曾专程找了纪实频道的总监，推荐你的纪录片。既然纪实频道没有接受，我无意博你谢意，更不想令你感觉失望。

那一顿你请的晚饭，仅仅为了吃饭而吃饭，为了聊天而聊天。与北京商人们的邀请恰恰相反，这顿饭很简单、很简短，但是我由衷地感谢。

在2003年那个极冷的冬天，生命力正慢慢地从我不断打字的冰冷指尖流失，频繁的发病令我不知道我还有多少时间。我想这正好是个机会，让我可以还了你一个人情，这很好。

只是人类自说自话的想法，无非命运的暗示，后来我才明白，这不是一个结束，而是一个开始。

某个清晨，收到你短信："日出前世界好像混沌初开，一切有形无质，只除了生命般战栗的街灯。"时间是六时许。

又一天清晨，你的短信："记不清多少次凝视晨晖了，但永远有被燃烧般的感动。"又是六点刚过。

几天后凌晨，四点，你的短信："听风到天明。"

几次被你从短暂的睡眠中闹醒，我终于由愤怒转为苦笑，你这个疯狂工作的人，这个内心狂热的人。

渐渐地，我发现你睡得极少。有时候你会开玩笑似地一早发消息过来："天亮了，你的今天开始了。"迷迷糊糊地一看时间，又是六点多，鸡叫的时候。

有时候深夜两点，手机短消息的提示音又响了："还在爬格子吗？留神你的脖子。”我回：“你好像能看见我一样。”

你的邮件零星地告诉我，你常常会在天刚亮的时候等在拍摄现场，也常会通宵达旦地剪片。你严重失眠，而且几乎无眠。而我醉心于码字，冻僵的手指在键盘上飞舞，不觉又是黎明。我们生命的热，抛洒在自己设置的战场上。

你说：“生命是场盛宴，主人家尽情款待，受惠者纵情喜乐，当一切结束时，生命已杯盘狼藉，只在厨娘的泡沫间残喘和消失。”

我回：“身体的腐朽总是和精神的狂热并行的。”

这么些年，你被商业的现实弄得有些疲倦。某天早上，你说：“阳光如此灿烂，我却要面对客户，只有想到朋友，心情才和天气画上约等于。”

我回：“大多数人活得势利卑微如蚁群，少数人有洁净的内心，却要与蚁群为伴。”

你答：“也只是只不甘的蚂蚁。”

又一日，上海和北京再次同时降温。你短信说，“好冷。”你又在阴冷的摄影棚中。

我在夜的书房里，窗外霓虹灯如冰花闪烁，冷入骨髓。

几日后，北京大风，上海又降温。

你短信：“今晚北京是风声之城，我会静听风语，然后转述给你。”

我回：“我喜欢北京的空气，充满了梦想和自由的气息，不像上海的空气充斥着商品的气味，就像人造塑胶的味道。”

“我会带一丝北京的滋味，到上海寻你。”

有时候我会有一种错觉，握着手机冰冷的金属外壳，竟然有一种背靠背的亲密。相见时我们是各自的角色，因而疏远，远离时我们只是灵魂，所以靠近。

到了三月，气候终于渐渐回暖，却仍走不出冬的阴郁。

中旬里的一日，整天没有出太阳，到了下午，淅淅沥沥地下了一点小雨，傍晚，雨止风静，天空愈发阴沉，好像有什么事情要发生。

下午五点，你的短信："若我因爱而凝视，因爱而牵挂，不是罪过吧？"我心头一动，细想，却不能确定何意。

半小时后，手机再震，你说："要是我说我是爱你的，你会怎样？"

忽而，有风震动窗棂，细雨骤至。

漫长的冬季中，故友相知的安详，终于不再。我想，爱情发生了吗？审视自己的内心，却在过往的温暖中，找不到轨迹。

一夜无言，翌日清晨六点，你的短信很简短："相思成灾。"

我没有再翻身睡去，把电脑搬到床上开始码字，却总是出错。我无法克制心中不祥的预感，我第一次看见了你内心深处的恐惧和孤单，你好像一个溺水的人，慌乱伸手想抓住些什么，抓得越多，就感觉越安全。

四月间，我听见了阿炳的那盘钢丝版CD。

你微笑着，把你的随身CD机的耳机，轻送到我耳边。

"我们平日里听到的《二泉映月》，都是华美而委婉的，带着流水般平滑的忧伤，然而真正的《二泉映月》完全不是这样的。

"当时，广播台请阿炳录制这盘CD的时候，他已经封琴很多年了，他的胡琴上早已落满了沉默的灰土，琴弦老了，松香也没有搽好。他就这样来了，带着因年老和病痛而颤抖不已的手，这是他一生中最好的演绎，激动人心的作品。你听……”

你示意我凝神，然后按下按钮。

“你听见了什么？”你问。

声音是干涩、断裂、嘶哑的，像是生命深处的声音，自那把衰弱的老胡琴，惊天动地地迸发了出来。反反复复，就是一个旋律，却不觉得反复，只觉得借由着那个旋律，这个老人在不停地往下讲。

“我听见了。”我答，“他一开始是胆怯的，避世很久，他对这个熙熙攘攘的世界，感觉陌生而有些畏惧。他尝试着发出声音，他想要世界倾听，他有自己的话要说，与这个世界充斥的语言不同。

“他满怀期待，但是当他刚刚开始，他就禁不住自己的悲伤。他忆起自己的失望了，这个世界一贯是排斥他的，他们要虚假的华美，升平的旋律，音乐只是装饰，只是娱乐。然而他是一个瞎子，声音是他探寻真相的唯一通道，他用音乐来讲述真实的苦难，这是世人尽力要回避的，真实的东西总是令人不喜。所以他深深地哀伤，因为孤绝。

“那种哀伤，渐渐转变作愤怒了，他毫无忌惮地喊出自己的声音，他一无所有，但是他敢于与整个世界对抗。他在说，如果你们真的听不懂我，如果命运真的对我如此不公！

“他说，我终日伏在冰冷的地上，听地面传来的种种响声，我病了，我老了，我因为长年伏地而心力交瘁，而我通过声音听到了真相。我失掉的只是双目的光明，你们，世人，你们的心蒙了黑翳啊！

“怎么回事，现在他开始平静下来了，我听到了死亡的到来。死亡在走近，那种绝望的感觉如潮水般慢慢涨起。他仿佛终于知道了自己的去处般，他的声音渐渐透出了宁静、从容和释然，他在前行，他在远离。

“他还有太多内心的声音想要表达出来，所以他的演绎变得更加强烈，令人动容。这种强烈如此充满了力量，直到那把老胡琴无法承受，随时都会分崩离析，直到他的生命随时戛然而止。”

你关上了CD机，凝视了我一会儿，没有说话，镜片后面的眼睛闪出孩子般的明亮。

后来你告诉我，阿炳在录完这盘CD以后，很快就去世了，这是他临终前最后的声音。而我在聆听完这段音乐的当时，就已经明白，这部你想拍摄的纪录片，原来主题竟然是死亡。你开始令我觉得深深地不安。

你来上海，是应邀导演一个展会中的音乐剧。日本客户很挑剔，白天晚上地排练、审看和修改。你说没关系，反正你也失眠，完全不需要睡觉。

我建议说，好不容易你到了上海，正好顺道和阳光卫视谈一谈合作。还有纪实频道，也可以接触一下，如果能和他们合作拍摄这部纪录片，还能有设备方面的支持。用他们的设备采集的信号，无论画质、音质，都会大大优于你自己的设备，一样花心血的拍摄，效果会更加完美。

你最感兴趣的话题，一直就是，能够做出更完美的作品。

另外我有一个朋友，那阵正好在无锡的医药基地，投资了1500万美元，和无锡的市领导很熟悉。我说，还可以让我的这位朋友引荐一下，这样你在无锡拍摄，吃住行和工作，都有了支持和保障。

忘记你在上海停留了几天，两天？三天？反正我是眼明手快地，从日本客户手里，把你抢出来了几个小时。先是安排你和纪实频道的总监，在衡山路一家环境古雅的餐厅，吃了一顿晚饭，谈一谈你们之间可能的合作。

你沉默时孤傲，但是每当与人谈起纪录片，你便会有一种学生气的顶真，和孩子气的任性。我看得出来，和我同自复旦毕业的总监，很是喜爱你的这份热情。他关照你改天去电视台找他，和他详细谈谈合作的方式，你很快乐。

然后，我把你带到我熟悉的一位医生那里，拜托他给你看病，鉴于你几乎天天跟我抱怨你的失眠。他开了安眠药给你，还有抗抑郁药。你告诉了我，我哈哈一笑，劝你说，没关系，搞艺术的都会被人认为有抑郁症。

我们在一起，如老友久别重逢，坦诚地谈天说地，恶作剧地相互揶揄。

第二天，你坚持要回请我晚饭，你们一起工作的一大组人，挤在一个桌子上。你自斟自饮，没吃几口菜，却把一大瓶二锅头像白开水一样喝完了。喝酒的时候，你像在和自己较劲。和兄弟们谈起工作，你的眼睛又一下子明亮起来，举手投足间，光彩照人。

餐厅的服务员，被你们喝酒的劲头弄得有些害怕，说什么也不肯送更多的酒来。你和几个兄弟便轮番出马，软磨硬泡，施展魅力，我在一边笑疼了肚皮。

吃完饭，你建议说大家接着去别的地方喝。大家都表情古怪地表示要分头活动，跟你一个房间的那个哥们儿，更是识时务地声称，要去网吧通宵打游戏，然后大家一致推选我送你回酒店。我大大方方地说，没问题，真的打了个车，把你送回了酒店，然后径直回家。

随即，电话了你房间的那个哥们儿，说是把你送到酒店了，我走了，他在网吧大可不必熬通宵。那哥们儿拿着电话，支支吾吾地，好一阵尴尬。

凌晨四点，又收到你短信：“你令我感觉安详。”

我微笑了，只希望我不祥的种种预感，就是我自己的神经过敏。

那一阵，我知道，你疯狂地接各种赚钱的工作，日以继夜。同时玩命地拍摄你计划中的纪录片，丝毫不给自己一点喘气的机会。

你奔忙于客户要求的工作地点，和你自己计划拍摄的各地之间，像一只没有栖息地的飞鸟，你极精简的背包里，有你四季的生活所需，从短袖汗衫到厚实的绒衣。

还有不知是否我的错觉，你似乎比以前瘦了很多。还记得那日如瀑的阳光下，你与我握手道别，印象中当时的宽阔身影，如今只剩下了一半。

我曾经很严肃地问你："为什么这么拼命赶啊？慢慢做不行吗？"

你避重就轻地玩笑说："我想和时间比赛一下，看看谁跑得快。"

于是，某天上午，你又仓促地飞离了上海。另一个客户要求你立刻赶到昆明，导演一个晚会。你还没来得及谈完那个纪录片的合作。离开前，你从北京调来了鱼，你说那是你的制片，你拍纪录片一直的伙伴，他会在上海，代替你把各种合作事宜谈妥。

我送你到机场。你给我听了一首歌，你随身带的一张CD，王洛宾的《一江水》，许巍和韩红合唱的。你说，这个合唱只有这一个版本，是你和他们约定的。你很喜欢这首歌，你觉得这歌美极了。

我和你是河两岸，永隔一江水。

你不该说这谶语。

鱼从来不正经说话。我为他约好了一干人等，说定的见面时间，每每失踪。约定的事情，总是半真半假地被忘记干净。

这样整整一周以后，我烦了他这种捉迷藏的方式。

“鱼，到底你们还想不想和人家谈合作呢？”

“谈啊，干吗不谈。”他眼神游移。

“你觉得你这样办事的方式，还能和人家谈成吗？”

“那是条件不合适呗。”

“那你觉得条件怎么合适呢？”

“他们都要分享我们的版权和未来的收益权的。”

“他们出了名义、出了设备，当然要共享版权和收益权。你们没有现钱付给人家，再说你们的版权迄今为止，还从来没有卖出去过，这样的条件已经很好了。”

“我觉得不怎么样。我们自己也有设备，好坏也能拍成，版权还不用分给人家。”

“你们不是只为了拍摄出更好的片子，不计较版权什么的吗？”

“那是他。”

鱼说漏了嘴，从此不再开口。

我仔细电话问了你，才知道，鱼和你一起拍摄纪录片，他的吃用住行都是由你负担，但工资是不算的，因此，你的很多片子往往用他的名字署名，在国际上拿奖。这样一来，鱼虽然只是一个帮忙管管经费、借借设备，出门背一些器材的角色，却因为拥有了几部获奖纪录片，在北京纪录片界，已经是小有名气的英雄人物了。

你说，你也曾跟鱼讲，片子的经营都交给他，如果能卖钱，就分给他，和参与的其他人。

很显然，鱼这次的上海之行，是不可能办成任何事情了。他整天忙着，去看他当时上海的女朋友，有多的时间就缠着问我，有没有什么赚钱的生意可以介绍给他，他等着钱用。说到纪录片，他就犯困，唯一感兴趣的，就是把手头现有的片子卖了。

我问你，怎么办。你不置可否。

几天后，鱼离开上海，和你一起直奔紫阳，去拍摄你的系列《边走边唱》中的紫阳民歌。

你在去往紫阳的火车上，给我短信："当所有的人都睡去，只有自己醒着，不知道应该庆幸还是哀伤。我爱空旷，但独立旷野时却永远找不到自己的影子，经常梦想漆黑的剧场舞台上，有一束定点光属于自己，但我知道最好的表演就是无言。独角戏只是靠一人演出，凄惶的是演员看不见自己，我唯有日夜走来走去。"

我明白，你要的是与众人不同的东西，于是很多年里，你习惯了被众人排斥。

因为被漠视和遗弃的伤痛，你要远离人群。因为周遭寒彻，又禁不住想靠近。当你软弱的时候，你会希望，你认识不久的女子，都成为你的爱人。你会容忍，只要你身边仅存的伙伴不再一一远离。你需要身边的人告诉你，你是谁，这个问题，有时候让你很困扰。

在接下来的日子里，我还在不断劝说你，亲自联络《二泉映月》这部纪录片的合作事宜，但是我很清楚地知道，你不会，你需要鱼。

听说，紫阳的水很蓝，那种深深的蓝，令人伤感。

听说，紫阳遍地是很美的歌，你一开始录，就停不下来。

你像孩子一样兴奋地告诉我，这会是你的民歌系列里，最棒的一部片子。就在我启程去往梅里雪山的前夕，收到了你寄来的VCD，片段节录的。

黑，满屏的黑色，深黑的色调。光是唯一的颜色，从窗外或门外，某个不知名的侧面照过来，落在黑暗满布的大屋中，像一支粗糙而遒劲的笔，画出了那些歌者的轮廓，眉眼不清。只那一点明亮，使黑更黑。

你以往的作品，鲜明而昂扬。我熟稔了那些鲜活的颜色，还有朝阳或夕阳，描在如肖像般的凡人身上，那灵魂般的淡淡金色，何其温润。你总是以不能尽摄颜色之美，而反复与自己对峙。你的镜头，从未如此暗沉。

随后，绝美的吟唱从黑暗中升起，虽是错落不齐的合唱，竟有一种意外的和谐在蔓延开来。那种和谐，是悲怆间的一丝喜乐，带着不食人间烟火的缥缈。

镜头切转，棺木和黑白的相片置在冰冷的泥地上，四周围着点燃的香烛，众人手持香火，绕棺而行，无知无尽的挽歌，从入夜，到天明。你录下的是挽歌，这是你在紫阳录得最完整，也是最出色的一首歌，令整部片子出彩。更出彩的，是你通过无言诠释的——死亡。

“为什么？为什么这么黑？”我打电话问你。

你犹豫了一下，答：“那几天身体不好，执机不稳，我用了广角，所以进光有些不够，就做成了这样的效果。”

你的回答很轻描淡写，我仍知道其中分量。你一直是自己拍摄，你觉得其他摄像者都不能超过你，也不能尽述你眼中的世界。不论何时何地，只要你看见了美丽，你就不可能拿不稳摄像机，就如一个征战多年的战士，梦中听见敌人的进攻，也能翻身杀敌。

除非，是你的身体有了极大的问题，严重到你的意志力已经不能再控制你的身体。

我问："你哪里不舒服？有没有去看过医生？"

你哈哈一笑，答："不就是失眠嘛，你不是已经带我去看过医生了。"

"你说实话。"

"啊，啊，我没不说实话啊。"

我忽然有了一种很古怪的念头，我觉得你病得很重，这种病痛正将你引向死亡，而且你对自己的即将离去，了如指掌。面对死亡的感觉，我很熟悉，而你的种种内心，跟我曾经的感受，何其相像。

我对你说："你报地址，我这就过去看你。"

你又迟疑了一下，答："我想过一阵。我会专程去上海几天，去找你。"

"我去看你，没有差别。"

"现在我的状态，有点不大好，等我好一些，我会去找你。"

我不再坚持，你总是想给别人看到完美的一面。

在那通电话里，你问起，去梅里雪山走什么线路。

我说，我出游一向没有固定的线路，想到哪里，走到哪里。

你告诉我，在去往梅里雪山的途中，有一个很灵验的寺庙，你们以前去梅里拍摄时，曾偶入，只是具体的方位说不清了，希望我能有缘找到。

我说，我会去找寻你所说的那个寺庙，我会为你祈祷健康、安宁、心灵的自由。

旅途的风，扑面而来。

我攀登在高原起伏的群山万壑中，我的青竹杖贪婪地嗅着，泥土里青草的芬芳。

我站在春花遍野的草原中，瞭望天之尽头，飞鸟高高地掠过我的头顶。

我张开双臂，拥抱刺目的阳光，清澈的浅滩边，徜徉着成群的羊儿，和衣裳美丽的姑娘。

我一路听人们讲他们的故事，渐渐能听懂越来越多，我从未学过的语言。

带着出发前持续不退的低烧，我向往着雪山的纯净，能够安抚我额上的燥热。只是行至大理，又开始犯病，整一周痛得不知晨昏。魂灵归来，刚一开机，手机里就挤满了你的短信。

我赶紧电话你，说："我没事啊。"

你答："没事就好。"狠狠地挂上了电话。好大的火。

于是被要求每天跟你汇报行程，我正好有满心的快乐想要告诉你。

我短信跟你说，这里的天蓝得不可思议，仿佛伸手可及，柔软的触感。这里的山崔嵬雄壮，却禁不住柔美的水蜿蜒其中，令岩石也露出翠绿的爱意。

你却兀自闷闷不乐，答："你总是诗意，而我只是牵挂。"

我告诉你，这里的人眼睛清澈、笑容炽热，歌声里有白云映在湖水中的纯净。就这样日日登攀，愈行愈远，愈觉得与天空的接近。

我还问你："更接近天空的地方，是否也更接近正义、天理、真实，与纯粹？"

你回："就这样直播下去吧，可以享受你的感动，你的存在，是我重回人间的慰藉。”我心想，你怎么就不在人间了？

直到过了一个多月，返程上海后，我才知道，原来你每次病重时，为避人假称外出拍摄，事实上是去往山里无人处，与世隔绝，独自与病痛纠缠，好似离开了人间。而你对我的行程安全，那份执着的担忧，其实是你联想到了自己的经验，令恐惧加倍。

就在我准备进入梅里雪山的前一天晚上，你拨了我的电话，要我止步。

我说，我已与一班人结伴，不是孤身，也不会有事。

你说，曾有几队纪录片摄制组，在那里遇险。神山曾向你敞开了最美的一面，但在那里，你也永远失去了最亲密的两个战友。生命在那里，诚如祭品般庄严而渺小。

后来你还是说，去吧，自由是你的，长生天会护佑你的。你说你信我，能有缘遇见那个神奇的寺庙。

然而不久之后，你还是坚决地阻止了我的另一段行程。那时，我已从梅里雪山返回中甸，想接着取道泸沽湖，去往蜀地深处的木里。听山民说，那是一个少人进入的幽深的天堂。从泸沽湖跟马帮前行，徒步两天，可以到达屋角，七天，可抵俄亚。

你的盛怒令我惊讶，因为你听到我说出“木里”这个目的地后，几乎情绪失控了，所以我只得答应你，就此作罢。

在后来很长的一段时间里，我一直不明白，那一次，你为什么这么强硬蛮横，以致逾越了我们之间，一贯相互宽容和谅解的界限。

你称木里“是个好归宿”，我当时不知何意。直到春去、夏过、秋至，我得知了你最浩大的那个拍摄计划，三年，在木里。我蓦然懂得，原来那个地方，是你早就选定的，留给自己的最终去处，只留给你自己一个人。

在你严厉阻止我的当下，在你发怒的当下，你是因深切的关心而忽然分不清，哪个是我，哪个是你自己。昏乱中，你把我当成了你自己，你因自己早存于心的坚定计划，而执意断定，我这一去木里，决不会再返。

有一种关心，会把别人的身体，当作自己的，会把自己的心，当作别人的。

这一路上，你总对我说，“望长生天好生护佑你。”你是蒙古族，你信仰蓝天，爱恋大地，你们的图腾，是驰骋旷野的狼。

我真的感受到了这种护佑，天地宽厚的怀抱，一次次地化险为夷。

还记得，在黑夜迷路的山上，睁着找不到光亮的眼睛，倾听水声，终于寻到了下山的路。冻饿至极的夜半，撞见山间卖土豆的帐篷，得借宿一宵，不致埋骨荒野。每一次晕倒路上，总有热心人把我送到安全的地方。每一次途中犯病，每一次在冥冥的“去”与“留”之间抓阄儿，也不解为何总会那么幸运。

在走出梅里雪山的第二天早上，我讲给你听我的奇遇。我并没有找到你所说的那个寺庙，但是即将出山的半途中，我遇见了那个寺庙的主人，那位你曾说起的出家人，方圆一带的山民尊为神仙的女尼。她正云游路过。

我并不认识她，是她遣人叫住了我，说有话与我说。山民们惊叹我的机缘，说那位出家人果然很难寻，且极少开口说话。

我没有为自己问什么，只是为你许了愿。

我一向视生命为浮尘，随清风掸落，不留痕迹，更落得清静。我不喜经营生命的长与稳固，我只一心追寻生命的意义，即使这意义渺茫不存，也不能停下我逐日的脚步，即使以生命作祭。

我也明白，你同样无畏于生命将止，你强烈的恐惧是源于孤单。某种意义而言，生命于你如同诅咒，一种将永恒的孤单加之于你的咒语。因为生命脆弱，因为人生无常。无常是短暂的绚烂，永恒的黯淡；无常是片刻的相拥，转瞬的激情殆尽；无常是曾经的相携不再，归于冷漠疏远；无常是生离，无常是死别，令相依不可能永远。

此刻，你的恐惧因我而起。如你所言，这把绳索系在两边，一边坠落，另一边也会坠落。重归寂寞，这种感觉有如永坠黑暗，我也一样恐惧着，因你。

一路上，常常收到你絮絮发来的近况：“昨天到今天不顺，助手在录播现场出错，客户发难，坚持要我出场，和鱼的价值观有分歧，假装生龙活虎帮父母搬家，琐碎，但是一种生活，我生命里已然为数不多的生活。”

“家人怀疑，要我去医院检查，被迫在报告上作假。”

“不知道这个秘密要保留多久，也许离开的那天，我就解脱了。”

“我又被限制饮酒了，这个消息你比较爱听吧。”

你要我时时告诉你我的所在，你说你会去找我，一次，又一次，但是始终没有，只有随之而来的，一遍遍的喟叹，关于河两岸，永隔一江水。听你偶尔电话中，声音日益衰弱。

我再次要求，不如我过去看望你。你阻止说，不可，万万不可。我不愿揣测，电话那头的你，是否已神情萎靡，或已样貌大变。

我返回上海的第二天，你正在北京郊外的一处外景地拍摄。

清晨五点，你发来短信，“凝视夜鹭的飞行，发现那种远望的飘逸，不过是专注的殇恸而已，我们如是。”

你又失眠，在夜的湖边，等待天明，这样的入夜和天明，你竟看过无数遍。而你还在这里，睁大着孩子般容易感动的眼睛，执着等待一个不知却坚信的奇迹。

我从来没有想过会有你的出现，像从同一个根系中生长出的两棵植物，即使它们寻找各自的光亮和缝隙，最终还是会缠绕在一起。像两个孩子在黑暗中手拉着手，共同抵御漫长的冷寂。

是日入夜，你在返京的车上，感到难以支撑，要求摄制组的司机把你中途放下，就近宿于公路边的客栈。你电话我，说你周身疼痛难忍，连日大汗不止，皮肤痛得难以触碰。你难以进食，近日里全身抽搐和昏厥，发作更勤。你说你不想影响工作进程，也不想大家看见你状况有异。你要我问一下熟悉的医生，用什么药，可以暂时控制目前的症状。

我答，好，我去办，但是你不能光告诉我症状，至少你得告诉我，你究竟是什么地方出了问题，还有最近一次检查出的指标。

你不言。

我一字一顿地说：“我知道你对自己的身体状况很清楚，告诉我。”

你说你得的是肾病，肾衰竭晚期，所有指标高得吓人，还有氮质血症。

我连夜问了十几个这一科的医生，没有人敢提出任何用药建议，众口一词的说法是，赶紧送医院，日夜监控各种指标，根据指标用药调控，才能保住性命。

他们没错，同样的病，同样的时期，差不多的症状，可能是高血钾，可能是低血钾，可能昨天过高，而今天过低，还有很多指标也都如此。只是不论是高了，或是低了，都是致命。医生凭电话又怎么知道，从哪个方向用药？

数月里不祥的阴影，终于如夏日低暗的黑云，化作彻天彻地的雨，轰然落下。我一早感觉到的，是的，我一早知道。只是当事实如许清晰地横陈在我面前时，我的心还是痛得四分五裂，这样心地柔软、真诚而坚强的你，上天何以这般待你。

我无数遍地对你说，你要去医院，你必须去医院，你必须马上去，否则，会来不及。

你拒绝，你说你无畏但并不无知，你从来就明白自己的状况，这是你的选择，你选择尊严。

人哭喊着而来，却不能再哭喊着而去。最后的离开，你希望留给人世，一个平静、从容，而且依然强大的背影。靠各种管子、机器、针药和一张带着轮子的床褥，人工运转着早该停止的身体，维持着一天天衰竭的最后呼吸，于他人而言，是一种安慰，于本人而言，只有耻辱，不如站着离开。我理解。

一次次的透析，用管子代替肾脏的功能，不断需要的人工帮助，无休无止。完整的生命分崩离析，成了管子末端一个无助的乞求者。

我也曾如此，每次发病，数十天完全禁食禁水，靠管子从静脉里给我所有所需。静脉穿刺进入我体内的管子，有一米多长，成为我那段血肉之躯的静脉内壁中，又一层光鲜亮丽的内壁，载着白色、黄色、透明的各种液体，与我红色的血液融合，为了给我生存。

靠自己机体的运转活着，是一种尊严。是以某天起，每次犯病，我宁愿一个人，静静地等待疼痛的来或去，等待生命的去或来。

传说有个故事，一架飞机即将坠毁。当机长向大家宣布这个消息时，所有乘客都惊慌失措，有的痛哭流涕，跪在地上向上帝忏悔；有的惊叫乱奔，四处敲打，试图寻找一条出路；有的狂性大发，冲进机长室，掐着工作人员的脖子，要求跳伞；有的甚至试图强奸空中小姐。只有一个白发的老先生，安然地坐在自己的座位上，对眼前的一切混乱似乎视而不见。他整理了一下因为飞机颠簸而凌乱的头发，松了松领带结，向空中小姐要了一杯咖啡。

有时候，我会觉得，世人就是同坐在这样的一架飞机上，一架失事前夕的飞机。我们什么都无法掌握，除了自己的尊严。

我问，那你现在怎么支持？

你说，需要长效镇痛剂和强力镇静剂，能否弄到？

我答，没问题。

就是从那个时候，我开始用我的病历为你开药，并开始说服我家附近的邮局，为你寄那些针剂。你并不知道，我之所以能弄到那些药，是因为我自己也常用。

你告诉我，根据医生的判断，你本来应该在前一年的年底，就已经不在人世了。那个你被预测的死亡时间，正好是，我们彼此真正进入对方生活的时候。

你说，少年时的你快乐而怯懦，虽然那时别人对你的印象完全相反。你成年后没有选择继续做运动员，或者教书，或者绘画，却选择了影像，这份理想让你如此满足，或许是宿命。

你结婚生子却越来越孤单，你经常觉得不知道应该对什么人说什么，你的不快乐不是因为事业失败而是一种骨子里的深痛，如果你有权剖析自己并且公之于众，你会说——那厮是颗野麦子的种子却种在了月季园里——那是一种看似飘逸的不存价值的——寂寞啊！

你的病痛瞒着所有人，包括你的父亲、母亲和妻子。很久以前，你就搬出来独住，借口是失眠。你不想让你的家人，习惯了你表面的强壮、乐观和我行我素的家人，时不时地看见你疼得面无人色，看见你憔悴无助，看见你全身抽搐倒在脚下的地上，看见你昏厥，无知无觉。你更不愿你的家人，为了尽他们的责任，而限制你最后的自由。

现在，你已经过了保质期，剩下的时间，你交给工作。你又自嘲，说你这样一只贱命的鼻涕虫，没理由留不下一行足印。

你调侃着，用北京人特有的，那种满不在乎的幽默感。我笑着，却在电话这头泪流满面。

电话里，你的声音开始断续。你说你忽然觉得困了，怎么这么困，想睡觉了。

我用尽量平和的语调对你说，累了就睡吧，睡醒了，一切都好了。

你答，好啊，那我睡了。你的声音如孩子般温顺。

我却忍不住心中的怕，你一贯失眠，怎会忽然想睡，这一睡下去，可还有明天？

最长的夜。

终于在天明时，又听见了你的声音。

你说你好些了，这两日里，就要去邛崃，拍摄另一部纪录片。这部片子你已经拍了很多年，每年都要去那里拍几次，讲述的是一个孤儿，从小被寺庙里的僧人收养，一年年长大，宁静而快乐地生活着。这一回，这孩子到年纪了，要回乡办身份证、祭祖，然后回寺正式剃度，很重要的一部分内容。

我知道拦不住你，又委实不放心，就说，让我与你一起去看看吧，我也是当过多年的电视导演的，给你做个助理总可以吧。

你迟疑了，最后还是不允。

我明白，我们再要见面已经很难，除非你好起来。没关系，如果你这样在意，你留在我眼中的样貌，那好，我就记住你想让我记住的那个印象。

电话中，听到你好像正在放那首《一江水》。结果还是忘了告诉你，我早先就听过许巍在酒吧里演唱的《一江水》的版本，很喜欢。我不喜欢韩红的声音，演绎得过于矫揉和华丽了。许巍的声音是疏离而冷淡的，却有巨大的暗流和蚀骨的忧伤在内里，很贴切的心境，很贴切这首歌。

你又走了，去往蜀地苍苍郁郁的山间，云雾迷茫，模糊了火车远去的方向。

你也许是躺在靠窗的铺位上，听着你的CD机，闭目假寐，一任窗外的风景飞驰而过。你的字句变得伤感，“人在川，而山远，郁郁中，身心沉重，世事烦扰，我有江水如蓝，却在梦中。”

我只能联络鱼，你的身边只有他。

我问：“他还好吗？”

鱼还是不紧不慢的那副模样，回：“没事，他老这样。”

“照顾他，拜托你。”

“嗯，知道了。”

当你迈进深山中那个佛像环绕的殿堂，你忧伤的心开始变得安宁，你渐渐觉得疲倦。最可怕的事情发生了，你发现你的右臂、你的左腿，开始连日连夜止不住地痉挛。

很久很久的沉默，你发来信息：“没有明天，我努力活在当下，然身不由己，举不起机器，我只是废物而已，我当归去。”

我急疯了。我拨你电话，我用各种方式劝慰你。但你心已丧，神志恍惚。你只是用尖厉的讥诮回应。我哭了。

我说：“如果你真的要离开，就让我陪你一起走吧，我不忍心让你独自走这段路。”

我知道，这样上路，你会孤单害怕。我们曾经相知相携经历的种种，有如血缘，已深入骨髓。只要能分担你的点滴苦痛，我不介意轻掷生命，就是现在。

你无声了，随后电话断了，电话不通，手机屏幕上空无一字。

忧急交加，我失去了知觉。

再一次病势沉重。昏沉中，忽而见你说要离去，走入层层叠叠的远山中，光在烧，你瞬间坠落。我无数次惊醒过来，冷汗涔涔。

数日后，好转。圈内友人电话来，问，终于好些了吗？鱼在日日问你的状况。

我听此言，就知你还平安，大喜。当日夜里，收到你的短信，道“保重”。

就在我好转的那一天，你离开了所有的人。

我很难再往下写，我无法尽述，那是最黑暗的几个月。可能因为我不愿再重复那些感受，我完全无法把那段记忆，很好地依次拼拢起来。

我四处寻找你，打电话问过所有曾经认识你的人，没有人知道，你去了哪里，包括鱼。

“唉，没事，我们经常这样互相玩消失，这一段我消失，那一段他又消失，互相不接电话，不联系，找不着人。别担心，他过一阵就会自己出现的。你照顾好自己的身体，耐心等着就是了。”鱼的解释空洞无力，他努力安慰着我，就像是在安慰一个小孩。

我试着给你短信，可是你没有回复。

我等了一天又一天，一夜又一夜，我在恐惧中煎熬，恐惧着你远在他乡的身体，和我自己害怕失去你的心。很多个夜晚，我静看窗外灯火，想着你在何处，是否也在无眠，凝视这夜的黑。每一回，夜车经过窗外激起空气的震动，我都会以为是手机短信的震动，蓦然从浅睡中醒来。你怎能这样，生死不明，音讯全无。

整整三周之后，一条短信，由你的手机号码，发到我的手机上，却不是你。

“你好，看了你的短信，知道你是很关心他的朋友，他现在去了外地，手机留在这里没带。”他们是你拍片时曾经带过的学生，现在各自有工作，也还帮你做一些杂事。在去你那里找资料时，他们发现了你的手机。

你是想断了和这世间的所有联系，包括放弃你的号码，这是你放足天涯时，曾经唯一与人的联络方式。

又不知过了多少个晨昏，你的学生们说，辗转知道了你的消息，有一位学生正好有时间，不日就会出发去找你。结果，他花了整整五天才找到你，带着你的手机。

那天下午，你的短信到来，说："是我。"

我们只是短信，无声地一来一往。你不听我劝，不愿回京，更不愿就医。

我们整整相互短信了两个小时，没有结果。然后，你告诉我，天要黑了，前面滑坡断路危险，你要你的学生返回去。我惊觉，原来你是要他，带着你的手机，回去。

对于远离这个世界，你竟如此决绝。

那位学生叫作光，我至今未曾见过，是个真诚而可爱的男孩。

光短信告诉我，他见到你时吓了一跳，你之前孤独而雄壮，现在像一条临死的狼，瘦得脱形，只有两只眼睛在闪闪发亮。你还在拍摄，但是你常常无法稳定地拍好一个镜头，你一遍遍失败，一遍遍重来，像是一种无能为力的挣扎。你的愤怒是对自己的。在一旁看着你拍摄的样子，光说他简直想大哭。

看着手机屏幕上，一行行显示出来的字，我有一个疯狂的念头，想要将你的痛，转移到我的身上，想要将我所剩的生命，一并给了你。

是你的号码，短信汹涌而来，那一头却不是你。前一分钟，我们咫尺；这一分钟，我们又天涯，不知你在何处。

光告诉我，你几乎完全不和人说话，你应该已经很多天没有说过话了。你的脾气变得非常暴躁，没有任何耐性，怒若惊雷，一天里，光已经被吼了很多次。

“除了——”，光说“除了他与你短信的时候，他的眼神变得很柔和，他表现出了意想不到的耐心，默默地，一个字、一个字按键到屏幕上，再安静地等着，信息回过来。”

于是，光请求我，多劝劝你，希望你回北京去，好生将息。光觉得，你多半能听我的劝告。光并不知道你的病，他只看见你的手臂和腿，在不停地痉挛，他知道你开始尿血，他发现你只喝酒，不吃饭菜，所以，他觉得你太累了，应该休息。

我问光，你现在究竟在何处拍摄，我说我必须去看你，不见你，我不安心。

光慌忙推辞，让我千万别为难他，因为你凶狠地叮嘱过光，不许把地方透露给我。光说你发怒起来像狮子，真的很可怕。

我终究还是得不到你的方向，天又渐黑了。

你是决计不肯让我知道你的所在了。你说了，你绝对不愿我，看见你现在的样子，你也绝对不愿让我的身体，冒险去这些偏远所在，没有公路，也没有医疗设施。

知道吗？我很想对你说，我很委屈，为什么你能冒险去的地方，我不能去。我们都曾带领摄制组，进入危险之境，出发前兄弟们淡然地相视一笑，七手八脚扛着设备，欣然前往。那是战友和知己，彼此把生命完全交予对方的信赖，和随时赴死的慷慨。不觉得是谁亏欠了谁，反觉相互在心中的重。

若你去了，你留我平安，又有何用？我们还是分离，隔着此岸和彼岸。

我真的没所谓只看你最好的一面，你的明朗与黑暗，我的身上都有。

这个闷热的夏夜，窗外浩荡的城市犹如黑色的海，沉到星星点点的灯火下。遥远的工地上，焊工行走在高而窄的铁架上，焊火如烟花般粲然绽开。

我常常想，我们这两个一直和世界负隅顽抗的人，我们这两个在黑暗中睁大了眼睛的人。我们寻找着那些意义，在夜里点燃自己的生命为炬，凭那微弱的光亮，沿着自己心中的方向孤独前行。

当我对同类逐渐失去了信心的时候，我遇见了你，我很珍惜，很感激。

我们的时间何其短暂，这即将燃尽的光芒，转瞬即逝。在一切归于熄灭前，我很想与你一同看这场烟花，也许我们彼此的烟花，会在我们的视网膜上从此留下印记，让我们有理由从此藐视黑暗。

你总是太在意，我对你的观感。我很想告诉你，如果要我评价，你是成功或失败，强大或虚弱，温柔或乖僻，我只会对你说，因为有你和我同在这世上，我觉得幸福。

鱼的电话，那一阵的来电记录，应该大半是我的。

“你有他消息了吗？”

“没呢。”

“知道他大致的方位吗？”

“不知道。”

“他最近在拍什么片子，你总知道吧？”

“多半是在把我们以前那些拍过的纪录片，收尾拍完吧。他已经不接外面的活儿了。”

“拍完需要多长时间？”

“这说不准啊，他挺着急的，希望越快越好。”

“我能为他做些什么？”

“嗯……他要赶在十月前完成所有工作，因为他要在十一月之前，去青藏高原南端的木里。他有一个计划，在木里拍摄一套系列纪录片，关于那里的氏族文化、婚俗文化、宗教文化和民间音乐、古老的手工艺。拍摄的时间是三年。”

“他的身体行吗？多少人配合他的工作？他哪来这么多资金？你们这些设备够吗？”

“身体就撑呗。我会帮他把设备，还有帐篷什么的野外用具，一起运过去，一个人没法拿。然后我会过去几次，如果他需要我补给。我们剩下的资金可能不怎么够，设备也需要花钱添，如果有什么赞助商愿意出钱的话……”

“我明白了。”

我明白了，只有他一个人去那里拍摄，没有人愿意陪他去。

我问了很多圈内的投资商，对于没有商业价值的纪录片，都是摇头。其实这个事实，我早在经营那个文化传播公司的时候，就很清楚了，那时候我主推的产品，纪录片也是一个重点。

终于有一个做出版起家的商人，白而胖的中年男子，爽快地说，愿意花钱办这事，支持中国的纪录片事业，收益不论。我说，我至少能保证，这片子能在国际上获奖。我了解，这对于你来说，是轻易的事。

立即联络鱼，说，赶紧给个要约、预算和拍摄大纲吧。如果对方看了，觉得可以谈，你们就直接见面，商讨细节。

鱼答："我正在广州跟组拍片呢，要糊口啊。"

"晚上收工以后，随便写一些行吗？时间很紧，离片子开拍没几个月了。"

"挺忙的，等我有空吧。"

鱼的拖拉和失忆，还是一如既往。天天的催促，还是过了十几天，才拿到文件。打开一看，吓了一跳，什么权利都没给人家，预算却高得吓人，摄制组人数猛增到十几人，连购买设备的报价都有不少水分。

我想，鱼真有天生的商人精神，生意确实是这样做没错，但是也要有人愿意跟你谈啊。

雨后的夏夜，有一种湿润在空气中弥漫，仿佛遥远的思念，透迤而来。

忽然收到你的短信："夜，游荡在熟悉的北京街头，提着酒瓶吃串，医生一旁劝告说，你已被禁酒，我笑骂，去你妈的，医生也笑，说随你。"

我问："你已返京？身体可好？"

你回："下午刚到，明晚离开，不逗留。"

我嘱咐你："记得明早抽空，去医院检查一下指标。"

你避开话题，说："听鱼说，你在帮助联络木里一事，这不重要，勿上心。"

我回："只是尽力而为。"

过了一会儿，你忽道："从未停止对你的凝视。"

已近午夜，北京燥热有风，月朗星稀。而雨后的上海，恰天淡如水，云在月中。我的书房正对北方，也是我终日眺望的方向。

“你要学会爱自己，我才能安心。”这句话，我很久以来一直想对你说。

你答道：“死于战场，是战士的宿命，不能工作，我不知道自己是谁。”

我深知无法阻止你，只能告诉你：“我关心你，并不因为你有好的作品或没有，你能够拍摄或不能，你说一些美丽的辞藻或言语乏味。我关心你，只因为你是你。”

这不是劝慰，我望你懂得。

稍顷，短信回：“此刻，想拥你在怀，知不可能，唯泪下而已。”

我说：“如能令你安详，我想去陪伴你。”

你回：“当我不在，且已不远，我们且隔岸相望吧。”

我们互道好梦。随后，我一个人在夜色沉寂中，静听天籁渐起。

2004年整个夏季的空气，都热得像已凝固，知了的鸣叫，空洞而冗长。

我给你寄你需要的药品，总是鱼代收的。你时不时会突然出现，不出一天就再次消失，你说你不耐待在城市里，也不想见人。

我明白，你的恐惧已经愈深了。

你工作的无能为力，令你觉得自己的虚弱和无用。这些日子以来，你的远离不再仅仅是一种追寻，这样的隔绝，更是回避和逃离，你害怕着他人的拒绝、冷淡和嫌恶，因着你的无用。

我很心疼着你。我从那时起，开始懂得你孤单的根源。在你的概念里，你永远要表现得更好，才能赢得别人的爱与关心，如果你懈怠或无力如此，这些爱和关心，就会消失殆尽。你可能从没有真正被人爱过，所以一直有这样的误解，一直这样累着。

这是社会评判人的概念，是机器与人的关系，这架机器很冷，你不符合它成功的标准，它何以给你奖赏。只是很多年以来，这种方式已被人用了，用在人与人的关系中，因太多人活在标准中，活在利益中，而没有活在真心中。

所以你很困扰，你不快乐，因为你不想迎合众人的标准，你不在意没有金钱或地位。但是你很孤单，你要坚持自己，就要一并放弃，他人对你的爱。

你总是不想给我看见，你病痛的形貌，我们的相隔，我们的两岸，是你生生划定的。

鱼的横财梦一点点清醒，开始答应，试着做一份合理的预算和要约，以免被别人一看之下，立刻否决。需要资金的时间这么紧，现在最不能破坏的，就是双方相互的信任感。

催着鱼，就像吃饭睡觉，已经成了我生活中的一种习惯了。

又等了很多日子，直到夏的炙热渐渐散去，秋日将近。新的预算和要约，终于不情不愿、委委屈屈地，由鱼的邮箱发过来了。我只得面对鱼没好气的声音，耐心安慰："至少，你还能赚三年的工资不是。反正你也不会待在那种地方，一路跟着他拍摄，那就当领不劳而获的退休金，多好。另外，我看那些设备报价，中间你还是能赚一些差价的不是？"

"唉，到时候别麻烦我太多，就好了。"鱼懒洋洋地回答。

文件马上送了过去。那个中年书商心情很好，花的钱不多，占的权利不少，而且自己的经营范围，这就从做了多年的出版，轻轻松松扩展到了电视领域，还能冲出亚洲，走向国际去拿大奖，所以即使没有什么经济收益，也权当放了个炮仗。

“当然咯，还是有很多细节问题，是需要讨论的。”我看着这个白胖的中年人，腆着肚子，官腔说话，吃完了面前一道又一道菜。

“我们尽快磨合细节吧，然后我联系他们过来，跟你见面签约。”

“那位导演能过来面谈一下吗？”

“他正在外地拍摄，方位不是很清楚，我在联络他。他的简历、获奖记录和样片，你都看过了，应该没问题吧？”

“嗯，很不错。”

“制片可以代替他，先跟你谈细节，最后他肯定得跟你见面。”

“可以先谈再见面。我这两天也找一些电视行业的专家，看一下这些预算、要约和拍摄大纲。”

“希望能抓紧些，要赶在十一月前进山的，再晚大雪就封山了。”

“明年开春进去拍，不是一样吗？我们可以谈得充分些。”

“恐怕不行。”

“嗯，知道了。这家餐厅的环境很好，菜也精致，谢谢你了。”商人结束了最后一道甜点，嘬干了面前的冰镇金橘茶，用餐巾文雅地擦了擦肥厚的嘴唇和渗出汗水的胖鼻头，然后习惯地抹了抹白而光亮的大额头。

我微笑着示意买单，把一叠钞票和账单一起交给服务员。

“那你对细节的意见，请尽快给我。”我拿了找头，示意我们可以走了。

“唔，没问题。”商人起身，捋了捋肚子上褶皱的衣服。

“拜托了。”

“放心。”

我们走出高挑的大厅时，整面墙内嵌的巨大鱼缸内，缤纷的热带鱼肆意穿梭，幻化出奇妙的图案，仿佛在向进出人造豪华世界的人们，努力讲述着它们的远方家园的故事。

我一直在等待，等待着你给我的只字片语。

每当你出现，就短信告诉我，你的状况已越来越差，你又违反了医生的禁令，你很难受很痛，明日即走，这一次可能真的一去不回。

你要我立即的反应，你要我的焦急伤心，要我的安慰规劝，要不时地确定，我一直还在这里，没有忘记，没有离开。

你是一个担惊受怕惯了的孩子，你害怕这一回头，已失了我对你的守望。

你是一个不知饱暖滋味的流浪者，不论我给你多少关心，你还是觉得心头空空如也。

我想，在这个现实功利的世界里，你一定受过很多伤害，当你满怀期待地打开他人手中爱的盒子，每每发现里面是支配、控制、交换、利用、炫耀。你一定很痛，一次又一次，令得天真而心地柔软的你，竟再也不能信任人情的真挚与绵长。

我有一个天真的愿望。我望你有一天，终于信赖了我对你的关心。当你发现，我对你的关心，不需要你为我做任何来交换，不需要你表现得更好去争取，不会随时间的推移，而淡去，你是否就能信了，爱。

如果一个人，竟从未感觉到过，另一个人对他全然的爱，让他凭什么信赖自己的同类，凭什么走出黑暗的孤单。

秋又来了，凉而空的秋。

我天天催促着鱼，可以来上海和商人面谈投资的细节。很多事情不用两头传话，当面沟通，会更快更顺利。

鱼一律回："最近没空""忙着挣钱呢""过一阵吧"。

我明白，他不愿花这精力，做这不赚钱的事。

商人问："要约上为什么写'要求保留作品的参赛权和因参赛而产生的播出权'？他们这随随便便地一播出，我上哪里去收片子的播出费？那么要约上的另一句'本片产生的任何利益，均属于投资方所有'，岂不是一句空话？"

我心想，他究竟有没有问过懂电视行业的人？

我只能解释给他听："你不是想投资一部片子，在国际影展拿奖吗？影展的邀请函，已经直接发给这位导演了，总要以他的名义参赛吧？你自己送恐怕没有途径。至于参加这类影展，是规定要在影展上播出一次的，而且这次播出是不付给播出费的。"

商人狐疑的样子，好像自己被下了不明就里的套，平白要做冤大头。

又问："他们自己怎么不来？是有很多投资方在谈？"

我答："抱歉，他们一个是真的没空，一个是真的没了踪影，我在找。其实，只要你看见他们，你就会明白，他们根本不是生意人，没本事骗了你。"

商人再次讨价还价："你看这个拍摄周期这么长，要整整三年，可以调整得紧凑一些吗？时间短了，费用也能省下来。"

隔天，商人又提出建议："这片子要一年以后，才能完成第一部分吗？能不能花三个月，先出几个短片，我先拿去市场推广一下？"

几日后，商人甩出新招："我看这预算里，设备这么多，要花很多钱，我打算联系一下保护民俗文化的国家部门，要求一点资助，你说好不好？"

我答："恐怕不行，他们没有这么多时间等，开拍在即。"

"但是，设备真的很贵，不能少添一点吗？这么多投资，能收回吗？"

"你先前不是说，要支持中国的纪录片事业，这投资作为赞助，收益不论吗？"

"呵呵，话是这么说的……"

因为看到拍摄日期临近，商人无非是起了趁火打劫的念头，想再次压低价钱，并且得到更多的好处。

我把对方的意见反馈给鱼。鱼气得大叫大跳："我们又没赚钱，他挑三拣四做什么！"死也不肯给商人打个电话，解释一下关于参赛权和播出权，还有预算的情况。

我说："商人都是这样，不这么贪婪加疑心，就不能赚钱了。好歹人家愿意花钱。"

想想鱼也是商人，没有他的钱赚，他何必去受人闲气。

只好又劝他："这无非一个过场罢了，就这样谈个价钱，生意里，哪有没还过价钱，没一来二去，就签成的合同？"

鱼答："那你跟他们谈好，告诉我吧。"

我说："和他签合同的是你们，要他相信你们没有赚他钱，没有少斤短两，得你们自己谈。我跟他说，他也不会信。"

我觉得很黯然，心中极不愿拿你珍爱的事业，去市场这样叫卖，但是，我知道你很需要钱，除了长时期的拍摄经费，还有用药。

我了解你不喜与商人周旋，要你如此，你宁愿舍了这世界。所以，我能拜托的，只有鱼，可是他完全不热心。

我总是在想，不愿放下摄像机的你，完全无眠的你，在逃避世人的征程中，在自我缩闭的囹圄中，正怎样度过你的日日夜夜。

你正在秋雨漫漫的傍晚吗？孤身小憩在山前农舍，痛饮新暖的酒，怅看最后一抹浓翠逝去，任眼前低矮的屋檐上，雨滴如泪簌簌而下，回想争如不见的今生。

或是在随身CD机的陪伴下，于《一江水》的优美旋律中，度过风雨交加的夜晚，待到第一缕晨光再次透过黑云，遍野的青草，清亮的露珠缀满，就像歌里唱的。

就像歌里唱的，“我的生活和希望，总是相违背”，真的是这样吗？

叶黄了，天高了，风像雪山下的溪水，将寒意汩汩送来。

某个黄昏，走出医院的住院楼，天正暗下来，墨一样的黑色，从城市上空压下来，光亮一线线隐去，就如病势渐沉时，感觉生命在被一丝丝地抽离。

突然收到你的短信，说要电话我。是你的学生光，他又跋涉多日找到了你，带着你的手机。他和我同样，一心盼望着投资的事情，能通过你的允诺，早日促成。

我一直很想见这个孩子一面，他是一个心中有爱的人，存在于这荒芜的人世间，作为人类的一员，我为他骄傲。

当时，鱼既无意与人沟通，那中年商人的狡诈多疑，忽然失了方向。

其实价钱已经成了次要的问题，懂行的人都能看出，再讨价还价也没有太多余地。关键是，一份合同，不能和一个只被描述过的人签。

唯你出现，才有可能，即使是只通一个电话，证明你的存在。然后，我打算设法让谁替你，拿着你签的委托书来签约。如果细节来不及确认，那就先签第一年，再做打算。

“这不重要。”你又这么说。你说，你现在唯一关心的，是继你之后，谁来延续你的工作？你恐怕已撑不了三年。

我答，花开花谢，生死几许，而生命不息，花谢何尝不是花开的理由？世间之事，应该盛开的，你阻止不得，也不因一朵花，一个季节，而从此黯淡，你且前行便是，身后之事，何必劳心？

你笑说，有理。

我便接着问：“可否与投资人通一个电话？”

你答，不能辜负大家的心意，电话会打，只是，投资一事真的不重要。你说你已筹好了钱，是你原本打算用来治疗和换肾的钱，因你后来觉得换肾也没什么意义，还是这样要靠药物和透析生存，而且时日也不会很多。

此刻，我正坐在住院部花园的长凳上，看着晚霞的最后一道光芒，像一个金红色的洞，被黑色的外围慢慢吞噬。一个老人佝偻着身子，在家人的搀扶下，经过我的面前，艰难地走回住院大楼。

随着我再三而无力的劝说，月升起了，冰凉的月色，浸透了我。

你给那个白胖的商人打了电话，只说了“感谢”，和“再见”。

十月将尽的一个夜晚，你短信我说，你已返京，几日内就会出发，去往木里。此后蓬山相隔，望我珍重。

我说，我要见你。

你回，见与不见，有何分别。

我说，我要见你。

你回，何苦相见，只为分离。

我说，我要见你，只要遇见过，就有意义。

沉吟良久，你说好罢，两天后你是否方便，我请你吃午餐，在后海。

十月二十七日，破晓，我坐在火车的窄床上闭目等待，列车正在缓缓进站，窗外另一个城市的喧哗扑面而来。我深深地吸了一口冰凉而清冽的空气——干燥而带些灰沙的北京的空气。

抵后海，天清云淡，那片水素着一张脸，从晨曦中朦胧的平房胡同中，浮起来。拐角巷口，少眠的老人们，已聚首开始闲聊打牌。

我绕海而行，穿过一条条狭窄的胡同，找寻你的容颜。巴掌大一块地方，却没有能找到你，最后还是短信你。你回："等我，在银锭桥。"

你领我绕着后海拍摄，不停不歇，悠长的鸽哨越过无数局促的老街旧巷，盘旋在朗朗的秋日中。

中午，你处理最后的一些杂事，在出租车中穿过熙熙攘攘的北京街头，你沿途跟我讲述，在车窗外的那些地方，曾经发生过的你的故事，你在这座你出生长大的城市里的痕迹。

然后再回后海，还是拍摄，你说，前几日连着阴雨，你一来就放晴了，真好。

这一天，你维持着常人难比的精力，直到日光隐去，数百上千个窗口的灯光，也次第暗去。

你努力在我面前，表现出活跃和健康。虽然我还是能看到，你瘦了很多，昔日遮天蔽日的你，已可以用清瘦来形容。你的胡子留得有些太长了，只有镜片后面的眼睛，依然明亮。

晚餐，在一个古老胡同的小馆子里，你又像喝矿泉水一样，拿了大瓶的二锅头喝着，却只吃着几块黄瓜。隔壁桌子谁和谁醉了，大声地吵嚷着，那里又唱起来，此起彼伏。时不时，跑堂的伙计穿梭在矮桌前，高声应着客人们的招呼。

酒兴不断的夜，可否无尽地深。

你说："生命真是太脆弱了，人生太无常，所有的欢乐和美丽，转瞬即逝，只能衬托出黑暗的永恒。每每感动于瞬间的灿烂，都如同看见背后无尽的冷漠，残酷啊。"

你内心深重的悲哀，令我心疼。

我问："难道你就从没有过能忆起的一刹那，当时的欢乐，现在想起仍觉宽慰？"

你想了会儿，答："有。"

"一次是初春吧，老家院子里的桃花开了，我无事在家，独自见桃花的美，于是折一枝粉红进屋插起，又找一壶酒来，拿两只酒杯，俱斟满。就这样，左手敬右手，右手敬左手，细赏眼前春花，不觉酒尽花谢。

"另一次，是与伙伴们去探山，各自分开了。我一人行于林中，忽觉腥风袭来，心道不妙。心念动时，一只彪悍的野猪，已飞身向我直扑而来，我来不及考虑应怎么逃生，只本能地用右手格挡，惊怕间，思想一片空白。等我回过神来，只见整条右臂，都已被野猪咬在嘴中。但是野猪一动不动，竟是已然毙命。再看，原来是我右手一直握着腰间的开山刀，惊吓之下伸手格挡，手紧握着刀柄，就顺势把刀拔出了刀鞘。

“那野猪一心咬我，正好张口衔入了利刃，这么长的刀，一下把它从里到外几乎开膛。

“同伴闻声而来，就此把野猪和我弄回村中。一只大野猪，腌了，全村人吃了一星期。这一星期里，我们整个摄制组，就因为这野猪，吃着村里的百家饭，好不威风。就这样，我又逃过一劫，又当了一回英雄，至今想来仍快意。”

我听得有趣，又问：“那你与别人的相处呢？可有许多至今觉得温暖的？”

你的表情凝结了，想了很久，答：“没有。我能记得的，都是之后慢慢的疏远。朋友、爱人、同事，都是这样的结果。”

“那家人呢？”

“他们对我的关心，是为了尽他们自己认为应该尽的责任。”

我叹了一口气，人有时候不应该看得太清楚了才是。

只是，我们自认为看得很透的世间，是否真相如此？我们究竟能看清些什么？或者，从根本上，我们是否相信，世间就是如此而已，人与人之间，一切炽热感动，归于冷漠？关乎客观世界本身，或关乎内心，是否希望不存？

我想着我们对于讲述方式的选择，惊人的巧合。你执意拍摄纪录片，不愿涉猎电影，尽管电影被列为所有电影电视人的终极梦想，并与金钱一塌而卧，你还是不愿接受现成的许多邀请。而我，选择散文，不懂得写小说。

我们不约而同地选择了，记录真实生活的体裁，如果对真实生活真正失望了，我们又缘何执着于这样的途径？

我问你："明日何时启程？"

你答："上午。"

"工作对你而言，真的这么重要吗？让你执意把余生完全交付，不留些许给其他？"

你毫不犹豫地答："工作是我的全部，这是追寻永恒的方式。自己的作品是永远不会辜负自己的，会被世人永远记住。"

我说："我对永恒的看法并非如此。"

你笑道："愿闻其详。"

我答："永恒是一个人与他人的关系。一个家人死去了，但是他作为一个家人的位置，始终被空在那里。一个路人死去了，但是他曾经的行为，可能被任何有关的人转述着，尽管无名无姓，故事已离开了人本身。

"我们的生命如蜉蝣，我们的身体很快腐朽，并不留痕迹。但是我们曾经给予他人的爱，仍然会在人与人之间传递，作为一种温度，温暖着人类的家园，不会冷却。我们曾经尽力而为的故事，会在时光中流传，作为一种证明，坚定着人类软弱的心灵。我们的姓名从此无关。

"我们的作品，也不过是传递爱的一种途径。如果我们可以用其他的方式，传递我们心中的温度，拍摄或写作本身，也并不重要。或者，从某个角度来讲，一个人存在，最大的意义，是他这个人存在本身给他人的温度。

"就像于你，至少在我心目中，重要的不是你的作品，而是你这个人本身。我想，所有最后能记住你的人，关注的也是你在这世间的路过，而不是几部几十分钟长的纪录片。"

你摇头："我却认为永恒并不存在，一切是虚无，路过更是幻象。我仅用幻象来编织众人的幻象罢了。”

我坚持：“我认为世间所有人不快乐的根源，都是不信爱与关心，所以畏惧无常。如果一个人能体会另一个人给他的全然的爱，即使只有短短一霎，无论他相伴或远行，内心的温暖与安详，可以永恒。”

你呵呵一笑说：“我懂了，你是一个悲观的乐观主义者，而我是一个乐观的悲观主义者。”

很多日子以后，我突然明白了你当初的这句话。你我如镜，我们何其相似，细细思忖，才知根本的一些东西，是截然相反的。

时间在走，不愿停留。

你的右臂忽然间开始颤抖，你的笑凝固了，你很慌张，但是无法遏制。你用左手使劲按住右手，就像按着一只要挣脱飞去的鸽子。你不住地用眼角窥视我的反应，却避开我的眼光，你紧张着我对这番情景的观感，甚于病痛。

“没事的。”我说，伸出我的右手，握住你坚硬的手掌。

少顷，你的痉挛终于停止了，你对我说：“我该走了，要回去整理行装。”

夜已过半，你的眼睛里布满血丝。听说只有在深山里，远离人群的时候，你才能感觉安稳，有片刻入眠。

“你这次走，何时回来？”我问。

你想了一会儿，答：“二月二十日，我会回来北京调息。”

“这么久？药品备齐了吗？”

“嗯，放心。”

“你要是过了这个时候不回来，我挖地三尺也要把你找出来！”

“我会回来的，就这个日子前后。”

“这次走，带电话吗？”

你又笑了，说：“带的，只是木里根本没信号。”

十月二十八日，你远行。我还在原地。

华灯初上时分，你于飞速远离的火车上，短信我：“适才在餐车与人酒肉，方知，欢乐乃瞬间之事。”我于景色如昨的后海边，心沉水底。

之后，我往广州就医，收到你抵达成都的消息。

接着因为意外的一件差使，我从广州直飞到天津。十一月十四日早上，在酒店，收到你来自盐原的最后一条短信，说是“走了”。至此，音信全无。

十几日后，我在安徽参加作家协会的笔会，天寒地冻。在飞驰的大巴上，鱼电话忽来，说他已出山，一周前已把你平安送抵俄亚。车窗外，冬季的田野颜色苍白，公路两旁的枫杨，叶已落尽，只剩枝干挺立。

从此以后，常觉岁月黯淡，身旁空旷。

平安夜，上海这个城市四处弥漫着节日的欢腾。我书房的落地窗户，正对整个繁华的徐家汇，绚烂的烟花，从喧闹的人间四处升起，在深而远的夜空中一朵朵盛开，然后光焰寂灭。

电话响了，来电显示是鱼。

鱼显然是在北京的某处喝醉了，声音含糊，思路飘忽。一开始，他还海阔天空地与我聊天，说些怎么做生意赚钱的事，要我介绍些生意给他。然后，他忽然很激动，他哭了。

他说他再也忍不住了，他要告诉我，你是不会再回来了。

“我是他仅剩的一个助手，但是，说实话，我也不知道去哪里找他。他压根就没有和我约定任何会合的计划。他只是跟我约定，定期让马帮，把他拍摄成的录像带运到某个地方，我去拿。”

我反驳说：“不会的，不会的，他明明跟我说过，他计划二月二十日回到北京。”

鱼嚷嚷着：“哪有这个日期，哪有这个说法，我都完全没听过。我说了，他根本没有想过要回来。”

鱼是喝醉了，大男人醉了也会哭得很伤心。他说，就是整整一年，看着你这个健壮而充满激情的生命，一点一点崩塌下来，他一年里一直都想哭。他说，认识这么久了，他突然想拥抱我一下，因为我一直坚韧不拔地在这里，看着一个比一个更可怕的伤心出现，还捧着满手的执着，虽然这种执着让他常常和我在工作上起冲突。

鱼又说：“他的手机号码还缴着费呢，希望有一天突然出现在大家的来电显示上，可是，这只是一个愿望，不信你打打，你永远打不通那个号码了，永远不会通了。”

其实自你走后，我每周都发一个短信到你的号码上，说一些鼓励的话，很耐心地为你祝福，我知道当时你一定收不到，可是某一天，一旦你走出山里，到附近哪个城市补给，你就会一起收到，那时你一定会觉得很欣慰，因为我没有停止过对你的关心。

你总是觉得，人与人之间，总免不了慢慢疏远的结局。

难道你说二月二十日这个日子，只是为了让我安心等待，不要妄动去找你，在山路上丢掉自己的性命。你希望我对你的关心渐渐变淡，是吗？希望时间，能使我们慢慢相忘，就像你一直认为的那样。

人和人之间的关爱，不是那样的。

鱼的电话挂了以后，我忽然心痛得很难再平静。我一直在拨你的手机号码，拨了无数遍、无数遍，电话里也无数遍告诉我，你拨打的电话不在服务区。彼岸，也应该不在服务区吧。我的心好像碎了，变成无数片散落在地上，捡也捡不起来。

我从来不知道，希望竟是这么沉重的东西。

2004年的冬天，有雪。

我时常坐在书房的窗前仰望，千万片白色的雪花从暗黑的天际飘落，仿佛千万个梦中的精灵飘然而至。上海已经多年没有下过这么大的雪了。

我还是相信，你会依约归来，尽管这种没有证据的等待，令我心神俱疲。

我仍然给鱼邮寄你需要的药品，他会定期通过马帮带给你。

某一天从医院回家，意外收到了北京的快递，鱼递来了你在邛崃那间寺庙拍摄的片子。

你在邛崃，好像已经很久前的事了。

那个被寺庙收留的孤儿的故事，你曾经拍了很多年，每年都去拍几次。注视着那个孩子日日学着颂经拜佛，稍长些，去附近的小学念书，然后毕业回寺，进行更多的修行，聆听师父们的教诲。

这个小沙弥，常常站在位于半山的寺庙门口，望着远处深而幽的高山，云雾如潮水般，从不可见的大山背后汹涌而来。万丈山脊下，是小若棋盘的农田和屋舍，傍晚有细小的炊烟飘起，转眼消散。

寺庙苍老而雄伟。古旧的窗棂前，有蜘蛛织网。巨大的椽梁里，小鸟筑了巢。还有院子里可爱的小狗，都是这孩子的玩伴。寺里的每个长者，从住持，到知事僧，对孩子都很慈祥。连一班常来的信众，也很宠爱他。

这孩子快乐而怯懦，一天天在这个世界长大，周而复始，日日听闻雨声，日日宣佛号，日日修行，日日似是好日，无始无终。

远望去，寺庙在大山的怀抱中，也不过有如一个棋盘格子大的旧盒子。

我看着屏幕，心里想，你关于木里的计划，你这次没有安排返程的远行，究竟是去追寻世界之大，还是世界之小呢？

二月二十日，你没有消息。

三月二十日，你还是没有音讯。

时光仿佛从此停滞。

我坐在去找寻你的火车上，蓝天旷野向我飞驰而来。春天的风，暖意充盈。我践约而来，却完全不知你的所在。

我想，我能找到你吗？小小的后海，我尚且没能寻到你，何况整片蜀滇交界处。

还记得去年的梅里雪山，你指引我去寻找的那个寺庙，那个巧遇的出家人，还有我为你许的愿，已相隔整整一年。我打算先去那里还愿，然后仍然按照去年曾计划的路线，取道泸沽湖，从那里徒步前往木里。泸沽湖的马帮，我在云南的一班朋友比较熟悉。

行至半途，再次高烧不退，只能停留数日，再继续行程。心中一直焦急着，只说，不要晚了，不要晚了。我总是在害怕，我是不是已经来得太晚了。

在动身的前一夜，忽然很奇怪地，似乎是有人带领着我，从暗夜的梦中出发，攀登重重的山路，终于在漫长的翻越后，到达了一个群山环绕的荒野。

深夜了，我们到得太晚。你在那里，还有当地的山民。大家一起围着篝火，烤饼、烤肉吃。太多的人在一起说话、吃饭，所以我和你的会面，不得不非常平和，甚至客套。

四周是不知名的黑暗，茫茫不见边际，星仿佛被云遮了，暗暗寥寥。硕大无朋的黑色夜空下，我只默默地吃饭，你只和旁人说笑着喝酒。我们之间没有一句话。

晚饭结束了，篝火渐灭了，人散了，都说，睡吧睡吧。我看着你也起身准备离开。

一刹那，有一种绝望的感觉抓住了我，我感觉，你这一离开，就是永诀，我们不会在明天清晨的太阳下再相见了。是了，就是这样。

你似乎也感觉到了我的不安。或者，你早已知道结局。你停止了离开，拿着酒瓶，对我慢慢走过来，温和地笑着对我说："让我们最后，再一起喝一杯吧。"

让我们最后，再一起喝一杯吧。你的笑容温和而伤感。

我不能移动了，也不能言语。绝望的感觉更紧地抓住了我，令我周身如陷冰窖，我知道，结局来了，就在今晚，不管我们何时饮尽这一瓶酒，最后的时刻总会来。这一次的相隔，将是永远，我们将永在两岸，死亡的世界里不会再有日出，而我们终于无法相望。

我知道，我应该保持笑，面对你，可是我禁不住流泪，封闭日久的悲伤，忽然间无力再遏制。火热的眼泪顺着我的脸颊而下，我醒来了，凌晨六点，我在枕头上痛哭失声。

八时，风和日丽，大巴准时出发，载着我继续我的行程。

中甸。

抵达时已经下午，人头攒动的车站，耀目的阳光，嘈杂满耳。

我在窗口买了后天往德钦的车票，看了会儿候车厅里的地图，然后又背起行囊。就在我穿过候车大厅的时候，另一群人正好从大巴上下来，闹哄哄地与我擦身而过。我连忙加快脚步，走进外面遍地的明亮中。

我往客栈走去，但是心里忽然有了一种奇异的感觉。我忍不住回想，刚才恰巧在我离开时，走下大巴的那群人。我觉得那人群中有你。

我知道这种想法很荒唐。你明明在木里拍摄，远隔重山。而且，我一向是目光迟钝的人，常常在约定地点找人不得，面对别人视而不见，又怎能在匆忙撇见的一眼中，于数十人中分辨你。

我想我是太希望找到你了，以致有了幻觉，这很危险。

入夜，出去找晚餐，经过了很多小吃店，都没什么胃口，高烧才退，还是有些不妥。走到三两个吃串的小摊，香味扑鼻而来。

于是在一个小摊前坐下，低矮的小板凳。每个小摊都支起着雨布，挂着一个点亮的灯泡，天气晴朗，烤炉上的烟尘冉冉，变成了夜色中的一片片白。

那种奇异的感觉忽然又来了。我四顾，就在隔了烤炉烟雾的另一个小摊上，我看见有个人很像你。我想我是真的开始有了幻觉。

那个人小半个侧脸对着我，坐在矮凳上，一手提一瓶啤酒在喝，一手拿着几串肉，慢慢地吃。

我见那人一条牛仔裤，一件绒衣，压低的帽檐，戴眼镜，络腮胡子，看不清脸。说实在的，这是你一贯的装束，但是徒步旅游者中，几乎有一半男子都是这个模样，我问自己，我凭什么这么强烈地感觉，那就是你呢？

看了几乎有一刻钟，我犹豫着，要不要纵容自己疯狂的想法。终于，我决定走到面前去看一下，确认不是，就跟人道个歉，顶多是丢人现眼一下。

接着，我看见了你，你也看见了我。你站了起来，叫我的名字。

我冲上前去，抓住你的前襟，照着你的脸就是狠狠的一拳。

我打了你，我很久以来就想这么给你一下了。一拳下去，我又不知怎么骂你了，我激动得要命，就是瞪着你说不出话，于是掉头就走。

你也愣了，站在原地，半晌才追过来。

我背对你，气哼哼地大叫："活着怎么也不说一声！"

听见你在背后说："你转过来吧，我听不见了，要看着你的嘴唇，才知道你说什么。"

我转过身来，我们在夜色中相对，没有街灯。

我问："怎会如此？"

你假装轻松地回答："几次病势危急，山里抢救乱用药，熊胆、麝香、灵芝，胜过《天龙八部》，听力因此没有了，眼压一度也很高。"

忽然你问我："我说话怎么样？听不见自己讲话的声音，我的声调还不算很奇怪吧？"你还是那么在意，自己在我面前的表现。

我说："你的声调很好，但是，回来吧，听力兴许还有办法挽救。"

你摇头："我马上要回俄亚，我还要拍摄。"

我叹气道："我知道我劝你什么，你也不会听，但是谢天谢地，你还活着。自己要保重，需要什么药品，记得捎个信来。"

你笑了，轻轻说："我记下了，谢谢你。"

远处吃串的小摊，灯光正闹，很多人好奇地远远张望。我想我们俩自己可能不觉得，只当已经在平静地说话了，却藏不住内心的种种悲喜汹涌而来。

"对了，你怎会在这里？"我问。

"我去了梅里雪山，为在那里去世的同伴扫了墓，一路回来。其实今天我们已经遇见过了，在车站，我好像觉得看见了你，一震的感觉，又不能确定。你这又是去哪里，不好好在城里待着？"

"去找你。"

你不说话了，有些局促不安地注视着我。

我说："我正去往梅里雪山为你还愿，然后就打算去木里，看看你是否安好。这可真凑巧，我一路上犯病耽搁了几天，要不然就不能在这里碰到你了。"

说到这里，我意识到了这不是凑巧，既然你是从梅里雪山返回，我是去往梅里雪山，早些天，晚些天，不是在这里，我们也会在沿途其他地方遇见的。

这是安排，我们不可知的规律。

于茫茫人海中，于后海几千倍面积的滇蜀交界处，如纤尘般随意飘荡的你我，凭什么相遇，凭什么相认。即使凑巧经过同一街道，歇脚在同一客栈，也可能擦身而过吧。

何以你我靠近时，竟会有同样的震动，仿佛隔世的暗号。仿佛你我之间，有一人即便化作尘土，另一人应也能识得。

“你哪天离开？”你问我。

“后天。我打算明天再去一下松赞林寺。”

“我也后天走，本来也计划明天去松赞林寺。看来我们今天没遇到，明天也会遇到，我们总会遇到的……”你兀自一路讲下去，然后和我一样，由相遇的惊讶，又跌入了另一个更深的迷茫中，你重复了最后一句话，“我们总会遇到的。”

仿佛一桩偶然的相遇，就应该风清云淡地散开一样，我们没有给彼此留下客栈地址，虽然我们都还要在此地盘桓一日。

“不要告诉鱼，你见过我，最好是不要再跟鱼联系了，你也不懂得说谎。另外，也不要告诉我们认识的任何人，你曾经遇见过我。”临走时，你这么要求我。

“为什么？”

“我现在已经不和任何人联系了，手机也扔掉了。我希望从世界上完完全全地消失，就让他们当我已经不在了。”

“你不是还在拍摄吗？”

“是的，我还在拍摄，我后天就要回去了，继续拍摄，有很多内容等着我去拍摄。”你有些慌乱地强调着这一点，拍摄好像已经成了你逃离这个世界，唯一正经的借口。

我很难过，我没有想过结局原来是这样的。

你曾经说过，你是一个乐观的悲观主义者，而我是一个悲观的乐观主义者。我也一直诧异，对于真实生活中的永恒与爱，我们抱着截然相反的信念，却为何同样选择了记录真实生活的体裁？

我现在明白了。选择这种方式，于我而言，是为着找寻一种证据。于你而言，则是在试图创造一个最貌似真实的世界，直到这个大家都认为真实的世界，最后也麻醉了你自己，直到你把自己，最终一并编织到你自己创造的虚构世界中。

我们都曾经不懈追寻生命的真相和生存的意义。我们的身上有着彼此的明朗与黑暗。不是害怕孤单，我怎会努力去坚信爱？不是执着于永恒，你又怎会介意现实的不完美？所以我真的不希望，看见你躲进自己营造的完美世界中，就此说服自己，放弃追寻。

仰头，是繁星如海，星光如浪般此起彼伏。我思忖着，这都是几亿年前发出的光芒吗？那些如炬燃烧的星星，它们现在又去了哪里？

与你别过后，我去到了久违的梅里雪山，然后一路跋涉，去往天之尽头的西藏。

在数不清的日日夜夜里，我辗转在荒山中攀登，在各种大巴货车中颠簸，与来自各地的陌生人结伴而行。

我看见了最广阔无垠的蓝天，最明镜如洗的蓝天，最遒云翻滚的蓝天。我看见了流云般连绵的山，利刃削过般磅礴的山，冰封雪冻的山，云雾缠绕的山。我看见了无边无际的湖水映着天的湛蓝，雪白沙砾铺满的荒漠中开满了紫色的花，绿如凝脂般的草原上散落着如星斗般的黑牛、白羊。

一路驶去，大地如席，天如盖。地平面在不断上升，四周的雪山在不断下沉，直到地与天的交界已经消失了所有山脉，只有几峰银色的山巅，远远的，与我面对。

某个傍晚，坐在搭乘的一辆吉普车内。司机开得很慢，这苍莽天地中，最后一辆我们曾遇见的车，也化作了一抹细小的烟尘，消失在地平面以下。待最后一抹霞光隐去，我们已身处一片无际的黑，分不清哪里是天，哪里是地，完全不辨方向。

就着车灯小小的光亮，我们如船行大海般，仿佛被一种奇异的力量牵引着，缓慢而艰难，却又从容地在这广阔而不知的世界中，一路向前。

在那片浩瀚的黑暗中，我又想到了你，往事如鲜花开满原野。

我明白了，我们并未远离，我们从未远离。尽管我们跋涉千里，我们尘土满面，我们形容枯槁，我们目光黯淡——没有人能宣布结局，没有人能宣告结论，我们仍然在途中。没有人能创造完美，没有人能证明永恒，我们仍然在一同度过，知而不知的今天，不知而知的今天，并且在坚定或惶惑的当下，随时等待意义的呈现。

某一天，无论我们失散在这世间的哪个角落，无论我们在此岸或彼岸，我们还会相遇。因为在这个广袤的世界中，人类内心的爱，天地仁慈的怀抱，无处不在。

爱过

我起初是不怎么喜欢这个朋友的，鱼，一个自由职业的电视制片人。没活儿干的时候成天睡着懒觉，手机找不到人。精神好的时候，出去接些生意做，也还是那副吊儿郎当的样子，开价钱却胃口很大。

一起做一些事情，他那态度，总是让我又气又急，恨不得修理他。总是拖着很多必需的事情不做。总是莫名消失，手机彩铃乱七八糟地念叨着什么鬼话，却半天一天没人接听。总是问我，什么时候搞些赚大钱的生意来做。

他乱蓬蓬的头发，一脸痞痞的表情，爱笑不笑地关注着现实的利益。但是为了帮助我们那位共同的朋友，我还是一直忍耐着，与他联系工作。

我们那位共同的朋友，是一位立志于纪录片拍摄的导演，年轻，才华出色，充满理想，却患上严重的肾病，已经活在了医生预期的生存日子之外。后来，他一个人去了川中，要倾尽他最后的生命，去完成他理想中的作品。

自他离开后，鱼和我忽然变得亲近了，好像是因为共同的怀念。他开始常常在夜半喝醉以后，短信我。

小年夜晚，他短信说，人生真是无常。

我问他，是不是心情不好。

他说，是啊，要过年了，还有好多人欠钱不付。

我便劝他说，不如找个稳定的工作吧，生活中，还是需要有些不变的东西。

他却说，还是喜欢飘飘荡荡的生活，虽然有时候觉得无常，但是没有什么东西是不变的。

我问他，变与不变，究竟喜欢哪一个？

短信沉默了很久，他说，不知道，真的不知道。

我说，如果有一天，我们遇见一个人，那种相遇是“变”，但是一旦遇见以后，那个人就从此住在我们心里，不再离开，那种执着是“不变”。没有变，我们不会相遇，没有不变，我们不会想念。这样来说，变与不变，不是都很美丽吗？

他说，是啊，连感伤都那么美丽。

就此无言。

初一凌晨一点多，鞭炮声刚刚平息，又收到他短信，说，我也曾经爱过。

我答，每个人都会经历。

他回了一个“错”字，没头没脑的，然后无言，这次估计是醉得厉害了。

忽然看见了鱼的内心。

我们共同的朋友临行前，曾与我说，不要生鱼的气，他只是个孩子。他告诉我，鱼的父亲年轻时是个出色的画家，却因现实而颓废，放弃理想，借酒度日，每天晚上都要喝一斤多二锅头。鱼就是目睹这些长大的。

然后，鱼又与我一起，看着我们的这位朋友，一个如此年轻活跃的生命、骄傲的灵魂，被病痛折磨，生死不明。

鱼除了不喜欢稳定的工作，连身边的女朋友也换得特别勤，一个个都是漂亮无脑的小女孩。原来，他也是经历了真爱的痛，然后刻意用多变的滥情，来对抗自己对爱情变化的恐惧。

就像他用生活的漂泊，来对抗命运的无常。想要从此放弃执着，把自己放纵在“变”中，放弃对“不变”的眺望，那种天真的对永恒的眺望。

所以，总是把钱挂在嘴边，扮演着世故，好像真的要活得比谁都现实，却还是不快乐，时时想逃离这现实，躲到没人接听的手机铃声中，躲到中午不起的昏沉沉的床褥中，躲到酒中。

偏偏躲不开的，还是那种眺望，想要握住不变的信念，不变的美好，不变的爱。

真正地爱过，是会让人触摸到永恒的。那个人，十年，二十年以后，仍然留在我们的心里，让我们回首时，惊觉那种心动，近如昨日，惊觉岁月流逝，短若一霎。也许今天，故人已经散落在人海，往事也早已烟消云散，那不变，却如许坚硬，还在我们内心深处。

只要爱过，就会有勇气信赖永恒。

不只是爱情，爱着关心着一个朋友，爱着一种信念，一份理想，爱着我们走过的每一寸往事，身边的每一个过客。

2005年的第一个凌晨，很感谢鱼。他的感伤，让我再次坚信，爱，在每个人的心中，不会死去。

这才想起鱼的过往种种，一闪而逝的温柔内心。抱怨着，却一直留在我们那位朋友身边，帮助着他。我生病时，他看来是漠然地联络工作，却有意无意问候我的状况。有时候，那位朋友去到危险而没有通讯的地方，鱼看起来不情不愿地，却时时为我传递着他平安的消息，让我的担心稍减。我总是为着那位朋友哭，安慰我的却总是鱼。

我一直以来对那位朋友的执着关心，令得鱼，终于愿意在我面前，卸下他世故的壳。当我们真实地面对对方，这种老友间温暖的依赖，让彼此都感到安心。

初七下午，鱼又在短信中出现，说，人的一辈子就是生和死啊。

我答，还有爱，在生与死之间。

他答，在之外。

当时，我正坐在我先生的车里，从浙江回上海途中，经过一个叫作天荒坪的地方。他在冰雪未融的北京。

他说，想拥抱我一下。我说，我也想拥抱你。于是，我们在短信中拥抱，彼此会心微笑。

平 静

十一月二十五日，抵安徽境内的万佛湖，一个景点。

气温骤降，清晨，却是浓云低沉，一味的阴霾。湖面也灰蒙蒙的，一片浩浩荡荡，与天相接，虽无大浪，那份隐而不发的阴郁，让人感觉水面下暗流的力量。

风自水天相接处而来，带着湖水的清寒。我们作家协会一行，就集合在这湖前，等着导游召来游船，领我们游湖。

船离岸，稍顷，驶到一长堤前。

导游解说，这是当年解放初，为了防洪，发动部队和群众一同修建起的堤岸。是在一个最冷的隆冬季节，赶着水涨前，只用了一个多月，突击建起来的。在当时，应该是相当于一个奇迹了吧。

听说，当时有一个年轻的女队长，二十出头的样子，带领了二十一个差不多年纪的女孩子，组成了一个女子突击队，整整一个月，泡在几乎要结冰的湖水里，一铲一铲地筑起了很大一段堤岸。

因为那年冬天，泡在冰水里太久的缘故，这二十一个女孩子后来都没有生育，只有这个女队长，生了两个残疾的孩子。

二十年后，那个女队长又回来这个湖，特意来看这条堤岸。她那天在湖面上坐船坐了整整两个小时，一言不发，只是望定了那段堤岸。听陪同的人说，堤岸的名字改了，她便喃喃反复说，为什么啊，为什么要改名字。

这条堤，当年因着这些突击的英勇行为，曾起了个很昂扬的名字，现在却改作了一个旅游景点模样的名字。

只是一个故事而已，讲完了，又是另一个故事。导游清脆的声音还在继续。

我们的船不觉已到了湖中央，四边尽是漫漫的水，无边无涯，灰蒙蒙的水和天。而我们在水天之间，何其渺小，随浪而走，竟如一片枯叶般轻飘飘的，一无重量。

想当年的这二十二个女孩，花一般的年纪，如何的意气风发、热血满怀。即使是隆冬时分，半身浸泡在冰雪般的湖水中，她们的笑靥应还是如花般盛开的吧，她们的号子应还是喊得如银铃般清脆的吧，她们的心，应还是如熊熊炉火般火热的吧。

很难想象，整整一个月的时间，浸泡在冰水之中，需要内心怎样的火热，才可以一日日抵住那样的寒冷啊！

都是二十岁上下的年纪，曾经的矫健与美丽，曾经的年轻与健康，曾经的关于爱情的期待和关于儿孙绕膝的梦想，就被这内心的一把烈火，在一个月里，烧尽了一生。

曾经那样的年轻气盛，激情勃发，那种牺牲一切也在所不惜的英勇，饶是她们中的任何一个，都没有想到，接下去的，竟是几十年的悲愁，如此深重的苦难，无法弥合的失落，就此铺满了她们今后的一生。

想做妻子，却无法为自己深爱的人生儿育女，那一个他与她共同的生命，那个千百次在梦境中出现的孩子，眉眼一如他。想做母亲，却无法完成那一次美丽的孕育，一个从自己身上孕育的生命，如此亲密动人的过程，然后一日日凝视他长大成人，遗憾啊。

还有那位女队长，两个永远不懂得叫妈妈的孩子，怎样揪心的爱。一个女子，从年轻到年老，如何背负这几十年的苦难。

堤岸的名字改了，过去的英勇情怀已经不时髦了，再往下传，也许只会换来孩子们一脸的莫名。过去的故事也会渐渐被人们忘怀，而当年“突击”的速度也早已不是奇迹了，现在的科技远远可以做到快很多倍。甚至，这堤岸，也没法列入艺术品和纪念建筑物的行列，尽管曾经倾注了太多。

什么都不重要，什么都会烟消云散。再激情的时光，再漫长的愁苦，都会如这湖面浪花上的泡沫，倏然消散，无影无踪。

只是，那段火一般的回忆，于这二十二个女子，是真真切切的。随之而来的苦，于这二十二个女子，和她们的家人，也是铭心的，真真实实多年煎熬着的。

我一直想努力记起这堤岸的名字，当年的和现在的，两个名字。

记得导游当时是说了这两个名字的，可是我都忘了。可能是那阵子，我正在病中，用药太多，以致影响了记忆力。

我的胰脏的病痛，从笔会前两天就又发作了，十一月二十二日开始疼痛，二十三日痛了彻夜，二十四日便出发来安徽参加作协笔会，这是笔会第二日的游览。

痛久了，神志就会有些混乱。每每发作，每每用止痛药和镇静药，记忆便会如被擦掉的粉笔字一般，总是斑斑驳驳的，有些模糊，有些清晰，有些则干脆完全没了痕迹。

自从胰脏开始有恙，我便习惯了一年很多次，在死与生的这条线上散步，渐渐厌倦了去医院急诊留观，住重症监护病房，浑身插着管子地过日子。权且自己扛着，权且自己用些药，熬过去了，也许就好了。

罹病，是三年前。

记得那一年，因着一笔风险投资，从上海电视台辞职出来。是外高桥公司投资的钱，几百万的资金，交付于我，将按着我的商业计划书，从无到有地创办一家电视媒体公司。

夏天，因那几日，记得是穿着裙子的。总公司通知说，到郊区的一家大酒店开几天会，麾下所有子公司的领导一律参加。我新任这家传媒公司的总经理，第一次参加总公司的大会。

当时新公司的注册手续还在办，办公室刚刚选定，前一天晚上准备了一大堆文件，很累。还带着一整套文件过来，想是给领导过目一下，足足有整封的A4纸这么厚的一沓。其实直到最后，终究没有领导有兴趣看过这些一眼。

白天是冗长的会，晚上是盛宴。

国有企业的总经理们，都是些上了年纪的老先生们，我想，他们见到会场中，有我这样一个年轻女子，一定很好奇。就如下午有人叫我给他倒茶，把我当成酒店的服务人员。有人问我，小姑娘，是谁把你带来的。于是，夜宴中，我更没有可能幸免于难，人人都要与我喝一杯，不记得喝了多少，来不及吐便睡倒了。

第二天，撑着又开了一天会，却越来越感觉坐不住，浑身剧痛，发烧。

然后，又是盛宴，又被干杯了多次，什么都不想吃，我的副总体贴地迫我吃了些鲍鱼，总算捱到睡觉时间。

半夜便是在医院了，郊区的医院，颇为手忙脚乱，胰脏已经破了，腐蚀性的胰液流在了胸腔里，四处蔓延，火一般地在烧。

重症监护住了两月许。稍能说话，便电话指挥工作。稍能起身，便召集大家到病房开会。开会人多，便叫人用轮椅推去大一些的会议室。不久把电脑也搬来，在心脏血压监控器和呼吸机前，兀自开始写文件。

认真地认为，既然有了办公室和员工，怎么可以因我的病情，就此停了业务。

后来出院上班，公司的生意自然少不了与人应酬，外面的食物都不能吃，总是白饭一碗，就着清茶一杯，时间一长，开始营养不良，一圈圈地瘦下来。忙碌，熬夜，奔走，一刻不闲，虽然饮食是十分注意了，但胰脏还是就此常常犯病。

两年多，终于到了不能坚持的一天，只能放弃，剩下的是无止无尽的病痛。

想来真是有趣，生意便是生意，我最看不起的钱而已，与其把这个当作事业，倒还不如当年的这二十二个女孩，突击一条堤坝，至少还能抢救多少农田家畜，保留下多少户人家完整的生活。

值得，不值得，又怎么说呢。

想来，当年浸在这万佛湖水中的二十二个青春女孩，她们能熬得住一个月的冰寒交加，何以耐不住一生的冷清。想来，当年的我，能够在两年多的时间里，背负着痛与死亡，日日操劳，不眠不休，何以抗不住这一辈子的病痛。

也许，令我们神志涣散的，不是苦痛本身，而是失望。

为了这世间蔑视付出与牺牲的价值观念，为了世人丑陋的自私与贪婪面目，这使得苦痛变成了煎熬，而没有成为一种骄傲的担当。

我总是不愿去医院，说起来，是怕了治疗的麻烦与痛苦，事实上，很想借着机会，就此离开。这个世上的尔虞我诈，争权夺利，仇视倾轧，是我不爱的。我的苦痛不来自我的身体，而来自我的心，很痛，很失望。

很多次怀疑，对于那些遥不可及的东西——如永恒、理想信念，我的狂热是否只是我自己的而已，那根本是不存在世间的，而我的出生，也仅仅是一个错误。很多次，再次坚信，正如那二十二段热血沸腾的青春，那些美好，还是存在。

乌云低垂，无垠的万佛湖水，仍是满目的阴郁。水波澹澹，将游船摇晃得令人厌倦，但还是能感到，水底深处有着一种不协调的异动。若打破了这阴沉的湖面，这种力量，是否石破天惊？

离开游船后，我们前往湖边的一个所谓的山庄。一个自恃有文化的商人投资的，搜集了很多徽商的字画古董，徽商亦贾亦儒，想来这位商人也想效仿。

又忘记那里有多少收藏品了，只记得有一案几，上面放着一个花瓶，一面镜子，还有一座时钟。导游解说，徽商的家中，都会有这样的案几，这案几和上面的摆设，不是用的，只是用来供着的。

花瓶取“平”字，镜子取“静”字，寓意平静。时钟取“钟声”，谐音“终身”。要的就是“终身平静”。

徽商不仅好儒，亦擅审时度势，上通达贵显要，下联各地富商，有敕建牌坊无数，也有过功名碑匾。终年四处奔波，也算看遍了名山大川。尽管好事占尽，他们祈求的却是终身平静，怪只怪他们自己放不下。

想万佛湖上的那二十二个命运多舛的女子，她们要的礼物，是否也是终身平静呢？

二十年以后，那位女队长回到这里，她泛舟两个小时，就望定那条堤岸。她是希望时光倒流，从此还她一生无风无浪的平静岁月，还是仍希望望见自己鬓衫两青时，那团心中的热火呢？

如果故事可以重来，我是否会选择一种实际而释然的生活方式呢？

终身平静，多么昂贵的礼物，卑微的人如何能放弃他们无止无尽的欲望，而高洁的人，又如何舍得他们比生命更看重的信念。命运是自己选的，苦痛也是自己选的，如何得脱。

看来，终身平静，永远只能被供奉于案几之上。不过，就算听一听这四个字，还是觉得很安慰，尤其是在感觉很累的时候。

深圳

又是异乡一个人的午餐，青年会旅舍边的小餐馆，在广州波光漫溢的珠江畔。

旧街老巷的人们，照旧不温不火地过着他们的日子，餐馆老板照旧絮絮地讲述着他的从前，煲仔饭蒸得很香，即使小砂锅满是缺口。码头的大红标牌有些残缺了，低沉悠长的汽笛声，在不知不觉中响起，又飘远了。

一个人的时候，喜欢面对着街坐，一声不响地吃饭，安安静静地看整个世界。南方是个没有冬季的地方，年末的时候，天还是蓝得耀眼，阳光还是暖暖地充满了每个角落。

马路对面，有人正接起管子，冲洗广告牌。水龙头扬起之际，晶莹的水雾间，看见了一道彩虹，很清晰，像一座天国之桥，在热气蒸腾的江边码头上，一头架在纷乱的尘埃里，一头架在无尽的阳光里，就这样弯弯地，忽然绽放了七色缤纷的微笑。

因为看见了这道彩虹，决定动身去深圳，一天也不想耽搁。

打电话给我的先生，问："你还在深圳吗？"

他答："还要待一个晚上，明天回上海。"

我说："我要过来，待会儿就去坐车，告诉我你的酒店地址。"

他依旧一副公事公办的样子，说，发什么疯，我这是在出差工作。

我耍赖道："没办法啊，我没钱回家了，除了汽车票，连住宿费也没有了。"

他这才兹事体大地重视起来："喔，这样啊，那就过来吧。"

于是，我怀着投奔的心情，背包去搭乘大巴。他怀着接受投奔的心情，在深圳等候。

坐在大巴上，把脑袋靠在干净的玻璃窗上，一路望着南方的天空，在我头顶绵延不断，年末冬季的温暖天空，湛蓝中，有玫瑰色的浮云流淌不绝，海浪般缠绵。

天色渐暗时，又有一轮彩虹，顶天立地地出现在天空中，一头架在公路边的浓绿中，一头架在高远的天际，很久很久，好像一路护送着我的欢快，直奔向深圳这个城市。

一路辗转，到达先生下榻的希尔顿酒店时，已经是路灯灿烂了。

先生到酒店门口来迎我，穿过富丽堂皇的大堂，上了光鲜亮丽的电梯，走过地毯柔软的安静走廊，房卡开门，又是一间他习惯的商务套房。

我揶揄说："你好过分，这个地方大得够住十几个背包客了，两个洗手间就够放四张床。"

他顺水推舟地补充道："这里一晚上的房费，是不是也够你在外面住一个月啊？"

我哈哈大笑道："是啊是啊，有时候借宿在山民家里，他们还不肯收钱呢。"

我和我先生的生活，分为截然不同的两种，他是小布尔乔亚式的，我是波希米亚式的。

他到外地只为出差公干，一定是车进车入，选择最高星级的酒店，行政套房，多走两步路就脚疼，星级不够就头疼。可能因为出差多年烦了，近郊的旅行都懒得去。而我最喜欢徒步旅行，把一家一当打在背包里，火车大巴加拖拉机骡子，光靠两条腿也能翻山越岭，什么地方荒凉就往什么地方钻。

我出游回来，先生常常会在电话里再三提醒我，记得弄得体面一点回来，把脸也涂得白一点，现在小区不许民工进出的，要是把你拦住了多丢脸。

唉，我们那个高档小区的保安，总是不能慧眼识背包客，还是外资的物业公司呢。

酒店窗外月黑风高，我嚷嚷着饿了。每次和我先生一起，到了远离我家厨房的地方，我就一定要抓住机会蹭他饭。

于是很快幸福地被他牵着，领到一个安静优雅的餐厅。从来就是他点菜，干净利落，有的时候都不用看菜单，如数家珍。我的特长不是看精美的菜单，而是去农舍外的菜地，看看有什么原料可以下锅，然后自己开灶做饭。

每道菜漂亮而精致。蔬菜是冰镇芥兰，去皮的芥兰梗，切花，在开水里烫过后，如兰花开放，然后像刺身一般冻在冰盘上，蘸酱油和芥末入口。蘸料的浓郁，就此衬托了芥兰的脆与清口。

我与先生说，这道菜烹制的原理，倒是很类似东北菜中的黄瓜蘸酱，也是用蘸料的浓，衬出原料的清香。这种最简朴的小菜，五元钱一碟。

“黄瓜蘸酱，那是什么？”先生一脸无知地问。

想在深圳停留，看一看深圳的彩虹，哪怕一天。

深圳是个很特别的城市。记得第一次来到这里的时候，当迎接的轿车载着我，渐渐靠近这个城市时，我惊讶于她的簇新。鳞次栉比的现代化楼宇，宽阔的大街，仿佛一夜建成。没有老街旧巷，没有城墙宫殿，没有陵墓碑塔，这样的一个城市，美丽，但看上去有些不真实。

那已经是六年前，也是年末。是和我先生新婚度假来到这里。

手拉手走在这个陌生的城市里，深圳，崭新得没有过去，没有时间的痕迹，一切仿佛停留在当下，凝固的晴日。城市像一片海，一望无际地浮起在南方碧蓝的天空之下，空气温暖如夏，永远绿意鼎盛的南方的树，高大挺拔。没有四季的城市，永远浸淫在阳光中，只有温润的风，四处漂荡。

那时的我们，也正停留在没有时间流淌的刹那。

刚从堆砌着玫瑰与祝福，宾客满堂的婚宴中而来，又徜徉在这个看上去毫无忧愁的城市中，脚下是平坦宽阔的路，延伸向每个簇新的方向，手掌贴着手掌。

记得我们走过天桥的时候，我看见了保护大熊猫的公益广告，还是某个画家义务画的。我对先生说，这个城市真好。

先生说，你有没有注意过这个城市的人，街上那些人的面孔。这些迎面而来的人，总是脚步不急不徐，神态安宁而愉快。这是个自由的城市，居住着很多没有过去的人，预备在这个没有季节的城市，湮没于南方的空气中，终老一生。

先生在这里有一个客户兼老友，一个中年男子，皮肤白皙，一脸慈祥的微笑，加上溜肩略胖，被我戏称为“蓝爸爸”，动画片《蓝精灵》中的一个人物。

我们到了深圳，就是蓝爸爸一路照应着，派司机开车去机场接我们，带我们去当地有名的餐厅，然后，热情地把我们带到他的家里去住。其实，我先生和我，内心里都很希望能够住酒店，好两个人独处，结果盛情难却，只能与蓝爸爸、蓝爸爸的太太，四个人住在一栋大房子里。

听说蓝爸爸早年的生意做得很大，那几年，开始打算一点一点地收缩阵线，提早退休，准备与太太一起安度时光。

蓝爸爸当年已经近五十岁了吧，他的太太也四十几岁了，没有孩子，看起来很年轻，都是三十多岁的样子。两个人在一起的时候，很安静也很默契。早上九点起床，来叫醒我们吃早饭，他们一个张罗盘子、筷子，一个下饺子。太太先坐下吃了，蓝爸爸经过她的背后，很自然地搂了搂她的肩膀，顺势坐到了自己的座位上。

我看了看我先生，他也看了看我。

早上十点，工人到他们家开始做家务，蓝爸爸说要去公司了，太太说，也一起出门，约了几个朋友一起去买东西。于是，他们照看地向我们建议："去这里的世界之窗走走吧，不错的。"

四个人出门，走到街上，又是很好的太阳，很好的风。蓝爸爸说："当初就是因为太太喜欢这里的气候，所以决定买这里的房子，长期定居在这里。"太太笑着接口说："你们也搬到这里来住吧，这里真的很不错的。"

在路口分开，终于变回了两人世界。我做了一个松口气的鬼脸，立刻放下了贤淑状，开始蹦蹦跳跳。先生一把揽住我的肩说，他们俩这样多好，我们以后也像他们这样吧，一起慢慢变老。

世界之窗，是深圳著名的一个公园，就是将世界的各个著名城市，用缩小的模型，加上特色表演，展示在小小一块地方。我们俩的足迹，踏过了整个公园，也好像踏过了整个世界。

先生曾经说，要我陪他一起，用一生的时间，一点一点周游世界。其实，世界比公园并大不了多少，我后来才知道，最远的距离，就是在一腔之隔的心里。

那天玩到下午，挺累的。先生说，深圳的洗头按摩很不错。我们俩就兴冲冲地跑去尝试。等到顶着两个光鲜的脑袋出来，天色已近傍晚，搀手走在一个开阔的广场上，忽然看见了彩虹，远远的，挂在高楼如海的城市上空。

“你看，彩虹。”我叫道。

“嗯，看见了。”先生笑着。

之后的婚姻生活中，我明白先生一直努力着，想给我一个无风无雨的世界，就像深圳那个城市给我们的印象，没有四季，没有时光的流逝，每一刻都是没有风浪的当下。

因此，他变得越来越沉默寡言。当我开始变成他的家人，他就不愿再将自己的任何烦恼告诉我，他为了将烦恼与我隔离开来，却让自己也变得与我疏离。

他常常一天里不说一句话，心烦的时候，抽烟、打游戏、看电视。

我喜欢做饭给先生吃，问他想吃些什么。他说，我要吃红烧肉。我便去做来，他吃了，我看得很开心。但是，我问他最近什么事烦心，他兀自发火，什么也不肯说。我只能了解他的胃，却不能触碰到他的心。

我相信他不是一个喜怒无常的人，他的快乐和忧愁，愤怒和兴奋，都有他的理由，只是我完全不知道。有时候我精心给他挑了衬衫和领带，买回来，他扔在一边，看也不看。有时候他在玩游戏，我问他想喝些什么，他突然呵斥我不要烦他。有时候他却兴致很高，一定要带我去某个餐厅吃饭，或者去哪个地方做SPA。

他的喜怒，与我对他的态度，并没有任何关联，属于他自己的。曾经一千次小心地问及，一千次被冷漠地拒绝，他会说，不想谈。然后又是漫长的沉默。我有一种无能为力的感觉，被隔绝在他的世界之外，很远。

想起恋爱的时候，深夜开车在大街上，我们一起唱着老得掉牙的歌。很奇怪的，我们是工作以后才认识的，小时候住的地方却近在咫尺，念的中学就是比邻，大学居然是同一所，而且以往的漫长日子里，我们喜欢的歌，同样冷僻，却都是同样的。

那时总有某种东西，将我们的内心联系在一起。我们常常说着说着，忽然两个人说出了同一句话，同时。我们每每因此失笑，打闹成一团。

有一回，我工作太累，神经性耳聋犯了，他陪我去医院挂针。嫌补液室人多嘈杂，就还是带我回车里坐，把瓶子挂在车顶的拉手上。后来，我渴了，拿了一瓶饮料，把瓶子夹在两腿中间，用另一只没有挂针的手，去拧开盖子。他看见了，连忙抢过去，帮我拧开，狠狠地责备我说："既然是两个人了，为什么这样去拧盖子。"

是啊，何必将我与你的烦恼隔开，既然是两个人了。

周而复始又是六年的工作，城市的规则就是，让所有的机器都一直运作在最好的状态，抵御时光带来的腐朽。人却会在不变的重复中，渐渐失去本真的热情，这是城市最可怕的地方。我的先生开始没有兴趣，迈出任何一个城市的酒店大门。

我却因为对城市永远簇新的某种恐惧，一次又一次地进入荒凉之域，去找寻我们丢失的某种真实。

我和我的先生，各自体会着两种截然不同的生活。

每次我要出游，先生从来不阻拦，我也从不勉强他同行。我消失踪影，手机间或没有信号，其间家里偶尔会收到，我从某个古怪地方的邮局，邮回的破旧邮包。等我回来，将一身尘土扔进浴室和洗衣机，然后换上端庄的裙子，问先生，你想吃些什么？先生报出一二三四来。

这一刻，我能感觉到，我漫长旅途的思绪种种，是在他的掌心开出花来的。他是我的家人，我总要回家。

打起背包，我们可以去看高山，去看丛林，去看海洋，唯独没法去计划看见的，就是彩虹。所以，我总是一心一意地认为，看见彩虹，是生命中的礼物，就像我多年前忽然遭遇的，这份婚姻。

所以，一心要去往深圳，不是某天，而是我先生也在那里的那一天。希望可以两个人，手牵手，可以再次在城市的上空，看见彩虹。

第二天早晨，先生说要回了，就在酒店的商务中心订了两张机票，从酒店的大门，到车里，再从车里出来，进入机场的大门。从深圳这个没有四季的城市，再次回到我们没有风雨的生活中。

年复一年的婚姻，朝夕相处，从来没有争执，也没有吵闹，一切按部就班，我们相敬如宾。他的喜怒他承担着，不愿与我有关。他的心中装满了他的情绪，所以我的悲欢，他也不愿再了解。他希望他的太太，在他一手庇荫的王国里，永远是微笑无忧的，没有状况，没有变化，这样他才可以安心处理他的事情，我懂得。所以，我努力做到不变的笑脸相迎。

只是有时候觉得真的很恐惧，那样咫尺的距离，我为他所做的种种，却完全没有对应的情绪。为了建立一个没有时间的王国，我们之间不再有回应。

我想，我所感觉的自己的孤单，他也一样感觉着吧。有时候看着他熟睡时，紧握的拳头，和时时皱起的眉，我真的心疼，却不能为他做什么。

年复一年，我对于与人相处，渐渐在丢失信心。

从年末第二次自深圳返回，又过了九个月。我们生活的上海，冬去春来，夏尽秋至。

我坐在公寓的落地窗前，初秋的这个城市，天空变得高远，透着蓝色，行道树绿得浓郁欲滴，黄叶出现前最后的浓，暖而湿润的风，从远处而来。这样的天气，竟宛若南方。

徐家汇那一片现代化的高楼大厦，如海般浮现在蓝天绿树间，听见无数车来车往，驶过高楼下宽阔的道路，如海涛声澎湃不绝。这一刻的徐家汇，像极了深圳。

先生说，又要去深圳出差了，四五天吧。

我请求道，让我随你一起去吧。

先生照例公事公办地回答，发什么疯，我这是去工作。

再也没有借口可以跟去，只好柔声要求道，那就早些回来吧，不要太累，不要抽太多烟，应酬少喝些酒，晚上早点睡。

先生答，好了好了，又这么啰唆。

我忽然想起问，蓝爸爸最近怎样了？他和他太太还好吗？

先生答，很久没有联系了，不清楚。

深圳与广州仅几步之遥，其实很希望先生有机会去那个旧城，去看一看那里的旧街老巷，破落码头，算着几元几角生活的人们。还有街边的大排档，中年发福挺着肚子的丈夫，穿着旧汗衫和短裤，带着有鱼尾纹、穿着睡衣的妻子，两个人趿着拖鞋，就这么在路边喝啤酒。

这里到处都是衰老的痕迹，却很真实。

虽然相对于人心的很多东西，时间并不重要，但我们还是生活在时间里，时间的流逝，感情的衰老，美好事物的逐渐腐朽，意味着脚踏实地的真实。

没有四季，没有时间，没有风雨的永恒，固然是心中的理想之邦，城市这架机器追求的万古不朽，却不是人所需要的，像一幕美轮美奂的演出，逐渐令人疯狂。因为人，不能逃开生存的苦难，不能回避人性的软弱，这是人所为人。

在这间位于市中心的完美公寓中，在六年无懈可击的婚姻之城中，是一片空白，我们仿佛在彼此的心灵中没有活过。关于两心贴近的记忆，永远停留在深圳的片断。

如果有一天，先生愿意听我谈一谈我“发疯”的念头，我想对他说，我很希望与你一起面对，所有的艰辛、忧愁、烦恼、打击，与灾难，我很希望与你一起历经岁月的折磨，感情的厌倦，一起在时间中腐朽。

我不怕腐朽，只害怕这种保鲜膜中，永远鲜艳如昨的，塑胶的相隔。

在真实的时间之旅中，也许得再遇一轮七色缤纷的彩虹，如天国之桥，架起人心与人心的隔绝。我们可能分离，也可能在坎坷中，找到了另一种超越时间的礼物——不用相敬如宾，却是相濡以沫的爱。就像我们曾向彼此承诺的，一生相爱，一起慢慢变老。

私奔

早上八点，作家协会门口集合，结队去安徽笔会。卡着八点整到的，上了大巴就开始一路颠颠倒倒地瞌睡，问我什么都言语错乱。

晚上到了目的地，上桌吃饭时，前辈们总算看到我神志开始清醒，于是问我究竟为何精神萎靡至此。我如实交代说，每天半夜两三点钟，都会被相公叫起来做宵夜，是以日日白天瞌睡如此。

一时间，饭桌上众声哗然。

资深的女作家们多半是女权主义者，纷纷为了我的悲惨境遇义愤填膺，提出严峻的问话，为什么他叫你做宵夜，你就做啦，你不会跟他说，太晚了，谁要吃谁自己做去？

答者一脸无辜，我愿意做呀。

鲁迅的作品里怎么说的，哀其不幸，怒其不争——当时，我的女前辈们，就是用这种悲天悯人而又鄙夷的神情望着我，而且一定很愤怒，我这样一个唯唯诺诺的小女子，当初是怎么混进了作家协会这支神圣的革命队伍中，令得如今她们竟要降尊迂贵，与我同桌吃饭。

资深的男作家们则是好奇得像一群猫，甘冒身边女权主义者们的凛冽目光，纷纷问，宵夜做些什么吃呀？

答，相公嗜食炒螺蛳，常常深夜哗哗炒螺蛳，蛤蜊和蛏子他也喜爱，葱姜炒，也是常见菜，鸡胗，牛肉丝，鳝丝，总是几个小菜就着啤酒。有时食欲旺盛，准备炒饭、煎蛋、炸猪排。有时肠胃虚弱，就熬粥与他，皮蛋瘦肉粥、牛肉窝蛋粥，等等。

女作家们的神情更加鄙夷，她们懂得，螺蛳、蛤蜊什么，都要一早开始养，因此恼恨她们的队伍中，竟然出现一个如此窝囊的厨娘。

男作家，多半都是有些自恋的，做梦都想要一个似聊斋中千依百顺的狐仙。一时间，就有三五个自告奋勇，要求与我私奔。

脊背冷汗直流，原来男人就是这样的，不念及多年结发的好处种种，光是因为他们夜里饥寒时，被妻子斥责一声“睡着了就不饿了”，如此为了一顿宵夜，竟要私奔而走。

就此，笔会三个夜晚，夜夜有女前辈们劝说我重归正道——你这么为他做，他又为你做了什么？他让你半夜不睡，他就没有一点心疼你吗？既然他不心疼你，你又何必顺着他意？

却夜夜有男前辈们，如好奇的猫一般，彻夜在我们房间屋檐上来回踱步，思忖一样娶了妻子，为什么别家相公半夜会有宵夜吃，一夜夜，想破了脑袋。

我家相公确实是个脾气怪异的家伙，睡得比一般人都晚，上网打游戏，或是看碟。若是在游戏，夜半电子音效一定满屋回荡，让人越听越振奋。若是看碟，那么同在卧室，我更不能幸免。

既然睡不着，不如起来做宵夜，比之辗转反侧，至少造福了人类中的一员。

我家相公喜好衣冠楚楚，衬衣长裤，必要求烫得整整齐齐，折痕全无。随着我家公寓的小区建设日渐完善，期盼已久的洗衣店终于开张了，于是我将衬衣长裤洗好了拿到店里熨，相公却甚为不喜。

他告诉我，当他还是一个十几岁的孩子时，他就梦想有一个妻子，日日在房间里耐心地为他烫衬衣，而他可以天天欣赏她娴静劳作的背影，这就是他理想中“贤惠”的形象。

既然与一个男人的童年情结和远大理想有了关系，那就兹事体大了。从此，我恢复了亲手熨衬衣的工作，不过把长裤都送到了洗衣店里——既然他的理想中没有长裤这个道具。

结婚五年，相公依然不知道厨房灯的开关在哪里，洗衣机的门是左边开，还是右边开。据我准确估计，再过五十年，这还是他的认知盲点和我的知识产权。

了解我们的人都说，我相公的怪癖，其实一大半是我的功劳。我想想确实如此，是我宠坏了他。宠坏了，就宠坏了吧。

想想一个人来到世间，也不容易。从小开始，父亲母亲就教育“不得任性”，防微杜渐，抓细节促教育，内心中也不是不愿纵容孩子，只是怕他出社会后不懂人情世故，难免吃亏。

上学时，有老师和同学，上班了，更有老板、上司、同事和客户。事事、人人都在教会一个人“不可任性”，否则就不是父母一声责骂这么简单的后果了。

可以任性，就如孩童般在自己的王国中优游，他就是国王，完全不用顾忌任何旁人的感受，也完全不需假装乖巧，这一刻，他应是真正快乐而满足的吧。

在这一辈子里，一个人，总需要一个天地，可以任他伸手踢腿，肆无忌惮。一个人，总需要另一个人，可以任他自由任性。那个男人既是我的相公，我便甘愿做那个由着他任性的人，不然还有谁？

事实上，宵夜也不是夜夜都有。我常外出云游，他便只能就着冰箱，吃我堆满在里面的方便盒饭。

缘分未可知，若有一天我们分离，他便也只能在楼下的快餐店里，寻求他肠胃的慰藉。若我先离开人世，不知他续弦的妻，会否在夜半厉声斥他，“睡着了就不饿了”。

可怜的人儿，我们便有一夕相处，就享受一顿丰盛宵夜吧。

只要我回到上海，安坐家中，我的相公这些天就不怎么上班了。晚上吆喝着要宵夜吃，一早又叫嚷着要在家午餐。我听他一本正经地在电话中说谎，面不改色——“小陈啊，我在外面谈事，嗯，中午就不进办公室吃饭了，下午过来。”或者——“刘先生吗，我还有些事情要谈，中午不一起吃饭了，下午两点，到我办公室谈吧，好，就这样。”

然后我睡眼惺忪，不及梳头洗脸，一头又扎进厨房的油烟中。

说真的，奉劝各位女性朋友，选择相公时，切勿选睡眠时间比自己短，而精力又比自己旺盛的。否则，就只能在“爱岗敬业”和“长命百岁”中，做一道单项选择题了。

有一天凌晨，相公忽然福临心至，推醒我说，我明天要穿那条裤子——他不是指那一大堆烫好了挂在衣橱里的任意一条，而是指刚洗好还没晾干的那一条。

晨光熹微的六点，我起床搞定了那条长裤。太阳高挂的八点，他穿着那条长裤，出门去了。这个孩子，愈来愈猖狂了。

周六的下午，与文友一同饮茶于水杉树下。凌晨三点挂上MSN，他主动与我打招呼，哈哈，原来你也睡不着。

我告诉他，我正奉相公之命做宵夜，等着饭菜蒸熟，所以上来消遣。言下之意，并非因为下午的长谈而失眠。

他问，宵夜做些什么？

我答，在广州新学的黄鳝红枣蒸饭，还有蚝油芥兰。

他说，我也饿了。

我道，没办法，要不你披衣打车来，我多做一份就是。

于是，他提出，与我私奔吧。

我问，就是为了有宵夜吃呀？

他忙撇清，我是舍不得你这么晚了还要做宵夜。

我心想，我相公结婚之前，豪言壮语比你说得漂亮得多，我的境遇尚且如此，就你一句，不舍得我做宵夜，估计私奔以后，我会更惨。

见他在MSN名字后挂起：“要不，我们私奔？”

我便对应挂上：“不堪压迫，考虑私奔，怕只怕天下乌鸦一般黑！”

然后，兀自看我的宵夜火候去了。

相公摸了摸我端上的蒸饭，不满意，道，太烫。

吃完了，还是不满意，黄鳝不好吃，没有油水。

我提醒他，那日里，你半夜吃肉，第二天不是拉肚子了吗？

他说，我想吃红烧狮子头。

我一叠声地应，好好好，明天吃吧，反正以后不做黄鳝蒸饭就是。

到厨房洗碗的时候，精神早已沉入昏睡中去。忽而想到，幸而作家协会的前辈们没有问我是何时写作的，因为这项神圣的工作，其实是用来填满了我等待做宵夜的那段时间。虽然夜色撩人，思想却常会从优雅的文字，开小差到今晚的菜肴中。若被她们知道，定会拿西红柿和鸡蛋，扔我一头。

还有一大庆幸，是我相公目前的怪癖还比较容易满足。我一直害怕，他在这辈子里，会再出什么偏题怪题。因他是念哲学的，只怕有一天，他会要求我将《大逻辑》和《小逻辑》从头至尾背诵下来。那一日，恐怕真的是我私奔的日子到了。

胡思乱想中，把同一只碗洗了两遍，同时发现凌晨的徐家汇，已经有人走动，想着要赶紧去睡，不然很快天亮了。睡意蒙胧中，不由又想，噫，即使是这徐家汇满街的人来人往，又有几人懂得私奔，更有几人懂得宵夜？

返程

十二月四日下午，返回上海，阴雨。

入秋以来，北京一周，广州一周，天津数日，安徽数日，再是广州一周许。终于回了上海，恐怕也只有一周的停留。接下来的日程已然在催促，北京，武汉，长沙，西安。

这样算起来，返程上海的停留，不过也是漂泊中的一站而已。不知怎么的，忽然有了这样寂寥的念头，可能是最近旅途过于劳累了吧。

不及休整，给先生做了晚餐，栗子腊肉饭、青豆鸡丁、番茄炒鸡蛋。看着他大快朵颐，心想，最近已经饿了他好久了，可怜的人儿。

十二月五日，星期天，想起欠了好多饮茶债，还有好多文字债。编辑短信“我回到上海了”，发现需要我发这条短信通知的，再缩减省略，也至少有19人。

东航杂志的潘主编说，登载你的文章的新杂志已然印出来了，周一给你快递、并嘱我继续写了给她，就当为了多赚一件新衣裳。

《OGGI》杂志的叶主编说，你明年的新专栏，想好怎样写了吗？另一专栏的备用稿，也快告罄，赶紧添吧。

《DOOR》杂志的涂主编说，临走前跟你谈的理财专栏，老时间十号交，连带你的游记专栏二月号的稿子一起交。

《CHAI》杂志的山田主编说，看来今天不能请你吃饭了，我要去东京两天，你明年给我们杂志写一个连载小说，等我回来我们谈，我知道你交稿很快的。

《HOW》杂志的洋说，我寄给你的两本杂志收到了吗？有你专题的那期。

《完全生活手册》的萍说，上次约你的书评收到了。

《时尚健康》的丹丹说，你的专题结构要调整，我来帮你改吧。

《大都市》杂志的岳说，亲爱的，你终于回来了呀！

中午给先生做了饭，忽然一口不想吃，泡了壶茶喝，一边上电脑还债。

晚上又做了饭，还是没胃口，强迫自己吃了几口，竟然呕吐，然后胃痛不止。想是最近四处奔波累了吧，情绪低落吧，或者工作紧张吧。继续写字。

先生半夜两点吃的宵夜，洗了锅碗，睡觉。

十二月六日，星期一，清晨六点醒来，周身疼痛，手脚冰凉，打开电热毯继续睡，却辗转反侧。好像迷糊过一阵，梦中净是明年连载专栏中的人物，飘飘忽忽的。

九点，开始电话不断。

北京财经频道说，你要的股评节目时段，现在是早上九点到九点半，下午两点半到三点之间，任选，每天十分钟，带制作二百万不到的价格。

陕西卫视说，早上八点十五分到二十五分的时段，周一到周日，时段费用九百八十元每分钟，制作费用八百元每集，全年二百八十万不到。

我心中烦恼，又是催命的出差。

先生赖着不去上班，满口瞎话地遥控着办公室里的助理干这干那，一心等着午餐。

做得了，看他吃得很香，自己仍然没有胃口，心想，做饭的人会吃不下东西，这句话有道理。努力想吃下一些，却是胃中翻腾。

夜半，赶毕《OGGI》的新专栏，一个占卜师的连载故事。她长发紫袍，居于思南路老房子的一间阁楼，用一副塔罗牌，为人占卜过去与将来。她是一个生来目盲的女子，亦天生能力，能洞悉他人的内心与命运。于是，故事在她的阁楼一个个发生。

吃不下东西，也不觉得饿，做完宵夜，就这样睡了。

床褥间，周身疼痛更甚，竟不得入眠。

十二月七日，去了《OGGI》复命，顺便把刊登了叶主编先生介绍文章的杂志，打一个包背了过去，八本东航杂志，重得要命。很久未见，听了这位能干的美女诸多牢骚，也聊了些海阔天空开解于她。

她的先生张恢是个温和的画家，我小时候看过他画的童话书《海的女儿》，极爱。几个月前，开始与他合作一本绘本，还未完成，名叫《听见爱》。

那一日，节气大雪。回来路上，福临心至，跑去衡山路上的唱片店，进去便叫："我要的货呢？"伙计笑："你又来了呀，你要的，我记着呢。"

问："那么，东西呢？"

答："马上送货的就来了。"

等了一个钟头，终于箱子搬进店里，打开，搜寻，果然有我要的唱片，而且正好两张。立刻拿了就走。Leonard Cohen的唱片，一个沉静的游吟者，于令人迷醉的爵士旋律中，漫不经心地诉说着生与死，爱与渴望。那种声音，能抚慰内心。

兴高采烈地现场电话小伟，说要把唱片给他送去。他约了我第二天喝茶。

跑去寻这唱片，就是为了给他的。

走出唱片店，手机又响，是北京的制片朋友鱼，问，你还活着呢？

答，还健在，怎么忽然想起电话我？

他笑，就是忽然觉得，该问一下了。

我心中咯噔一下，刹那明白了，我近日来的不适，就是又发病了。本来骗自己说，我的胰腺病在两周前刚发作过一次，在安徽几日已经自己扛过去了，不会发作得这么勤。本来骗自己，是胃纳欠佳，太累所致。还骚扰小伟说，得了忧郁症，厌食。

厌食是不会痛的。

回家路上买了两串糖葫芦，吃了下去，不然明天是没有力气起来了。

做宵夜前写了安徽的游记，题为《平静》。

开始痛得无眠。十二月八日的晨，与前一天的夜，是完全连在一起的。

下午去与小伟喝茶，昏沉中，却忘记带家门钥匙。

喝着茶，他给我看了一个很美的PPT文件，题为《采访上帝》，其中有一句话说，人们总是活得好像永远会活下去一样，却又死得好像从来没有活过一般。

为他续热茶，再续自己的，周围是暖的，不知是因为暖气，还是他。一米以外，隔着落地玻璃窗，店员女孩正在店门口装饰圣诞树，在地上抛下片片彩色雪花，不觉夜色渐来，华灯盏盏点亮。

山田主编从东京回来了，约我当晚八点去他办公室。

车到他门口，发现他却早在楼下等，直接上车说去吃饭。坐下点了一大堆东西，鸡汤、肉蒸饺、小笼包、蛋炒饭、豆沙包。我假模假式地摆弄碗筷，他却一个人吃下了整笼的小笼包和鲜肉蒸饺，还有大半盆炒饭。

这个比我大八岁的中年男子，嗜肉，那种旺盛的生命力让我嫉妒。而我坐在明亮得纤尘不染的餐桌对面，熬了整天的痛，正开始精力萎靡。

他问我的第一次恋爱是什么时候，并抢先表示，他先坦白他的初恋是十四岁，属不良少年类型的。我告诉他，我是十九岁。

他与我讲他初恋的故事。有一年，因父亲工作缘故，从郊区中学转学到城中，而那个女孩，于当年的他而言，是个吸引人的城里小姐，很摩登，很迷人。第一个学期将尽时，他从课桌里找到一封信，是那个女孩给他的求爱信。

他努力地回忆每一个细节，努力用并不流利的中文讲出来。他回忆信中的字句，他沉入他的过去中了，疲惫的脸上，有幸福的光影掠过。

虚弱中，我开始害怕我会忘记，曾经的温柔片断，生命流逝中仅剩的宝石，会在我昏沉的神志中，化作尘世的沙土，从我指缝中无声无息地流走吗？

他送了我一支村上春树小说中写过的那种钢笔，特地从东京买的。

他说，既然你同意写这个连载了，我十五号从东京再回来时，跟你谈具体要求。

我问，你今天不能跟我说吗？我回去便写了给你。十五号，会不会太晚了？

他笑，我知道你写得很快的，肯定来得及。

我问自己，还来得及吗？

回家已午夜，先生给我开门，说，今天的宵夜晚些吃吧，三点好吗？

效率很低，三个小时的时间，一篇短文不足千字。痛，好像忽然从腹部蔓延开来，打字的时候，指节都痛，落键艰难。洗菜的时候，觉得水好凉，凉到骨髓深处。

那一晚，先生破天荒赞了一句宵夜好吃，还从游戏机前抬起头来，对我一笑。但是做了什么我现今想不起来了，只记得当时我很开心，收拾他吃好的碗筷去洗。

感觉自己开始有些发烧，浑身无力，吃了一把安定睡觉，电热毯和空调开到最大，还是觉得冷。

做梦，噩梦。

梦见那位负着肾病，正在深山中拍摄纪录片的朋友。蓬山路隔，马滑霜浓，山风刺骨中，见他立于那里。我对他说，你回来吧。他摇头不允，却说，你说等我，你又要去哪里。我说，我哪里也不去，言语未尽，却哭了起来。

惊醒过来，不知是凶是吉，只是痛，耳鸣如鼓。

又昏昏睡去，见到我十月间去世的姨婆，从小带我长大的。她的白发又变成当年的青丝了，她唤我“乖囡”，笑纹绽开。我睡竹簸之上，她微笑抚我头，如我还是孩童时一般，醒来时，那感觉还在脸颊，忽然觉得很安详。

十二月九日，一早恒道投资的汪总电话我，说，最近有什么电视频道可以收购吗？我们出来聊聊，我想要沿海地区的频道，看看综合类的有没有。

我说，好好，等我把手头的事做完再说吧。

他说，你声音不对啊。

我答，感冒了，重感冒。

他哈哈一笑，要保重啊，你这身体。

春夏之交，奉他命，打过沈阳自来水厂收购的主意。商人的事，不论是大是小，都邪乎。

没能安静写几个字，像商量好一样，运尚投资的廖总电话又来。第一个没接，正痛得说不出话，转了人工秘书台。不依不饶，第二个电话又来，只好深呼吸，然后按了接听键。

廖总说，以为你不接我电话了呢。

我答，不敢，哪敢。

他说，你从广州回来了吗？啊，总算回来了呀，有事情找你，哪天有空过来聊一下。

我应，好好，等你有空叫我吧。

年初，他对上海电视台的数字收费频道全国网络感兴趣。年中，一边搞着连锁整形医院的全国计划，一边又想着收购武汉的一家医院。

很烦生意的事，疼着，尤其不耐，想着，如果我明天死了，看你们到哪里去找我。

中午，先生要吃炒饭。我忽然感觉有些饿了，也吃了一碗，并不觉疼痛更剧，于是想，是不是熬过了昨晚的难受，今日便好转了。

晚上，还是被张哥开车接去新盟投资，买时段的情况总要有个汇总。

王总和王太，业余开了一家茶馆风格的餐厅，便看着我吃了一碗清汤海鲜面。

聊到九点半时，先生很有心灵感应地电话叫我回家，平日我在外面应酬，他从未这么早给过我电话，也从未这么坚决要我结束工作。其时，我已感气力将竭，脊背痛得坐也坐不住了。

回家问他，干吗这么早叫我回家呀，饿了吗？

他看着电视，大脑不转地回答，突然想你了。

夜半，高烧，不怎么感觉痛了，木木的感觉。

赶紧写完《DOOR》的理财专栏，主编说，要故事情节，要一个生活有品位、有智慧的女人，在故事中教大家怎样理财。借了《倾城之恋》中的白流苏做主角，够小资了罢。话说自从她嫁与富商范柳原，从此过着有钱有闲的幸福生活，写写专栏，做做投资，置了些产业，也成了朋友们理财咨询的对象，故事就这样开了头。

又为这一期的游记，选了照片。

这才吃了一把安眠药，希冀一夜安睡。

十二月十日，终于无法起床，与先生抱歉说，今天自己去外面吃中饭去吧。

先生问，如何了？我不想吓唬他，只说，重感冒，有些发烧。

呼吸困难，身上每寸都像断了，疼而无力，不能触碰，一身冷汗，转而又一身热汗。伏于黑暗中，不知该希望时间停止，还是走得快一些。

午后将近，挣扎起来，电话涂主编，说稿子已成，准时来交。

涂主编清脆地笑着，问，我们好久没见啰，你是过来交稿呀，还是想在网上传呀？

我也想念她，知她是想找我过去聊天，却不敢接口，只说，就网上传吧。

传过去半小时，说，稿子都行，只是理财专栏的阅读对象收入要低些，所以也要把故事中人物的收入改低些。半个时辰后，改完的稿子又传了过去，完成了。

傍晚，工作狂的妈妈忽然电话我，问我是否在家。忙说，在在。

她说，开完会，正好路过，上来看我。我说，好好，我重感冒了，给我弄些吃的吧。

她进了门，我才想起，她是不懂得用锅和铲的，就算煮一碗粥，也会弄得鸡飞狗跳。我是发烧发糊涂了，忘了我的老妈有多可爱。

只能让她帮我穿戴完毕，带我出去饭店吃大鱼大肉，上菜前前后后上了两个钟头。我一边保持状态，与她谈笑风生，一边疼得犯晕，还硬着头皮表现胃口好。

长大了，与妈妈共进一顿晚餐，是缘分。

十二月十一日，于兄约我下午喝茶。

这几个月来，我们俩都在各地漂来漂去，早说要见面的，推后了无数次。如果没有以后了，这一次，是一定要见的了。

饮茶于徐家汇花园的小红楼外，阳光正暖，云渺风静，正坐于一株水杉树下。

我违背了家教，头一次全身靠在椅子里，与人说话，精神已越来越衰弱。

于兄说，我愿意把你一直作为我暗恋的对象。

我苦笑，大哥又拿我取笑。

他哈哈一笑，因为你给我创作的灵感。

这个大了我十一岁，还年少轻狂的老小孩，真的很可爱。

说起他这次去北京开会，是在清华大学听一个畅销书市场运作的讲座。他说，上课的地方离睡觉的地方要打车，而且起步费都会超过，半夜饿了，打车出去，像在荒原里一样，完全找不到亮灯的地方。

他说正兼职主编着卫生行业的一张报纸，前些日子发脾气，骂得所有编辑集体罢工。

我听得笑得不行。

他又说，半年以后，等报纸像了样子，要约我写专栏“急诊室的故事”，关于生命与死亡的实时讲述。

我没应，因想着我兴许很快能跳过急诊室这个环节，直接进入太平间。

又说填词。

他说，他一直坚持说，词的形式能够决定内容，比如本来想写这样的意思，而突然想到另一个押韵的字，为了采用那个更工整的字尾，可能词的意思就此变了，可是这个想法很多人都不赞同。

我说，我同意的。因为自己想写下来的情绪，是质。词的格式韵脚，是形。质能决定形，形也能决定质，事实上，质和形原本就是一回事。

他接口，就像一张纸的两个面。

我接下去，是的，一个面不存在了，另一个面也没有了。

他笑，病人都能成为哲学家。

我却在想，人的灵魂，如果离开了生命这个形，又将是否存在？又会去往哪里？

那个下午的天空，特别湛蓝，水杉的枝叶细致而金黄，灿烂地映在晴空之下，虽是冬季带来的枯，那金黄却如此抢眼绽放。在落叶，细小的叶，如羽毛般片片飘落，却如春日杨花般柔美。生命的荣枯，究竟要怎么去看呢？

送我返家路上，又见衡山路上，整排梧桐枯黄，那叶半绿半黄，一片片，层层叠叠，竟如满树春花般烂漫，让我疑虑这就已是春暖时分了。

照例是夜半三点做的宵夜，是黄鳝红枣蒸饭和蚝油芥兰。

为先生戏写《宵夜与私奔》，因文中记载了当晚的宵夜内容，是以记得。

烧在退，痛在加剧。

又梦见那位深山中的朋友，满脸胡须，面色苍白，目光如炬。他说，你要去往哪里，只有保住你的生命，我们才能再遇。

我答，此岸彼岸，我都在等你，我们都会相遇。

惊醒时，心中疑惑，担忧他是否还在世间，又何以如此对我说话。

世人总觉得，劝人活着是好的，是对的。真的是这样的吗？如果现世的繁芜终于令人厌倦，如果活着的历程日日都是苦痛。

十二月十二日，又是星期天，做完午餐后，飘飘荡荡地到楼下小区的花园里晒太阳。

冬天的阳光有甜甜的香气，阳光中有淡淡的风，风的肌肤很细腻，轻柔地掠过我的面颊和发梢。树在歌唱，满院子各种各样的树。

门卫看到我，热情地打招呼，你总算出差回来了呀。

我答，是啊，回来了。

他说，你去了好长一阵吧，你知不知道上个月出事啦，我们小区死人了。

我问，喔，是吗。

他说，是啊，吓人哪，才吃过午饭的时候，就听见“噗”的一声，一个人从楼上跳下来啦，掉到地上。闷闷的噗一声，就是着地的声音，很响的，当时在楼里的人都听到了。就是你们永嘉阁那栋楼呀，十九楼，后面的那个窗口跳下来的。

他绘声绘色地说着，经过的人也附和说，我们都听到了，挺响的一声呢，救都没救，当场就死了。

我问，是怎样的一个人呢？

他们都摇头，没敢去看，说是一个中年男人，大家传说是几号里的，什么样子的，我们以前肯定也见过吧，只是对应不起来了。

我问，为着什么呢？

他们又摇头，总是有什么事不顺利吧。

“噗”的一声，几秒钟，世间的事了得干干净净，就这么去了。应该很轻松吧。

只是世人都这么害怕着死，忌讳着死。死的行为因此变得如此醒目，死的是谁，却因为没人敢看，所以竟变成了盲点。这样也好，省得翻检着他的过去，扰了他的清静。自己的痛，只有自己最清楚。

脚下是虚浮的，声音是虚浮的，眼中的景色也变得虚浮。

我坐在阳光之下，痛漫溢在身体里，四肢沉重得无法动弹，有另一个自己，却轻飘飘的，像要离开周身的痛楚，徜徉在风与树的吟唱中。

小区不远处的儿童乐园里，彩色的滑梯和水车边，一大堆孩子在玩耍，打打闹闹，好不欢乐，生命的鲜艳，让人想用文字去抒写。

那许多许多，我爱与不爱的未完成的事，我爱着、关心着的人们，身边拉扯不断的牵牵绊绊，若此刻我融化在风中，这些也就这样随之散了吗？

这些生命中承载的美丽与琐碎，怀拥着的时候，很重，很多，令我沉醉的财富。而我消逝时，这些也就如彩色的烟云，一无重量地飘起来，只用最后的缤纷光彩，留给我刹那的凝视，令我记住人世的美，令我忘记我曾经的痛。

只是，风筝飘走了，线会寂寞吗？

枕着坟前漫山遍野的野花，从此就不会再觉得孤单了吗？

门卫还在说话，和两个牵着孩子的妇人。

门卫说，听说他的老婆伤心得不得了，还有一个孩子，说走就走了，活着的人倒霉啊！

妇人们附和道，是啊，亏得他的父母先走了，要不然更伤心。

门卫又与我说话，这位妹妹，你还没有孩子吧，你想想，他有老婆孩子的，怎么就这么忍心去自杀，以后老婆孩子谁来照顾啊？

我说，人要死，怎由得自己，就算是自杀，也是如此，是注定要走的时间到了，没有什么可以阻拦。既然离开是注定的，又谈什么舍不舍得。

每个人的心里都有一间房间，承载着亲人与物件种种。有的房间住着一家老小，有的房间还装着钱权名利。大的房间装得多些，小的房间装得少些，只是再宽敞，也是有限的。人死了，房间暗了，里面装着的人和事，还是沉甸甸的，有用吗？

我心里的房间，只是一扇窗，窗里不仅有家人朋友，还盛得下所有看见过的人，窗里还有这世界的草木，有山水，有天穹。我存在一天，便全心爱着一天，风景如水逝过，不必留下一片叶子。

仰头，清亮的天空落在我的双眸中，遍耳蝉鸣，欲起身，晕眩，跌倒。

夜，写毕《名叫曾经》。

对先生说，今天不做宵夜了吧，叫些外卖，好吗？

先生问，你不舒服？

我答，是的。

痛在身体内爆发，像一颗炸弹，从脊背和肋骨间引爆，然后放射到全身，每个骨节，每寸肌肤，无法遏制。床似裂开一般，身体也不在了，剩下悬丝般的神志在疼痛中游荡。

吃两颗解痉药，吃一把安眠药。

忽而神志没有了，亦无梦，只有莫名的光亮在眼前晃来晃去。

忽而又挣扎醒来，周身还是痛，摸到表按了夜光，肿着眼睛看，才过了两三个小时。再吃一遍解痉药和安眠药。再睡，再醒。

来来回回，折腾到天亮。

十二月十三日，又是星期一，无力起身，无力接电话。

先生上班前关照，不舒服就好好睡觉。

躺下身，无法入睡，坐起来，又疼得坐不住。

熬了多天的痛，一直是清醒的精神在撑着，包裹着摇摇欲坠的身体，扮着一副健康敏捷的模样。可能是撑得太久了，可能是痛得厉害了，我的精神终于涣散了，于是身体的衰弱，也就更加肆无忌惮了。

至近午，安眠药告罄，翻遍抽屉，想找一种随便什么药吃下去。

努力起床，洗头洗澡，穿戴整齐，摇摇晃晃到书房的大窗户前坐着，想再痛得厉害了，就从这儿跳下去，也是“噗”的一声，就不痛了，再也不会痛了。

虽然跳下去以后肯定七零八落的，但是跳下去之前，绝不能衣冠不整，蓬头垢面。

听 Leonard Cohen 沙哑低沉的歌声，听到了死亡的冥想与安宁。

收到小忻短信，邀我一同吃饭。想起他终于从北京出差回来，是说好一起吃饭来着，可是怎么吃呢。回他，肚子疼呢，不能吃了。

收到小伟短信，牛头不对马嘴地回他，我不想要这身皮囊了。又问他，医院里有没有止疼药和安眠药。

神志混乱到许多都不记得了，好像是大家都在威逼利诱我上医院，我坚决不从。

后来，小伟拿着药到了我家小区门口，说交给门卫就走，言语间十分生气。吓得我一路踉跄地下楼找他，看到他铁青的脸色，一句“药医不死病”生生地从我嘴里咽了下去，换作就范的话语。

在怒目而视的监督下，电话医生说，逖哥，我又要来了喔。

他问，又痛啦？

我答，是啦。

他说，赶紧来，四点等你。

我要求说，我不住院的喔。

他说，好。

我又要求，我不吊针的喔。

他又说，没问题。

心想，什么没问题啊，就知道去了你那边，就由不得我了。

建如姐也电话来，说下班就直接到我家接我去医院。原来小忻正到处宣传我生病的消息。

小忻电话来说，正往徐家汇来。我说，不对啊，建如姐也来了，就算我愿意去，也不用一起吧，你路远，住浦东，你别来了。

小忻说，我今天已经在附近了。我说，那么，建如姐一早送小孩念书，总是睡眠不足，要不你跟她说，让她别来了。

建如姐又电话来，说马上到。我说，小忻在路上呢，你明天一早还早起，一会儿又弄得太晚，睡不好。建如姐说，我陪仔细一些。

电话不停，我抱着话筒痛得大喘气，心里抓狂，想，你们自己讨论决定就好了。

像砧板上的肉，从小伟手里被押送到小忻车上，一路奔医院。

逖哥早等着了，说，让我摸摸你的肚子。

我向小忻介绍说，这就是摸我肚子次数最多的外科帅哥了。

小忻说，怎么这个时候，你还没个正经的。

我嬉皮笑脸答，总不见得一路哭着来吧。

接着，一大堆化验，抽了两次血，透视了我的肚子。小忻忙得满医院乱转，从这个窗口到那个窗口，从这个房间到那个房间，从这张床到那张床，死人都给折腾活了。

报告出来了，小忻懂医的，看了一眼，大叫，你的急性期已经度过去啦。逖哥拿着报告单，点头笑说，好像是呢。

我说，难怪不怎么疼了呢。想想不对，那是刚刚吃了止疼药。

再看其他的，指标全都乱七八糟，尤其是肾脏的那张，从上到下，一串加号。逖哥说，继续检查。于是又开了一大堆单子。

我看着那张肾脏的化验单，有些恍惚，想起那位还在山中的患了肾病的朋友，想起我远在北京的成毅姐，她也是肾脏有恙，每天休息在家中，不能如我一般满世界地走，很是寂寞。

小忻在一旁说，你这都是饿的，为了胰腺病，不吃东西不喝水，胰腺好了，没准肾衰死了。我继续出神，想，如果上天让我得了胰腺病，我却死于肾病，不知道我那山中的朋友，还有成毅姐，是否可以因此好起来？

逖哥检查完毕，宣布，你必须吃东西——米汤。

我说，我可以回去睡觉了是吧。

逖哥犹豫了一下，同意了，开了一堆药，嘱我认真吃，叮咛我明早八点再来医院报到。

我跟小忻说，我是煮不动米汤了，你带我出去吃吧。

小忻带着我满世界找餐厅，一家有“米汤”的餐厅。

晚上，回到家里，先生拿出一叠钱，放在我的床头，说，你会住院吧，这些钱用得上。

先生有他表达爱的方式，给钱，就表示了他关心我，钱越厚，表示关心越多。记得十二月十三日的这个晚上，他的爱意很“厚”。是爱，就不俗气，我不觉得俗。

吃了药，十分困倦，翻看药品说明书，上有“可能出现眩晕和嗜睡症状”。小睡一会儿，忽然又觉得神志分外清明，精神亢进，翻看药品说明书，上有“精神方面副作用少见，也因人而异，包括情绪高亢……”过了一会儿，忽然出了疹子，找到说明书上写着，“此外，皮肤搔痒、皮疹较少见”。疹子好了，开始剧烈早搏，又是一夜的呼吸困难，好像记得说明书上还有“对心血管系统有影响”的一条。唉，天知道。

我的体质相当敏感，医生们常说，可以拿我去做科学实验。因为，每每他们给我开药，不用给我说明书，我就能把里面的副作用一条一条表现给他们看。

我认为，药的作用就像一个圆，所谓的疗效是圆周上的一个点，这个疗效固然是被努力论证过的，究竟怎样论证的我们暂且不论，但是，整个圆周上的其他作用，是人们都不明了的。当然，这种机理也是合理的，因世界上的物质，都不存在只有正面作用，而没有反面作用的道理。

从这个角度来讲，药物杀人的可能性，应该比救人的可能性要大。

我不愿去医院，也是不喜欢医学认识世界的态度。

医学明明是把人简单化的过程，其实，所谓了解的规律实在有限，世界可能根本不是按照这个规律在运转。人的健康病痛，生与死，冥冥中应自有主宰，医学又能了解多少，却自诩能治疗，能救人，能改变人类的命运了。

事实上，我自从胰脏出了问题，三年里每每发作，都不是应了医生们告诉我的诱发原因，诸如喝酒，诸如吃油腻的东西，诸如暴饮暴食。究竟是什么原因，没有人知道。

去年逖哥从国际研讨会回来，告诉我，现在有一种最新观点，认为发作是由于内脏某一次不自觉的震颤。这个就更玄了，我每天在讲话唱歌，坐车走路，天知道哪一次内脏的“震颤”会要了我的命。难道要我每天静坐不动不成？

发病的诊断也十分有趣。胰脏的病，照例应先由指标诊断，指标正常，当然就不用查下去了。但是，好几次，透视看到我的胰脏已经肿得胖胖大大的，胰液渗出了一大堆，指标却是完全在正常范围中的。

至于治疗，就是进到重症监护病房，插满管子，躺在床上，每天不吃一粒米，不喝一滴水，日以继夜地把该吃下去的营养，往静脉里输进去，像个科学怪人。

晚上，彻夜听到心电图监控器和呼吸机的声音，此起彼伏，忽然，声音变成了警报声，然后，凌乱的脚步声、说话声，其他机器的声音，然后，寂静了一阵，人推走了，装进一个袋子，拉上拉链。第二天，房间里又空出一张床。

医学了解了多少，却一副宝相庄严的派头，对命运与神，嗤之以鼻。上帝造人的说法若是所谓唯心，用我们胚胎期的鳃裂作为佐证的进化论，就一定是真理了吗？如此，为何猿变人已这么多年，人没有继续进化成其他什么更高级的生物，可以御风而行什么的？为何我小时候在西郊公园看见的那些浑身长毛的伙计们，现在还在假山上抢香蕉？

艺术和思想，又是从哪里进化而来的呢？不相信一位“神”，却笃信着一只“三叶虫”，便是了不起的科学家了吗？

不是觉得医学的探索和追寻，是没有意义的。相反，我觉得，寻求，总是美丽的。只是不喜欢他们的那种排斥与狭隘的态度，探索，如果没有一颗宽容的心，又将把人类引向何处？

道不同，不相与为谋，是以不喜欢医院。

宁愿一个人，安安静静地接受命运。

病痛和死亡的安排，都是有深意的，自自然然地去经历，都是生命的体验，包括自然地死去，也是成长重要的阶段。何必要用治疗去扰乱这个过程。

但是，还是没有能做到心静。

以前曾经笑话苏格拉底，自己选择了死，死之前，却不从容，找来一大堆人天天陪他说话，也不嫌聒噪，内心里，是想用这热闹吵嚷，掩盖死亡将近的寂寥吧。柏拉图没理他，克力同是由着他，不管怎样，有人陪着，他就不用独自去面对离开的这段路了。

现在正好用这些话来笑话自己，本来足够清静的，是自己忍了这么久的痛，却突然大喊大叫。解释为痛得精神涣散、失了常态，是不够骗自己的，事实上，就是软弱而已。

我是希望有人陪着的，在以为自己要离开的时候。

却不想，被不解人意地逼着去了医院。

十一月十四日，一早被电话叫醒，赶着我往医院去。

心脏与我跳了一夜的探戈，精神更加委顿，气若游丝。向逖哥敬礼说，我来报到了，你想怎样便怎样吧，然后坐在椅子上，靠着墙假寐，等他发落。

逖哥提着我满世界走，又是无数检查，透视了我的五脏六腑。

看着我新化验的指标，逖哥惊奇地说，哟，看来你是真的自己扛过了一个急性发作期嘛，血里的指标愈低了，排泄的指标愈高了。他惊奇的语气中带着钦佩，我相当地得意。

他说，你运气不错的嘛。

我说，就是呀。

他问，前些天很痛的吧。

我说，当然啦。

他说，也没有饿死。

我说，是呀，运气好。

于是他宣布，你现在已经是可以出院的指标了，当然你愿意住院，也可以再住几天。

我用尽最后力气大叫，我当然不住啦。

他叮嘱，要按时吃药，饮食务必清淡，还有记住，一定要好好地待在家里休息。

我应，一定一定啦。

小忻得悉我不用住院了，相当开心，电话唤我过去一起吃饭。

他开始称呼我，小饿死鬼。自恃有医学知识，点了一堆所谓的“半流质”、“维生素和植物纤维”和“优质蛋白质”。

他说，你这个小饿死鬼，你知道得胰腺病的人都是怎么死的？最后都是营养不良死的！你知道非洲难民都是怎么死的，最后都是饿到肾脏衰竭死的！我看你这病，这副有气无力的样子，一半是饿出来的。没有我看着你吃饭，你肯定又不好好吃了！

我装出一副很乖的样子，应，是呀是呀。

小忻小我一岁，平日里我们在一起，就跟两个孩子一样，一直打打闹闹，无拘无束。看着他今天忽然充大卖老，我心里笑得快在脸上绷不住了。

饭菜上来了，白粥，自然无可挑剔。

白灼韭菜花，小忻看了大叫，怎么这么油，浇了这么多明油！

一碟卤豆腐，小忻又大叫，卤豆腐的边怎么是油炸的！

一碗白粥，小忻给我用小碗盛出来几勺，又倒到另一个小碗里，再倒回来，这么凉着。

倒了一杯浓茶，规定我每筷子韭菜花，都要浸到茶水里洗过，才能放进嘴里。

又笨手笨脚地夹掉卤豆腐的皮——四边的皮都夹掉，就剩中间那块夹在我的盘子里。

看得我心里有万千条小虫子在爬，终于耐不住大喊，过分！过分！过分！然后，挥舞起筷子，与他在一个盘子里抢夺起食物来。两人笑作一团。

这一刻，我觉得我真的是活过来了，这些日中慢慢迫近我的黑影，真的散去了。

这一天的阳光很淡。坐在出租车上，望闹市中香车如龙，群楼如簇，淡淡的阳光在其间跳跃，昏昏中，恍若隔世。一切熟悉，又陌生。

这一天，距离我回到上海，正好是十天。

十天前，从一连串异乡的漂泊中，返回上海，准备稍作停留，便再启程。这段时间，本应是一段短暂的停留，而我又身不由己地，去了如此接近彼岸的地方散步，经历了另一次返程。即使是日日留在熟悉城市的一隅，人的漂泊也不能停歇吧。

下午着家便睡，一头沉下去，熟得无梦也无知觉，是终于回家的熟睡，特别香甜。

晚上，将一叠钱还与先生，自豪地宣布，我不用住院了，已经自己好了，给你省了不少住院费呢。

先生很高兴，接过钱，还是分了一部分交给我。意思是，就算我不生病了，他也还是关心我的。我欣然接受。

暂停宵夜，将生意让给了永和豆浆。

吃了药上床睡觉，却还是痛得厉害，疼痛在身体中盘旋，脑袋也在盘旋。

朦胧中走进梦境，看见一个身材颀长的老者，蓬乱长发，玄色长袍。不知为何，梦中的我认定他就是苏格拉底。

他笑着问我："吃药了吗？"

我也玩笑地问他："吃药了吗？"

毒药和解药，原本就是一回事，都为着改变生命去往的方向，方向不同罢了。只不过，人的生命真正去往的方向，不是吃下的药来决定的，药，不过是一件道具罢了。

痛得醒来，想起梦中的老苏，十分莫名，心想，我是不是也要下床行走几圈，好让药力在血液中运行得快些，以便痛能得脱。

十一月十五日，一早醒来，感觉自己还活着，痛着，四肢都有知觉，还呼吸着空调温暖的空气，竟如抽中大奖般地快乐。

回想这一个月来，这么勤快地发了两次病，这么勤快地在生死的双黄线中央违规行走，发病和病愈都无因可循，无据可查，那每一天的活着，都真的是抽中了彩票，都应该庆祝才是。

每天呼吸的空气，呼吸着，并不觉得丰裕，没有了，又该如何。生命也是如此，这一刻眼中看见的风景，这一刻拥有的温柔牵绊，都何其珍贵，都让我衷心感激。

下午，北京的成毅姐短信问我，最近身体可好。

我便兴致勃勃地告诉她，我很幸运地经历了一次危险的发病，回来了。

成毅姐是信基督教的，她很替我高兴，说，神是有眼睛的，必护佑你到底。

通了电话，问了彼此的病情，聊了家常。

我傻乎乎地问她，人死了，究竟会去到哪里？佛教说的是，轮回，我们死了，还会回来这个人世，继续下一生。

她答，基督教说，人死了就会去到天国，永远留在那里了。

我问，每一个孩子都是新的吗？

她答，是新生的。

我问，那么，天国里不是会越来越挤，人越来越多，怎么待得下呢？

成毅姐笑，人的灵魂不像你想象的那样，天国也不像你想象的那样，天国是无穷无限的，当然不会待不下。

这个电话之后，我又开始发愁了，究竟人死后，会去到哪里呢？如果一半人去了轮回，另一半去了天国，我和我爱的人们不小心分在了两边，有人永远在天国待着，有人一直在地上轮回，那岂不是永远也碰不到了吗？

如果都是轮回，那也很难再遇到的，因为要喝一碗孟婆汤，世界又这么大。如果是去天国，经年累月的这么多人，人山人海，也没法登个寻人启示，这样来找，找个三年五载也不一定能找到。

因此十分地烦恼。看来，人活过来了，心思就自然又开始不洒脱了。

入夜，又歪歪倒倒地起来，半夜起灶，炖了一砂锅红烧猪蹄与黄豆。酱油、黄酒、茴香、桂皮，伴着肉香，飘得满屋都是。厨房的香气，令我觉得安心。

窗外，正是夜色寂静，无星无月。

此刻，心中到来了一种奇异的感觉，令我觉得，每次接近彼岸的旅行，都仿佛，那如此靠近我的，不是死，是爱。

豪情

十一月十二日，晚班飞机，从广州直奔天津。

广州白天三十度，天津深夜三度。降落，下舷梯，冷。机场灯火点点，如寒星刺目。

接机的人群寥寥，有一高大男子，举一牌子，细看，原是我的名字。瑟缩问，张哥人呢？来人答，与战友一起，喝醉了。偕我上奥迪280，车上有张哥为我准备的冬衣。夜色黑沉，只见街灯飞速后退，直奔五星酒店。

临时决定飞来天津，广州事未毕。张哥也由上海飞来天津会合，就是下午的飞机，带着合同章。为一个天津卫视的时段而来，天津台主持人李东催着我们来签，说是台里催他签约，只留到十三日下午，我们须与他自己的公司签，他才会与台里签下。

周一到周五，每天十分钟的时段，开价三百一十二万。节目制作费用，开价五十五万。总价三百六十七万，说是还可还价，分期付。

酒店遇张哥，未及寒暄，即电话李东，约次日一早会谈。时间紧迫，三百多万的金额合同，准备当天签毕。

我与张哥说笑，这样的金额，当天见面谈判，当天签，真乃豪气。张哥笑说，有何不可？

一早便醒了，窗外阳光还算灿烂，只是近冬，没有了暖意，再明亮，也是萧瑟。

会面在酒店套房的客厅。李东和晓东一起来的，都是电视台的节目主持人，又合伙开了他们自己的那家公司。两人看上去都还年轻，说话声音很好听，人也俊俏。一聊才知道，李东今年已三十七岁，肖猴，晓东小一岁。

我们前来购买电视时段，为的是安排一档股评谈话类节目。张哥代表着一家投资管理公司，营业多年，在各地都有分支机构，业务拓展势头颇佳，是以想凭借电视节目锦上添花。

李东当然希望先有和我们的合同，再去签电视台的，毫无风险。张哥则担心，如果这边合同签了，李东和电视台的合同又没签下来，那我们不仅受制，而且事情终究未成。

我提议说，何不以李东事后和电视台签的合同，作为我们双方合同的附件，并以这个附件的存在，作为我们今天合同是否生效的必要条件。

大家一致赞同。谈判旋即进入下一议题，价格。

张哥说，若是与电视台直接签约，支付了时段购买费用后，一般像这样简单的谈话节目，台里就一手制作了，不会再支付制作费用了。言下之意，李东报价高了五十五万。

张哥与我，原是上海电视台的同事，电视台的惯例我们都熟知。李东和晓东也是在电视台工作的。大家都知道，张哥所言有理。只是因为天津卫视时段将尽，李东与广告部关系甚笃，容易安排，所以才与李东谈判交易。然既已与李东谈判，我们都知，张哥所言，也并非理论之意，无非是为打压一些价钱罢了。

再谈到天津卫视今年的广告刊例价，只一千元每分钟，何以李东报价为一千二百元每分钟。李东解释说，这是因为明年会涨价。不得而知罢。

一来二去，总价格落在三百四十万这个数字上。李东还满意。张哥与我商议，购买价格本是看需要而定，也不想深究，觉得可以接受。

两盒香烟已段段燃尽，烟盒空，烟缸堆满。开水不觉饮尽，再烧水奉茶。

只觉肩酸腰僵，伸展间，见窗外日头已当午，街头空旷少人，枯树立于老屋间，原来天津西面最豪华的五星酒店周围，竟是满目荒凉。

此时，又有人按房间门铃，一陌生女子风尘仆仆而来，与李东、晓东照面后，热情与我握手："啊，你就是孙未。"

我愕然，答："我不认识你啊。"

女子解释说："最近我们耳边都是孙未、孙未的。"

既已近午，张哥提议说，我们就一起去午餐吧。

酒店二楼包房，绮席间，言谈甚欢。一来同为电视台旧部新员，没有无可寒暄之虞。二来，合同之事大部分已妥，大家都觉得，似是庆祝功德圆满之时。

谈及下午，将一同前往李东公司。张哥已电话公司，传真与上海第一财经电视频道四年的合同书到李东公司，作为我们合同的样板。具体商议条款细节，便是签约。

张哥摸着兜里的合同章，开始与我讨论，签毕，是否当晚返程。

生意人有一情结，如律师每逢上庭，记者每逢上镜。生意人每逢签署合同，签得再多，即使日日在签，也会有一种莫名的使命感，章起印落，感觉豪情澎湃。

张哥此时抚合同章，当感权力和成就。李东话多，应是有对三百四十万伸手可及的兴奋。而我当此时，欣慰事情如此顺利，不由有一种即将进球的期待。

席将终，话题打天南海北绕了个圈，终于回来务实。

谈及付款，总有预付，总在开播之前，双方没有异议。关于预付比例，李东说，要电话问一下电视台。电话回来说，电视台要百分之三十押金，且先付三个月，希望我们也按此签署。张哥面色登时不喜。

一个历时一年的卫视时段，价格三百四十万，还未开播，就要五成以上的款，这样，给客户的风险未免太大了吧。张哥说。

李东说，是电视台要这么些预付金。

张哥说，我们一般都是押金一个月，预付一个月，逐月支付，最多押金百分之十，与上海财经频道四年合同都是如此。

李东问，如果你们中途不付进度款怎么办？张哥答，逾期一个月，你们可停止实施，并有合同总金额百分之二十的违约金。

李东说，我不希望打官司，还是钱先付过来保险。

张哥问，如果你们中途不播怎么办？李东说，我们当退回款项。

张哥说，同样有信任问题，若一样有官司，我们大公司，你随便让法院冻一个账号，里面的金额都足够执行。言下之意，李东私人公司，届时船小好调头，这方面已占先机。事实也的确如此。

李东说，我不想用这么多钱垫付。

大家便让他再与电视台谈一下，能否那边少付一些。李东又去电话。

张哥也去电话公司老总。之前金额谈判，他都未请示便定下来，可见关于预付问题，确实差距太大。

本是要去李东公司，现在大家权且在酒店咖啡座再谈。

对方多一女子，便是三人。我方二人。人多口杂，加之新的分歧一时无法协调，进度一时停顿下来，只时间流失，分分秒秒。

李东回来说，电视台最少也要抵押金百分之二十，这里能否同意押两个月，预付一个月。这样等于双方各承担一半押金。

张哥说，适才从公司获得信息，内蒙古卫视同样时段，价格九十二万。即赫赫湖南卫视，不过三百万。天津卫视三百四十万，价格不菲，接受，但押一个月，付一个月，不能让。

我忧合同不成，对李东说，公司资金都有机会成本，你若没有其他时段代理的客户，给你更高利润，需要你垫付资金，你何不把有限的资金，用于这一个长期而有利润的项目。

李东还是答，我无钱垫付。

在我坚持下，张哥终与我去李东公司一看。阁楼老屋，若有诉讼，即使封了公司，不过两台电脑座机，还不一定有奔四配置。只一条德国黑背，养在阳台上，煞是俊美。

公司与上海财经频道的合同传真来，条款正如张哥所言。

然我们之间条件未谈妥，合同未签。张哥与我决定在天津多住一天，等待翌日他们的最后消息。

晚饭前，我与张哥研讨白天之事。

我问张哥，老总是何意见？张哥答，老总言，这家代理公司肯定是一点风险也不想承担，一分钱也不想垫付，只是左手搬到右手，平白留下利润。

我知老总判断非虚，只是因我身处事中，一心求成，所以不愿承认罢了。

张哥与战友又去饮酒，唤我同去。我说，我且留在酒店与李东他们再电话一下吧，叫酒店送餐就好，此事总要有个分晓。

于是，再电话李东，又电话介绍李东的老友，终于明白了付款细节。电视台虽然要求押金百分之二十，但是可逐月支付，李东要求我们押二付一，其实不是双方共担了押金，而是他一分钱也不用垫付。

因老友介绍李东，张哥又奔波劳苦，我还望事情圆满，便与李东分析他的得失。事实上，若按我们的付款条件，他们公司只需先期周转二十万左右，开春即可开始盈利。电视台明年涨价可能不会这么多，李东熟悉，可打折，还可有返点，节目的制作电视台自会去做，这样算来，利润许有五十万以上。

以二十万短时的周转风险，得年底数倍利润，即使合同中断，还有近七十万元违约金可得。这样的生意，怎么不可行？做任何事情，哪有不付出一点代价之理，何况这本来就是代理的生意，付代价的方式，就是周转。

李东仍不愿承担。

一个人在酒店偌大的房间，忽而感觉有些难过，为李东其人。

其实，作为电视台一个不红不白的主持人，有一家破落的口袋公司。这样一个合同，一个日播的节目，可以提供他太多在电视台的事业机会，不论是主持，还是节目负责。而我们也曾提及，这个栏目一旦起来，公司还会在当地有很多公关活动的投入，可想而知，操作者舍他其谁，还有不少钱赚。

这个合同，可能是他一生中金额最大的那个合同，可能是给他一辈子财富起步的那一桶，可能张哥公司从此成为他公司的常年客户，年年有这个合同。

若我当年在电视台时，有这样的机会，不论结局如何，当其时，我想我会如何意气风发，在合同签上自己名字的一霎，想必耳中响着未来的号角，心在飞扬。

待张哥返转，见我发愣，问我为何。我说，我很难过，李东这样一个男人，三十七岁的年纪，应该正当豪情满怀时，也应知豪赌的青春已不长，何以面对一张条件优厚的合同，如此胆怯和不愿担当，是否先前曾经遇到过什么事情，令他只能像蚂蚁一样爬在地上。

张哥哈哈一笑，你恁多的同情心，他只不过是贪，想多赚钱，又想完全没责任。

我说，我明白这事是不成了，不是押金的问题，而是他这个一分不掏的态度，将来节目在电视台播出，若出问题需要调停，他会揣着客户的钱，在一旁看热闹。

张哥说，就是这样想的。

张哥比李东年长五六岁，原来是部队的，转业到电视台。在部队多年，每每夜航，曾见海天一色，没入无边黑暗，一切有质无形，如宇宙浩瀚，无边无野，才觉人之渺小。在电视台拍摄节目时，又逢采访车从山巅翻入谷中，重伤，在抢救途中，却还与司机说笑，对不住，我的血把你车都弄脏了。生死间，忽有所悟，原来人再渺小脆弱，心里的豪情依然可以与天地一般浩荡。

这样一个率直汉子，其实并未在意李东公司的资质，也并未计较李东的利润。

我本是由老友介绍而来，因这位老友的缘故，总想成人之美。张哥其实也因着这里是我老友介绍的关系，一意维护着我的感受，诚意想签下这个合同。

然李东终推扶不起，张哥也终按捺不住。按捺不住的不是区区一个月预付的差额，而是看不得这些人的猥琐，以后也不想再看。

夜。老友电话我，说了李东的不是。我说，不必计较了，只是有些可惜，事是不成了。

老友问，今天你身体不好吗？我惊，你怎知道？中午晕了一下。

老友说，我太太短信告诉我的，说你身体不好。

我忽然想起，应是那个中午才出现的女子吧。于是问，原来你太太是那家公司的，怎不告诉我？

老友说，她不是那家公司的，她只为去看看你是什么样子的。

登时明白了老友的言外之意，想到见面时确有些古怪，孙未孙未的。

一个妻子，一早起床，从北京特地坐大巴到天津，再打的找到这个酒店，为的是看一眼，我这个假想敌长得什么样子。一眼之后，再乘大巴回北京去，照看自己的儿子。可能晚餐就是在路上买了个面包，真是辛苦。

想来她一定没有失望，我当然值得一看。

只是回想中午晕倒时，她温柔地抚我背脊，不禁汗毛直竖。

她长得什么样子，我一点印象也没有，只记得戴眼镜的，陈姓。

一夜噩梦，睁眼时，天色还黑。服了几片药，想是继续睡吧。

再睁眼时，已是阳光耀目，张哥唤我起床，说是车已在楼下等候，今天一天，权当是天津一日游。

车子驶在城市中，安静而古朴的一个城市，只是少了几分古朴的从容，多了几分破败的凄惶。不过，总算开阔而简单，没有太多忸怩。

老房子集中的街道，正是安静时间，落着正午的光和影，于是老屋尖顶的拙朴，曼妙的铸铁栏杆，还有斑驳的书影，都画在了地上。偶尔有自行车铃铃骑过身边，渐远。人行道上，三两个人，穿着冬衣，缓缓走在了无暖意的阳光下。

我们选了间旧别墅改的餐厅，在二楼午餐。

窗外，秋叶簌簌飘落，掠过眼前，如电影景致。待餐毕，下楼去看，院子里早已铺满落叶，有的已枯黄，轻飘飘的脆，有的还半绿，带些湿润，却也安然伏在鹅卵石的地上，静待生命的流失。空气中弥漫秋日的香。

又去看了海河，城市中的水，每个城市都有的眷恋。

陪张哥挑了字画和端砚，看了泥人张，买了麻花、牛皮糖和崩豆，还有狗不理包子。

张哥陪我去了娘娘庙，烧了七炷香，我为李东、晓东和陈姓女子祈福，望他们不再被自己的内心所困。

天色渐暗，奔机场，短信李东、晓东，说走了，感谢接洽，合同之事遗憾。

机身疾驶，倏然拉升而起，脱离地面，御风振翅。

张哥对我说，看窗外。

先是破落的天津机场，灯火点点，然后是天津这个城市的灯光璀璨，然后是整个世界的灯火，如一片波光粼粼的海，浮在天地之间。

张哥说，他最爱飞机夜航，在空中俯瞰夜景，这个视角有如神的眼睛。从这里看下去，每个灯火下，都有一幕幕人情百态，或忧郁，或悲凄，或争执不息，但于这里看来，都只是浩渺世界中微尘般的一粒，何苦，何必。

我粲然一笑，心中全世界的灯火，都随潮水般退去。

十一月十五日，回到上海第一天，早上接到短信，署名是那陈姓女子，说是正在联络青海和云南卫视。想来她是从晓东那里得到我的手机号码。

我答，这两个卫视可选，你将代表哪家公司来签约？

陈回，过账的公司还在找。

下午她又短信，说是在联络中国教育电视台和广西电视台财经频道。

我提醒她，上海不落地的卫视不考虑。

十一月十八日，她短信说，山东卫视已接洽到台长，请确认时段。

其时正与张哥在老总处，答她具体时段需要。

两日无言，十一月二十一日又一早收到短信，山东卫视变作了山东教育频道，开价二百八十万，并说，江苏、四川、安徽和广西的卫视，正在联络中。

好友之妻，不好不理，也当全力照顾，只是真的不明白她之所想。我从无假想敌，可能生性多了些无用的傲气，更无可想象，怎么就此吃定了我。

她每每言及，大恩不言谢，每句必附，要我千万保重身体，一日终于熬不住肉麻，回她说，我无碍，需要你关心的并非我。她安静了一阵儿，联络还是照旧，开始提及稚儿如何可爱，如何需要她的照顾。

情场和商场，都如战场，只是遇不见痛快搏杀的人，只有苟且的对手，是一种寂寞。最难挨的是碍于情面，不能就此撒手。

天津带回来的包子都吃完了，这单无聊的业务，还在联络中。

没有人在仙境终老

寻花

终于厌倦了久居城市，困在方格窗户前，终日瞭望灰灰白白的楼宇，还有小块灰灰白白的天光。决定独自前往云南漫游，据说那是个与天空很接近的地方。

整理行装，在地图上研究路线，却是茫然，习惯了有目的的生活，城市里人人事事都有前因后果，难不成出行仅仅为了摆脱？

至临行，一位常去往那里的朋友对我说，这个季节，那边漫山的杜鹃正开，很美，一定要去看一下。

于是，一心为寻杜鹃而去。

行至丽江，闻听附近的玉龙雪山中有杜鹃芳踪。为寻花，几乎找不到人结伴。因为作为旅游景点，有包车，有导游，有一掠而过的缆车，要说徒步到深山里，反倒没了一条可行的路线，也没了愿意冒险的游客。

差点想一个人前往，结果总算有了一个志同道合的男同伴，是一位新加坡的建筑设计师。

连日阴雨，入山那天，初晴，饶是清晨，已是阳光耀目。

行至城外，天高山远，空气如此明澈，深深呼吸，心情竟有种飞奔入爱人怀中的期待。行入山间，满目颜色盛开，浓郁的绿，深深浅浅。天空无际，清澈的湛蓝，竟与人如此接近，像是伸手触摸得到。一路崎岖，因美景皆不觉劳累，回头望去，不见来路，只是陷入山中，见开阔的山谷，远远近近的山脊。

这时，终于见到杜鹃，先是一簇两簇，已令我欢呼雀跃，不想转弯过去，竟是满目，漫山。从与山峰接壤的天际，一直到与天空另一端相接的山脚，粉色和雪白的杜鹃绽放成了一片花海，横亘在天地之间，我闪念间心中呼喊的赞美之辞，不是美丽，是壮观。

第一次，用壮观，形容花。

这种壮观是让见者都会震撼的。这是自然的力量——生命力，生命的美丽原来是可以这样奢侈地铺陈，这样肆无忌惮地绽放，不需要任何建设，任何欣赏，在天空和群山之间，她存在。

建筑设计师的中文不是很流利，而惊呼继而迷醉的情绪是一同的。他谈及人类的骄傲，不如说是人类的自大和控制欲更恰当。他说，人类永远想左右自然的一切，以为自己是世界的主宰，而世界万物都为自己而生，这是很可笑的想法。

我想，从事建筑这个行业，在用图纸和钢筋水泥创造人类世界的过程中，可能更多地在感受人类的这种脾性。然如若见过眼前的杜鹃，只一回，人类中再自负者也会动容。

如此靠近地端详一朵花的容颜。

她完美而安详，在高原强烈的阳光下，透明得发亮，精致却坚韧，仰面迎向湛蓝的天穹。不似我多年来看到的城市的花，也精致，却脆弱不容触碰，每天适度的光线和水分，也许在阳光下更不容细看。

白色，粉色，或是白色中浅淡的粉色，她的颜色不重要。也是第一次发觉，浅淡的颜色也可以这般浓烈，许是生命的颜色吧。

说实话，我在城市从未细看过一朵花。花在城市中是商品、礼物、符号，代表赠送者的言语和言语的程度，从花的种类、颜色、数量、包装和附在里面的纸笺，就可以获知所有信息。

收得最多的是玫瑰，不同男子的爱情，一样的花朵，包在不同的包装纸里，出现在不同场合，玫瑰也自觉乏味了吧。

城市里的花朵是没有神态的。

此刻，端详一朵山杜鹃的神态，静听山谷的风声，我体会她的生存，惊艳，却没有一丝对美丽藏于深山的遗憾。

花开花落，如叶碧叶黄一般，最普通的自然规律。她绽放，只是度过她的生命，如此而已。她的生命是干净的，是属于她自己的，她的美丽不为什么，只为她曾经存在，如此而已。

所以，她是骄傲的。不因美丽，而因她生命的干净和从容，无欲无求，这是一种天然的尊严。

那一日，想给杜鹃留影，用照相机镜头对准那片花海时，却发现显示屏上只有山形。花海浩瀚，花朵就变得极微小，颜色又淡，藏于山脊的苍翠之中，照相机表现不出来。

原来，真正震撼的美丽是拍摄不下来，也描摹不出的，那一刻，只觉无力。还是零星地靠近拍了几簇几朵，总想带走一些，留下一些，其实知道什么也带不走。

那一日，自称方向感很好的建筑设计师带着我在山里迷了路。这样的美丽，是足以让任何人迷失的。

迷路在花海中，时光流转，令人恍惚，不觉光敛，天愈蓝，蓝到令人心碎，而山野繁花盛放得愈加浓烈。当其时，真愿生命融化在眼前，化作山中的一株杜鹃，从此呼吸清澈空气，与青山蓝天为伴。

不久，又与一群已在丽江久居的旅行者结伴，途经中甸，前往梅里雪山。

在那个以《消失的地平线》中理想国度命名的地方，再次撞到了杜鹃的世界里。不是山里，是一望无际的茂盛的草甸上，浓郁的深粉色的杜鹃花，遍野，就在明亮而无边的阳光下，头上是浩瀚的蓝天和宏伟而遒劲的白云。再一次陷落在杜鹃的美丽中，美丽得让我措手不及，有些惘然。

再次见到山中的杜鹃，是莫名的亲切。望见她们在日出的梅里雪山下，在火红朝阳和银白积雪的耀眼光芒中，如被燃烧一般，美得纯净而炫目。

继而的山路非但不能车行，骡子也不能驮人攀上。一日，徒步攀到冰雪的海拔，力竭，忽而见到有火红的一簇簇高山杜鹃含苞，雪山鲜明，就在眼前，而杜鹃的红如此热力四射。

再努力挣扎，终于踏进银妆素裹的冰雪世界。下山时，一场冷雨扑面，狼狈中惊觉，沿途的火红的杜鹃竟一并绽放，终于还是没有拍下那种盛况。

下山时，同伴中有个活泼的大男孩名叫扎西，摘了整枝的杜鹃，要送给我。也许不该生气，他终是对我的好意，但当时真的是有怒意，不肯接受，并且说："你为什么要摘她们？她们的生命是自己的，她们是属于山里的！"

他很无辜，说："花开，不就是为了给人欣赏的。"

很难让人类去体恤别的生命，他们体恤同类尚且无暇，一味只顾及获取。

那枝花于是被拴在他的背包上，一路随脚步颠簸，花叶纷纷散落，看了让人忍不住心痛。

其实，一路上，除了杜鹃，也见到许多不同的花朵。

在一个叫作雨崩的山中村落里，遍地盛开着碗口大的紫色花朵，牛羊栖息花丛中。

山路边，村民家的园子前，常常会有一种树冠很大的树木，满枝的白色花朵，压弯了枝丫。

浅溪边，嫩绿开阔的青草地上，星星点点布满了金黄的小花，极细小，犹如阳光金色的晕染，一如印象派的油画。

问当地的山民："这是什么花？"回应是同感爱花之心的朴素笑脸，答曰："野花。"

得到这样的回答次数多了，忽然明了，何必执着于花的名字，花的名字是用来给人类辨别、流通和谈论的。山花烂漫，只为自己存在，何必需要名字？

如果有一天，我像一株植物一样生活在深山里，我也不会需要名字。如果哪一天我有爱人相随，我要他叫我"喂"。

山花就是如此自在。

还是着意摄了很多杜鹃的照片，带回来。拍摄的时候，心心念念的是那位朋友对杜鹃的赞美，想带给他看，一腔的热情，从山里回来后却忽然觉得没了意义，他既赞美，自然是见过，再看照片又有什么意义，我也不用照片来证明我看到过。

走出城市，有目的的事总会变得毫无意义，也许寻找意义本身就是城市中特有的可笑规则。为目的前行，营营苟苟，人类已经习惯了这种方式，一旦没了目的，没了得到，人反而不知往何处去，甚至不知因何存在。

费劲心力和青春得到的，随时光流逝转眼化为尘灰，只是虚妄，而作为天地间的生灵，最本真的生长、盛开、凋落和爱的体会，季节交替和岁月流转的品尝，我们丢弃了。

浩渺自然，万物凭自己意志生存、消亡，有因果，却无目的利害，无差别比较，于是不会有伤害、无奈和违心，也没有刻意和执着。

同为生灵，自诩为智慧生物的人类，竟不能在自己的生命中获得内心的平静和满足。

其实，不必着意去看杜鹃，春天的山里，处处鲜花盛开，一样令人动容。也不必专程去寻花，花之所以为花，只是人类给的名称，花与枝叶，与草木，一样美丽，一样是山中挺拔的生命。

看花，看草，看木，看枝，看叶，如果让我感动的是她们从容的神情，是她们洁净、自由的心，又何必执着杜鹃？

我想，我那位常常在山中逗留的朋友提及杜鹃，也只是给我一个行走的理由。而后，我可以选择回归城市，或是从此像一株杜鹃那样生存。

尊 重

昨夜的梦中，又看见了那满山遍野浓郁的绿色。

寂寞的山野，雨后的颜色如洗，浓绿中各色细碎的野花正在绽放。骑着自行车，在蜿蜒的黄泥小径上一路颠簸，越过漫漫草长的荒野，终于梦回玉龙县拉市乡那个欢声笑语的村落，那个路的尽头，背靠群山的村庄。

记得那时刚到丽江，还未筹措好继续远行的路线。与我同路的那个新加坡建筑设计师，名叫振光，他提议我们先看看附近的景点。于是选了最近的拉市海。

听说拉市海离丽江不过七八公里的路程，我们就计划骑车过去。一早租了自行车，出城去了。

沿途都是公路，喷着尾气的大小车子擦身而过，发现只有我们两个背着包，傻傻地猛踩，有些寂寞。直到骑出两个时辰的光景，还没见到拉市海的指示路牌，我和振光面面相觑，想是应该拦一个车，问问路了。

就是这时，遇见了大叔，一个精神矍铄的老者，背着背篓，在公路上健步如飞。他的并排是一个当地的小伙子，踩着一辆三轮平板车。想是因为上坡的路，大叔没有坐在车上。

我们问："大叔，请问拉市海怎么走啊？"

他答："就在前面，不远，跟着我们走吧。"

我和振光相视一笑，都是心想，终于有同路的人了，于是连忙说："好啊，大叔，谢谢您啦。"

一路走，我们一路聊起了家常。

"大叔，您身体真好啊。"

"老啰，我今年都四十八啰。"

"哪里，看不出来呢。您孩子应该很大了吧？"

"有个闺女，出息，在丽江工作，今年要结婚啰。"

"啊，好福气啊，闺女一定很漂亮吧。"

"哪有，很一般的。我们都在给她准备嫁妆呢。"

"您女婿也在丽江工作吗？"

"是啊，女婿在邮局，女儿在百货商店。"

"啊，工作都不错啊。您马上可以抱外孙啰。"

"呵呵，应该很快啦。"

大叔和小伙的平板车在前，我们在后，上着坡，你一句我一句聊着，声音洪亮，倒像一首有韵致的山歌，徘徊在山路上空，而成片的山林就这样轻快地从我们身边掠过了。

大叔爱笑，爽朗的笑声伴着迎面而来的风，一飘飘了好远。

“我还有个小儿子。”大叔细数着他生活中的骄傲。

“儿女双全啊。小儿子多大啦？”

“他姐在供他念书呢。”

“很快会长大娶媳妇的。”

“呵呵，就等着那一天啰。”

“这个小伙子是？”

“他是那头村里的，说是要跟我回去，看看我们村里的姑娘有没有合适的，他想要娶媳妇啦。”

我和振光都笑了起来。小伙子低着头没搭话，平板车踩得更快了。

总算到了下坡的路，大叔跃身上了平板车。平板车和我们的自行车都一路飞翔般地下了一程。

“大叔，您就住在拉市海吗？”我们问。

“是啊，就在拉市海边上，一个小村子，才一百多个人。我早上到城里去给闺女送东西。”

“您常常这么走来走去的？”

“是喔，年纪大了，走走对身体好。一会儿，请你们到我们村里去坐坐吧？”

“好啊。”想来游览拉市海并不需要一整天，我们欣然答应。

“穷地方，你们不要嫌弃。”

“大叔，您的家肯定很美。”

下了盘山公路，是一望无际的山野，头上是明净的蓝天。

昨日小雨方歇，阳光还含羞带怯。广阔的天空是含蓄的深深的蓝，还有疏云点点。群山还在远处，淡淡的。

而山野无边，正是乱草茂盛，雨后弥漫着浓郁的绿。细细看来，更有浓郁的紫色、浓郁的粉色，野花星星点点，湮没在深绿的海洋中。

先有两人并行那么宽的水泥路，如一条丝带，飘落在荒野中。渐渐的，变作黄土的小路。

我们问大叔："还有多少路啊？"

大叔还是声音嘹亮："不远啰，就到啰。"

其实已经几乎是平地了，但是小伙子显然载不动大叔了。所以，大叔还是背着背篓，一路地走，脚步仍然轻快，像是春游的孩子刚刚下了车，兴高采烈地走在公园里，时而还会采一朵路边的小野花，拈在手中。

而我和振光早已吁吁带喘，连聊天也没有力气了。

渐渐地，黄土的小路越来越窄，也越不平整起来，骑得我们都蹦蹦跳跳的。野草也越发长了。

振光终于忍不住了，又问："大叔，还有多少路才到啊？"

大叔答："不远啰，很快就到啰。"

上一次大叔说"不远"的时候，是一个时辰之前。

我问："大叔，您的村子在拉市海的哪边啊？"

"就在后面不远的地方。"

"离拉市海有多少路啊？"

“大概八九公里吧。”

振光看看我，我看看振光，我们这才知道，我们这是要去一个距离拉市海比丽江更远的地方。也就是说，从丽江到大叔的村子，起码有十六公里的路。

大叔还是脚步轻盈，还是一脸烂漫的笑，如山花遍野。于他而言，这些路，只是在家门前散散步而已。

我问振光：“你说过你很记路的，是不是？”

“是的。”他一脸的诚实。

“那你记得回去的路吗？”

“应该记得的。”

他一脸的认真，我却十分狐疑，我们的地图只画着拉市海到丽江的路。而下了盘山公路以后，我们已经转了数不清的弯了。

大概又过了一个时辰，原本淡淡的远山，赫然出现在我们眼前。祖露着岩石的群山巍峨，有碎云绕肩。

大叔说：“看，前面就是我们村子。”

就在山脚的尽头，隐约有一小片青瓦屋檐，再近些，看见了屋檐下黄土的墙、暗红的门楣。一个古老的小村落，无声无息地睡在沉寂的大山脚下，终年瞭望着野草丛生的无边山野。

“穷地方，你们不要嫌弃喔。”大叔带着我们往村里走。

村里的情形好像真的并不好，黄土的路和土砌的垣墙，不少孩子的衣服都有补丁。但是，屋子再旧，屋檐上都有美丽的雕花，染成彩色的。大门再旧，都有喜气的红联，工工整整地写着吉祥的话。

家家户户柴火堆得不多，却都养着美丽的鲜花，各色地盛开着，从黄土的院墙中伸出头来，笑脸迎人。

家家户户的人，看见大叔带着我们三个陌生人回来，都跑出来热情地招呼着，孩子绕着我们前边后边地跑。而大叔因着我们这些客人，露出很自豪的笑容来。

“我们这里泥土不好，只出产油菜、小麦和棉花，所以生活困难一些。”大叔笑着向我们解释。

“但是你们这里的风景好美啊。”振光说。

“你们村子里的房子也好漂亮啊。”我说。

小伙子流着汗，推着平板车走在最后。

大叔家的房子，在村子里，算是很大的。前后左右四间屋子，中间围着个四方的院子。

“我们家里最早就这么一间屋子，”大叔指着最旧的那间屋子说，“后来我爸爸造了这一间，这间最新的是我前些年造的。”说着话，大叔把我们让进了最新的那间屋，招呼我们坐下，又给我们沏上了茶。

天色已是过午了，大叔说：“我老婆出去种地还没回来，我来弄点吃的给你们。男人弄的总没有女人好，你们不要介意喔。”

过了一会儿，大叔拿来一大碗青梅，说：“你们先吃着。”

青梅又大又脆，是他们自家泡的。

过了一会儿，大叔生起了炉子。

那个小伙子老老实实地坐着，话不多。我和振光坐不住了，溜出屋子去看大叔做饭。

大叔坐在院子里，一边做面饼，一边在小炉子上炸，执意不让我们帮手。

大叔家里人今天都出去忙农活儿了，大大的灶间冷冷清清的，只有一只老猫在方凳上危坐，一脸严肃地打着瞌睡。

有灶间的那栋大屋子，木头柱子和三对对开的木门都漆成了深红色，门上的雕花是精致的龙凤，扇扇都不相同，上了金漆。

我们待的那栋屋子，也是深红色的漆，门上是细碎而规则的小花图案，金色勾描。

对面那栋屋子，木头楼梯和整排木门一律漆成了明艳的金黄色，是莲花与水鸟的图案，也是一扇一种姿态，正红、正绿和金色的颜色相配，分外鲜艳。

我被那间屋子挂在过道处的一扇门帘吸引，眼睛直直地走过去细看。那完全是用一颗颗彩色的椭圆穿成的，每一颗椭圆上都不规则地着了各种颜色和花纹，使得整扇门帘变得如此绚丽斑斓。

大叔听我们一直赞叹他的屋子，有些不好意思了，他说：“乡下人的房子，有什么好看的。”说着，端了两盘炸好的面饼，起身招呼我们：“来，进屋，先吃点东西。”

“大叔，您这门上的雕花，都是谁做的呀？”我边吃边问。

“呵呵，”大叔有些害羞地笑了，“那边都是我自己雕的，早些的，是我爸爸雕的。”

“啊！”我和振光一起惊呼，“您自己雕花？自己漆颜色吗？”

“是啊，我们村里每家每户门上的雕花，都是自家弄的，我们这里差不多人人都会啊。”

我嚼着面饼，抬头间，发现屋子的天花板上也雕满了精致的图案。虽然屋子里很暗，但是依然能够清晰地看见那淡绿的底色，和细致的橙色勾画。

很难想象，这里的人们，穿着带补丁的衣服，靠双脚行走，用黄土砌墙，终日在贫瘠的土地上劳作，与气候和野草争夺着仅有的几种作物的收成，靠一个孩子的工钱供另一个孩子念书，然而，他们如此精心地修饰自己的家园。

看得出，这不仅是代代相传的一门手艺，还有这里世世代代的人心中从没有熄灭过的美好。

“你们不知道，大叔不但有雕花的好手艺，而且舞蹈跳得也很棒。”沉默的小伙突然发话了。

“啊。”我和振光再次惊讶地看着大叔，从他沟壑纵横的笑脸，我们并不能看出端倪。

“都是年轻时候的事了，现在跳得不好了，”大叔再次害羞起来，“我们村里常常聚在一起，穿上漂亮衣服，唱歌跳舞，人人都会的。”

“我见过。”小伙子笑了。

面饼剩下好多没吃完。可能是太累了，转眼工夫，小伙子和振光都东倒西歪地睡着了。

大叔看到我特别喜欢拍照，就带我到他们家二楼去。他指着外面说：“这里可以拍到我们全村的景色呢。”

说是二楼，其实是个通风的半层阁楼，专门用来堆柴草的。阳光下，堆得整整齐齐的柴火分外有致。

阁楼的两面没有墙，靠着栏杆，当风而立，眼前是分外开阔的天地。

云渐密，层层叠叠，天色又有些阴郁了，而远方天边的一抹蓝色，还是那么深邃动人。远山浅淡，稍近些，可以遥望拉市海，像一块锦缎在开阔的山野中泛着明亮。再近些，是浓郁的绿色环抱，是一顶顶错落的青瓦屋檐，屋檐的岔角处一律向上扬着，像是有一种仰头望天的骄傲。

拍了许久的照片，不知不觉，身边多了振光。

我问："睡醒啦？"

笑答："嗯。"

问他："你说，这些屋檐为什么都是向上翘着的？"

他说："这是一种象征。最早的习惯应该是，屋檐上都有龙，而龙头的方向就是屋檐岔角的方向，后来简化成向上翘着的造型。"

振光喜欢在各个国家研究当地的建筑，这是他的职业和兴趣。

"那这对屋檐的功能有帮助吗？"

"没有，纯粹是一种造型和装饰。"

这个黄土砌墙，而屋檐上的龙头依然高高昂起的地方。

站在阁楼上，我在想，这个地方，大自然除了美丽的风景以外，其他的赋予几乎苛刻。命运总是苛待人，令他们的一生辗转艰辛，明明付出了很多努力，却没有报偿，有时候甚至连些许安慰也没有。

上天不懂得锦上添花，却常常是雪上加霜。

我想象这里的泥土给人们带来的失望，气候常常会带来的灾难。拉市海那么遥远，只有遥望的美丽，却没有一点对饱暖的帮助。

我想到我们的生活中，那些命运多舛的人们。

面对命运的艰涩，大多数的人会怎样呢？或者怨天尤人，或者放弃努力，放弃生活，放弃自己，愤怒或颓废。

而我在这里看见的，这些贫瘠土地上，骄傲的屋檐和美丽的雕花，还有我们不曾见的美丽歌舞。在命运无止境的敲打中，他们依然保有着坚硬的尊严，对美好的珍视。

这是一种对生活的尊重啊！昂着颈项背负命运给予的重负，既然这就是你的生命，就要去承受，去经历，还要为所有没有被命运剥夺的美好，而挥毫，而高歌。

也许，命运带走了你的财富，你的健康，却不能够带走你的爱，所以，你有什么权力放弃自己的生活？

从出生到死亡，不论你遭遇什么，这就是你在这个世上的痕迹，你又怎能衣衫不整，满屋狼藉，得过且过？

曾经在展览会上，看过很多幸运儿的艺术品，我要说，我更爱这里人们的雕花，因为那并不浑然的雕刻中，有生活的重。

振光忽而说："富庶闻名的江南也是有这样的飞檐，只是形状不大一样，感觉就更不一样了。"

我点头，望着他笑了。

不觉中，天色渐晚。

大叔说："留在这里住一个晚上吧，有地方住的。"

振光坚决推辞，他没带隐形眼镜的盒子和药水。我有些不舍，但是想到要骑车回去，也不敢耽搁了。

我和振光商量，想留些礼物下来，可是身边只有干粮。于是振光拿了些钱，想留给大叔，感谢他的招待。

大叔坚决不肯收，只说，希望下次再过去做客，而且一定要住几天才好。

留下了大叔的地址，知道了大叔姓杨，住在玉龙县拉市乡南饶村南饶三队。

回去的路上，振光果然没能记住来路。

走出了很远，绕来绕去，竟然陷进了一条满是泥泞的小路，不但不能骑车了，而且要车骑人才能前进，我们两个面面相觑，哭笑不得。

虽然是迷路了，还是被今日所见的美丽感动着。

陷入在野地中，我们几乎被无边的长草淹没。天却意外地明朗起来，云散日开，蓝天再次如洗。斜斜的阳光传递着暖意，广袤的野草地闪闪发亮。

远处的群山脚下，我们可以望见那个美丽的村落，浓郁的绿意中土黄的墙垣，暗红的屋梁，青黑的屋檐，小小的遥远的村落，沉睡在大山的怀抱中，辽阔山野的那头。

我知道，那片浓郁的颜色，从此落在了我的心底深处。

走出了泥泞的包围，我们终于回到了水泥路上。归途中，凑巧地经过了拉市海边。

与天相接的水，平坦一如蓝天。无际的滩涂这边，是无际的草场，成群的牛羊在悠闲漫步，背上的茸毛在夕阳下画出美丽的轮廓。

不远处有骑马的地方，已经结束了，曾经听客栈老板阿芯说，游客骑一圈要六十元。

身后，望见一块广告牌，原来这里还有三文鱼养殖基地。

近水的地方，果然有富庶。

几天后，振光回了新加坡。我又独自行走了一段时日。

每日里坐长途车在高原穿行，背着灰扑扑的大背包，完全不同的生活，沿途居住农舍，自己洗衣，只有打开电脑写字的时候，才会感觉和过去生活的一点联系。

沿途的山区有不少贫瘠的所在，常常望见，有的墙上写着大标语，“扶持女娃上学，利国利民利家”。

在那些地方，隔了很远才会有几间农舍，还是陈旧的平房，但是房子的屋檐和门廊一律有雕砌的装饰，可以想见他们建屋子时对未来家园的种种向往，即使土地依然贫瘠，屋子渐渐变旧，每家每户依然不是在墙边栽花，就是在门前挂上各种装饰。磨难和坎坷，可以令他们对生活更加尊重。

倒是挂着某某建筑公司的那些簇新的房子，新是新，大也大，却像火柴盒一样方方正正，没有滋味。

只要还对生活怀有敬畏之心，人活着就还有希望。

幻境

丽江，就像是一个久负盛名的美人。但凡去过那里的人，回来都是一脸的神往，很多人，很多年前去的，一直还在心心念念，好似那个美人，真的在短短几天里，耗尽了他们所有的爱慕。

丽江只是我旅行计划中的一个中转站，我总觉得，太多人去过的地方，不过是一个旅游景点而已，再出色，也只是一个景点。

在大理的客栈里，遭遇了七天的雨，也缠绵地重病了一周，听窗外淅沥不停的雨声，心烦不已。所以，刚刚能行走自如，就无心再等雨停，丢下没看过一眼的苍山、洱海，坐着摇摇晃晃的大巴，直奔丽江去了。

大巴行驶在环山公路上，连绵多日的雨竟然就此歇了，当车子超越了山腰，透过窗户往下望去，脚下是一重重洁白的云朵，透过云层，才能望见人间的风景，那感觉竟像坐在飞机上一样。

就在这样神奇的路程中，大理远了，丽江近了。

记得是从古城一条不知名的小路进去的，背着大大的旅行包，穿过很窄的石子路，弯曲而没有尽头，两边古老的宅院，旧门紧锁，屋檐投下沉默的影子，轻柔的蓝天白云下，岁月从静谧中安然流过，迷路，一时不知身在何年，何岁，何地。

后来知道，这是丽江古城靠近外围的一带，平时没有什么人来，里面的热闹就完全是两个世界了。

一个漂亮伶俐的纳西族女孩，穿着彩色的衣裙，带我走进古城，一路上，还是一样的石子路，道路越来越开阔，两旁的古宅大门渐渐敞开，一家家都是商店、客栈和咖啡座。跟随越来越繁华的行踪，一路走到了著名的四方街，很大的一个广场一样的空地。

雨歇，阳光刚刚铺洒下来，清澈的石子闪闪发亮，街边绿树成荫，露天的咖啡座上坐满了衣着鲜艳的人群，空地上人来人往，虽然旅游旺季已过，这里依然满是游客，带着快乐而兴奋的笑容，忙着拍照，忙着四处欣赏，忙着甜蜜相依。

很累了，所以无暇停留，根据我在大理时遇到的一个上海同乡的指点，顺着四方街石桥对面的一条小路，沿台阶而上，找到了他和我说过的那个客栈，住下。

客栈的老板娘已经不再是那个同乡和我说起过的一个上海女孩，而换作了一个肤色健康，笑容可亲的新疆女孩，名叫阿芯。

阿芯说："如果还有精神，就去享受一下丽江的夜吧。"

夜色还未落下，华灯初上，我换了身衣服，沿石级而下，穿过石桥，四方街上还是熙熙攘攘，像个大公园，让我觉得有些烦闷。但是，欢乐的声浪不断高昂，迫我接受这份闹意。

灯火点起了，石桥下潺潺的流水中，一点点莲花般的花灯正顺水而下。沿河的酒吧正是灯火通明，酒吧前是一排排露天的桌椅座位，与水相畔，鲜花簇拥，一盏盏灯笼在夜风中摇曳。无数欢乐的人群，在愈暗的夜色和愈醉人的灯火中，欢歌笑语，充满了整个古城。

我沿河而下，走在沸腾的人群中。我看见一堆堆围坐的中年人在唱着他们年轻时候的歌，齐声唱的，每一处起，总会引得众人注视，然后是掌声。好像是一些俄罗斯的歌吧，还有我们小时候听过的校园歌曲，这里那里，此起彼伏。这些有着持重脸庞的人，今夜快乐得像一个个孩子。

还有无数情侣们在梦幻般的美景中许愿，今夜的花灯和今夜的誓言，也许真的可以永恒。一群群少年人在赌酒买醉，放荡不羁的年纪，他们特有的资本。

一张张无忧无虑的笑脸从我眼前不断掠过。夜更深了，这忘忧的时空在不断延伸，人群丝毫没有散去的意思，好像纵情的欢乐过了今夜，就不会再有天明。混迹在这样的人群中，我不禁微笑了。

朋友短信问我："丽江怎样？"

我故作矜持地回答："这个美人虽然天生丽质，但是妆浓了些，处事圆滑了些，生意头脑多了些，而且这么晚了，她还一点没有睡意。"

不过，确实是个美人，浓妆和圆滑，也许正是她的诱人之处。

第二天醒来，已经近午。久违的阳光从窗帘外透进来，没想到，一来到丽江，就受到了阳光的款待，于是心情也晴朗起来。

洗了脸，闲坐在客栈的小阳台上，可以望见整个古城的风景。

多日阴雨后的阳光，少了几分爽朗，多了几许温婉，带着温暖的颜色铺满了整个古城。

远处绵延的雪山像躲懒的孩子，把脑袋藏在柔软的云堆里。层层叠叠古旧的青瓦屋顶，在蓝天下堆砌着最沉静的诉说。而阳光普照的大街小巷里，处处奢侈地堆满了各色的鲜花，游人如织，委婉的笛声悠悠四起，随风飘荡。

漫步城中，碧树参天，映着一栋栋老屋精致的窗花和鲜艳的门楣。清亮的溪水顺着石头的河道沟渠，在四处轻轻地流淌，鲜红的金鱼欢跃地游戏水中。

放生用的金鱼池沿途可见，红鱼绿草和一旁静静看书的美丽姑娘。花灯还未点起，年轻的女孩已经在张罗着折纸花。情侣们在街上来来往往，挑选彩色的披肩。结伴的朋友在街边露天的饭馆吃饭，把酒高谈阔论，从中午一直到晚间。

终于明白人们对丽江的爱慕，这里不是现实的世界，一个幻境般的美丽地方，充斥着人们对理想生活的所有向往。

这个地方，天生的是自然的纯美，沉淀的岁月，来到这里的人们又极尽自己的想象，把所有人工的浪漫种植在古城中，日复一日，终于把这里变成了一个理想的家园。

这样的一个地方，完美得如同梦境，完美得不真实，一个日日夜夜纵情欢乐的无忧国度，却让我觉得忧伤。这里的鲜艳，只能映衬出现实的黯淡，而我总是一个过于清醒的人。就如同隔着一扇玻璃看窗外的繁华，这个虚拟国度的一切，本来就是与我无关的，无论是欢乐，还是沉醉，都与我无关。

丽江的日间是很长的，充沛的阳光从一早一直延续到晚上八点，一直是明朗的白天。丽江的时间是慢慢的，不分今天和明天，生活在这里的人，都是散散淡淡地过着日子，晒晒太阳，喝喝茶，闲聊或是发呆。

来到这里，终于知道了什么叫作奢侈。奢侈的阳光、奢侈的时间、奢侈的颜色、奢侈的鲜花和美酒，还有奢侈的欢乐。

有时候，习惯性地看表，排计划，赶时间，但是根本没有人配合你。你准备出行，向导可能明天心情不好，不想出门。你想吃饭，饭店老板娘说，等下，我先生个火。你进商店想看一个工艺品，老板说，就在那个，你自个儿拿了看吧。你要钉一个鞋底，鞋匠指着一堆鞋子说，搁那儿吧，过一个礼拜你来看一下，看好了没有。

周围都是慢吞吞的，满不在乎的人，阳光也仿佛让时间停止了流动，让我觉得，不应该批评他们没有效率，而只能责怪自己把现实生活中的强迫症带过来了。

最有趣的是，我的客栈老板娘阿芯也一直懒得收我的房租，总是我在后面追着给，而阿芯一副完全不热心的样子，说：“明天吧，今天不想再记账了，多麻烦。”

阿芯有一头柔顺的长发，小麦颜色的皮肤，笑起来眉眼弯弯的，喜欢穿朴朴素素的颜色，为人处事能干却不张扬，说话和和气气的，但是很直率。

夜了，我们一起坐在院子里喝茶、看电视，等着公用浴室轮流洗澡。月亮挂在院子不大的天空上，刚洗的衣服晾在二楼的走廊里，散发着肥皂的清香，外面，此起彼伏的歌声和笑声传来。

再夜些，月亮困了，一半躲进云雾里，浴室里的水声停了，大家纷纷上楼去睡了，电视剧演到了尽头，煤炉上的开水灌满了所有的暖瓶。外面的歌声还在继续，毫不疲倦的样子，偶尔有喝醉的趔趄脚步声和醉话，三三两两，穿过我们的门前。

没有睡意，和阿芯聊天。她问我："喜欢这个城市吗？"

我说："还说不上，只是有一种古怪的感觉，好像这是一个中了诅咒的城市，一夜之间，所有安静古老的住宅全部变成了商店、酒吧和客栈，一个本来可以很静谧的古城，就这样被完全掏空，变成了一个应有尽有的旅游景点。"

阿芯说："你还不了解这个地方，这个地方吸引人的，就是这里的人和故事，还有他们留下的这许多看上去很人工、很商业的东西，越堆越多。这里不仅仅是个旅游景点，这是一个城市，很多人留下过一段生活的城市。"

阿芯告诉我，她原来是一个大城市里的女孩，新疆的一个城市，像所有的大城市一样有着高楼大厦、宽阔的马路和汽车尾气。像所有大城市的女孩一样，她的家人为她计划升学和就业，她也很理智地按部就班，进行自己的人生。

她在自己的城市里，没有恋爱过，因为考虑年龄、学历、经济条件、家庭状况等等，太多的衡量，最后发现好像真的没有特别合适的。其实，就算有合适的，这么考虑下来，也没了感觉。

工作了几年后，她抽了个假期，和几个朋友出来旅行，来到了丽江。本来只是计划玩几天的，没想到遇见了阿佳，一个来自泸沽湖的男孩。在一个浪漫得不真实的世界里，她和这个男孩共享着毫无尘埃的时光，丽江这个古城和城中的一切都是远离现实的，但是他们的爱情是再真实不过的。

阿芯就这样留了下来，再也没有回去她的城市，她的生活从此离开了原来计划多年的轨道，落在了这个花一样美丽的虚拟的城市里。

阿芯问我："有没有爱着的人。"

我答："有吧。"

阿芯说："想爱了，就一定要去爱，相信我，如果你这样选择了，你一定不会后悔的，就算你知道，有一天总会失去他。爱过了，等你老了的那一天，才不会觉得，你是空手而去的。"

她这样认真地跟我说了这些话，望着我的眼睛，令我的心有一刻的哀恸。如果可以选择，但是，对很多人来说，没有如果。并不是每个人都能用牺牲换来爱情，也不是每对爱侣都有尘缘，即使是在这样一个虚构的世界里，相守几天的光阴。

夜更深了，阿芯回房睡了。我爬上阳台，俯瞰这个古城，密密层层的青瓦屋檐泛着如水的月光。屋檐下是灿烂的灯火和醉意阑珊的欢歌，欢乐是不知时光的，在这个古城重演，穿越每个并不漫长的夜晚，很快又遭遇了东方既白。

第二天中午，阿芯带着我去吃古城的小吃，她说，游客都喜欢去一些大餐馆，又贵又不地道。她带我去一个叫作大石桥的地方，下桥后一拐，就看到很多小吃店，用脸盆装着凉粉、玉米棒、鸡爪什么的，木头的矮桌矮凳。阿芯最喜欢吃鸡豆凉粉和鸡爪。我跑到隔壁小巷，吃了几个烤土豆。

阿芯又带我去逛衣服店，很多店主自己设计，还有自己手绘的美丽衣裙。丽江出售的服装就是这个古城的标志，有着古意盎然的精致，有着完全不实用的浪漫，还充满着这些生活在幻境中的人们丰富的想象力。

丽江满街都有绣花的布鞋卖，大多是店主手工缝制的。薄而熨帖的布底，走在光滑的石子路面上，可以清楚地触摸到那鹅卵形状的有韵致的起伏，而双脚就此在轻盈中飞起了两簇精细的绣花。

丽江最多的是披肩，丝织的、羊毛的、棉质的，图案和颜色的铺陈，长长大大的，裹在身上，围在肩上，在满街的人身上，随意地随风在飘。

丽江的颜色是满眼的明亮和绚烂，让人感动，仿佛是高原的阳光把自己的一缕缕都分作丝线，织入了这个虚拟之城的衣裙中。

丽江的衣裙都是仿古的式样，可常常变化成不对称的剪裁。手工的绣花，偏偏配上店主随意的几片彩笔的图案。最喜欢是那些宽宽大大、飘飘荡荡的形状，质料或精致光滑到像晚宴的礼服，或粗糙到拙朴。

这样飘逸得张扬的彩衣，肆无忌惮地摇曳地的长裙，只有在这样的古城里，才可以穿了满街地走，让时空停留在一个不是古代也不是今日的幻境，让女孩们像一个个精灵在梦境中飞舞。

这里的人，没有年龄，没有身份，只有无穷无尽的轻盈的心情，同样鲜艳和烂漫的服饰装扮着他们的今天。

而在昨天和明天，他们自己的城市里，他们有着自己一衣橱的外壳，灰暗的、凝重的、收敛的，代表着他们的身份和年龄，社会的制服，他们努力置办得妥帖，为的是和他们同一个类型的人更相像。

在店里，看见一个女孩定做了好多衣服，准备寄回家去。我跟阿芯说："这真是浪费，这些衣服，离开了这个古城，就根本没机会穿了。"阿芯笑说："看着也开心呀，就让她挂在衣柜里当纪念吧。"

把幻境中的纪念品搬回家里，和把自己的生活搬到幻境中，就是完全不同的两回事了。

阿芯说，她在这里无忧无虑地生活了半年以后，钱差不多用完了，就开始在现在这个客栈帮忙。客栈的老板娘就是我那个在大理的同乡指引我来找的上海女孩，我依稀记得在客栈里好像看见过她的相片，长发，笑得很灿烂。

又过了一段时间，上海女孩忽然想回上海了，准备盘掉她做了几年的这个客栈，阿芯就问家里借了笔钱，盘了下来。

这个客栈继续演出着这个幻境中舞台一角的故事，几年前是那个上海女孩，我们不知道她为什么来，为什么停留，又为什么离开。几年后，换作了阿芯。

阿芯说，不知道自己会在这里待几年，命运自会安排，但是在这里的光阴，真是太美好了。

我们两个人，说说走走，回到客栈时已是七点多，天还敞亮，饭菜香已经飘了起来，阿芯客栈的两个小妹手艺都不错。于是在院子里的矮桌上摆上饭菜，热热闹闹地一起吃饭，一会儿就把几个盘子抢个空空的。而天色也渐渐地暗了下来。

一到晚上，隔壁客栈的一伙男子就在院子里用自动麻将桌搓麻将，有时候还是出去一起吃了饭，喝得醉醺醺地回来搓麻将，这是阿芯很不喜欢的。

那家客栈的老板，外号叫作公公，一个中等个头的中年人，爱戴帽子，是丽江当地的一方老大。据说他原来当过兵，做过生意，现在不但有这家客栈，还在泸沽湖经营着一个农场。在这儿，喝醉酒打架动刀子，和资助贫困孩子上学的事情，他都做过。

常常出入他这里的有王哥，北京人，人高马大的，三十出头吧，原来在深圳做计算机网络的，前些年定居在这里，在泸沽湖开了家客栈，叫作“时光”。那个客栈和公公这个，都被他整成了能够无线上网的所在。

一个台湾人，王健章，四十好几了吧，留着蛮艺术家的长发。问下来才知道，和我原来是同行，在新加坡做了多年的电视导演。现在打算长住在丽江，但还是要北京、深圳，几个地方奔波去赚钱养家，因他的太太也一起来了。

扎西，大脸盘，肤黑齿白，听他报自己的名字，以为是藏族的，结果是我的上海同乡。据说他在上海的家前些年有了很悲惨的变故，就隐姓埋名，从此生活在这里，没有人知道他本来姓什么。他没什么收入，这里住一晚，那里吃一顿，平时在古城里拉些客人，做做导游，赚些日常花销。

来来往往还有很多人，记不真切了。这伙人聚在一起玩的时候，虽然一把年纪了，其实真的像一帮大男孩，吵吵嚷嚷的，喝着酒，闹到大半夜，甚至天亮。

到了夜里，我抱着我的电脑，过去他们那里上网，常常和他们聊天，很风趣的一些人。可是到了白天去找他们，到下午两三点，那里客栈的小妹说，还没有起床的动静呢。

有一天中午，我刚吃过午饭回自己客栈，路上遇到王哥和王健章，说正要去吃午饭呢，拉我一起去坐坐。他们说，丽江有一个很有名的牛肉馆子，带我七拐八拐地进了一条小路，从老宅上二楼，循着香气在一个有顶的大露台上坐下了。

牛肉很香，老板送上了自酿的苦瓜酒，酒清冽泛着翠色，香气更加诱人。虽然被严格禁酒，我还是忍不住尝了一口，可能是两口，酒味甘甜透着清香，热辣辣的还挺有劲。

王哥和健章聊着一些生活的闲话，就酒吃肉，一顿饭又用了大半天的时间，好不容易酒肉告罄，刚买了单，外面忽然淅沥沥下起雨来，雨随风势，一下子打湿了半边桌子。

于是把桌子往里挪挪，抽着烟，喝着新沏的绿茶，闲望雨景，看古城在骤来的雨中，变得润泽而清亮起来。

街上的人四散躲雨，而我们就在这个露台上，听着屋檐的雨声，安静地等着雨停，整个下午。

在丽江，想找到同伴和我一同往下走，结果听说，就在我们对门的客栈，有个“超人”叫作阳光，常常组织人去徒步。

据说，阳光是那个客栈的老板之一，二十五六岁的光景，一个俊朗的年轻男孩。他喜欢在背包客的网站上活动，组织一些比较过火的徒步行动，他来领衔担纲，挺爱出风头的一个孩子。久而久之，成了网站上的名人，他的客栈也成了很多网友聚集的地点。

所以，他合伙的客栈，生意明显地比其他客栈好，来来往往的都是年轻的网友。网友们来到丽江，就直奔他的客栈，常常出现宁愿在他的客栈里搭帐篷住的盛况。

可惜我到丽江的时候，他刚刚带着一伙人离开，据说要从泸沽湖徒步走到稻城，背着帐篷，带了一大堆粮食。这条路线从来没人走过，沿途没有什么人烟，而且估计没有十天半个月是走不到的。

公公客栈的那些人都说，他是做不到的，肯定会半途折返，他以为自己是"超人"啊。

去他们客栈的时候，客栈住着的年轻人们刚刚吵吵嚷嚷地聚餐完，收拾着院子，争着说，谁做的哪道菜好吃，哪道菜味道简直可怕。啤酒瓶摆了满地，偶尔有一两个滚了出来，在石头地面上咕噜噜作响。

他们跟我说起阳光的故事。阳光原来是一个中学的历史老师，有一天来到丽江，就留在了这里，先是四处徒步，把周边的云南、四川和西藏都走了走，后来就干脆在这个客栈合伙，安顿了下来。

故事好像总是这样开始的。一个现实生活中的人，过着按部就班的日子，有一天来到丽江，从此丢掉了过去的生活，留了下来，变成了另外一个毫不相干的人。

幻境中的时光也在流动，不舍昼夜，而留在这里的人们从此任性地挥霍着岁月，没有人再去想昨天和明天。

后来，出去了很长的一段时间，风尘仆仆地又回到丽江，这里柔软明丽的风景，和悠扬的笛声依旧。

我回到阿芯这里，她还给我留着我最喜欢的二楼带阳台的那间小房间。她埋怨说：“喔哟，去这么长时间，担心死我了。”

我来到鞋匠那里，那双布鞋的鞋底总算是上好了，鞋匠笑着问：“都去了哪些地方啊？”

这一路出去，居然还碰巧在半路上遇到了阳光那一队人胜利归来，还同住在中甸的一家客栈里。世界都这么小，丽江自然不用说了。

我在一路上搜罗了大大小小一大堆刀子，爱极了那些寒光逼人的家伙，怕不经过整理，带回去就锈了。于是问阳光：“丽江哪里有整理刀刃的地方？”

阳光说，不用找啊，我们客栈就有一个胖子，也有一大堆刀子，对刀特别有研究，一套工具都有，他也会弄。

吃了中饭，我抱着我的一堆刀子，跑到阳光的客栈里，说要找“胖子”。“胖子”光着脚从房间里出来了，竟然完全不胖，连小肚子也没有，戴一副眼镜，斯斯文文的。

“你是胖子吗？”我问。

他说：“是啊，我是胖子。”

“你就是那个喜欢刀子的胖子吗？”

他答：“是啊，我就是那个喜欢刀子的胖子。”

“那你怎么一点也不胖呢？”

旁人嘻嘻哈哈地插进来说：“他原来来的时候，有两百多斤呢，现在瘦下来了呀。”

我好奇地问：“你来了多久了？”

胖子答："有一年了吧。"

"一直住在这里？"

"对啊，就这间。老板早就忘了要收我房租了。"他笑。

他的工具果然齐备，大大小小全套的磨刀石，防锈喷剂，连抛光剂都有。原来爱刀的人不少，好多人围过来比画我那些刀子，胖子也拿出他的刀子来给我们看。热闹了一阵，然后散了。

午后耀眼的阳光照在刀身上，闪闪发光，老树上的苔藓寂静无声，院子里只剩下单调的磨刀声。在丽江的一个下午，我和一个刚刚认识的爱刀的人一起，在安静的院子里磨刀，任时光在刀刃上流转，直到阳光的颜色渐渐黯淡。

胖子原来是一个银行的信贷员，工作原因，吃成了一个胖子，也许也渐渐厌烦了每天的虚伪客套，不想再看见那些奉迎的笑脸。记得是工作了四年以后吧，也是一次旅行，在丽江打了个电话回去辞职，从此留在这里。

"我的移交手续到现在还没回去办呢。"胖子还挺得意的。

记得我们那天总共磨了九把刀，刀开了刃，锋利伤人，但是心被磨得很平和了，在那个安静的午后，单调有致的磨刀声中。

总觉得，丽江这个幻境一直是与"年老"相连的。永远灿烂温暖的阳光，永远慵懒任性的生活，无休无止的欢乐，还有不知不觉中旖旎流淌的有限时光。

在这样一个梦幻之城，真不知道是害怕年老的那天就这样到来了，还是希望年老的那天立刻来临，好不用去面对这段美丽岁月会突然消逝的恐惧。

人总是会老去的，最大的幸福莫过于一生不用经历现实的风雨和悲苦，就这样，平静地晒着太阳，老在丽江。

晚上，抱着刀子回到客栈自己的房间里，刚沏上茶，阳光他们一伙人的电话打来了："未来，出来泡吧，我们都在喝酒呢。"

根据他们说的方位，沿着漂满了花灯的河流一路找去，河边树下一排排亮着灯笼的酒吧露天座位上，还是一样漫溢着嘈杂的欢乐。这时，细细地下起了小雨，灯火更加迷蒙，而欢乐却愈加鼎沸了。

凑巧地，望见了阿芯和一个高大帅气的男孩依偎着走过来，阿芯的脸上映着花灯的红晕，我想，那一个就一定是她的阿佳吧。

阿芯说："我们正要去泡吧呢，一起去吧。"

我赶忙推辞说："不了，那边有朋友约了我。"

阿芯看着我的笑容，假嗔地拍了我一下，说："怎么笑成这样啦！"然后挥手和我道别，挽着她的阿佳，很快消失在人群中。

找到阳光他们的时候，好像这些年轻人都已经喝了不少了，在酒吧的长条桌前坐成一长排，倒酒一个传一个，两个摆在中间的花生碟让大家都要伸手抓。

因为酒吧里的人太挤了，每个位子都坐满了人，所以只能坐成这样。还有围成一桌桌的人，但是和另几桌的都是背贴着背。看那些人中间，更多的是中年人，但是这样坐着，都不以为忤，只管喝酒唱歌。

这时，门口撞进了一个背着吉他的男孩，粉雕玉琢般的漂亮，一身白衣，歪戴着一顶帽子，酒吧里的眼睛一下子集中到他的身上。

"他是谁？"我问阳光。

阳光答："他是一个歌手。"

他告诉我，丽江“漂”着很多这样的歌手，靠每晚在酒吧卖歌为生，不是固定的演出，而是有哪桌点了他的歌，才会付一首歌的钱给他。

靠每天晚上背着吉他，在许多酒吧穿行，这些歌手既有了表演的机会，又可以唱着自己喜欢的歌，在自己喜欢的古城生活下去。

男孩拨弄着琴弦，叮咚几声，展开了歌喉。他的歌声嘹亮，似还带着孩子的稚气。酒吧里立刻安静下来。

是一首在丽江四处传唱的歌，歌名叫作《把爱做够》。

“如果我老了，不能唱歌了，你还会爱我吗？如果我老了，不能做爱了，你还会爱我吗？陪我到公园晒晒太阳，听我诉说伤心往事，数你的白发，数我的皱纹，今生今世共度一生……”他清脆的歌声，很快变成了整个酒吧的齐声合唱。

如果真的能在丽江相爱到老，老，又算得了什么呢？

临回上海的前些天，和阳光那间客栈里的一伙人，一起去古城外买当地的音乐光盘。回来的时候天已经黑了，阳光带着我们七拐八拐，来到了古城的最高处。

夜风扑面，我们站在山顶上，俯瞰全城，整个古城层层叠叠的古老屋顶，和纵横阡陌的大街小巷，像一幅完整的美轮美奂的图卷，展现在我们眼前。

还是寂静的屋檐，屋檐下的欢歌鼎沸和灯火阑珊，还有悠扬的笛声丝丝环绕在古城的上空。这个美好得不真实的幻境。

记得那晚在一起的人中，有阳光。有阳光从小玩到大的一个伙伴，一个魁梧的海员，却有孩子一般的脸。还有望月姐姐，循着网络前来的朋友，一个在加拿大做了多年图书管理员的女子。

我们吹着夜风，在古城之巅，俯瞰这样一个深夜不眠的梦幻之城，大家一时间都不说话了，心中竟蓦然地觉得空空荡荡起来。

静了许久，我问阳光："我们要走了，你会在这里一直待下去吗?"

阳光答："应该不会的，最多是几年的时间吧。"

我问为什么。

他似也不知道理由，只是说，本能地觉得，这么美好的生活，应该不会持续一生吧。

事实上，留在古城生活的人，也只是几年的停留，没有人是真的在这里终老的。也许这就是这个梦幻之城对人世的诅咒吧。人在世间走这一遭，也许本来就为历尽坎坷而来，也许本来就无福消受过于纯粹的美好。太过完美的时光，想握在手中，很快就灼伤了我们脆弱的掌纹。

阳光说，他最喜欢的是，在这里，总是可以遇到各种各样的过客。我想，那种感觉可能就是，坐在江边的一块大石上，看千帆过尽，云卷云舒的心情吧。

听说，前一天晚上，阳光和两个游客喝酒，聊得火热，第二天，公安局突然把这两个人抓走了，说是潜逃了很久的杀人犯。阳光还一副满不在乎的样子，说这两个人还挺和气，前一天和他勾肩搭背的，他就没害怕过。

想来，丽江真是一个有趣的地方。这样一个方圆可以步行到达的旅游景点，却真正像是一个虚拟出来的城市。她的区号是"888"，不知是不是有心的安排。飞机路线特别安排了直飞这里的航班，往来于全国各个重要城市。

而来往或生活在这里的人们，可以没有过去，也可以随意编造一个过去，没有人会去考证这一些。而你愿意在这里小住，或是常年居住在这里，来来去去，也没有人会去干涉。

在这里，这些都不重要，重要的是欢乐和自由。

在这里，你可以扮演老大，你可以扮演艺术家，你可以扮演浪子，你可以扮演离乡背井的人，你也可以扮演与世无争的隐士。总之，你可以扮演任何你想扮演的角色，只要你愿意。

这倒十分类似于三四十年代老上海的氛围，来来去去的没有姓名和过去的人，充满了想象力的生活和建筑，无数人实现或没有实现的梦想，留在了那个城市褪色的过去，渐渐变作传说。

一个虚拟的城市，之所以有了生命，是因为来到这里的人。

今天来到丽江旅行的过客，是为着观看这里居住的人和一幕幕故事而来。丽江的居住者观看着往来的过客，而过客们又一批批前来，观看这些离开现实生活的居住者，终日熙熙攘攘，相看不厌。过客因着居住者的恬淡从容，体味着慵懒的快乐。居住者也因着过客即时的放纵和尽兴，而一同感染着没有时空的欢乐。

人们在娱乐自己的同时，也娱乐了大家，人世间的欢乐，就是这样单薄。而即使是这样的欢乐，也随时会无疾而终。

那个深夜，我们伫立在古城上空，望着这个梦幻之城的灯火明灭万点，忽而仰头，浩瀚的星河正穿越无际的夜空，寂静的银光绚烂，如此宽广无涯。

也许是丽江的灯火太繁杂，在城中时，我竟从未仰望过星空。而此时，俯瞰幻境的欢乐无涯，我们只是过客，仰视横亘的星河无垠，我们短短的生命，更如蜉蝣般脆弱，轻轻的一瞬，转眼就过去了。何以奢求无尽的欢乐，又何以喟叹时光的流逝呢？

这就是丽江这个城市，留在我心中最后的印象了。

临走的那天早上，阿芯一早起来给我做了一大碗面条，拌了自制的肉酱，还加了一个煎鸡蛋。起来的时候已经晚了，拼着赶不上车，也把那碗面条吃了个一干二净，然后盛着满满的回忆，背起旅行包，大步离开了古城。

坐了十一个小时的大巴，一路颠簸到达了昆明，下车的时候，腿都肿得站不住了。昆明也只停留了一宿，隔天又坐上了返回上海的火车。现实在飞快地向我靠近，而我欣然迎接，不觉胆怯。

该要自己承担的，总要自己去肩负，哪怕人生真的是一场从始至终的折磨，连半晌的春梦都不得。

回到上海，照常是把自己吝啬地挤压到没有一点空隙，照常是在自己的磨盘上兜兜转转，周而复始，命令自己行走在让身边的人安心的轨道上。很长时间，无暇回忆起丽江的点点滴滴。

直到三个月后的一天夜里，夏季将尽。我写字写得疲累，推开书房的窗户，都市熟悉的嘈杂扑面而来。我不能确定这是不是幻觉，我竟然在人声和汽车声中，听到了其间夹杂着悠扬的笛声，宛若在有着汽车尾气的闷热浑浊的空气中，忽而闻到了丽江的风。

一刹那，现实和幻境叠加在一起，让我分不清我的所在。我想，我一定是太累了，才会有这样的幻觉吧。

第二天，还是差不多的时候，打开窗户，许是为了否定自己的昨天的幻觉，但是，竟然又听到笛声。

整整一个星期，我天天在深夜都市的声音中，听到同样的笛声，那样悠悠的婉转，那样深深的孤单，盘旋在繁华喧闹的现实上空，像一只幻境中无法落地的小鸟。

那笛声越来越清晰，让我开始相信这真的不是幻觉。

终于有一天，我奔下楼去，去我窗前繁华的所在，去找寻笛声的源泉。真的有笛声，愈近了。我循声而去，在公共汽车站前的一排卖小挂饰的地摊尽头，我看见了那个吹长笛的人。

是一个老者，结实健壮，脸上刻着岁月的忧伤，他站在那里卖力地吹着长笛，脚前放着一张牛皮纸，用小石块压着，牛皮纸上用很粗的水笔整整齐齐地写着："为供双胞胎女儿上学，献艺筹钱，孩子妈妈在病中，我下岗了。"

笛声是一样优美动听的，无论是在丽江的青瓦屋檐间，还是这个闹市街头的公共汽车站。而此时此刻的我，尴尬之间，却不由得想起了小学语文老师的教诲——

"幻境"的反义词是，"现实"。

平凡

菜场在丽江古城的外围，通往那里的路拐拐绕绕，越走越安静，不再有景点一样的喧闹。

四周愈静了，阳光把屋檐和树的影子，静止地画在我们走过的小路上。只有清澈的溪水，顺着小路两侧的沟渠，轻轻地向一个方向流下去，轻轻的流水声。

两旁的民居，屋门虚掩，偶尔有一两个居民，在路旁的溪水里洗着家用的器皿。

看见一个老妇人，提着满满的菜篮，从小路对面迎面走来。再往前走，就到了菜场。

今天起床出门，一大早的，遇到扎西，他拉着我，说要带我去吃早餐，丽江最好吃的汤圆，只有丽江的菜场里有。这一带我走，就几乎走到了古城边上。

菜场，当然不会和景点一样，被安排在古城中心。

早上的菜场，热闹和鲜艳得让人想家。扎西拉着我，从菜摊和菜摊的空隙，从买菜的人群夹缝中，一路挤过去，耳边是熙熙攘攘的叫卖声，琐琐碎碎的讨价还价声，夹杂着秤砣秤杆的碰撞声。

丽江的菜场特别大。巨大的集市，满是摊位。摊位上堆得都特别丰盛，满满的箩筐叠着箩筐，台面上也是堆得高高的。

红的番茄、绿的辣椒、紫的茄子、青的黄瓜、金黄的玉米，那些蔬菜都有一种我从未见过的茁壮，饱满而鲜艳，像是饱含着高原阳光的热力。

卖菜的人们，从容地整理、摘菜、过秤，互相间聊着家常，黝黑的脸上挂着淡淡的喜悦，也许是因为今天早上的阳光和闲适的微风，也许只是因为这样日复一日安然富足的生活。

买菜的人们，提着菜篮从一个个摊位前走过，这里看看，那里问问，像是在不厌其烦地欣赏着一个天天开门的展览会，饶有兴味地找寻其中每天细微的差别。

我嗅着新鲜的蔬菜散发的清香，满目是这些泥土中生长出的天然颜色，和这些阳光下露着笑纹的人们。我淹没在这片生活丰盈的滋味中，竟兀自有些醉了。

幸福，是从平凡中缓缓流淌出来的滋味。

扎西带着我在一个摊位前坐下，石头的台面下，有大大小小的容器，还有炉子。老板是一个年轻的妇人，看见扎西，很熟悉的样子，问："她和你吃一样的吗？"

扎西点头。她便开始做了。

端上来一人一碗，舀起来一尝，虽然外观看起来有些不同，但是味道很熟悉。是上海人爱吃的糯米芝麻汤圆，我小时候常吃的。

扎西和我一样是上海人，难怪他会喜欢来这里吃早餐。

扎西曾经跟我说过，他几年前遇到了可怕的变故，家产全没有了，父亲和母亲也相继去世，亲戚朋友见到他，都装作不认识。

在很短的时间里，他熟悉的城市，他熟悉的家，他那对视多年的双亲的脸庞，还有他以往二十几年里，虽然有着种种烦恼和不如意，却一直平静如水的生活，从此不再属于他。

于是他离开上海，在各个陌生的地方四处漂泊，这里一宿，那里一宿。丽江算是住得比较久的了。

没有人知道他原来的姓名，他只说他叫扎西农布。

而没有名字、没有家乡的他，还是天天早上来到这个摊位，吃一碗很像上海糯米芝麻汤圆的早点。

我不知道，他在每天尝着这熟悉的味道时，心里的滋味。是回味旧时父母身边平凡的岁月，是想念着家乡的街道草木，还是在这完全陌生的地方，寻一口熟悉的味道。

我只盼望，如果他日日早上来到这里，尝一碗相同的汤圆，看着这个菜场平凡的热闹日复一日不变地上演，也许他就可以渐渐忘却过去的伤痛，停止这种自我放逐式的漂泊，有一天，为着另一个新的家庭，为着他爱的人，提着菜篮，到这里来盛载属于他的幸福。

我是个路痴，却记住了去往菜场的路。

我开始常常去那里，直到离开丽江的前几天，还特地去走上一走。是雨后的下午，菜场里依然很是热闹，摊位前，人来人往。

我看到有些卖菜的妇人带着自己的孩子，孩子们在摊位周围游戏，纷繁的集市在他们眼里是个乐园。

有些下班的丈夫或妻子，披着雨披，推着自行车，前面的车篮旦装满了菜，正努力开出一条道路，穿过人群，急急地想赶回家。

丽江的菜场处处有卖花的摊位，丛丛簇簇鲜艳的花，四处盛开。常常看见有人买了菜，又买了花回去，手里拎着，怀里抱着，一副拿不下的狼狈的满足。

菜场是这样一个琐碎而必然的存在，活色生鲜地上演着我们一天天的生活，如果你静静地站在事外，观看几分钟，你会动容。

是啊，这就是我们的生活了，你可以说它平庸，你可以说它单调，但是，它就是这样反反复复地铺陈着我们生命中的喜怒哀乐，渐渐地让我们彼此的爱，堆积得厚重。

我年轻时曾经深深爱过一个人。我什么都不曾要求过他，只一次，我对他说，我想要你给我一件东西，那就是平凡。

我向往着的平凡，只是凡夫俗妇手拉着手去菜场，只是我可以下厨为他调配盐和糖，只是一日两餐有人相对。但是，他没有给我。

在很长一段时间里，每每路过人声喧闹的菜场，我都会有一种心痛的感觉，痛到仿佛要窒息。

那时的他，年轻气盛，才华横溢，有着太多的不平凡，有太大的世界等着他去征服。想来，他那时或许还根本不屑于平凡，或许也从没有相信过，当时高傲如我，会真心只要一份平凡。

这么贵重的东西，随随便便地，暂时搁置在了一边，再回头去找，却已经不再是属于我和他的了。

母亲曾经跟我说过一个她童年的故事。

她小时候是家里的宝贝，外祖父和外祖母非常疼她，家里也富裕，日子过得波澜不惊。她说自己当时不懂事，总是嫌生活太平淡，总是暗暗希望有轰轰烈烈的事情发生。

结果，真的有事情发生了，外祖父急病去世，家里的天塌了。日子从此艰辛。几年后，又是外祖母的离开，留下幼小的母亲，一个人在这个无依的世界中。

母亲说，她一直责怪自己，她不知道是不是自己不懂事的愿望，使这些厄运发生。如果能够重来，她宁愿要平凡，永远的平凡。

然而，母亲还是没有能给我们平凡。

也许是童年就开始努力在世上拼斗，她把事业，把地位，看得比什么都重要。她日以继夜地想要世界承认她不平凡的能力，不经意间，挤干了平凡的空间。

自我们记事以来，我们就知道，我们的母亲不是一个守在摇篮边的，或是整日缝缝补补的，或是在厨房忙碌的母亲。我从没有和母亲一起去过菜场，不知道在她退休之后，是不是会有这样的机会。

世上有很多不平凡的人，他们的不甘造就了他们的不平凡，也赋予了他们坎坷动荡的经历，和日日夜夜内心的煎熬。如果可以让他们重新选择，不知道他们在执着和平凡之间，会怎样取舍。

他们的执着，不要伤着自己才好，不要伤着爱着他们的人才好。

拍了不少丽江菜场的照片，色彩很好，人物的神态也正鲜活。但是翻看的人大多不会对这几张称赞。赞的往往是雪山啊、鲜花啊，这些说来高雅的景物。

反应也是正常，菜场毕竟是不能用来待客的，就像平凡是无法拿出来炫耀的一样。很多人甚至还羞于在菜场中被熟人看见呢。

而我，是这样迷恋着菜场的一景一物，只愿这样的吵吵嚷嚷、琐碎无奇，覆盖住我的一生才好。

我要每天早上醒来，听见我的爱人问我，今天我们吃些什么。我要每天下班前接到电话，听见我的爱人问我，今天晚上吃些什么。我要每天走过菜场的鲜活，提着满满的菜篮回家。当厨房里飘起诱人的香气时，我要我的爱人从电视机前循香而来，偷看锅里满盛的幸福。

平凡，就是这样的一件贵重的东西，你要付出一生全部的代价去交换，换来了却无法在人前炫耀，只有你爱的人，他们会懂。那已经足够了。

平凡，是生命中最坚忍的爱。

公 公

公公之所以叫作公公，是因为他喜欢别人这么叫他，很少有人知道他的名字，所以大家也没有其他选择。

公公居住在丽江，他开了间客栈叫作“忽悠”。“忽悠”许是台湾人带进来的词汇，意思是“摆龙门阵”，还有虚虚实实的意思。这个奇怪的名字总是引得经过的游客侧目。

客栈的木质招牌高悬着，院子里搭着白色帆布的凉棚，斜斜挂着几串用麻绳穿起的铜铃，院子的栏杆外种着细碎的野花。虽然是一个男人做老板，却也有几分丽江的柔软。

公公的身边总是簇拥着许多人，一味地把他当作“老大”，前呼后拥，随声附和。他自己显然乐于此，于是客栈里总是有一伙朋友，一起

“忽悠”，一起用电动麻将台通宵搓麻将，就像古时的王公贵族养了许多门客。

我住的客栈紧挨着公公的客栈，因为上网的缘故，常常到他们那里讨扰。他们的客栈有无线网络，而我的手提电脑有无线网卡。

第一次过去，是公公的一个朋友王哥带去的，深夜。

我对王哥说谢谢，王哥很知趣地说，不要谢我，我不是做主的。他指向自动麻将桌的方向，我很容易地从大家的姿态和神情中认出了谁是“做主”的，那是我第一次见到公公。一个精神的中年人，并不高大，但很结实，戴一顶帽子，穿一件中式的羊毛毡外套，夜凉。

有几天，客栈里那伙人中的一个，晚上在酒吧打架伤了人，被打的那一方不依不饶，强烈要求警方给个说法。结果，公公每天去当地公安局“上班”，替他“摆平”这档子事。公公处理事情明显比他的追随者们有经验，轻驾笃就的感觉，但不是圆滑的温和，相反有一种狡黠的邪气。

听说，公公出身于一个海军高干的家庭，在海军当兵一些年，然后出来做生意，不小的生意，不小的风险，一做就很多年，出生入死，浮浮沉沉。有这么多年的历练，在这样一个小地方处理一些事情，确实会有一种游戏的轻松。

人的智力和性格固然会有差异，经历其实更加决定一个人的高下，虽然经历未尝不是负担。

那几天，公公身边的人几乎是带着崇敬的心情，在这个与世无争的客栈里，晒着慵懒的太阳，听刚从公安局回来的公公讲述他适才的机敏应对，天天如此，如同一部连续剧。

公公是喜欢这些仰视的目光的，既然做了“老大”就要付出，若不是这个原因，公公应该不会喜欢处理这些烦琐的纠纷，牛刀杀鸡，看得出来，他常常不耐烦。

公公的朋友们也有几分故意捧他，“老大”愿意出头处理各种麻烦事，“老大”愿意慷慨请客，有个“老大”有什么不好的。

有一天，“老大”提议组织大家到中甸和梅里雪山走一走，还要组织一路的徒步。当时我正准备往那个方向去，于是想和他们同行，结果被我客栈里的朋友极力阻止。

朋友阻止的理由是，你看那个客栈里都是些什么样的人呀，成天里“忽悠”，没句真话，你怎么能放心和他们同去。

那个客栈的一伙人，确实平日里没什么正经话，和他们谈话的实际效率往往等于零。比如说，问他们这次远行的路线怎么走。一个说，还没定呢，临时想去哪里就去哪里。一个说，主要去徒步，准备连着走十几天，半道谁不行的，就地扔下，放块石头当墓碑。一个说，路上可能会碰到熊，不要搏斗要自己跳崖，留下搏斗的都会被熊掳回去当伴，来年生下“人熊”满山跑。

再问，回来路上是否会途经泸沽湖。一个说，你想去就大家和你一起去呗。一个说，去了就不要回来了，爱住多久住多久，在那里走婚多好啊，我们陪着你，也不回来了。一个说，生儿育女，那时间可没个限度啰。

公公也爱说笑，混在他们中间，你一句，我一句，像一个彩球被抛来扔去，让听者哭笑不得。

临行前，是一个月明星稀的夜晚，在公公客栈的院子里，大家依然围坐聊天，还是悠闲，不似出发前。我终于还是不知确切路线，还是决定和他们同去，原就不知畏惧，还因为信赖公公，一个想做英雄的人做不出不负责任的事，即使和旁人一样有这样的念头。

怕给公公添麻烦，我坦言，我的身体状况不是很好，路上可能会有些问题。公公犹豫了下，还是说，同去。

那晚，很感动于他的担当。

第二天，晚了一些，终于也是浩浩荡荡出发了，场面有些混乱，这种混乱延续了以后的全程。部队出身的公公显然很不耐这种拖拉和混乱，丽江的柔软里孵化的人们，有与部队迥然不同的散漫。尽管公公让他们在同一间军用品商店，买了一样的军裤、军鞋和军用水壶，结果看上去也没有更齐整些。

一同行走，接触多了，发现公公是个很矛盾的人。他心中似乎有个少年人，一直在提出认真和苛责的要求，他一路上常常发脾气，也常常对我抱怨这个成员不懂事，处理事情不妥当，那个成员一直惹是生非，等等。但是他心中的那个成年人又一直在原谅，心软地重新接纳这些他认为不妥的朋友，还是照顾维护他们，还是顾全大局。

到了中甸以后，在一个装饰华丽的餐厅吃饭，鲜艳的布幔，大红的长桌，出行在外，大家纷纷要求喝酒，这才发现公公酒量不佳，好酒，但一直被旁人劝阻。

大家告诉我，公公有个众人皆知的脾气，喝了酒就会寻衅打架，还会拔刀捅人，尤其是当外人招惹了他的朋友，他的凶悍是令人害怕的，拦不住，会闯下大祸。

看着满面通红的公公正在餐桌上滔滔不绝地说话，我不禁哑然失笑，想不到这样一个混迹生意场多年的男子，还会有这样的少年心性。

一周以后，我们一同徒步攀越雪山，公公自豪于他从小的敏捷和走山路的熟稔，他一个箭步从一块很高的大石头上跳下去，然后稳稳站住，回头向我们炫耀，那分明就是个可爱的少年人。

后来想，没错啊，一个还甘于担当，甘作“老大”的人，怎不是一个单纯耿直的少年。虽然公公还有太多世故的一面，这是他再努力擦掉过去，也不能改变过去的印记。

一日，我们一行接到公公命令，改变行程，过午不食，赶到了一个叫作奔子栏的地方。车子从山路驶近人烟，远远看见公公在一家饭馆门前招手，原来他约了他的朋友——东竹林寺的丹增活佛——在这里一起吃饭，而公公是搭了活佛的车先过来的。

丹增活佛是个面目慈善的中年人，长方脸，戴眼镜，穿着也很随和。王哥很详细地介绍了活佛的种种事迹，包括他转世的渊源。看得出，公公因有活佛这样的朋友而自豪，公公的朋友们也一起很自豪。

活佛很简朴，吃得也很随意，据说日前，公公在丽江打电话过去，问活佛要给他带些什么过来，活佛想了半天，说是他的鼻烟壶需要一个套子，就给他带个皮质的过来吧。

公公很懂得人情世故，在世俗地界算得是真诚而体贴，在这些纯朴的地方，却不免露出技巧的痕迹，因为纯熟，反而显得不自然。

饭后，大家随活佛去到了一个山中的小学。那个小学叫作“白马慈善小学”，是丹增活佛募集资金办起来的。因为这里的孩子住得分散，山太大，有的孩子出来上一天学，倒要走几天的山路。为了保证他们的学习，这个学校除了教学，同时免费提供孩子们的食宿，这是丹增活佛想得周到的地方。

公公和活佛谈，说是要帮助这个学校组织资金的募集工作，而且要在全国开展。公公说，我们准备做一个网站，利用这个媒介，让更多的人知道活佛你的工作，知道这个小学，让更多人来资助这些孩子。

这个小学正在选址，准备造新校舍，公公说，可以找人来做一个预算，然后在网上公开募集筹建款项，当然还要建立一个公开的监督机制，来管理这些募捐款。公公的建议被大家讨论了许久，就这样又你一句我一句，“忽悠”了半日。

活佛很高兴，可能在这里很少能听到这样的建议，虽然在外面的商业社会里，这些计划很平常。

与丹增活佛告别后，继续前行的路上，公公说起，他在泸沽湖还有一个农场，里面所有的物产都是用来捐助失学的孩子，他的面包车平时拉游客，收入也是用于捐款的。而他常穿的那件羊毛毡外套，就是当地人为了感谢他，由方圆手工最好的人缝了送给他的。

但是，不一会儿，他和王哥聊天，说起丹增活佛在白马雪山和梅里雪山这一带的影响，他又思忖说，我们为活佛做了那么多工作，如果能用他的影响，让当地政府特批一条梅里雪山的直升飞机旅游航线给我们，那不是等于开了一个印钞机吗？

公公的过去到底是怎样的，没有人能详述，只能用一个规律来推断，到丽江生活的人，都是希望抛掉自己过去的人，但是过去又如一个惯性的磨盘，动不动又滚过来，压住了人们的现在。

公公是有一个女朋友的，在丽江时一直住在他的客栈里，平日里就一直坐在阳光铺满的院子里，坐在他身边，不怎么作声，只忽闪着大眼睛看着他。那是一个还在念大专的女孩子，很年轻，像是一朵还未接触过空气的初开的花。

进山，女孩也一路跟着公公，一路地徒步，从不喊累。

公公对别人都很和气，唯独对她态度很差。环境恶劣时，照顾的事总是最后一个想到她，就连山路陡峭时，削竹竿当作登山杖分发，也会漏了想到她。女孩却不在意，她反倒觉得这样是公公把她当作了自己人，克己奉公是理所应当的。

公公常常吩咐她去照顾别人，于是她听话地忙前忙后，还是很开心。但是公公还总是没理由地对她发脾气，有时候说很重的话，说要分手，这个她受不了，有一天，眼睛红红地整个下午，最终还是留下了，她说，她真的现在走了，公公会很没面子，怎样向这么多同行的人交代呢。

到达梅里雪山中的雨崩村那天，女孩又在哭了，晚上和我一起洗澡，夜冷水凉，她躲在门后，哭个不止。她说，没有人知道公公的脾气有多么坏，总是莫名地发怒和暴躁，公公很多疑，永远不相信她是一心爱他，仿佛两个人越靠近，他就越要伤害她。

她说，王哥还特地跟她谈过，说公公是个危险的人，劝她不要再和公公在一起。她很犹豫，更加伤心，因她是真心爱他，而她原本更期望公公能给她一种新的生活，让她离开父母离异的可怕家庭，没想到，事情会变成这样。

我不知道这女孩的爱情，是不是更多是种依赖。我只本能地觉得，公公应该有很多不快的往事，这些往事还活着，在他现今的生活中时时出现，折磨他的内心，让他不能安详。

离开雨崩村的那天晚上，又是一场热烈的聚餐，众人围坐。公公又喝了不少酒，他提到了他多年前离婚的妻子，提到了过去的片断，当兵的生涯，做生意的漫长经历。

他说他曾作了一首诗，名叫《两辈子》。他只念了第一句“如果我有两辈子”，就忘了词，于是女孩一句一句在旁边提醒，她竟是早就背下了的。

我也记不住原文了。只记得诗大概意思是，如果人能有两辈子，有了中年时对生活的领悟，回头再来享受年轻的纯真和激情，如果人生能在人懂得如何生活以后，重新再来一遍，那一切该是多么完美。这是一个还有少年心性的中年人，饱经世事后的感慨。

但是，人只能有一辈子。所以注定要在走向安详的途中，背负不安详的过去。

树界

在云南，闯入了一个结界，那是另一种生命生生不息的地方，他们的家园。

从德钦往白马雪山的方向前行，到达西当温泉以后，越野车也没有办法勉强再深入。从西当开始，雇骡子，或是徒步，必须赶在一天之内翻越第一个山头，才能找到村落过夜。

连续四个小时的上坡路，到达垭口，力竭而周身汗湿，昏昏然从经幡飞舞的山垭穿过，肩负背包下坡，不觉已步入丛林凉爽的庇荫，嗅到树木的馥郁，听到枝叶的轻吟和啁啾鸟鸣，原来山这边已是另一个世界。

我经过高大的松，它们站立在高原的阳光下，树干笔直，松针闪闪发亮，如此坚硬而透明的植物；我经过年轻的桦，它们枝叶旖旎，树干鲜红如火，一派美丽生机；我经过古老的罗汉松，磐石般的树根写着岁月的斑驳，沉默而坚强的墨绿，却有新绿娇怯的松茸发满枝头，如许柔软。

树的家园，广袤如斯，深邃如斯。

湛蓝苍穹渐被遮蔽，只在枝叶交错间偶尔展露颜色。灿烂阳光为树冠沐浴，只在林间落下鲜明的光影斑驳，随云影的飘荡而跳动流淌，而我们行走其间，竟如在一路观赏深海海底瑰丽的光线变幻。风来，穿过浩浩荡荡的树的海洋，闻听千万枝叶的汹涌之声，澎湃由远而近，及近身，已柔和，只嗅到山与树的香气，从耳鬓衣袂间掠过。

我们闯入了树的结界，这不是人类的天地。而我只感到平和和静谧，竟如回到故里。树，宽厚待我们，一点不责怪我们的闯入，一味温和地呵护。

同行的男子们忍不住发出惊叹之声，只说："看，看，原始森林的景色啊！"再说还是这两句。言辞确难形容。

当晚，入住深山中的一个小小村落，梦中似还听到树涛温柔。

接下来的几天，往梅里雪山深入，日日行进在树的家园中。越深入，岁月越陈旧，大山更幽，树海更深，更广阔。

沿途欣赏树的枝叶，有的阔叶蔽日，有的剔透如翡翠薄片，有的细叶葱茏，有的竟叶如花瓣般烂漫，带些许红色的妩媚，舒展在天际。树若无花，叶就是它的花朵，肆意舒展自己的生命和美丽，如许自由自在、天马行空。

只知松、柏、桦，再有就不能辨认。询问同行的山民，居住其间的他们从未记取树名，然他们知道，这种树木，到秋天时，叶子会一并鲜红，染得满山绚烂，而那种树，春天落叶，漫天飘零，煞是好看。一棵棵，一片片，如列数老友般地熟稔与亲切。

行至溪边，见一树，不识，经过，又觉眼熟，再回头细看，原是江南一带极多的柳树。然而，又完全不似。它的枝叶生长得如此繁茂放肆，竟让一头垂落的柔发，生生变成了几乎要直立起来的蓬发。

生长于自己的家园，何其自由自在，又何必拘泥于人间的诗词歌赋，扮演忸怩。

还有低矮如童话书中的灌木，细细茎干顶着大大的伞盖，煞是可爱。还有细而直的竹，随风轻轻摇摆，迎着阳光在树干间疏疏朗朗，很通透的一束绿。还有杜鹃，有的一丛丛依偎老树，有的一簇簇缠绕枝叶间，何等美丽的相依，点缀出如珠玉般的明亮。还有经年的青苔，深绿叠着浅绿，柔软拥抱着遒劲的树干。

想要繁茂，只管尽情伸展；想要参天，天空无限；想要旖旎，可以尽吐胸中色彩，无分花树。

这就是树的世界，宽容一切生长形态的纯净地界，柔软而宽广的树的心。这样的天空、阳光和土地，这样舒展的生命，自由无羁的树的心。

想来，城市中的树真是整齐。

行道边成行的梧桐，一致粗细的树干，一致划一的树冠，年复一年的修剪，点缀着灰白的城市街道，如制服革履的侍者，招聘时不但年龄、身高、相貌都有限制，还要经历岗位培训，力求统一。

路边的草坪花坛和大路间分隔左右车道的灌木，都被剃了刀削般的平头，有点像油滑的壮年生意人前些年的流行发型。

高架上的花花草草，不知为何忍心让它们生生地每天遭受折磨，噪声、尾气、烟尘，它们的枝叶已被油烟厚厚糊住，很难再行光合作用，而人们又时常会为它们冲洗一番，让它们继续活下去，呼吸烟尘。如同生为城市零件的人们，虽不喜自己的生活，为生计与责任所迫，生死两难。

办公室的植物是最职业化的。生活在大理石、地毯和空调的世界里，与外界隔绝，如同每一个被安放在隔断中的职员，自然不会活得健康，所以稍见枯萎，就可以由花卉公司定期轮换。拿回去后，也许修养后还能回来，但不知可以经受多少次，终难逃脱在人造的虚拟空间中郁郁而殇。

最多的是发财树，寄寓了人类汲汲功名之心，可谓肩负重任，神态举止都要迎合主人的心意，然，这可曾是树的心意？

人类力求使一切整齐，安排掌控一切有生命或无生命的世间万物，按自己这一族群的要求，让他们各司其职。

然而人类也并未善待自己，同样费劲心机规划自己的世界，制定各种规则，如同不断修建一台越来越庞大的冰冷机器，把每个个体像零件一样安装在其中运转。

在设定好的方格中左突右撞，最后安于自己的位置，放弃众人公认的无用的念头，逐渐生长成需要的形状，这就是人类称道的成熟老练。心，原来也可以拿捏弯折成各种形状。

我们声称允许各种思想和声音，其实只是允许可以存在的角色，我们其实蔑视主流以外所有不同的心灵，顶多拿来用作茶余饭后的娱兴，不尊重的观赏，已是很宽容。

整齐划一的微笑，漠然的内心，行尸走肉般的忙碌，这是我们理想的城市社会。踏进树的家园，才觉得，人类也许是所有生物中最排他的一类，人类也许是所有生物中最不舒展的生命。

行走在树的深海中，如此沉静，如此浩瀚。行至低处，流水潺潺，一路相随，如缠绵委婉的歌声。雨来，敲打高高低低的叶，无边细碎的节奏。雨过树静，氤氲的雾气中，浓郁的颜色四处蔓延。渐渐攀高，见雪山银装，炽烈阳光的温度中，竟有寒冽的空气飘来，令树木也深深呼吸。

树的世界中，没有人类修建的路，但其实处处是路，时缓时陡，行走起来也很恬然。石块、灌木、荆棘、泥土、树根、浅草，每一步都要想一想再迈出去，攀上时要找到支撑，下坡时要踏稳，又要留心不伤着正在生长的生命，很全心地行走，几乎顾不上呼吸。

渐渐地，熟悉在山林中穿行，像一只轻快的羚羊，每一步踏下，能感知到大山的脉搏般，竟觉得与山、与林那么地亲近，如大山的孩子，眷恋怀抱。

那一刻，以为自己是一棵树，身处自己的家园，毫无顾忌地呼吸与生长，枝叶纵横，颜色绽放，纵使无族无类又何妨？

丛林深远，有时也会雇骡子骑行。骡子的脚步与山林更加亲近，时而俯首饮一口清冽的溪水，时而仰头尝一片树叶，这样地熟稔，如老友见面，温暖地颔首。偶尔会有放羊的山民牵羊而下，羊儿的欢快也一如回家的心情。原来，树界是可以容纳各种生命的。

岁月悠远的树界，并不如外人想象的，老树遒干，古意盎然。有安详的老树，两人合抱尚且不能，沉寂的树色，挂着长长的虬髯般的树挂，很慈祥的模样。大多是中年的树，傲然挺立，枝叶蔽日，直逼蓝天。也有不少少年的树，稚气的形状，青涩的树干，疏疏的枝叶摇摇摆摆，有些调皮。

各种年纪的不同的树，相互遮蔽，参差相依，经年不渝，最本真的爱与天伦。不言的树如此，我们虽有言语，内心的温暖却被利益之心蚕食，几近枯竭。

一路上常常看到有树倒伏，有年老的，也有年轻的，不解，问山民为何如此。他们告诉我，树也会死去，因各种原因而死去，生命无常，不分老幼，万物皆如此。

凝望那些横亘的树干，枝叶凋落，裸露的树根如一只骨节粗大的手，试图抓住些什么。而在干枯许久的树干和枝叶间，竟然又生长出了许多新的植物，有同类的年幼的树，也许就是去者的一部分枝叶的延续，有低矮的灌木、嫩绿的草和星星点点的山花。生命的生生不息，万物循环的力量，永不会在世间消融。

然而，也看到有几片林间，横七竖八地倒伏着太多的树干。同行的藏族男孩强巴连忙叫我不要看，就像父母看到血腥的场面，会连忙捂住孩子的眼睛一样。他说："这是有人乱砍乱伐，砍了后又不知什么原因，不想运出去了。"言语中有许多愧疚，是因同类犯了错的愧疚。

这样的为所欲为，这样的伤害，在这样祥和而宽厚的世界里。

几天后，我们结束了在大树家中的做客。重新登上西当的垭口时，忍不住频频回望，竟如游子离家。树界可以接纳所有不同的生灵，包括我，只是身为人类，我本能地觉得我当回去人类的世界。

从垭口往下行走时，同行的男子们与我商量，因我的健康状况一直不稳定，他们决定下一站不再和我同行，让我独自回去。知他们也有为我设想的因素，然，忽而觉得有些孤单，很想重回树界。

桃 源

2004年8月8日，星期日的上午，我已经醒了，却不愿起床，窗外依稀传来城市惯有的嘈杂声，夏日刺眼的阳光从厚厚的窗帘缝里透进来，让我仿佛看见大楼外明晃晃的闹市街头。

手机响了，屏幕上来电显示的区号是“0887”，屏幕上急切闪动的光晕随着清脆的铃声，在黑暗的卧室里一下子蔓延开来，我一时怔忡，忘了接听。

手机暗了，随即铃声和光亮再一次绽放，我连忙按下接听键。

“喂——”他在电话那头犹豫了一下，说，“我是雨崩。”

是了，是雨崩，是那个我常常梦回的桃源，那个雪山中宁静的村庄。我已离开那里整整两个月了。

是他的声音，总是爽朗中带着些许害羞，不熟练的汉语。他曾用这样的声音对我说，要照顾我一辈子。离开雨崩的那一天，他告诉我他的名字，他叫阿城。

我从没想过他会给我打电话，而他在电话那头，因为并不自信我还记得他，迟疑，然后说，我是雨崩。

“是，我知道。”我说，“我知道。”

“我们大家想对你说，不要忘了回来。”他用了很大的努力，用汉语说完了这句话。

“不会的，不会忘的，我一定会回来。”我连忙回答，泪已经流了下来。

“要回来。”他又说。

“是的，一定回来。”我答。

我们言语不通，只是反反复复在电话两端重复这两句话，说了好久。那个村庄的每一处风景，随着他有些颤动的声音，如此分明地在我心中展开。

上雨崩村，宛如格林童话中的景色。虽然被原始丛林环抱着，但是近村，树木却一律地低矮起来，茂盛而宽大的树冠，粗矮的树干，像是为七个小矮人所设的树林。

树丛和树丛之间的空地上，黑色的石块中间，盛开着一簇簇紫色的花，遍地遍野，连成了一片花海。虽然是野花，每朵花却有手掌大小，花瓣精致而完美，剔透的紫色，美得奇异。

在这样的花丛中，在碧绿得柔软的青草坡上，安静的牦牛、健壮的马儿和骡子，还有活泼的小羊在四处嬉戏。

人烟很少，总共十几户人家。

村前一眼望去，就是神山，有时云雾缭绕，有时银装鲜明，近在眼前，令村庄如坐落仙境，神奇而静谧。纯净的神山积雪，融成清澈的水，涓涓汩汩，蜿蜒进入村庄，化作泠泠作响的小溪，润湿了青草和野花的颜色。

下雨崩村，更像是一个与自然拥抱的神话。

房屋依山而建，树木参天，阳光充沛，草原广阔，雪山奇峻。白云绽放的蓝天下，宽阔的浅溪在草原上流过，在阳光下闪闪发亮，如仙女项间的银色丝巾不慎飘落凡间，而三三两两的牛马，悠闲地在天地间漫步饮水，任时光如阳光倾泻流淌，直到雪山巨大的影子，渐渐把白天覆盖。

下雨崩村也只十几户人家，两个村庄之间，一个小时的山路。

记得公公和扎西曾经争执，为了究竟是上雨崩美一些，还是下雨崩美一些，像孩子一样不依不饶，争了大半天，还找人理论。

公公是我们同行者的“老大”，众望所归，大家自然都帮着他。扎西是个上海的大男孩，丢掉了原来的名字和生活已经很久。同行的还有王哥，原来是在深圳做电脑网络的，书生意气的一个中年人。强巴，云南本地的男孩，单纯而快乐，胖得圆圆的。还有一些人。

记得有一个很疲劳的傍晚，下了山，本来是急着要回去歇息的，就在下雨崩村前，离我们的驻地不远处，这群来自不同地方的人却都待在溪边的草地上，赖着不肯走，为眼前的美景失神。

夕阳已斜，山影温柔，溪流点点波澜像是星光，而草地碧绿而柔软，开遍了细小的金黄色的野花，这些花儿都如指甲般大小，远远望去，似为广袤草原铺洒了一层金色的光晕，印象派油画的色调。

看见花朵可爱，王哥伸手欲折，被我大叫一声“不要”，吓得手停在半空，哭笑不得。

后来，大家都不成形状地躺倒在溪边的青草上，仰望蓝天的奇幻变化，直到瑰丽的星河涌现，像草地的溪流般横亘在愈深的天上。

关于雨崩的美，每个进入的人，其实都已为之屏息，争执无非也是换个方式多赞叹一会儿。而风景的美，其实由各自的心来感受，看到的是各自心中的柔软，如此而已。

说实话，在进入雨崩前，没有想见世间会有如此美的所在，只听过，传说中，这是一个一直不为外界所知的桃源。

直到有一天，一个老人从神山深处而来，到澜沧江边的西当村借粮食。没有人知道老人是从哪里而来的。老人一次次出现又消失，终于引起了人们的好奇，有几个身手敏捷的小伙子暗中跟了老人一段，但是老人总在一转眼中消失得无影无踪。

有一次，老人又来借粮，西当村的人们玩了个小花招。他们没有借给他青稞，也没有借给他麦子，而是给了他最细小的小米，还偷偷在老人的袋子上扎了个小洞。

小米一路留下了细细的路线，西当村的人们跟着小米的指引到了一块大石头前面。小米的路线消失了，人们搬开大石，发现了另一个美丽的天地，那就是雨崩。

传说可能有些夸张了，但是雨崩只有一条小路通往外界，不通车，只能靠骡子或者步行进入，因为交通不便，幸存了些许宁静。

记得进入雨崩前，我们在西当的一个客栈静候了好几个时辰。这是一个有如龙门客栈的落脚地。我们在院子里分吃了老板娘做的几脸盆饭菜，然后坐在屋檐下抽烟歇脚，看着马帮来来往往，在耀眼的阳光下忙碌。

人声渐渐静了，明晃晃的院子空地上不再有脚步往来，午后安静的阳光令人昏昏欲睡。这时，在深绿的远处，飘来了细碎的马铃声，那一队来自雨崩的村民，牵着马和骡子，由远及近，安详而简单的笑容，宛如来自另一个世界。

雨崩的马队是不允客人自己择马的，他们把马和骡子编号，然后由客人抽签。他们笃信上苍会给人最合理的选择，这种选择是公平的，没有竞争与倾轧，只有随意和随缘。

记得我抽到的第一个号码是十一号，现在回想起来，阿城当日也该在这支队伍里，那应是我们第一次见面，只是我没有抽到他的号码，也没有留意到他。

一路上风随树影，愈行愈深，树木苍翠蔽日，马铃随着蹄声轻响，山势向上攀伸，溪水顺势而下，虽路险，但只觉心旷神怡。

村民们不多言语，因为他们平日里说的是藏语。他们亲切而快乐，走在山中，就像大山的孩子，自由自在，黝黑的脸庞上映着阳光的颜色。到了垭口，他们让我们自己顺路而下，然后马铃声渐远了。

不知走了多久，只记得每一处拐弯都能让我停留下来，驻足难行。那一日少云，神山的每一个侧面在拐弯处都如此清晰，巍峨而安宁，映着无底的山谷中的阳光和翠绿的生命，让我觉得自己轻得像一片羽毛，随时飘落。

公公和王哥无数次吼我，因为再这样下去，恐怕永远也到不了村里，那我们就要一起睡在山路上了。

幸而终于还是到了上雨崩村，在一家人家住下了，那就是我们后来相处亲密的房东，据说他的汉语在上下两村是最好的。他的全家待我们很热情，忙前忙后给我们弄吃的。

在晚饭前，房东还拿了一大盆紫色的小果子给我们吃，很甜，又饿又渴，狼吞虎咽吃了好多，也不知道吐核。后来，彼此一看才发现，嘴唇和牙齿全被这种果子染成黑色了，吸血僵尸般吓人，让我们看得相互笑翻了。

可能是与天空接近的缘故，这里天黑得特别晚，将近七点，还有午后的感觉。我坐在二楼的走廊上，枕着栏杆，望村里的景色。

村里的房子是木头做的，连房顶也是木块搭成的。房子矮矮的两层，有大院子。院墙上堆满砍好的柴火，院子前面有小狗在睡觉，有时候，调皮的猪满地乱跑，会惹恼看门的小狗。

房东的院子门口有一棵大树，雪白的花沉沉地压满了枝头。

远处是葱茏的农田，在丛山环抱中，安静地沐浴着高原灿烂的阳光。农田草正长，那种绿色柔软得边缘朦胧，像是要融化在空气中。只有两三个人在田里劳作，更点缀了绿的无边无际。

头上，蓝天广阔而近在咫尺，映着高高飘起的书满经文的经幡，那种蓝是让人不忍逼视的，如此震撼人心的清澈与浩瀚。云正稀疏，被风随意吹拂的几缕，生动。

而神山正在屋檐前，冰雪封存的纯净与壮美，仿佛可以令时间凝固，永远停留在此刻的美丽，永不老去。

此刻脑中闪过的竟然是“归宿”这个词。

这是个令人安详的所在，美到让人希望埋骨于此。古人说，仁者乐山，智者乐水，也许每个人都有自己心中最亲切的风景，都有自己归属的地方。

人本就生于自然，也应回归自然，尘归尘，土归土。人去后，土葬也罢，火葬也罢，海葬也罢，都是回家。藏族人身饲神鹰，蒙古族人以身饲狼，归去得如此赤条条，一无牵挂。

如果可以选择，我不愿死在床上，最后变成被囚禁在盒子里的一堆灰尘，日日夜夜和很多陌生人停留在一个郊区的墓园中。我宁愿面向蓝天，融化在安详的风景中，不留一点痕迹。

我们在雨崩行走了很多天，一根青竹杖被磨掉了许多，不觉脚板的疼痛，只是一味被浩瀚的自然拥抱，迷恋直至沉醉。

我很难尽述面对神山银色绽放时，那种想要匍匐在地的谦卑；很难尽述望见冰川之巅冰雪飞流而下时的动人；很难尽述攀上冰湖，面对无边的冰雪世界，第一次触摸洁白时的感动；很难尽述沐浴雪山神瀑飘落时，心中的温暖；很难尽述漫步于深山树与花的世界，不愿离去的眷恋；很难尽述与马儿、牦牛一同栖息在高山下的草地，感受它们最自然的欢乐，那种发自本能的贴近。

言语变得毫无力量，内心的感受却如此炽烈，一如初生的婴孩依偎在母亲的怀抱，那是自然的慈祥和我心中无止境的爱啊。

走在山里或村里梦境般的景色中，常常和这些渐渐熟悉的村民打照面，越来越期待“你好”的招呼声中，他们发自内心的热情的笑，那是一种简单得清可见底的友善，足以让我的整颗心感到温热。

人与人的相处可能真的就像照镜子。城市里，我们要学习和无数人擦身而过，表情保持漠然，否则会被人怀疑有所图谋。而在这里，看多了他们友好的笑容，我们渐渐不再有刚到来时，面对陌生人的笑容时的那种尴尬。我们笑容的回应越来越自然，就像面对家人，每一个照面时真心的快乐。

不仅是他们的笑容，还有这里自然的恢宏，一草一木的诚实，都在逐渐改变我们的表情和内心。而我也越来越了解这些村民，不是通过言语，而是因为呼吸着同一个地方的空气，我笃信他们的善良，因为我知道，是神山孕育了他们的心灵。

还是常常会借助骡子的脚力，在美景中静候那清脆细碎的马铃一路走近，像一叶沉稳的方舟，载着我们去往未知的仙境。

我很迷恋抽签的时刻，上天给出的选择，如此神奇而不可预料，暗藏凡人不解的玄机，将我们的命运放置在知与不知中间。

有一次，我抽中了一匹小马，很柔弱的样子，带领小马的是一个少年，正在长高的体格，孩子的脸。少年执意要替我背包，我不允，于是比手划脚地耽搁了启程。

公公见状走过来，问："发生了什么？"

我说："我不想让这个孩子替我背包。"

公公说："不就是花点钱让他背着吗？别省这些钱，你身体不好。"

少年说："我不要钱，我就是看这个包太重了，要替她背着。"

我说："我这个包太重了，他还太小，我怕他背着会累坏的。"

公公不解地瞪着我们，城市人惯常使用金钱来衡量和解决问题，眼前的状况已经超出了这个范围。

王哥也走了过来，他说："不如你们都不要背这个包了，横放在马背上，用绳子扎紧就好。"

我说："好啊，我的意思就是让小马驮着背包，我自己走就好。"

公公连忙反对："这怎么行，今天这么多路，你自己怎么走？你和背包一起上马不行吗？"

少年说："她不肯和背包一起上马的，这匹马小，我们都怕它驮不动，所以我说我来背包。"他把我和他称作"我们"。

我说："是啊，我不舍得马驮这么重。"

王哥开始抓狂，他问："你是不是还心疼这条路啊？要不要我趴在路上，让马从我身上踩过去？"

我的这次抽签的经历，终于被传作了一个笑话。

不过说实话，如果当时有人问我，我会告诉他，我确实也心疼路，因泥土中新生的小草也都是有生命的。

我不知怎么描述当时的心情，在自然的怀抱中，与人，与马，与山，与树，与花，与草都如此靠近，自然而然会由衷地生出对万物的体恤，就如同自己感同身受一般。

我们和一个山里的少年，和一匹活跃的小马，和一叶新生的绿草，在天地之间，何尝不是平等的？

现在回想起来，虽然在马队的抽签有许多次，阿城应该始终在其中，而我却从未抽中过他带领的那匹骡子，一次也没有。上天这么安排，究竟是想告诉我什么呢？

与阿城的第一次交谈，是在那个被歌舞充满的夜晚。

我们来了多日，那一天和房东说，我们可能要离开了。房东有些不舍，准备好晚饭后，在餐桌上，他提议说：

“来到我们这里，我们要一起唱歌跳舞，热闹一下。”

大家连忙说好。

房东于是说：“我通知他们一起过来，你们等着。”

记得那一夜，月光似水般倾泻，雪山、草原和木头房子，都像被浸在一个银色的梦境里。

远远的，忽而传来了一曲婉转的长笛声，只看见一个漂亮的少年，穿着锦绣织就的衣裳，编着好看的发辫，头戴锦绣的帽子，手执一支长笛，一路吹着渐渐走近。

我们都不禁惊呼起来，错愕地以为是天上的金童降落凡间。

身着华服的人们一个个走来，越聚越多，色彩斑斓的盛装，把房东的院子点缀得像天仙聚集的幻境。

细细看来，认出了那些白天熟识的脸孔，还是那样简单而温暖的笑容，美丽的衣服映着他们黝黑脸庞上的眼睛，显得分外清澈，有如明净的月光。

怕我们着凉，房东腾出了大屋，生着炉火，大家一起聚到了那里。不知谁先开头唱了起来，然后众人手拉手围成圆圈，载歌载舞，欢乐立刻充满了此时此地。

我不知道自己是什么时候开始流泪的，只感到那歌声，那舞蹈，那快乐，如此汹涌而来，一下子冲倒了我心中的层层藩篱。我有听过别人采自各地的民歌，也有看过摄录的无数民族舞蹈的影像，但是亲耳听到、亲眼看见，只觉得这种感动灼热得要将我烫伤。

不知怎样形容，那就是发自最清澈的内心的声音，歌声的动人不在曲调的婉转，而在歌者的演绎，但那已经不是演绎了，那就是他们心中的声音，是他们的内心，最赤裸地呈现在我的眼前，美丽而单纯，充满了生命的力量。

而那舞蹈，是孩童最纯粹的姿态，那种手拉手的毫无芥蒂的亲密，那种任内心欢舞的毫无顾忌的欢乐，像一朵盛开到了极致的花，充满了天地间，完美到让人不忍逼视。

我们可曾有过这样发自内心的声音，即使是用言语，我们的言语在我们的世界，只是虚伪的装饰。我们可曾有过这样的纯粹的快乐，即便我们还是孩子的时候，就被教育扮演矜持，时时刻刻都能保持政客表情的人，才是成功的。

而清澈的内心，只是我们中的少数人深藏在内心的花园，在狰狞的世上，何曾敢于将最柔软的部分暴露，任人攻击？

此时此刻，在神山下的这个桃源般的村庄里，在这个梦境般的月夜，我沉醉于生平第一次遭遇的最纵情的歌舞，激动得想要拥抱这绚丽的一刻，激动得又想要逃离这不似真实的完美的一切。

我害怕着我内心如此强烈的冲动，害怕着我不听指挥的泪。我就像醉了一般，只能僵立在歌舞中，沉浸于歌舞中，任由我的泪不断涌出，流满我的脸颊。

那一晚，大家都喝了酒，火焰又暗，同行的人没有一个发觉我的状况，但是这些盛装的村民，每一个都在当时注意到了我的泪，他们每个人隔一会儿就关切地看我一下。我只好以微笑使他们安心。

这些生活在桃源中的人，他们是敏感的，他们对他人内心的情绪有一种天然的了解与体恤，我懂得，因为我也是同样敏感的人。

我曾以为，人与人之间，应是有同类对于同类的最本真的关怀，一如自然万物的息息相关。但是我发现，我生活的世界中并没有这种习惯，而我对他人的关怀谅解，只被朋友劝告为“不要多管闲事”，我如同一个异类生活在面无表情的人群中。

原来，终于还是有这样的地方，这样的人们，可惜，这里究竟不是我应该存在的世界啊。

忽然觉得心情很寥落，独自走出大屋，走入无边的月光中。

歌舞还在继续，如此绚烂，只留在大屋的窗户的方块里。我坐在二楼的回廊的栏杆上，眺望那一方欢乐，只是远远地眺望。冰冷的夜晚的空气，就像如水的月光般，渐渐将我浸透。

过了许久，望见大屋里走出两个盛装的男子，好像在找寻着什么，然后他们挥着手向我走来。我忽然意识到，原来他们在找的是我，心里不禁一阵感动。

那是我们的房东，还有一个长发的高大青年。他们招呼我进屋去，并且端详着我，还紧张着我的眼泪。我又哽咽了，这次是因为他们如此关切的注视。

那个长发的青年就是阿城。

我想起我认识他，他的熟悉脸庞一直出现在马队中，伴着我们行路的前前后后，只是，我从来没有抽中过他那匹骡子的号码。

在那个难忘的夜晚，这个单纯而善良的青年，陪我坐在寂静的月色中，眺望大屋中的灯火与旋转的身影，生命中最完美的歌舞如此遥远，而又触手可及。

他对我说："来到我们这里，一定要快乐，不能哭的。"

我解释："我哭，不是因为不快乐，而是感动，因为你们这里的一切都太美丽了。"

他并没有听懂我的话，他只是重复他的心意："如果你哭了，我们也会不快乐，所以，你快乐吧，不要再哭。"

我只能一边流泪，一边使劲点头，让他能看明白我的表达。

这就是那个夜晚的故事，像一个梦，这样的不真实。

很快的，就到了离开的时候，村民们相送。

清晨细细地下过一阵雨，然后又是无边无际的晴朗。禁不住一遍又一遍，回身眺望神山的身影，眺望那安详的村落，终于望着那浓绿的田野，那木头的屋檐全然隐没在高大的丛林中，只剩下阳光，透过浓密的树影在山路上投下灿烂的影子，有风，亮光飞舞，像不合时宜的欢快音符。

我不喜欢面对面的分离，太直接的痛楚。尤其是面对这些熟悉的脸庞，如此真诚惜别的神情。

阿城感受到了我的忧伤，他对我说："你不可以再哭了。"

我说："好的。"

他说："你一定不可以再哭了，你要快乐。"

我连连点头。

他说："你喜欢我们这里吗？"

“是的。”我说，“是的，我喜欢。”

他说：“如果你以后在外面不快乐了，你回到我们这里来，你愿意住多长时间，就住多长时间，几个月，几年，或者一辈子，我都会照顾你，我不会让你再哭。”

他的汉语很生硬，但他的语气却从容而肯定。

我站在阳光斑斓的山路上，风吹乱了我的头发，我望着面前这个高大黝黑的青年，他诚实的眼睛明亮动人，让我一时忘记了言语。

这个相识不久的青年，带着山里人特有的真挚的笑容，说，愿意为我遮挡世间的风雨。一刹那，我只觉得，林间所有飞舞的光影，都如流星般降落在我们中间。

关怀原来可以有这样的重量，让人觉得承担不起。

这时，一旁的公公童心大发，他问房东：“这个小伙子是喜欢上我们未来了吧？”

房东也很开心，说：“看上去是的。”

于是房东去问阿城，阿城登时红了脸。

房东对公公说：“阿城还没有成家呢，不如我们给他们说个亲吧。”

公公说：“好啊，我看他们挺般配的。”

房东说：“那我们现在就把亲事定下来吧。”

公公也觉得闹得过分了，说：“不如我们先留个电话，相互联系吧。”

这就有了彼此的电话，这时才知道，这个青年，名字叫作阿城。

事后，我责怪公公，干吗把这事掺和成这样，也许阿城原本只是关怀，而留下了爱的期待，对他来说，可能真的是一种伤害。

而公公只是一味得意地大笑。

离开雨崩的那天是六月二日，我记得清清楚楚，走出垭口以后，手机短信音疯狂地响了起来，此起彼伏，报告积累了多日的信息，也提醒我们，我们又回到现实的世界中来了，我们的世界。

回到上海，还是照常地做着谋生的日常琐事，照常在熙熙攘攘的街道上与无数人漠然地擦身而过，照常地应酬很多人，脸上挂着不知所谓的笑容。

直到在离开雨崩的两个月以后，接到了阿城的电话。

他在电话那头，说："我是雨崩。"他的声音联系着我梦境中的世界和现实。

我忽然发现，我犯了错误。我一直把雨崩想象成另一个世界，我离开那里，就像关上了一扇门，然后回到自己的世界。

我一直以为，把雨崩的美丽与爱珍藏在心里深处，是一种珍惜。那些动人得不真实的风景与故事，一旦遭遇现实的空气，就会立即风化瓦解，在污浊的空气中片片剥落。然而，我错了。

当阿城的声音在电话中响起，我发觉，那个梦境中的世界的种种美好，是这样真实地在我现实的生活中熠熠闪光，照亮了城市灰暗的时光。

事实上，这些美好从来就没有离开过，她这样坚强地站立在我的心中，在现实的诘问中，不但没有被摧毁，而且变得更加坚硬而透明。原来，一直是这些美好，在离开的两个月中，给我快乐和力量，让我即使是在冰冷的键盘上打字，也能感到手指的灼热。

我忽然觉得，也许我是一直爱着那个青年的，那个还很陌生的人，在我的记忆中已面目不清。但是，一个心动的照面，一句终身记取的言语，怎么不是爱？一个一直没有抽到的号码，却有了终于的相遇，怎么不是缘分？

雨崩的山水和人，用他们的爱，教我重新找回爱的能力，这是曾经被城市的算计、冷漠和怀疑破坏的内心的力量。桃源也是现世，只有相信这一点，我们才会重新拥有对人类的信心，才会重新拥有梦想，才会拥有生存下去的勇气。

我曾经立志要做一个四处流浪的讲故事的人，我要把美好和爱的故事讲给更多的人听，让他们相信，世界不仅仅是一部冰冷的机器，我们生存的四周不仅仅是建筑材料，人与人之间也不仅仅是相互的利用和倾轧。

也许有一天，我走累了，会就此在雨崩住下，岁岁年年，然后化尘化土，让高原的风将我吹散。

仙遇

我从来没有想过我会遇到神仙，因为我自觉运气一向差，从来就没有虔心企盼过这样的好事，也不像许多人，总是热忱地去拜访大庙小寺。

更糟糕的是，我觉得自己没什么可问的，也没什么可求的，要是真的遇到神仙，场面应该会很尴尬吧。

卡瓦格博是梅里雪山的主峰，也是云南的第一高峰，藏语为“雪山之神”，是藏传佛教的朝觐圣地。领队的公公说，我们一行进入雨崩，有一项重要的安排，就是去见雨崩神瀑，那是神山上最纯净的雪融成的瀑布。据说能沐浴到神瀑，就等于卡瓦格博接受了他的祈求。

队伍从上雨崩村迁移到下雨崩村，然后特地安排了一天去神瀑。因为之前已经徒步了很多天，大家都有些疲劳，前一天晚上，问客栈老板，有没有骡子可以去。

老板答："骡子只可以驮一段，大部分路要自己走。"

公公问："记得那段路比前几天的都平坦，骡子应该能驮人上去的，为何要自己走？"

老板答："那是神瀑，方圆之内不可以骑行。"

早上出门之前，大家都喝了酥油茶，吃了许多面饼，仍然腿脚重重的，抬不起来。但是一旦在山中走起来，就好了许多。

还是巨树环绕的山路，渐渐感受雪山的凉风徐徐而来。好多次，都以为快要到了，不是嫌路长，而是满目的经幡飞舞，路边聚集的玛尼堆，一处胜似一处，让我们感觉神瀑近在眼前，然而，总有更壮观的崇拜盛况还在前面。

植被渐渐变得低矮，阳光依然耀目，我觉得那天我其实很虚弱，一路上不停地大喘气，顽固地不肯停下来休息。因为以前的许多天徒步，我都没有掉过队，不想最后"晚节不保"。

公公叫扎西和我一起走，扎西采用的方法是，我一喘，他就坚持说自己要休息，我知道他是故意和善意，却也不好反对，结果我们俩落在了最后。

穿过了被绵延几百米的经幡遮掩得已经看不见的山路，扎西说，终于要到了。等我们终于来到神瀑面前，所有的人已经站在那里许久了，站在神瀑对面这块突出的山岩上，还在拍照和瞭望。

那是一道擎天的悬崖，黑色的岩石背后有刺目的雪山的光，一道巨大的瀑布从天际落下，是神山最纯净的融雪，到面前时已经化作千万丝沁人的细雨，飘落于头顶。

发现先到的同伴们都是浑身湿透，很狼狈的样子，连头发都在滴水。公公说："都在等你们呢，我们都到神瀑下面去过了，接了水，你们也去一下吧。"

我说："不用了吧，你们已经等了很久了，看到了就回。"

公公催说："一定要的，快点！"

结果扎西也是一个透湿地回来，裤子也滴了水。

我一路走下去，神瀑就在头顶，轰鸣，水的清冽扑面而来。到了正下方，我等着被水浪完全泼湿，但是奇怪的是，没有像他们遭遇的一样，有成片的水迎头落下，相反，如一场均匀的雨，一阵阵从天而降，直觉凉爽清宜，而不觉冰冷。我于是能够很从容地汲满了水壶的水，很从容地走上来，而不用一路奔逃。

也是尽湿，从头发到鞋子全湿了，但只湿在表面，山风吹来，不冷。水壶的水路上正好喝完了，喝了几口新汲的水，很清甜。

发现同行的人都很惊讶地看着我。

公公说，未来很神奇，她走进神瀑的时候，神瀑一下子分开了，好像怕淋湿她太多一样。众人都同意说，我们进去一会儿就湿成这样了，她动作还比我们慢很多。

我说，可能是神瀑不爱理我吧。可是他们坚持，这是神瀑爱护我的表现，因为我平日里有他们一直不屑的孩子般的善良和单纯，来到这里，他们突然觉得这可能是好品质了。

回去路上，我发现我把这几日登山用的青竹杖留在神瀑前了，其实，也到了回程的时间了。

走出雨崩的那天，看着离别的垭口渐渐近了，心里酸酸的，想哭，没有多日，我已经很眷恋这里的山林、村庄，还有有着清澈眼睛的村民们，他们待我如此亲切。

垭口有个凉茶铺，我们一队还有很多人留在那里喝水、吃干粮，一些人已经走在前面。我买了酸奶和熟悉的村民一起喝，因为藏语和汉语言语不通，还是只能简单地寒暄，不过大家都有些酸楚。他们说还要回来喔，我答允。

于是叫上公公上路，想早些动身，以免又落在后面。

走出半里路了，一个村民追了上来，比画半天，一定要我回去。我问，为什么回去。因为我背的那个80升的包，被我塞得鼓鼓囊囊，里面有我从不离身的手提电脑、照相机，还有我的随身药品，尤其是那个IBM的T30电脑，简直是块生铁，压得肩膀生疼。

这个村民其实是我们住在上雨崩时的房东，他的汉语在村里是不错的。他说的大意是，有人要见我，所以一定要我回去垭口。

于是，我又背着我的大包折了回去，看到刚刚告别的这些村民们，不管怎样，心里是很高兴的。

村民们迎了上来，把我带到了一旁坐着的一个女出家人的面前。这才知道，原来是她说要见我。看见村民们都围在我们左右，对这位出家人十分恭敬的样子。我们的房东，还有另外几个汉语好些的，七嘴八舌地将她的话翻译给我听。

这位女出家人对我说的大意是，我见过雨崩神瀑后，四个月里不会有事，四个月后，让我再回去见她。

看到这些善良的村民都是很宽慰的样子，因为这位出家人对我的平安做出了保证。他们催促我，让我有什么要问的，可以赶紧问她。

公公跟在后面也折了回来，他提醒说，未来的身体不好，也许可以问问有什么方法。我阻止公公说，生死有命，我不想多问。

我端详这位出家人，她是平和而慈祥的，在嘈杂人群的簇拥中，安静得像一泓深水，不起一丝波澜，又如一座静默的山，拥有来自心灵的坚定的力量，她的注视温和而有穿透力，很难形容。

我想，只有神山下，才会有这样出尘的人吧，自然是会赋予人灵性和力量的。

我望着她，在她面前，有难言的安心和从容，没有想象中的尴尬，我没有问题，也没有要求，我想她了解。神仙并不是为人类数不清的问题和要求而设的，而再渺小的人，也可以有甘于承受自己命运的尊严。

出家人微笑着告诉我她的名字，告诉我她庵堂的所在。

村民很善意，见我不问，也不求，都很着急。他们告诉我，这位女出家人就是整座神山最灵验的神仙，方圆的居民家里有什么事情，都会不远路途地过来求教她。

公公说，他早就知道她，我们刚到雨崩的前几天，他们几个主要的成员，没有带大队伍，曾经私下到她的庵堂去寻她，想有一见，庵堂却空无一人。没想到，她会在此时出现在这里。

于是公公央求房东为他翻译，问这位女出家人，是不是要吃些东西，要不要买些饮料给她喝。她竟一概不再回答，兀自不再理人。

我恭敬地向她道谢并告别，过了一会儿，人群无趣散去。再回头看时，凉茶铺的老板早就奉上了酥油茶，她在一边安然地饮茶。据说，她也是去了雨崩神瀑刚回来，只是不知道为什么会出现在这里。

回程的路上，公公坚持要替我背那个大包，怎么也抢不过他，可能他觉得既是神仙眷顾的人，自己也应该好好照顾吧，或者，是因为要和我谈，让我这个糟糕的身体不要再跟他们一路走下去，而有些内疚。

很感激他的仗义，也为了不再看到他为我背包劳累的样子，我欣然同意不再跟他们同行。其实雨崩之行，公公已经是为我会不会中途有事，担惊受怕了一路，已很难为他了。

我的健康状况不应该去雨崩，进去一路上不要说医院，连药店也没有一家，有了问题要出来就医的话，不但没有车子，很多路骡子也没法驮人走。但是因为我的一位朋友很多次盛赞神山和雨崩的美丽，于是任性地一定要去。

我的这位朋友是少有的追随自己理想前行的人，他善良而敏感，宽容待人而不擅表达，但是为了尊严和信念，他从不妥协，甚至不愿虚与委蛇。

他是做影像的，只拍摄和记录他想做的题材，不计金钱的种种困顿。他总是扛着摄像机，在山里行走，日复一日。他曾说过，深山是他的世界，他愿永远匍匐在这里。我想，也唯独山的宏伟纯净，才配得上容纳他那颗骄傲而透明的心。

他近日不知遇上了什么问题，我感觉他的消沉与愤怒。我说，想去探望他，他坚决不允。知道我前往云南，他列数以前走过的种种美丽，要我注意身体的状况，却建议我去雨崩走走。

我们走出雨崩后，由德钦又返中甸。当夜，他们一行集合在一个房间里，争争吵吵地讨论怎样进尼汝，那已与我无关。我把随身的常用药留给他们，嘱他们放好，还有一次性雨衣。

第二天早上，听到他们启程的声音，故意装作还在睡，蒙上被单。再醒来时，空荡荡地，不再有人声，他们早已走远，只剩下早上的阳光，透过窗户，静静地落在满是泥巴的登山鞋上。

短信我那位朋友，说我从雨崩回来了，但是落单了。他回短信要我打电话过去，于是通了很长时间的电话，跟他说了梅里雪山的美景，也提到了在雨崩遇见那位女出家人的故事。

听我说到我的奇遇，他插话说，我就知道会这样。我不解，问他说这句话是什么意思。他很欣慰地答："传说，心地纯净的人去到雨崩，都会获得幸福。"这才依稀记得，他提到过神山中有个很灵验的寺庙，当时并未放在心上。

开始明白他建议我去雨崩的心意，原来，他是确信着自然的神迹，并一心望我安好。

而我也终于明白自己去雨崩的心情，原来，只是对他的挂念，让我一意去到他曾经去过的地方，寻找一种靠近。

自那以后，直到我回到上海，他一直在提醒着我那个四个月后的约定，尽管我更清楚地感受到他越来越沉重的心情，并且渐渐知道了他近期遭遇的愈重的磨难。

因为那个约定，我有时不由得会想，再次遇见那位神仙，我是否会有什么问题，或者有什么要求呢。我还是我，跟随命运顺流而下的我，无所畏惧。只是，开始暗暗期待那个约定的来临，因为，希望为我的朋友问一问平安。

我的无问与无求，其实因为我是个从不愿低头的人，即使在神仙面前。但是为了我的这位朋友，我宁愿双膝触地，因他配得起。我想为他祈求健康、安宁、心灵的自由，这样一个善良而骄傲的人，即使为世人不容，他也应该获得他的幸福。

但如果这四个月里，他有什么不测，我将不会再去雨崩。我自觉无所长，并无资格有此仙遇。如果纯良如他，仍然没有神仙眷顾，我将不再相信天有仁厚。

人大不了一死，纵使遭受天谴又如何？

污染

待我从雨崩村走出来，感叹那片桃源的纯净安宁时，李明问我，有没有看见那里的污染。

我答，好像是有一些吧，在雪山下，村外宽阔的浅溪，清澈的溪流中有些罐头壳和塑料袋。很少吧。

他告诉我，生活在雨崩的牛羊和马群，这些年，每年都要死去不少，是胀死的。因为这些动物喜欢吃塑料袋，而塑料袋是不能被消化的，一层层留在它们的胃壁上，它们于是死去。

回想雨崩的山青花艳，最喜欢那些可爱的牛羊在山花中撒欢，马和骡子在山野中自在地徜徉，桃源中的童话人物们。

李明说，不仅是你眼见的那些垃圾而已，雪山的冰川两侧，有大量的垃圾，是进去桃源世界的人们留下的。那些游客，就是污染。

李明是一个拍摄纪录片的人，记录中国各个角落里，快要被遗忘的古老音乐、手艺，还有当地人的生活。对于这些厚重、质朴，却正在渐渐消亡的财富，我们能做的也只有记录而已吧。

城市在不断扩张，草原、高山、原始自然的生活群落被不断地入侵。城市化的过程就像病毒蔓延一样，一步步吞噬葱茏的山野、安静的村落、祥和的生活方式和健康自由的心灵。

朱久阳老师一边翻看我从山里拍回的照片，一边讲起他以前行走乡村遇到的故事。

他说，他很多年前和摄制组一起，到一个很偏僻的村子里拍摄电视片。村里没有地方洗澡，天气又很热。摄制组的一个女孩子，就穿着汗衫短裤，和衣到村外的一条小河里洗澡。

过了半晌，村干部慌慌张张地来找摄制组的其他人，说是出事了。

原来，小河边密密层层围满了村民，几乎全村的人都在那里了。因为在村里，还从来没有看见过女孩子穿得这么少。

那个女孩给这个大场面吓坏了，泡在河里，不敢上来。

村干部说，你们赶紧把这个女孩弄走吧，这都乱套了。

其实，这个女孩子穿得真的不算少，夏天穿着汗衫、短裤走在城市大街上的，每隔两分钟就能看见一个。

朱久阳老师继续讲他的故事。

就是这样一个村子，几年以后，他又回去那里，这个村子成了旅游景点的一部分。村里村外都变了样，新修了房子和公路，家家户户都开了餐厅、商店、发廊、旅馆什么的。

还是这几个村干部招待的。晚饭后，村干部问这些客人，要不要搞一些特殊服务。原来，小小一个村子，现在从事这些服务的女孩子有不下几十个，当然也有外来的。

朱老师感慨说，几年前，看见一个女孩子在河里洗澡，就能引来全村人围观，这样一个淳朴的地方，几年后，没想到成了这样。

朱久阳老师原来是珠海台的副台长，后来辞职到当时名噪一时的银汉公司，现在，他又在筹划开播另一个全国覆盖的旅游卫视。一个性情温和的老者，有着一双充满理想的、热忱的眼睛。

他说，游客进来以后，变化的不止这一个村子。

有个村子，有一条可以行车的路。有的季节，这条路没在河里，看不见，但也能过。所以河边立了一个指示牌，指示路过的司机开下河的位置。

后来，路过的车多了起来。再后来，每逢河水淹路的季节，每天总有七八个身强力壮的村民去河边“值班”，把牌子换一个位置。然后等着车子路过。

有的司机原来走过这条路，会探头问他们，这条路原来好像不在这里呀。这些村民齐声答，就是在这儿的，就是在这儿的。

结果，当然是路过的车陷进了河里，陷进河里了就需要有人帮忙一起拖上来，这七八个壮劳力是现成的，只是价格不菲。

这成了旅游事业发展以后，村里的一项副业。

朱老师说，他相信，这个村子以前，一定是和他所走过的其他村子一样质朴，人心一样无邪。我也相信。

最可怕的污染，不是对自然山水的污染，是人心的变质。这种污染无法恢复，也无法清理。

写到这里，真是不愿意再写下去。

还有很多的亲历，很多的听闻，不愿意多写了。不美的东西，写得多了，对写字的人，看字的人，都是伤害。

前些日子里，又待出行，上网查资料时，看见现在正在举办一个清理珠峰污染的主题旅游活动。说是珠峰上的污染，由于登山队和游客的增多，已经越来越严重。

但是，文中也提到，有些污染确实不是登山队员和游客故意留下的，比如说，还未用完的氧气瓶，还未开封的罐头，那是人们为了保存体力下山，减轻负担，不得不留下的。

即使不是故意，游客也注定是污染的病毒携带者。

那些跟着旅行团，举着小旗子，大巴往返酒店接送的游客，他们刷卡掏钱，这里就开公路，建宾馆，把民居改成景点，让家家户户都懂得开店卖旅游纪念品，每个不擅言辞的村民都学会伶牙俐齿地讨价还价，家常食物现在被起了名字挂在菜单上卖，跟你一起拍个照他们也要收钱，留下的一地花花绿绿的垃圾却没人愿意收拾。

这些游客赞美当地风景的美丽，也欣赏当地的历史民俗。他们是不愿意这些美丽有所变化的。但是，他们的旅游消费，不幸把城市的游戏规则带来了。

这种病毒飞快地在这些平静美丽的地方克隆，疯狂地把游客途经的每一个地方都渐渐变得和他们原本的城市没有什么两样。

这些地方最终会变成城市里假山堆积的公园，村民收着门票度日，城市人闲来无事，腆着肚腩去散步散心。其实，再没有什么可看的了。

还有我，也是游客。

虽然我们这些人，不需要住酒店，不需要下饭馆，背着随身物品、粮食和水，靠两条腿在各处行走，即使搭帐篷睡在荒郊野外也没关系。

我爱这些土地和人，我尊重自然的浩瀚和人心最初的善良。但是，事实上，我也是污染。

我的衣着，我的言语，我身上所有有关城市的信息，都不自觉地在惊扰这些地方。我经过的地方，总要吃住，这样经过的人多了，也成了一种消费。

我宁死也要把我带的每一个罐头、每一个氧气瓶背下山。如果我死在路上，我是可以降解的，但我的冲锋衣、快干衬衫，我的帐篷、防潮垫和睡袋，都是不可降解的。

这是因为我来自城市，我身上堆满了城市的病毒。

生活在山里的人类，生活在草原的人类，还有生活在城市的人类，他们选择的其实是面对自然界，不同的生存方式。而为什么唯独城市的生存方式有如病毒，可以很快地克隆，消灭其他的生存方式呢？因为，人类建造城市的这种生存方式，本身就是一种侵略，是人类侵略自然，人类侵略人类，贪婪侵略人心。

这是一种具有侵略本性的病毒，所以四处蔓延，无法遏制，昼夜不舍地污染着我们仅存的美好。

世界

在滇藏沿途漫游的时候，遇见了一对以色列的情侣，和我一样，也是背包客。背包客和背包客遇见，相互帮忙是惯例，谁让我们都是一些喜欢流浪在野山村落的人呢。

第一次见到这对以色列情侣，是在梅里雪山下的西当村。

晚上天将黑的时候，我到了村里离山脚最近的一个客栈，请老板娘给我准备了晚饭，在屋前的矮桌矮凳上一边吃，一边望着太阳从山脊上渐渐落下去。这时候，这对情侣循着我The North Face的冲锋衣来了，这个特征足以证明我也是个背包客。

他们显出了极其美好的笑容，向我打招呼，自我介绍说叫作乔治和莎拉。

“你正在吃的是什么？”莎拉指着我盘子里的东西，非常认真地问我。

“这是青菜啊。”我边答边奇怪，她不会连青菜也不认识吧。

“那这样的一盘多少钱？”原来莎拉要问的是后一个问题。

“五元。”我答。

“那我们也要一模一样的一盘。”莎拉好像解决了一个大问题一样，拉着乔治就要去厨房找老板娘。

我忙阻止说：“你们还是问老板娘有哪些菜好了，青菜这样煮法不好吃。”那些天，我的胰腺犯了老毛病，所以特意让老板娘用清水煮了一盘青菜，不加油，也不加盐。

“为什么我们不能吃一样的！”莎拉忽然露出了不友善的表情，那副神情好像我和老板娘串通好，要骗他们的钱一样。“我们早就问过老板娘有哪些菜了，都很贵的。”乔治在一旁帮腔，声明他们比我想象中的要先知先觉，我骗不了他们。

OK，我不说了罢，由着他们尝尝这种让人腿脚发软的病号饭。

等我吃完了饭，坐在面朝院子的台阶上抽土烟的时候，他们又来找我了，又一起绽露出极其美好的笑容。这次是乔治先开口，可能他们觉得莎拉刚才冲撞了我。

“你能帮助我们问一下，那盘菜是什么价钱吗？”乔治指着别人桌上正在吃着的一盘番茄炒鸡蛋，央求地看着我。想到他们两个人吃一盘清水煮青菜，还没有盐，委实不管饱，我心中不禁暗暗发笑。

“番茄炒蛋八元，”老板娘边在灶头忙着，边答我，“又是那对老外让你来问的吧，这里凡是会点英文的，都让他们支使来问过这个菜的价钱了。”

乔治和莎拉终于吃到了价格千真万确的番茄炒鸡蛋，我都替他们觉得大功告成。谁知，两人狼吞虎咽地吃了一半，忽然又态度美好地跑去帮一个藏族老先生卸货。

“咦，他们在打小工赚钱吗？”我问老板娘。

“差不多吧。”老板娘没好气地说。原来这对冤家是想请这位藏族老先生，明天一早带他们进山，他们就可以省下租马的钱，且赚个免费向导。

西当村是进入梅里雪山的必经之路，到了这里以后，就不再有车行的路，所以背包客大多在这里借宿一晚，第二天找马，或者找向导。没有马和向导，在大山里走，万一走岔了路，迷失方向，是很危险的一件事。

乔治和莎拉本来准备自己找路走，被我劝阻了，因为我已经是第二次到这里，知道这条路不怎么好走。他们又说要和我合请一个向导，分摊费用，我向他们表示抱歉，因为我最近身体欠佳，不得不租马骑了。

所以他们干脆又打起了那位藏族老先生的主意，他正好是住在雨崩村的，今晚住这里，明天启程回家。

“他们肯定没法赚到这个免费导游的。”我对老板娘说，“这位老先生带了这么些货，明天肯定会雇马走，他们跟不上马。如果老先生不带货，空着手走，你们当地人走山路的速度我了解，他们更跟不上。”老板娘听了，很开心地呵呵笑。

眼看乔治和莎拉真的辛辛苦苦搬了好多货，累得气喘吁吁，好不容易搬完了，还朝那位老先生躬身作揖的，这才回到矮桌前，继续他们的晚餐。

一转眼，又看见他们找了一个塑料袋，两个人笨手笨脚地配合着，用手抓着大盆子里的米饭，一点一点放进袋子里。这里的米饭本来是不收钱的，每桌给一大盆，吃多少都可以。他们两个人当然吃不完这一盆，于是决定找个袋子装走，明天路上吃。

第二天中午，我又在山路上第二次遇见他们两个。我正骑马经过一个垭口，就看见他们两个筋疲力尽地坐在路边的大石头上。乔治枕着莎拉的胳膊，莎拉枕着乔治的腿。他们瞧见我，就像瞧见了老友一样，又极其美好地笑着跟我打招呼。

听他们说，他们今天绝早就跟着藏族老先生出发。正如我所料，老先生雇了马来驮货，他们终于没能跟得上马的脚力。不过没关系，他们还可以跟着马的脚印走。在这里跟丢了前一队马的脚印，就在这里等着我的马，这样就会有新的脚印了。

我不想和他们多打交道，匆匆打了招呼就又上路了。走出一段回头看，他们正拿出昨天装米饭的塑料袋，你一把、我一把地抓来吃呢。

在雨崩村清静了几天之后，噩梦又来临了。一个下午，我从树林里散步回来，就听见客栈老板在招呼新客人，语言不通，闹哄哄地夹缠不清。远远一看，正是乔治和莎拉。我叹了口气，决定暂时避出去，再到树林里转一圈，免得他们正好抓到我，替他们跟客栈老板讨价还价。

晚上吃饭的时候，乔治和莎拉又笑容美好地殷勤与我打招呼。吃了一会儿，莎拉好像很不满意，因为客栈吃饭的堂屋里没有餐巾纸。

“请问你有餐巾纸吗？”莎拉笑眯眯地跑过来问我。我点点头，拿出一包打开封口。我以为她会抽一两张，没想到她一下子把整包拿了过去，然后欢天喜地地跑回他们饭桌，向乔治炫耀自己得到的东西。

看着他们两个如获至宝的快乐样子，我也只有向一旁的客栈老板扮个鬼脸了。

在我们隔壁客栈，住着穆哥，一个北京的编剧，头发花白，胡子拉碴，却有孩子一样活泼的心性。因为我们的客栈面朝雪山，来往的客人又多，他常常过来坐在屋前，凑热闹看雪山，喝茶聊天，绘声绘色地跟大伙讲故事，闲混整天。

有一天，我看见这对以色列情侣和穆哥搭上了话，我心中暗叫糟糕，应该提前告诉穆哥一声，要他小心才好。可惜已经晚了。

乔治和莎拉委托穆哥为他们翻译，为的是和客栈老板谈判。事由是这对情侣和另外三个以色列旅行者一起吃了一顿饭，一共五十元，当时没付钱。过了两天，客栈老板提醒乔治付钱，乔治和莎拉说，他们只付二十，因为吃饭都应该平摊费用，其余的让老板跟另外三个去收。

老板这下傻了眼，心想，你们用外语说好的，我怎么知道？

另外三个以色列人不是住在这个客栈的，老板辛辛苦苦收来了二十元，还有一个以色列人已经离开了村子，无处可寻。老板只好回来，再问乔治和莎拉收剩下的三十元。

“你是想两头收钱吧？让他们替我们付，再让我们替他们付。”乔治和莎拉这么说，还让穆哥给翻译。穆哥一下也傻了眼。

老板说：“这吃饭的客人是你们自己请来的，都是你们自己国家的人，我听不懂你们之间说了什么，但是少付饭钱不行。”

穆哥这才发现，自己的热心，已被人陷害在了一件丢脸而又尴尬的事件中。他替乔治和莎拉掏了他们不愿付的十元钱，算是摆脱了他答应为他们沟通解决此事的承诺。

乔治和莎拉，终于在梅里雪山中，被公认为人人不愿理睬的对象。大家都避免和他们有关，迎面遇见也只当他们是透明的。

而他们好像丝毫没有被这种不受欢迎的气氛影响到，兀自在两人世界中快乐着。

走在路上，你打一下我的后脑勺，我拍一下你的背，然后笑着跑开，一会儿又勾肩搭背地走在一起。我们在屋前围坐聊天时，常看见他们在不远处依偎着，研究旅行书和地图，你拿纸，我拿笔，写写画画。

一条牛仔裤，两个人轮流穿，穿在你身上短一些，穿在我身上要卷起一圈。有时候在山里看见他们徒步，两个人一个拉一个，拄着登山杖并肩走的时候，脚步就像一个人。

要和旁人说话时，他们还是照例一起绽露出极其美好的笑容，齐刷刷地提出让人不舒服的要求，然后照例是商量着研究，别人究竟是不是在骗他们。

有一天，雨崩忽然下雨了，天气一下子寒冷起来。到了晚上，满天的星星都如遭了霜冻般，躲在冷雾背后。客栈老板和大家在院子里点了篝火，一起围坐着聊天，烤火。穆哥照常手舞足蹈地讲着故事——陈纳德和飞虎队，让大家听得很是起劲。

乔治和莎拉也不声不响地走过来了，自动找了篝火旁的一个位置，坐下烤火。他们听不懂我们在讲的话，也插不进我们的热闹中。他们只是安静地坐着，一个搂着一个，互相看着笑着取暖。篝火映着他们对视的笑脸，仿佛这浩荡星空和巍峨雪山下，苍穹之大，只有他们彼此的光彩。

原来天地再大，世人再多，我们只需要一个人的笑容，就足够了。即使在广阔世间的任何一个村庄、城市，即使在一生中的所有时间，每一个旁人都给你反对、嫌恶，或漠视，只要有那个人跟你走在一起，对你微笑，给你肯定，那就可以是整个世界。足够广阔和温暖了。

即使你认为所有的旁人都不可信，即使我们的周围真的充满了欺骗和伪饰，只要握着那个人的手，就可以安然地闭上眼睛，在黑夜中走在峭壁边缘。

没有人可以使全世界的人都满意，所以就算令全世界生厌又如何。我们只管我们不理睬他们，而他们只管他们沉醉在彼此的呼吸中，因为有了那个人的相知相携，他们不需要世人。

就在雨崩气候转冷的第二天，乔治和莎拉决定走另一条不同的山路，从雨崩村返回西当村。客栈老板比画着告诉他们，走那条路，向导六十元，他都没有提租马的价格，知道他们不会舍得租。

乔治和莎拉坚持还价说，五十元，否则就自己上路。

我恰巧也是决定翌日一早离开，走的也是同一条路，这才发现客栈老板与他们的交流出了问题。六十元只是沿这条路，从雨崩走到尼村，到西当村，还要再加一倍的价钱。我思忖着，要不要帮他们澄清这个误会，犹豫再三，还是不敢蹚这个浑水。

为十元钱已经争了一下午，再加倍，不知道他们会怎么把我们想象成一群骗子。

后来，听说他们两个真的成功地找到了五十元的向导，又是绝早就出发了。我走得晚了些，走到尼村花了五个小时，过了尼村有很长一段路了，这才远远看到乔治和莎拉走在前面的山路上。

这一段路已经是草木不生的峭壁，左边千丈高岩，右边是万丈深渊。他们两个走得很艰难，相互照应着，就像一个人。没有向导，应该是把他们送到尼村以后，就回去了。

我的向导问我，要不要追上他们。我答，不用了，让他们自己走吧。

他们行走在自己的世界里，他们明白自己的方向，世人不懂。

恍惚

我最喜欢的不是到达，而是途中。

这和很多旅行的人相反，他们觉得最无趣的莫过于在飞机、火车，或是公路上的时间了，想了很多办法打发过去。不幸遇到晚点、改道、交通堵塞，那就更让人焦灼。

因为他们的目的是那个站，他们的旅途就是为了到达那个站，所以说旅途无趣，也没有错。于他们而言，这段为了到达而消耗的时间是无意义的。

而我喜欢途中，有时候几乎有些本末倒置了，好像出去旅行，就是为了能乘车、坐船。

不大喜欢飞机这种交通工具，把人往封闭的盒子里一装，离开地面，飞快地运往另一个空间。里面的人懵懵懂懂的，像被运输的货物。太高科技的东西，总是目的性太强。

火车、轮船和车子，都不错。其中最喜欢火车，不怎么颠簸。

坐在车厢小小的隔笼间，一路穿越繁华的城市，穿越温暖的小镇，穿越白天阳光耀眼的群山，穿越深夜无边的田野，风从车窗外扑面而来，不同的气味，不同的温度。

时光还是竟日缓缓地流淌，而空间从你身边飞快地掠过。闲坐在车厢里，心中会充满一种甜蜜的恍惚，觉得自己是一颗微尘，飞翔在时间与空间的经度与纬度间，又像一片没有重量的细叶，飘荡在生命无边无际的河流中。

车厢里，会看见很多人。他的偶然和你的偶然，注定了你们的这一个照面。

有的人沉默不语，在整个旅途中，几十个小时，一言不发。他们完全沉入自己的回忆中去了，毫无表情的脸庞映着窗外的光影，仿佛是往事的阴晴在一页页流过。只是机械地吃、机械地睡，旅途于他们是一段对现实生活的游离。

有的人却特别喜欢找人搭话，一会儿就和前后左右都混熟了，结果被这个人托他看孩子，那个人托他买饭。吵吵嚷嚷的生活也许是很充实的，即使是无意义的忙碌，也让他们觉得，在这个不属于他们的空间里，他们仍然被需要着。

我也喜欢停站的时候，兴致好的时候，每一站我都要跑下去，在站台上眺望，对身边走过的人微笑。

那种让我会莫名感动的恍惚的感觉又到来了——我是一个不相关的人，那一刻，出现在一个不相关的场景，有一些无意义的情节和细节。我傻傻地想，这些无意义的图像也许像电视节目的“跳帧”，一闪而逝，也许是某一种安排，在多年后的一天，会有什么情节又与它呼应。谁知道呢？

所以，站台，于我而言，几乎是一个谶语了。

它是终点，它是起点，它是一个暂时的停留，它是一个偶然的相遇。人的一生，不是在站台上，就是在途中，难道不是这样吗？

途中，很多无意义的片断，至今依然偶尔记起。

从丽江到虎跳峡，中途搭到了一段便车，是一对湖北来的新婚夫妇包的车。没想到司机走错了路，只能在公路边找了家饭馆，先吃饱了再赶路。

那个饭馆是供往来司机打尖的，饭菜很简单，记得有一盘最普通的番茄炒蛋，看上去红红黄黄的，还不错的样子。

妻子刚要夹来吃，丈夫紧张地拦住了。

“别吃番茄炒蛋了，上礼拜你吃了番茄炒蛋拉肚子了，记得吗？”

“那也不一定是番茄炒蛋的问题啊。”

“我看全桌的菜都没问题，就是番茄炒蛋的问题。”

“有可能是那盘炒豆苗呢？”

“素菜怎么会有问题呢？”

“那可能是牛肉呢？”

“我也吃了牛肉，没拉肚子啊。就是番茄炒蛋，你吃了，我没吃。”

他们兴致勃勃地讨论着，似乎这是个非常有价值的话题。

“好嘛，就算是那盘番茄炒蛋有问题，那也不是这一盘啊。”妻子辩驳。

“我看也要小心，这里的菜都差不多。”丈夫坚持。

“应该没事的，我好想吃嘛。”

“想吃也不行，身体重要啊。你现在是我的老婆，你对我有责任的。”

“什么责任啊？”

“你是我的老婆，你肚子疼了，我的心也会疼的……”

“啊呀，你在说什么呀！”妻子假嗔打断丈夫。

“呵呵。”丈夫笑。

那盘菜没有动。妻子没有丈夫允许，没有动筷。我被他们的情话弄得发窘，也没有动筷。

时空错位，我像是坐在婚礼的主桌上，欣赏着新婚夫妇的风光旖旎。

过了一会儿，妻子偷偷问丈夫：

“我真的好想吃喔，吃一口，行不行？”

“不行。”丈夫很坚决。

“那么……我只吃番茄行不行？”妻子撒着娇。

“那还不是一样嘛？”丈夫好气又好笑。

“不一样的。那盘番茄炒蛋，可能是鸡蛋有问题，不是番茄。”

“是吗，你怎么知道？”

“那时我吃的时候，就觉得鸡蛋味道怪怪的。”

“那你怎么可以还把一盘给吃完了呢！”丈夫生气。

“我……只是喜欢吃嘛。”妻子讨饶。

“就知道你这个人像小孩子，一点没有自制力，没有我管着，你可怎么办哟？”

“所以要嫁给你呀。”

“那我管你一辈子，你可要听话喔。”

“嗯，我听话呀，不过……我是不是可以吃番茄呢？”

“那盘番茄没有问题，不等于今天这盘番茄也没有问题。”

“但是，你说过，素菜不会有问题的呀。”

“我说过吗？”

“就是刚才说的，不信，你问未来。”

妻子指着我，我连忙点头。

“是吗？那好，给你吃一口喔，只能吃番茄，知道吗？”

“知道了，老公。”

那盘菜终于被动了一口。

这就是一对新婚夫妇，曾经在一个不知方位的公路饭馆里，为了吃一口番茄炒蛋的冗长对话。对话本身没有意义，也没有任何逻辑，没头没脑得让人抓狂，但是很甜蜜，很美妙，很温馨。

因此我至今还记得，这一段关于番茄炒蛋的情话。也许生活的甜美，本身就是来源于一些毫无意义的琐碎堆积。

饭还没吃完，司机就在楼下催了，于是我和这对夫妇急急忙忙上路。一个小时以后，他们把我在徒步虎跳峡的出发点放下，从此，我再也没有见过他们。

还有一个途中的片断。

我和望月姐姐、黄雷，这两位隔壁客栈的旅客正好同路，从丽江回去昆明。一路上大巴要十一个小时，一早出发的。

中午，大巴停在一家饭店门口，售票员引我们去里面饭厅吃盒饭。这也算是途中的一个站台吧。满车的人在一个大厅里热热闹闹地吃饭，给人像是同一个单位的员工中午在食堂里的感觉。

饭后，车没有马上开，我们在大厅稍事休息。望月姐姐带了一袋子桃子下车的。她掏出小刀削桃子，削完一个，放进我的手里。

我想，那一刹那，我看上去一定很傻，握着桃子忘了吃。

"吃呀，愣着干吗？"望月姐姐笑。

"喔，就吃，谢谢你。"我答。

我不记得上一次，有人削好水果，放进我的手里，是什么时候了。记忆如电视录像在倒带回放，二十五岁没有，二十岁没有，十五岁没有，十岁……还是没有。

时光已经退回到我记忆越来越模糊的儿时，我想起那位陪我度过孩提时代的老人，她满是皱纹的手牵着我在路上走，我看着她坐在床沿上削水果，水果皮一圈圈越来越长让我惊奇，然后，她把削好的水果放进我手里。

她的面容已经模糊，很熟悉，却看不清。但是那种温暖，和着水果的甜香，很近。

我知道，我又开始觉得恍惚了，因为在一个一生可能只有这一次机会经过的饭厅里，有一个只有打过几个照面的温和少妇，把一个削好的桃子，放进我的手里。

我看着眼前熟悉而陌生的情景，却看不清我的未来。我看不清未来的什么时候，有谁，可以再次这样，把一个削好的水果放进我的手里，自然而温暖。

回到上海后的两周，一个朋友到我家里，欣赏我拍回来的照片。我跟他絮絮讲着旅途的见闻，一边削苹果。不自觉间，我把削好的苹果放进了他的手里，很自然。

他愣了，有些手足无措。我也错愕，奇怪自己的这个无意识的举动。

这么多年了，社会教会了我们相互防备，却拿走了人们之间亲密的感受。是那个途中饭厅中简简单单的动作，把一种亲密的天真，重新放进了我的手心里。

我享受着途中的生涯，在我的偶然和他人的偶然间，那些瞬间的照面。本来不相关的人们，在不相关的场合，发生着一些因果不明的情节。

那些情节和照面也许是毫无意义的。也许有些情节，会忽然间，拨动着我内心深处的一些美好，像一朵不期而遇的鲜花。也许一些照面，联系着我的过去和未来。

谁知道下一个小时，会发生什么呢？谁会知道。

我的旅行安排其实从来没有一个日程，只有一个大概的方向，像这次，只是说想去云南，只有一个归期。随意地走到哪里算哪里，遇见不同的人，听说更多美丽的地方，想和谁结伴，去往哪里，只是转念间的直觉。

然而，即使是这样的随兴，我依然感觉时时有命运的拨弄，无法逃脱。太多的遭遇，让我感觉是安排，是注定。

跟朋友谈起过我的爱好，乘车坐船。朋友都玩笑说，那你以后安排旅行，干脆安排不停转车、不断赶路就好。

我也笑说，人生不就是不停赶路吗？

我真的不知道，命运是什么，只是觉得恍惚。我们像一些碎叶，飘荡在时间和空间的河流中，从站台到站台，从旅途到旅途，不知来处与去处，也不知是否冥冥中真有列车长，在为每个人安排着行程。

旅途是精彩或惨淡的，站台是值得纪念的，而目的地却毫无意义。

不论怎样，安然或是焦灼，我们同样在车厢中，被命运载着，去往下一个站台。

所以，我宁愿放手，只是漂流就好，从此顺水而下，让生命带我去往任何地方。当遭遇途中的每一朵花开时，我都会从心底里微笑出来。

曾经

与朋友戏言，广州是个盛产帅哥的地方，而且开朗积极，遍地与陌生女子搭讪。说起这次在广州五天的经历，几乎天天有陌生男子找我献殷勤。在服装店的那次，令我在试衣室躲了半小时，还有在大街上，主动有人要为我指路相送。最有趣的当数在餐厅的那次。

打盹儿醒来，已经晚上八点，下楼去吃晚餐，最近的那家小店。广州的夜晚潮湿而温暖，映着小店的陈旧。点了一客黄鳝红枣笼仔饭，香气四溢，还有一盅龟苓膏，拌着牛奶蜜糖。

正饕餮，有人从落地玻璃窗外经过，很快又退回来，是一个年轻男子，忽然大步走进店里，对着我喊：“刘悦——”

我一惊，抬头，茫然，说：“你找谁啊？”

“你不是刘悦吗？”他端详我。

“我不是刘悦。”

“你不姓刘？”

“我不姓刘。”

“但是，你跟她太像了！”

“喔。”我爱理不理，继续吃我的饭。

他就此在我边上的桌子坐下，也不吃饭，与坐我对面的餐厅老板搭话，问附近哪里有酒吧。老板便指他再往前去。但他也不去，递烟给老板，自己也点了一支，又转头问我姓名。我想，这种泡女孩子的手法太老套了吧，脸上漠无表情，心里却在呷呷怪笑。

一顿饭，我磨蹭了半个小时，可是他就是不走，等我终于不得不起身时，他果然问我，愿不愿意与他一起去喝酒。我当然拒绝。他坚持，就差拉手了。我只得解释，我今天很累，刚从被子里钻出来，脸也没洗，吃完了就要上去继续我的美梦。

他说，我保证——他看了看表——十点半之前送你回这里。我坚决摇头，我真的要睡了，现在。

我走回旅舍，他一路跟着，到了门口，他说，留个电话给我吧。我说，不用了。他说，这有什么关系呢，电话而已。我词穷，只能讪讪地报号码，他把他的电话拨到我的手机上，告诉我，他叫Even。原来，他叫作“曾经”，这样的名字。

事实上，他长得很像一个人，非常像，脸的轮廓，眼睛，下巴。那个人是我十年前的男友，我们在弥漫着威士忌香气和摇滚乐嘈杂的酒吧中相爱着，并排坐在光线眩惑的吧台上，在假装的漫不经心中，这样深深地熟悉了他的侧影。

夜半醉后的相伴，刹那的炽热，总像要燃尽我的一生，以为会无止无尽的长夏。却不知为什么，一次次，总是又会回到礼貌和淡淡的疏远，那永远触摸不到的，他乍暖还寒的心。

就如他总笑我，酒量不好，还要强撑。我是在强撑，因他的阴晴不定，而强撑着我的矜持，明明是醉了，却因他的漠然，而表演我的清醒。曾经如此爱他，爱到蚀骨，所以痛到只能对他展露笑颜。

年轻时的爱，如夏天的烈酒，杀口却伤人。

越来越害怕他的沉默，他的轮廓落在无声的阴影中，他陷入在自己的世界中。我紧靠他，却与他隔绝，触不到他的体温，听不见他的心跳。越来越害怕自己的爱，一年又一年，陷落在原地，顽强有如当年与他初初相见时。

记得初初相识，他曾与我说，你看上去非常眼熟，就像是我们以前早已熟识，然后，他就这样深深地凝视着我。完全没有将这句话，与拙劣的套磁联系起来，因为那时，我也是这样的感觉，他真的好面善，应是曾经见过。

如果他还记得我前世的名字，我望他脱口唤我“刘悦——”。我也许会应，那种惘然中，夹杂些许甜蜜。

从未想见，十年后，从一个叫作“曾经”的孟浪男子脸上，重又读到了他熟悉的轮廓，而且他还同样“认出”了我。

虽然脸上若无其事，虽然理智告诉自己要嘲弄他的把戏，但是，与他的每一分钟，都念起他，有坚硬在慢慢崩塌，仿佛我还是十年前的那个大学新生，假装的漫不经心中，有这样蚀骨的痛。

无数次，被陌生男子搭讪，我都会宁愿，我深爱的他，只是一个孟浪的情人而已。不要总是流连在摇滚乐和油画的冥想中，不要总是思考人生的过去和将来，不要总是想探寻冥冥中我究竟与他有什么联系，他只爱我的长发明眸就好，他只贪图生活的活色生香就好，他只要一味央我一起去喝酒就好，我们就伴着、笑着、唱着，直到傻傻地酩酊，有什么不好？

我宁愿他说我面善，只是一个老套的结识女孩子的把戏，至少证明他是要我的，至少不会令我就此笃信了我们前世的因缘，一意用今世经年的寂寞来偿还。

三天后的傍晚，飞机穿越蓝天碧海，带着南方的温热，降落在阴雨的浦东机场。打开手机，一条秘书台留言：

“一个叫Even的男孩，问你是否还在广州？如果你还在，他想请你喝茶。”在飞机正飞离广州时打来的电话，正好错过。

望着手机屏幕上的字迹，我忽然微笑了。

我问自己，我为何从未这样想，这个名叫“曾经”的男子，他那晚的相认，可能并不是一个拙劣的借口。可能，我真的与那个叫作“刘悦”的女子非常相像。可能，那个女子也曾经在Even心中留下了动人的影子，如那个极像他的他，在我心中过往的痕迹。

而那一次唐突的相认，也许是命运的礼物。当我们和我们曾经深爱的人终于散佚在人海，无望再见，上天安排了这场小小的闹剧，让我和他，让Even和刘悦，在另一个时空，一个明灭不定的奇妙场景中，重聚了半晌。

足够了。

走入机场外漫天缠绵的冷雨中，我流泪了，盛着满心的温柔。

感冒

六月的尼泊尔正是雨季，呼啦啦一阵雨，倏然停了，然后热气蒸着水汽，从曲曲弯弯的小路上升腾起来。街是窄而闷热的，到处是低矮的民居和宏伟的寺院，墙被雨水浸得暗了，杂生着的亚洲植物却被洗得亮了，无拘无束地疯长。

女人们穿着鲜艳的纱丽，婀娜地用胯顶着同样凹凸有致的锡制水罐，打水经过，头发湿漉漉地还没干，墨若春油，黝黑的肌肤上汗水晶莹，也是湿漉漉的。男人们擦着汗，在没有空调的小店小铺中忙着生意，殷勤而和蔼。黑黑瘦瘦的孩子们，仰着圆圆的大脑袋，忽闪着天使一样的大眼睛，在街边叫卖芒果和香蕉。

老式的吊扇在飞快地转动，小食店的桌椅却还总是潮的。街上铺着碎石的地，倒是在日头下渐渐快干了，这个时候，忽然又是一阵猛雨。

我住在加德满都最热闹的Thamel区，处处餐厅和店铺林立，一大片交叉错落的窄小街道上，沿路密密麻麻地钉满了店招，挂满了陈列的商品。随便走入一家，矮而深的内屋里，永远有看不完的洞天，说不完的奇异人物和神秘故事。

雨阻行程，某天早上，闲逛在酒店附近的街上，路边一个孩子用脆亮的声音招呼我买芒果。虽然不想吃，还是买了，荒唐的价钱，一分没还。孩子笑了，黑瘦的小脸上，笑出一排雪白的牙齿，大眼睛如月牙般地弯了。我掏出一把糖果给他，他伸出小手，黑的手背，白的手掌，接过去，害羞地又笑了。

于是边上马上围上了一群孩子，我包里的糖果很快分完了。这些年，徒步的时候总是背着一大包糖果，走在路上，最喜欢看孩子们的笑，后悔这次过来，没有再背一包铅笔。

这时候，对面一个铺子的男人跟我打招呼，要我过去看一看他的围巾。“多少钱一条？”我问。“五百尼币。”他答。我还价说：“两百罢。”心想你又不是孩子。他耸耸肩，一歪头，一摊手掌，这是当地男人惯常的姿势，表示同意了。

我买了两条围巾，刚要离开。这个男人突然说，要请我喝一杯，并且客气地搬过凳子，请我到店铺里与他面对面坐下。过了一会儿，隔壁咖啡店的小男孩，用带着两个环的铁丝，提了两杯热腾腾的奶茶送来。

这是尼泊尔甜茶，你尝尝。这个男人友好地微笑着，把杯子端到了我的面前。

“怎么样？好喝吗？”

茶很浓厚，甜的奶香中透出茶苦的回味。我连连点头，说好喝。

我很幸运。这个男人用了一句简短的开场白，然后掏出了一个简易相册，向我出示了一张照片，是一个穿着暗红纱丽的当地女子，点着朱砂，胖胖的，也是一脸温和的微笑。这是我的太太，她很美丽吧？

是的，她很漂亮。我接过了照片。

我们是因为爱情结婚的，你知道，这里大多是父母安排结婚的，所以我很幸运。我们结婚那年，她二十三岁，我二十四岁。今年，我三十三岁了，她三十二岁，我们已经结婚九年了，一直很快乐，我很幸运。男人沉浸到温柔的述说中了，他脸庞的线条开始变得特别柔和。

这是一个很普通的当地男人，一样微黑的肤色，高鼻梁，凹陷的黑眼睛，一样明朗和蔼的微笑。“我很幸运”，似乎是他的口头禅，我很喜欢这个说法。这里的人都信神，也许因此使他们的心境变得如此达观而感恩。

我很幸运，我们还有一个男孩，很可爱。可惜，这里没有他的照片。我们都很爱他。男人絮絮地说着，然后很真诚地建议我：“我看你很喜欢孩子，可以以后自己生几个啊。”

我笑了，说：“如果有机会，我会生一大堆。”这时候，一个三四岁的孩子咿咿呀呀地走进来，正好扑进我的怀里，我一把抱了起来，孩子开心地咯咯笑着，抓我的长发玩着。

“唉，”男人忽然面色黯然了，叹了口气，“我的儿子感冒很多天了，一直在发烧，请隔壁房子里的私人医生来看过，吃了药，却一直没有好转。”

我问：“发烧有多少天了？”

“十天了。”男人有些忧虑的样子，掏出了两种塑料袋包装的药片，一种一种给我看。“这种稍大些的白色药片是退烧片，医生说发烧高了的时候吃，不能连续吃。这种褐色的药片是每天定时吃的，医生没说这是做什么用的。你能看懂吗？”

我接过来仔细看了，塑料袋上根本没有任何标识和说明，包装很粗糙，有些药片已经压碎了，连有效期也没有标出来。

我也担心起来了，连忙问他：“孩子吃这些药有几天了？”

“五天。”他答。

“五天还没有好转啊？退烧药吃这么久对身体也没有好处啊。为什么不挂针呢？”我问。

“医生说不用的。”他答。

我问他：“试试我带来的药吧？”他点头同意。然后我跑回酒店，拿了我随身带的退烧药和感冒药，交给他，并详细告诉他服用的方法。

他告诉我，他的名字叫赛门。我说：“很高兴认识你，赛门，谢谢你请我喝茶，明天请你一起吃早餐吧。”

第二天一早，早早地去找赛门。赛门带着我到了一家附近的西餐厅，也是这排低矮的房子的一个门面店。墙印着潮湿的水痕，吊扇慢慢地转，薄薄的木门敞开着，早晨的雨汽和喧哗轻轻地吹进来。

说是西餐，其实就是每人一份当地的奶茶，两片硬硬的热面包，一个小盘子里堆着一半黄油，一半红果酱，两个煮鸡蛋，几个小小的煎番茄。

我吃不下两个鸡蛋，就把另一个给了赛门。赛门很体贴，剥了第二个鸡蛋，切开来，还是给了我半个，说是我应该多吃一点。然后他把最后一个鸡蛋用手帕包了起来，放进口袋里，说是要带给他的太太吃。

我还是不放心，问他说："你的儿子好些了吗？"

他说："昨天晚上吃了你的药睡了，今天还不知道怎么样呢，想是待会儿回去看看他。"

我提议说："我和你一起去看看他吧？"

赛门很高兴，说："有你看一下就更放心了，正好还可以参观一下我的家。"

他带我走在曲曲折折的小路上，还是一阵雨，一阵烈日，又是一阵雨。赛门说，可能是这样的气候不好，所以儿子的感冒迟迟不好。

一身湿漉漉地来到一排简陋的二层楼房前，赛门带我走上了一条窄而陡的楼梯，眼前黑黑的一片，忽然一扇门开了，光亮中看见赛门做了一个闪亮登场的姿势，耸耸肩，一歪头，手掌指引处，是他隆重推出的他的家。

这是一间很小很低的房间，靠墙一张床，靠门一张沙发，再一个堆满东西的柜子，就不剩多少地方可以走动了。人在房间里站不直。他的太太还是穿着照片上那件暗红纱丽，笑呵呵地迎了上来，张罗我们喝水。一个可爱的男孩蜷缩在床上，有些憔悴，明亮的眼睛在瘦小的脸上，显得更凹更大了。

唯一的一扇窗户外有个阳台，与其说是阳台，不如说只是窗台延伸出去的一部分。一只可爱的黄毛小狗扑腾跳了进来，冲着刚到的我和赛门又舔又亲。

我知道，这个小小的空间，对赛门来说很大、很丰富。

孩子的额头还是很烫。我问他，除了发烧，还觉得哪里不舒服吗？他说，前两天头痛，今天不怎么痛了。但是一直肚子痛，常常拉肚子。却没有咳嗽，也没有鼻塞。

我问赛门和他太太，是否能让我带他去正规医院看一下，私人医生也许不是很稳妥。因为这么久烧没退，也许不只是感冒，可能哪里还有炎症。

加德满都的医院着实吓了我一跳，外面虽然挂着大大的“Hospital”的标志，楼看上去也体面，但是走进去，里面空荡荡的，水泥地，白粉墙，走廊里空无一物，连病人休息的凳子也没有，简直就像走进一栋刚刚施工完毕，来不及装修的空楼里。

推开一扇不明就里的门，里面坐着一个女人，当地人的模样，穿着白大褂。屋子里还是空无一物，只有一个桌子，和一个供病人坐的板凳。

医生的英语很差，最后只能由赛门做起了我和医生的翻译。

我问医生：“这个孩子发烧十天了，退烧药也没用，会不会有其他方面的疾病？”

医生说：“孩子们发烧就都是感冒，不会有其他病的。”

我又问：“可不可以做一些检查，比如说，验血。”

医生耸耸肩，一摊手，他们这里一般不化验。

我拿出了赛门给我看的药片，问：“你知道这种褐色的药片是做什么用的吗？”

医生答："治疗嗓子的。"

我说："这男孩头痛，还在拉肚子，你能给他开些其他的药吗？"

医生挺自信地说，这里孩子感冒都吃喉片的，其他症状都是正常的。

我又央求说："能不能给这孩子挂几天针？你看他烧了都十天了，会受不了的。"

"噢，不用吧。"医生很惊讶地看着我，"我们这里一般不挂针。"

牵着孩子瘦瘦的小手走出医院，站在车来人往的小街上，我不知该怎么办，蹲下身搂着这个孩子，怔怔的。孩子的大脑袋靠在我的耳畔，滚烫的，还淌着汗，我抚摸着他湿漉漉的短发，难过得想哭。

赛门站在一边，耸耸肩，扮出一个笑脸来。"嘿"，他说，"别这样，我们已经尽力了，神会知道我们的心意，这次看了医生，他一定会很快好起来的。"

我哑着喉咙说："可是医生什么也没做呀。"

赛门说："嘿，谁说什么也没做呀，医生说了，要多吃维他命。维他命，维他命……"他像唱歌一样地哼哼着，然后大声说："你们等我一下，别走开。"然后飞一般跨过了街道，跑到对面的水果摊上，细心地挑了两个苹果，又一个健步地跳回我们面前，做了一个跳舞一样夸张的姿势，把苹果给我们看。

"我们很幸运，苹果看上去很好看，不是吗？"赛门终于把我和孩子一起逗笑了。

回去那间小屋，赛门绘声绘色地把看医生的经历讲给太太听，像讲述一次伟大的探险故事，太太一边听着笑着，一边把两个苹果切成小块小块的，放在盘子里给孩子吃。

孩子也听着笑着，还是不停地出着汗，看上去很虚弱。

这时候，又是一阵雨落下来，看着窗外那一小片阴晴不定的天，我想，难怪这里的人都信神，这样的天气，这样的医疗，恐怕也只有向神祈祷了。那我也权且为这个孩子祈福吧。

赛门送我到酒店门口，特地叮咛我："嘿，别这么担心了，有一句话，叫作乐安天命。相信我们按自己的心意，尽力去做了，相信神会看见，也相信我们会很幸运。"

我点头说："我相信你，赛门，神会看见我们的心意。"

那一阵，尼泊尔内战，加德满都往中国友谊桥的公路封锁了，所以一直延搁着，等待可以通路的消息。就在那天下午，通知来了，说翌日早上有一班车可以载中国人离开。

急着整理打包，随后跑出去找街上的药店，想是多买一些正规的药品，给赛门的孩子留下。药店简陋得又让人吃惊，都是塑料袋散装的药片，没有标志，没有说明，没有日期。大大小小的盐水瓶里，装着各种各样的药水，不明就里，反正也不是密封的。至于挂针用的器具，就是我们六七十年代用的那种。

没辙，再回到酒店，找出我身边所有的药品，给赛门送去。赛门不在店铺里，我跟他店里的另一个伙计说了，请赛门方便的时候，用邮件告诉我孩子的病情。

六个小时的车程，回到中国边境樟木。正好遇到几个人可以结伴搭车回拉萨，于是又直接上车，马不停蹄地继续赶路。当天夜里，车近定日的时候，就开始浑身疼痛，呕吐，只当是高原反应，然而很快开始发烧。

第二天，禁不住车里的摇晃颠簸，高烧的我一路出着冷汗，头痛欲裂，并且开始腹痛如绞。到了第三天，终于到了拉萨，高烧不歇。找来体温计，一量已经过了三十九摄氏度。找来退烧药，吃得一身热汗，烧下去了，过了一阵，又一身冷汗，烧得更高了。

十天以后，拖着依然高烧的身体，终于回到了上海，人已经虚脱得站不住了。我对着急着要陪我去看病的爸爸妈妈说："不要靠我太近，吃饭要分开，我可能得了传染病。"爸爸妈妈说："傻孩子，没关系的，我们是爸爸妈妈，得传染病又怎么样？"

我傻笑说："这是什么逻辑啊？爸爸妈妈就不会被传染了吗？或者，爸爸妈妈传染上就不怕了吗？"

爸爸斥责说："看你都快病死了，还贫嘴。"

一周后，医院查出我肝功能异常，但是查了各种病毒抗体，什么也没有发现。一个月后，高烧还在继续。

高烧期间，曾经发了很多邮件给赛门，希望得到那个孩子的消息，担忧着他是否真的好了，如果也和我一样高烧了那么久，他能不能挺得过来。但是，没有赛门的回信。

他不懂得怎么回邮件。

在那个彩色围巾挂满的狭小店铺中，他和我聊起过他邮箱的来历。有一个外国的客商，到这里买过他的货物了以后，教他申请了一个电子邮箱。后来，那个客商写邮件给他，开出好价钱要他发货过去，但是他没有回信。他不会写，也不愿意学着写，因为他不喜欢这种做生意的方式，他喜欢面对面地卖东西，忙碌着，介绍着，一件一件展示给顾客看，他觉得这样的生意才是最快乐的方式。

就像所有加德满都的人一样，他们对神很虔诚。他们会看似散漫地按自己的心意生活，认为那是神指引的，也是神知晓的。然后，他们乐观地承受着因此而来的贫穷或富足、疾病或健康，不管到来的是什么，于他们而言，都是幸运的。他们把这些都解释为神的赐予。

我的医生朋友逖哥打了无数电话，催我去传染病总院抽血。

他说，以前他们医院有个主任，就是这样的症状，后来很快去世了，查出来就是流行性出血热。原来以为是普通感冒，一直没去检查。

那位传染病总院的女医生很认真，告诉我有三种疾病需要化验，一是疟疾，二是流行性出血热，三是伤寒。在东南亚国家，这些疾病都很盛行，而我的症状非常类似。

抽血处看见这些化验单，很是惊讶，看了我半天不敢下针，最后去戴了副口罩，戴了双手套来，这才狠狠地扎了下去。过了一会儿，又说流行性出血热这种病毒现在查不了。女医生正准备下班，听说这个消息，马上跑回办公室，打了无数个电话给金山总部。

“喂，这个病毒现在查不查？帮忙化验一下吧，这个病人看上去症状最像流行性出血热。”

我站在一边，觉得自己简直已经被判决了。

我于是问这位女医生：“如果加德满都现在开始蔓延流行性出血热

了，这边会不会派志愿者去援助呢？那边的医疗条件实在太差了，这样一传染说不定会死很多人呢。”

女医生笑着看了看我，问：“你还记得你可能是从谁那里传染到的吗？”

我说：“一个孩子，高烧十天没退，我带他去医院，还抱了他。我的症状和他完全相同。”

医生说：“以后在外面看见生病的孩子，不要乱抱，很危险的。”

之前，爸爸妈妈也问过我：“你还记得吃过些什么不干净的东西吗？或者是接触了什么病人？”

我答：“抱过一个感冒的孩子，带他去看医生。”

妈妈立刻批评道：“路上的孩子，怎么能随随便便抱呢？”

逖哥也责备了我很多次：“你这样随便去抱陌生的孩子，自己抵抗力又不好，怎么会不得病呢？你这样发烧，大家怎么会不担心呢？”

一个半月后，高烧彻底退了，终于没有再反复，也没有查出什么严重的问题。逖哥说：“也许是类似的传染病吧，东南亚很多，你染得轻，就这样好了，很幸运。”

退烧后的第二个星期，开始有力气到外面走动。和朋友一起吃了晚饭，打车回家，刚要上车时，看见夜的角落里有几个孩子蜷缩在人行道上，有一个孩子抬头看我，眼睛在黑暗中很明亮。我开始搜索钱包里的零钱，并习惯地想伸手抱他，刚刚张开手臂，忽然心中一个犹豫，想起了众人对我的告诫，想起了刚刚退下的高烧。

只是把钱给了他们。

孩子是需要抱的，他明明感觉到了我将张开的怀抱，他也敏感地发现了我的犹豫，他明亮的眼睛本来是充满期待的，瞬间黯然，紧接着我的犹豫，他本能地往后一缩，与我保持了距离。他是以为我嫌他了吧，我很难过，我竟然伤了这个孩子的自尊。

朋友催促我上车，我慌张地上了车，夜的繁华在我眼前掠过，孩子的面孔就这样消失了。

没有上楼回家，只是坐在小区的花园里，我一个人哭了，觉得无力。

我拨了一个朋友的电话，他是信基督教的，我于是问他："为什么特丽莎修女照看了这么多孩子和病人，一直工作在疾病流行的地方，她没有生病。而我只是抱了那个孩子一下，就高烧不退，让身边的人都为我担心。"

"是不是我并不是神选中的那个人？是不是我根本没有能力去帮助任何一个孩子?"

我的那位朋友呵呵笑说："你真傻，想这种问题。按基督教的说法，如果你有强烈的心愿去做一件事，那就是神的指引了，你听从就是了，这会让你拥有和神一样的力量。至于感冒，你不是好了吗？"

我答："是啊，我不应被感冒吓住的。"

如果说神代表慈悲，那些善良就住在我们心里。如果说神代表光明，那些希望也在我们心里。相信人类心中的神性，跟着心的指引去生活，是会让人感觉安详和充满力量的。这不是宗教的教义，说的是很朴素的生活真理。

就像我抱了赛门的孩子，染了感冒，我并不觉得后悔。但是刚才冷落了那个孩子，却让我如此伤心。我这次是没有可能被传染到感冒了，那又怎样呢？我并不觉得一点点幸运，只是看到了自己内心的软弱。

我终于了解赛门为什么能如此乐安天命了。他笃信神的指引，毫无怀疑地跟随自己的心意去生活，所以不论结局如何，他都会如此乐于接受，祥和而快乐，永远觉得自己很幸运。永不违心的人，是不懂得抱怨和后悔的，他们对命运的随和是发自内心的，因为他们的生活是自己选的。

如何尊敬自己的心愿，不去患得患失，看来率性和随意，其实需要很多承受的勇气，很不易。因为现实的教训与捆绑，让人慢慢变得怯懦与世故，不愿再承受任何代价。这种磨蚀很可怕，让我们终于匍匐在地，畏惧了命运的威严，不敢再倾听自己内心的声音，并就此把一切归咎于神待人的不公，不再感觉幸运，也不再懂得希望。

这些已经没有心的人，他们没有了对神性的信仰，却似乎更加迫切地需要神。他们顶礼着高高在上的偶像，背负着捐门槛一般的逆来顺受，悲悲戚戚，生活在无奈与绝望中，像虫子一样在地上打滚。

那不是赛门的神，也不是我那位朋友转述的神。

是人自己这样造就了神，其实杀死了神。

就在我写到这里的时候，忽然电脑叮咚一声，打开收信软件的窗口，很巧，是赛门终于写来的回信。

信里说："我这是找人替我回信的呢，怕太久没有消息了，让你担心。孩子退烧了，一切都好，身体正在恢复中，就像我们都相信的那样，我们会很幸运。"

这封满是拼写错误的邮件，让我重见那些曲曲折折的小街，低矮拥挤的小屋，一场场不期而遇的雨，扑面而来的潮热空气，滴着雨点的寺庙屋宇，穿着鲜艳纱丽的女人们，长着天使般眼睛的瘦小孩子，还有赛门那舞蹈般无拘无束的快乐姿势。

加德满都的雨季，应该已经过去了吧。

赛门说过，如果我们已经尽力，孩子就会很快好起来的。现在，我不再觉得这句话是一种无谓的安慰了。这个孩子好起来了，也许是因为赛门和他太太的心愿，也许还有我的。而我好起来了，也许是我父母无畏的爱，还有逖哥的焦急，还有那个认真的女医生担忧的责备。

科学的力量还很渺小，不能完全解释世界。人心中的爱却很浩瀚，真的有力量给他人带来平安和幸福。如果我们为自己的真心而遭受蹇运，我相信，那只是感冒而已，很快就会不药而愈。

因为，那种被世人称作神的东西——善良、希望、乐观、坚忍与勇敢，就住在我们每个人的心里。这种力量也许就是世人曾见的神迹，也许是我们自己从来未曾意识到的。

人膜拜的神高高在上，人们或焚香，或祷告，如果因此找到了自己内心的神，即便是四肢纤弱的蚂蚁，也能够为世人衔起一块补天的石。

大 地 三 部 曲

熊的自白书

孙 未 著

首都师范大学出版社
CAPITAL NORMAL UNIVERSITY PRESS

图书在版编目（CIP）数据

大地三部曲. 熊的自白书 / 孙未著. —北京：首都师范大学出版社，2022.03

ISBN 978-7-5656-6667-4

Ⅰ. ①大…　Ⅱ. ①孙…　Ⅲ. ①长篇小说－中国－当代　Ⅳ. ① I247.5

中国版本图书馆CIP数据核字（2021）第179240号

DA DI SAN BU QU. XIONG DE ZI BAI SHU

大地三部曲. 熊的自白书

孙未　著

责任编辑　王僑冰

首都师范大学出版社出版发行

地　址　北京西三环北路105号

邮　编　100048

电　话　68418523（总编室）　68982468（发行部）

网　址　http://cnupn.cnu.edu.cn

印　刷　中煤(北京)印务有限公司

经　销　全国新华书店

版　次　2022年3月第1版

印　次　2022年3月第1次印刷

开　本　710mm×1000mm　1/16

印　张　45.25

字　数　512千

定　价　136.00元（全三册）

有人入山射鹿，忽堕一坎内，见熊子数头。须臾，有大熊入，以为必害己。良久，大熊出果分与诸子。末后作一份与此人。此人馁久，冒死啖之。熊似甚怜之。每旦，熊母觅食还，辄分果与之，此人赖以支命。后熊子大，其母一一负而出。子既出尽，此人自分必死坎中，而熊母复还，入坐人边。人解其意，便抱熊足，熊即跃出，遂不得死。……

——出自《搜神后记》

目 录

壹

传说，庶村人原本生活在喜马拉雅山的另一侧。因为部族纷争，他们的祖先被迫远离家园，避开杀戮，一路逃亡到横断山脉。他们足足走了七七四十九天，周围依然是险峰乱石和幽暗的丛林。鸟兽时常停下来观看他们的队伍，像是从来没有见过人类一样。烤面饼吃完了，肉干也吃尽了。浆果和野菜顶不了多久的饥。衣裳划破了，鞋也走烂了。眼看这一支血脉就要在路途中覆灭。

这时候，长老者瓦爬上一块最高的岩石，用佩刀割破手心，取下肩上的柘木长弓，从背后的箭筒里拔出了一支隼翎箭，用流着鲜血的手掌当空放出一箭，祈求诸神能指引他们走出丛林，找到一片幸存之地。

一声呼啸，箭消失在被枝叶分割成碎片的蓝天中。长老者瓦似乎能听到箭的召唤，带着众人继续向前，每个人的脚步都重新变得矫捷飞快，带着急不可耐的企望。

参天大树的包围正在散开，猛然间，辽阔的阳光令众人眼前一亮。

这是一片草木低矮的山麓，向五个方向各展开五片不算广阔的平原，就像一朵五片花瓣的花，盛开在深幽的丛林山壑之间。少风，向南，百灵鸟在林间歌唱，松鼠在枝上奔跑，小鹿毫无顾忌地从人的面前走过。还有波涛如白雪的金沙江，正在脚下不远处翻腾流过。

而那支诸神指引的箭矢呢，此刻正静静地插在清澈的小溪边，一片几乎不用砍伐和平整，就可以直接用来建造房屋的土地上。小溪的另一边，竟然是成片的野麦子，穗圆芒灿，已然成熟。这可真是神赐予的家园啊！众人恐慌而欢喜，纷纷匍匐在地，感谢诸神的恩赐。

正当他们的额头触到温暖的泥土，膝盖下平静的大地忽然颤动起来，四野传来一片奇异的轰鸣声，是风摇撼了巨树们的枝叶，是金沙江的大浪击岸，还是春季的一阵旱雷？这么想着，黑影已经从前后左右遮掩了青草地上的光华。人们抬起身子一看，顿时双腿连爬起来的气力也没有了。熊，不是一头。几百头，也许是几千头熊，正像雨天大树脚下的蘑菇一般，不断地从树根、矮丘、草丛杂花底下冒出来，直立着胖乎乎的身子，在不远处静默地看着他们。

这些熊身高如同矮一些的人类，身量则有人的两三倍大，圆耳朵，毛色乌黑，颈项处有一块月亮形状的白纹，月弯向上。最奇妙的是，在它们两鬓的黑色鬃毛之间，有一张酷肖人类的脸，乳白色的下巴，扁平的嘴，小眼睛。这样一来，它们齐刷刷地直立着，看起来倒好像是一群穿着黑色连帽外套、相貌古怪、身形肥胖的当地人，正在集队置疑外来人的入侵，准备发动一场剑拔弩张的自卫战。

逃，往哪里逃？继续有新的熊从地底下冒出来，它们现在已经比丛林里的树还稠密。而且，看到这样的场景，谁还能控制住自己发软的膝盖呢？众人连站起来的勇气都没有了。饶是从来冷静的长老者瓦，此刻脸上的肌肉也在颤抖，他深知，熊直立起来，就是准备攻击的前奏，只要被熊的巴掌扇到，不要说是一个人，就算是一头牛也会立刻骨断筋折。者瓦绝望地闭上了眼睛，等待最后一刻的来临。

就在这个千钧一发的时候，一道闪电划过大地，比阳光更刚猛，更绚丽，他甚至觉得周身都因这光而温暖起来。他想，我这是已经死了吗？正在踏上去往冥界的路吗？好在居然没有感到什么痛苦，真是诸神的怜悯。他好奇地睁开一丝眼帘，想要偷窥自己灵魂途经的道路。在不真切的视线中，一片金芒灿目的云霞正向他们匍匐的所在移动而来，耀得他的双目几乎流下眼泪。天地间九百九十九种巨木和鸟兽都依次散开，山麓上密密匝匝的“人面熊”也分开两边，为这片光亮让出了一条宽阔的通道。

就在光线敛去的瞬间，者瓦终于看清，那是一头大得惊人的熊，高及天穹，通体发光。红棕色的皮毛华丽极了。雄伟的头颅，公牛一般的体形。当它四足着地向前缓行的时候，肩背处健硕的肌肉高高隆起，远看就像是一座大山在移动一般。者瓦在心中惊讶地低呼，这必定就是传说中的“牛熊”，众熊之神啊！

万物肃立间，“牛熊”的脚步缓慢而威严，皮毛在阳光下闪闪发亮。它的每一步却落得很轻，仿佛并不愿意伤害脚下的青草。它神态宁静，眼帘半开，目光温和如水，像一个国王那样走过它的领地。当它的目光俯视着扫过地上匍匐的众人，每个人都感觉到从未有过的平静与和煦，没有丝毫的恐惧。它又停下脚步，回头扫视了一遍成群结队的“人面熊”，它的目光所过之处，有如风经过树林，一片又一片的熊放下了前掌，重新四足着地。

“牛熊”对着长老者瓦微微点了点头，就又化作一道光，消失在山麓上。几乎是同时，山野间再次响起了一片震天动地的轰鸣，成百上千的“人面熊”背转身子，返身回去了它们的洞穴，转眼无影无踪。只有阳光和云的影子依然无声无息在平坦的青草地上游弋。

匍匐在地的人们仿佛做了一场梦，在惊惧中呆了半晌，这才想到用额头重新寻找泥土，完成对神的感恩。

就是这样，庶村人从此在这片平原上定居下来，生活繁衍，直至今日，成为了有五大片屋檐相连的房屋、两百七十二户人家的庶村，位于云南和四川的交界处，隶属于云南省旭阳县，没有车船飞机可以到达，只有金沙江千百年流经此地。因为基本上与外界隔绝，这里的族人依然耕织自给，依赖长老主持一年之中婚丧播种的大事，敬众熊之神，以“牛熊”为神的化身，将“人面熊”当作收留他们的恩人与友邻。

他们至今还记得者瓦留下的禁忌，不得伤害任何一只熊。甚至冬春在草堆、树干边行路都要分外小心，以免惊扰了熊穴的门户。更是不允许在丛林里设置任何捕猎的机关，怕是不慎伤到顽皮的小熊。

旭阳县的副县长刘玉山是个高而胖的中年人，头发油腻腻的，满脸阳光留下的铜色与褶子，一喝酒就满眼血丝。爱抽双喜，一支一支不带停的。讲故事的时候抽得尤其多。他不以为然地摇了摇头，似乎想要说“愚昧”之类的评价，又不知是什么堵住了他的嘴，到底没说出来。

我问，后来还有人看见过“牛熊”吗？

刘玉山答，听说晒苞谷的日子，有人曾经在屋顶上看见过森林里金光闪闪，以为是起了火，结果这光一闪而过，就有人说是“牛神”显灵了。敲鼓、吹号、杀羊宰猪来祭祀，好一阵忙。还有人清早起来下地，在田边看见过一只两只巨大的五趾脚印，并不成行，说是普通野兽吧，难不成是飞来又飞去的？晨露积盛在里面，亮闪闪的，说来也凑巧了，跟这庶村平原的轮廓正好一模一样。

他想了想又告诉我，庶村人最确切的一次看见“牛熊”，要算是十几年前。有个孩子一个人溜进山里玩，不小心踩空，从悬崖掉下去了，但他没有摔死，据说正好摔在“牛熊”的背上，再滚落到地上，身上只有几处擦伤而已。等村里人在山谷里找到他，他的身边有几树枝的浆果，他正一边吃，一边东张西望，半点没吓着。

但是这毕竟是一个孩子的记忆，抑或是族人的猜想也说不定。作不得数吧。刘玉山又点了一支烟，忽然对我说——

“小刘，吃饱了吧？去庶村的路可不近，我看你还是趁早上路吧。”

我也姓刘，和这位刘玉山副县长正好一个姓氏。我也是个胖子。虽然肤色白嫩很多，胖子的脸看上去总是有点相像的。因此，这位刘副县长对我特别热情，一开始管我叫“小本家”，后来就干脆不容置疑地当着众人的面问，看我们像不像爷俩！一边说，一边还用沉重的胳膊搂住我的肩，推搡着我到处给人看，一圈转下来，勒得我几乎窒息。

话说我和这位刘副县长绝对当不成“爷俩”。我知道他今年才四十六岁，我已三十四有余，只是因为生活环境不同，他看上去已经非常见老，而我还像个粉白青年。我非常不习惯有人叫我“小刘”。在我就职的公司里，或者说，在上海的绝大部分外企和伪外企中，人们都使用英语名字彼此相称。我叫“凯文”，曾经在一家名叫HZ的世界五百强公司位于上海的亚太区总公司工作了六年，一路顺利升迁到采购部经理。当时公司里有四个“凯文”，我被称为“采购部的凯文”。

三十岁那年，我忽然厌倦了做一个连自己姓氏也不记得的“凯文”，远赴云南旅行度假，与当地女子恋爱、结婚、安家，去而忘返。过了四年梦一般的日子以后，我终于明白我只是“凯文”，一只属于城市和办公隔断的可怜的动物，于是告别了不属于我的古村生活和已经不属于我的云南前妻，回到上海，打算重返职场生涯。

原来的职位自然是没有了，我去了HZ在上海新设立的一个子公司——HZ通讯中国有限公司，继续被叫作“凯文”。并且这一回，打算永远被这么叫下去。可是市中心甲级写字楼的座位还没坐热，我居然被发配出来公干，穿着一身卡文克雷的行头、提着安普里奥阿玛尼的公文包、揣着万宝龙的钢笔，一路从上海浦东机场飞到公司的昆明办事处，再次回到云南，继而坐车辗转数天，来到这个最邻近四川省边境的小县城，险山环抱，浓云飘浮。这实在是个比我住过的古村更荒僻的地界。

不过，没有刘玉山错安的舐犊之情，我的工作也许没有这么神速的进展。昨天早上才乘通宵大巴到达县城的，刘副县长陪我吃了晚饭，今早又特意陪我吃早饭，县里最好的一辆车已经调来停在门外，借给我开往庶村。

刘玉山半截烟叼在嘴上，一只脚抵着车身，振了振手臂，拉开不大灵便的车门，矮身坐进驾驶室，发动。车哼哧哧地响了两下，运转正常。他哼哧哧地爬出来，把钥匙交在我手里，大力拍了拍我的肩。看得出，他年轻的时候是个风风火火、动作敏捷有力的家伙。现在他的大脑显然还是依照老习惯指挥着四肢，只是四肢因为发胖或是老迈，跟不上了。加上一早就喝了点玉米酒，他还有些摇摇晃晃。这让我像是看到了自己不多年后的老态。我已届中年，还是一个被派出来当苦差的基层职员，可是我离四肢不听使唤的日子已经不远了。

这辆最好的车，据说是一辆马自达SUV，它看上去比我年轻不了几岁，零件换得我几乎认不出来它的真身。我加上油门往山路上去的时候，还能看见刘玉山在反光镜里的远处对我挥手。前面是欲雨的墨色天空，神兽般皮毛耸动的连绵山脊，点缀着春花斑斓、雾霭半沉。

上坡，加速，再一转弯，刘玉山和平房青瓦的县城就消失在身后，细小的车没入了群山交错间，身周只剩下巨木的呼啸声。

贰

HZ通讯中国有限公司是HZ亚太区总公司在四年前，也就是我当初离开总公司之后不多月内成立的，野心在于重点发展网络和通信业务，使之成为这一领域中国地区最大的设备制造商。

公司今年一心想要拿下中国移动在江西、云南、四川、福建等地区网络通信设备和相关服务的招标合同，不但给销售部牵头的投标团队加了压，也勒令市场部多做动作，争取在投标前为公司树立一个炙手可热的正面社会形象。于是，就有了HZ通讯联手云南移动，为偏远贫困的庶村捐赠一部卫星电话这回事。我就是为了实施这个公关活动，被派往庶村进行实地考察的唯一代表。

山路时有时无，轮子一次次擦过蕨类植物茂盛的叶子，卷起断折的碎叶草枝，散发出浓郁的草香。预期中的雨并未落下，云雾渐散开，阳光丝丝缕缕从远方的云层中透出，有如吝啬的聚光灯，在苍茫世界中遴选人神的宠儿。

已经开了足有四个小时，现在是下午一点了。馒头吃了一个半，还剩一袋。加完了后座的两桶油，还剩四桶。早上，刘副县长还给我画了详细的地图，开到山路止歇的地方，下车再走两个时辰，看见五瓣花形状的平原，连成五大片的页岩屋顶，就是庶村。本来他想让我多等一天，他今天有会，明天就能亲自陪我一起去。可是我实在不想在这个荒凉的地方再滞留二十四小时。于是他说，好吧，反正就这么一条路，你想走错也难。

我加了一脚油门，在逐渐高昂的车速中，感觉自己焦虑的神经正在慢慢松弛。山路竟然变得宽阔起来，阳光也愈明亮，正落在路的前方，仿佛我这么疾驰而去，就能一头冲进舞台聚光灯的中央。

正当我将要接近那片光明之域时，忽然，好像有一团火在前方燃烧起来，又好像是一道从山坡滑落的闪电横亘在路的前方。那是一种难以形容的光芒，金红色的，像是火焰内里最柔和的部分，落日般漾开来，伴随着一声惊天动地的轰鸣。丛林的树叶如雨而下，草木和山石登时暗去，仿佛整个世界都被这光芒震撼，隐入底片。我视网膜上的影像也在半秒钟之后短暂地变成了负片。

我下意识地试图刹车。车速快了一些，刹车差了一些。只感觉车继续向前，嘭的一声，撞上了什么，像是柔软的一堵墙。光登时灭去，烟花消散一般。我被方向盘磕得差点背过气，肋骨弯折，额头重重地撞上了前窗的玻璃。玻璃中破裂的世界向左倾斜过去，座位挤压着我倒向右侧的大地，又是一阵更猛烈的碎裂声。黑暗和空白。

我记得我用袖子裹着手，挡开玻璃，努力从变形的车门里爬出来。

车像一团揉皱的纸盒。

车头的左前方躺着一头巨大的兽，红棕色的皮毛，有三辆越野车加起来那么大，卧在路中间像一座颜色奇异的丘陵，气息不匀地起伏着，挣了两下，并没有能站起来。多半是它从山坡上冲下来，穿过山路，正好挡在车的来路前方，被撞到了最柔软的胸腹。

当我趔趄着绕过巨兽的身躯，忽然膝盖一阵战栗。那道云层间投下的美丽光束，就在离我几十米开外的不远处，此刻正静静照耀着悬崖底下不断升起的雾霭。看似平坦宽阔的山路在此中断，毫无征兆。远处万仞山脊如瀑，脚下空空荡荡，只有千万缕云雾攀着峭壁。

如果我的车再以方才的速度前进一百米，我早已坠下悬崖。这会儿也许还没着地，正惊叫着，以自由落体的抛物线飞翔在半空中，像一只铁皮怪鸟。

我觉得胸口一阵翻江倒海，失去了知觉。

叁

身体在不停地被摇晃。

手和脚怎么毫无知觉，也动不了。

我的背撞到了石头。肩膀脱臼一样地疼。

我用力睁开肿胀的眼睛。我看见蓝天以一根木棍为轴左右晃动，木棍上方是一根麻绳，捆着我的手和脚。我的身体被挂在上面，前后两个人挑着我。阳光耀眼，我看不清他们的面貌，只能看见他们长长的发辫上系着玲珑月白的什么，一串串，随着步幅，轻声地铿锵作响，似乎是各种细小的兽牙。

有一段路，我的身体完全腾空在悬崖上。每一次摇晃，我的眼角都能瞥到葱茏的无底深谷。这让我害怕极了，担心他们一撒手，就这么把我抛下去。我想大叫，可是手脚并缚地被挂着，弯折着疼痛的肋骨，我甚至发不出声音。

我隐约瞥见山谷下有一朵五片花瓣的绿色花朵，点缀着闪闪发亮的青色花蕊，阡陌纵横的纹理。有个苍老的声音在唱，呼玛呼玛拉里耶，呼玛呼玛格拉迦……很奇怪的，声音并不嘹亮，却仿佛是从很遥远的地方传来的，微弱而清晰地，一个字一个字从我耳边流过。安详从听觉无边无际地散漫开，我白色的胖灵魂再次飘忽着离开了躯体。

肆

说起来，HZ通讯的这份工作，还是我的前女友杰西卡帮忙引见的。当年是我忽略了她的感受，令她悄然搬离了我们同居的公寓。随后我告别上海，辞职，在云南结婚，又再次伤了她的心。然而之后，她依然非常大度地跟我做朋友，时常在MSN上陪我聊天，还在我婚姻发生问题的时候安慰我，为我开解心结。

去年我从云南回到上海，第一件事就是跟我原先工作的HZ亚太区总公司的人事部联系。我惶恐不安，希望这个世界上依然有我立足的位置。结果跟我恐惧的一样，采购部经理的职位早就有人补上，而且这个部门早已人满为患，正在设法裁员。人事部经理迈可是我的旧友，就是他告诉我，HZ新设立的子公司最近在扩大业务，可能需要人手。

他坏兮兮地笑着在电话里对我说："凯文，你不知道吗？你的杰西卡，她已经从MG跳槽到HZ通讯了，销售部经理，现在是那边的大红人呢。听说你们这些年一直藕断丝连着，有她在那儿，你还怕找不到一个好职位吗？还有，她一直没再谈过男朋友，HZ著名的冰山美人。"

我当然宁愿不去惊动杰西卡。我在网上找到了HZ通讯的招聘广告，投了一份简历，故意把在HZ总公司的工作经历写得比较模糊，没有提到自己曾是经理，只写了在采购部工作了六年。我没打算欺人，只是自欺，这样参加公开招聘，自尊心还好受一些。很快，我被通知去参加面试。

令我尴尬的是，HZ通讯的采购部经理，我认识，是我原先一个接触不多的下属，史蒂夫。史蒂夫看上去比我更尴尬。他热情地跟我握手，面试结束以后，还特意一路送出来，在走廊里跟我叙了一会儿旧。我回家后巴巴地等着上班的通知，左等右等，等到了一封写着"我们很遗憾"的英语格式信件。后来听杰西卡说，史蒂夫第二天就把秘书叫进去狠狠训了一顿，骂她人头猪脑，只知道收简历，不知道核实简历的真实性。

我自问做经理的时候，从没苛待过史蒂夫。杰西卡说，这么简单的事情你都不明白呀？就算他是你一手提拔起来的，现在这种局面，他也保准不会收你。

是的，我在万般无奈之下找了杰西卡。这还是我回上海之后，我们第一次见面，在她公寓附近徐家汇美罗城的星巴克，休息日，秋季。我们在露台上晒全年最后的太阳，喝卡布奇诺，吃蓝莓派。她是一个典型的五官精致的上海女孩，眉毛描得细而弯，瓜子脸，大眼睛上的睫毛像蝴蝶一样扑闪不停，左手习惯拈一片纸巾按嘴唇，喝一杯带奶泡的热饮能谋杀一大叠纸巾。

她看上去比四年前更美丽了。头发剪短了，齐肩微卷，衬着圆润的面颊。颈坠上的白金观音闪闪发亮。法式指甲在咖啡杯上温润地炫耀玉手的细白。她的目光不再迷离游移，常常直视着我微笑，这让她显得更加光彩照人，却让我时常赧然地将目光避向别处。

她用细细的声音不紧不慢地说："我看这样吧，你就到销售部来帮我吧，我去跟人事部说。"

一份工作，我渴望的。可是我真的不想太麻烦杰西卡。

她仿佛看透了我的想法，说："很容易的。公司招聘很久了，没招到几个像样的。我介绍你进公司，人事部还要谢谢我的。"

周二，我就被通知去人事部填写员工情况登记表。我知道HZ的流程，填表之后就要办正式用工手续了。真没想到进展这么顺利。杰西卡陪我去领表格的时候，在走廊里遇见了卡尔。卡尔愣了一下，立刻满脸笑容过来拍我的肩。我觉察到，杰西卡的表情有一刹的不自然。

卡尔跟我算是有一点交情的。想当年，我升任采购部经理的时候，他也正好升任销售部经理不久。在那一年亚龙湾喜来登大酒店的公司年会上，我被评为年度成本控制明星，他则发挥了一名优秀推销员的专长，发表了各部门中唯一一番不让人打瞌睡的年度工作总结演讲。

他个子很高，喜欢打网球，当时有着一副运动员的身材。永远西装革履，整洁的平头。长方脸，额头发亮，热情洋溢的招牌笑容。纯正的普通话和英国口音的英语，而且语气变化大，极有煽动性，这让他任何时候说话都像在演讲。我们在平时工作时没机会接触，只是相互听说。那一回算是惺惺相惜，正餐时一起喝了很多梅洛红酒。饭后，还在望得见海滩的大堂酒吧里喝完了半瓶芝华士，谈了些有关女人的话题。

卡尔的肚子有些腆出来了，其他还是一切如旧。不过他现在已经是HZ通讯的副总经理了。这让我不禁懊悔，如果我当初没有辞职，现在没准儿也有差不多显赫的职位。再不济，也不至于沦落到靠前女友施舍一份工作。

卡尔说，是吗，杰西卡介绍你来我们公司应聘？我还不知道这回事呢。真是太好了！我们又能在一起共事了，欢迎你！

他说着就煞有其事地伸出手来跟我握了握，一个非常正式的欢迎，就像今天已经是我第一天上班似的。这一握让我顿时感觉踏实而窃喜，像是吃了一颗定心丸。填完表，杰西卡送我到电梯口，我发现自己居然在哼着歌。好在杰西卡似乎完全没有听见，她跟我道别，不知怎的，显得有些匆忙和心不在焉。

一周过去了，一个月过去了。我每天都下楼开信箱，每天上网收三遍邮件。依然没有任何关于录用和报到的通知。很奇怪的，杰西卡的MSN近一段总是显示脱机。特意打电话给她询问这个事情，我却抹不开面子。只能每天告诉自己，等等，再等等。

六周之后，我实在受不了自己跟自己较劲的焦虑，终于打了个电话给杰西卡。杰西卡似乎正好在忙什么，听着我说话，只是应着，没有回答的下文。我不得不硬着头皮又问了一遍。她说，这样吧，你发个邮件问问卡尔吧，他上次不是答应你进公司了吗？人事这一部分现在归他分管。十分钟之后，我在邮箱里收到了一封杰西卡发来的邮件，是以前我极为熟悉的那种工作格式邮件，用英文写道，你好，亲爱的凯文，这是卡尔的工作邮箱，请与他直接联系。Best regards，下面是杰西卡中英文的电子签名。

我有些迷惑不解了，杰西卡不是说“很容易”的吗？不是说公司急着用人又很久招不到合适的吗？我还以为只要经过她和人事部，这事情就算妥了。怎么现在又要我去问卡尔呢？

这些话我没法问杰西卡。当初她说帮我的时候，我做出一副半推半就的姿态，现在怎么能又换上一副完全靠在她身上的面孔。无奈之下，我只有接受她的建议。我权衡再三，修改了十几遍，最后给卡尔发出了一封不带任何感情色彩的邮件，询问“贵公司”在审阅了员工情况登记表之后，是否有了聘用我的具体意见。

第二天下班时间之前，我收到了卡尔的回复，表示一切应该正在考察研究中，还未由人事部门上报到他处。令应聘者久等，深表抱歉云云。信件短促工整，言之无物，也许是他的秘书替他回的信也说不定。我忽然在信的末尾看到了一线希望，卡尔最后加了一句，嘿，伙计，别忘了你的老朋友，哪天路过的时候，来坐坐。前文通篇是正式的英文书面语言，最后这一句是口语。

我鼓起勇气，决定“路过”一次，这恐怕是唯一推动事情进展的机会。我选了一个阳光灿烂的上午，坐地铁到黄陂路站，从淮海路太平洋广场的口子出来，在街上闲逛了好一阵，站在香港新世纪广场楼下发了一会儿呆，然后借着人流的噪声，给卡尔的座机打了个电话，打算用若无其事和兴致勃勃的声调对他说，我这会儿正好“路过”你们的写字楼，要不要顺便给你买杯咖啡上去？

我刚刚提起声调说了一个Hello，就发现是卡尔的秘书接的电话，她公事公办地问了我的名字、身份、事由，让我在电话里等着。几分钟以后，告诉我，卡尔约我下午两点以后上去。

在见卡尔之前，我先“路过”了杰西卡的办公室。其实是为了在跟卡尔假装自然地会晤之前，做一个情绪的热身，也是为了“轧轧苗头”，看事情到底是哪里出了问题。杰西卡见到我在门外对她招手，先是惊愕，然后露出惊喜的表情，放下文件出来领我进去，在她办公室坐了一会儿。让秘书去茶水间倒了杯咖啡给我。

听说我是来见卡尔的，她看上去更加高兴了。她说，这样就对了，你早就该过来跟他好好聊聊，你们又不是陌生人。你以前总是不懂这些的。

我很随意地提到了工作的事情。她却问起我最近有没有减肥，怎么看上去瘦了一点。没等我回答，她忽然又说，卡尔毕竟是我们的上级，你这样过来主动见他就对了。然后就跟我道别，说有事情要忙。

我一头雾水地上电梯，穿过走廊，到了卡尔的办公室门口。秘书在记事本上核对了名字和时间。卡尔倒是没什么架子，虽然他的大办公桌和高背皮椅让我有些不自在。我们聊了将近半个小时，聊天气、足球、总公司的旧八卦。最后，我鼓足勇气，准备跟他聊一聊关于我的工作。

我刚说了一句，我实在是怀念朝九晚五的日子，现在每天待在家里，闲得心里没底。

他忽然看了看表，露出吃了一惊的表情，哎呀，我忘了两点半还有一个会呢。你看，跟老朋友聊天，时间过得飞快，真是愉快。凯文，有空常来我这里坐坐！

说罢站起来把手伸给我，热烈有力地握了握。我不得不犹疑着脚步向门口挪去，走到门边，我尴尬地回头对他说，我那个工作的事情……

他似乎早料到，眼睛从文件上抬起来，笑着跟我点头说，我们再聊。

秘书已经为我打开了门，站着等我。我走出副总经理办公室之后，秘书又打开第二道门，我就又回到了走廊上。我后悔怎么没有早点提起这个话题，半个小时，如果寒暄五分钟就开门见山。不论怎样，也能问出一个大概的状况。就算还没有定论，至少可以拜托卡尔帮我去人事部催促一下。

我一直在怪自己，爱面子，羞于开口。可是到了晚上躺在床上，黑暗中，我忽然有了一种可怕的预感。我觉得，杰西卡和卡尔很可能是在联合起来戏弄我。他们拿一份我渴望的工作来引诱我，然后冷静地观看我的丑态。观看我如何为了面子隐忍不语，暗自受煎熬。观察我究竟等到哪天耐心和自信完全崩溃。还观摩了整场我“路过”的精彩表演。

伍

夏路瓦，夏路瓦，夏路瓦！

四面八方传来的有节奏的声音，像是有无数人围在我的身边，齐声高呼。这声音不断敲击我的耳膜，敲醒了我的灵魂。

我在哪里？我的耳朵被震得嗡嗡作响，头疼欲裂。

在上下眼帘好不容易分开的窄缝中，我逐渐分辨出，这是一间很大的黑屋子，没有灯，阳光从砖墙的缝隙丝缕透进来，在烟黑的墙和地上投下散漫的光点。远处，屋子正中央的位置，有一道光斜直而下，屋里升起的烟雾和灰尘，将那道光亮揉出了清晰的形状。一个瘦小的身影正蹲在天窗下的火塘边，手里忙着什么。

这一切看起来，像一个梦境里的场景。

我发现自己靠在屋角的一垛木柴上，树枝硌得我的背生疼。我想挪动一下身体，这才发现我依然被捆着。手脚已经被放开了，身体被一圈圈的麻绳扎了个结实。刚一喘息，肋骨的剧痛让我失声叫了出来。声音回荡在屋子里，把我自己也吓了一跳。原来这不是做梦！

好像是受了我这一声惨叫的激发，周围的喊叫声更响了，夏路瓦，夏路瓦！投在屋里的光点在变幻晃动，显然是墙壁外面真的围着躁动的人群。

我也不由自主地被吓得大叫起来，放开我，放开我！这是什么地方？你们是什么人？

回答我的是更高涨的声音，夏路瓦，夏路瓦，夏路瓦！

我看见火塘边那个瘦小的身影站起来，轻巧缓慢地走到门口，推开门，声音柔和地说了什么。喊叫声陆续停下，然后是四散的脚步声，墙上所有的光点一片片展现出来，静止。

我的声音倒是没停下来，我听见自己又嘶叫了很久，这是无法控制的恐惧所致。最后，我终于满头大汗地闭了嘴，嗓子哑了。

无奈地安静下来，我这才发现，除了我和那个瘦小的人影，屋子里原来还有第三个活物。两只有网球那么大的眼睛正半开半闭地看着我，就在离我两三米远的墙边，晶亮、懵懂，还带着几分趣味盎然的神情。

看到我终于发现了它，这双眼睛的其中一只对我眨了一下，毛茸茸的脸忽然耸动起来，下巴靠在地面上，歪歪地张大了嘴，打了一个巨大极了的哈欠。它的嘴足有一掌阔，张开时露出了上下两排白生生的尖牙。我才注意到，墙边含混不清的一座三四米见方的土堆，原来就是它的身躯，一直静静地伏在那里。当它打哈欠的时候，脊背随之绵延起伏，雄伟的身躯上，红棕色的皮毛在微光中泛出美丽的光泽。

我认出来了。这就是拦在我车前，被我撞伤的那头巨兽。

一个人，一头兽，同被安放在屋子的这一侧。我发现我们两个的待遇却是完全不同的。我被撂在柴垛上。它舒服地卧在厚厚的麻布垫子上。我被捆着。它是自由的，面前还摆着四五个木头碗盆，分别装着蜂蜜、鱼干、腊肉、金色的麦粒和殷红的天竺果。

我忽然想起刘玉山副县长讲的故事，这难道就是传说中的“牛熊”，庶村人的“神”？坏了，我什么不能撞，竟然在庶村的左近撞伤了他们的“神”。看这情形，多半是庶村人发现了我们两个倒在地上，就一起把我们运回来。他们自然要救治“神”。可是我呢，一个撞伤了“神”的人，处境恐怕是大大不妙了。难道现在，我和那些鱼干、腊肉一样，也是准备供奉给“牛熊”的食物之一了吗！

我吓得两脚撑地，飞快地往后挪动身体，一不小心从柴垛上滚下来，重重摔在地上，发出了颇大的动静。可是，依然坐在火塘边的那个人，就像是什么也没听见一样，手里的动作也没有任何的中止和迟疑。

在天窗投下的光束中，摆着两只木桶。他正从一只木桶里掬起粉末状的东西，再从另一只木桶里舀起黑红色的液体，两厢和在一起，很快，就像一羽鸽子飞出了他的手掌，黑红色的小鹿四蹄齐全地出现了。天光投落的地面上已经有了三排长长的队伍，马、鹿、牛、羊，以及各种不知名的动物，他忙碌不停。光束里的尘灰，飞舞在他皱褶密布的脸上，纹路柔软、安宁。

老婆婆，我用力发出声音。老婆婆，你救救我！这句话最后变成了喉咙里的嗞嗞声，只有眼泪滚滚而下。依然没有人理睬我。

陆

自从那天“路过”卡尔的办公室之后，我又苦苦等了两个星期，毫无音信。我又给卡尔发了一个邮件，这次没有回信。杰西卡在MSN上也不见影踪。我思忖着要不要再“路过”香港新世界广场一次，回想起当日的尴尬，欲行又止。每天清早七点醒过来，九点打算出门，然后给自己各种借口拖宕着，十一点还耗在电脑前上网。

我被自己的犹豫不决折磨得快要发疯，就在又一个星期快要过去的时候，上午十点半，手机响了，淮海路地域的电话号码，我的心一阵狂跳，接起。果然是从HZ通讯打来的，不仅如此，还是卡尔亲自打来的电话。

卡尔在电话那一头，笑声有如春风。他说，哎呀，凯文，真不好意思，你明后两天有空吗，能不能帮我一个忙？我有两个香港朋友，这个双休正好到上海，可是不巧，我今晚就要出差去北京。你能不能代表我接待一下他们，陪他们在上海玩一玩？

我迫不及待地答应了，还说，这么点小事，应该的。

谁说是应该的，事后想想我都觉得自己犯贱。说到底，我和卡尔不过多年前一夜共饮的交情，这样的朋友，就算他自己从外地来上海，我都未必有兴致接待，更不用说是替他接待他的朋友了。结果，我却答应得像是他给了我一个难得的机会似的，连费用算谁的也没问。

那两个香港人还要求多多，简直把我当成一个卡尔派去专程接待他们的下属。周六，他们吵着要去看东方明珠，门票当然是我出的。晚上，我请他们在滨江大道吃了铁板料理，开了发票。周日又一大早的，陪他们去了城隍庙，吃完小笼包，终于把他们塞进出租车，去了机场。随后我给卡尔打了一个电话，告诉他二日游圆满完成了。

卡尔的电话背景里塞满了饭局的人声。他响亮地感谢我说，凯文，你可真是我的好兄弟啊！有你在，我觉得干什么都踏实！

于是，我没能插进最想问的话，关于我的工作。也没有立场再问关于发票交给谁之类的。听任卡尔匆忙而愉快地挂断电话。我只能告诉自己，既然卡尔已经欠了我的一份人情，他应该会主动想到帮我落实工作。

又等了一个月，还是没有任何消息，我开始绝望了。我打算遍搜招聘网站，放下身段，广投简历。结果正逢圣诞将至，这不是一年之中招聘的时节，就算有招聘广告挂着的，联络人也没了心思。我也只能暂且放下应聘的心思，胡乱在家里混日子，睡到日上三竿。

我正睡得香甜，手机忽然音乐大作。卡尔在电话里笑呵呵地叫我，凯文，今天有空吗？出来陪我打一场高尔夫吧。

我连忙应，好好好。睁眼一看，朝霞未放，月亮还淡淡地挂在天边呢。我抖抖嗦嗦冒着冬寒，打车几十块钱，来到浦东龙东大道的高尔夫球场。太阳就是在颠簸漫长的路上一点点升起来的。我告诉自己，这次一定要好好问清楚工作的事情。十八个洞，足够我得到一个详细的回答了。

我问了。卡尔回答了，HZ是一家世界五百强的公司，不知多少人要挤进来。大家都知道HZ通讯是总公司在中国地区规划发展的重头，所以这些年，应聘的简历看都看不过来，全都是人才。而且公司内部其实并不缺人，招聘只是一篇表面文章，做给公众看的。这跟杰西卡说的恰好相反。

但是，卡尔说，我会尽全力帮你搞定的。你耐心一点。

卡尔职位不一样了，爱好也随之变化。网球属于白领，高尔夫属于金领。他步伐从容，挥竿娴熟优美，仿佛他天生就是一块公司高层的材料。而我跌跌撞撞，被郊外的气温冻得够呛，几次把球打进河里。站在河边击球，又一脚踩在水坑里。天很蓝，草地在这样的季节保持着奇异的碧绿。

狼狈的一天过后，卡尔为我们两个人买了单，还开车送我到家。这让我感觉好多了。当然，让我感觉最好的，是他亲口答应了帮我“搞定”一份工作。我重感冒了，不过心却安定下来，怀着对卡尔深深的感激和感念，就这么流着鼻涕过了元旦。

一月里，我打电话向卡尔问了两次“新年好”。第二次，在我说完了所有的客套话，最后支支吾吾，拿着电话不挂的时候，卡尔主动告诉我，哎呀，很困难啊，公司已经停止招人了。不过你放心，我会尽力帮你斡旋的。你再耐心等等吧。

二月到了，春节还差一个星期，我又打给卡尔“拜早年”。卡尔说，我正忙着。就不耐烦地挂断了电话。

杰西卡从人间蒸发了三分之二。MSN留言不回。发短信，三两天才回。打三个电话接听一个。不久前，她还常常在网上跟我闲聊，热心着我的各种现实困难和心灵困扰。这一切究竟是怎么了？

我硬着头皮，在大年初四那天又给卡尔打了一个电话。卡尔忽然很热情地说，来我家坐坐吧。我心道，这不是让我给你去拜年吗？下血本买了两瓶玛歌酒庄的红酒，一盒蒙特克里斯托雪茄，直奔卡尔的公寓。卡尔毫不含糊地收下了，招待我喝了一杯现煮的咖啡，吃了芝士蛋糕，还回赠了我两瓶拉图酒庄的干红。看起来并没有占我多少便宜，真的是请我这个朋友过年来聚聚的意思。

我后悔自己误解了他的心胸大方。春节过后，工作照旧没有消息。我决心不再让卡尔和杰西卡为难。反正各家公司新一轮的招聘该开始了。我正打算上网自己找工作，邮差忽然上门，让我带着身份证去取一封挂号信。

录用通知书终于到了。

我填写的员工情况登记表是八十九号。奇怪的是，当我喜气洋洋地来到人事部，却意外地发现，跟我一起办用工手续的，竟然是一百零六号、一百零七号和一百零八号。这就意味着，在我填完员工登记表，等待录用通知、备受煎熬的五个多月里，已经有十七个比我晚到的人正式进入了公司。

后来有一次，又跟杰西卡单独喝咖啡，说到这个话题。她避开我的眼睛，手指抚弄着颈项上的白金观音吊坠。我怕她尴尬，打算转开话题。她却忽然说了一些莫名其妙的话。

她说，凯文，我那时候不是不理会你，我是为了你好。那个局面，我插一脚实在太不合适。有些人就是喜欢别人觉得他重要，事情显得太容易，心理需要就满足不了。

卡尔在他的办公室里再次接见了我。这一次不再是旧同事闲聊，我们重新做了同事，他是高层，我是底层。我千恩万谢。他毫无架子地从大办公桌后面走出来，拍了拍我的肩，鼓励我一定要好好表现，毕竟是他力保我进公司，不要让他日后难以跟大家交代。随后他向我宣布，目前，有两个部门愿意接收我。一个是杰西卡负责的销售部，还有一个是威廉负责的市场部。他问我愿意去哪个，不用马上回答，可以回去考虑两天。

我说，不用考虑了，我去市场部。

到市场部报到的第一天，威廉就牵头为我组织了一场欢迎晚宴，市场部的所有人，一个不缺全部参加。玛丽支吾着说，保姆晚上要回家，儿子一个人在家没人照顾。威廉摆摆手说，你选吧，要儿子还是要凯文？引来办公室里一阵喋喋怪笑。

威廉戴一副玳瑁架眼镜，牙齿洁白，留着及肩长发，说话风趣，是公司唯一具有艺术家派头的家伙。据说市场部人人都是他的“粉丝”。不仅如此，“粉丝团”还包括外部门的一群小女孩和中年妇女。她们经常找借口来市场部联络工作，走动频频，或者偶尔列席参加市场部的聚餐联谊，为的是听威廉讲一两句俏皮话。

晚宴定在“湘沪情”，离公司两个红绿灯远的一条小街道上。门面装修得挺花哨，服务员却邋遢拖宕，大厅里总有未及收拾掉的水桶抹布，包房的墙上印着水渍，座椅散发着疑似的霉味。我不明白威廉为什么会偏爱这家毫无情致可言的餐厅，可能是因为跟老板熟悉，允许自己带酒。六支一箱瑞典奥胡斯的绝对伏特加，红莓口味，威廉最喜欢的，已经由托马斯抱来放在包房的茶几上。

威廉的饭局的规矩是，人人杯子里都必须是酒。酒量特别不济的还有一种选择，就是啤酒。出于对这次郑重欢迎的感激，我慨然倒了满杯伏特加。这种酒讲究快饮，杯起酒干。热菜还没上来，托马斯已经跟我连干三杯。饭局之前已经有了任命，我不算太丢脸地得了一个公关主管的职位，他是我这一组唯一的下属。唇红颊白的年轻人，新毕业，秀气得像个女孩，个子也纤巧，看人的眼神倒是不避不让自信得很，口头禅是“我这个人心态比较老成”。他是九十号，比我早进公司五个月，倒成了招呼我的老员工了。

托马斯口口声声对着我说，今后要请老板多提携。三杯过后，各位同事也凑了上来，一个接着一个，说好似的。热菜和滋滋作响的铁板端上来，周围的人声像无数的水珠滚动在油锅里，有四平八稳的祝酒词、开玩笑的奉承、故作亲密的奚落，还有他们相互说的一些我懂与不懂的八卦典故。我忽然觉得安全和放松，肩颈两侧板结的肌肉咔嚓作响地松开了，前一阵横在心里的枝枝干干全都落了下来。我终于重新属于了一个集体，对我敞开了热烈怀抱的集体，从此不用再为无依无归而终日惶惶了。

我不断应承着干杯，觉得自己的心熊熊发热，尽管酒精在我胃里散发着玻璃碴儿一般的凉意。围绕着我的笑容漂浮着，我想吃点什么，举起筷子伸向豆腐干丝，夹起一筷，掉了，只剩三两条还挂在筷头上。玛丽被推搡着来到我面前，有人倒满了一杯啤酒塞在她手里。她眼皮单薄的一双眸子怯生生的，还没开口先有人替她说了，干了干了，于是我只看见她两枚有些偏大的门牙在嘴唇里闪了闪。干了干了，她呛了，捂着嘴，被周围的声浪怂恿着继续对付剩下的小半杯。干了干了，我又仰了一下脖子，也许是两下。等我放下杯子，她已经坐回位置上，一脸内疚地看着我。

大盘的烤鱼被端上来，酒精炉燃着，油在铁盘里跳跃。威廉在众人的欢呼声中站起来，把他的酒杯凑到我的酒杯前说，你还记得我叫什么名字吗？我很努力地回答，威廉。他扫视周围，会意地笑着说，不不不，你这兄弟太不够意思了，连我的名字都记错了，该怎么罚？

我记得我痛快地连罚了三杯，翻转手腕，杯口向下没有一滴剩酒。威廉端着酒杯说，威廉是外人叫的，叫我威尔，威尔是兄弟叫的，嘿，你酒量不错嘛……我觉得他看着我的目光里有一丝惊讶，我尽量站稳了，摸了摸前襟，又试着想把手里的酒杯稳妥地放在桌面上。

你还犯了一个错误，威廉的话不真切地继续灌进我的耳朵里，这个桌上，你跟每个人都喝过了，就是没有跟威尔喝。来吧，我们俩得干一杯！

好，我们干杯，我听到自己的声音显得非常遥远。有人把漂亮的半透明酒瓶伸过来，好像又在往我的酒杯里添酒，凉飕飕的，液体从指甲盖上流过。我看见威廉依然高举着他手里的酒杯，忽然露出一个骄傲的笑容，像是一个斗牛士从公牛身上拔出最后致命的一刀，谢幕时的表情。我的手不由自主地垂了下来，好像有人在用力曳住我的胖身子，但是意识和身体都难以控制地下坠而去。

我想这确实是一场尽兴的联欢，我应该感到畅快和感动。当醒来的时候，我确实这么告诉自己。可是我的嗅觉开始跟我作对。从西装到内衣都散发着一股烤鱼的气味，过剩的作料深入了每一根纤维。而我的肠胃散发着一种奇异的化学气息，红莓，那是怎样的一种添加剂被混入甘醇的烈酒中。

我有些尴尬与害羞地走进办公室，一早，昨晚列席饭局的一个前台女孩已经站在我的隔断边，手扶着我的转椅背，一藕白嫩的膝盖半跪在椅子上。她正左右转动着身体，傻笑着，以这种姿态跟站在一边的威廉聊天。看见我出现，她捂着嘴笑得更欢了。昨天你表现不错噢，她这么对我说。威廉走过来捶了两下我的肩膀，说，从现在开始，你叫我威尔。

从那天起，我几乎隔天就被点名参加威廉的饭局。第二次，是我回请大家，威廉提议的。接下来是市场部里不同的一批批人跟威廉聚餐，看上去都与威廉有着特殊的友谊，或者说，他们都认为自己这一拨才是唯一跟威尔有私交的。有时候是威廉宴请媒体的一些朋友，或者公司的高层。饭局有大有小，无论是五六人还是十几人，断少不了喝酒，喝醉。而且只要不是宴请规格比较高的，威廉一般都让助理安排在“湘沪情”。

烤鱼和红莓的气味终日追随着我，挥之不去。我时常在上午对着文件发呆，在中午对着盒饭发呆，在得到饭局的通知时无比疲惫，却又在得不到饭局的通知的那一天感到莫名地失落。饭局是这样一种东西，它能够轻易地卷走一个人对于多余时间的无所适从，对于独处的无所适从。它脚步虚浮地扛起了归属、信赖、情谊，用酒来壮胆。是的，我确实在充满人类和菜肴噪声的包房里感到心有所依，却又在进入醉态前的一刹那，仿佛感觉坐在万千笑容掩盖的危崖之上，被凌厉的空洞贯穿。

我成了市场部的红人，我是威廉的宠儿。这成了人人都知道的事实。我的身价随着饭局的数量积点累增。每个人都对我毕恭毕敬，好言好语，尽管我还没被派遣做过任何部门的工作，只是每天“学习”档案。托马斯天天腻在我身边，没话找话地跟我聊天，寻找共同语言，一点不为代沟而气馁。噢，你说姜育恒啊，我怎么会没听过他的歌呢？他像遇到知己一样兴奋地高声说，一边后退了几步，装着整理桌面文件的样子，手指轻轻在键盘上翻飞几下，然后又走过来站在我的面前说，《再回首》《戒烟如你》，我别提多喜欢了！我就说，我这个人心态比较老，跟你一定谈得来。

他腻了半天，无非是为了我带上他一起去饭局。他说，我是你唯一的下属，我们应该是一体的，同进退，共荣辱啊。他这一番话倒是点对了地方，让我心里的热气冒了上来。他又说，老板你参加饭局带上一个跟班，才能显得更有派头。

托马斯在饭桌上眼睛发亮，情绪亢奋，四面出击，尤其是威廉举杯的时候，跟酒跟话比谁都积极，这么一来，倒是省了我好多杯酒和气力。不过饭桌上多了这样一个活跃分子，每场饭局又拖长了不少时间。而我这个懦弱的人又从不敢中途退场，生生坚持到最后。

好像就是从带托马斯参加饭局起，没多久，我收到的饭局点名开始减少。

每到下班时间，托马斯经常神神秘秘的，特地跟我道别说，我先走了。过一阵我下楼，又看见他等在电梯口，背转身故意装作没有看见我。

他平日里也懒于跟我寻找共同语言了，我主动跟他搭话，他哼哼哈哈，眼睛盯着电脑屏幕，手指飞舞，没心思理我的样子。也依然没有具体工作派给我做，终日翻看档案文件夹，我开始觉得寂寞。所以，有一天，当托马斯再次兴致勃勃地找我说话，我的话明显有点过多。

托马斯问，老板，那时候市场部和销售部都要你，你为什么挑了市场部啊？

我说，因为杰西卡。我大概地告诉了他，杰西卡跟我的关系比较特殊，为了避免近距离共事的尴尬，我不能去销售部。

于是，托马斯显得非常感兴趣，一个劲儿地打听“冰山美人”究竟与我有何种瓜葛。两个男人谈论一个美丽的女人本身就是一种乐趣，再加上我要命的虚荣心，我就说出，杰西卡是我的前女友。现在想来，可能就是这次莽撞的谈话，导致我走上了前往庶村的道路。

周一的例会上，开始讨论如何配合公司目前的投标大计。卡尔为了政绩，立志要拿下中国移动六省的网络通信设备的采购合同，据说标的预计高达八亿元人民币。杰西卡担任投标团队的负责人。市场部全力配合实施公关活动，其中最重要的一个动作，就是向云南的偏远山区捐赠一台卫星电话设备，赚得HZ通讯的公益形象。

威廉看上去心情良好，扶了扶眼镜，笑眯眯地说，今天我们也来一把民主选举，看哪一组当选这次浪漫之旅的外勤。

静默了几分钟，大家彼此看了看，又都若无其事地掉开目光。威廉像是一个快乐的游戏主持人，他依次报出各个小组组长的名字，也就是每一个主管的名字，手寥寥举起，落下。最后，他念到，凯文。我还没回过神，一片树林升起在我面前，几乎所有人都投了赞同票，他们举着手，有人望着窗外，有人面无表情地看着我。

柒

一头灰黑色的猪，四蹄并缚，用一根棍子挑着，两个男人一前一后扛着走到高台前。猪的这种姿态，让我想起我被扛到庶村的情形。

阴天，天穹无际，云如墨迹层叠低垂，四围的群山在雾气中消失了边际，与天空交错在一起。在五大片错落的村屋之间，有一片辽阔的空地，有如花瓣之间的花蕊般舒展向天。空地上已经聚集了几百人，男女老少，穿着交错叠襟的土布衣裳、肥脚裤，编织的发辫上坠着骨色的兽牙装饰。他们杂乱地围成一个大圈，中间就是那个高台，用十几条大小相似的整支白果木搭建起来的，说高，其实也就是高过一个成人的头顶。四根梁柱更高一些，顶端扎着各色的布条和兽皮之类的，还挂着一些凌乱的装饰品，想是历年来无数不同的人祈愿时留下的，褪色不一。

当猪被打到近前，散漫的人群开始躁动起来，眼睛引领着脚步不自觉地向前挪动，圈子渐渐缩小。除了孩子们还在大人腿脚的空隙里穿行，兀自玩着泥土和石子的游戏。

曾经坐在大屋中央捏塑动物的那个瘦小身影，如今披着唯一边缘滚绣装饰的长袍，头顶戴着六叶镶金的高冠，站在高台左侧，面向众人，举起他满是皱纹的左手。我前些天已经知道，他不是老婆婆，只是一个相貌比一般男人柔和的老者。他是庶村的现任长老，庶仁。

他举起左手，中指点在自己的额头上，维持这个姿势闭目沉默了一会儿。他的额头上画着红色和白色的粉彩，颧骨上是蓝色。随后他伸开手掌，猛地睁开双眼，手心向着天空，尖叫声随即从四面八方响起，夏路瓦，夏路瓦，夏路瓦！越来越有节奏，越来越响亮。

两个男人立刻在高台前方放倒了这头猪，又上来两个人将猪紧紧按住，一边脸被按进了泥土中，另一半脸上，一只圆滚滚的眼睛正用力望向天空。它忽然惨烈地嘶叫了一声，四蹄发疯似地敲击泥土，尖刀拔出，再次高高举起，亮光在半空中闪过，又是一下，一下，再一下。人群狂热地欢呼起来，盖过了猪愈来愈痛楚的嚎叫。孩子们也忘记了他们的游戏，钻到前方来，血映在他们黑亮的瞳仁上，蔓延开来，浸透了四个壮汉脚下的一大片沙土。

我好像尿了，裤子底下一片濡热。我就被放在高台的另一侧，身上捆实着，像另一头牲畜被扔在这里。我知道他们都是为了替“牛熊”祈福而来。他们的神如今依然伏在那间幽暗的大屋里，每天只喝少许水，舔些蜂蜜，间或吐出一滩黑红的淤血。显然按照他们的逻辑，为了祈祷它好起来，就得杀掉一些活物来祛邪、祭祀。

人群中又走出两个壮汉，一边一个架起我，将我提起来，一把扔在猪的边上。人群再次高呼起来，夏路瓦，夏路瓦！我忽然意识到，原来我就是第二头“猪”，我也是他们将要一刀一刀捅死了祭祀的活物啊！这个念头把我一下子吓蒙了，我想要逃命，但是此刻，我吓得连尖叫声也发不出来，身体也完全动弹不得，只是无法控制地颤抖，原来人恐惧到极致，整个身体的功能都会停止，不再听从大脑的召唤。而我的大脑呢，它平时不太能听得懂别人说话背后的意思，这是杰西卡经常数落我的，不懂得“听话听音”，这会儿它听懂了不该听懂的话！这里的人不会说汉语，他们说的也不是藏语，当然也不是英语，听上去有古梵文的发音特点，对此我完全没有章法，不过这时候我居然听懂了众人如潮水般轰鸣的叫喊声！“夏路瓦”的意思就是“杀了他！杀了他！”这些天，我已经听了有几百次了。

我的内心涌起了巨大的愤懑，我真的就要像一头猪那样死去了吗？为什么我人生的结局居然会是这样的？我的运气怎么能这么背！我这样一个从小生活在世界文明中心的白领精英，居然要死在野蛮人的祭祀台上？不，这不是倒霉，这是陷害，这是整个市场部对我的陷害！他们是集体的杀人凶手，他们比将要用刀捅死我的野蛮人们更符合凶手的身份！这场谋杀将不会留下任何证据，没有人会追究他们的责任，除了这个村子里的人，甚至没有其他人会知道我死在这里，连杰西卡也不会。

在临死的这一刻，杰西卡让我对这个世界有了无限的留恋，她是除了我的父母之外唯一曾经真心待我好的人。这么多年来，我对她的爱情早已消褪，但取而代之的是更加深刻的感情，像是家人，像是手足。在这个冷酷的世界里，我只希望她知道我死去的消息，我只希望现在还能最后再看她一眼。

在巨大的悲恸中，我用尽最后一点力气弯折我的脖颈，望向天空阳光最炫目的方向，让我的半边脸离开地面，让我汹涌的泪水流下来。这时候，庶仁按住了我的肩头。他说，祈玛拉里埃加德，玛库俱噜塔米卡拉埃加德。他不是在对我说，而是在对围上来的人们说。说完之后，他忽然俯下身子，用生涩的汉语翻译给我听：人太脏了，远没有动物干净，没有资格作为牺牲献给神灵。

他的嗓音柔和轻微，宛如耳语，然而在几百人的叫嚣中听得异常清晰。不知道是因为大家见到长老开口，就自然放低了声响，还是真的每个人都听见了这句话，并且心悦诚服，话语过后，人群渐渐平静下来。我感觉到地面还在微微振动，猪的四蹄依然敲打着地面，抽搐着，终于停止。

几天以来，我第一次被放开捆绑。

空地上的人群早已散去。高台上摆着砍下来的猪头、猪尾、蹄子，还有成百只细小的动物面塑，暗红色的，庶仁花了几天几夜，用猪血混合糍粑捏成的。我知道，正是这些面塑替下了我的性命。起先我以为是风雨为梁柱留下的斑痕，没想到血迹正在木头中弥散，将木头融为黑褐色。

两个孩子在高台底下兴奋地笑着，争相用树枝扎一个小皮球似的玩意儿，它看上去是个好玩具，跳来蹦去，怎么也扎不破，原来是猪弹性十足的心脏，上面还糊满着血污。

我很清楚，我依然是一个囚徒，一个执行期不确定的死刑犯。庶仁告诉我，村民们已经同意暂时让我跟他们生活在一起，直到“牛熊”的伤势得以恢复。我知道庶仁的汉语不好，可是他为了我能觉得好受些，努力选择了措辞。他这些话背后的事实应该是，如果“牛熊”好转，我就能重返我的世界。而如果它伤重不治，我依然免不了为它抵命。现在的我，只是暂时被允许松快一阵，猪待宰之前还是放养的呢。

天色正在暗下来，我绕过高台的边缘，见四下无人，就暗暗加快脚步向低坡处走去，穿过两片村房中间的宽阔草场，一路飞奔向丛林而去。零星有人在远处的村屋前走动，还有人正在更远处山坡的田地里劳作，我敢保证没有人注意到我，就算有，他们现在也不可能追上我了。我终于来到了丛林前，我相信一旦走进这片巨大黑暗的宫殿，就没有人再能找到我。这样盘根错节的雄伟枝干，这样幽深不可测的空间，忽然桀桀一声，是丛林深处发出的怪鸟的鸣叫，我吓得后退了几步。

另一边，是夕阳下玫瑰色的平原，有一个声音隐约响起，迦罗尼迦耶，摩罗摩罗。在屋前走动的人们，在田间弯腰的人们，天地间每一个角落的人们，此刻都停下来，眺望夕阳的方向，跟着那个声音齐声颂念，迦罗尼迦耶，摩罗摩罗……

丛林庞大的黑影正在一寸寸爬过来，盖住了我的身体，挡住了我头顶的阳光。我忽然做了一个很没出息的决定，但是我相信算是一个明智的决定，我拔腿就向村庄的方向返身跑去。我告诉自己，在“牛熊”咽气之前，我应该还有很长一段时间可以逃跑，可以先打听到走出村庄的路在哪里。

当我气喘吁吁地重新走近熟悉的大屋时，夜幕已经完全沉落下来了，有一支蜡烛特意摆在窗台前，照着路，就好像是料到我这个囚徒会乖乖回去。

捌

本来托马斯应该跟着我一起出这趟差的，他逃不掉，连机票都是这么买的。可是到了临走的这一天，威廉忽然说，凯文，你去那么远的地方，猴年马月才能回来，你们小组总需要留一个在公司里吧？

托马斯正在慢吞吞地打包自己的手提电脑。听到这话，就把电脑放下，径直去开水间冲咖啡喝了。他似乎早就知道这个安排，一直不像要准备出远门的样子，记得那天他还是背着挎包来上班，行李也没带。于是我一个人去了机场，公司预定送我的车也说临时有事，撤销了。

事情很明显，威廉和托马斯是有默契的。我更相信，托马斯是威廉派来的探子。我忽然遭遇这样的排挤和流放，就是因为托马斯报告威廉说——销售部经理杰西卡是我的前女友，也许她与我的关系还不仅如此。

我正式到市场部上班以后，杰西卡曾经主动打来电话祝贺我，大大方方的，甚至没有问起，为什么我没有去她的销售部。她的宽容倒是让我更多了几分惭愧。我们这两个部门不在一个楼层，暂时开会也碰不到，有她这个级别参加的公司会议还轮不到我，除了年会。她主动打给我的一周后，拥挤的早晨，我们终于在电梯里遇到了。气候还没转暖，她提前穿了一身冰蓝色的春季套装，风衣，丝巾，裙子下露出玉色的小腿，显得精神而迷人。

我于是赶紧抓住机会说，这么巧，中午有空吗，一起去彩蝶轩吧？

我早该请她吃个饭。可是让我打电话专程跟她说这个，我拉不下这张脸。

电梯里很多人，我转过身跟她说话之后，就再也转不回来，只能近距离眼睁睁地看着她。她的发梢飘来熟悉的香味，用的还是迪奥的金色真我香水。她抬起眼皮，有些嗔怪地看了我一眼，嘴角微微向上弯了弯，很快把笑容收回去，说，好吧，我正好也有事情要找你。小声而简短。门开了，人流把我推出电梯。

她比我到得早，坐在一个靠窗的沙发座上。看见我，就抬起手引起我的注意。大厅里起码有百余人。穿着白色长裙的女孩在钢琴前不停地演奏。我不知该说什么，就一个劲地让她点菜，她矜持地把菜单又推还给我，我就一个劲地自己点菜。心里琢磨着，她应该懂我的意思，不用我再笨拙地寻找措辞了。好在冷盘刚上来，她就用手指把头发挽到耳朵后面，很正式地看着我。以前每次她有重要的事情跟我说，事先总是这副模样。

她说，凯文，你肯不肯帮我做一件事？

我赶紧点头。我正愁没法为她做什么来还这个人情。

她笑了笑，说，那就好，你答应了就不能赖。听说，现在你在市场部还挺得宠的。你能不能替我留意一下威廉，看看他和市场部在管理和运作上有什么把柄，我挺急的，最好尽快就有确切的消息。凯文，你现在跟威廉走得这么近，这应该不是什么难事吧？

我的筷子停在盘子里，停在自己的还是菜盘里，我都不觉得了。醒觉过来，我发现杰西卡一直在看着我，美丽的手指攥着脖颈上的白金观音吊坠，转过来，转过去，牙齿轻轻咬着嘴唇。

那一阵，威廉几乎天天带着我去饭局，夜夜大醉，喝醉了捶着对方的肩膀，他让我叫他威尔。杰西卡明明知道我和威廉“走得这么近”。更糟糕的是，我承认“无间道”在电影里看起来很浪漫，可是在现实生活中未必光彩。我既不想做一个背叛情谊的冷血的人，也不想做一个不光彩的人，不过按照杰西卡的说法，我其实就是一个没用的人。

我期期艾艾地说，我知道威廉的性格比较容易得罪人，没有口德，喜欢自我表现，你也不要太计较了。再说了，市场部的工作都是为了配合你们销售部的，你把他搞垮了，未必对你自己的工作有好处的啊。

杰西卡早料到了说服我的难度。她说，你这话说得太不合适了，你以为我和他私人恩怨啊？你大概还没有拎清吧？我要你这么做，不仅是为了我，也是为了卡尔，为了整个公司的将来，包括你自己的。

她又说，其实不是我要你这么做的，是卡尔。他亲自安排你进公司，就是为了让你成为替他办事的人。他把你安插到市场部，也就是为了让你替他找到威廉的把柄，打击他。

卡尔把我安插到市场部？不是我自己选的吗？我忽然明白，卡尔早知道我会怎么选。我真是一个逻辑简单，容易操控的人。我的心中暗暗有些不快了。

杰西卡太了解我，她看着我额头上细微的牵动，就看出了我心中的天平倒向了哪一边。她忽然放弃了这个话题，两只手放在桌面上，笑了笑说，我们先吃饭吧。

第二天，下班的钟点刚过，卡尔打电话给我。熟悉的爽朗声音在电话里说，凯文，还没走吧？到我办公室来一趟。

我飞快地说，好好。这时候威廉正好拎着皮包走出他的办公室，风衣挂在手肘上，对我做了一个大拇指向外的手势。我这才想起，今晚也有饭局。威廉正示意我快点出门。于是我支支吾吾地对着电话说，哎呀，恐怕今天不行了，我晚上有事情。

卡尔在那一头沉默了一秒，再出声的时候，听上去有点不高兴。凯文，我在等着你。你先上来，一会儿再去办事。

我连忙说，好好。这一刻，我很奇怪自己的反应，为什么对于卡尔的言语，我竟然有一种条件反射式的唯命是从？凯文，路过香港新世界广场的时候，进来坐坐。凯文，替我接待一下我的香港朋友，陪他们在上海玩两天。凯文，陪我去打一场高尔夫好吗？……我忽然明白了员工录用通知拖宕了五个月的意义，那就好像是一场驯兽，让我习惯把他的声音当成一种福音，一个与我的最大愿望密切相关的旨意。效果确实如此。

卡尔与我的交谈很仓促，因为我不得不告诉他，威廉正在楼下等我去参加饭局。如果我迟迟不出现，他必然起疑。

卡尔亲切地拍了拍我的肩，随便弹去了我西装肩头的一根落发。他告诉我，杰西卡要求我办的事情，确实不是杰西卡一个人的计划，而是他的意思。他希望我为了公司的美好前景，加入他们的阵营。不，他说我原本就是他们的一分子，因为我们在总公司的老交情，因为他一手操办了我进HZ通讯的手续，还因为杰西卡。他问我，你忍心让杰西卡失望吗？

他说了这么多，自然是因为我的表态始终含混不清。离开这里的五分钟之后，我就会见到焦急等候着我的威廉，我会再次与他推杯换盏直到酩酊大醉，今天，明天，后天。我很难想象，如果我在这一刻应下了陷害他的任务，下一刻我该怎么面对他？

卡尔没有送我，在我走出他办公室的一刹那，他用抑扬顿挫的英国口音在背后说，凯文，我了解你，你一定会去做的。我们等你的消息。语气依然自信。

我记得那天晚上的饭局规格颇高，不是“湘沪情”，而是威廉亲自开着他的陆虎，去了虹桥阳光大酒店内的泰国村鱼翅馆。

整整一路上，我都在想着，到底威廉是在什么地方得罪了卡尔和杰西卡，以至于他们一定要除之而后快？还说这有关公司的将来。难不成，是威廉在背地里做着损害公司利益的阴谋勾当？我纠结着，直到走进了充满美食和优雅氛围的包房。

餐桌周围装饰着嫣红的剑兰，主座身侧的落地窗外，水流潺静，芭蕉庇荫。菜单已经提前预订，红烧大排翅、南非鲍鱼、膏蟹粉丝煲、鲍汁鹅掌，外加苏维翁红酒。这样的待遇不禁让我高兴起来，暂时忘记了内心的烦恼，尽管我知道这一切并不是为了招待我而安排的。

威廉招待的是HZ通讯的总经理，老约翰，我们私下都这么叫他。

老约翰是个台湾人。跟人讨论问题的时候总是非常较真，学生气未消的模样。面貌年轻时应该是非常帅的，如今依然可以从他长方的脸形、挺直的鼻梁上看出来。也许现在也算不错。头发三七开，花白浓密地梳在耳后，永远是一身剪裁得体的老式西服，衬衣领口里系着丝巾，像是上海的“老克勒”。

说起来，他时运不济，值得同情。五年前，HZ总公司一位分管营销的副总经理面临年迈退位。董事会在同行业范围内搜索人才，看中了在竞争企业SME担任相同职位的老约翰，于是特地请了猎头公司去游说。没有想到，老约翰不接受也不拒绝，不菲的期权、薪水翻番，他还是说要考虑考虑。当时我还在总公司上班，这个小道消息曾经传遍了公司。

过了一年，也就是我离开公司的那年，SME有一股少壮派的力量忽然飞快地扩张势力范围，排挤老约翰。老约翰这才下决心接了绣球，可惜时机晚了一点，HZ总公司副总经理的位置刚好有人替补上。正逢HZ通讯急着开张，严重缺少高层管理人员。老约翰就这样来到HZ通讯当上了总经理。他当然不乐意，尽管副职变正职，子公司比总公司的规模小了不止一半。更重要的是，HZ总公司在行业内的重磅地位，HZ通讯完全没有。这就意味着，以后行业大会发邀请，都未必能邀请到他这个偏安一隅的总经理。

董事会答应老约翰的条件是，只要他愿意承担起HZ通讯这个摊子，一直到退休，董事会将按照总公司，而不是子公司的标准支付给他养老金。同时，兑现跳槽时承诺他的期权。这样，退休之后，他等于就重返了总公司，而且是作为董事，依然还是这个行业重量级的人物，将来电子通信行业的名录里永远不会少了他。

这都是我到了HZ通讯之后，陆续听说的八卦。

看起来，威廉和老约翰的私交不错，聊的时常是些没头没尾、我完全听不懂的内容。偶尔还像是说了什么笑话，两个人默契地大笑起来，旁人坐在一边却不明白为什么好笑。

其实旁人只有我和玛丽两个人。也许因为这家餐厅的人均消费过高，人多了，发票金额太大不方便报销。也可能是这次饭局很私密，威廉是特别信任和看重我，这才叫上了我。想到这里，我的自我感觉更好了。

话题不知怎的转到了我身上。威廉向老约翰介绍说，你猜他是谁？一个主管，不不，你小看他了。他原来可是总公司的采购部经理啊，四年前就是了！

老约翰第一次正眼看我，像端详一个曾经在天国当差，如今却在凡间扫大街的人。连玛丽也从手机屏幕上抬起头，惊讶地打量了我一阵。

老约翰说，哎呀，四年前你才多大呀！他的表情变成了极大的惋惜，那么现在……他的意思自然是，那么现在，我究竟是经历了什么样的巨大不幸，才会落到这个境地。

威廉哈哈大笑，就像宣布一个最稀奇的秘密那样告诉大家，他，是自己辞职的。

我渐渐发觉，HZ通讯有一个公认的价值观，那就是，不仅要升迁，进入总公司才是他们的最高理想。好比住在多层楼房里的居民，爬到顶楼，也不过站在六层高。他们向往高层，坐着电梯直上四十楼。我想，威廉攀上老约翰，显然是个聪明的举动。等老约翰功成身退进入总公司的董事会，他就有理所当然的话语权可以提拔威廉，直接把他调到总公司。不过，且得有耐心，老约翰还有足足四年才到退休的年限。

威廉用这话提了我一下，就把我推到了老约翰面前。来的路上，他已关照过我，总经理贪杯，善饮，要我好好相陪。这会儿当然该我卖足力气，陪着老约翰一杯接一杯。

美酒配鱼翅，老约翰跟我聊了一阵“尾勾”和“背鳍”之类的。随后，威廉不知怎的说到了水城路上的小姐。老约翰开始把语言调到了英文频道上，附和着威廉说，那些女孩子可真像水蜜桃啊。好像换了非母语，这样的话题就可以显得隐晦一些。其实在座的谁不是每天八小时都使用英文的呢。

玛丽始终没融入我们的饭局气氛中，她抽空就低头发短信，应该是给保姆。今晚她又是被硬生生征用，没能陪着她的东东。

玛丽的肤色比一般女人白皙，愉快的时候白里透红，紧张与悲伤的时候，白里透出青色。不是杰西卡那种健康细致的皮肤，倒有一种特殊的纤弱与敏感的美丽。单眼皮，笔直的鼻子，总是微微抿着的嘴唇。她原本应该是个安静而严谨的人，也许是因为不适应这个部门的气氛，说话常带着不安的口吻，声音越说越低，一句话结束时往往已经细不可闻。脸上略显活泼的是她两只偏大的门牙，笑的时候微微露出来，让我联想起一只小白兔的胆怯与可爱。

威廉揶揄老约翰“惧内”，惧到夫人儿女远在美国几年，还不敢把小姐带出场。老约翰举着酒杯，假装摇头叹气，凑着威廉的耳朵说了几句，好像是在说不得不忌惮“大陆警方”。威廉摆摆手，说，此言差矣，此言差矣。忽然提高了声音叫，玛丽，我是请你来吃饭，还是发短信的？算了，你先过来喝酒吧！

老约翰的酒量果然可以，我已经晕乎乎了，他才刚刚有了点放松下来的意思。威廉让玛丽敬老约翰三个三杯。玛丽她显然完全没有酒量，前三杯很勉强，夹杂着愤怒的僵硬，显然又不敢在这个场面上翻脸。第四杯开始，就有点浑浑噩噩的样子了，很快喝到了第六杯。

老约翰坐着主座，威廉和我，本来是一边一个挨着老约翰坐的，玛丽坐在对面。现在威廉站起来，把玛丽让到他的座位上，自己则坐在玛丽的另一侧。他说，你们这么喝多没劲，还有三杯，玩骰子，谁输了谁喝，怎么样？

两个骰子筒里各有六个骰子，倒扣在桌上。老约翰很礼貌地伸开手掌，示意女士优先。玛丽一措手就把骰子甩得满地都是。老约翰显然是高手，晃动手腕，骰子筒都离开了桌面，骰子还在里面转动。三个二，四个二，三个三，四个三，五个三。玛丽微醉，还没忘记愤愤的心情，急于求胜，频频翻开老约翰的底牌，结果却是自己判断失误。老约翰显然赢得有些不好意思，也故意开错几次，替玛丽罚了几杯。三杯早已过去，但是玛丽心有不甘，老约翰也玩得兴起，竟然就这样你负我胜，你胜我负，流水一样喝个没完。

我不知道是不是自己眼花，威廉的座位似乎在一点点往玛丽这边挪。这让玛丽不自觉地跟老约翰越坐越近，对面猜着骰子，几乎膝盖碰到膝盖了。每次输了，玛丽喝酒的样子已经越来越痛快，站起来，一仰脖子，像是要把自己立刻毒死一样。她喝完还没坐下，威廉在她背后推了一把，她就一个趔趄倒在了老约翰的怀里。

老约翰毫无防备地接住了她，手臂僵直着，没有力气将她一把托起来，也不敢趁势把她完全抱入怀中。可是事实上两个人已经抱在一起了。玛丽的手肘撑着老约翰的胸膛，膝盖跪在他的两条大腿中间。她短促地惊叫了一声，目光迷惑，似乎不明白自己为什么会处于这样的姿态，想找到支点爬起来，又发现无论是用手还是用腿，都必须主动与老约翰的身体发生更多的接触。她蓦然清醒过来，发狂地扭过身子，一只手奋力去按住桌面当支撑，不管不顾地碰翻了两只酒杯，其中一满杯的酒完全倒在了她和老约翰的腿上。老约翰“哎哟”一声，只顾着自己的西装，把玛丽一下推到边上。

如果我是玛丽，我一定会在从地毯上站起来的第一刻，给威廉一个耳光。可是我真的会吗？我又问自己。玛丽只是对威廉怒目而视。而威廉局外人似的，正嚷嚷着，哎呀，怎么会这样，怎么会这样呢。拿着干的餐布替老约翰擦西裤上的酒渍，擦干之后，又意味深长地重重抹了几下，两个人忽然面面相觑笑出了声。老约翰用两只手指提起还潮湿的裤腿，摇晃着，脸上丢开了平日一本正经的刻板，换了一副刚刚从“激流勇进”下来的兴奋神情。

骰子筒和骰子也被玛丽刚才一起扫落到地毯上，找来找去还是少两个。威廉说，干脆你们两个接着赌别的吧。回头问我，还有什么游戏？

我胡乱答道，划拳。都不会。又说，石头剪子布。

威廉拍了拍手说，这个好！

玛丽被重新按回那个座位上，她的脸色很不好看，酒已醒了大半。刚才一直站在一边，抓着自己的手袋和外套，准备要走的样子。她出了剪子，输了，出了石头，又输了。怎么会不输呢，她的反应明显慢了半拍。后来她曾跟我说，“石头剪子布”是她跟东东经常玩的游戏。晚饭时间，她本来应该在家里陪儿子，现在却在陪一个不相干的老头玩同样的游戏，感觉何其怪诞。

又喝了三杯下去，她念着“石头剪子布”，手伸到一半，忽然收回来捂住了自己的脸，嘤嘤哭了起来，哭声越来越大，最后整个脑袋都埋进了手臂里，号啕大哭起来，肩膀颤动不止。这一哭把整桌的气氛哭没了。威廉厌恶地皱着眉说，她喝醉了。我赶紧揣着信用卡到外面买单，把发票的抬头告诉总服务台。

老约翰把他的白色宝马开过来，停在路边，跟我们道别。威廉从外面拉开副驾的车门，对玛丽说，今天你有福气了，既然是总经理把你灌醉的，就让他赔罪，亲自送你回家。说着就把她往车里推。玛丽死死抓着车门，说什么也不肯坐进去。老约翰伸出头来说，算了，算了。

我急忙说，我来送她回去吧。威廉顺势把她往我这边一推，哈哈笑着说，她不识趣，那就归你了！我去拿车，不管你们了。

剩下我们两个站在初春清冷的夜里，梧桐树在大道两侧簌簌作响，霓虹寂静，一排等客的出租车仿佛已经睡去。我跑过去，敲车窗，司机懵懵懂懂地发动。我赶紧回到玛丽身边。她站在路边，垂着头，脸色惨白，一只手抓着前襟，像是很难受的样子。我凑着她耳语说，好了好了，车来了，忍一下，马上就能回家了。我拉开车门，她依然一动不动。我只得揽着她的腰，想把她送进车里。

她忽然甩手打掉了我的手，尖叫起来，不要碰我！我说，我不是，我不是……她还没等我说完，就摇晃着上了车，用力关上车门。车吱着尾气从我身边离开，飞快地消失在夜色中。

第二天早上，我坐在隔断里望着打卡必经的走廊。八点五十分，玛丽没有在一贯的时间出现。我是偶尔早到了几次，才发现她总是到得比一般人早。九点到了，九点已经过五分，九点半，依然不见她瘦弱的身影。

我想起，在欢迎晚宴上大醉的翌日早晨，当我打了卡，从走廊那头走过来的时候，曾经感到有一双眼睛在某个隔断里注视我，带着亮闪闪的忧虑和同情。是玛丽，办公室唯一一个用那种眼神看我的人。这么想着，我就更觉得不安起来。整整一天里，我有好几次想问市场部的同事打听她的电话，打去问候她的状况。可是又怕引来威廉的不满。

玛丽究竟出了什么状况，是喝多了得了急病，还是儿子晚上没有人照顾，发生了什么意外？不管是什么，她一个人该怎么对付呢？公司里的人都知道，玛丽是离了婚的。她早先也是MG的员工，跟杰西卡是同事，在公关部工作。当年为了安心养胎辞了职，没想到丈夫在她怀孕的时候有了外遇。孩子刚满三岁，她就急着出来工作，一个女人养大一个孩子，着实不易。

不过我还是为她庆幸。昨天晚上，如果她不是陪着孩子，而是上了宝马，陪着那个不相干的老头睡觉。今天早上醒来，一切必定会比现在更糟糕。

第三天的八点五十分，玛丽出现了。藏青色的高领针织衫，黑色短外套，这让她看起来更加白皙得不真实。她应该是感觉到我在看她，经过我隔断的时候，故意调开了目光。一切如常，电脑开机，利落地收复邮件，打电话，言笑自如，这让我怀疑自己是瞎操心了，她也许并不介意前天晚上的事情。

十点钟的时候，她起身去复印。我终于找到了机会，手里胡乱抓起几个文件夹跟过去。这是茶水间附近一块很少人经过的地带，玻璃幕墙下是停车场。

我趋近前去，悄声问，你还好吧？

复印机的底光在她面貌上来回扫过，像探照灯晃在一座石像上。问话收不回来，悬在半空，我只得自问自答道，以后你不愿意喝酒，就不要喝了。

她忽然返身看着我，面色更白，眼神锐利，倒把我吓了一跳。她问，不喝行吗？你说得倒是挺痛快，你自己能说不喝就不喝吗？

我对答不了，有些气结。我说，玛丽，我这也是关心你，我……

玛丽的声音变尖了，那我倒要谢谢你了！你刚来的时候，看见他们联合起来灌醉你，我还替你担心过呢，没想到，你本来就跟他们一样，就喜欢这个调调！

我的脸涨得通红。这时候，托马斯抱着一个文件盒过来了，诧异地看着我的表情，嘴里还是没事人似的招呼我，老板，你要复印什么交给我就好了，我正好要复印一大堆，我在这儿排队等吧。

玛丽从复印机里抽出最后一页文件，A4纸的边缘在日光下锋利地一闪，刀刃般无声地割破了绵延的空气。她眼神空洞，脚步轻巧，泰然地拈着新旧两叠文件转身离开，仿佛她从来没有开过口，脸上平静的神情也从未变更过。

这时候，我应该向机器走去，心里想的却是追上玛丽去解释个明白。我的右脚踩到了左脚尖，一边龇牙咧嘴，一边空抬着右手，不知道从左手臂弯中抽出哪个文件夹。随后我以一个怪异的弧度绕过复印机，嘴里支吾着我自己也听不懂的一连串声音，托马斯假装很了解地点着头，我就在他追光般的目光中，趔趄着回去了办公室的方向。

我不甘不愤，我明明是个好人。可是想着玛丽当时的目光，我怎么觉得自己面目猥琐、行止污秽，自己都没法相信自己了呢。一个恍惚就到了午餐时间，当我站进电梯仅剩的窄小角落时，超重警报响了。悻悻退出，忽然厌恶了这满楼层不断躁动的人流，转身穿过走廊，推开安全出口的金属门，沿着消防梯向楼下走去。十一层。我惫懒的胖身躯从来没做过这样的选择。

与光彩堂皇的外面相比，消防楼道里黯淡、狭窄、寂静，甚至有些破败。寥落的脚步声在积灰的地砖间回响。就在这里，我又遇见了玛丽。藏青色的身影、束起的长发和白皙的半张脸，在楼梯拐弯处一闪而过。我追上去。

我发现在这个完全与外界隔绝的孤寂世界，我躲开的不仅是那些我惧怕的眼睛，还有眼睛之下的那个我。我大声喊道，玛丽，你等等我，你听我说啊！

我说，玛丽，我不是你想象的那种人。那么我是哪种人？噢，我一时也说不清楚，你慢慢会了解的。我想说的是，玛丽，以后要是部门里面再有什么应酬，你不愿意参加，就不要参加了。我替你去跟威廉请假！

玛丽的表情淡淡的，脚步没有停下来，似乎也没有上午那么大的敌意。手插在外套的口袋里，不以为然地说，你去请假，真的行吗？

我觉得意气在现实的喉咙里噎了一下，回答却像下楼惯性的脚步。我答，当然行。

玛丽的步点没有丝毫变化，声音也依然是像在说一件无关紧要的事情。她说，你不会不知道芮塔的事情吧。我跟她可不一样，我有孩子，东东就指靠我一个人呢，我不能丢了这份工作的，这你应该明白吧？

我从没见过芮塔。在我到市场部报到前，她已经走了。官方的说法是，芮塔没有通过人事部的年度考评，经威廉跟她谈话之后，主动提出辞职。但是八卦里的世界总是另一派风景。传说中的芮塔是哥伦比亚大学的高才生，短发高挑，工作能力非凡，恃才傲物，从不参加威廉召集的饭局，也不作陪有老约翰出席的酒宴。还有传言，她的年度考评是威廉一手操作，老约翰最后签的字。

我明白，玛丽并不相信我能保护她，她甚至在怀疑我的诚意。她提起芮塔，无非是在暗示我，不要说大话，不要为了自我感觉良好，拿她这样一个单身母亲的生计来冒险。

嗬，我是这样的人吗？一阵生气过后，我发现，我是。可是我立刻又反驳自己，谁说我只是一时嘴上逞强，谁说我不能替玛丽向威廉请下一个假来？好歹，我如今也算是威廉的兄弟，他让我叫他威尔。如果不这么叫，他还要罚我酒呢。

这么一想，我忽然底气足了。我说，玛丽，我不在乎你怎么看我。你的事情，我算是管定了。下次威廉再有饭局，你也别跟他正面说什么了，你只管下班，自己回家去，剩下的事情就交给我，我会替你搞定的。

说得一高兴，我又加了两句。我说，玛丽，你为什么总是在乎别人，战战兢兢的呢？你就放松地做你自己，就像你现在这个样子，多从容，多好。

楼梯冗长，四周静寂，两个人的脚步一前一后，速度慢慢一致，节奏错开半拍。每次我拐弯到下一层楼梯时，她也正好拐弯到再下一层，我只有五六级台阶的时间可以俯视到她，随后，她的身影就被扶手遮挡，要再等到下一个拐弯再出现了。当我说完以上一堆陈词，她正好消失在扶手后面，只有漠然的脚步声。

我忐忑起来，不知道这番话是不是又引来她更多的不屑。扶手一个转弯，我猛然看见她在半层以下停了脚步，仰头看我。与我对视的一刹那，她的嘴角柔软地牵动了一下。我看见她看我的眼神已经恢复了以前的模样，胆怯、信赖，夹杂着些微内疚。她在那个角度仰视我，就好像是一朵温驯的花朵在仰视阳光。那才是我熟悉的玛丽，我一直以来不自觉地关切，想要保护的那个人。

可是就在那一刻，我的心反而恐惧起来。我没预料到，重担来得这么容易。最可笑的是，我以一个能替她对抗威廉的保护者自居，我的信心却是建立在威廉把我当兄弟——这个狐假虎威的基石上。

非常凑巧的是，翌日，威廉就又召集饭局，“湘沪情”、晚餐、部门全体人员。下班前半小时，玛丽偷偷整理好手袋，放到座位底下，扭头望向我。迎着她问询的目光，我不得不肯定地点了点头，还给了她一个“一切尽在掌握”的微笑。我看着她无声无息地关上电脑，挽起手袋，消失在电梯关闭的门背后，留下一个空荡荡的座位等着我去向威廉解释。

威廉果然是给我面子的，他皱了皱眉头，又扬了扬眉毛说，凯文啊凯文，你们不就是一个晚上吗？才一个晚上，你就成了她的代理人了？

我听得出，他已经是在故意压住怒气。此时最实用的做法，不外乎赶紧接下这句话狠狠自嘲几句，然后表示下不为例。可是不知怎的，他这种猥琐的想象猛然间掀翻了我的忍耐，我居然脱口而出说，我们才没那么龌龊。

我在维护什么，我不明白。是玛丽的清白，还是我自己的？抑或，我已经终于没法把自己当作这群人中的一员了吗？我看见威廉英俊的脸掠过一阵愤怒的潮红。不过他很慎重，他凝固着将变未变的表情，审视着我，问，凯文，你怎么回事？

我赶紧支吾着表白，哎，我最近可能喝酒喝多了，肝有点不好，情绪不大稳定……我又说，威尔，我只是想替玛丽求个情，她也挺不容易的，一个女人带着一个孩子，又不会喝酒，饭局叫上她其实也没意思。

服软，表明我并无底牌，无非控制失当，威廉这才毫无顾忌地发了火。他指着我的鼻子说，在我这儿，你别想扮演大人物，罩着别人，你能搞定你自己的事情就不错了！

他气咻咻地绕着办公桌走了一圈。我噤声，肃立，不知该朝哪里看。

过了一会儿，他似乎暂时决定放过我。他说，我警告你，只这一次，下回你再替她请假，我就让你们两个一起放假放个够！然后他指了指衣帽架上的风衣，对我说，你戳在这儿干吗，没看见饭局的时间快到了吗？

我替他拿上风衣，恭恭敬敬挂在手臂上，跟在他身后，走出他的经理办公室。部门的其他人看见我们一起出来，只当是我和他的私交更加亲近了，于是都一个个争相对我展露出友善的笑容。我们就这样一行浩荡，捧上一箱红莓伏特加，坐电梯下行，出大楼，右拐，再次走进了充满烤鱼气味的包房里。

我给杰西卡打了电话。我没想到自己这么轻易就成了一个奸细。不是求财求升迁，不是为了报复，也不是为了正义，只是为了一件最紧迫的事情，下次饭局，我如何再替玛丽向威廉请假，我又怎么向玛丽交代。

杰西卡显然没料到我“想通”得这么快，通话开头的两三分钟里，她诧异的语调让我觉得脸颊发烫，声音虚弱。等我勉强把告密的内容絮絮说完，杰西卡在电话那头迟疑了几秒，语调变得更加古怪。她问，说完了？我尴尬地答，说完了。

我听到电话那头一阵响动，好像是杰西卡将电话换了一侧耳朵，然后，恢复了平稳的细软嗓音传来。凯文，不是我说你，你说威廉利用部门经理的职权，违背下属的意志，强行要求他们参加饭局，还强行要求他们喝酒，这种事情本来就说不清楚，也不算什么大事。再说了，这跟工作有关吗？违反公司的规章制度了吗？卡尔能为了这个去处理他吗？我现在手头还有点事情等着，就不跟你多聊了。你最好还是花心思找找他业务上的问题，等找到了确切的把柄，我们再商量怎么对付他。

哎，等等。我慌忙阻止杰西卡挂断电话，却又一时找不出什么更要紧的资讯。我说，威廉跟老约翰好像私交不错。

杰西卡飞快地答，这我们知道，他们本来就是一派的。

我似乎又找不到话了，像是挥不出更有力的一拳。我说，威廉替老约翰拉皮条，拿部门里的女同事送去给老约翰做人情，陪他吃饭喝酒，还有差点陪、别的。

我结结巴巴又说了一会儿，杰西卡打断了我。凯文，我已经说过了，这些没用。你不要急，再花时间找点有用的资料，不急在这一天两天。我心想，可是这一天两天里，威廉没准又要叫玛丽参加饭局了，我要怎么跟玛丽交代呢？我刚要再说些什么，杰西卡忽然又变回了之前奇怪的声调。凯文，她问我，你跟玛丽是不是在谈恋爱了？

我急忙解释，我不是只为玛丽说话，我说了，市场部的同事都深受其害。

杰西卡说，是吗，怎么从来没人投诉呢？我看他们一个个跟着威廉，都挺来劲的嘛。

我突然间想起了一个名字，急忙一根稻草般抓住。芮塔，你应该见过吧？市场部的人都知道，她就是因为不肯参加饭局，被威廉在年度考核上做了手脚，强迫她辞职的。

杰西卡说，嗯，这还有点意思，如果能抓住真凭实据的话。

是的，我是一个市场部的奸细，不论我提供的情报是不是有价值，事实上我已经成了杰西卡在威廉身边埋下的威胁。流放我，是威廉做出的正确判断，让我远离市场部，远离上海，甚至彻底消失。我将从此成为警察局案卷上一个无果的报案笔录。

玖

庶村的春天，于我而言，像一场不合时宜的庆典。阳光一天天变得温暖而湿润。四周的山脉雾气缠绕，绿意渐浓。金沙江像一匹温润的绸缎，在薄云游动的身影下幽幽闪光。而这片五瓣花形状的平原呢，我的囚笼，此刻，正有千百种野花在每个角落丛簇绽放。

这真是一种最古怪的感觉了。我已经失去一切，孤立无援，时刻面临着被当作祭品用尖刀捅死的结局。我的心情好比身处一艘即将沉没的邮轮，甲板上只有我一个人。我的身体竟然还沉浸在美好的气氛中，不用任何理由，仅仅是肌肤与空气的接触，就令我油然生出无限的幸福感。

自从那个傍晚失败的逃亡之后，庶仁并没有在我的脚上拴上一根绳子，或者在我的脖子上系上一个铃铛什么的。当然，他的宽容，并没有打消我越狱的计划，只是每次出门的时候，我都有些讪讪的，想要跟他解释一下，诸如，我说我去拾点柴火回来，或者说去采点野果。

我在寻找那条通往外面世界的小路。刘副县长说过，去到庶村的路只有一条，你不会走错。那也就意味着，如果我找到这条路在庶村的端点，一路奔逃下去，也一定能顺利回到我出车祸的地方，不用担心中途迷失在深山丛林里。等到了大路上，返回文明世界就有了指望，也许那辆车还能发动，也许车座上的手机还剩发最后一条短信的电力。

我打算沿着平原的边界细细搜索一遍，要完成这项工程，我估计且得花费一两周的时间。一方面，这平原着实广阔，又没有自行车什么的交通工具。另一方面，我必须假作不经意地分别经过那些地带，像是发现了枯枝碎柴，或是忽然被一丛累累的果树吸引。

我的脚步不能太快，走走停停，时而还要返回几步，像是完全没有固定的轨迹一样，否则村民就会很快识破我的目的。然而，当我确认他们的目光都离开我的那一刻，我就连忙疾走带小跑，为了加快我可怜的搜索进度。

为了早日实现这个计划，我还强迫自己早起，为了多争取一些时间在室外逡巡。我故意睡在大屋墙垣缝隙最多的角落里，当第一枚光点落到我的眼盖上，我就努力睁开眼睛，装作精神饱满的样子翻身而起。一般那个时候，我手腕上没有摔坏的浪琴名匠月相表的时针尚未触碰到五点。外面的天空一半暖黄，一半还是黛青色，悬着浅月。

好在庶仁起得更早，我醒来的时候，他已经从外面慢吞吞地走回来，脚步带着露水的清脆声音，放下背上的小篓，拈出里面新摘的青草和树根。“牛熊”在黑暗里微微挪动身体，将脸朝向门外熹微的晨光。偶尔，它网球大的眼睛会偷偷调皮地朝我眨一眨，趁着庶仁将那些新摘的物事装到罐子里开始煮的时候，就好像在对我说，嘿，又是那些难喝的药水！

庶仁的步伐永远轻柔而安详，进进出出，有条不紊地开始每一天几乎相同的程序，煎药、煮茶、烙饼，还有他那套非常专业的工作，焚香、调彩、画神描鬼。他甚至还有整套花纹精细的木制印板，涂上特制的墨色汁液，将准备好的布条一张张覆上去，就可以在一个下午制作出成堆的经幡。

我装出很积极的样子，比画着问，我能帮着做些什么吗？

庶仁总是笑眯眯地抬起眼看我，耸耸肩，像是被我的建议弄得很不好意思似的。

于是，我拾起门后的另一个背篓，指指外面，比画出把什么装满篓子的动作，然后在那个老人始终微笑的目光中匆匆跨出门去。

我计算过，这样早起的话，每天上午一般能有囫囵四个小时的外出时间。如果庶仁下午不出门，不需要我照看“牛熊”的话，我就还能在午饭后离开两个小时。这样的话，一天几乎有六个小时的有效时间可以侦察地形。

庶仁并不需要我去拾柴，我知道。每天一早，垒得齐整的砍柴会自动出现在屋后，溪水会注满屋檐下的水缸。庶仁有个儿子，叫阿荣，他不住大屋，而是住在这一大片屋檐的另一侧，远隔几个人家。他有黑麦子一般的肤色，眼睛明朗，发辫用红穗利落地盘在头顶上，宽肩窄臀，比平常人粗壮许多的脖颈和强健的下颌骨。如果我是一个城市女人，我想我一定会对着他尖叫的。

他送来的柴全部是上好的树干，用砍刀劈成规则的大小。与他父亲刚好相反，他矫捷而莽撞，脚步飞快，传说是村里排行第二的好猎手。我想象着，也许他砍出那些堆满整面土墙的木柴，就像一个厨师切出满砧板的小豆腐块那么轻松。而我那些欲盖弥彰的枯枝败叶，他压根都不屑去拾。

可是每当我中午归来，把可怜的一小篓柴火悉数倒出来，摆到庶仁坐着的火塘边，他总是很赞许地看着，还要用手摸一遍，微微笑着，摇着头。一开始，我以为他摇头是表示“太糟糕了”，后来我发现，但凡他对什么表示欣赏的时候，微笑的同时，必定会习惯地摇着头。这就好像在说，“好得不能再好了”，或者，如果为了避免对肢体语言的直译过于简单粗暴，我想，也许这里面还有少许无奈的意味。看见世间好得不能再好的事情，为什么会有无奈呢？我暂时还不能理解。

数着浪琴表日针的转动，我欲盖弥彰的地形侦察整整花了十二天才完成，庶村的边界被我细细踩完一遍，可是，那条传说中通往外面的路在哪里？我压根没有看见任何类似入口的迹象，每个方向都是山川、丛林、云雾，和颜色越来越驳杂的野花。

我发现我根本不必时走时停，兜兜转转，其实从没有人在注意我，他们做自己的事情，专注得容不下注意我这个重要的囚徒。那种专注让我感到非常惊讶，这是我在办公室生涯中从未见识过的。我以往的同事们，即便他们被称作所谓的脑力劳动者，跟这些原始的村民相比，他们除了会在电脑键盘上打出这两个字以外，简直对这两个字一无所知。那种专注，怎么形容呢，就好像，他们天生就是为这些事情而生的。

每天随着晨光，男人们担水、煮茶，女人们为炊，五片闪闪发亮的屋顶上炊烟凝成一片，缓缓升腾，与云相连。炊烟渐息，男人们启程到山坡上的庄房，或是庶村四围，开始在每家每户开辟的农田上劳作。女人们在自家屋前屋后劳作。直到日过穹顶，人们以缓慢而持续的姿态继续过完静默的午后。之后，总是在一个固定的时间，庶仁走出大屋，来到屋前西向的空地上，用他涩哑而悠扬的声音唱，迦罗尼迦耶，摩罗摩罗。仿佛风吹过丛林般默契，山坡、田地、屋前，几平方公里内，所有人都停下手里的事情，直起腰身，朝向夕阳的方向念颂起来，迦罗尼迦耶，摩罗摩罗……

固定的时间，我这么说也许很不准确。每天的这个时候，总是太阳即将沉入山脊的几十个呼吸之前。然而，我的手表指针显然并不太关心太阳的步伐，我站在大地边缘，望着太阳每天如一的步履，却从表盘上读到完全不同的时间，这让我对于时间的概念无所适从。

关于他们每天念的那两句话，我猜是祈祷辞。我想起不知哪本所谓专著里说过，科技落后的原始部落，他们掌握自己命运的能力是很弱的，所以他们在心理上非常需要求神拜佛。我看他们平时不怎么用货币，所以他们求的应该不是钱财，当然，也不会是找到一份好工作、职业生涯步步高升、早日被任命作部门经理，或者被调入总公司什么的。他们每天都伺弄着那些个庄稼，我猜想，无非就是求五谷丰登罢了。

后来，我发现我竟然完全猜错了。

有一天，庶仁告诉我，这句话的意思是，谢谢你，明天见。

我问，谢谁？

庶仁笑起来，摇着头说，有很多需要谢的。太阳又照耀了大地一天，我们要感谢它的辛勤与慷慨，祈求它明天早晨再次如约而来。熊的祖先们又庇佑了这片平原一天，我们要感谢它们当年接纳了我们的祖先，感谢它们和子孙的大度和友善，并且祈求明天早晨，这片土地依然如千百年以来一般平静祥和。我们还要感谢金沙江，它的水又润泽了这片土地一天，明天早晨，希望它依旧在那里清澈奔流，不息不停。

庶仁说完这番话之后，又过了一些年，天气，忽然首次成为办公室动物们关注的重大话题。星球上地震四起，火山爆发，火山灰遮天蔽日罢黜了航空科技。仅以上海为原点，北方五月末的雪与冰雹、东南方的沙尘暴、西部的风灾、西南方大旱之后大涝。

而在这之前，和众多文明人一样，我的第一反应是，这有什么可谢的？太阳总在头顶上，每天都会出来。江水还能忽然干涸不成？至于熊，人不捕猎它们，不拿熊掌、熊胆什么的去卖高价，那该是熊的福气才是。

想来真是有趣，我们这些城市人，每个月兢兢业业地缴水、煤、电信账单，唯恐下个月断电断水，抓起话筒没有拨号音。为了这些日常开支，我们更要每天打卡，讨好上司，巴巴地陪人应酬。我们总是忙于维持这人造世界的捉襟见肘，对于阳光和空气，这些不用担心的馈赠，我们反而消受得理所当然，甚至根本忘记了它们的存在。或者，我们真的认为，我们是掌握一切的主人吗？这一群连自己的生活也掌握不了的可怜虫。

我神思交战，一忽而肯定，一忽而又迷惑。

庶仁当时看着我，也不问，也不解释，只是对我说，你不是庶村人，不必遵守我们的习惯。有一天，你的心走到了这一步，你自然会跟我们一样说谢谢的。

我开始有点恨庶仁了。他从不阻止我出门去搜寻逃亡的路线，他假装相信我拾柴的借口，他每天中午把烤面饼给我留在炉子上，他宽宏大量地对我微笑，我甚至还为此对他感到内疚过。可是，他早就知道，他的囚徒是走不出这片平原的吧？

我又沿着庶村的边缘探察了一回。这一遍，因为不用躲躲闪闪，进展明显快了，才用了九天。只是依然找不到那条传说中的路。我不甘不愤，再重新开始，这一遍，找得分外自信，反反复复，因此又慢了些天，还是毫无收获。

一个囚徒，除了寻找逃亡之路，还能有什么别的生活目标呢？不像以往，期盼好职位，期盼加薪，期盼丰厚的福利，想要升职，想要在公司和部门里显得更重要，说话有人聆听叫好，有时候念想着有个女朋友，有时候盼着股票飙升。心思纷乱得像乱石上溅起的水，不知道归流于哪个方向。现在倒好，我只有一个方向。

我继续沿着平原的轮廓散步，环绕庶村，周而复始。三遍、四遍，我计算着重复每一遍耗费的时日，和自己累计失踪的时间。日子平淡如水，一流千里，好像并没有因为到达某个临界点而产生质变。一个月之后，我还在这里。

我时而绝望，时而心焦，时而又怀着莫名的期望，我忍不住设想，在那个没有我存在的世界里，此刻，究竟有谁还会想到我，继续设法找寻我，即便毫无线索也不放弃？玛丽、杰西卡、卡尔，还是托马斯和威廉？

我期待着有人在庶村出入，我发现找不到通路的最大障碍，其实是在于根本没有人走在那条路上。当我在平原上转到第五遍的时候，我印象中的世界不再是交错的公路和高架，以及被割据的高楼和停车场，而是完整的一方大地，如大海起伏，如树木生长延伸。路，是须得有人不断奔走其上，才叫作路。所有人仓促的脚步割裂了大地。

但是在庶村，似乎从没有人需要走去外面的世界，也没有人需要来到这里。人们静候麦子的成熟，然后收割，打麦子。随着鼓乐一般的拍打节奏，金黄的麦粒在艳阳下飞溅如雨。他们确实不需要走出这片平原。

我好像渐渐忘记了抬腕看表，忘记了计数时间和日期。不知从哪一天起，浪琴表停了，我应该是多日之后才发觉的。我不知道，自己是否正在被这种安宁饱满的生活所俘获，我觉得自己的胖身子开始变得轻盈。当我漫步在这片美丽的平原上，望着炊烟一天升起两次，太阳每天沉落一次，雨晴相间，麦子由绿转黄，女人们自己漂线织布，衣裳渐成，我心中的静谧渐渐扩大，直至渐渐湮没我一切纷乱的回忆。

我时常遇见“人面熊”。

它们在春天醒来，怀着久睡之后的迷蒙，姿态缓慢地活动在平原的四方。它们的起居更像是人类社会里一群个性自闭的家伙，睡到下午才起床，傍晚开始外出活动觅食。我常幻想它们夜半是否也迷恋网游，只是那个时候，我不敢一个人留在旷野里，也就无从得知。

我第一次看见一头“人面熊”，是在斜阳投影的小树林边。它几乎是直立着，两掌轻轻搭在一棵大树的树干上，正在仰头咀嚼旁枝上的嫩叶。它差不多比我矮十公分，身量是我这个胖子的两三倍，周身黑色，圆耳朵，巨掌，毛皮光滑闪亮。这样的身躯上竟然长着一张乳白色的脸，懵懂的小眼睛，鼻梁有点塌，扁平的嘴和轮廓清晰的下巴，两颊是络腮胡子般的长鬓，将这张酷肖人类的脸衬得更加分明。

当它这么直立起来，非常显眼的还有它前胸的一弯白色斑纹，平端的半个月亮，不知怎的，让我联想起了深色西装里露出的一方白色衬衣。这样看起来，它站在那里，宛然一个办公室里傻乎乎的胖白领，也许还跟我以前的模样挺像的。

当然，这些好笑的想法只是闪念间。生平第一回对面遭遇一头熊，四下无人，我离它只有十步之遥，最大的反应是骇得几乎跳起来。我这才发觉人惊骇到极点的时候，手脚是完全发麻的，要跳要逃都动不了一下。它也看见我了，甚至还有片刻停下了咀嚼，歪着头打量了我一眼，然而它舒服地用脑袋蹭了蹭树皮，继续它的晚餐。就好像它以前见过我，而且熟稔得连点头致意都可以免去。就好像我也是一头熊。

第一头熊的出现，有如魔法按下了启动键。从那以后，我忽然开始见到越来越多的熊。有的躺坐在草地上吃浆果，晒太阳，斜倚着一棵摇摇欲倒的小树，下巴上沾满了紫色的浆果汁。有的爬到大树上，下巴支着树杈，鼻子一耸一耸地追踪蚂蚁的队伍。有的偷吃蜂蜜，不慎失手，被成群的蜜蜂追得满树林跑。

遇到下雨天，它们还经常冒着小雨，对着林间的空地发呆，一动不动整个傍晚。我好奇地在一旁偷看过好几次，还是不明白它们在做什么。说起来，要怪我耐心不够。直到有一天，凑巧，我看见一枚竹笋正从泥土里慢慢伸展出来。

两枚、三枚，我的脚底像是生了根，再也挪不动，我的视线被缠绕在这些不断生长的春笋上，四枚、五枚，我跟所有的熊一样撅着臀部，对着这片林间的空地发呆。不知道你是否留意过，笋的破土和拔节竟然是有声音的，这种音律，怎么形容呢，就像是打开一瓶意大利伦巴第大区爱索湖南岸的弗兰恰可尔塔起泡酒，倒入一对水晶香槟杯中，将沁凉的杯子轻轻贴在耳郭上，闭上眼睛，听见无数细小的气泡不断涌出和破裂的广阔声响。很久以前，我和杰西卡恋爱的时候，常常这么做。

看得出，熊的视力很糟糕，就像是一群高度近视的书呆子，但是它们头顶米老鼠一般的圆耳朵灵敏异常。六枚、七枚、八枚，一片耳朵随着时而高涨、时而静止的拔节声，忽而微微扬起，忽而立定静候。

庶村方圆一带究竟有多少熊，在估计的数字后面，我不断地加上更多的零。我开始相信刘玉山转述的传说了，如果所有的熊都从洞穴里走出来，列队站在这片平原上，那确实有可能比丛林里的树还要稠密。它们是这里最早的居民，并且依然是这里最主要的居民。如果它们想要围攻人类，恐怕只需要拨出大部队中的一个小小分支。不过它们不会。

看得出来，它们都是些懦弱而感情用事的家伙，虽然个子巨大，举手投足却努力轻抬轻放，笨拙而又敏感，内向，爱好安静，容易神经紧张，而且几乎都是些素食主义者。也许是因为嘴过于扁平，下巴比额头突出的缘故，从人类五官的逻辑来看它们的脸，它们总是微微笑着的，笑得胆怯而腼腆。

我们每天在山路上擦肩而过，相互微笑。凑巧坐在相邻的两棵大树下乘凉，它伸一个懒腰，我摘一枚浆果吃。或者一起在雨后看竹笋生长，各自沉浸其中，就当彼此不存在。之后，它掰下竹笋就地当晚餐，我也不忘掰下几枚，扔进背篓里，带回大屋跟庶仁一起做汤喝。

这样久了，我时常会有一种奇怪的错觉，我忘记了自己究竟是一头熊，还是一个人。是所有的熊看着我的时候，那种自然的目光，让我忘记了两个物种的分别。

有一天傍晚，我又在金沙江畔散步，玫瑰色的斜阳在江面上曳出一片彩纹。一头熊站在江边，膝盖没在水里，两只爪子刚刚攫住一条大鱼，那鱼翻腾出一道银光，鱼尾重重抽在熊的脸上，随即纵身跃回江水，只剩这头熊狼狈地带着一脸水，愣了好几秒，这才悻悻离开。我将这一幕比画着讲给庶仁听，他哈哈大笑，露出他缺了几颗的门牙。

他说，熊要吃鱼，鱼打它一个耳光，也是合乎情理的。

看见熊被鱼打的那一回，我还在江边看见了两张渔网立在水里，江滩上还有木桶和干粮袋，人暂时走开了。渔网里扑腾着几条鱼，木桶里已经有了大半桶。

来到庶村之后，我生平第一次对以前被灌输的动物知识产生怀疑，我问自己，为什么人们会把很多动物定义为“猛兽”，然后教育我们说，它们嗜血，天生与人类为仇，伤人吃人，我们必须害怕它们，用一切武器对付它们，杀死它们？如果说，它们连一条鱼也很难抓住，人却能轻易地捕来一桶，人和它们之间，究竟谁更有资格被称为“猛兽”，谁应该怕谁更多一点？

如果说，万物都有自己特定的食谱，人类恐怕是最没有原则的杂食动物了，大到虎豹、鲨鱼，小到蚂蚁、蝉蛹。虽然他们似乎各有风俗，彼此鄙视，法国美食家的蜗牛、鹅肝，也并不比中国饕餮者的凤爪、牛百叶仁慈多少。他们总是尽残杀能力的最大限度去吃下各种动物，并且因此食欲无穷。

庶村人擅长捕猎，不过有一套严格的律法，不能想去就去，只能在一些指定的日子才能去。这些日期之间相隔甚远，并不等长，似乎是按节气来安排疏密的，我想这也许是出于让生态休养生息的科学计算。也不是每个庶村人都可以去打猎，“猎手”是长老挑选的一些特殊人物，他们除了身强力壮，有观云、观日、观风，以及掌握动物习性的天赋，还必须立誓遵守作为一名“猎手”的原则。

什么是“猎手”的原则呢？我问庶仁的儿子阿荣。

阿荣笑笑说，那可多了，一时说不明白。他将打好的麦子送到大屋，顺便跟我闲聊，他的汉语比庶仁差远了，可是我们两个还是起劲地比画了很久。这会儿，他看见庶仁从外面回来了，匆忙地切断了谈话，拔腿就要走。我不知道，是不是所有成年的儿子都不怎么愿意跟父亲说话，庶村也不例外。

庶仁招呼阿荣留下来吃饭。阿荣指了指外面，好像是说，我那边还有事忙着呢，就敏捷地抬腿跑出去了。临走还给我留下一句，下次，你跟我们一起去打猎就知道了。

庶仁听这话，瞪了他一眼。这表情算是白费了，因为话音刚过，阿荣已经跑出很远，肌肉光亮的背影消失在屋外的阳光中。

据说，庶仁一开始是反对阿荣成为一名猎手的。长老的职位世袭，注定阿荣将学习经咒占卜、治愈术，以及主持祭神、婚丧、猎杀的各种礼仪。可是，阿荣却表现了过于出色的猎手天赋。在成人礼之前，庶村的少年都要参加野外生活的学习和考验，阿荣早在那个时候就大大优于同龄人。按照遴选猎手的习俗，每次成人礼，都要在同龄的孩子中选出一名新猎手，他毋庸置疑是首选。

庶仁只得安慰自己说，祭祀和杀戮恐怕本来就如父子，既相互对立，又互为因果。再说，成为长老的道路漫长，阿荣还年轻，未必不能通过猎杀来磨炼岩石般不动的心性。他没有想到的是，阿荣成了村里排行第二的好猎手，而且七年过去了，他似乎越来越习惯于猎手的身份，对祭祀的学习更少兴趣。

庶村排行第一的优秀猎手不是别人，正是一村之长阿青布。按庶仁的说法，长老管的是神鬼的事，村长管的是人的事，各司其职，相互配合。至于孰重孰轻，庶仁不肯说，但是看见平日里众人面对庶仁和阿青布态度的不同，我已经能猜出答案。

如果要形容阿青布的样貌，我不免会联想到熊。他的身量很粗壮，手脚大而有力。个子不高，就显得他的围度更宽于常人，连肌肉发达的阿荣在他身边一比，也只有纤细可以形容。阿青布这样的体形总让我觉得，即便他跟一头熊搏斗起来，也未必输在重量级。他的肤色比庶村许多人还要略深些，红铜色，反射着阳光热烈的光泽，这是他比他的属民更多时间奔走在户外的结果。他有一双爱笑的细小眼睛，在鼓凸的两颊之间总是自信地闪闪发亮。

捕鱼时，渔网定在什么位置要找他。上山打猎的路线每次由他先去勘探。山坡上的农田，是他带领大伙砌下重木篱笆，以防野猪进来游荡。他不但是村里最好的猎手，也是村里最好的建筑师，每个晴天，都能看见他为村里整修屋檐，高高地走在五大片屋檐顶上的这里或那里，一边教孩子们如何立椽架梁。很难想象他这样的身材，走在屋顶上居然分外灵活轻捷。看得出，他跟村里的每个人都处得随意，拍着肩膀，相互递鼻烟，就好像他是每个男人的兄弟。路上遇见谁，他常把人家肩上的背篓卸下来，轻松地背在自己肩上，闲聊着陪人走一段。

庶仁虽然待人也亲切，没有架势，但是每个人对面遇见他，都免不了恭敬地在一定距离外停下来，等他和气地跟人打完招呼再走。人们似乎平日里更愿意与阿青布闲谈，胜过跟庶仁聊天，但是遇见家中有亲人故去，或者其他祸事、烦恼，他们就只会想到来找庶仁说话。他们握着庶仁的手指，眼神殷殷，这种依赖与信任的感情，我觉得有时候连对自己的亲生父母都未必能有呢。

每当有人到大屋来拜见庶仁，请教诸种生活与内心的疑问，谈话结束，他们都是后退着跨出门槛，再返身离开，连阿青布前来商议村里的事情也不例外。例外的只有两个人，一个是阿荣，他每次离开他父亲的屋子，总是跑得比一只兔子还快。一个是我，我是一个囚徒，不用遵守一个村民的规矩。

说实话，我渴望跟着他们一起去打猎，倒不是为了了解一名“猎手”的原则。我搜寻逃亡之路的计划毫无进展，只有他们出行，跟随他们的脚步，我才有希望找到这条路的脉络。几周之后，终于挨到了他们外出打猎的法定日子，没想到庶仁非常坚决地拒绝了我。

他说，这是一件很危险的事情。

我赶紧声明，我知道，我不会到处乱跑招惹野兽的，我会紧跟大部队。

庶仁说，不是的，我不是担心动物会伤害你，受点皮外伤，我们可以治好你。打猎是一件危险的事情，你还没有准备好，你心里的恶鬼会跑出来，那就很麻烦了。

我不明白他在说什么，我以为那只是一个借口。我觉得，他应该是猜到了我探路的目的，所以故意编出一套迷信的说辞来糊弄我，不让我有机会逃跑。不过，庶仁说，他虽然不可以带我去打猎，但是他可以告诉我，什么是“猎手”的原则。

庶村的律法规定，出猎的队伍除了猎手，必须有长老随行。他们赶在太阳升起之前出发，在上山之前用一种特殊香味的木质粉末，叫作“苏玛”的，涂遍全身，据说这种香料可以阻挡心中的恶鬼跑出来。另一种实际的用途是，对“人面熊”的邻居们起到提醒的作用。熊的视力不好，但是嗅觉和听觉都相当灵敏，这种气味就像在告诉这些朋友，我们又来打扰了，请不要靠近，以免误伤。

打猎一般用围场的方式，选定一块区域，有人布围，有人驱赶，有人攻击，有人阻挡。这样能尽量减少对丛林侵扰的范围，也防止多伤少猎。有些规定是不能通融的。比如说，重伤的动物一定要追及杀死，不能让它在野外挣扎多天痛苦死去，也是防止它奔逃中伤及农人和樵夫。不能伤害一岁龄的动物，即便它们更加鲜美，也容易猎得。不能伤害有孕在身，以及有幼儿需要照顾的母兽。

不得有仇恨心，弱肉强食不是仇恨使之然，而是自然规律，万物生长的需求。有野兽偶尔杀死上山砍柴的庶村人，但猎手从不因此专门猎杀某种野兽，或者试图灭绝它们。就像庶村人定期猎杀各种动物，在有限度的范围中，它们也视之正常。

还有，不得有好胜心，逞勇专猎大动物。也不得有欺凌弱小的习惯，专猎小动物。其实所有动物都是一样的。路遇大动物追逐小动物，不得有稚善心，发箭解救，扰乱丛林的正常秩序。不得有贪婪心，打猎的成功并不等于猎物越多越好，而是恰好够。每次的猎物不多不少，供应五十四户人家每家一份鲜肉，后一次供另五十四家，二百七十二户人家，五次一个轮回。如果多猎一份，就是平白伤了一条性命。

那么庶仁是去做什么的呢？庶仁说，打猎是和祭神送鬼、婚丧生育一样庄严的事情，关于人和邻居扶持而生的联系，人要做得有尊严、有礼仪。每当杀死一头动物，庶仁就即刻念经送它的灵魂平安离开。

庶仁唠叨了一大堆，这一回，我丝毫没有耐心听下去。这个地方宁静也好，和平也好，世外桃源也好，我待得再身心放松，也不能永远这么待下去。我想，我之所以能欣赏这个地方，是因为我属于城市。我知道，这些自古延续的律法一定有它不可言说的智慧。可是如果我生来就是庶村人，我会怎样看待这些习俗呢？累赘、教条、化简为繁，什么限制都没有才好。

现在，我就像一个庶村人那样骂骂咧咧，因为庶仁的拒绝，我生起了毛刺一样的情绪。

出猎日，留我一个人镇守大屋的寂静下午，我听见远方隐约传来苍老的唱颂声，呼玛呼玛拉里耶，呼玛呼玛格拉迦……是庶仁涩哑祥和的声音。我怎么觉得这歌声似曾相识？恍然想起，大约两个月前，我被他们用一根木棍挑进庶村的路途上，曾听见过同样的歌声由远而近。现在才知道，原来是庶仁在出猎日超度死去的猎物。

才两个月吗？我怎么觉得像过了一生那么长。

我一个人在大屋里陪伴“牛熊”。它是一个隐忍的伤员，这么多日子来，每天趴在大屋的麻布垫子上，晒不到太阳。它的胃口好好坏坏，好的时候会舔掉两三碗蜂蜜，吃掉几枚新鲜嫩笋，一盆天竺果，也仅此而已了。它偶尔吃一点鱼干，腊肉是从来不碰的。不舒服的时候，它整日片叶不进，间或吐出一些暗黑色的血块。像这样缠绵病榻，我相信它是非常疲惫、痛苦而且烦躁的，可是它依然沉静如山，在听我们说话，或是观察人们进进出出时，依然目光晶莹，天真盎然。这让我尤其觉得内疚。

它很配合地喝完庶仁的汤药，每天两次，即便当天一口蜂蜜都吃不下。我看见庶仁清早采回来的草药在一周一周地变化，量也渐渐增多。“牛熊”的伤势起起伏伏。有一阵，它跃跃欲试地想要站起来，爪子成天拨拉着地面呼呼响。有一阵，它又忽然委顿下来，下巴搁在地上，皮毛深处火烫汗湿，随着一呼一吸轻轻颤动，不知是不是发起了低烧。

傍晚时分，出猎的队伍回来了，带回了一头野猪。村里五分之一的人改善了伙食。五分之四的人依旧在等待下一个出猎日。庶仁笑眯眯地递给我一碗肉，我有些气恼，本来想不接，被肉香诱惑得坐不住，终于站起来夺过碗，坐在门槛上用手捉起大啃起来。

两天后的一个清晨，庶仁出去采药，我还靠在柴垛上躲懒，忽然感觉到有人在敲大屋的板壁，三下一停，好像是在招呼我。阿荣正在屋后的水缸边对我挥手，显然是刚刚担完水，顺手用扁担敲着墙来叫我出去。

他脸色神秘，一只手指按着嘴唇，示意我不要做声，自己却在偷偷地笑。他说，你不是想跟我们去打猎吗？走吧！现在就走！

我刚想说，今天不是出猎日吧……就被阿荣一把拉走。

我们从成片的屋墙后面绕过，晨雾未及散去，四周幽暗，脚下的露水清脆作响。走到山边，并未看见打猎的大部队，只有阿青布有些不耐烦地一个人转来转去，身上背着三把拓木长弓和两大袋子隼翎箭，还有两个布袋。

我明白了，今天的打猎是不符合律法，偷偷进行的。可是我顾不上犹豫，因为这个阵容简直太豪华了！庶村排行第一和第二的好猎手，加上我总共三个，而且三把长弓中居然有一把还是为我准备的。阿青布示意我把弓背上，这种待遇让我觉得受宠若惊，赶紧加快脚步跟上他们，向山的深处去。

我只是一个囚徒，还是一个撞伤他们“熊神”的罪人，“牛熊”的伤势至今还毫无起色，他们凭什么这么优待我？走了一段，我心里就忍不住嘀咕起来。不久前，村人们还围着我齐声喊，夏路瓦，夏路瓦，这情景至今想起来还让我连连打战。

这该不会是一个陷阱吧？也许是村民们实在不耐烦了庶仁对我的袒护，私下推举阿青布带我上山，将我除掉。我是自己离开大屋的，又是非法打猎，这种情形下死在山上，庶仁也没有太多可说的。

阿青布忽然走到我的并排，用他巨大的手掌拍了拍我的肩。他对我说，我一直想当面问问你，“牛熊”真的是你撞的吗，你那铁皮车子？

我紧张得脸都紫了，再一回神，发现是忘了呼吸。

阿青布呵呵笑了，他说，你莫怕，我就是挺好奇的。我以前去县里办事，也见过几次这种铁皮车子，我还见过你这辆呢，刘副县长有一阵总是驾着它到处跑。我只知道这种车子跑得快，兴许能比鹿还快，但是鹿也撞不倒“牛熊”啊！

我脑子里一片混乱，不知道发生了什么，央求地望向阿荣。

阿荣跟阿青布在一起的时候，看起来比跟庶仁在一起更自在。他在前面拿三根箭握成一束，抽打面前一层层将要拂到脸上的树枝，调皮得像个孩子。他扭头回来笑着揶揄我说，你还不知道吧，你都快成了我们这里的英雄了。

原来“牛熊”刚被抬回来那会儿，每个人都愤怒不已，一心要将我剖心挖肝为“熊神”报仇。庶仁暂时将我保护下来之后，过了些日子，村民们的冲动慢慢平缓下来，忽然有人开始好奇，究竟是什么样的人，竟然能够伤得了传说中的神灵呢？“牛熊”看上去如此庞大，传说统领着世上难以数计的众熊，怎能轻易就被伤到吐血。再看他们的囚徒，一个丑陋懦弱的白胖家伙，怎么看都不像是一个有勇力的人。

有好事者特地翻山越岭，到悬崖边去查看了那辆铁皮车子，一团揉皱的纸盒似的，踢一脚，零件铿锵纷落，看上去比胖子更没出息的样子。

车变成这样，“牛熊”完全站不起来了。胖子倒是完全没伤着，每天围着村子的边缘连走带跑，精神得很。这样一来，所有人的注意力又回到了胖子身上。他们私下议论，这个胖子一定有什么特殊的能耐。有人去请教庶仁，庶仁只是指着我捡来的半篓湿柴，对着来人笑笑。于是人们开始怀疑，庶仁隐瞒了什么。如果胖子只有捡碎柴的本事，他怎么能自己毫发不伤地重创了“牛熊”？如果胖子确实是一个没用的家伙，那么历代长老讲述的“熊神”难道都是纸做的？这是一个庶仁没有想到的悖论。

两个月来，整个庶村表面平静如斯，像是二月来临时依旧冰雪封冻的江面，内里却已然由第一个细小的裂缝开始飞快延伸，有如秘密扩大的蛛网般，仅能从水底望见。但是，只要有谁踏上去，只需一只脚的重量，一望无际的冰面立刻就会轰然碎裂，没入汩汩涌出的江水中。

所以，正如阿荣所言，某种意义上来说，我确实几乎成了庶村的英雄。当然不是因为我重创了“牛熊”，而是我的行为动摇了千百年来庶村人笃信的东西。我琢磨着，我就像伽利略什么的，不惜以命犯险，挑战旧思想以警醒世人，是个意识形态领域的英雄。

我正兀自美着，阿青布用大手挡住了我的脚步，一只手指按在嘴唇上，然后轻轻反手取下长弓。在我还没看清的时候，箭已经射出去，没入树丛，我惊跳了一下，不知发生了什么。就见阿荣用小刀在就近的树干上做了一个记号，指着阿青布吐了吐舌头，然后举起一个手指，像是在计数。走出十步之后，阿荣停下来侧耳了两秒，忽然也飞快地搭弓射箭。随即在树干上又做了一个记号，一边往前走，一边得意地高高举起一个手指。看得出，这次是他的得分。

他们好像在举行一场比赛，等到阿青布得了四分，阿荣得了三分之后，我这个手眼迟钝的家伙才看清楚，他们射中的是兔子。原来每次他们停下，都是因为看到或听到了兔子的踪迹。每举一次手，就是一箭毙命。

我看见草丛里灰毛毛的一团翻滚两下，就不再动了，箭尾还高高翘着。他们并不去拾起猎物，我想，也许在树干上做记号，就是为了回程的时候再逐一把它们捡回去。

虽然是打猎，又是比赛，两个人却悠闲得很，不愧为庶村数一数二的高手。阿荣依然蹦蹦跳跳在前面走。阿青布一路热络地跟我聊天，好像他不用分神，就能知道猎物在哪里。

这是阿青布第一次跟我说话。他说，他早就想找我好好聊聊了，苦于庶仁在，聊那些话题不方便。我这才发现，阿青布的汉语非常流利，词汇多，发音准确，甚至比庶仁讲得还好。作为庶村的村长，去县里定期开会和汇报工作，都是他的日常事务。也就是说，他其实是在外面的世界走动最多的庶村人了。

他说，他看到过电灯，不用火和蜡烛就能照亮东西，你不关它，它多久都不会灭。他看到过土枪，跟弓差不多长，能发出狮子一样的声响，箭没有尾巴，却连两人合抱的大树都能射穿。他看到过电话，一个人在山的那头说话，不用大喊大叫，另一个人听着就像在耳边一样。还有电视机，很多人在小盒子里又哭又笑，据说那些人都是真的活在这个世界上的，在世界的另一头，比山那边更远的地方。他说，他每次回来跟人说起，村里人虽然相信他，可没人相信他描述的这些奇怪东西，他们只当他是逗孩子玩的。

说到这里，阿青布挠了挠头皮，这么大个子的人一时间有些腼腆的样子。他对我说，胖子，我知道你没有特殊的能耐，可是你会用铁皮车子，这就是特别大的能耐啊！县里的墙上用半人高的红字写着，科学就是力量。你可能是我们三个人中间最有力量的也说不定。

我赶紧摆着两只手，身体好像已经轻飘飘地升起来了。

阿青布又说，来，给我们讲讲，那个科学。他红铜色的脸膛热烈地看着我，他有一种天生友善的气质，眼神坚定，鼓舞人心。他的身躯仿佛在证明他的诚恳，山一般的肩膀，大手按在鼓凸的胸膛上。

莫名受到村长的器重，我一膨胀，就滔滔不绝地讲了起来。一个经常混饭局的人怎么能不会侃山河呢？即便在城市的饭桌上，我是最笨嘴拙舌的，跟这里的人相比，水平也越过了几个山头。这是我在庶村第一次表现出一个城市人的优势，说话，庶村人只用它来转达意思，城市人却早已让它远远偏离了原来的功能。

我想，我可能把庶村以外的世界描述成了一个外星球般的地方，高科技、市场经济、国际纠纷和信贷危机。我知道阿青布听不懂什么，可是他还是脚步稳健，神态如常，笑着时而插话，让我不禁钦佩他天生从容的领袖气质。于是我好心地解释道，总之，在外面，人是这个世界的主人，建城填海，上天入地，屠宰和屠城，一切都不在话下。我还说了我原本到来庶村的工作目的，卫星电话。

不过，我对阿青布说，你们的现状暂时根本还不需要这个，最实际的是先搞个水力发电，弄个拖拉机，把基本生活质量先改善起来。

阿青布点点头，若有所思的样子。

阿荣的汉语水平没法参加我们，不过因为撮合了我们，他挺高兴的，好像办成了一件大事似的。看着我们肩并肩地热烈交谈，他忽前忽后，嘴里低低地打着呼哨。就在我嘴巴不停的一段长路上，他们的比赛也没有懈怠，又轻轻松松各自射杀了八九只野兔，总共每人得了十三分。跟我说话分神的缘故，阿青布比阿荣晚了一只野兔的时间。

这时候，我们也正好穿过林子，来到丛林间一片分外静谧的空地上。阳光明朗，视野清晰，野兔、小鹿、松鼠和百灵鸟高低出没，并不避人。

我们三个人站定下来。阿青布忽然问我，你说，人真的是世界的主人吗？我每次到县里，看见山也能被凿开，水也能被拦住，整个县城夜里还能亮堂堂的，人想什么时候杀猪，就什么时候杀。可是在我们村里，多少代了，看天的脸色，看熊的脸色，看律法的禁忌，我们活得跟孙子一样，简直……太窝囊了。

正说着话，有一只小鹿就面对我们走过来，眨巴着它毛茸茸的眼睛。它还在一岁内，头顶的两枚角是直的，没有分茬，看上去像两只柔软的朝天辫。身上的茸毛颜色也还浅，金红色的，随着它的每个步伐在阳光下闪闪发亮，勾勒出它皮毛下优美的肌肉。它的脚步轻捷，像是一个舞蹈演员。它的美丽离我这么近，让我忍不住低呼了一声。

就在这时候，另一头鹿也走近前来。她个子高大些，也许是小鹿的母亲，两头鹿自然而然地擦着身体交错而过，小鹿趁势撒娇地用面颊去蹭母鹿的腹部。

阿荣与阿青布对看了一眼，早就约定好的样子，两个人几乎同时取下背上的长弓，从箭筒里抽出隼翎箭。阿荣的箭不偏不倚，射进了小鹿的右后腿。阿青布的箭不高不低，深深扎进了母鹿的右后腿。两头鹿顿时跪倒在地，随即挣扎着爬起来，负伤惊逃。阿荣和阿青布并排追上去，细小的兽牙装饰在他们的发辫上铿锵作响，拂过我的面庞。

瘸了一条后腿的鹿，跑得也不算太慢。猎手们健步如驰，看上去只是轻松地在走，我却要一路小跑才能追上。血迹在青草地上触目延伸。小鹿的速度先慢了下来，然后是母鹿，也许是不想把小鹿单独抛下。我眼前一花，又是同时两支箭穿空而过，分别射入了小鹿和母鹿的左后腿。这就好像是一个游戏。

两头鹿继续逃命，只是速度远远不如前。阿荣与阿青布又相视微笑，气定神闲地迈步跟上，看上去就像在打一场十八洞的高尔夫。走了一段，箭再次射出。每次都是对应的位置，每次都不致命，右后臀、左后臀、右前腿、左前腿……

我已经想不到为两位猎手精彩的箭法喝彩了，我踏着斑斑血迹，脚步歪斜，两头鹿痛苦的样子让我感到晕眩欲吐。不知怎的，我忽然想起庶仁说的恶鬼。一个热忱坚定的男人，一个友善活泼的男孩，刚才跟我一起走在山路上的，是如今这两个兴致勃勃用稚鹿练活靶的家伙吗？

我看着他们脸上快活的神情，步速越来越慢，每一步的踏出越来越有威严，两头鹿渐渐变成了两只在地上滚动的刺猬。我不知道我应该继续跟上，还是趁他们不备，转身逃跑。我的内心升起了一种庞大的恐惧，这种恐惧空空洞洞地不断扩大，似乎我整个立足的世界都被旋入了一种噩梦般的虚空中。张嘴喊不出一声，想挣扎却依然在讨好地笑。这种恐惧异常熟悉，却又似乎离此地分外遥远，我想起这种微妙的感觉曾经不止一次地出现，在卡尔紧闭的副总经理办公室门前，在红莓伏特加和烤鱼混杂的氤氲气味中，在威廉伸手把玛丽推进老约翰怀中的时候，当杰西卡用她美丽的手指拨弄着白金观音的吊坠时。我怎么感觉，那个在别人胜利的微笑中满地打滚，周身插满利剑的，也可能就是我。

以鹿为彩的高尔夫还在继续。每头鹿都已经身中十二箭，它们终于躺倒在地上，甚至放弃了挣扎，目光呆滞地望着两个再次渐渐走近的猎人。阿青布后退了一步，像父亲那样宽厚谦让地微笑着，示意阿荣先射出最后一箭。阿荣灿烂地一笑，瞄准小鹿的头颅，漂亮地把弓拉了一个满月，这时，母鹿忽然弹跳了一下，用身体遮住小鹿，箭深深射入它的腹中。

烤熟的鹿肉发出诱人的香气，周围的飞鸟和松鼠都散开去。他们只烤了两条鹿后腿，小鹿的，三个人吃不了两头鹿。我本来毫无胃口。阿青布笑着说，等肉熟了，你自然会有胃口的。他说得对。香味撩拨着我，大半天翻山越岭的饥饿推搡着我。我接过阿荣递过来的一片后腿肉，大口啃起来，肥嫩多汁溢满我的舌頬。

阿青布也用随身的匕首切下一片肉，递给我说，胖子，你知道吧，这最好吃的就是一岁之内的肉，一岁过了就完全比不了。你要是一直待在村子里，恐怕永远也吃不上一口。

我唔唔虚应着，忙着大嚼，心里道，这有什么稀罕的，城市里的蚂蚁样多的人，平时除了熬鸡汤，吃的基本上都是童子鸡。

牙碰到了一个硬的东西，不是骨头，我啃完肉以后拿在手里看，是一个铜箭头，深深陷在骨棒里。刚才他们都尽量把箭都拔下来了，不过还是有几支插进了骨头。这就是射进小鹿右后腿的那支，阿青布在拔这根的时候，脸憋得通红，还骂骂咧咧地夸了阿荣两句，说他箭术见长。最后是砍断了箭尾，就这么烤了。

我顿时胃里一阵翻腾，险些把刚才吃进去的全都呕吐出来。我为自己的食欲感到深深的耻辱。

火灭了，焦黑的草地边，小鹿柔软的两支角依然支棱着，金红色的美丽身体只剩下了上半片。它的眼睛已经开始浑浊了，一动不动地直视着阳光绚丽的蓝天。母鹿卧在它身边，满身血污，嘴微微张着。

我本来以为他们会带上这些猎物，可是这么重，两个人怎么背呢？

背回去了以后怎么说呢，说是违反律法出来打猎了吗？他们似乎早就预想过怎么处理，顺理成章地把这两副残躯丢下了。在树干的记号边，他们沿途拔下兔子身上的箭，把死兔子留在原地。箭是下次打猎还要用的。我计算了一下，他们的两个箭筒中各有二十六支箭，十三支用来射杀兔子，另十三支用来射在一头鹿身上，两个骄傲的猎手，只准备了恰好数量的箭。这显然不是他们第一次违禁出来玩这样的打猎游戏。

我曾经问庶仁，为什么说，人太脏了，远没有动物干净，没有资格作为牺牲献给神灵。这句话是为了救我而说，还是确有其根据？

庶仁回答说，当然人是最脏的。任何动物咬死另一只动物，都有正当的理由，它需要食物活下去。它会吃完它的战利品，在饥饿之前，它不会再无缘无故地去伤害别的什么动物。唯独人不同，人会为了自己心里莫名其妙的需要去咬，咬着玩，终日如此，无休无止。人心中的偏见和残忍是万物中唯一的。

我脚步飘荡，跟在阿青布和阿荣背后，返程的一路上被内心的恐惧折磨。我害怕他们，我更害怕自己，鲜美的鹿肉依然在我咽喉里气味缠绵。如果他们两个谁跟我搭话，我会像从梦中惊醒那样，张着嘴眨巴眼睛，心怦怦作响。他们只当我是太累了，也就由着我不做声。

五片屋檐近了。忽然间，我们都同时惊慌起来，远远望见，庶仁正等在平原中央的要道口。一定是违禁打猎的事情败露了。我们像一群自己步入牢笼的罪犯，脚步踌躇，恨不得把弓箭就地扔了，烧了，化作灰烬看不见。

庶仁对我说，你跟我来。又看了阿青布一眼，说，你也来。没有叫阿荣。

大屋门口，有个高而胖的身影在不耐烦地打转，看见我，立刻扔掉手里的半截双喜，摇摇晃晃地快步走来，一把搂住我，叫着，嘿，我的大儿子，我总算找到你了！

我满心期待地问刘玉山，是谁来找我了？

刘副县长瞪了我一眼，还有谁？

在我驾车离开两个月之后，刘玉山先是想到了他那辆最好的坐驾，然后猛然想起，他忘记给我足够的汽油开回县城。至于我，到底在期盼谁来找我，我自己心里都不明白。

这第二回相见，我由刘玉山的“小本家”直接升级成了他的“大儿子”。阿青布在旁边恍然大悟地上下打量我，他说，我早该认出来的嘛，这么像。难怪你开着他的车呢，难怪你也姓刘！

拾

我没有马上跟着刘玉山走，虽然在之前漫长的日子里，我每天盼着越狱。

我好像对这个囚禁我的地方生出了一些微妙的感情。况且，需要我负责的事情，我还没给出一个交代。我拜托刘玉山替我去一次昆明的宠物医院，买几箱止血敏、维生素K1和头孢拉定。按“牛熊”的体重比例折算，它的口服剂量得比小狗大上百倍。草药药力不逮，再这样下去，我怕“牛熊”真的要在大屋里躺一辈子了。

哎，原来真的有“牛熊”啊！刘玉山反复唠叨着这句话。讲了无数遍故事的人，这下终于看见了故事里的主角。他放轻脚步绕着麻布垫子踱了几圈，细细俯身去看，嘴里发出赞叹的啧啧声。这是多好的一张皮子哪！

他脱口而出，忽然发觉周围人正目光怪异地注视着他，就赶紧闭了嘴。

我说，如果不是它，我现在早就是悬崖底下的一堆骨头了。

刘副县长又点了一支双喜，蹲在屋前的一块大石头上，半睨半笑地问我，你说说，到底是它故意跑出来挡住你，还是你不小心撞上了它？我看你在这个鬼地方待得太久了，已经待得有点神经了。

“牛熊”一天比一天好起来，这一回，没有反复。这也要归功于它很配合地吞下那些药丸，准确地说，它不是吞的，是嚼的，看着它咽下去的表情，我都觉得舌根苦得抽筋。

当它终于站起来慢慢走回丛林中去的那一天，望着它迟缓、巨大的背影渐渐变作一片红棕色的光晕，我的鼻子竟然有点酸涩，我想起它躺在垫子上的日日夜夜，陪伴着我这个囚徒的漫漫孤寂。它对我做的鬼脸，和善意清澈的目光。它对伤痛的忍耐、乖巧，从不怨天尤人。我曾经不止一次抚摸它温暖的皮毛，把身体埋在里面，跟它悄悄说我的心事，一边说一边就不知不觉打起盹来。它似乎能听懂我在讲什么，也知道我的烦躁与害怕，总是用它身体平缓的起伏来抚慰我，帮我平静下来。

我还留恋平原上数不胜数的“人面熊”，那些面带茫然的朋友。还有热情坚毅的阿青布、青春开朗的阿荣，和一直以来慈爱待我的庶仁老人。因为我也要走了。

庶仁好像看到我心里的念头，他轻声说，孩子，我们还会再见面的。

我说，唉，大概不会了。

庶仁很肯定地说，我们会再见的，我知道。

重新回到淮海路上的写字楼，上电梯，遇见同事种种，春装早已都换作夏装。他们照常跟我点头致意，好像我昨天傍晚六点才跟他们在电梯口道别。这让我恍惚起来，难道在庶村的几个月，只是我天明时分将醒还睡时的一场怪梦？

我心中惶惑，按下了杰西卡所在的楼层，提前下了电梯，一心想先看见一张最熟悉的脸。杰西卡比初春时分更美了，她的发型又修剪过了，弯弯挽在耳后，一身象牙白的修身套装衬得身材愈发玲珑，肌肤红润，睫毛浓长。她透过玻璃门瞥见我，笑容像蝴蝶一样忽闪了两下。她正忙得不可开交。

我摸着墙推门走进去。她扬起脸对我说，嘿，你回来啦？一切都好吧？你晒黑了一点噢。她的反应就好像我刚刚从哪里度假回来。

她的手指在键盘上飞快敲击，回了两个紧急邮件，然后又转过头问我，我昨天就知道你回来了，怎么样，休息好了没有？

我没法回答这些热情的问题。我脚步发黏，舌头僵硬，我甚至不知道应不应该坐下。我以为应该有惊喜的注视、眼泪、颤抖的声音和热烈的拥抱，就算为了我之前的危险失踪，狠狠骂我，嘿，你这头猪，你担心死我了！我不知道是哪里出了问题，难道在熊的国度里住了两个多月，我已经对人类这么不了解了吗？

正好，卡尔也来到了销售部。他老远就对我伸出手来，声音洪亮地笑着说，老朋友，你辛苦了！他的笑容看上去非常有感染力，握手的姿态也非常热切，但是当他的手掌触到我的手指，只是这么轻轻一碰，我想握住，他的手已经离开了。

他说，老朋友，你看捐赠卫星电话的活动已经拖了这么久，政府采购的事情也一直搁着，所以你昨天刚回来，今天就叫你来开紧急会议，辛苦你了！等等吧，等这事情圆满完成了，我跟人事部说，给你专门放几天假！现在你失踪了这么久，我都舍不得给你放假了，哈哈哈。一串爽朗的笑声过后，卡尔已经把手里的一叠材料放到杰西卡的办公桌上，杰西卡忙着翻阅，卡尔在一旁关照着什么。

杰西卡忽然抬头对我又笑了一笑，匆忙地说，待会儿开会，你好好表现啊！

我知道，到了我该告退的时候。我继续搭电梯，来到市场部的楼面，穿过成片的隔断。我自然而然地望向玛丽的位置，她在，埋头看文件。我觉得她应该是觉察到我走近了，可是她没有抬头，更顽固地保持着一动不动。我没什么可抱怨的，我为她做过什么有益的事情呢？我只是为了自己感觉良好，拿她一个可怜单亲母亲的命运去犯险。我的虚荣，让她去买单。我相信，在我失踪的这段时间里，她的日子肯定更不好过了。

看到我最高兴的，恐怕还是威廉和托马斯了。我出了意外，派我去公干的部门负责人难辞其咎，威廉写了无数报告，听说托马斯还因为没有及时联络我的动向而受了处分，替威廉垫背。

托马斯把两只手放在我的两边肩头上，像一个成人看着一个孩子似的，故作老成地低头看着座位上的我。他一本正经地叹息着说，老板，你可担心死我了！咫尺之间，他看似真诚的眼神，让我几乎又要感动起来了。

威廉问我失踪的理由，他还得写一个报告来总结之前的报告。我只说是在野外出了车祸，骨折了，没法联系到任何人，无奈之下就地养伤。我也不知道自己是怎么想的，在归来的路上，我想把庶村奇妙的遭遇告诉每一个人，可是当我走进人群的一刹那，我的内心忽然极不愿意再对他们说什么，尤其是在面对办公室里的那些笑脸时。也许是我预见了危险，下意识地想要保护庶村的安宁。

在关于捐赠卫星电话的紧急会议上，威廉和老约翰都显得很沉默。

老约翰一直在整理他衬衣领口里的真丝方巾。会议是卡尔主持的，等基本情况介绍完毕，他客套地说，请总经理先发表意见。再请三请，老约翰推让许久，才用他的低沉声音抑扬顿挫地说，公司的高层领导，哪能事必躬亲？这是市场部的日常工作，市场部自己去讨论就可以了，我认为没有必要召开全体高层的会议。

说完之后，老约翰依然平静地呷他的茶，垂着眼睛，风度优雅。卡尔依旧保持着他明星般的笑容，好像刚才老约翰讲的是一番很有鼓舞意义的话。他带领大家鼓掌，然后没事人一样继续他的动员演讲。

威廉的眼睛和手指，始终没离开过他的手机屏幕，对于卡尔提出的所有问题，他都报以极其诚恳的笑容，用“啊”、“唔”、“噢”和“是是是”来对答。

卡尔讲了中国移动在江西、四川、福建和云南地区预计八个亿的招标合同，讲了竞争对手SME的激进动向，讲了销售部杰西卡团队的非凡努力和大量困难，展望了HZ中国通讯一旦拿下这个订单，未来在世界电子通信行业名录里的地位。

一圈兜回来，他再次强调了联手云南移动，向贫困地区捐赠卫星电话这一动作的重要性。讲到这个环节，他的目光还特意在我脸上赞许地停留了几秒。看得出来，他一时没想起“庶村”的名字。他说，在当代企业竞争中，企业的社会形象起到了举足轻重的作用。有时候，策略的胜利比实力的博弈更有效。

当他演讲的时候，杰西卡自始至终对他报以虔诚聆听的目光，不住地微微点头，间或在本子上记下什么。现在，杰西卡的目光终于转向了我这边。

卡尔正在总结说，这项捐赠工作要抓紧了，时间上不能再往后拖！凯文，对尽快实施好这项工作，你有没有信心啊？

我说，其实，庶村根本不需要卫星电话。

杰西卡的眼神一瞬间变得惊愕。

卡尔的笑容凝固在脸上。

老约翰的茶杯盖子不小心落到茶盅上，清脆的一声响。

还有一个奇怪的声音在打着节奏，是威廉的杰尼亚皮鞋的鞋头正得意地踢着椅子。他停下来，满不在乎地左右看了一眼静寂的人群，把及肩长发甩到脑后，坐直了。

你到底为什么要这么做？为什么！你是不是脑子进水了？

杰西卡压低了声音，机关枪似的一通数落，用她瞪得杏子一样大的眼睛怒视着我，两只修剪精致的手在桌上毫无目的地移动，我很担心她一气之下抓起热卡布奇诺，兜头泼到我的脸上。

我很庆幸，这个下午新天地星巴克的二楼没有什么人。否则就算旁人听不见她在说什么，见到这副架势，也足以让我们两个脸面丢尽了。

你、你、你。她说，你知不知道，凯文，你这么轻轻巧巧的一句话，就把我们这么多人，苦心等待和经营了这么多年的大好机会，给一下子全部破坏掉了！

这句话很长，她换了好几口气，可是气势丝毫没有减弱，哀怨逐字增强，两只手张开、握起，又再次张开，像是在为增强谴责的语气而使劲。我注意到她法式的指甲形状改了，留长了一些，改成尖圆的形状，每个指尖都描着一朵镶钻的百合花。她这样张牙舞爪，让她看起来像一只被惹火的猫。

我觉得她大可不必这么焦虑。她不应该这么卖命工作，更不应该有这么大的思想负担。像她这样，在外企做到部门正职经理，一个女职员，中国籍，这就已经到了最高的极限，到了玻璃天花板。再上面的位置，她抬头看得见，却再也不可能升上去，业绩再出众也不能。这是外企的一则公理。也就是说，她早就功德圆满，地位稳固，薪水不菲，她还这么动气做什么呢？

现在她正胸口起伏，俏脸气得一阵红一阵白，掰着手指数落我“破坏”的重大战局。

总经理老约翰的背后，追随着公司的一批“稳健派”。对于老约翰而言，他只需要在HZ中国通讯稳妥地做到退休，不出大错，就可以按照HZ亚太区总部的标准得到养老金，并且兑现当初承诺他的股权，回到HZ总部，成为总公司的董事之一。

至于跟随他的一批人，诸如威廉之类，等老约翰成了HZ总部的董事以后，自然有机会推荐他们调到总公司，也就等于帮他们踏上了这个行业进阶的快车道。

可是距离老约翰退休还有整整四年，并不是每一个人都等得到。

公司还有一派，就是副总经理卡尔统领的“进取派”。老约翰退休，卡尔接任HZ通讯的总经理，这是毋庸置疑的，至于能不能再动一下位置，调入HZ总部的高层，这就难讲了。卡尔今年四十三岁，总公司的惯例是，四十五岁一过，培养和升迁的名单上就基本不考虑了。如果等老约翰平安退休，卡尔就会错过年龄，永远留在这个公司里。这个结局当然是卡尔不能接受的。

所以老约翰必须提前滚蛋，要么抓住他的重大错误，要么就是猛进求业绩，向总公司展示这位总经理的怠工无能。

卡尔这一派绞尽脑汁折腾了四年，杰西卡跳槽过来，加入这一计划也已经三年有余。老约翰谨慎，权力更大，加上他这一派当然不是温良敦厚之辈。双方对抗了这么久，眼看只剩两年的最后期限了。忽然间，遇到了一个最好的机会，将近八个亿的政府采购项目，销售这一行又是卡尔和杰西卡的强项，如果成了，这个耳光会直接扇到老约翰脸上，扇得整个行业都听见清脆的那一声响。多少人都期盼着这一击得胜，谁知道中间冒出来一个捣乱的——那说的自然是我。

我承认我是千里之堤上的那只蚂蚁，可是杰西卡口口声声说我害了“这么多人”，拿别人的人生在开玩笑。办公室斗争，至于这么严重吗？

杰西卡的手指攥着项链上的吊坠，转来转去，就是那个白金观音。我一直觉得奇怪，她的爱好一直很欧化，听交响乐、弹钢琴、看油画、读翻译小说、穿礼服而从不穿旗袍之类的，她怎么会选了这么个吊坠呢？她咬着嘴唇，有些偏执地攥着吊坠，指甲在前胸的肌肤上划出一道红痕也不自觉。几秒钟后，我看见眼泪从她的脸颊流了下来，她抽抽搭搭哭了起来，抓起了桌上的两张纸巾。我赶忙去糖匙台，帮她拿来整整一叠。

她说，你不知道我有多想再往上走一步，我每天二十四小时想的就是这么个愿望，就算拿我的一只眼睛去交换我都愿意！你为什么要这样对我？

她说，卡尔跟我保证过，如果在最后期限之前赶走了老约翰，他一定先把我提到HZ通讯副总经理的位置上。如果有可能，再继续帮我往上走。

为什么我就得永远是个部门经理呢？为什么我就得一直被高层踩在脚底下使来唤去呢？卡尔说过，惯例也不是绝对的，只要有特别突出的业绩。这八亿元的订单，不就是突出的业绩吗？

她说，HZ通讯没准儿过些年就扩大了，在行业内的位置提升了，如果我做到副总经理，就有机会做到总经理，就能进入世界电子通信行业的名录，进入这个行业的历史，所有的行业峰会都会发请柬给我……她泪眼婆娑地瞪着我，你知道你到底对我干了什么吗！

在进入HZ通讯的半年中，我已经不知道从多少人口中听过类似的话，有些是委婉的表示，以一种给后辈指出光明之路的方式来告诉我，有些是直接的抱怨，仿佛自己不能跻入那个“名录”，这么多年的职业生涯就都白费了。听得多了，我也时常感到一阵阵袭来的焦虑，像一只火烫的手蓦然紧紧抓住我的心脏，让我寝食难安。

人类和人类组成的集体出产最可怕的恶鬼，沁入脑髓，改变一个人的本性，就像是萨勒姆女巫的史实。它会让一种念头像病毒一样飞快传染，控制每个人的大脑，不管那种念头是否他的本意，有多愚蠢，有多疯狂。

你要是问我，半年以前，我想不想被列入“名录”。诚实的回答是，我根本不知道世界上还有这个玩意儿，尽管我早在十年前就进入这个行业了。如果你再问我，最近这半年里，我有没有想过将来要登上这个“名录”？我会告诉你，我非常想，我想到要发狂了！我恨不得突然有哈利·波特光临，用魔杖一点，第二天我就成了HZ总部的总经理，行业峰会的首席贵宾。

杰西卡摘下项链，用指甲打开白金观音的吊坠。在分开两半的小盒子里，塞着一个六角形的玄色小纸包，拿出来以后，立刻像一只蝴蝶般张开站在咖啡桌上，上面用红水笔写着一串不知所谓的字。这字倒是很像庶仁平时常用朱砂描绘的经咒。我忽然间明白那是什么了。

这是一种极其古怪的感觉，我强压住心里翻江倒海的好笑，上海这个国际大都市甲级写字楼里的OL，居然如此虔诚地希冀那些据说是从原始社会取得的神秘力量，这只能说明她太想成功，已经想得几近疯了。这让我在好笑的同时，又对面前的场景感到说不出的恐惧，肠子忍笑到打结的时候，心脏背后有一个黑黢黢的洞在冒着冷气。

杰西卡用哭肿的眼睛恨恨地瞪着我说，这是我去年特地托朋友从云南求来的符咒，特别灵验的，能保证我的职业生涯再上一个新台阶，没有小人可以阻拦。

这“小人”二字自然是间接在骂我。我讪讪地问，卡尔怎么样了？

杰西卡说，他当然生气啦，气得暂时不想见你。你够缺德的了，你自己反省吧。

我罪大恶极，让明星面具的卡尔居然生了气，让工作狂的杰西卡居然在上班时间，扔下整个部门的下属，把我拉到新天地来又骂又哭。

我也实在够缺德。在去庶村前，我为了玛丽的缘故向他们投诚，他们一心以为我已经属于他们的阵营了，所以卡尔之前也没多关照我几句，全然信任，没想到我倒戈一击。作为奸细，我提供不出有用的情报。作为盟友，我经常两边倒。为什么我还经常认为自己道德完美呢？

哭了一场之后，满桌纸巾，杰西卡肿着眼皮，恢复了一贯冷静的思路。她对我说，凯文，你是想保持中立吧？我告诉你，在办公室里，你永远也不可能保持中立。否则你只有一个下场，就是被所有人当成怪物，踩在脚下，玩弄、侮辱、嘲笑。你以为你受得了永远待在底层吗？这里没有田园牧歌的生活，你经济上能平衡，精神上也平衡不了。

我说，杰西卡，你给我一个讲话的机会好不好？不管中立不中立，庶村确实不需要一门电话，我在那儿住了两个多月，我最清楚那边的情况了。他们根本不需要跟外面联系，他们甚至不知道电话是什么东西。如果我们要扶贫帮困，还不如捐赠几头耕牛给他们送过去，或者送一台拖拉机。

杰西卡眨巴着眼睛，她说，凯文，你在那边待了两个多月，不会是被野蛮人洗脑了吧？

我明白她的意思，这个活动做不做，当然不是看被捐赠人需要不需要，而是看办公室里哪一派人需要。我心里嘀咕着，这算是什么捐赠，连偏远贫困地区的村民都要利用。我反对，杰西卡就说我毁掉了许多人的前程。我要是大力赞同呢，被派去愚弄庶村人的冤大头一定又是我。我怎么会落入这么可悲的境遇？怎样选，我都是一个受人鄙视的家伙。

我没有留意到杰西卡在观察我的表情。忽然，她想到了什么，脸上露出了受愚弄的怨愤，她沉下脸问我，凯文，你这是在我面前装傻吧？你不会是投靠了老约翰和威廉那边了吧？你在帮他们做事？你现在坐在这儿，不是在看我们的笑话吧？

她目光森然地看着我。

威廉为我组织了一个接风的饭局，特意把玛丽安排坐在我的身边。那天晚上，他们让玛丽和我喝了一杯又一杯交杯酒。玛丽始终没有正眼看我，苍白的脸上没有一丝笑容，肩膀合拢着，没事的时候就低着头发呆。

托马斯也敬了我无数杯酒，他似乎矢志跟威廉合作，要把我灌醉。加上众人争先恐后的配合，我很快思绪模糊了。他们罚我吃下整盘烤鱼，说是我让他们望眼欲穿了，又说我在荒郊野外待着这么久，得补补身体，所以连油汤也得都喝下去。

我在洗手间里吐得昏天黑地，好不容易摸回来，就看见威廉正举着酒杯向我致意，他甩了甩头发站起来说，大家注意了，今天这场饭局又是为了欢迎凯文，欢迎他结束了鲁滨孙的生活，重新回到有电话的文明世界，也回到我们市场部。大家的哄笑和掌声四起。

威廉伸出另一只手，手心向下，示意大家安静，接着说，既然半年之内我们已经欢迎了凯文两次，这就说明凯文是个特别好的人。他几乎只有优点，比如说，保护妇女，野外生存能力强，生性正直，不说假话，就算大义灭亲也无所谓。他只有一个缺点……

说到这里，威廉捂住胸口，做出一副悲天悯人的表情转而对我说，你唯一的缺点就是，你，太不注意保护自己了！你不但属于你自己，也是市场部的一笔财富啊，怎么能说骨折就骨折呢？为了让大家都增强自我保护意识，引以为戒，从今天起，你降职一级，以后托马斯就是你的老板了。

拾壹

我开始努力想要在HZ通讯过一种田园牧歌的生活，其实也就是安分知命的底层生活。我每天准时上下班打卡，勤奋工作，力图没有任何把柄被人抓住，定期等着工资卡上的数字增加。我想，最糟糕的，不过如此而已。

自从做了我的主管以后，托马斯倒是挺爱跟我说话，支使一个年龄比自己大十岁的人一定很有成就感。他也努力表现出降尊纡贵的和善，这么小年纪，就懂得要平易近人了，真不容易。

某个中午，他扔给我半人高的档案，让我去复印和装订。快下班的时候，他忽然良心发现，踱到复印机边上，一只手支着墙，一只手插在口袋里，跟我闲聊。他问我，老朋友，你的腿最近还疼吗？自从他做了我的老板，总是学着卡尔的口气来称呼我，尽管他只是一个小小的主管。

我随口答，腿疼什么？我腰才疼呢，你看我这一下午弯腰了几千次了。

复印机的光从他脸上闪过，我打开翻盖，取出上一页，又弯腰从地上拿起下一页放进去。就听见他的声音显得非常兴致勃勃，嘿，跟我讲讲庶村的事情吧，解个闷儿。

我敷衍道，穷得连公路都不通，要吃烤面饼得自己种麦子，要吃肉得自己打兔子，就连要穿衣裳也得自己织布，这有什么好讲的。

他非常随意地接口道，那就讲讲你怎么就留在那里，差点不想回来了。

猛然间，我明白了这场谈话暗藏的利刃所在。于是我也装作漫不经心地答，其实吧，我的腿根本就没骨折，那时候我遇到了另外一件更加麻烦的事情。老朋友，这事我只跟你一个人说，你可千万别告诉了别人。

于是我就把如何开车撞到了众熊之神，如何被猎人们用一根棍子扛进了庶村，变作囚徒，如何差点被杀死祭“牛熊”，被长老搭救，如何又转眼成为一个伽利略式的人物，被村长奉若上宾，这一切，原原本本都告诉了托马斯。我唠唠叨叨，拖延情节，每当弯腰下去的时候，我都故意作一个很长的停顿。渐渐地，就是托马斯在弯腰帮我递每页纸了。玻璃幕墙底下，停车场里的车次第离开，直到天色寂暗，最后一辆车也驶出了视线，托马斯仍然按捺着性子，捕捉我说出的下一句话。文件复印完之前，我可没打算让这个帮手离开我的身边。

托马斯是个机灵和卖命的卧底，看得出来。我所说的这些，正是他最渴望的情报。

我知道，要彻底除掉我的时候到了，威廉在等一个理由，比如说，在之前他和托马斯备受诟病的失踪事件里，其实我根本没有骨折，只是玩忽职守，擅离职位了两个半月。

两天之后，这个情报立竿见影。下班以后，整个部门一干人等都跟着威廉浩浩荡荡去饭局，办公室除了我，还剩下了另一个人，托马斯。他并不看我，气咻咻地整理提包，转身从安全梯走下楼去。

间谍行业里据说有个技术，叫做逆用情报。我没有给托马斯错误的情报，我只是给了他再真实不过的事实而已，关键是，我知道除了急于向威廉表功的托马斯，没有一个城市人会相信这番离奇的经历。我可以想见，威廉在听完之后对托马斯说的话，嘿，兄弟，你是不是编得太离谱了一点啊？你这是想害他，还是想帮着他来害我啊？

对于奸细而言，只要有一次情报是不可靠的，以后他所有的情报都将会不再被采信。到了眼下的境地，我能做的，也不过如此了。

可是，有一句叫作什么“天将降大任于是人也”，这种命运是自己想逃也逃不了的。

漫长的夏季转眼过去。有一天，HZ通讯收到了一封云南省旭阳县县政府组织部发来的信函，感谢公司对他们建设的支持，并且特意提到了我的名字——

> 感谢刘开同志的奉献精神，他的工作得到了庶村人民的真诚感谢。多年来，作为我县的偏远贫困地区，庶村一直存在着交通与通信不便的困难。自刘开同志离开以来，庶村已派代表数次来到县里，主动提出请刘开同志回去继续这项工作，早日把卫星电话装起来。庶村具有文化习俗的极大特殊性，做他们的工作不容易，在此，县党委和政府热烈欢迎刘开同志尽快继续开展工作，县里将全力做好支持和配合。

拾贰

我又回到了庶村。

这一回，是县里的司机开车，刘玉山亲自陪同，阿青布和阿荣在路口迎接，带着我们穿越那条进入平原的唯一道路。由于我总是气喘吁吁、踏足不稳、需要搀扶和牵引，而且频频央求休息，我们一路上大约耗费了四个多小时。

阿青布倒是丝毫不以为忤，反而照样兴致勃勃地跟我聊天。他说自从我走了，村里的闲言碎语并没有随着我的消失而安静下来。相反，我治好了“牛熊”，而不是庶仁，这让庶仁在大家心中的地位受到了巨大的挫伤。甚至有人提出，是否可以让我继任长老的位置。因为长老也是村里唯一的医生，说中医也好，说巫医也好，总之村民的一切伤病都倚赖他疗愈。据说他以天空赐予的蔚蓝色的力量来解除病痛。可是如今看来，天空似乎不再眷顾庶仁，而选择在我的身上昭示它的神力。

我大吃一惊，我从未想过伤害庶仁，让这个老人的慈爱和威信受到置疑。我试图跟阿青布和阿荣解释，那只是很普通的西药，在城市里人人都可以到药店轻易地买到，根本不是什么特殊的神力。我拉过刘玉山，要他作证，他只是笑而不语。

阿青布咧了咧嘴，似乎表示他既不在乎那是不是神迹，也不必现在就弄明白那究竟是什么样的科学。

他对我说，胖子，我只知道你是朋友，好朋友！他拽住我的手，几乎腾空地把我拽上了一个陡石滑落的斜坡。他说，你受了这么多罪，就是为了帮我们这个村子进步，大家都明白了。大家都想看看，如果真的进步了，生活会变成什么样子。

他这么一说，我又不知说什么好了，仿佛我确实是做着一件应该的事情。

我终于再次望见了五片花瓣形状的美丽平原。

可是刚走到平原的边界，我又大吃了一惊。进村的路口立着一块石碑，碑面向着山路，难道才离开了一个季节，村里就有谁去世了吗？我的脑中飞快地闪过了许多熟悉而安静的面孔。阿青布看见我们都瞪着这块碑，忽然有点羞愧的样子，用两只大手搓了搓面颊，红着脸说，是小儿。

阿荣连忙解释道，是他的儿子受了惊，所以特意立了这块碑在这里。

他努力翻译着石碑上勾勾画画的当地文字，大意是这样——

弓开弦断，箭来碑挡。来往路人念一遍，保佑我家爱子惊镇志定，速速康复。

每个人都知道，阿青布的妻子是五片屋檐底下最美丽的女人，染色、织布、腌肉样样在行，可惜只为阿青布生育了一个儿子，米拉。米拉今年七岁，天生体弱多病，徒有宽大的骨架，走路仿佛总是立足不稳，一年倒有七个月在咳嗽。于是他就有了跟阿青布完全不同的一副神经，总是容易紧张地抿着嘴，眼睛忧伤而不安。

阿青布与他，就像是光芒万丈的太阳生出了一枚幽暗细弯的新月。阿青布和妻子都爱极了这个独子。可是怎么说呢，这个孩子无论是学狩猎，还是学建筑，在同龄孩子中总是落在最后。尤其是当他对着一只兔子，竟然犹犹豫豫，把拉满了的弓又收回，不知道是不是因为从小咳血，让他从不忍心看见别的动物流血，这实在让身为庶村第一猎手的阿青布脸上有点挂不住。

我不在庶村的这个季节里，丛林里发生着奇妙的变化，“人面熊”们一年一度恋爱的时候到了。它们结婚生子。无数毛茸茸的小熊出现在平原的各个角落，像一个个毛球在熊妈妈的身边打滚。毛球飞快地长大，走路歪歪斜斜，时常跌倒，是一些笨拙而胆怯的孩子。

无论熊和人多么心无芥蒂地相处了一年其余的九个月，在这三个月里，母熊们都会带着小熊刻意回避，过分焦虑的母爱所致，多年来一直如此。可是偏偏有人看见米拉和两头小熊常常一起在江边玩水，母熊只是远远地站在一旁。也许是米拉看上去太孱弱了，也许是他的目光比熊更善良。

意外还是发生了。那个炽热的下午，米拉和小熊们在金子般的江水里摸索小鱼冰凉的脊背，米拉脚底滑了一下，他下意识地伸手抱住小熊保持平衡。忽然间，他感到自己被一股巨大的力量掀翻，几乎窒息，在一团模糊的黑影笼罩中，他觉得自己的身体笔直向后倒去，沉入飞腾溅起的水花中，水沁入肩头，火烫般剧痛。

孩子的肩头留下的母熊三道深刻的爪印，这还不要紧，他吓着了。庶仁来看过他许多次，伤口敷了药，很快结痂痊愈了，干燥的疤痕高高地鼓在皮肤外面。只是这孩子开始卧床不起，终日昏沉，他细小的眼睛里充满了惊恐和迷茫，任何风吹动门扉、小鸟飞过窗棂、谁人的脚步路过砖墙外面，都会让他害怕得大哭起来，连父亲和母亲熟悉的抚摸也让他极度不安。他蜷缩着身体，不断地出汗，呓语不断。

庶仁为他做了一次驱鬼的仪式，过后摇摇头说，多么善良的孩子，他的身上根本就没有恶鬼，如果他生来没有见过人的弓箭，他也未必会被熊吓着。

我依然住在庶仁的大屋里。庶仁依然弯曲着一脸柔软的皱纹端详我，从头看到脚，摸摸我的胳膊，轻拍我的肚腩，捋开我额前汗湿的头发，赞赏地笑着，微微摇着头，就像是一个老父亲看到久别的儿子健壮无恙。就好像阿青布所说的那种波澜从未发生。

庶村表面上依然平静。

每天傍晚，熟悉的感谢辞依然在平原齐声响起，迦罗尼迦耶，摩罗摩罗，像音乐般抚平着我心上的褶皱。当太阳沉入山脊，就开始有忧虑的父母一批接一批拜访庶仁。他们坐在他的膝前，握住他皱纹密布的手，问着一些相似的问题——

熊会不会也来伤害我的孩子？如果它们要这么做，我们又注定不能对它们动武，那孩子们怎么办？

在大家不易觉察的时候，庶仁偷偷叹了一口气。庶仁对着这些不安的父母微笑，肯定地说，熊是没有恶意的，如果你认为熊不会伤害你的孩子，它们就不会。

父母们脸上紧皱的线条并没有因此舒展几分，很大程度上，他们对于熊的信赖来源于对庶仁的信赖，这让他们忘记去咀嚼这句话背后的深意。这不是一句承诺，只是说出了一个重要的事实，恶意只存在于人心之中。人恐惧的东西，往往是自己内心的镜像。

即将离去的父母们在大屋里踯躅，他们有些局促地东张西望，像是在找寻什么，随后目光闪亮地落到了我的脸上，他们对我非常友好地，甚至是有些恭敬地露出了笑容，这是以前我作为一个囚徒时从来没有过的。然后他们就倒退着走到门口，躬身跨出门槛去了，这让我尴尬地觉得，他们的这番礼节倒好像是冲我而来的。

我只是来这里拍一点照片，为将来大张旗鼓地宣传这个捐赠活动做准备。公司不过是为了花钱买一只炮仗放。至于庶村呢？卫星电话对这儿能有什么用处，他们甚至不需要走出这片平原。至于我自己，我想，既然来了，就当是度一个公费的假期吧。且让我每天带着数码相机，像以前那个囚徒一样四处漫游。

我跟着女人们的脚步来到金沙江边。这是平原铺展抵达的最远的所在了。她们每个人都背着一个满篓，篓子里装着当地人叫作藿草的一种叶子，叶面绿，叶背白。

我看着她们把叶子浸泡在清澈的江水中，带着篓子一起。春天的水是翠绿的，明亮得像一匹缎子，对着镜子般光滑的蓝天展开绚丽的波澜。叠襟宽袖的素服女人们牵着篓子，站在水边，任风吹拂她们美丽的发辫。流水两侧平缓，中央湍急，无舟无楫。

一盏茶的工夫之后，几个年长的女人穿行在篓子中间，时而弯腰拈出一片叶子，似乎是在查看浸泡的程度。女孩子们则嬉笑着，比赛谁能独自将篓子提出水面，而不溅湿衣裳。叶子被倒在河岸上，一堆堆像晶莹的绿玉散落在洁白的石滩上。

我看见许多双灵巧坚韧的手将叶子翻过来，熟练地揉搓，叶背上一层白色的膜随着手指的动作剥离下来，从叶的左侧卷搓到右侧，成为一条白色的线。未等这条线完全离开第一片叶子，第二片叶子又接上来，前一段线的尾端被卷入下一段线的首端，随着同方向的动作，白线越搓越长，奇迹般地在一片片绿叶被拾起和抛落时不断延伸，最后变成每个女人手边一卷卷一米长、几十道交缠的线团。

这些线团被再次浸在江水里，慢慢漂白，然后捞起来，展开铺在河滩正午的阳光中一分分烤干。她们背来的是一篓篓的叶子，背回去的是一挂挂的原色线团。每个女人的侧屋里都有一架木制的织机。这些线团被挂在织机边的架子上，有的将用植物的汁液或者石头的粉末上色，这很麻烦。所以大部分保持着自然的色泽，以梭引领，进入经纬，在女人们脚踩踏板，手拉木轴，舞蹈般的重复万千遍的操作中，一寸一寸变成了粗布。然后，被刀子裁开，用骨针和线一道道缝起，成了一件叠襟上衣，或者一条宽裤。

日复一日，就像看一个故事，从好奇的开端，到缓慢而诱人的进展，直至令人惊叹的结局，我完全被迷住了，追随她们的身影，在整个过程里屏息静气。当每一天的光线如潮汐划过那些不断生长的作品，再度由瑰丽转而黯淡，女人们停下手里的活计，抬起眼睛眺望远方，我发现我正在跟她们一起轻声说着，迦罗尼迦耶，摩罗摩罗……谢谢你，明天见。

不觉一批新衣已经陆续完成。某个下午，我回到大屋，庶仁笑眯眯地指了指我睡的草垛，那上面摆着一套崭新的素布衣裳。庶仁说，她们说你每天去看她们搓线织布的，看得发呆，一定是缺衣裳穿了，所以也给你做了一套。

我惊喜地走近去，粗砺的布料硌着我手指上的皮肤，而我丝毫不以为忤。我抚摸着每一个线头的接口，每一个鼓起的针脚，就像阳光下缎子般的流水、白石滩上散发着生叶香气的线团和忘记了时间的那些日子，又丰盛地一日复一夜缓缓滑过我的指尖。我喜滋滋地换上这身衣裳，心里想，如果是我自己亲手从搓叶子开始，做成的这身，那种满足和成就感一定更加难以形容。

我忽然想，我以前都在做些什么呢？在那个日夜灯光不息，看上去繁忙异常的文明世界里，我们忙着把别人不需要的东西卖给他们，忙着创造更多人们不需要的东西，再忙着让人们觉得，从今天起，如果他们不拥有这些东西，他们将不能再被称为一个够格的文明人。我相当怀疑，把电子通信行业里一百个人一年的虚张声势加起来，对人类的贡献，也许还不如庶村的女人织出的一件衣裳多。

我们还忙着取得一些人的好感，打压另一些人，为此花费着比空荡荡的买卖更多数倍的精力，每天的劳心博弈甚至不能让大地多产出一颗麦子。我们忙碌在自己设置的幻象中，多么虚无，而又曾经多么逼真，让无数人周一复周一地在烦恼中翻滚。

“名录”究竟是个什么样的东西，让这么多人花费几十年的生命去相互祸害，热烈渴望，还觉得唯独这样，才是不白费了生命。

我记得，我好像是跟庶仁絮絮地说了很多，抱怨我在城市了无意义的生活，抱怨没完没了的办公室斗争，而我总是没法胜任一个持械者的角色。我不知道为什么会跟庶仁说那个世界的事情，我想他也许根本不明白那是些什么。

我错了。庶仁不言不语，可是他注视着我的眼睛告诉我，他都懂得。他的目光深广如海，似乎能容纳我的灵魂栖身其中，让我在一周之内几乎跟他倾诉了我所有的烦恼。

最后，他狡黠地眨了眨眼睛，问我道，孩子，如果你觉得外面不好，你可以留下来的，你会吗？

拾叁

捐赠计划重新开展之后，转由技术部门跟云南移动沟通，落实信号和机站。我又回到了人头攒动的写字楼。

不知怎的，坐在自己的隔断里，只是感觉远近有几十个人跟我坐在同一个楼面里，我都会觉得芒刺在背，心无端抽搐成一团。我告诉自己，也许是在山野里放松得太久了。可是这种情况愈来愈严重。如果我一个人站在电梯里上行，门中途打开，走进来了另一个人，即便他站在另一个角落里，我也会觉得他的存在把我紧紧压到了墙上，让我感觉窒息。

在公众场合，如果有人走过来跟我说话，我一定没法在他说第一遍的时候明白他的意思。因为我还没从惊愕中恢复过来，我必须得让自己适应了他的靠近。我越来越讨厌在会议上发言，每当我说了什么，我一定会事后千百遍回想周围人的反应，任何一个细小的动作，都会让我狐疑自己又被嘲弄、欺骗或者冷落了。

我想，我多半是患上了人类过敏症。我只有在方圆一百米之内没有人的时候，才会感觉呼吸和心跳平稳自如。我渴望夜晚早早来临，让我坐上地铁回到自己的公寓，锁上门，拉起窗帘，关闭一切与人类世界的联系。可是这个时候，无数巨大的噪音和各种表情的面孔忽然堆满了我的房间，我这才知道，我的心是一个更加熙来攘往的闹市。

不要以为这是我受到了更多的蔑视和作弄所致。恰恰相反，自从我再度回来，我的地位已经不可同日而语。

卡尔钦点我每天跟他一起工作。我陪他出席各个新闻发布会，一遍又一遍用PPT演示庶村的风土人情，介绍庶村人民对我们的感激之情。卡尔代表HZ中国通讯在媒体频频露面，俨然成为了企业文化的代言人。企业的公众关注度飞速提高，风头完全盖过了SME，眼看八亿元的订单成为了众望所归。

当然，招标毕竟不是民主选举，有了社会公益形象的顺风之力，更得打通每一个必经环节，里应外合，才是成事的关键。所以我最重要的工作其实还是老本行，陪饭局。只不过不再是参加威廉的饭局，而且陪同卡尔宴请各路政府官员。

在上海最美丽的初秋时分，我每夜光顾这个城市金碧辉煌的餐厅，我在桃红葡萄酒般酽酽而醇的夕阳颜色中登上卡尔的梅塞德斯，在旋转的满天星辰中被出租车送回公寓。

我已经记不清那诸多餐厅的名字了，谭氏官府菜、名豪海鲜酒店、京翅坊、天地一家、翡翠36、艾里爵士顶层餐厅，诸如此类，不是装修得满眼都是金黄灿灿，就是无处不在的水晶吊灯、落地窗、所谓的古董和文化遗迹，加上香格里拉大酒店或半岛酒店的顶层风光，或者是外滩三号、六号、七号之类窗临浦江眺望东方明珠的至尊景观。按照这样的标准，连虹桥的泰国村鱼翅都没有排上末选。

我吃过多少不胜枚举的美味佳肴呢？我的耳朵相比我的舌头和肠胃来说，还略能记住一些。什么黄焖鱼翅、金笋忌廉东星斑、烤澳洲龙虾、烧汁粉丝焗膏蟹、玛瑙海参，还有用鹿鞭、虫草、牛筋和鱼唇种种炖出的佛跳墙，法国大厨亲理的松露鹅肝、海胆煎蛋、柠檬对虾、亚洲鲍鱼和精选小羊排。

陈列满桌的各色尸体，总是让我心生迷惘。

我想起庶村人饲养的那些肉食动物，形貌丑陋的短腿黑猪，腹部隆起的某种山鸡，当地人叫作“懒鸡”的。“懒鸡”一家顶多三两只，黑猪不是每家都有。这是他们狩猎之外另一项肉食的来源，就城市人看来，这种方式倒算是一种进步的象征了，只是品种和数量实在少得可怜。

对这些囚徒，他们从不圈养，只管喂食。猪和鸡平日里就散漫地游荡在平原上，四下无人，还会偷偷溜达到山坡上，眼看就要消失在浓密的丛林里。可是真的赶它们走，它们却又惊慌失措地跑回来，围在饭盆边，再也不肯走远了。

说起来，它们的生活也算逍遥，三餐不愁，夜有屋顶避寒，而且都能活上好些年。主人并不随意吃它们，只有逢年过节或者祭祀的时候，才隆重地挑选一些年老的，在庶仁的主持下才能宰杀。这些肉还不能当即吃完，少许鲜肉解馋之外，大部分腌成腊肉，挂在屋檐下要吃上整年。

这番少肉寡油的日子对我实在是一大折磨。平原和丛林间的动物那么多，野兔、稚鹿、岩羊、牦牛，数不胜数。它们从不避人，甚至在人们一日两次饲喂猪和鸡的时候，它们之中的一二偶尔也会凑近前来，好奇地尝上几口，但是从不在这个区域停留太久。我敢肯定，如果庶村人在平原的边缘圈出几块土地，建起围栏，分类拦截起这些动物，他们就可以轻易建起一个规模巨大的养殖场，让庶村成为一块野味的乐土，家家户户每周都可以吃上不同品种的鲜肉。

我把这个建议描述给庶仁听。

庶仁费了好大力气才明白我在说什么，他第一次没有露出他那赞赏一切的柔软笑容，仿佛我这个聪明的建议还不如那半篓湿柴。他微微蹙眉，用手挠了挠皱纹重叠的脸颊，像是努力在找一种方式向我表达。

他说，那些动物不是属于我们的，它们是我们的邻居来着。你会想法把你的邻居骗到一个大屋里关起来，每天喂他，逼他交配生育，然后把他们全家当成你的备用腊肉吗？如果我们有权把它们都饲养起来，当成我们的肉，它们也可以把我们养在笼子里，等喂胖了一个个吃掉，你会喜欢那样的生活吗？

我虚弱地抗议道，可是那些猪和鸡。

庶仁说，我不喜欢那样的做法，但是，那些猪和鸡也许需要那样的生活。我们提供给它们安逸的生活，它们宁愿现在如此，将来某一年变成我们的腊肉，这就好像是一个契约。不过我还是不喜欢那样的做法。我总是想，如果没有我们的祖先用每天喂食诱惑它们，让它们懒于回到丛林去经历，去觅食和独立生活，它们也不会最终不敢再离开食盆和屋檐。这个契约虽然看起来是双方自愿的，说到底，是我们设计它们的一个阴谋。

我不再做声，对着想象中的巴西烤肉大咽口水。那时候，我回想着城市这个奇异的地方，大多数人跟我一样，每餐无肉不欢。粤珍轩的金牌烤乳猪，我一个人能吃半头。就连中午去KFC，我也至少消灭五对鸡翅。这在庶村是完全不可能的，为这一顿，就得杀掉五只鸡。

现在想来，我真的惊讶于城市的屠杀能力。我，一个最平常的外企职员，凯文，一栋办公大楼里起码有上千个。一个街区至少有十几栋类似的大楼。一个上海几百个街区也许远远不止。如果一年三百六十五天，我想要每天午餐吃五对鸡翅，这对我这个个体而言，实在是平常不过的愿望了。对这个城市而言，人人如此也不会造成什么麻烦。至于这样的盛宴，在上海这个灯光不息的舞台上，一夜之内，又同时有多少在热烈上演。

我们究竟饲养了多少我们的邻居，我不敢想。

卡尔并不只带我一个人赴宴，那怎么够。助理、秘书、人事部经理、财务部副理、销售部和投标团队的主要成员，这些随从每次略微变化，大致如此，可以看得出来，他们都是属于卡尔这一派的亲信。

他们沿着饭桌以卡尔为中心扇形排开，让我想起了围在主人身边的黑猪和“懒鸡”们。他们用崇拜和温驯的笑容看着卡尔，乖乖列队在食物面前。

在这些人中，我是唯一的一个平民，他们的级别都比我高，手握重权，唯独我连主管都不是。但是我是唯一坐在卡尔右手侧的那个人，卡尔特别要求的。

每回盛宴过半，卡尔的右手就会放开酒杯，拍着我在桌面上的左手背，用演讲般的口吻说道，给你们介绍一个人，凯文，他是我最亲近的老朋友了！十年前我们就是同事，一起在HZ总部当两个无名小卒，一起在海滩上喝酒谈女人。卡尔说到这里朗声笑了起来，又重重地拍了两下我的手背，提高了声调说，现在，我们还是在一起喝酒……

卡尔的这番话显然不是讲给我听的，也不是说给他身边的亲信们。现在，这些人的表情都变得非常尴尬。他们听着那番话，不自觉地上下打量我，我能看到他们眼睛里的狐疑、不快、嫉妒和故作鄙夷，可是我坐得离卡尔太近了，他们面向我的时候就等于面向着他，每当他们面向卡尔聆听他的言语，总是努力地对他点头微笑。现在这两种表情正在混乱交战。

卡尔继续说着……现在我们还是在一起喝酒，我们两个，简直就是不分彼此啊。所以，这样的关系，你们说，他能不能替我喝下这三杯酒呢？

卡尔的这番话是说给坐在另一侧的官员们听的。现在某个醉醺醺的家伙正在胡搅蛮缠，用一个几乎空了的杯子敬卡尔的酒。他不是最重要的那个人，可是显然也不能随便打发。我们这一侧的亲信们连忙附和道，凯文真的是我们老板最好的兄弟了！有人说完之后，回头瞟了我一眼，似乎是为了把嘲弄的嘴角亮给我看。

一次又一次，当过量的酒不断在我身体里挥发，我的左手手背总是有一种莫名其妙的灼热。有时候，当卡尔拍打我的手背时，我会觉得分外地荣耀与感动，恨不得替他挡下全世界的酒。有时候，我的头脑又提醒我，我只是一个此时此刻最合用的家畜而已，我应该感到耻辱。

我和卡尔都没有再提到那次紧急会议上的冲突，好像两个人都失了忆。偶尔单独面对的时候，我们争着谈天说地，气氛融洽得胜过以往任何时候。

关于杰西卡严重控诉我的背叛之举，我从未觉得是我的心意所致，有如现在，我也并不明白我是怎么又回到了这个阵营。但是我知道，在卡尔眼里，我必是一个随时会倒戈的反复小人。关于这个事实，我不知道我究竟是希望他在乎，还是不在乎。

杰西卡也时常来陪同饭局，俨然是个重要人物，很少喝酒。

她坐在饭桌侧面的时候，偶尔透过酒杯似笑非笑地看着我，当我接住她的目光，试图从中读出她的心思，她又从容地垂下睫毛。当她坐在我身边的时候，依然会帮我拾起筷座上滑落的筷子，提醒侍者给我添酒添茶，但是她永远在跟侧对面的人愉快地交谈，从不扭过头来看我一眼。

自从她跟我大大地发了一通火以来，我们再也没有私下里说过话，没有咖啡，没有MSN聊天，只有工作邮件和短信。我只当这是一种惩罚，她干脆不理睬我，倒也罢了。可是现在这个样子，倒好像我是她高跟凉鞋后面的一枚吉娃娃，她可以随时用三只手指把我拈起来爱抚一番，随时一言不发地把我重新扔回脚下。

有好几次，我都努力想跟她搭话，在她身边，在为她添酒的时候，在去洗手间交错而过的路上。我怀念以前我们俩的相处，她是一个比我自己更了解我的朋友，总是开诚布公地教育我，总是替我设想，比朋友更亲一点。可是每当看见她脸上沉着客套的笑容，我又什么都说不出来了。

终于在某个夜晚，饭局进行到后半场，所有人都处于半醉半醒的迷离状态，卡尔去了洗手间。那一回，我和杰西卡正好一人一侧紧挨卡尔坐着，杰西卡隔着卡尔的空座位，美丽的脸泛着一点酒红。她用慢吞吞的语调对我说，你看，现在这样不是很好吗，你早这样不好吗？

这句话让我肯定，她一点也没有醉。至于我，我醉不醉恐怕都一样，我总是感到如此局促不安，无所适从，我似乎越来越不懂得应该怎样跟人类相处。

进取派处处招摇，眼看已经处于了压倒一切的优势。奇怪的是，稳健派并没有显出任何紧张不安，或者急着采取对策。至少我看起来是这样。

威廉依然频频组织饭局，在众星捧月中表现他的喜剧天赋，令全公司的少女和妇女们为他尖叫不已。老约翰依然风度翩翩地出现在公司大会上，发型梳得更加挺括，衬衣领子里的真丝方巾一天一换，下班依然开着他的白色宝马，由威廉安排着去“快活”。

这种普天之下歌舞升平的状况，倒好像公司内部从来就没有过什么派别斗争，是我庸人自扰。我想，如果这个时候，杰西卡还能像以前一样，跟我解说一下目前的局势意味着什么，那该多好。

我还是应邀参加了一次威廉的饭局，按威廉的说法，我再次从庶村回来，应该再次为我接风，这也是市场部为我举办的第三次欢迎晚宴。

我毕竟还是市场部的人，我也不是每个晚上都有陪同卡尔的任务。所以我跟着威廉一行再次来到了“湘沪情”。我不想明白也不能明白，这场晚宴又是意味着什么，总之，我想，我准备着喝醉倒地就是了。

实际情况比我想象的好得多，他们依然一个接一个向我敬酒，但是很节制，没有人逼我喝酒。我想，这应该也是威廉事先安排好的。整个气氛，怎么说呢，甚至洋溢着温柔与友好，让我都有点伤感起来，后悔离开了这个温暖的大集体，同时又更加惶惑，难道差点置我于死地的那些办公室斗争，真的只是我的错觉而已吗？

酒转了几轮，敬到威廉面前，威廉忽然用两只门牙叼住酒杯，掐细了声音说，哎呀，人家不会喝酒的，从来不喝的……立刻有人大声地怪笑起来，威廉学得简直太传神了，人人都看出来，这是他在学玛丽的样子。他又用手指撑起自己的上唇，露着门牙继续学，喝酒对健康不好的，你们也少喝一点……

拾叁

我早就注意到，玛丽没有来参加饭局，也许是儿子病了，或者有其他什么重要的理由。

威廉话音刚落，刚才大笑的埃德蒙也用手指扯起上唇，怪模怪样地学起来，今晚我真的真的不能参加吃饭了，我们家东东一个人在家呢……

威廉搡了他身边的碧奇，碧奇犹豫了一下，我以为她犹豫是因为并不想参加这个游戏，没想到她只是为了想一个更好的方法来学得更像。她把满头卷发拢在脑后，玛丽一直是把长发夹在脑后的。然后她伸出上牙覆盖住下唇，这让她的脸顿时变成一个畸形的模样。这个样子她居然还能活动五官做出各种表情，并且说话。

我想我的脸红了。我很难让自己安坐于这样一个饭桌前，用羞辱一个无辜者来佐菜助兴，况且那还是玛丽，是我曾经夸口说要保护的那个女人。即便是在玛丽看不见和听不见的场合，我依然尴尬得无地自容。我更为难的是，我根本没有勇气跟他们翻脸，而是赔着笑，表现出对这种创意的欣赏。

游戏还在继续，人们争先恐后地一个接一个扮演玛丽，愈丑化得残酷怪诞，愈博得掌声与叫好。有些没有主动表演的，威廉就依次点名，他们一开始勉为其难，胡乱学两句，在众人一浪高过一浪的欢呼声中，不知怎的，也忽然兴奋起来，龇牙咧嘴地不肯停下来。

我仿佛再次看见了那场射鹿游戏，阿青布和阿荣轻松追逐的脚步，愉快的得分，二十六支箭无虚发，被射得像刺猬般糊满血污的一岁龄小鹿，它直视蓝天的死去的眼睛。

我想起庶仁曾说过的，任何动物咬死另一只动物，都有正当的理由，唯独人不同，人会为了自己心里莫名其妙的需要去咬，咬着玩，终日如此，无休无止。

沸腾的笑声敲打着我的耳鼓，我看见那一张张白生生的人脸扭曲着不再恢复原状，口唇处似乎还伸出了钩状的獠牙。我下意识地摸了摸自己的嘴，我既惊且骇，我怕我也会长出獠牙，我又担心自己依然是平扁的一张嘴，终被证明并不是人类的一员。正惶惶时，威廉的手指向了我的方向，我捂着嘴，被烫到般站起来，跌跌撞撞地向门外走去。我听到托马斯说，他可能是想要吐了。

我沿着饭店的走廊左碰右撞地寻找出口，透过包房半扇打开的门，我看见托马斯正替补了我的场次，向一桌人兴致勃勃地露出他的门牙。而我一边逃跑，一边继续不断地撞到墙壁。我感觉到我笨拙的身体上再次长出丰盛的皮毛，让我这个感情用事的怪物露出了真面目，我生怕被那些人类看见，可是我越想努力逃离他们的视线，却越找不到饭店的门在哪里。

老朋友，我透露一个内部的绝密消息给你。

翌日，托马斯把我叫到复印区后面的茶水间，脸色严峻地掏出一包百乐门一毫克的薄荷香烟，递了一支给我。我摇摇手，说我从不抽烟。他皱着眉自己点了一支，这派神情让他幼嫩的脸显得分外好笑。他在袅袅青烟里对我说，老朋友，你知道吗？老约翰就要被提前调回总部去了。

真的吗？

非常确切的内部消息，估计就在最近！不过他还是早点走了好，大家这么僵持下去，还不知道要闹出什么事情，有多少底下人要做炮灰。我这就觉得是头上悬了一把剑，随时随地都会掉下来，要是外面有什么好的offer，我恨不得立马离开这个鬼地方。

我问托马斯，你为什么要把这消息告诉我？

拾叁

他正色地注视我，好像要让我从他的眼睛里看见他坦诚的心。他说，现在大学生就业难，我找到这么一个工作不容易。你帮我跟那边说说，我这种小角色，老板也不是我选的，如果能够选，我跟着你们行不行？

我没有把托马斯的话告诉任何人，打从听到他说有什么内部消息的第一刻起，我就决定这么做。我无意再做奸细，也无意急着向什么人邀功。再说，我用情报捉弄过托马斯，我不能确定这次是不是轮到他来捉弄我了。

我以为我只要不把这个消息告诉任何人，就不会受到算计。可是办公室整天人心惶惶，两派势力争相表现高调，让每个人都明确地预感到政变一触即发。大多数人跟我一样不明白局势究竟会朝哪个方向逆转，下周一自己究竟是会成为炮灰，还是鸡犬升天。女职员不知道自己究竟该不该在这个时候怀孕，男同事不知道自己是应该浏览招聘网站，还是考虑按揭换车。

到处有人在悄声议论着所谓的小道消息，传播着观点相左的所谓睿智分析，或是一抒自己的牢骚，空气里弥漫着一种浓稠的焦躁气氛。我紧闭嘴唇，我这个意志薄弱的胖子不断告诫自己，要紧闭嘴唇。因为我可能有一个真正的内部消息，可是我不能告诉任何人，不能跟任何人讨论。我每天思虑着这个消息是真，是假，深受折磨。

我时常梦见自己坐电梯上了副总经理办公室的楼层，我叩门而入，对卡尔说，老朋友，我有一个重要的消息要告诉你……然后忽然惊醒过来。我想我是患上了保密焦虑症，网络上说这是近年办公室斗争中一种广泛流行的新病症。这个情报终于还是捉弄了我，不论它被说出，还是没有。

我坐电梯上了副总经理办公室的楼层，叩门而入。当然我是事先跟卡尔的秘书约过的。卡尔从他的大办公桌和真皮座椅里直起身子，满面红光地对我微笑。

我期期艾艾地说，我只是想问问，这一边……我是指你、杰西卡和我们这边的人，有把握把老约翰和威廉他们赶走吗？

卡尔大笑起来，回答道，那还用说？你有什么事情，说吧。

看着卡尔心情大好的面孔，我有一种幸运的预感。

于是我结结巴巴地开了口，哎，怎么说呢……如果现在这一边赢定了，那么有一个人，是不是可以请这一边小小地照顾一下呢？

你问是谁？其实，就是玛丽，那个离了婚带了个孩子的女人，皮肤很白，你肯定见过的。她有什么话要我带给你？噢，她没跟我说过什么，我只是想替她问问，可不可以帮她调一个部门？到销售部啊，企划部啊，反正都符合她工作经验的范围。她要是待在市场部，威廉就总找机会欺负她，挺可怜的。卡尔，你看这旧社会都快过去了，老约翰就要走了，你能不能先解放一些劳苦大众，帮帮忙吧。

气氛静止了几秒钟。然后，卡尔依旧愉快地笑着答道，哎呀，那恐怕影响不大好吧，也不符合制度啊。

我明白了，这场战胜不是为了拯救谁，举起武器的人从来就没有想过这些。我莫名其妙地正好站在即将得胜的这一边，我还曾为此暗自感到幸运。现在看来，即将到来的荣耀光芒可疑，胜利的荣耀除了昭示它伤害了多少人，没有其他，人类与人类就是终日热衷于这种毫无裨益的事情。

电梯下行的时候，我忽然发现自己笨极了，正如杰西卡以前常常数落我的，我实在天真到可笑。我每天像狗一样尾随着卡尔，忙前忙后，他都没有想到过把我调离市场部，调到他势力范围中的安全位置，他又怎么会去帮助一个毫无干系的玛丽呢？

宴请各路官员的饭局终于告一段落，我回到了市场部我的隔断里，我觉得筋疲力尽，很想放一个长假。威廉逗弄地问我，要不要为我举办第四次欢迎晚宴。

然后，他把我叫到他的办公室，给了我一张流转单，让我去领一套宽带和电脑设备，这是上面批给庶村的，增加在卫星电话的项目里。他说不得不劳我大驾到云南再跑一次，把这些给昆明办事处送去，顺便落实安装，务必让那些野蛮人坐在麦秸和火塘之间，就跟坐在上海任何一家设备最精良的网吧，和任何一座高级公寓客厅的家庭影院里一样。

拾肆

刘副县长城里的儿子又回来了，这个消息在旭阳县传得比土枪里的子弹还要远。我似乎开始喜欢刘玉山满身酒气地用胳膊夹着我的脖子，四处夸耀我长得跟他有多像。

鉴于上次送我去庶村，听说熊伤了孩子的事情，刘玉山特地给我准备了两支土枪。他还坚持要派两个人陪着我待在庶村，每天端着枪在背后跟着我，说是以防野兽伤了他的“大儿子”。我坚决反对。我说，这像什么样子，好像我是一个土匪头子似的。

随行的人好说歹说请回去了，两支土枪不得已留下了。

我踏着柔软的松针再次走进庶村，平原泛起了鱼鳞般的金色，碎叶如雨纷落。这一回，庶仁并没有在大屋门前等我。他去主持葬礼了。

七岁的米拉没有能活过这个秋天，拔节的身体停止了生长，静止的眼睛里还留着难以置信的神情。他肩头的三道疤痕依然鼓起着，爬在他失去血色的纤弱的肩膀上。他终于不会再被飞鸟的声音惊醒，也不需要再为不忍心拉开长弓而烦恼。

这一天风声清澈，天空高远，干净得没有一丝薄云，似乎在迎接一个本来就不属于人世间的精灵重返天国。大地上的万物都沉浸在这一片美丽的湛蓝中，说不出是忧伤，还是越过了忧伤的释然。山那边传来庶仁的祝祷声，呼玛呼玛拉里耶，呼玛呼玛格拉迦……我听到哭声涌动起来，夹杂着一种低沉的野兽般的呜咽，远处的山坳里，一支细小的黑烟升起来了，伴着暧昧不明的气味，呜咽声忽然裂开了，变作凄厉骇人的长号，远山尽是回声，久久不息。

我没有去参加葬礼，我从来就回避类似的场合，我不知道该说些什么。而且，我猜也有人并不愿意在那个时候让我看见他悲伤的眼睛。

阿青布伸出他硕大的右拳捶在我的左肩上，又伸出左拳捶在我的右肩。然后他一把揽过我，有力地把我拥进怀里。我们拥抱过后，他说什么也要请我去他家吃新鲜的鹿肉。在这个时候，他因为重逢而表现出的由衷的喜悦，让我觉得分外感动。

我一心想早日把宽带和电脑安装起来。我觉得这固然没有一台拖拉机来得实用，可是总比一门电话强。这里的人根本没有打电话的习惯，他们也没有什么事情需要跟外面联系。一台能连接到因特网的电脑就不同了，我当然没指望他们能够浏览网页、收发邮件，但是我想到，他们可以看网络电视、下载电影，如果我能教会他们的话，这至少可以成为村里的一个娱乐设施。

我不知道这是“上面”哪位老板给这个捐赠项目新添的这些开支，我对自己说，这至少证明那些办公室政客的脑子还没有完全坏掉，在利用这项政绩的时候，还知道为这里的村民办一点实际的事情。

我想到，我曾经跟阿青布吹嘘外面的世界，他后来不止一次地对我说，他真想多看看外面的世界。现在我竟然可以让他梦想成真了。通过网络电视，他不仅能看到发生在上海真实与虚构的故事，他甚至能看见地球背面的无数面孔。我能看出他的内心还被悲恸占满着，他的屋子还弥漫着比铸镰刀的铁还要沉重的气息，也许多看看电视这个新鲜的玩意儿，正好能帮助他转移心情，早些振作起来。

我还打算给电脑装上了Skype，我想，这样我就算回到上海，也能在我公寓带摄像头的电脑上跟庶仁面对面地谈心，那该是多么美妙的事情啊。

设备完全安装调试完毕之后，我打算花几天时间分批给村民们做培训。

大部分村民对这一方二十七英寸的液晶显示器极为着迷，他们触摸着光亮的表面，惊讶地看着自己的发梢笔直地被吸引过去。有人坚持说，这里面装满了金沙江最清澈的水。有人说，这是没长好的鸡蛋壳，你们看，蛋壳上还有花纹呢。有人说，这是天空掉下来的一块吧，今天我抬头看的时候，天就是这么又亮又光滑，还有云在上面走。

我接口说，是啊，这是像云一样会动的。我点击图标，打开新浪的网页，一排排图文阡陌纵横地显示了出来，广告的Flash在各个角落跳动着。我再回头，发现所有人都退到了十步以外，惊慌失措地看着我。

阿青布大踏步地走上前来，勇敢地伸手摸着图案闪动的屏幕给大家看。他对大家说，这是电视机，我跟你们说过的，很多人在小盒子里又哭又笑，那些人都是真的活在这个世界上的，在比山那边更远的地方，世界的另一头。那时候你们都不信呢。

人们问，人呢？哪里有人？都是些跟麦田一样的条条块块。

我打开网络电视，纽约的第五大道上人车如鲫，高楼巨大的玻璃幕墙上正在放映一段苹果电脑的广告，穿着高跟鞋的黑衣金发美女在蒂凡尼的柜台前挑选珠宝。

阿青布大叫着，看，他们那些人！

退远的人们呼啦一声又涌上来，把屏幕围得严严实实。

庶仁用他赞赏的笑容看着我做完了整套演示，然后告诉我，他并不需要看外面的世界，世界再大，哪里都有人的存在，所以世界在哪里都是一样的。

液晶屏幕给村民带来的惊讶退去之后，就轮到我为阿荣感到惊讶了。

任何人都可以想象，在这一片耕织自足的地方，连太阳能发电机也是为了这个项目刚刚安上的，谁能对电脑这种玩意儿的操作有概念呢？他们都根本不能理解为什么移动鼠标，屏幕上就会发生变化，那个空间和现实的空间究竟是什么样的关系。可是阿荣例外。

我相信，如果他在上海或者任何一座城市长大，都必定是一个电脑天才，没准早就被比尔·盖茨招聘了。他似乎天生就能识别那些下拉菜单中的小符号，短暂的羞怯之后，他就能手握鼠标，在虚拟的世界里驰骋，宛如一个熟悉道路的司机。他飞快地学会了我教的所有软件，甚至能举一反三。我推测，如果他的汉语好一些，或再懂一些英文，应该会学得更快。不过现在就算是靠死记硬背，他都已经能独立地重装系统了。这些，我本来都没指望村里有谁能学会的。

后来回到上海，我时常在下午跟阿荣视频通话，这真是一种让人兴奋的感觉。虽然庶村距离上海比美国近得多，但是比起和硅谷的美国佬开视频会议，阿荣隔着屏幕面对面地跟我说话，让我觉得更有一种穿越时空的奇妙。

也是多亏了阿荣的天赋，我才从他的讲述中知道了后来的故事。

庶村的这个秋季似乎特别长，我离开之后，气候奇迹般地回暖了两周，风也变得晚夏般柔软。夜晚坐在山坡上新建的水泥房子里，一边看网络电视，一边嗅着田野里万物成熟的芬芳，成了大多数庶村人最爱的活动。

在这些人中间，看到最晚也不愿回去的，总是阿青布。尽管网速很慢，屏幕上人的动作时常停在一半，走上一个台阶有时候要卡壳三四次，阿青布也怀着极大的耐心，眼睛不眨一眨。他像个着迷的孩子似的，蹲在地上，咬着手指，雄伟的身躯遮住了半个屏幕。他也是一个悲伤从不外露的男人，有时候看着屏幕发呆，宽阔的脸一大半被黑暗掩盖，他也许想再晚一些回去，就可以不用在入睡前更多地面对空了的小床，和妻子流不完的眼泪。

阿荣还下载了一些电影。他说，阿青布非常喜欢其中的几部，反复看了很多遍。他跟我描述了半天，我也没弄清楚到底是哪几部电影，就题材来看，也许是杰克·伦敦的小说改编的什么。

阿青布在液晶屏幕前呆坐了一天又一天。当平原上的风再次发出刀刃般的铿锵声，阿青布忽然振作起来，他对阿荣说，电视已经带我们看过这个世界的每个角落了，到处都是人的面孔，人在做着各种各样了不起的事情，这明明是人的世界啊，为什么我们还要这么窝囊地、委屈地、赔着笑脸对待那些熊呢？

他说，我这才明白，原来人真的是这个世界的主人。他们杀掉野兽，把自己变成英雄，我虽然从来不认识这些人，可是在很早之前，我心里就有这么个声音在对我说着一样的话。我想，可能就是因为我们都是人吧。

阿青布说这些话的时候，目光逐渐变得坚定而充满光芒，宽阔的脸上升起了激动的暗红色。他腾地站起来，扔下一句，我去找你爸谈谈。就径直去了庶仁的大屋。

阿青布始终想不通的是另一件事。米拉是这么心地柔软的一个孩子，他甚至不忍心对着一只野兔拉开长弓，他从没有想到，也从不相信那些人们信赖的熊有一天会伤害他。他到死也依然处于这种震惊中，或者说，母熊的这一巴掌让他到死也没有再相信过什么。每当阿青布轻轻抚摸熟睡的他，他会猛然战栗一下，醒来以后，抱歉地看着父亲，身体却还是僵硬着的，这是尤其令阿青布心碎的回忆。

庶仁对阿青布说，你不要再这么想了。你知道的，母熊是误会了，它想要保护自己的孩子。动物们都是没有恶意的，它们只是在维护生存的必须而已。

庶仁说，你不要忘了一名猎手的原则，不能有仇恨心。

阿青布说，我这是为了庶村所有正在为孩子担心的父母，我只要杀了那头熊，我们的勇气和力量会征服它们，以后就没有别的熊再敢伤害我们的孩子了。

庶仁叹息道，我的前任长老曾经告诉我，在所有生灵中间，唯有人类会不为生存的必须，只为满足自己的感受就去伤害，唯有人类容不得异类共存，唯有人类的伤害不需要理由，或者他们总能找到合适的理由。因此，他警诫我，一定要让所有的猎手严格遵守原则，务必记住，我们是这个世界的孩子，不是征服者。可是你刚刚违反了仇恨的戒律，现在又用好胜心和虚荣心来做借口。

阿青布说，哪个人的心里没有这三样东西？

说完这句话，他将大手放在自己的左胸前，向庶仁浅浅鞠了一躬，倒退着走出门去。

阿青布召集起村里最好的“猎手”和庶村最精壮的小伙子们，他告诉大家，这次去猎杀的不是鹿和兔子什么的，是熊，杀死他儿子的熊！

他说，这是一次违反律法的打猎，不会有庶仁为死去的动物超度，只有在我们心里沉睡了很久的勇敢的热血。我们才是这片平原的主人！世界的每一个角落都被人征服了，也该到了我们征服这片平原的时候了！就算是熊曾经宽宏大量地接纳了我们的祖先，也不能改变一个事实，人一定比熊强，我会证明给你们看！害怕的人可以现在就离开这支队伍。

阿青布的演讲，让队伍里黑压压的头顶像火苗一样攒动。不过也有人提出，如果庶仁不跟着去的话，是否应该请刘副县长的“大儿子”回来，让那个受神灵眷顾的胖子主持这场狩猎的仪式？

阿青布指了指远处放置电脑的水泥房子说，这就是他给我们带来的神谕！

他们带上了我留下的两支土枪，阿青布和阿荣各背了一支。其余人扛着大刀、长矛和铁棍，背着最有力的长弓和装满箭的袋，声势浩荡地追寻那一家“人面熊”母子的踪迹。他们没有涂抹“苏玛”，所以没有熊认为他们是一群猎手，它们只当这些人齐聚来到丛林寻找蘑菇，或是砍伐木材准备修建篱笆什么的。

那头母熊并不难识别，据当时江边的目击者说，它颈项上那弯白色的月亮特别大，侧面也能看见。就我的想象，可能就像某个OL特别翻开到西装外面的衬衣领子。这让阿青布很快认出了它。两只小熊也正在树根边玩耍。它们这一段应该吃得比以往多了很多，开始变得更加臃肿笨拙，因为冬眠的季节已经近了。

猎手们在阿青布的示意下，散成一个大圈，将三头熊的去路完全包围起来。手持铁棍和大刀的站在前排，拉开长弓的护在后面。阿荣在对面朝天放了一枪，两头小熊忽然受惊，朝着阿青布正面跑来。阿青布的长弓已经是格格作响的满月，箭飞射而出，正中一头小熊的左肩，可惜再偏一寸，就能没入它的咽喉。小熊翻身跌倒，母熊发狂般直立起来，没错，颈项上正是那枚特别大的月亮斑痕。

要的就是它直立起来，阿青布大喊一声，无数支箭从不同的方向飞出，立刻有四五支插进了它的肚腹和肩背。它愣了一下，用难以置信的目光环视周围。这时候，阿青布已经腾步冲了上去，土枪的铁制枪管狠狠砸在它的头颅侧面，枪托立刻就飞了出去。清脆的一声裂响，母熊的身体晃了晃，血从毛茸茸的圆耳朵下面涌了出来。它伏下身子护住两头小熊，惊恐地回身奔逃，可是另一个方向正有铁棍在等着它。铁棍抽飞了出去，人闪躲开，箭又如雨般飞到。

母熊发狂起来，它纵身扑向拦阻它的人们，试图为受伤的小熊开辟出一条道路。它和五六个壮汉缠斗起来，很快撂倒了两个，然后更多的人咬牙切齿地冲上去。那是一场平原上从未发生过的惨烈交战，双方都被激怒了，仿佛一团裹挟着暴雨的乌云，轰鸣着在山坡上翻滚。人和熊都在流血，翻滚厮打时在坡上留下了一道道的血印，这遍山的血迹，远看就像天神用朱砂笔在山上画下的巨大符咒。

人渐渐落败，包围圈已经散开。那头疯了般的母熊周身血污，它扑倒了最外围的一个小伙子之后，并没有就此逃开，而是笔直地站起身来瞪着身后的人们，眼睛像火一样血红地在烧，像一个悲愤的女人那样瞪着我们。阿荣这么跟我形容。

他在视频电话的那一头对我说——

胖子，你知道我也没学过怎么使枪，都不敢横着端，怕打到人。可是在那个时候，没办法，我的箭袋已经完全空了，眼看那头母熊就要跑掉了。我就学着电视上的人，瞄准它开了两枪。它的身体剧烈地震动了一下，我想也许有一枪打中了它的脊背，它想向我扑来，我就又扣了一下扳机。砰地又一响，它的目光顿时失神了，庞大的身躯站立不稳。我没有再开枪，也没有冲向前去用刀子结果它的性命。

我们都知道，现在，这头母熊应该属于阿青布了。

大家齐声喊道，夏路瓦，夏路瓦，夏路瓦！阿青布就踏着这片喊声走上前去。他的手臂流着血，衣裳被撕开了，红铜色魁梧的身躯有如一尊金刚，被汗水和血水洗得闪闪发亮。他的眼睛也是血红的，面孔的肌肉在微微颤抖，他的大手拔出了腰间十八寸的直刃匕首，钢刃是昨夜刚磨利的。他张开着山一样宽阔的肩膀走过去，看上去并不比这头母熊瘦弱几分。况且他只是一点皮外伤。所以我们谁都不怀疑，他能轻而易举地结果了这头母熊，亲手为他的米拉报仇。

我说得慢，其实当时的状况只在一瞬间。他拔出匕首，挡在母熊的去路前，扬起刀刃。就在这一刻，他短短地停顿了一下，没有人知道他为什么会忽然愣了神，是心软了，还是钢刃上阳光正好晃了他的眼睛。这停顿也就只有半个呼吸那么短，母熊的掌爪已经深深嵌入了他的胸膛，他发出一声闷哼，反手将匕首捅进了母熊的咽喉，连刀把也差点没入血肉中。

一熊一人挣扎着滚在一起，从山崖上翻落下去，落地时是母熊在下面，把地面砸出了很深的大坑，庄稼也被压坏了两片。我们把阿青布救下来，不解恨，又朝着母熊开了三四枪。两头小熊当然是早已经逃走了，在刚才母熊突围的时候。

阿青布已经不行了，整个胸膛都开了，血汩汩向外冒着。我哭着搂着他问，刚才你为什么要停那么一下子，你明明可以一刀结果它的，你这是为什么啊？

他睁着眼睛，张着嘴，似乎想说话却只是喘息。我把耳朵伏到他的嘴边，我听到他断断续续的气息，依稀像是反复地在说，一张人的脸……是一张人的脸……他每用力吐出几个字，胸口的血就压也压不住地拼命涌出来，终于，就这么断了气。死的时候，眼睛还是大睁着的，像是一个疑惑不解的表情。

这以后很长的一段日子里，阿青布入葬，他的妻子改嫁，我都像做梦一样恍恍惚惚。我都始终沉浸在当时的这个疑问里，阿青布为什么不抓住时机一刀痛快结果了那头母熊，为什么停顿下来，这是庶村第一的“猎手”绝对不会犯的错误啊！还有，他临死时说的那几个字到底是什么意思，一张人的脸？

没事的时候，我总是无意中握着半拳，心里模拟着阿青布当时身处的情境，从腰里握住那柄不存在的十八寸直刃匕首，拔出来，正对母熊的咽喉高高挥起。这个时候究竟发生了什么特别的事情呢？我看着眼前不存在的母熊，它周身浴血，毛皮蓬乱，为了与手持利刃上前的敌人做最后一搏，它拱着背，再次艰难地立起身躯。

有一天，我忽然明白了，母熊在攻击的状态下直立起身躯的时候，它和阿青布的高度几乎是相同的。当阿青布举起利刃，挥手欲刺，他猛然间平视到一张酷肖人类的脸，一头遍体鳞伤的熊的身躯上，长着一张同为人类的面孔，他也许还在这一刻正好与母熊的目光相接，一双人类女人的悲哀而绝望的眼睛。他被近在咫尺的这番情景惊呆了，在这一刻，他忽然不明白自己的杀戮是对是错。他怎么能面对这样的一张脸，把匕首插进它的咽喉呢？

一张人的脸。

阿荣讲完了这个故事。他的汉语已经长进了很多，我想，常常上网看电视对他是有好处的。

母熊和阿青布一同死去之后，参加那场狩猎的庶村人，在很长一段时间里都处于战栗的激动中。他们携着空膛的土枪和折损的武器归来，每个人都争相述说母熊被杀死的壮观景象。他们拿来了各家的玉米酒，在山坡的水泥屋子里彻夜畅饮，虽然端着酒碗的每只手都还在颤抖。他们比以往任何时候都亲密无间，扶肩搭背，仿佛共谋了一桩不应有的杀戮，令彼此的荣耀成为共同的荣耀，彼此的所有罪恶成了共同的罪恶，他们为阿青布大哭，为所谓的胜利大笑，他们在哭与笑中努力忘记心底深处残存的疑惑，在一起醉倒的时候脸上还残留着兴奋的余温，心满意足。

除了为米拉报仇，还有什么理由，让这么多庶村人为杀死一头“人面熊”而感到快乐呢？我想，也许还因为它们与人一开始是平等的，它们是野兽而不是家畜，而且不幸的是，它们又恰好具有让人类恐惧的蛮力，虽然它们从不对人类使用。

那头母熊的尸体没有被带回庶村，肉不美味，毛皮也被毁得一无用途。人们杀死它，只是为了杀死它。

猎手们在酒醒之后总结说，母熊杀死了阿青布，还压坏了我们的庄稼，它真该死！

庶村人都齐声附和，该死，该死！

拾伍

在一切发生之前，我早就再次踏上返回上海的路途。

坐车从旭阳县去往昆明的大巴上，我望着云南美丽的秋季，漫云翻卷的天空，杂色层染的山野，心中还升起过空荡荡的伤感。所有的设备都已经安装妥当，这个项目到此为止，算是圆满结束了，我知道我以后可能再也没有机会到这里来。

虽然我对庶仁说，我希望你大屋的门永远是开着的，我有烦恼的时候，就会推门进来。

我对刘玉山说，我们爷俩还要一起扛着土枪，去高丽贡山打岩羊吃呢。

刚刚飞回上海的第一天，还拖着行李箱，我就被拉去唱卡拉OK，复兴公园里的钱柜。公园的那一边，夜风寒意入骨，泛黄的法国梧桐遮掩着昏黄的路灯，星月暗淡。这一边，砌着玻璃喷泉的大堂里灯光亮如白昼，霓虹璨然。

HZ通讯的两派人马都到了，白色宝马、汤加绿的陆虎、银灰梅塞德斯一辆辆驶进大门，由服务生代为去泊。男人们三三两两谈笑着，女人手挽着手，一批批走进来。杰西卡和她的助理早已在前台跟当班经理交涉了，销售部接待客户最多，所以公司内部的这类活动也交由他们去办了。三间最大的包间早已订妥，这就由服务生一路引我们走上去。这个奇怪的局面让我不明白发生了什么，或者究竟有什么将要发生。

公司内部时常聚餐、年会，很日常。但是卡拉OK非常少见，除非是接待客户，那也是陪着去有情调的KTV或夜总会，不会像毕业聚会似的选这样一个量贩式的地方，自娱自乐。

我想起HZ亚太区总部倒是有这么个惯例，但凡有重大人事变动，就会组织内部员工卡拉OK，在大家喝醉唱累发泄完毕之后宣布消息，说送行也好，安慰也好，总之据说是人性化管理的一种。

这种惯例最早是从HZ撤销了整个个人通信业务部门开始的，那一回K歌之后，解雇了总部足足六分之一的员工。又一回，是HZ贿赂地方政府的丑闻败露，分管副总经理和两个部门经理引咎辞职，就是这位副总经理被公司上下誉为K歌之王的第三天。

这个恶毒的惯例败坏了一些人对K歌的胃口，一听到前奏就牙疼、胃疼、肠子抽搐、口干舌燥，这些人中就有我。更多的人以我不理解的热情参与到这项杀气腾腾的活动中来，似乎不管是谁将要倒霉，即便是自己，他们也要抵死狂欢一番。或者他们早已知道不是自己，食尸鬼一样，一边疯狂作乐，一边等着牺牲满身是血地被端上桌来。就像现在，在缓缓上升的玻璃电梯里，女同事们已经迫不及待地商量着待会儿要去自助区拿些什么吃的，男同事们相互撺掇着今晚喝几打啤酒。

出了电梯，就看见杰西卡站在走廊里，她穿着一件针织的深啡色长裙，钻石耳钉，领口上围着一条橙色暗红相间的流苏披肩，不知道是特意回家换了装，还是昨天就知道晚上有活动，白天就这么穿来了。她一只高跟鞋支在地上，另一只在地毯上画圈，像是在等着谁似的。瞥见我，她忽然展颜笑了起来，对我招了招手，她很久没有对我这么好的态度了，这让我有些受宠若惊，愣了半天才发现她是在叫我过去，领着我进了其中的一间包房。

大家还没有开始点歌，屏幕上吵吵嚷嚷的是一群男生在又跳又唱，我很久没闲心听流行歌曲了，不认得他们。偌大的房间说笑满盈，长沙发上已经没剩几个空隙，大家三两聊天或者正在看饮料单。最醒目的中央位置上居然坐着老约翰，正忙着跟挤坐在左右两侧的女职员比画什么，拿了几根牙签在做游戏。

我迷惑不解，杰西卡把我带到这间包房里来做什么，她自己也坐在这里吗？这么想着，她已经笑眯眯地找了个离老约翰不远的空隙，自己坐下来，招呼我坐到她身边。

反正就是场娱乐，不要想得太多了，我告诉自己。

卡尔不在这间包房里，我刚才沿着走廊一路进来的时候，还听见他洪亮的说话声，扭头正好看见他站在隔壁的那一间里。

我环顾四周，威廉也不在这里，他应该是在对面的那间包房，因为我没有在卡尔的那间里看见他。托马斯坐在沙发尽头最靠近屏幕的座位，他一本正经地把手放在点歌键盘上，依次问大家要唱什么，俨然一副今晚要做兼职服务生的模样。现在他的提问又转回到了老约翰身上，老约翰笑着摆手说，不会唱，我真的不会唱，你让大家先唱吧。

托马斯不甘不愿，他显然对撺掇别人唱歌没有兴趣，做出服务大家的样子，就是为了能不动声色地服务在老约翰身上。眼看别人要上来点歌，他沉思了两秒，下定了决定似的，飞快地点了首歌。播出来的是姜育恒的《再回首》，托马斯可能是想，这么老这么容易唱的歌，再怎么老约翰也能哼两句吧。

在大家的起哄声中，话筒被塞到老约翰手里。第一句，老约翰注视着屏幕没有出声，没找到调。第二句，他手里的话筒举起又放下。他显然是一个很爱惜自己形象的家伙，没有把握绝不出丑。直到歌曲的高潮部分，他才跟着伴奏轻轻哼了一句，这一句算是让我们见识了什么叫五音不全，他的起调和音乐根本不在一个调门上，让大家都不知道该不该鼓掌。他自己也知道，只一句，就把话筒塞给边上的女孩，说，你唱吧，你们唱吧。

托马斯的脸色已经沮丧到极点。

然后其他人点的歌就一首接一首无休止地唱起来，周云蓬、SHE、林俊杰、蔡依琳……我不禁感叹自己是老人家了，只能数着满桌的嘉士伯酒瓶解闷儿。看看老约翰，更是听得一副不知所谓的样子。

杰西卡从我身边站起来，不知怎的，就挤到老约翰的身边坐下了。我才离开几周时间，她怎么又跟老约翰热络起来了？我看见她眉飞色舞地跟他说了半天话，好像是老约翰终于点了头，杰西卡就提高声调对着托马斯叫道，点一首《东方之珠》，插播。原来是她要跟老约翰合唱。天知道她为了俯就老约翰的口味，竟然能挖出这么一首具有时代特色的老古董。

一曲结束，大家都不知道该不该鼓掌，零落几声又赶紧收住，怕老约翰误认为是倒彩。只有杰西卡像什么都没听见似的，陪着唱完最后一句，然后握着话筒转向老约翰，对着他鼓励地微笑着，左手手指在右手手心里象征性地啄了几下。

老约翰说着惭愧，惭愧。依然很有风度地端然坐下，居然对我招招手，叫我也坐过去。难道老约翰收服了杰西卡，顺便打算把我也收编了？只见他从桌上拿了三根牙签过来，要我搭出一个数字，比三大，比四小。过一会儿，他又拿两个啤酒杯倒扣在桌上，分开一掌的距离，再从钱夹里拈出一张百元人民币，说是让我猜猜，怎么把纸币平放在两个酒杯的上面，不掉下来。两旁的女孩都在嘻嘻哈哈笑着。看来这些把戏，他已经拿来跟她们炫耀过了。

我看老约翰挺自得其乐的。杰西卡热情过度，还在撺掇老约翰再唱几首。托马斯也扭过头一直朝这边看着，手指放在键盘上，恨不得老约翰一开口，他就立马把歌插进去。另外有三四个同事也特意起身围过来，举杯的举杯，撒娇的撒娇，说是这次来K歌，就是为了听总经理一展歌喉。

我的心里忽然咯噔一下，为什么有这么多人想让老约翰唱得尽兴？就我在HZ总部的经验，一般在卡拉OK时被照顾得最好的，就是公司要对他说再见的那个人。难道老约翰真的要走了，这次卡拉OK就是在为他送行？是了，今天连杰西卡也对老约翰这么百般关照，没准儿是因为对老约翰心存内疚，代表卡尔这一派最后送他一送。

想到这里，我不禁侧过脸仔细看了老约翰几眼，他的格子西装很精神，只是式样古老了些，还是双排钮、后开叉的。他的白衬衣质地很匀厚，挺括的领口里是紫色的丝巾。但是服装优美的质地，就显得他脖子和下巴上的皮肤更加褶皱不堪了，近看之下，还布满星点的老年斑。用定型发胶梳在脑后的头发，远看貌似浓密地高耸着，近看其实内部虚空，稀疏见顶。

他辛苦上了快一辈子班，最后落得被人赶走，总公司的期权和退休待遇全部落空，自然也再没有机会登上“名录”了。这么一想，我也诚恳地对老约翰说，你就再唱两首吧，想唱什么我去帮你点！

老约翰说，哎呀，我这个人，一定要酒喝到一定程度才能唱得出来。你们先唱。

我心道，这个毛病怎么跟我一样。

杰西卡没说动老约翰，转身就来撺掇我唱。这下，我没法也说，我需要喝酒喝到一定程度，高音才能唱得出来。

杰西卡说要跟我合唱一个《当爱已成往事》。我说，这可不行，就算我们已经分手了，这歌也太不吉利。她说，要不就唱个《广岛之恋》吧。我说，怎么选来选去，都是两个人没有好结局的呢。其实我不乐意，是因为这两首歌都是女声很容易发挥，男声高音高到要上吊，等我狼狈不堪地鬼叫完毕，杰西卡也对着我鼓励地拍了拍手。

大家都有了七八分醉意。有个服务生进来提醒我们已经过了午夜，小时开始打折。他看起来就像一个只有嘴在动的无声木偶。对面包房传来了金属和玻璃翻倒的声响，有什么碎了，然后是什么沉重的巨物落在地上。一个女孩细声细气的哭声，呜呜咽咽一直不停，想是喝醉了。有人过来八卦说，是失恋，办公室恋情噢。

托马斯沉着地评论道，现在哪里还有人为失恋伤心的啊？谁在乎谁啊？

过了一会儿，他又小声说，办公室哪里能有什么恋情啊？防备还来不及。

再往沙发那头望去，托马斯的位置已经空了。他早就不耐烦扮演这个利他主义的角色，正好借此跑开，到对面包房看热闹去了。

老约翰摇摇晃晃地站起来，在点歌的键盘上摸索半天。屏幕上忽然跳出了韩红的《那片海》，我昏昏沉沉地想，一定是他按错了。就看见他找到茶几上的话筒，在屏幕前找了个位置站着，压低了声音不断在清嗓子。等前奏过去，包房里所有的人都清醒地抬起了头，那是老约翰的嗓音吗？像一只华丽的大鸟破空直飞云霄，他的声音完全打开了，在这首并非男声的民歌中，他就像一台刚才还满是噪音的收音机终于找到了对的频段。

他就像一个老小孩，乐颠颠地又眯缝着眼睛在键盘上按来按去。杰西卡过去帮他找歌。他又唱了一首陕西民歌《信天游》，一首腾格尔的《天堂》。他一手拢着西装的前襟，一手握着话筒，把背脊挺得笔直，唱到高音处身子向后仰，还略微踮起脚跟，颇有费玉清的模样。房间里挤满了掌声，他风度翩翩地谢幕，宠辱不惊地淡笑着走回来坐下，手指却一直在桌上快活地打着节拍。

我也忽然很想好好地唱一嗓子了。我挤到点歌的键盘旁边，偷偷摸摸地按了一串键：是《青藏高原》。等我唱完，我的同事们都不认识般地看着我，他们说，今天简直是我和老约翰在对决K歌之王。是的，我和老约翰都非常凑巧地能唱这一类歌。很奇怪的，不是音高音低的问题，而是这一类歌的音域正好非常适合我们的嗓子，莫名其妙地能让我们发出胸膛里的声音。就像我能唱《青藏高原》，但是同样音高过人的流行歌曲，比如《蒙娜丽莎的眼泪》和张信哲的什么歌，我就完全不行。

拾伍

我很好奇，老约翰是怎么会去尝试那些歌的？也许跟我一样，他也被练习大多数歌曲时糟糕的表现折磨了很多年。恰巧试到那些歌，不知他花了多少年的时间。

在最早的几年里，我曾经认为我是一个卡拉OK的弃儿。我试过模仿所有我喜欢的流行男歌星，在无数次失败之后，我故意挑选那些音调平易到口水的歌曲，我总是在点歌排行榜上找寻能让自己表现得稍稍好些的保留曲目。结果我还是一个被卡住咽喉的噪音制造者，我从这个八度跑到那个八度，咿咿呀呀，迷失在伴奏里。可以说，没有绝望、混乱与自暴自弃，多年前的某一天，我不会去试《青藏高原》，也不会发现我居然也可以在卡拉OK里，被大家景仰地注视五分钟。

我放下话筒，坐回到杰西卡和老约翰身边，与老约翰相视一笑。老约翰递给我一瓶新开的嘉士伯，拍了拍我的脊背说，年轻人，喝完这一瓶，再去唱一首！再喝一点，你能唱得更好！

他说得对。我又唱了一首腾格尔的《蓝色的故乡》。然后杰西卡坚持为我点了一首《天路》，我发挥得更好了，我觉得我的声音就要把这房间涨破。在更猛烈的掌声中，我没有回到原来的位置，而是挤在玛丽身边坐下了。

玛丽一直在这间包房里。她就坐在沙发最靠门的尽头，紧挨在扶手上，两手环着膝盖，身上穿着紧绷的深色套装，苍白的脸上光影晃动，看不清神情。这么长的时间里，她一直默默无声，让别人都忘了她的存在。这么长的时间里，我一直在想，要不要坐到她的身边去。

我说，你也唱一首吧。你想唱什么，我去给你点。

我以为她会推托，没想到她很爽快地回答道，好吧，你还想唱什么吗？我陪你唱一个？

我一时没想出什么合唱的歌，失语了。其实是她躲了我这么久，我没料到她今天这么友好。她笑笑，一副不勉强我的样子，脚步轻巧地走去点歌的键盘那边，很快地点了一首，又很快地回来坐下。

是刘若英的《为爱痴狂》，我觉得她跟刘若英的气质还真的有些类似。她的声音很单薄，乐感却很完美，几乎每一句都跟伴奏合得一丝不差。她唱完了第一段，老约翰忽然自作主张地拿起话筒开始唱第二段。老约翰唱完之后，隔了许多人，隔着我，指手画脚地对玛丽说，他特别喜欢陈升，有一年在餐厅还见过他本人，像个粉丝似的上去跟他聊了很久。他又埋怨说，这里的卡拉OK连雷光夏的歌也没有，他觉得玛丽唱雷光夏的歌会更适合……

我忽然觉得有点不舒服。我脚底虚浮地推门出去寻找洗手间，不同的音乐透过每一扇门涌出来，在眩目的走廊里对我左右开弓。有很长的一段时间，我找不到回去的路，也没法对服务生说出我的包房号码。

我看见杰西卡又站在走廊里，她温热的手抓住我的手臂，牵着我走回包房。

玛丽和老约翰正在合唱一首《明明白白我的心》，这么老的歌，这么差的演绎，我觉得就没必要鼓掌了。

我以为杰西卡会送我回家的，服务生已经把她粉红的大众甲壳虫开过来了。她一贯照顾我，而我又累又醉，还有一箱子的行李要拖回家。不过，我又想着，我得送玛丽回去。老约翰在一旁虎视眈眈，我总是对她放心不下。我就这么恍惚着站在台阶上的时候，杰西卡的甲壳虫已经开走了，她都没摇下车窗对我说声再见，可能是她也太累了吧。老约翰的宝马却一个刹车停在我的面前，我本来并不想搭他的车，但是我看见玛丽已经坐在了后排，于是我说声“有劳”，也打开门坐了进去。

凌晨四点半的上海有一种不真实的黯淡，街道上空无一人，好像全城永远躁动的人群和一格格不停走动的时间都消失了，消失在城市背面的某个通道里。

世界上只剩下我们三个人，坐在一辆亮灯的白色宝马里。我对前排驾驶座上的老约翰说，先送玛丽吧。他没有回答，也没反对。其实是因此绕了一个来回，玛丽在小区门前下车以后，世界上就只剩下两个人了。老约翰特地叫我坐到副驾上。

车很快开到了我的公寓门口，他停下车，熄了火。他对我说，年轻人，我很抱歉地通知你，你被公司解雇了。明天，噢，是今天，你先好好睡一觉，然后下午到人事部办手续。

原来是我吗？我突然觉得有点好笑。

老约翰扭过头来看着我，他说，我一直很欣赏你，所以我跟他们说，让我来送你。你有什么话可以跟我说，反正这里也没有别人。

我摇摇头，我太累了，我开门下车。他帮我一起从后备厢里取出行李。就在车子发动的时候，我折回来去敲他的车窗。他摇下车窗注视着我。我说，我刚才就一直很想问你一个问题……他微笑着注视我，颇有耐心地等待着我的问题或是要求。

我问，你第一次是怎么会想到试唱那一类的歌？

当我拖着行李箱走进卧室的时候，天已经渐渐亮起来。我却蒙上被子，开始了漫长的沉睡。

我忘记自己睡过了多少个晨昏，不食不动，不看手机和手表，不想说话，努力忘记这个世界上还有其他人类的存在。存在冰箱里的可乐喝完了，手机渐渐断了电，早餐谷物面包长了毛。我在梦中听见人声喧嚣，醒来时却万籁俱寂，只有床头的时钟在滴答走步，无休无止，让人发狂。

我在黑暗中爬起来，披着被子打开电脑，没有邮件，没有人给我的MSN上留言。

我给电话插上充电器，没有未接来电，没有短信。

我想，其实像这样永远躲在睡眠里也并不会耽误什么。可是我竟然不能永远睡下去。

绕着墙壁走了两圈，我发现自己根本不敢推门出去。窗外鸟鸣寥落，天光渐白，城市里车流人声渐行渐起，让我呼吸局促，不知该如何走进那个属于人类的世界。我依然是一个孤村里的囚徒，不需要看守的囚徒。

我发现网络是个好东西。我在上面订餐、订饮料，买卷筒纸、洗发水和羽绒被。我把零钱放在门垫下面，快递把食物和日用品留在门口。在很长一段时间里，我沉迷于《魔兽争霸》，根本无暇想起我真实生活中的种种。腻烦之后，我还曾一气看完了十几部美剧。我把自己的眼睛、耳朵和脑袋都塞得满满的。我还开始热衷于逛各种论坛，用不同的马甲在上面评点热帖，左右互搏，消磨时光。

有一天我忽然想，如果我是一只猴子、一尾壁虎，或是一头熊什么的，我一样可以过着现在的生活，没有人会发觉。这个念头吓到了我。像从梦魇继续下沉，掉入一个更幽暗的洞穴里，我从那一刻开始感到前所未有的恐慌。

我再次登上我的公司邮箱和私人邮箱，二十一封未读邮件，都是群发的推销信。我开始一天二十四小时在MSN上显示“有空”，可是依然没有人跟我说话。

我端详着线上的杰西卡，我很希望她能告诉我，究竟为什么我会忽然被劝退，在我出差回来的这一天？杰西卡一定事先就知道我要被干掉了，所以那天晚上才对我照顾有加吧。

我不知道如果我每天使劲看着MSN上的头像，那些人会不会有所感应，心绪烦乱，耳朵发热什么的。也许我可以问一问卡尔，或者威廉？他们会如实告诉我吗？或者我来设计一套阿加莎的问题，把他们各自的回答综合起来，就可以知道谁在说谎，什么是事实。那么如果他们根本不理会我呢？

不，我是不打算对杰西卡兴师问罪的，其实我很想她能跟我说说话，什么都行，如果她愿意给我一点鼓励和温暖，就像以前那样。可是我不知道该怎么开口，我害怕她根本就不理会我，把我的一个又一个笑脸空搁在对话框里，那样我会更加自尊扫地。

我也时常观察玛丽，她的头像不是“离开”就是“忙碌”。我很想知道她的近况是否更糟，不过我想我已经没有资格去关心她了，博她同情还差不多。

于是我打算随便找谁聊聊闲话。我这才发觉，原来我竟然没有一个工作以外的熟人，也想不出任何工作以外的话题。

我进入了一种前所未有的焦虑，我睡不着，我的脑海清醒得像阳光下的正午。可是正午的阳光下没有影子。我觉得自己已经不存在了。

我找到荒废已久的博客，每天尽量找些有趣的文章转贴到上面。我常常一个小时查看博客十几次，可是除了我自己之外，没有任何人来访问。我重新打开手机，每个广告短信的响声都会让我欣慰不已。

我开始热衷于跟快递聊天，一边验货，一边谈足球、谈交通、谈爱情、谈职场，直到他们不耐烦地说，快点好不好？后面还有好多家等着呢！我盼望着任何一个推销电话，我会想出尽量多的问题问他们，诸如房子的容积率、交通线路、带不带租约，很无耻地给他们足够的希望。

我懒得刮胡子，却总是长时间地站在洗手间的镜子前怔忡。我想确定我是存在的，我想确定光线反射出的那个影像就是我。那个影子如此陌生，眼神空洞，胡楂儿蔓延丛生，像一枚肮脏的圆皮球。我不得不把手放在胖脸颊上，以确定我摸到了它，它也感觉到了我。我在窗外透入的阳光下久久端详自己的手掌、胳膊、肥腿。

当我肯定自己还存在的时候，很奇怪的，我又觉得我曾经历的这个世界是不真实的，卡尔不曾存在，威廉不曾存在，杰西卡可能是我臆想中的人物，我也从没遇到过一个白皙脆弱的女人叫做玛丽。他们只是MSN名单上的一串陌生人，在互联网的随机排列中我们加了彼此，如此而已。而我只是在洗手间里，刮胡子前一个小小的怔忡中，把梦里的杂乱片断拼凑在一起，自己还信以为真。至于庶村的回忆呢，那就显得更像是一场离奇的白日梦。我曾经跟许多活的熊擦肩而过，还相互微笑致意吗？

无聊中，我在网上键入“熊”，图片搜索。

首先是数不清的玩具熊。像是韩国恋人熊，米白色的，和图片中的女孩背靠背晒太阳，真人一般大小。还有棕黄色的泰迪熊，长着我小时候熟识的模样。据说我五岁前不抱着它就睡不着，我喜欢它有些怅惘的眼神，却有特别柔软的胸膛，不管你给它多少温度，它会还给你更多的温暖。

然后，是很多真正的熊，跟小学科学课本上长得差不多。

我一张一张翻页下去，忽然间，我竟然看见了“人面熊”的照片，记忆中日渐模糊的形象正活生生地站在油菜花盛开的金黄田野上，如同梦境忽然推开眼帘，一步迈到现实中来。图片下的介绍是——

黑熊，也被人称之为月熊、喜马拉雅熊或藏熊。头至躯干约一米二到一米八高。属林栖动物，常在海拔三千米，甚至更高的山中活动，也会游荡到平原地带。体毛粗密，一般为黑色，胸前有一块很明显的白色或黄白色的月牙形斑纹，因此也被人称为月熊。通常以四肢行走，但是也能用后腿站起。擅长上树和游泳。杂食性动物，以植物为主，喜欢各种浆果、植物嫩叶、竹笋和苔藓等等，也爱吃蜂蜜，还有各种昆虫、蛙、鱼。黑熊对人类的惧怕远远超过人类对它们的恐惧，因此一般都会远离人类，通常只有感到威胁或保护幼子的情况下才会袭击人类。

很快我也找到了“牛熊”的照片。众熊之神在密林中缓行，摄影师清晰地拍下了它的侧影。相关资料写道——

棕熊，国家二级保护动物，大型兽类，主要栖息在寒温带针叶林中，在高山草甸也能生活，国内一般分布在黑龙江、甘肃、四川、云南等地。多在白天活动，没有固定的栖息场所，单独行动。是世界上第二大的熊科动物，体形健硕，肩背隆起，粗密的被毛有着不同的颜色，如金色、棕色等。成年棕熊可达六百多公斤，最大至八百公斤。

原来我在庶村的经历都是真的。我曾经是HZ中国通讯的凯文，接到过一个捐赠项目的苦差事，去到那片以熊为神的美丽平原。

这时候，我忽然想起了庶村的宽带和电脑，想起了我曾经教会阿荣使用Skype。我打开Skype，跳出的提示窗口里，冰蓝底色、白雪花图案衬托着“圣诞快乐”的字样，还有两个月内阿荣的十一次呼叫显示。

就是在圣诞节的那天下午，阿荣告诉我，阿青布死了，他在和那头母熊的搏斗中同归于尽了。之后他花了整整一个星期的时间，才把事情的来龙去脉描述清楚。他的叙述让我再次经历了那种熟悉的恐惧，不是一个人类对野兽的恐惧，而是一头野兽对人类的恐惧，或者说，是一个人类对自己身为这个物种的恐惧与深深的厌恶。

阿荣说，胖子，你早一点上线多好，要是你早一点能在对面跟我们说话，也许就能保佑阿青布不被熊杀死。

我不知回答什么。我想起杰西卡以前总是数落我“不会做人”，如今，我确实落得连人也不会做了，还怎么能被当作神？

在元月新年到春节的这段日子里，我们几乎天天下午视频聊天。

他越来越频繁地问我，你们那边的人每天都在做些什么，是不是真的跟电视里一样？

我答，差不多吧。不然，我该怎么向他描述这个让我深感无助的世界？记得我还跟他逗趣，撺掇他在网上谈一个女朋友。我说，你长得这么帅，跟人家视频聊天，还不是轻易迷倒一大批。

春节过后，我脑袋里那根焦虑的弦终于断了。

我拔掉电脑，拉上窗帘，重新蒙头大睡。这一回，真的是沮丧到了极点，感觉自己已经落到了洞穴的最低处，而且完全不想再站起来，连抬头望一望洞口都不愿意。

我打算就这么不起床，不说话，不听窗外的声音，不叫外卖，不呼吸。这样下去，应该很快就会像尘土一样化掉吧，消失在被子深处。

手指一根接一根消失，然后是两腿、手肘、肩膀，身体被风一吹，雾一样散落在黑暗的静寂中。灵魂却分外清醒剔透，四下漂浮，寻找光的所在。光束从大屋的天窗投落进来，落在一张皱纹柔软的面孔上，我忽然有了一种回家的感觉，心里潮湿温暖，想流泪，已经没有了眼和嘴。

我想说，让我回来吧，我宁愿永远留在这片宁静的平原上，留在你的大屋里。

我没有能发出声音。庶仁仿佛听见了我心里的念头，他笑微微地回答我说，孩子，世界再大，哪里都有人的存在，所以世界在哪里都是一样的。

我不懂，我正要问为什么，庶仁苍老缓慢的念颂声响起来，呼玛呼玛拉里耶，呼玛呼玛格拉迦……我就觉得自己轻盈地升起来，越升越高。我又看见了庶村湛蓝如镜的天空、环抱的群山，和五片花瓣形状的美丽平原。我看见屋顶上晾晒着金黄色的南瓜，孩子们在祭祀的高台下玩耍，人们四散劳作，周而复始。

这不是平原的全部，这只是一个细如蚁穴的角落。在人们看不见的草丛深处、树根附近、平坦如斯的地底下，有一个更加庞大的世界，幽深盘旋的暗道、无数舒适宽敞的洞穴，熊沉睡在它们秘密的世界里，它们可能比阳光下的人类多上好几倍。待到夕阳斜下，人声渐息，它们才恍惚地走出洞穴，在四下安静地觅食、活动，脸上永远挂着胆怯而腼腆的笑容。

我看见这些熊也和我们生活在同一个城市里，在钢筋水泥的丛林中，在万千墙壁后面看不见的庞大世界里，在人们以为并不存在的空间里。它们躲在四通八达的洞穴深处，这些感情用事的家伙，笨拙、敏感，容易神经紧张，它们用漫长的黑夜默默叹息，在天明时分迷惘地窥视着这个世界，无所适从，疲惫睡去。

手机铃音把我从沉睡中惊醒，手机居然还有电吗？我在地板上摸到了电话，是玛丽。

她单薄的嗓音在电话里听起来就像一个小男孩。

她说，凯文，你在睡午觉吗？感冒了？是不是新工作太累了，你听起来不大精神啊。

她说，你很好我就放心了。我打电话给你，是想告诉你一件事情。不过也许你已经知道了。说到这里，她的声音有些羞怯畏缩，不过好像事先就下定了决心，她又很坚定地说下去。

她要告诉我的“一件事情”，正是我在幽闭的漫长日子里最想知道的那件事情，为什么我会被公司劝退。因为我给庶村送去的这套设备，除了卫星电话之外的宽带和电脑。这套增加的设备虽然不值很多钱，却刚好在HZ通讯上报总公司审批的预算之外。这不但违反了公司的制度，更违反了总公司的惯例。

我明白了，是威廉！是他把流转单交给我，让我去领这套设备的。还关照我务必亲自到庶村去装妥。原来是威廉故意设计除掉我！

玛丽说，你把自己想得太重要了，如果为了除掉你，威廉才不会这么兴师动众呢。

她告诉我，确实是威廉提出要增加这套设备的。作为市场部主管这个项目的负责人，他向公司分管这一领域的最高领导提出了建议。分管市场部的最高领导原先是老约翰，但是这个公关项目是为了配合那张八亿元的销售订单而做的，所以请示卡尔也没错。威廉对卡尔说，这次捐赠活动的社会影响已经这么大了，为什么不把事情做得更加漂亮一些，宽带和电脑也花不了多少钱，但是媒体报道起来就更有题目了。

那阵子，卡尔白天被镁光灯包围着，晚上盛宴连连，已经得到了订单的私下许诺。胜利在望之际，他飘飘然未及细想，顺手一挥就签了字。

本来这样的支出还需要老约翰签字的。威廉和老约翰配合得相当好，威廉找卡尔签字的时候，距离技术部从庶村撤出来已经不剩几天了，也就是我必须马上出发，把增加的设备送去，才不会耽误项目的完成。但是那几天，老约翰一直称病休息在家，只说是有什么工作先做起来，文件一并等他病愈后来补签。

所谓树大招风，卡尔因为捐赠这回事在媒体频频露脸，连总公司也注意到了。三季度HZ总部来例行审计，一查就发现营销费用超支了，他们首先注意的当然是捐赠花费的款项。捐赠卫星电话还在预算内，后面增加的这套设备就完全在预算之外，而且已经花出去了，只有副总经理签字，没有总经理签字。

我问玛丽，这么区区几万元钱的宽带和电脑，跟八亿元的订单来比，简直太少了。威廉拿这么个小事情来祸害我还差不多，他不会笨到拿这个来试图扳倒卡尔吧？

玛丽说，怎么不是呢。据说总公司高层的意思是，一个业务强、能赚钱的经理人当然是人才，但是一个不把总公司放在眼里的人才，还不如一个遵守管理的庸才。结果威廉就这么得手了。卡尔那一派就算能拿到那张八亿元的合同，老约翰和威廉还是注定要压在他们上面的。

玛丽解说得头头是道，有一瞬间，我几乎错觉电话那头的是杰西卡，虽然她细小的嗓音和杰西卡甜美的话语声相去甚远。我想，玛丽也许并不如我想象的那么弱，也许从来不需要我的保护。可不是吗，现在我还有更不明白的问题要靠她解答。既然威廉这一招是为了祸害卡尔，支出凭据上也轮不到我来签字，为什么走的是我呢？

电话那头停顿了一会儿，传来玛丽犹疑的声音，这个……你不知道吗？

我不知道吗？HZ总部当然不会舍得为了这件事劝退卡尔，因为毕竟还希望他能替公司拿到八亿元的那张合同，但是为了立威，必定要严惩一些人。

我不知道吗？老约翰和卡尔之间的斗争总是以权宜之计达到暂时的平衡，这么多年来都是如此，平衡的砝码就是对方一派中的一群替罪羊，削弱对方的力量，也是倒掉自己鞋子里的一堆沙子。

我不知道吗？卡尔和杰西卡最后商议的结果，是我。他们一个口口声声把我称作“老同事”“老朋友”，一个是我这些年最信赖的红颜知己。难怪卡尔最后不跟我照面。难怪杰西卡特意坐在我身边，陪我唱什么《当爱已成往事》。

其实我早就猜到了，只是不想知道，不是吗？

玛丽的语气充满了抱歉，她细声问，哎，你没事吗？

没事，我好极了。

在那场卡拉OK之后，和我一起被劝退的还有好些人，技术部的、财务部的。这也是玛丽告诉我的。我深吸一口气，还想对玛丽说些什么。谢谢你，玛丽，谢谢你打电话给我。玛丽，我一直很挂念你，你最近还好吗？

玛丽在那头不紧不慢地说，哎，我还好。不用客气。你好好休息，想开一点。我还有事，先挂了。再见。

三月初，我在网上看到新闻。HZ中国通讯在招标中胜出，跟中国移动正式签署了云南、四川、江西等六省网络通信设备和相关服务的定制合同，总金额七点八亿元人民币。新闻图片上，代表HZ通讯坐在主席台上的是老约翰，他很上镜，每个姿态都儒雅端正得很，签字，交换合同，握手，面带微笑，穿着挺括的老式西装，衬衣领口里系着小方巾。在中间三张全景的照片里，可以清晰地看见卡尔和杰西卡在后排作陪。

一周之后，我的工作邮箱和个人邮箱里各收到一封以凯文相称的电子邮件，同一天，手机铃声大作，短信跟随。HZ中国通讯的人事部郑重通知我，请在接下来的周二，也就是明天，或者任何一个工作日尽快到公司报到。

庶村的那套设备坏了，旭阳县委组织部再次发来函件，请刘开同志尽快带队前往检查修复。HZ中国通讯和HZ总部都认为，七点八亿元的合同虽然拿到了，云南这个捐赠项目的善后工作也依然要做好。去那里最熟门熟路、对当地的风俗民情又了解的人选，当然只有我，早已被他们辞退的凯文。

人事部从柜子最底下的一个文件夹里找到了我的员工登记表，八十九号。我前年秋天填的。和我一起站在这儿等着办手续的一个年轻人，大学刚毕业的模样，瘦高个子、平头、拖鞋脸、爱笑，员工登记表的号码是二百三十三。人员流动，加上新业务的拓展，这些年HZ通讯着实招了不少人。我依然是个新人，市场部普通职员，试用期三个月。

威廉好像不认识我了。他的目光扫过我，仿佛扫过透明的所在。他没有拿男男女女的话来逗弄我，也没有再促狭地说什么要给我举办一个“欢迎晚宴”，我这才发现，原来被他捉弄也要是够资格的。

托马斯倒是背地里跟我谈了好几回心，以我的主管的身份，更是以一个“老朋友”的身份。他坐在茶水间里捧着杯黑咖啡，我则忙着加奶加糖。他对我说，看在我们过去共事一场的份上，我得给你一个忠告。我劝你就别瞎忙了，好好去别的公司找份差使吧。你辛辛苦苦再跑一趟云南，把事情做得再漂亮又怎样，回来以后你还在试用期里。那时候事情既然做完了，你就没用了，他们随时随地可以跟你解约，不用做任何解释，你信不信？

我信。可是我更知道，托马斯心里郁闷着，因为我的回来。现在庶村的项目维护明明是他主管的业务，我听说他跟公司提了好多回，说他愿意自己去庶村，可是技术部去过庶村的那群人当时也被劝退了，谁知道怎么去到那里，谁又能跟那些野蛮人打交道？结果老约翰宁愿重新起用我，也不愿意相信他的狗。

托马斯絮絮地劝说了一遍又一遍。我看着他语重心长，孩子般的细眉小眼却藏不住尴尬的僵硬，暗自发笑，假装真诚地点头称谢，又表现出犹豫不决，让他几欲抓狂。

我知道他们会很快再次请我走人，等我解决了庶村这个难题。我还知道，稍后随行的技术人员里一定有个把老约翰这派的亲信，利用我跟庶村接上头，从此不用再受我的牵制。可是我不在乎。我太想再次去到庶村，有人愿意免费提供旅费，何乐而不为呢？也许不等公司跟我解约，我就留在庶村不再回来了。

我太不适应这人类的世界，也许我原本就是属于那片平原的也说不定。也许我原本就是刘玉山的大儿子，也可能根本就是庶村的一头“人面熊”，不知怎的误入了城市，懵懵懂懂地在上海的闹市区躲藏了这么多年还不自知。

要走了。我不想见到卡尔和杰西卡。幸好大家都不在一个楼面里，他们显然也并不想见到我。可是我想见一见玛丽。自从我重回办公室之后，她一直没有出现在座位上，据说是在忙外勤。

见到她以后，我要对她说些什么呢？我想说，你是这个人世间我唯一留恋的人了。当然我没有勇气这么说。也许我只是看着她的眼睛就好，凝视着她，对她深深地微笑。她一定会羞怯地躲开我的目光，扭过头去，白皙的肌肤透出美丽的浅红色。她一定会明白我的心意，我相信。然后该怎么办呢？也许我可以说服她跟着我去庶村，带着她的东东，我们一家三口在世外桃源安宁地生活下去，天长日久，不离不弃。

那个早晨，我见到她了，在上班的路上。香港新世界广场的转角边，她从白色宝马里出来，还俯下身对着车窗微笑说了句什么，随后宝马就一个转弯停车去了。这时她瞥见了我，我傻站在不远处发愣，早忘记了该怎么深深注视她的眼睛。

她对我礼貌地笑了笑，很自然的，薄荷色的宽松毛衣外套在风中飘动了一下，就转身走进大楼里了。我觉得没有太看清她的表情，她脖颈上新戴的一个什么坠子在阳光下晃了我的眼睛。她白皙的脚踝上缠绕着高跟鞋的丝带，这是今春流行的新款，两只美丽的小腿轻快地消失在楼宇的阴影中。

难怪她知道了内幕消息。我是不是宁愿相信，她是为了帮我打听情报才坐上那辆宝马的呢？她现在看上去是那么轻松、快活，如鱼得水。也许她也一心想着要出人头地，调入总公司，进入世界五百强公司的快速晋升跑道，有一天被载入国际电子通信行业的名录，只是以前没有合适的机会。我不知道，她项链的吊坠里是不是也藏了一个玄色的符咒。我希望不是这样的。

紧接着，我也走进了大楼，上电梯，打卡。

拾陆

现在我终于可以毫无牵挂地永远离开上海，回到庶村了。

我问刘玉山，如果我不是拿着介绍信来办公事，跟捐赠的项目也没关系了，以后他还愿不愿意跟我一起喝酒。

刘玉山用肥厚的手掌狠狠敲了我两记脑壳。他说，你小子这话可说得太没心肝了！我那辆被你搞坏的马自达，比你们那架破电话值钱多了不是？我给你们单位去信，还不是想找你来陪我喝个酒？

虽然他远远低估了卫星电话设备的价格，可是他的口对着心，我知道。

他把双喜在烟盒上磕了磕实，点上，吸了两口，忽然想到了什么似的，又补充道，不过说真的，如果不是你长得跟我这么像，爷俩似的，难保第一次我就没兴趣接待你。

这次护送我这个“大儿子”的队伍又扩大了。因为山里的积雪还没有化尽，加上去年秋天出了阿青布被熊拍死的事情。阿荣带着一群小伙子到路口迎接，刘玉山还派了四个人，多扛了四支土枪，浩浩荡荡翻山爬坡，说话的说话，唱歌的唱歌，在清冷的空气中步行了几乎一整天，我终于又望见了梦中的庶村。

电话、宽带和电脑，一切运行正常，甚至比我在上海公寓里的那一套运行得还要好。

原本的安排是，我先进来大致看一看哪些部件出了问题，然后技术部再从昆明办事处带着相关的工具和设备过来。现在看来，他们可以直接由昆明飞回去了。

我问阿荣，这怎么回事？

阿荣耸了耸肩，回答我说，本来跟你在网上聊天聊得好好的，忽然有一天，就再也呼叫不到你了。呼叫不到你，当然就是电脑坏了咯。

然后他调皮地笑了起来，用他结实的胳膊给了我一个大大的拥抱。

我也差点笑出声来，还好我绷住了脸，顺着他的话向大家宣布道，设备的问题挺复杂，我还需要一些日子来做个全面的检查。县里护送的同志明天就请先回吧，不用带信了，我有办法联系到我那些同事的。

支开了旁人之后，山坡上的水泥房子里就剩下了阿荣和我。阿荣的表情忽然变得严肃起来，他告诉我，他骗我来，是有一件更大的事情需要我的帮助，这件事情不是为了他自己，而是为了所有的庶村人，为了庶村的将来，也是为了死去的阿青布。

他拉我走到门外，广阔的平原上暮色四合，夜寒入骨，远近的群山万壑中残雪斑驳，像银子般在星河下闪闪发光。

十几年前，有一个七岁的孩子独自跑到山里玩，不慎从悬崖上掉下来。当山石树木飞快地上升，他听着耳畔的风，以为自己会在下一个呼吸之后变成碎片。他的背落到了一个柔软的东西上，滑到地上，只擦伤了手肘和膝盖。那一刻，他看见了“牛熊”，传说中肩胛高耸的庞大神兽。可是它并不像父亲说的那样通体放出光芒，一身红棕色的皮毛光泽美丽罢了。它的身躯也并没有跟天空一样高，两三个人的身长，四掌落地行走的时候不过一人高。

因为这孩子就是落到了“牛熊”的背上。他记得“牛熊”从山石上扒拉了一些带着浆果的树枝下来，堆在他的身边，然后就缓慢地走开了。姿态显得非常疲惫，仿佛一碰就会倒下似的。

这个天不怕地不怕的孩子早就听腻了父亲的教训。本来想擒住“牛熊”，在父亲和村人面前炫耀一番，可是“牛熊”相对于一个孩子还是太大了一些，结果没有人肯相信他的话。

当他渐渐长高，长得壮实，他天天到山上寻找。可是十几年过去了，他从一个梦想猎熊的少年长成了庶村排行第二的猎手，“牛熊”还是不见影踪，连他自己都开始怀疑，这是不是孩童时的白日梦。直到一个从城市里来的胖子，开着车撞伤了“牛熊”。

我这才知道，原来刘玉山说的那个孩子，就是阿荣。

在星与雪愈发晶莹的光芒之中，那个孩子将两只有力的手放在我的肩膀上，眼睛里闪着热忱的神采。他说，胖子，是你开车撞伤了“熊神”，你的到来注定要改变庶村千百年来的生活！

他告诉我，根据他的推测，现在这个季节应该是猎熊最好的时机了。大部分熊还冬眠未醒，但是山路上的雪已经基本化了，方便猎手们长驱直入。如今这场大战已经全部规划妥当，就在几天之后，这一回，无论如何，他都想邀请我亲自检阅这场神圣的战斗，代替原先庶仁在打猎队伍中的位置。

不不不，我慌忙摆手。

阿荣笑呵呵地环着我的肩，走进房间，为我暖了一碗酒，把酒双手递到我的手中。他这副模样，让我觉得我才是将要被他哄骗的孩子。他问我，你还记得阿青布的话吗？他说我们身手再好都不如你，你才是这儿的英雄。你带来了土枪、电话和电脑，你让我们看到了，人的力量可以变得很大，不光是能射死几头鹿和几只灰兔子，我们完全能够征服熊族，征服这片平原！

说到这里，他的两颊因为激动升起了红晕，肌肉发达的胸脯一起一伏，目光变得像岩石一样坚定，不可违转。他现在的这副模样像极了阿青布。

这一刻，我也不禁热血沸腾起来，不知是因为他的言语，还是酒。

可是我听见心里有一个细小的声音在质疑这样的逻辑。为什么人感到自己有了更大的力量，就必须得去征服另一个族类的动物，乃至想要征服脚下的大地呢？人的血液究竟是用什么材料制成的，流淌着什么样的毒素？抑或这就是庶仁所说的“恶鬼”，日日夜夜蛰伏在人心深处的可怕东西，蓄势待发。

想到庶仁，周身散发的酒意忽然收作了潮湿的伤感。仿佛命运的恶作剧，阿荣偏偏是庶仁唯一的儿子。庶仁之后，平原上将不会再有长老了。

人才是这个世界的主人呢，不是别的！阿荣的声音青涩而嘹亮，他没有觉察到我情绪的变化，在这黑冷的夜里，他快活地笑着，好像已经望见了了不起的胜利。

总共有七八十人，也许更多。

不仅是法定的“猎手”，村里身手矫捷的青年和壮年的男人都参加了进来。一部分人背着削尖的木桩和开山刀，一部分人腰佩匕首，手持弓箭，有人携带着干草和铁锅，像一片森然的树林在平原上展开。列队在最后一排的六个人每人手持一条土枪，还有六个尾随其后，准备随时接手。显然他们都是事先练习过射击的。

看得出，阿荣为了规划这场大战，着实下了很久的功夫。细心、坚忍、调度有方。

阴沉的天幕上乱云飞渡，寒风汹涌。枝叶敲打着树干，让人错觉丛林中有万千头野兽在远近咆哮。山路上的雪果然已经化了，湿漉漉的，黑色的泥霜反射着树枝间的光亮。偶尔有什么细小的东西凌空而过，打在脸颊上生疼，原来是风吹落叶上的残霜。

队伍散开在一大片山麓周围，阿荣选定的战场。开山刀在冷光中无声地闪动，刀刃一样的木桩被结实地埋进泥地，一字排开几百米。露在地面以上的桩身一律齐膝高，刃口斜四十五度向着坡上。

山坡上的人开始用木棒敲打树干，拍打铁锅，发出轰然的巨响。有人拿着干草到树根和草丛边，那些有洞穴的地方点燃了，再压上一把碎雪，让草堆冒出滚滚的浓烟。在很长的一段时间里，本以为会跳出洞穴仓皇逃窜的“人面熊”并没有出现，一头也没有。猎手们有的失去了耐心，从隐蔽的地方走出来，在阴冷的山麓上走来走去。有的忽然害怕起来，相互议论着，是不是“熊神”已经预知了我们的背叛，带领着这一带的熊众躲开了？难道熊真的有神灵护佑，来无影，去无踪？

你们胡说什么！阿荣愤怒地端着土枪走到山麓中间，他说，你们难道忘了阿青布是怎么杀死那头熊的？它们不就是一些个头胖一点的畜生吗？

话音刚落，豆大的雨点落下来，仿佛阿荣的话语引来了天谴。众人更加惊惧哗乱，抱着头，连长弓都掉在了地上。这时候，轰的一声巨响，树叶颤动，霜雪一堆堆塌落，比雨点还大，原来是阿荣对天放了一枪。

枪声刚刚落下，脚下的大地忽然颤动起来，四野传来隐隐的轰鸣。阿荣连忙大喊，列队，回到你们的位置上去！“人面熊”终于被惊醒了。这里、那里，原本以为并没有洞穴的地方，缓慢地探出了一个个毛茸茸的耳朵，像是雨天大树下发出的一枚枚新笋。然后是脑袋、前爪、半个胖乎乎的身子和笨拙的臀。一个接一个，还带着甜梦中的恍惚，步履摇摆，惊奇地竖着耳朵，脸上还挂着腼腆而懵懂的微笑，全然不知发生了什么。

山坡高处的人们急忙重新开始敲打树干和铁锅，把熊往倾斜而下的山麓上赶。埋伏在山坡下的猎手早已拉满了长弓，激动和过分用力让他们的手臂不住地颤动。

大约有二十几头熊被赶出洞穴来，在背后的巨响声中一味向前逃，脚步越来越快。它们的听觉特别敏感，所以那些敲打的声音就它们听来有如铺天盖地的惊雷，它们的视力又非常弱，看不清发生了什么，这让它们更加恐惧，只知向没有声音的方向拼命去。

眼看它们就要冲下山麓，突破弓箭手的包围。

就在离猎手们还不到二十米的地方，奔逃的熊群忽然停止了，让奔跑这么快的熊停下来，它们自己恐怕也没有这样的力量，是那些一字排开的木桩，它们的视力根本就不能看见。锐利的木桩就这么迎面地撞到了它们的腿。速度、下坡的冲力和它们自己的体重，可以想象这是多么猛烈的一击。只见那些毛茸茸的胖家伙一个接一个呜咽着翻滚在泥地里，或者干脆膝盖被钉在木桩的尖刃上。

跟在后面的一头小熊，清晰地听到了前方的异响和同伴受伤的叫声，又是心惊，又是急切着过去想帮上什么，脚下跑得更快，猛然间，仿佛是尖锐的岩石插进了左后腿的大腿骨，它甚至能听到自己腿骨断裂的声音。剧痛之中，它愤怒地迎着看不见的进攻直起幼小的身躯，挥动它还很柔软的前掌。

就在这一刻，箭如飞蝗，枪声四起。它觉得右肩一热，像是有什么在里面炸开了，右前掌不由自主地垂了下来。它感觉到地面的震动，仿佛有无数沉重的包袱从高处摔落到泥地里，它惊惧地意识到那可能是它的同伴们，正在一个接一个倒下。隐约的视线里，一排影子从远处走来，手臂和脸颊上抹着赭石粉末和猪油混合成的红色颜料，晃动的发辫上兽牙铿锵细响。那是些什么样的怪物啊？它血红着眼睛，悲愤、惊惶，想冲上去尽力一搏，这才觉得自己受伤的左后腿已经完全无法挪动了，软绵绵地拖在地上。眨眼间，那群爪牙赤红的怪物就围了上来。

它听见带头的怪物在对大家讲话，我跟你们说了多少次了，瞄准熊是最容易的，它们的胸口有一块月亮斑，喏，你们看得很清楚吧，只要射中那弯月亮的中央，它们就没有命再扑上来了。

它看见他端起了一副铁管子举到肩膀上，又改了主意，放下，摘下肩上的长弓，搭上一支箭。它还没反应过来，那个冰凉的铁箭头就已经在它的胸膛里了，杆和羽毛还在外面。在一片喝彩声中，它的意识渐渐模糊，大地翻转过来，砸到它的背脊上。这时候，它看清了那个怪物凑近它的面孔，一张跟它一样的面孔。在惊讶中，它的身躯一寸寸变冷了。

铁锅继续敲响起来，还有更多“人面熊”正在逃下山坡，离那排木桩越来越近。雨停了，山麓却更加泥泞，是泥水和血混合在一处。猎手们手按箭袋，兴奋地喘息。

忽然间，有什么晃了他们的眼睛，从天而降的金红色的浩大光芒，难道是丛林一瞬间起了大火？这片光芒缓缓地滑过山麓，挡住了“人面熊”下坡奔逃的脚步，也遮住了猎手们拉弓射箭的方向。后来，也有在场的人说，事实上，他们看见了一头高及天穹的巨熊，雄伟的头颅，肩背处健壮的肌肉隆起着，公牛一般，周身红棕色的皮毛发出了耀眼的光芒。

仿佛一座大山的移动，这头巨熊缓慢地穿过山麓，脚步却分外轻柔、平静。它穿过熊群和猎手之间，每一掌踏下去，刀子般支棱着的木桩就完全陷入大地中去了。等它走过去，那些被赶到坡上的“人面熊”早已逃遁不见，几百米木桩的陷阱悉数变成平地，只有前一批被杀死的熊还横七竖八地卧在泥水里。

山坡上下的人们沉默了一支烟的时候，然后三两窃窃议论。他们把声音压得很低，仿佛唯恐得罪近在咫尺的神灵。

有人说，真正的众熊之神终于出现了，根本不是胖子撞伤的那一头，我说呢，熊神怎么会说受伤就受伤呢？

有人说，是那头熊！我看得真真的，它还回头对着胖子笑呢。

这就马上有人笑话他们说，你两个都眼花了吧，刚才明明是太阳从云里钻出来，在泥水上的一道反光。

大家再扭头往那片光芒消失的地方看，果然什么都没有，没有巨兽的背影，也没有草叶间动物走过的声响。

一道反光吗？当然！要是一头熊，再大的，能不怕这么多的土枪吗？要是一头熊，再大的，我们也开枪放箭把它扳倒了啊。你们瞧瞧，这么多熊都被我们干掉了呢！

要不是这讨厌的天气，忽亮忽暗的，我们能杀掉这整片山上的熊呢！

阿荣把土枪重重地扔到地上，气咻咻地说，让这些熊全都跑了！他伸开手臂对众人说，总有一天，我们也要找到“牛熊”，杀死它！

远远近近的长弓、枪支和砍刀被举了起来，像飓风中的大海此起彼伏。山麓上回旋着我熟悉的喊声，夏路瓦，夏路瓦，夏路瓦！

我们清点了熊的尸体，总共十七头，十一头成年熊，六头小熊。英勇的猎手们志得意满地在山麓上走动了一会儿，挎着长弓，扛着土枪，踩着脚下的大地，大地上是横七竖八的比他们个头更大的野兽。现在他们是这个世界的主人了。

这番情景让我想起了史诗、电影和小说里，无数关于猎熊的事迹。我不明白人为何借此成为英雄，想方设法、豁出性命地去杀死一群微笑着的邻居的？就是因为他们觉得一旦交战，它们的体力有可能胜出他们吗？其实谁不知道，那些所谓的“野兽”害怕人类，远远胜于人类对它们的恐惧，抑或人，只是想战胜自己内心的恐惧而已吧。

太阳出来了一小会儿，少顷，雨又淅淅沥沥起来，猎手们就对庆祝他们的胜利不耐烦起来，又在尸体边转了一圈，用匕首撬下了几颗熊牙，就提着武器，鱼贯离开了那片山麓，返回庶村去。我觉得胃里有些不舒服，让他们先走，自己蹲在一棵树下将息。

我难以自制地不断回想那一群熊临死前的模样，它们被木桩扎到，疼痛得直立起来，挥动前掌抵挡着眼前不存在的敌人，缓慢地向前挪动着。它们看起来实在太像一群写字楼的胖职员，颈项下白色的月亮斑纹就像西装里露出的白色领子，颈项上面是一张畏畏缩缩的笑脸。我眼看着它们被枪弹击中身躯，被箭射中心口，一个接一个倒在泥泞中。这让我错觉我是看到了一场人类对人类的屠杀，忍不住在树下干呕不止。

众人走了很久以后，我看见一个瘦小的身影从雨里远远走来，孤零零的站在这片血泥混杂的山麓上。庶仁穿着宽大的滚绣长袍，六叶的金冠在滴水。他走到其中一头小熊的尸体面前，蹲下身子，用手抚摸它的额头，郑重地念着，呼玛呼玛拉里耶，呼玛呼玛格拉迦……

我走过去，蹲下在他身边，握住他皱纹柔软的手。他一只手握住我冰凉的手掌，另一只手依然放在小熊的额头上。

那头小熊的右肩中了一枪，当胸插着一支箭，插得又准又深。庶仁的手却抚摸着它的左肩，雨从他的鼻尖滴下来，顺着他悲伤的脸颊滑落到下巴。我看见，小熊左肩的皮毛下有一处明显的旧伤，箭伤，已经成疤。这就是阿青布射伤过的小熊，那头母熊的孩子。它毕竟还是死了。

庶仁是特地来为这些熊超度的，他抚摸它们的额头，念经，一个接着一个，足足在山麓上待了两个多小时。我陪着他，这也是我唯一能做的了。

庶仁在火塘边坐了整夜，望着炭火中渐熄的光亮。我知道他心里难过，为了熊，也因为他的儿子阿荣。

我在庶仁大屋的角落里蹲坐了一夜，思绪混乱。我不知道自己对于庶村而言，究竟算是伽利略，还是撒旦。我也不知道作为人类，我是应该偏向熊，还是偏向我的同类。

天快亮的时候，我问庶仁，我该怎么办？

庶仁的眼睛里依然充满了慈爱和了解，没有任何责怪的意思。

他说，孩子，金沙江的水总要由西向东流，不是哪颗水滴的力量。每颗水滴都有自己的使命，也不是它想停，就能停下来的。你想去做什么，就去做吧，不要考虑得太多。

我想要做的那件事情，就是去告诉阿荣，与其把那十七头熊白白扔在那里腐烂，不如把熊胆和熊掌取来，可以卖一笔钱，给庶村添一台拖拉机什么的。作为朋友，这个常识我理应告诉他。虽然这个常识未必不是撒旦的信息。

阿荣说，胖子，你真是个了不起的家伙，什么都知道！我还有很多很多的问题想问你，你就干脆留下来吧，当我们的村长。阿青布知道了一定会高兴的，大家这两天也都在撺掇我来说服你呢。或者……他看见我为难的表情，就又想了一招新的，他说，或者你愿不愿意接我爸的班，当庶村的长老？你知道，我爸一直特别喜欢你。我们也真的是非常需要你！

与熊一战之后，阿荣变得有些不一样了。他似乎更有办法说服人，也更有信心让别人服从他的意愿。

庶村的白天一日比一日漫长了，风渐渐变得温暖，早晚的阳光像金子一样在远山闪闪发光。人们照常安静地劳作，期待麦子的成熟和布匹的延长。只是每当夕阳斜下的时候，再也听不见他们直起腰身，齐声对着身边的万物说，迦罗尼迦耶，摩罗摩罗。

离开庶村的那天清晨，我对着这片美丽的平原说，谢谢你，再见了。

阿荣问我为什么一定要走，我就借了庶仁的话回答他，世界再大，哪里都有人的存在，所以世界在哪里都是一样的。

阿荣并不知道那是他父亲的话，他只当我这话是在鼓励他，于是高兴地回答道，胖子，你说得对！我很快会把这片平原变得跟外面的世界一样，你就看着吧，我不会让你失望的！

拾柒

很凑巧的，早班机回到上海，下午正好赶上去HZ总部暨全体子公司年会的航班。

因为财务决算又收尾得拖沓了，所以年会一直拖到这个时候。东南亚已经轮过一圈，今年又轮到了三亚的亚龙湾。我很高兴在他们辞退我之前，还能轮上一趟免费度假。坐在我邻座的年轻人也很高兴，他就是那个员工登记表二百三十三号的新员工，应届硕士毕业生，平头、拖鞋脸的瘦高个子，刚知道他叫做托尼。托尼说，哇噢，这个公司真是阔气啊，每个职员都能去海边开年会，就连我这样试用期的都能去，而且听说每年都这样噢，简直幸福死了！

我喜欢托尼总是咧着嘴笑的样子。这架飞机上，恐怕只有我们两个是心满意足的。而且我不确定，明年的这个时候，托尼是否还能这样心满意足地踏上去年会的旅途。也许那时候，他早已无心欣赏舷窗外的云海，为怎么取悦上司烦恼，为升迁烦恼，削尖了脑袋想要调进总公司，或者已经早早地为能不能进入“名录”而焦虑。

年会下榻丽思卡尔顿大酒店，占地几平方公里的花园建筑，三千坪的水疗中心，两千坪的会议中心，棕榈摇曳，蔷薇盛放。我尤其偏爱这里宫殿式的主楼，融合了日式和东南亚的风格。二楼以上的房间从宽阔的阳台可以直接望见湛蓝的大海。底层的房间露台则直接通往室外游泳池。我最喜欢的则是在傍晚时分，到酒店的海滩上赤足踏沙，或者躺在沙幔飘舞的躺椅上望着海浪发呆。

我和托尼被分派住一个房间，估计是因为我们都是试用期的缘故，派了底楼的园景房。其实也算不错。本来我还以为得跟托马斯住在一处，少不得要观赏他别扭的表演。现在一想，倒是我自作多情了。托马斯是主管，我们之间差了两个档次了，自然房间位置大有差别。至于卡尔、杰西卡、威廉和老约翰一干人等，我就更别指望一觉醒来，尴尬地发现和他们成了邻居。

那几天都是晴天，空气干燥舒适，阳光充盈。我乐于穿着短裤汗衫一个人去吃自助早餐，托尼年纪小，好睡懒觉。我就坐在西餐厅露天的长廊上，一边喝牛奶，一边欣赏棕榈树的影子投落在栈桥上，就这么吃完一份凯撒沙拉和两个煎鸡蛋。

开会的时候，我会在空调房里打一会儿盹。他们说什么，我一概不听。

午餐时间，我懒得跟他们在许多圆桌的大厅里吃，闹哄哄的。我一般就沿着沙滩步行到红树林酒店，那里的泰国餐厅是亚龙湾最地道的。只是一个人吃，菜量有点偏大。

晚餐的觥筹交错是可想而知的，我也干脆省了。去海里游一会儿泳，然后披着浴衣在海滩上发呆，直到月亮升起来。如果饿了，可以在十点前叫个房间送餐服务。

这几天的日子过得惬意而无思无虑。偶尔，我也会想起，回去被辞退了以后，我该做什么打算？才想了一会儿，人类世界纷纷扰扰的景象就让我觉得累了，不如权且搁下，不要辜负了这里的阳光。

就在返程的前一天，上午，轮到HZ中国通讯的报告会。因为公司的员工众多，加上总公司的高层列席参加，用了一个九百平方米的无柱宴会厅，酒店方面很精心地排列了主席台、报告台和各区域的座位，每个区域都配了音响设备和话筒。

我照例打算睡觉，不过不成了。我发现其实我很想看看那些旧人。

玛丽没有来，我不动声色地用目光搜索了三遍才确定，又通过闲聊打听，才知道她在装修新买的公寓，走不开。她应该过得不错吧。

卡尔和老约翰都坐在主席台上，两个脑袋正好凑在一起，很亲密地窃窃私语。

威廉就坐在我们市场部区域的最前排，脊背挺得很直，不知有什么事让他这么高兴而精神。托马斯坐在第二排靠门的位置上，一本正经地跟服务生说沏茶加水的事情。他把威廉的茶杯拿到服务生面前，加满水再放回去。

杰西卡今天特别漂亮，一身珊瑚红的套装，齐肩的黑发一半拢在耳朵后面。她正站在报告台上，垂着眼睛，从容地调整她那台浅紫色十三寸SONY上的PPT文件，服务生在帮她摆弄投影仪和大屏幕。

杰西卡报告的重点，当然是销售部和投标团队怎样为那个七点八亿元的合同努力，终于在不久前拿下了这个大订单。她口齿清晰，笑容靓丽，不时地从电脑屏幕上抬起眼睛，目光扫过主席台和各区域的所有听众，侃侃而谈，偶尔还动用了手臂的语言。

她是越来越有演讲的天赋了。只是今天的她，看起来总跟往日有微妙的不同，不知道是不是我神经过敏。

PPT文件的投影在大屏幕上显得有点淡，宴会厅灯光太强烈的缘故。杰西卡讲了一半的时候，服务生就把顶灯调暗了。她一半身子在投影仪的亮光里，反射的光线照亮着她美丽的脸。她正在强调这一投标成功的重大意义，不但是带给公司可观的销售额和利润，更使公司将来有可能借此成为中国地区最大的设备制造商。

我忽然觉得这话耳熟，是卡尔这两年的口头禅，现在由杰西卡说了出来，我总觉得有极大的不妥。工作意义啊什么的，那是公司高层该说的话吧，怎么轮得到她来讲？

我正想着，就听见大厅里一片轻声哗动。杰西卡说着说着，忽然从报告台上站了起来。现在，她就有如一个演员，站在投影仪打出的聚光灯下，几百双眼睛在整个黑暗的大厅里注视着她反常的举动。

她正在说，今天，我还要在这个全公司的大会上谈一点我个人的意见，正好总公司的董事会副主席约瑟夫、总裁杰瑞米、副总裁耐森也在这里。这一次，为什么HZ能拿到这个七点八亿元的合同，不是SME？我们的实力一定比他们强吗？我们有的技术力量他们没有吗？还是我们的标书做得比他们厚？当然，我们的投标团队，还有各部门配合我们工作的相关人员，确实都非常辛苦，但是这不是成功的关键因素。

黑暗中的窃窃议论渐渐止息，变作惊奇的安静。杰西卡垂下手去，又按了一下回车键，原来PPT文件没有结束，为了这一个人发挥的部分，她也准备了演示的页面。大屏幕上出现了三个硕大的英语单词——

进取、创意、新生。

她调整了一下麦克风的方向，提高了声音说，这才是成功的关键，也是HZ将来能不能发展的关键！刚才总公司的各位先生们也听到了招标成功的全过程，关于向云南捐赠设备，用社会公益的形象来取得政府的信任和支持。可是这些工作，其实我们做得很艰难，有很大的阻碍力量，公司内部的阻碍，这种阻碍同样存在于我们数不清的日常工作中。

她停顿了一下，目光投向了暗处的主席台，似乎是要引导大家顺着她的目光去看见这个阻碍力量。我没有说别人，我说的就是公司的某位高层！这句话音刚落，大厅里又响起了一片低语和骚动。

公司如果有这样的高层在，多在一天，我们的努力就多一天受到阻碍，多待一年，公司就一年不能快速发展。公司没有前途，那么我这个销售部经理在公司里也是没有前途的。所以，趁着今天总公司的先生们有幸听到我的这番话，我想表一个态，如果年会之后，这位高层还在HZ通讯任职，那么我就会在上班的第一天向公司递交辞呈！

黑暗中再次涌起一阵喧哗，有人在骂脏话，有人鼓掌，只零星几声就害怕似的止住。没有人知道事态会向什么方向陡转。主席台上，总公司的三位大臣在交头接耳。可是没有人回应杰西卡的挑战。

杰西卡轻咳一声，语气依然很平静。刚才我说的意见不是我一个人的意见，她很肯定地说，我相信整个公司有九成以上的员工抱同样的态度，只是不敢像我这么说出来，所以我在我管理的销售部内部做了一个民意调查，她又按了一下键盘。大屏幕上出现了表格和三个彩色饼图——

你对HZ中国通讯的发展前景有多少信心？百分之九十的人选“不确定”。

你信心不足的最大原因是什么？百分之一百的人选“保守势力当权”。

如果维持现状，你将怎样规划个人的职业生涯？百分之一百的人选“跳槽”。

四下泛起了几声窃笑，我忽然有了一种不祥的预感。

杰西卡依然姿态矜持地站在亮处，微笑着说，总公司的先生们，你们有兴趣的话，可以现在就问一问在座的员工们，如果年会之后，我们的高层还没有调整，他们还会不会留在HZ通讯？

没关系，你们如果觉得不方便在这个场合问，我可以替你们问。杰西卡转身向着销售部所在的区域发问道，明天准备向公司交辞呈的，请站起来。

前所未有的静默。

连谁翻动一页A4纸，也会翻到一半把手腕凝固在空中，因为翻纸的声音在此时都如此明显，让这个发出声音的人不由得紧张，怕大家将注意力集中到自己身上。刚才还兴奋不已，伸脖探头的人们，现在都把凝固的头顶留给台上的眼睛。

杰西卡咬着嘴唇，像一个孤独的演员站在聚光灯下，台词说完了，不能退场。

卡尔在主席台上一声不吭，事不关己地托腮闭目，像是在打盹。老约翰也没事人似的，掀开茶杯盖子，正在聚精会神地吹去水面上的碎叶。

我的心里忽然涌起了巨大的愤懑和悲伤，我为杰西卡感到不值。我恨不得自己站起来回应杰西卡，但是我知道，这样只有让杰西卡更难堪。

我猜，这一出是事先都计划好的，卡尔草拟的台词，销售部全体人员都承诺了配合行动，以集体辞职要挟。临阵，所有人都改了主意，只有杰西卡以为万事俱备，又是演讲，又是煽动，又是公开表态辞职的，这算是怎么回事。又或者，这本来就是除掉杰西卡的一个圈套？

人类真是最不容易了解的动物，朋友或敌人，什么样的转折都有可能。这个时候，我愈觉得自己没有能力跟我的同类们生活在一起了。

椅子响了一声，是哪里的一个椅背敲到了后面的桌沿。静了好一会儿，又有一声椅子的轻响。也许是服务生以为报告已经结束了，大厅的灯光重新亮了起来。这时候，大家看见，销售部的座位区附近，一个男职员尴尬地站在走廊上，一个女职员则站在座位上满脸窘迫。

很显然，那个女职员是听到第一声椅子响之后，以为大家都要行动了，所以连忙跟着站起来。而那个男职员呢，也不知道他是在刚才那个敏感的当口实在忍不住了，急着站起来上洗手间，还是因为摸不准形势将要朝哪边倒，一方面站起来，一方面又做出要去方便的姿态，准备到时候随机应变。

其实他们两个多虑了。几分钟之后，这一片的每个员工都站了起来。后来我才知道，和经销商合作虚报指标、行贿、说不清的折扣，做销售的不会没有把柄抓在经理手中。又或者，杰西卡还许诺了很高的利益，这就不得而知了。

总公司的几位先生脸色有了些异样，这次，他们交头接耳的时间很短。副总裁耐森拖过一只麦克风，一边对着台下说，大家反映的问题，我们会考虑的。一边向报告台上的杰西卡做了个手势，指了指那片销售部的示威者。总裁杰瑞米叫上卡尔一起去隔壁小会议室说话。董事会副主席约瑟夫匆忙地从边门离开了会场。

杰西卡按了一下回车键，PPT文件又走到下一个页面，大屏幕上显示出“完毕，谢谢大家”的英文字样，在灯光下浅淡得很。她扭头看了看那个页面的投影效果，很满意地笑了笑。大厅里的人也就渐渐散了。

年会之后，杰西卡没有辞职，整个销售部也没有就地消失。老约翰被HZ总部调回去了，据说是被安排在后勤服务部做一个闲职。威廉和托马斯都闪电般地跳了槽，当然不是跳去总公司，而是去了同行业的两家小公司。

玛丽也走了，我打她电话也不接。几个月以后，有人看见她在总公司的企划部上班。老约翰好歹还有能力安排好这一个人，也算有情有义，至少比我强。

卡尔当仁不让地成了HZ中国通讯的总经理，四十四岁，前途可期。

两个月以后，我的试用期刚满，就收到了人事部的任命函，市场部副经理。经理的位置空着，事实上是由我来主持市场部的工作，按照惯例，一般遇到这样的情况，又没有空降兵的话，半年以后，我就可以扶正，成为HZ通讯中层干部中的重要一员。

任命函刚刚落到我的邮箱里，发出叮咚一声提示音，杰西卡的电话就打来了。她的声音快乐而亲切，你升职也不请我吃个饭啊？中午有空吗？一起去彩蝶轩吧。

白裙女孩还在中厅弹钢琴，修长的手指不断地抚弄键盘，发出源源不绝的音乐，就像川流不息的传菜者。杰西卡穿着柠檬绿的夏装，胸前的白金观音坠子闪闪发亮，她还是那么美丽，看着我的时候，笑得一如旧日般充满关切。她用好听的上海声调不紧不慢地对我说，以前你不懂的事情，总要慢慢地懂起来，以前你不愿意做的事情，也总得慢慢地习惯。你什么都好，就是情商还需要磨炼。

同一天，卡尔在总经理办公室接见了我。

他依然毫无架子地从大办公桌后面走出来，称呼我“老朋友”“老同事”，拍着我的肩，鼓励我今后一定要更加努力，毕竟是他一手提拔了我，不要让他日后在大家面前难做。我们又海阔天空地聊了一会儿，聊官员养二奶，聊城管执法打死了人，聊房价飞涨，唯独不聊我们最新共同失忆的那一部分。然后他就让秘书送我出去。

亚龙湾事变之后，过了一段日子，也就是我升迁后不久，还是有三个销售先后交了辞职信，去了对手公司SME。不知道是又一次内部清洗，还是当初许诺的利益没有兑现。

秋天的时候，杰西卡果然被任命为HZ中国通讯的副总经理。我也打了电话去祝贺她，但是没有约她吃饭。

半年之后，托马斯又回来应聘。我的部门接收了他。他又开始改口叫我“老板”，恭敬有加。为我工作了一段时间以后，我觉得他还是挺不错的一个年轻人，待人处事有礼貌，会体贴领导，懂分寸、知轻重，善于收集公司内部的各种信息，喝酒也非常积极主动。于是我就提拔他做了我的助理。

拾捌

我没有再去过庶村。第二年冬天的大雪过后，技术部再也检测不到庶村的信号，估计是线路被积雪压坏了。可是公司没有收到云南那边的信函，阿荣也很久没有发邮件给我了。恐怕是熊掌与熊胆的生意，让他们早已忙得忘了我。

其实我也很少再想起庶村了，除了极少的一些清晨，四五点的样子，我莫名地提早苏醒，遮光窗帘的缝隙里透出三两束淡青色的晨光，城市喧嚣未起，只有零落的几声鸟鸣围绕耳畔，仿佛我又回到了庶仁的大屋里，日夜波澜不息的内心忽然被一种漫长的宁静抚平。

在这些极短的时刻，我会忍不住去想，庶仁还健在吗？他火塘里的木柴是否有人添满。还有庶村二百七十二户人家的农人、织者和猎手，他们在劳作的时候是否还能一如既往地专注，他们在战斗的时候是否还记得人类的尊严和礼仪，他们是否还愿意，至少在心里，感谢天空、太阳、江河和他们的邻居们给予他们的馈赠。

我知道，做世界和万物的主人是一件极其忙碌与疲惫的工作，他们应该早就没空去想这些无聊的事情了吧。

正如我，从每天早晨闹钟高歌，西装、领带、公文包出门，到夜半饭局散场踏着半醉的步子回到公寓，倒头昏睡，就这样，一年三百六十五天混迹于人群之中，终日忙着虚无的指标、没有产品的盈利，忙着领会上头的意思、分辨局势、争取暂时的盟军、排除异己，成天思虑重重如履薄冰。

我果然被顺利提拔为市场部经理。杰西卡总是对我笑得很甜美，她说我“开窍了”。卡尔对我器重有加。当然，这并不等于我会因此铭感于心，继续为他们效力。

SME正在通过一家猎头公司游说我，薪酬高，职位诱人，而且我调查过他们的中高层的管理梯队，在我将来升迁的路途上，前面挡道的远比HZ这边的少，所以我很可能考虑他们提出的条件。

我在人类的世界里生活得很好，真的。我站在外滩三号黄浦会的洗手间里，看着镜子中那个脸颊酡红、眼神空洞的胖子，一身拉尔夫劳伦的啡色休闲西装，两只手刚刚洗完还没擦干，左手腕上戴着新款伯爵表。现在我已经确定他是一个不折不扣的人类了。五分钟前，他还在餐桌上左右逢源，备受阿谀。可是五分钟后的此刻，我瞪着镜子里的自己，恨不得把这一副怪物的身躯和灵魂从窗口扔进黄浦江，让我从此不要再跟他对面相逢。

嘿，凯文，快出来，大家都在等你喝下一轮呢！

你还好吗，醉了？

我没醉，我好得不得了。司机开着梅塞德斯把我送回公寓。我说，今天不用开进小区里去了，我想在街上走一走。

这是什么季节了？春季、秋季还是初夏。我点了一支三五，走出一段路去，坐在麦当劳门口的长凳上。已经是凌晨两点半，微凉的风在空荡荡的道路上盘旋，五分钟、十分钟，仿佛人类已经从这个城市完全消失了。

轱辘辗着路面的声音远远传来，一个皮肤黝黑的中年人踩着一辆三轮车，车上坐满了巨大的熊。它们跟人类差不多高，圆耳朵，胖鼓鼓的身躯，咖啡色的皮毛，嘴吻处是米白色的。为了不让它们的腿拖到地上，车上特制了一个两米半高的木架子。它们就并排坐在架子上，坐得高高的，肩膀上挂着月亮，一个紧挨着另一个，腿垂在半空中，在这奇妙的夜色中静默不语，若有所思地垂着头，脸上带着腼腆而寂寞的微笑。

骑车人腿上一使劲，它们就慢慢移动着离开了我的视线。

后记

说起来，凯文是我的同龄人。小说讲述了他30岁到40岁的经历，也可以算作对上海外企白领文化鼎盛时期的纪念。这一时期从20世纪80年代开始。直至近年，那些依然坐在甲级写字楼里的经理、总监们恐怕也不得不承认，外企白领文化已经彻底被土豪文化所替代。世界经济早已很大程度上依仗中国的GDP。另一方面，对于国内年轻人而言，财富与地位的鸿沟也不再是靠苦读和奋斗可以跨越的了。这是题外话。

于2003年到2009年，我在滇藏一带行走颇多，出于对人类学的兴趣，更是偏爱那片高原的宏伟、文化的丰富与人心的单纯。我目睹世外桃源般的村落一个接一个被翻建成丽江，变作大都市后院的酒吧街与玩具村（toy village）。都市人的思维方式像传染病一样飞速攻陷了各民族古朴睿智的生活哲学，同化着这片多样性胜于欧洲的土地。上周，偶然的机会重返云南，见到众城镇高楼林立，五星酒店矗立于霓虹高照的广场上，尽管群山环绕，竟寻不到一丝一毫回忆的痕迹了。

再说到在上海与北京这样的大都市里，办公室斗争依然是所谓事业的一部分。国学被讲授成为厚黑学与阴谋论。人们不在乎自己的姓名，只追逐与他人相同的成功，或残忍搏杀，或喘息忍耐，或以折辱比自己更弱的弱者为乐。任何流行的观念都可以通过网络飞速地格式化每个人的思想，任何不加炫耀的与众不同都是一种罪恶。

这就是发展，像飓风席卷整个中国社会的每个角落，伴随着荣耀与悼念，无人幸免。这也如成长，像是凯文，走过平庸与奇迹，走过职场中的大起大落和跌跌撞撞的爱情，今天或明天，总能一点一滴寻回初心。

正如我始终相信，有时候，生命中推搡着我们前行的不是鼻子前的胡萝卜，而是时常泛起的几分不甘心。把这称作理想也好，天真也好，只要心中依然有童话，路的前方就会有奇遇。至于我呢，尽管人近中年，也依然梦想着能用手指敲打出的一行行文字，在这个星球辽阔的夜晚，照亮更多微笑起来的嘴角。

孙未